A RAINHA DOS CONDENADOS

A RAINHA DOS CONDENADOS

ANNE RICE

Tradução de Eliana Sabino

Rocco

Título Original
THE QUEEN OF THE DAMNED

Design de capa
Bruno Moura

Imagem de capa
Shutterstock / Prachaya Roekdeethaweesab

Direitos para a língua portuguesa reservados
com exclusividade para o Brasil à
EDITORA ROCCO LTDA.
Rua Evaristo da Veiga, 65 – 11º andar
Passeio Corporate – Torre 1
20031-040 – Rio de Janeiro – RJ
Tel.: (21) 3525-2000 – Fax: (21) 3525-2001
rocco@rocco.com.br | www.rocco.com.br

Printed in Brazil/Impresso no Brasil

Preparação de originais
ELIZABETH LISSOVSKY

CIP-Brasil. Catalogação na publicação.
Sindicato Nacional dos Editores de Livros, RJ.

R381r Rice, Anne, 1941-
A Rainha dos Condenados / Anne Rice; tradução de
Eliana Sabino. – 1ª ed. – Rio de Janeiro: Rocco, 2021.

Tradução de: The queen of the damned
ISBN 978-65-5532-137-1
ISBN 978-65-5595-082-3 (e-book)

1. Ficção americana. I. Sabino, Eliana. II. Título.

21-71948 CDD-813 CDU-82-3(73)

Camila Donis Hartmann – Bibliotecária – CRB-7/6472

O texto deste livro obedece às normas do
Acordo Ortográfico da Língua Portuguesa.

Este livro é dedicado
com amor
a
Stan Rice, Christopher Rice
e John Preston

E à memória de
meus amados editores:
John Dodds
e
William Whitehead

COELHO TRÁGICO

Coelho trágico, uma pintura.
As orelhas empastadas, verdes como milho.
A testa negra apontando as estrelas.
Uma pintura em minha parede, solitária

como os coelhos são
e não são. Bochecha gorda e vermelha,
pura Arte, nariz trêmulo,
hábito difícil de romper.

Você também pode ser um coelho trágico; verdes e vermelhas
as suas costas, azul seu pequeno tórax másculo.
Mas se algum dia o convencerem a ser um,
cuidado com a Carne Verdadeira, ela

o derrubará de seu cavalo trágico
e romperá suas cores trágicas como um fantasma
rompe o mármore; suas feridas serão curadas
tão depressa que a água

terá ciúmes.
Coelhos em papel branco pintados
crescem mais que todos os feitiços contra sua multiplicação,
e suas orelhas de milho transformam-se em chifres.

Portanto, cuidado se a vida trágica parece boa –
presas naquela armadilha de coelho
todas as cores parecem espadas de sol,
e tesouras como O Senhor Vivo.

STAN RICE
Some Lamb (1975)

Sou o vampiro Lestat. Lembram-se de mim? O vampiro que se tornou um superastro do rock, aquele que escreveu a autobiografia? Aquele de cabelos louros, olhos cinzentos e o desejo insaciável de notoriedade e fama? Vocês se lembram. Eu queria ser um símbolo do mal num século brilhante que não tinha espaço para o mal literal que eu sou. Achei até que faria algum bem dessa maneira – bancando o demônio no palco pintado.

E estava começando muito bem, quando nos falamos pela última vez. Eu acabava de fazer minha estreia em San Francisco – primeiro "show ao vivo" meu e da minha banda mortal. Nosso disco foi um sucesso tremendo. Minha autobiografia estava indo muito bem, tanto com os mortos quanto com os não mortos.

Então aconteceu uma coisa inteiramente imprevista. Bom, pelo menos eu não previ. E quando deixei vocês eu estava, pode-se dizer, à beira do abismo.

Bom, agora está tudo acabado – tudo o que aconteceu depois. Sobrevivi, obviamente. Senão não estaria falando com vocês. E a poeira cósmica finalmente assentou; e o pequeno rasgão no tecido das crenças racionais foi consertado, ou pelo menos fechado.

Estou um pouco mais triste por causa disso tudo, um pouco mais perverso, e também um pouco mais cuidadoso. Estou também infinitamente mais poderoso, embora a minha parte humana esteja mais perto da superfície do que nunca – um ser angustiado e faminto que ao mesmo tempo ama e odeia essa invencível casca imortal que me aprisiona.

A sede de sangue? Insaciável, embora fisicamente eu precise cada vez menos disso – acho que agora poderia viver inteiramente sem sangue. Mas o desejo que sinto por tudo que anda me diz que nunca terei essa experiência.

Sabem, de qualquer maneira nunca se tratou simplesmente de uma necessidade de sangue, embora o sangue seja o mais sensual que uma criatura possa desejar; é a intimidade do momento – matar, beber –, a grande dança dos corpos colados que se desenrola à medida que a vítima enfraquece e eu me sinto expandir, engolindo a morte, que por uma fração de segundo resplandece enorme como a vida.

Mas isto é falso. Nenhuma morte pode ser enorme como a vida. E é por isso que estou sempre tirando a vida, não é? E agora, mais do que nunca, estou longe da salvação. Ter consciência disso só piora as coisas.

Claro que ainda posso me passar por humano; de um jeito ou de outro, todos nós podemos, não importa a nossa idade. Colarinho levantado, chapéu puxado para baixo, óculos escuros, mãos nos bolsos – isso geralmente funciona.

Gosto de me disfarçar com jaquetas de couro apertadas e calças jeans bem justas, e um par de botas de couro boas para qualquer terreno. Porém, de vez em quando, uso as sedas que as pessoas gostam neste clima sulino onde agora resido.

Se alguém olhar bem de perto, há uma rápida sugestão telepática: *o que você está vendo é inteiramente normal.* Uma amostra do velho sorriso, os caninos bem escondidos, e o mortal se tranquiliza.

Ocasionalmente dispenso todos os disfarces e saio do jeito que sou: cabelos compridos, um paletó de veludo que me faz lembrar os velhos tempos e um ou dois anéis de esmeralda na mão direita. Caminho apressado por entre as multidões no centro dessa linda e corrupta cidade sulina, ou passeio devagar ao longo das praias, respirando a cálida brisa sulina nas areias brancas como a lua.

Ninguém me olha por mais de um segundo. Há muitas outras coisas inexplicáveis à nossa volta – horrores, ameaças, mistérios que atraem as pessoas e depois, inevitavelmente, as desencantam. Então elas voltam ao velho ramerrão. O príncipe jamais virá, todos sabem disso; e talvez a Bela Adormecida esteja morta.

Acontece o mesmo com os que sobreviveram comigo e que comigo compartilham desse cantinho quente e verdejante do universo – o extremo sudeste do continente norte-americano, a cintilante metrópole de Miami, um belo campo de caça para os imortais sedentos, se tal lugar existisse.

Quanto aos outros, é bom tê-los comigo; na verdade, é primordial – e o que sempre achei que desejava: um congresso de gala dos sábios, duradouros, antigos e descuidados jovens.

Mas a agonia de ser anônimo entre os mortais nunca me foi mais penosa, monstro ambicioso que sou. O murmúrio suave de vozes sobrenaturais não me alivia. O gosto do reconhecimento mortal foi por demais sedutor – os discos nas vitrines, os fãs saltando e aplaudindo diante do palco. Não importa que eles no fundo não acreditassem que sou um vampiro; naquele momento estávamos juntos. Gritavam meu nome!

Agora não há mais os discos, nunca mais ouvirei aquelas canções. Meu livro permanece – juntamente com *Entrevista com o vampiro* – prudentemente disfarçado de ficção, e talvez seja melhor assim. Já causei problemas demais, como poderão ver.

Desastre, era isso que eu causava com meus joguinhos. O vampiro que teria sido herói e finalmente mártir por um único instante de pura relevância.

Imagina-se que eu tenha aprendido alguma coisa com tudo isso, não é? Bem, aprendi mesmo.

Mas é que é tão doloroso encolher-me novamente na sombra – Lestat, o vampiro bandido, rápido e anônimo, novamente atacando os pobres mortais que nada sabem de coisas como eu! Tão doloroso ser novamente o forasteiro, eternamente na periferia, lutando com o mal e o bem do imemorial inferno particular do corpo e alma...

Agora em meu isolamento sonho em encontrar uma coisinha linda num aposento iluminado pelo luar – uma daquelas adolescentes, como são chamadas agora, que leram meu livro e escutaram minhas canções; uma daquelas gracinhas idealistas que me escreviam cartas de admiração em papel perfumado durante aquele breve período de malfadada glória, falando em poesia e no poder da ilusão, dizendo que gostariam que eu fosse real; sonho em esgueirar-me para seu quarto às escuras, onde talvez meu livro esteja sobre a mesa de cabeceira com um lindo marcador de veludo, e sonho em tocá-la nos ombros, sorrindo quando nossos olhares se encontrarem. "Lestat! Sempre acreditei em você. Sempre soube que viria!"

Pego seu rosto em minhas mãos e inclino-me para beijá-la. "Sim, querida", respondo. "Você não sabe como preciso de você, como amo você, como sempre amei você."

Talvez ela me ache ainda mais encantador por causa do que me aconteceu – o horror inesperado que vi, a dor inevitável que suportei. É uma verdade terrível a de que o sofrimento pode nos aprofundar, dar mais brilho às nossas cores, mais ressonância às nossas palavras. Isto é, se não nos destrói, se não aniquila o otimismo e a coragem, a capacidade de ter visões, o respeito pelas coisas simples, porém indispensáveis.

Por favor, perdoem-me se pareço amargurado.

Não tenho direito de sê-lo. Eu comecei tudo; e saí inteiro, como dizem.

E tantos de nós não conseguiram! Houve também os mortais que sofreram. Foi indesculpável. E, certamente, sempre pagarei por isso.

Mas ainda não compreendo inteiramente o que aconteceu, entendem? Não sei se foi uma tragédia ou simplesmente uma aventura sem sentido. Ou se alguma coisa absolutamente magnífica poderia ter nascido dos meus enganos, alguma coisa que poderia elevar-me acima da irrelevância e do pesadelo, finalmente, para a luz ardente da redenção.

E posso nunca ficar sabendo, também. Quer dizer: acabou. E o nosso mundo – nosso reinozinho particular – está menor, mais escuro e mais seguro do que nunca. Nunca mais será o que foi.

É incrível que eu não tenha previsto o cataclismo, mas acontece que nunca imagino o final de qualquer coisa que eu inicie. É o risco que me fascina, o momento de possibilidades infinitas. Ele me atrai através da eternidade, quando todos os outros encantos falham.

Afinal, eu era assim quando estava vivo, há duzentos anos – o inquieto, o impaciente, o que estava sempre procurando amor e uma boa briga. Quando parti para Paris em 1780, para ser ator, só sonhava com os inícios – o momento, a cada noite, em que a cortina subia.

Talvez os antigos estejam certos. Refiro-me agora aos verdadeiros imortais – os bebedores de sangue que sobreviveram aos milênios – que afirmam que nenhum de nós realmente muda com o tempo; apenas nos tornamos mais integralmente o que somos.

Em outras palavras: ficamos realmente mais sábios quando vivemos centenas de anos, mas também temos mais tempo para nos tornarmos tão ruins quanto nossos inimigos sempre disseram que nos tornaríamos.

E sou o mesmo demônio que sempre fui, o rapaz que queria o centro do palco, onde podem me ver melhor, e talvez me amar. Uma coisa não serve sem a outra. E quero tanto divertir vocês, fasciná-los, fazer com que me perdoem qualquer coisa... Infelizmente os momentos esparsos de contato e reconhecimento secretos nunca serão suficientes.

Mas estou me adiantando demais, não estou?

Se vocês leram minha autobiografia, então querem saber do que estou falando. Que desastre foi esse a que me refiro?

Bem, vamos recapitular, está bem? Como disse, escrevi o livro e gravei o disco porque queria aparecer, ser visto como sou, mesmo que apenas em termos simbólicos.

Quanto ao risco de que os mortais realmente descobrissem, percebessem que eu era exatamente o que dizia ser, eu ficava excitado com essa possibilidade também. Que nos cacem, que nos destruam – esse era, de certo modo, meu maior desejo. Não merecemos existir; deviam nos matar. E pensar nas batalhas! Ah, combater aqueles que realmente sabem quem sou!

Mas no fundo nunca esperei tal confronto, e a persona do roqueiro era um disfarce maravilhoso para um demônio como eu.

Foi minha própria espécie que literalmente me pegou, que decidiu me castigar pelo que eu tinha feito. E, naturalmente, eu também esperava por isso.

Afinal, contei nossa história em minha autobiografia; revelei nossos mais profundos segredos, coisas que havia jurado nunca contar. Exibindo-me diante dos refletores e das câmeras. E se algum cientista tivesse me agarrado, ou, mais provavelmente, um policial zeloso por causa de uma barbeiragem no trânsito, cinco minutos antes do amanhecer, e eu fosse encarcerado, examinado, identificado e classificado – tudo isso à luz do dia, enquanto eu jazia inerme – para a satisfação dos piores céticos mortais em todo o planeta?

Concordo que isso não era muito provável. Ainda não é. (Mas podia ser tão divertido, podia mesmo!)

No entanto, era inevitável que minha própria espécie se enfurecesse com os riscos a que eu me expunha, que me tentasse queimar vivo ou me esquartejar em pedaços imortais. A maioria dos jovens entre eles era estúpida demais para perceber como estávamos em segurança.

E à medida que se aproximava a noite do espetáculo, comecei a sonhar com essas batalhas, também. Seria um prazer tão grande destruir aqueles que eram tão maus quanto eu, ceifar os culpados, apagar minha imagem vez após vez!

No entanto, sabem, a alegria pura de estar lá, fazendo música, fazendo teatro, fazendo mágica! – no fim era só isso. No fim, eu queria estar vivo. Queria ser simplesmente humano, o ator mortal que foi para Paris há duzentos anos e encontrou a morte no bulevar, e que finalmente teve seu momento.

Mas, continuando a recapitulação: o show foi um sucesso. Tive meu momento de triunfo diante de 15 mil fãs mortais em delírio; e dois dos meus maiores amantes imortais estavam lá comigo: Gabrielle e Louis, minhas crias, meus paladinos, de quem eu ficara separado por muitos anos sem luz.

Antes do final da noite derrotamos os vampiros importunos que tentaram castigar-me pelo que eu estava fazendo. Mas tínhamos um aliado invisível nessas escaramuças; nossos inimigos explodiam em chamas antes de nos fazer mal.

O amanhecer se aproximava, mas eu estava excitado demais com tudo aquilo e não levei a sério o perigo. Ignorei os avisos apaixonados de Gabrielle – seria maravilhoso abraçá-la novamente – e zombei das sombrias suspeitas de Louis, como sempre fizera.

E então o engarrafamento, a estrada beirando o abismo... Quando o sol estava nascendo sobre o vale de Carmel e eu fechava os olhos como os vampiros precisam fazer nesse momento, percebi que não estava sozinho em minha toca subterrânea. Não eram apenas os vampiros jovens que eu alcançara com minha música; minhas canções haviam despertado do sono os mais antigos de nossa espécie em todo o mundo.

Encontrei-me num daqueles aterradores instantes de perigo e incerteza. O que aconteceria? Eu morreria finalmente, ou renasceria, talvez?

⁂

Agora, para lhes contar toda a história do que aconteceu depois disso, tenho que recuar um pouco no tempo.

Tenho que começar umas dez noites antes do show fatal, e deixar que vocês entrem dentro da mente e do coração de outros seres que estavam reagindo à minha música e ao meu livro de um modo sobre o qual eu pouco ou nada sabia na ocasião.

Em outras palavras: muita coisa estava acontecendo, que mais tarde tive que reconstruir. E é essa reconstrução que agora lhes ofereço.

De modo que vamos sair dos limites estreitos e líricos da primeira pessoa do singular; vamos saltar, como milhares de escritores mortais já fizeram, para dentro do cérebro e da alma de "muitos personagens". Vamos disparar para o mundo da "terceira pessoa" e do "ponto de vista múltiplo".

Aliás, quando esses outros personagens pensam ou dizem que sou bonito, irresistível etc., não pensem que coloquei essas palavras em suas cabeças. Não coloquei! Foi o que me foi contado depois, ou o que apreendi de suas mentes com meu infalível poder telepático; não mentiria sobre isso ou sobre qualquer outra coisa. Não tenho culpa de ser um bandido deslumbrante. Foi o que recebi. O monstro bastardo que fez de mim o que sou escolheu-me pela minha bela aparência. Isso foi tudo. E acidentes desse tipo acontecem o tempo todo.

No final das contas, vivemos num mundo de acidentes, no qual apenas os princípios estéticos possuem uma consistência a respeito da qual podemos ter certeza. Lutaremos para sempre com o certo e o errado, esforçando-nos para criar e manter um equilíbrio ético, mas o brilho da chuva de verão sob a luz dos postes ou o grande clarão da artilharia de encontro ao céu noturno – essa beleza brutal está acima de discussões.

Porém não se preocupem: embora os abandone, voltarei com força total no momento apropriado. A verdade é que odeio não ser o tempo todo o narrador na primeira pessoa! Parafraseando David Copperfield: não sei se sou herói ou vítima nessa história. Mas, de qualquer maneira, não deveria eu dominá-la? Afinal, sou eu quem a está narrando!

Infelizmente, não se trata apenas de eu ser o James Bond dos vampiros. A vaidade terá que esperar. Quero que saibam o que realmente aconteceu conosco, mesmo que nunca acreditem. Na ficção, se não em qualquer outra coisa, preciso de um pouco de sentido, de coerência, senão enlouqueço.

De maneira que até nos encontrarmos novamente estarei sempre pensando em vocês; amo vocês; queria que estivessem aqui... nos meus braços.

SUMÁRIO

Proêmio

DECLARAÇÃO EM FORMA DE GRAFITO

– escrita em preto com uma caneta de ponta de feltro numa parede vermelha no salão dos fundos de um bar chamado Filha de Drácula em San Francisco –

Filhos da Escuridão
Saibam o seguinte:

LIVRO UM: *Entrevista com o vampiro*, publicado em 1976, era uma história real. Qualquer um de nós poderia tê-lo escrito – por nos termos tornado o que somos, pelo sofrimento e pela busca. No entanto, Louis, o imortal de duzentos anos que revela tudo, insiste na solidariedade mortal. Lestat, o vilão que deu a Louis o Dom das Trevas, deu-lhe pouca coisa mais à guisa de explicações ou consolo. Parece familiar? Louis ainda não desistiu da busca à salvação, mesmo que Armand, o imortal mais velho que ele conseguiu encontrar, nada pudesse dizer-lhe sobre a razão por que estamos aqui ou quem nos fez. Não é muito surpreendente, não acham, vampirinhos e vampirinhas? Afinal, nunca se fez um catecismo para vampiros.

Isto é, até a publicação de:

LIVRO DOIS: *O vampiro Lestat*, nesta mesma semana. Subtítulo: "O início de sua educação e de suas aventuras". Não acreditam? Procurem na livraria mortal mais próxima. Depois dirijam-se à loja de discos mais próxima e peçam para ver o disco que acabou de sair – também intitulado o *vampiro Lestat*, com previsível modéstia. Se nada disso adiantar, liguem sua TV a cabo, se não desprezam essas coisas, e esperem um dos muitos videoclipes de rock de Lestat, que ontem começaram a ser exibidos com enjoativa frequência. Vão reconhecer imediatamente o que Lestat é. E não se surpreendam ao saber que ele planeja coroar esses ultrajes inéditos aparecendo "ao vivo" no palco, num espetáculo de estreia aqui mesmo nesta cidade. E, vocês adivinharam: na Noite das Bruxas.

Mas vamos esquecer no momento a flagrante insanidade de seus olhos sobrenaturais brilhando em cada vitrine de loja de discos, sua voz poderosa cantando os nomes ocultos e as histórias secretas dos mais antigos entre nós. Por que ele está fazendo tudo isso? O que é que suas canções nos dizem? Está explicado em seu livro. Ele nos deu não apenas um catecismo, mas uma Bíblia.

E nas profundezas das eras bíblicas somos levados ao confronto com nossos primeiros pais: Enkil e Akasha, regentes do vale do Nilo antes que aquele lugar se chamasse Egito. Por favor, ignorem a chorumela sobre como eles se tornaram os primeiros chupadores de sangue na face da Terra; não faz mais sentido do que a história de como a vida se formou neste planeta em primeiro lugar, ou como os fetos humanos se desenvolvem desde células microscópicas no ventre de suas mães mortais. A verdade é que descendemos desse venerável par, e, gostando ou não, temos muitas razões para acreditarmos que o gerador primal de todos os nossos poderes deliciosos e indispensáveis reside em um ou outro de seus corpos tão antigos. O que significa isso tudo? Em poucas palavras: se um dia Akasha e Enkil caminharem de mãos dadas para uma fornalha, nós todos arderemos com eles. Se forem esmagados, transformados em poeira brilhante, nós também seremos destruídos.

Ah, mas existe esperança. O casal não se moveu em mais de cinquenta séculos! Sim, é verdade. Apesar de Lestat pretender tê-los despertado tocando violino ao pé de seu santuário. Mas se ignorarmos aquela história extravagante de que Akasha o tomou nos braços e compartilhou com ele de seu sangue primal, teremos uma situação mais provável, corroborada pelas histórias de antigamente, de que os dois não se movem desde antes da queda do Império Romano. Durante todo esse tempo foram mantidos numa bela cripta particular por Marius, um velho vampiro romano que certamente sabe o que é melhor para todos nós. E foi ele quem disse ao vampiro Lestat para jamais revelar o segredo.

Não é um confidente muito confiável, o vampiro Lestat. E quais são seus motivos para o livro, o disco, os filmes, o show? Impossível saber o que se passa na mente desse bandido, exceto que ele faz tudo o que deseja fazer –

nisso nós podemos confiar. Afinal, ele não fez um bebê vampiro? E fez de sua própria mãe, Gabrielle, um vampiro, ela que durante anos foi sua amorosa companheira? Ele pode até voltar os olhos para o papado, esse demônio, por pura sede de excitação!

Em resumo: Louis, um filósofo errante que nenhum de nós consegue encontrar, confiou nossos segredos morais mais profundos a inúmeros estranhos. E Lestat ousou revelar nossa história ao mundo, pavoneando seus dotes sobrenaturais diante do público mortal.

Agora a pergunta: por que esses dois ainda existem? Por que ainda não os destruímos? Ah, o perigo que o grande rebanho mortal representa para nós não é de modo algum uma certeza. Os aldeões ainda não estão à nossa porta, tochas nas mãos, ameaçando incendiar o castelo. Mas aquele monstro está provocando uma mudança na perspectiva mortal. E embora sejamos demasiado inteligentes para corroborar suas tolas invencionices perante os registros humanos, esse ultraje excede a todos os precedentes. Não pode ficar sem punição.

Outras observações: se a história que o vampiro Lestat contou é verdadeira – e há muitos que juram que é, embora não saibam explicar por quê –, o velho Marius, que tem dois mil anos, não pode vir punir a desobediência de Lestat? Ou talvez o Rei e a Rainha, se tiverem ouvidos para ouvir, despertem ao som de seus nomes levados por ondas de rádio por todo o planeta. Que poderá acontecer a nós todos se isso ocorrer? Prosperaremos sob seu novo reinado? Ou eles fixarão o momento da destruição universal? Seja como for, a rápida eliminação do vampiro Lestat não poderá evitá-lo?

O plano: destruir o vampiro Lestat e todos os seus seguidores assim que ousarem se mostrar. Destruir todos os que lhe prestarem lealdade.

Um aviso: inevitavelmente, existem por aí outros bebedores de sangue muito antigos. Todos nós, de vez em quando, já os vimos de relance ou sentimos sua presença. As revelações de Lestat não apenas chocam, mas também despertam uma consciência adormecida dentro de nós. E certamente, com seus grandes poderes, esses antigos conseguem ouvir a música de Lestat. Que seres imemoriais e terríveis, incitados pela história, por um propósito ou simplesmente por curiosidade, podem estar em marcha, lenta e inexorável, para atender a seu chamado?

⁂

Cópias desta Declaração foram enviadas a todos os pontos de encontro da Conexão Vampiro, e para casas comunais em todo o mundo. Mas vocês precisam prestar atenção e espalhar a ordem: o vampiro Lestat tem que ser destruído, e, junto dele sua mãe, Gabrielle, seus seguidores, Louis e Armand, e todo e qualquer imortal que lhe prestar lealdade.

⁂

Feliz Dia das Bruxas, vampirinhos e vampirinhas. Nós nos veremos no show. Vamos cuidar para que o Vampiro Lestat não saia vivo de lá.

⁂

A figura de cabelos louros e paletó de veludo vermelho leu novamente a Declaração, de seu confortável lugar no canto oposto. Os olhos estavam quase invisíveis atrás das lentes escuras e da aba do chapéu cinzento. Usava luvas de camurça cinzenta, e os braços estavam dobrados sobre o peito enquanto ele se recostava no lambril escuro, o salto da bota encaixado na travessa da cadeira.

– Lestat, sua criatura danada! – sussurrou. – Você é um príncipe dos moleques!

Soltou uma risadinha. Depois examinou o grande e sombrio salão.

Não lhe era desagradável o intrincado mural de tinta preta desenhado com tanta habilidade, como teias de aranha na parede branca. Gostava do castelo em ruínas, do cemitério, da árvore morta erguendo as garras para a lua. Era o lugar-comum reinventado como se não fosse um lugar-comum, um gesto artístico que ele invariavelmente apreciava. Também era belo o teto com enfeites de gesso, seus frisos de demônios saltitantes e bruxas montadas em vassouras. E o incenso tão doce – uma antiga mistura indiana que ele próprio uma vez queimara no santuário de Aqueles que Devem Ser Preservados muitos séculos antes.

Sim, esse era um dos mais bonitos pontos de encontro clandestinos.

Menos agradáveis eram seus ocupantes, o punhado de figuras magras e brancas que se juntavam em volta das velas colocadas nas mesinhas de ébano. Eram em número excessivo para essa cidade moderna e civilizada. E sabiam disso. Para caçar hoje à noite, teriam que procurar longe, e os jovens sempre precisam caçar. Os jovens precisam matar. São famintos demais para fazer de outra maneira.

Mas agora só conseguem pensar nele – quem era, de onde tinha vindo? Seria muito velho e muito forte, e o que faria antes de ir embora? Sempre as mesmas perguntas, embora ele tentasse esgueirar-se para dentro de seus "bares de vampiro" como qualquer bebedor de sangue errante, olhos desviados, mente bloqueada.

Hora de deixar suas perguntas sem resposta. Já tinha o que queria: uma ideia das intenções deles. E a pequena fita cassete de Lestat no bolso do paletó. Antes de ir para casa, conseguiria uma fita de vídeo dos filmes de rock.

Levantou-se para sair. E um dos jovens levantou-se também. Houve um silêncio tenso, não só de palavras, mas também de pensamentos, enquanto ele e o rapaz se dirigiam à porta. Apenas as chamas das velas se moviam, lançando seu reflexo trêmulo no chão de cerâmica negra como se fosse água.

– De onde vem, estranho? – perguntou o rapaz educadamente.

Não devia ter mais de vinte anos quando morreu, e isso não devia ter sido há mais de dez anos. Tinha os olhos pintados, os lábios untados, os cabelos manchados de cor agressiva, como se os dotes sobrenaturais não fossem suficientes. Sua aparência extravagante não se assemelhava ao que ele realmente era: um fantasma magro e forte que, com sorte, viveria milênios.

Que é que lhe tinham prometido com sua gíria moderna? Que ele conheceria o Bardo, o Plano Astral, os reinos etéreos, a música das esferas, o som de uma só mão batendo palmas?

O rapaz tornou a falar:

– Qual é a sua opinião sobre o vampiro Lestat, sobre a Declaração?

– Perdoe-me, por favor. Estou de saída.

– Mas certamente sabe o que Lestat fez – insistiu o jovem, colocando-se entre ele e a porta.

Ora, isso já não era educado. Ele estudou com mais atenção aquele rapaz atrevido. Será que devia fazer alguma coisa para mexer com eles? Para que falassem sobre isso durante séculos?

Não conseguiu reprimir um sorriso. Melhor não. Logo haveria bastante confusão, graças ao seu amado Lestat.

– Em resposta, deixe-me dar-lhe um pequeno aviso – disse em tom baixo ao jovem inquisidor. – Você não conseguirá destruir o vampiro Lestat; ninguém consegue. Mas a razão disso, honestamente, não sei.

O jovem ficou confuso e um pouco ofendido. O outro continuou:

– Mas agora deixe-me perguntar-lhe uma coisa. Por que essa obsessão com o vampiro Lestat? O que me diz do conteúdo das revelações dele? Vocês, crianças, não têm vontade de procurar Marius, o guardião de Aqueles que Devem Ser Preservados? Não querem ver, vocês mesmos, a Mãe e o Pai?

O rapaz ainda estava confuso, mas encheu-se de brios. Não conseguia formular uma resposta inteligente, mas a verdadeira resposta estava bem nítida em sua alma – na alma de todos os que assistiam a eles. Aqueles que Devem Ser Preservados talvez existissem, talvez não; Marius também, talvez não existisse. Mas o vampiro Lestat era real, tão real quanto qualquer outra coisa que aquele aprendiz de imortal conhecia, e o vampiro Lestat era um bandido ambicioso que arriscava a prosperidade secreta de toda a sua espécie apenas para ser amado e enxergado pelos mortais.

Quase riu na cara do jovem. Um adversário tão insignificante! Era preciso admitir que Lestat compreendia lindamente esses tempos sem fé. Sim, revelara os segredos que devia guardar, mas assim fazendo ele não traíra nada nem ninguém.

– Cuidado com o vampiro Lestat – respondeu finalmente ao rapaz, com um sorriso. – Há poucos imortais de verdade neste mundo. Ele pode ser um deles.

Então ergueu o rapaz do chão e colocou-o fora de seu caminho. Aí atravessou a porta para dentro do bar oficial.

O salão da frente, espaçoso e opulento, com seus painéis de veludo negro e ferragens de cobre laqueado, estava atulhado de mortais barulhentos. Vampiros do cinema olhavam com raiva em suas molduras douradas, nas paredes forradas de cetim. Um órgão derramava a vibrante Tocata e Fuga de Bach, sob o burburinho das conversas e violentas explosões de risadas embriagadas. Ele adorava a visão de tanta vida em exuberância. Adorava até mesmo o cheiro antigo de malte e de vinho, e o perfume dos cigarros. Enquanto abria caminho até a porta, deleitou-se com o aperto suave e fragrante dos humanos contra seu corpo. Adorava o fato de que os vivos não lhe prestavam a menor atenção.

Finalmente o ar úmido, o movimento de início da noite nas calçadas da rua Castro. O céu tinha um brilho de prata lustrada. Homens e mulheres caminhavam apressados para fugir da chuva leve e oblíqua e juntavam-se aos punhados nas esquinas esperando que as grandes lâmpadas bulbosas sinalizassem atenção, ande.

Os alto-falantes da loja de discos do outro lado da rua berravam a voz de Lestat acima do rugido do ônibus que passava, pneus sibilando no asfalto molhado:

Em meus sonhos ainda a possuo,
Anjo, amada, Mãe.
E em meus sonhos beijo-lhe os lábios,
Amante, Musa, Filha.

Ela deu-me a vida,
Eu dei-lhe a morte,
Minha linda Marquesa.

E os caminhos do inferno percorremos,
Dois órfãos juntos então.

Será que ela esta noite ouve meus cânticos
de Reis e Rainhas, e Antigos Mistérios?
De juras quebradas, de dores?

Ou percorre veredas distantes
Onde as rimas e as canções não a encontram?

Volta para mim, minha Gabrielle,
Minha linda Marquesa.
O castelo está em ruínas na colina,
A aldeia perdida sob a neve,
Mas tu és minha para sempre.

Será que já estava lá, a mãe?

A voz foi enfraquecendo num jorro suave de notas elétricas, finalmente engolida pelos ruídos confusos à sua volta. Enfrentando a brisa úmida, pôs-se a caminho da esquina. Ruazinha bonita, movimentada. O florista ainda vendia seus botões sob o toldo. O açougue estava repleto de fregueses que saíam do trabalho. Por trás das janelas dos cafés, mortais faziam sua refeição noturna ou liam com calma seus jornais. Dúzias esperavam pelo ônibus que descia, formando uma fila que atravessava toda a frente de um velho cinema.

Ela estava aqui, Gabrielle. Ele tinha essa sensação – vaga, porém infalível.

Quando chegou ao meio-fio, pôs-se de costas para o poste de luz da rua, respirando o vento fresco que vinha da montanha. Era uma boa vista do centro da cidade, a larga e reta rua do Mercado. Quase como um bulevar em Paris. Em toda a volta, as suaves subidas e descidas urbanas, cobertas com alegres janelas iluminadas.

Sim, mas onde estava ela, precisamente? Ele sussurrou: Gabrielle... Fechou os olhos. Tentou escutar. Primeiro veio o grande rugido de milhares de vozes, imagens em cima de imagens. O mundo inteiro ameaçava abrir-se e engoli-lo com suas incessantes lamentações. Gabrielle. O trovejante clamor lentamente esvaeceu-se. Ele percebeu uma faísca de sofrimento vinda de um mortal que passou por perto. E num prédio alto na colina uma mulher agonizante sonhava com as contendas da infância, sentada inerte à janela. Então, num silêncio distante e regular, ele viu o que queria ver: Gabrielle, que estacava os passos. Tinha ouvido a voz dele. Sabia que estava sendo observada. Uma mulher alta e loura, cabelos presos numa trança nas costas, parada numa das ruas limpas e desertas do centro, não muito distante dele. Usava calças e jaqueta cáqui, um velho suéter marrom. E um chapéu não muito diferente do dele cobria-lhe os olhos; apenas um pedaço do rosto era visível acima do colarinho levantado. Ela então fechou a mente, rodeando-se de um escudo invisível. A imagem desapareceu.

Sim, ali, esperando por seu filho Lestat. Por que ele chegara a temer por ela, a insensível, que nada teme por si mesma, só por Lestat? Tudo bem. Ela ficou feliz. E Lestat também ficaria.

Mas e o outro? Louis, o suave, com os cabelos negros e olhos verdes, cujos passos faziam um som descuidado quando ele caminhava. Louis, que chegava a assoviar pelas ruas escuras para que os mortais o ouvissem aproximar-se. Louis, onde está você?

Quase instantaneamente ele viu Louis entrando numa sala de visitas deserta. Acabara de subir a escada que vinha do porão, onde passara o dia dormindo numa cripta atrás da parede. Não tinha a menor consciência de estar sendo observado. Atravessou com passos de seda o aposento empoeirado e postou-se junto à janela, observando, através da vidraça suja, o intenso fluxo de carros. A mesma velha casa na rua Divisadero! Na verdade, nada tinha mudado nessa criatura elegante e sensual que tinha causado aquele pequeno tumulto com seu *Entrevista com o vampiro*. A diferença era que agora Louis estava esperando Lestat. Tivera sonhos perturbadores; temia por Lestat, e estava cheio de antigos e desconhecidos anseios.

Afastou a imagem com relutância. Tinha muita afeição por aquele ali, Louis. E a afeição não era sábia, pois Louis tinha a alma terna e educada, sem coisa alguma dos poderes estonteantes de Gabrielle ou de seu diabólico filho. No entanto, tinha certeza de que Louis viveria tanto quanto eles. São curiosos os tipos de coragem que formam a resistência. Talvez tivesse algo a ver com aceitação. Nesse caso, então, como explicar Lestat, derrotado, marcado e novamente de pé? Lestat, que nunca aceitava coisa alguma?

Ainda não tinham se encontrado, Gabrielle e Louis. Mas tudo bem. O que deveria fazer? Aproximá-los? Essa ideia... Além disso, Lestat logo cuidaria desse assunto.

Agora sorria novamente. "Lestat, sua criatura danada! Sim, o príncipe dos moleques!" Evocou com vagar cada detalhe do rosto e da forma de Lestat. Os gelados olhos azuis que escureciam com o riso; o sorriso generoso; o modo como as sobrancelhas juntavam-se num amuo infantil; as súbitas explosões de alegria e humor blasfemo. Conseguia evocar até mesmo a postura felina do corpo. Tão incomum num homem de compleição musculosa. Tanta força, sempre tanta força e tanto otimismo incontrolável!

Na verdade, ele não sabia muito bem o que pensar sobre toda a empreitada; sabia apenas que achava engraçado e fascinante. Claro que não pensara em vingar-se de Lestat pela revelação de seus segredos. E certamente Lestat tinha contado com isso, mas, na verdade, disso não se podia ter certeza. Talvez Lestat realmente não se importasse. Desse assunto ele sabia tanto quanto os idiotas lá no bar.

O que lhe importava era que pela primeira vez em tantos anos ele se encontrava pensando em termos de passado e futuro; encontrava-se agudamente cônscio da natureza dessa era. Aqueles que Devem Ser Preservados eram uma ficção até para seus próprios filhos! Estavam distantes os dias em que ferozes bebedores de sangue procuravam seu santuário e seu sangue poderoso. Ninguém mais acreditava ou se importava!

E aquela era a essência da época, pois seus mortais eram de uma laia ainda mais materialista, a todo momento rejeitando o miraculoso. Com uma coragem sem precedentes eles baseavam seus maiores avanços éticos nas verdades engastadas no mundo físico.

Já fazia duzentos anos desde que ele e Lestat tinham discutido exatamente essas coisas no Mediterrâneo – o sonho de um mundo ateu e verdadeiramente moralizado, onde o amor ao próximo seria o único dogma. *Um mundo ao qual não pertencemos*. E agora esse mundo estava quase realizado. E o vampiro Lestat entrara para o folclore, onde todos os velhos demônios deveriam estar, e levaria com ele toda a tribo maldita, inclusive Aqueles que Devem Ser Preservados, embora esses talvez nunca venham a saber disso.

A simetria daquilo tudo fê-lo sorrir. Via-se não apenas assustado, mas também fortemente seduzido por tudo o que Lestat tinha feito. Entendia muito bem a atração da fama.

Ora, ele próprio ficara desavergonhadamente satisfeito ao ver seu próprio nome rabiscado na parede do bar. Tinha achado graça, mas tinha se deliciado com isso.

Típico de Lestat, criar um enredo tão inspirador, e era isso mesmo. Lestat, o exuberante ator de rua do antigo regime, agora levado ao estrelato nesta era formosa e inocente.

Mas será que tinha razão ao afirmar para o filhote no bar que ninguém poderia destruir o príncipe-moleque? Aquilo era pura fantasia. Uma boa propaganda. *O fato é que qualquer um de nós pode ser destruído... de um jeito ou de outro. Até Aqueles que Devem Ser Preservados, com certeza.*

Eram fracos, naturalmente, aqueles jovens "Filhos da Escuridão", como costumavam definir-se. Seu número não aumentava perceptivelmente a sua força. Mas e os mais velhos? Se ao menos Lestat não tivesse usado os nomes de Mael e Pandora... Mas não havia também bebedores de sangue ainda mais velhos que esses, e dos quais ele próprio nada sabia? Pensou naquele aviso na parede: "Seres imemoriais e terríveis... em marcha, lenta e inexorável, para atender a seu chamado."

Um arrepio assustou-o; era o frio – mas por um instante ele pensou ter visto uma selva, um lugar verde e fétido, impregnado de um calor insalubre e abafado. Como tantos sinais e mensagens súbitas que recebia, essa sumiu sem explicação. Há muito aprendera a cortar o infinito fluxo de vozes e imagens que seus poderes mentais lhe permitiam ouvir; no entanto, de vez em quando chegava até ele alguma coisa violenta e inesperada, como um grito agudo.

Seja como for, ele já se demorara demais nesta cidade. Não pretendia interferir, acontecesse o que acontecesse! Teve raiva de seu súbito acesso de sentimentalismo. Sentiu vontade de estar em casa. Já fazia tempo demais que estava longe de Aqueles que Devem Ser Preservados.

Mas adorava observar a energética multidão humana, o desajeitado desfile de trânsito brilhante. Nem sequer se importava com os odores venenosos da cidade; não eram piores que o fedor da antiga Roma, ou de Antioquia, ou de Atenas quando pilhas de excremento humano alimentavam as moscas onde quer que se olhasse, e o ar recendia inevitavelmente a doença e fome. Não; ele gostava bastante das cidades da Califórnia, limpas e de cores claras. Poderia deixar-se ficar para sempre entre seus habitantes de olhos claros e propósitos firmes.

Porém, tinha que voltar para casa. O show ainda demoraria, e ele poderia então ver Lestat, se assim decidisse. Que delícia não saber o que iria fazer, exatamente como os outros, aqueles que nem mesmo acreditavam nele!

Atravessou a rua Castro e subiu apressado a calçada larga da rua do Mercado. O vento cedera, o ar estava quase quente. Seu andar era rápido, e ele chegou até a assoviar, como Louis costumava fazer. Sentia-se bem. Humano. Então parou diante da loja que vendia rádios e televisores. Lestat estava cantando em todas as telas, grandes e pequenas.

Riu consigo mesmo do grande espetáculo de gestos e movimentos. O som estava apagado, enterrado nos minúsculos grãos brilhantes dentro do equipamento. Ele teria que procurar para recebê-lo. Mas não era encantador simplesmente assistir às travessuras do príncipe-moleque de cabelos louros em impiedoso silêncio?

A câmera afastou-se para mostrar por inteiro a figura de Lestat, que tocava um violino como se num vácuo. De vez em quando uma escuridão estrelada o envolvia. Então subitamente abria-se um par de portas – era exatamente como o velho santuário de Aqueles que Devem Ser Preservados. E ali estavam Akasha e Enkil, ou, melhor, atores maquilados para esse papel, egípcios de pele branca com cabelos longos, negros e sedosos, e joias cintilantes.

Naturalmente. Por que não tinha imaginado que Lestat levaria a coisa até esse extremo vulgar e perturbador? Inclinou-se para a frente tentando ouvir a transmissão do som. Ouviu a voz de Lestat acima do violino:

Akasha! Enkil!
Guardem seus segredos,
Guardem seu silêncio,
É um dom melhor do que a verdade.

E então, enquanto o violinista fechava os olhos e se dedicava à música, Akasha levantou-se lentamente do trono. O violino caiu das mãos de Lestat quando ele a viu; como uma dançarina, ela rodeou-o com os braços, puxou-o para si, inclinou-se para tomar-lhe o sangue, ao mesmo tempo que pressionava os dentes dele em sua própria garganta.

Era melhor do que ele chegara a imaginar. Uma produção muito inteligente. A figura de Enkil agora despertava, erguia-se e caminhava como um boneco mecânico. Avançava para pegar de volta sua Rainha; Lestat foi lançado ao chão do santuário. E ali terminava o filme. O salvamento por Marius não fazia parte dele.

– Ah, quer dizer que não me torno uma celebridade da televisão – sussurrou ele com um breve sorriso.

Dirigiu-se para a porta da loja às escuras. A jovem estava esperando para deixá-lo entrar. Tinha na mão a fita de videocassete de plástico preto.

– Os 12 estão aí – disse. Bela pele negra e grandes olhos castanhos. A faixa de prata em volta do pulso brilhou à luz. Ele achou fascinante. Ela pegou o dinheiro com alegria, sem contá-lo. – Passaram em uma dúzia de canais. Consegui pegar todos. Terminei ontem à tarde.

– Você me serviu bem – respondeu ele. – Eu agradeço. – E pegou outro rolo de notas.

– Foi moleza – disse ela. Não queria receber mais dinheiro.

Mas vai.

Dando de ombros, ela pegou o dinheiro e enfiou no bolso.

Foi moleza. Ele adorava aquelas eloquentes expressões modernas. Adorava o súbito movimento dos viçosos seios quando ela dava de ombros e o macio ondular dos quadris sob as grossas roupas de brim que faziam-na parecer ainda mais suave e frágil. Uma flor incandescente. Quando ela tornou a abrir a porta, ele tocou no ninho macio de seus cabelos castanhos. Impensável alimentar-se de alguém que lhe fez um favor; alguém tão inocente. Não faria isso! No entanto, girou o corpo dela, os dedos enluvados escorregando através dos cabelos dela para aninhar-lhe a cabeça:

– Um beijinho só, minha bela.

Ela fechou os olhos; os dentes dele perfuraram instantaneamente a artéria, e a língua lambeu o sangue. Só um gostinho. Um minúsculo clarão de calor que se queimou em seu coração em menos de um segundo. Ele não recuou, lábios pousados na garganta frágil. Podia sentir-lhe a pulsação. A ânsia pela dose inteira era quase mais do que podia suportar. Pecado e remissão. Deixou-a ir. Alisou-lhe os cachos suaves e elásticos enquanto olhava dentro de seus olhos enevoados.

Não se lembre.

– Então adeus – disse ela, sorrindo.

⁂

Ficou imóvel na calçada deserta. E a sede, ignorada e importuna, gradualmente desapareceu. Ele olhou para a capa de papelão da fita de vídeo.

"Uma dúzia de canais", ela tinha dito. "Consegui pegar todos." Se assim era, seus protegidos já teriam visto Lestat, inevitavelmente, na grande tela colocada diante deles no santuário. Há muito tempo ele tinha colocado a antena parabólica na encosta acima do telhado, para trazer-lhes as transmissões do mundo inteiro. Um minúsculo computador trocava o canal a cada hora. Durante anos eles assistiram, sem expressão, às imagens e cores transformando-se diante de seus olhos sem vida. Teria havido um minúsculo movimento quando ouviram a voz de Lestat, ou viram suas próprias imagens? Ou ouviram seus próprios nomes cantados como se num hino?

Ora, ele logo saberia. Ia exibir o vídeo para eles. Ia estudar seus rostos congelados e brilhantes, em busca de alguma coisa – qualquer coisa – além do mero reflexo da luz.

– Ah, Marius, você nunca se desespera, não é mesmo? Você não é melhor que Lestat, com seus sonhos tolos...

⁂

Era meia-noite quando chegou em casa.

Fechou a porta de aço, bloqueando a neve forte, e, imóvel por um momento, deixou o ar aquecido rodeá-lo. A nevasca ferira-lhe o rosto e as orelhas, até mesmo os dedos enluvados. O calor era delicioso.

No silêncio, escutou o som familiar dos enormes geradores e o fraco pulsar eletrônico do televisor dentro do santuário, muitas centenas de metros abaixo. Será que Lestat estava cantando? Sim. Sem dúvida, as últimas palavras melancólicas de alguma outra canção.

Lentamente despiu as luvas. Removeu o chapéu e passou a mão pelos cabelos. Estudou o grande salão de entrada e a sala contígua, procurando qualquer evidência de que alguém tivesse estado ali.

Naturalmente isso era quase impossível. Estava a quilômetros de qualquer vestígio de civilização, num grande deserto gelado e coberto de neve. Mas por força do hábito ele sempre observava tudo com atenção. Havia alguns que poderiam penetrar nessa fortaleza, se soubessem onde ela fica.

Tudo certo. Postou-se diante do gigantesco aquário, o tanque enorme que ocupava a parede sul. Tinha construído aquilo cuidadosamente, com o vidro mais espesso e o equipamento mais moderno. Observou os cardumes de peixes multicoloridos passando por ele, mudando de direção subitamente à luz artificial. A enorme alga marinha oscilava de um lado para outro, uma floresta presa num ritmo hipnótico, movimentada pela leve pressão do arejador. Aquilo nunca deixara de cativá-lo, de prendê-lo de repente em sua espetacular monotonia. Os olhos redondos e negros dos peixes causavam-lhe um arrepio; as esguias árvores de alga, com suas folhas pontudas e amareladas, entusiasmavam-no vagamente, mas era o movimento, o constante movimento, que mais o perturbava.

Finalmente voltou as costas, com um último olhar, àquele mundo puro, inconsciente, incidentalmente belo.

Sim, estava tudo bem por ali.

Bom estar naqueles aposentos quentinhos. Nada de errado com os móveis de couro macio espalhados pelo espesso tapete cor de vinho. A lareira cheia de lenha. Livros ao longo das paredes. E o grande painel de equipamentos eletrônicos esperando que ele inserisse a fita de Lestat. Era o que desejava: acomodar-se junto ao fogo e assistir a cada filme em sequência. A produção o intrigava tanto quanto as próprias canções, a química de velho e novo – como Lestat usara as distorções da mídia para disfarçar-se perfeitamente, como qualquer roqueiro mortal tentando parecer um deus.

Tirou o sobretudo cinzento e jogou-o sobre uma cadeira.

Por que tudo aquilo lhe dava um prazer tão inesperado? Será que todos nós desejamos blasfemar, erguer os punhos na face dos deuses? Talvez. Muitos séculos antes, no que agora é chamado de "Roma Antiga", ele, o rapaz educado, sempre rira das travessuras das crianças más.

Deveria ir até o santuário antes de fazer qualquer outra coisa, sabia disso. Só por um instante, para certificar-se de que as coisas estavam certas. Verificar a televisão, o calor e todos os complexos sistemas elétricos. Colocar carvão e incenso no braseiro. Agora era tão fácil manter para eles um paraíso, com as lívidas luzes que forneciam nutrição do sol às árvores e flores que nunca tinham visto as luzes naturais do céu. Mas o incenso, isso tinha que ser feito à mão, como sempre. E ele nunca o espalhava sobre os carvões sem se lembrar da primeira vez que tinha feito isso.

Hora também de pegar um pano macio e cuidadosamente, respeitosamente, espanar o pó dos pais – de seus corpos duros e rígidos, até mesmo dos lábios e dos olhos, os olhos frios e imóveis. E, pensando bem, tinha sido um mês inteiro. Parecia um absurdo.

Sentiram saudades de mim, meus amados Akasha e Enkil? Ah, a velha brincadeira.

Sua mente afirmou-lhe, como sempre, que eles não sabiam nem se importavam se ele ia ou ficava. Mas seu orgulho sempre brincava com outra possibilidade. O demente trancado na cela do hospício não sente alguma coisa pelo escravo que lhe traz água? Talvez não fosse uma boa comparação. Certamente não era gentil.

Sim, eles tinham se movimentado por causa de Lestat, o príncipe-moleque, era verdade – Akasha, para oferecer o poderoso sangue, e Enkil, para vingar-se. E Lestat poderia fazer seus filmes sobre isso eternamente. Mas isso não vinha apenas provar, de uma vez por todas, que em nenhum deles a mente ainda existia? Com certeza não mais do que uma centelha atávica brilhara por um instante. Tinha sido simples demais levá-los de volta ao silêncio e à imobilidade de seu trono estéril.

No entanto, ele se amargurara. Afinal, nunca fora seu propósito transcender as emoções de um homem racional, e sim refiná-las, reinventá-las, deliciar-se com elas numa compreensão infinitamente aperfeiçoável. E no próprio instante ele se sentira tentado a voltar-se contra Lestat numa fúria demasiadamente humana.

Rapaz, por que você não se encarrega de Aqueles que Devem Ser Preservados, já que eles lhe concederam tão notável privilégio? Gostaria de me ver livre deles. Só estou submetido a esta carga desde o início da era cristã.

Mas, na realidade, esse não era seu sentimento mais elevado. Nem na época nem agora. Apenas uma indulgência temporária. A Lestat ele amava como sempre amara. Todo reino precisa de um príncipe-moleque. E o silêncio do Rei e da Rainha era, talvez, tanto uma bênção quanto uma maldição. A canção de Lestat acertara em cheio, nesse ponto. Mas quem algum dia tiraria essa dúvida?

Ah, mais tarde ele desceria com a fita e observaria com seus próprios olhos, naturalmente. E se houvesse o mínimo pestanejar, a mínima modificação em seus olhares eternos...

Mas lá vou eu de novo. Lestat me deixa jovem e estúpido. Capaz de me alimentar de inocência e sonhar com desastres.

Quantas vezes, ao longo das eras, tais esperanças haviam surgido, apenas para deixá-lo ferido, de coração partido! Muitos anos antes, ele lhes trouxera filmes coloridos do sol nascente, do céu azul, das pirâmides do Egito. Ah, que milagre! Diante dos olhos deles fluíam as águas do Nilo, banhadas de sol. Ele próprio tinha chorado diante da perfeição da ilusão. Chegara até a temer que o sol cinematográfico ferisse, embora naturalmente soubesse que isso era impossível. Mas tal tinha sido o calibre da invenção. A ponto de permitir que ele pudesse ficar ali vendo o nascer do sol, coisa que não tinha visto desde que era um homem mortal.

Mas Aqueles que Devem Ser Preservados olhavam com imperturbável indiferença – ou seria pasmo, o grande pasmo abrangente que fazia com que até as partículas de poeira no ar fossem uma fonte de eterna fascinação?

Quem chegará a saber? Eles viveram quatro mil anos antes mesmo que ele tivesse nascido. Talvez as vozes do mundo trovejassem em seus cérebros, tão aguda era sua audição telepática; talvez um bilhão de imagens em mutação os cegasse a tudo o mais. Certamente essas coisas quase o enlouqueceram antes que ele aprendesse a controlá-las.

Chegara até a ocorrer-lhe trazer aparelhagens médicas modernas para estudar esse ponto, prender eletrodos em suas cabeças para testar os padrões de seus cérebros! Mas a ideia de instrumentos tão rústicos e feios era desagradável demais. Afinal, eles eram seu Rei e sua Rainha, o Pai e a Mãe de todos nós. Sob seu teto eles tinham reinado durante dois milênios sem ser desafiados.

Um defeito ele tinha que admitir: ultimamente tinha um tom ácido ao falar com eles. Não era mais o Sumo Sacerdote quando entrava na câmara. Não. Havia algo brusco e sarcástico em seu tom, e aquilo não era digno dele. Talvez fosse o que chamavam "o temperamento moderno". Como alguém podia viver num mundo de foguetes indo à Lua sem uma intolerável autoconsciência ameaçando cada sílaba trivial? E ele nunca ficara alheio ao século em que vivia.

Fosse como fosse, agora ele tinha que ir ao santuário. E iria purificar seus pensamentos adequadamente. Não entraria com ressentimento ou desespero. Mais tarde, depois de ver os filmes, ele os passaria para eles. Ficaria lá, observando. Mas não tinha coragem para isso agora.

Entrou no elevador de aço e apertou o botão. O gemido eletrônico e a súbita perda de gravidade deram-lhe um vago prazer sensual. O mundo de hoje era tão cheio de sons que ele nunca ouvira antes! Era bem divertido. E havia também a deliciosa sensação de mergulhar centenas de metros num poço através do gelo sólido para alcançar as câmaras lá embaixo, eletricamente iluminadas.

Abriu a porta e saiu para o corredor acarpetado. Era Lestat novamente, cantando no santuário, uma canção rápida, mais alegre, a voz lutando contra um trovão de tambores e os gemidos eletrônicos distorcidos e ondulantes.

Mas algo não estava certo. Ele sentiu isso apenas olhando para o comprido corredor. O som era alto demais, claro demais. As antecâmaras que levavam ao santuário estavam abertas!

Foi imediatamente para lá. As portas elétricas haviam sido destrancadas e abertas. Como podia ser? Só ele conhecia o código das séries de botões no computador. O segundo par de portas também estava escancarado, assim como o terceiro. Na realidade, ele conseguia enxergar dentro do próprio santuário, a visão bloqueada apenas pela parede de mármore branco da pequena alcova. Os lampejos vermelhos e azuis da tela da televisão, mais além, eram como a luz de uma velha estufa a gás.

E a voz de Lestat ecoava poderosamente pelas paredes de mármore, pelo teto abobadado:

Matem-nos, meus irmãos e irmãs,
A guerra começou.
Entendam o que veem,
Quando me virem.

Respirou fundo. Não havia outro som além da música, que agora desaparecia, substituída por uma conversa de mortais. E nenhum forasteiro. Ele saberia. Ninguém em sua toca. Seus instintos lhe davam certeza disso.

Houve uma pontada de dor em seu peito. Ele chegou a sentir um calor no rosto. Incrível.

Atravessou as antecâmaras de mármore e parou junto à porta da alcova. Estava rezando? Estava sonhando? Sabia o que logo veria: Aqueles que Devem Ser Preservados, exatamente como sempre foram. E uma explicação trivial para as portas – um curto-circuito ou um fusível queimado logo surgiria.

No entanto, de repente ele sentiu não medo, mas a crua expectativa de um jovem místico à beira de uma visão, à beira de ver o Deus vivo ou ter nas próprias mãos os estigmas sangrentos.

Calmamente entrou no santuário.

Por um instante não percebeu. Viu o que esperava ver: o aposento comprido cheio de árvores e flores, o banco de pedra que era o trono e atrás dele a grande tela de televisão pulsando com olhos, bocas, risos sem importância. Então reconheceu o fato: havia apenas uma figura sentada no trono, e essa figura estava quase completamente transparente! As cores violentas da distante tela da televisão passavam através dela!

Não, mas isso era inteiramente fora de questão. Marius, olhe direito. Nem mesmo os seus sentidos são infalíveis. Como um perturbado mortal, ele levou as mãos à cabeça, como se para afastar as distrações.

Estava olhando para as costas de Enkil, que, excetuando os cabelos negros, transformara-se numa espécie de estátua de vidro leitoso através da qual as cores e as luzes movimentavam-se com leve distorção. De repente, um súbito clarão de luz fez com que a figura se tornasse uma fonte de raios brilhantes.

Sacudiu a cabeça. Impossível. Então seu corpo inteiro estremeceu.

– Certo, Marius – sussurrou. – Vá devagar.

Mas dezenas de suspeitas informes ferviam em sua mente.

Alguém tinha vindo, alguém mais velho e mais poderoso do que ele, alguém que tinha descoberto Aqueles que Devem Ser Preservados e tinha feito algo inominável! E tudo obra de Lestat! Lestat, que tinha contado ao mundo o seu segredo.

Seus joelhos estavam fracos. Imagine! Havia tanto tempo que ele não sentia aquelas fraquezas dos mortais que as esquecera completamente. Devagar, tirou do bolso um lenço de linho. Enxugou a fina camada de suor de sangue que cobria sua testa. Depois moveu-se em direção ao trono, rodeou-o e parou diretamente defronte à figura do Rei.

Enkil como ele fora durante dois mil anos, os cabelos pretos em múltiplas tranças longas e finas caindo até os ombros; o pesado colar de ouro de encontro ao peito liso e glabro, o linho do kilt impecável em suas pregas marcadas, os anéis ainda nos dedos imóveis.

Mas o corpo em si era vidro! E inteiramente oco! Até mesmo as enormes órbitas brilhantes eram transparentes, apenas círculos sombreados definindo as íris. Não, espere. Observe tudo. Ali estão os ossos, transformados na mesma substância da carne, ali estão eles, e também a fina rede de veias e artérias, e alguma coisa como pulmões lá dentro, mas agora é tudo transparente, tudo da mesma textura. Mas o que lhe tinham feito?!

E a coisa ainda estava mudando. Diante de seus próprios olhos perdia o tom leitoso. Estava secando, tornando-se cada vez mais transparente.

Hesitantemente, ele tocou na estátua. Não era vidro. Uma casca.

Mas seu gesto descuidado tinha desequilibrado a coisa. O corpo oscilou, depois caiu sobre o chão de mármore, os olhos abertos, os membros rígidos na posição anterior. Fez um som como o raspar de um inseto ao cair.

Apenas os cabelos se moveram. Os cabelos macios e negros. Mas também estavam mudando. Estavam se despedaçando. Quebrando-se em minúsculos cacos brilhantes. Uma fria corrente de ventilação espalhava os cacos como se fossem palha. E quando a garganta ficou descoberta ele viu nela dois furos escuros. Feridas que não tinham cicatrizado como deveriam porque todo o sangue havia sido retirado da coisa.

– Quem fez isto? – falou ele em voz alta, apertando os dedos da mão direita como se isso fosse impedi-lo de gritar.

Quem poderia ter tirado a última gota de vida? E a coisa estava morta. Não havia a menor dúvida. E o que era revelado por aquele terrível espetáculo?

Nosso Rei foi destruído, nosso Pai. E eu vivo ainda; respiro. E isso só pode significar que ela contém o poder primal. Ela era a primeira, e o poder sempre residiu nela. *E alguém a levou!*

Procurar no sótão. Revistar a casa. Mas esses eram pensamentos tolos, frenéticos. Ninguém entrara ali, e ele sabia disso. Apenas uma criatura poderia ter feito isso! Uma criatura apenas saberia que tal coisa finalmente era possível.

Ele não se moveu. Ficou encarando a figura estendida no chão, observando-a perder os últimos traços de opacidade. E desejou poder chorar por aquela coisa, pois alguém certamente deveria. Desaparecido, com tudo o que sempre soube, tudo o que testemunhou. Isso também estava chegando ao fim. Aceitar esse fato parecia acima de sua capacidade.

Mas ele não estava sozinho. Alguém ou alguma coisa acabara de sair da alcova, ele podia sentir-se observado.

Por um momento – um instante claramente irracional – manteve os olhos no Rei caído. Tentava compreender com toda a calma possível tudo o que estava acontecendo à sua volta. A coisa se movia atrás dele agora, sem um som; tornava-se uma sombra graciosa no canto dos seus olhos, quando contornou o trono e pôs-se a seu lado.

Sabia quem era, quem tinha de ser, que se aproximava com a pose natural de um ser vivo. Mesmo assim, quando ergueu os olhos, nada poderia tê-lo preparado para aquele momento.

Akasha, parada a dez centímetros dele. A pele era branca, dura e opaca como sempre fora. As faces brilhavam como pérola quando ela sorriu, os olhos escuros úmidos e cheios de vida, a pele enrugando-se levemente em volta. Eles positivamente cintilavam de vitalidade.

Ele a encarou sem falar. Observou-a erguer os dedos cheios de joias para tocar-lhe o ombro. Fechou os olhos, depois abriu-os. Ao longo de milhares de anos tinha falado com ela em tantas línguas – orações, súplicas, queixas, confissões –, e agora não dizia uma palavra sequer. Simplesmente olhava para os lábios dela, para os caninos brancos, para o frio brilho de reconhecimento no olhar, o macio e suave vale entre os seios que se moviam sob o colar de ouro.

– Você me serviu bem – disse ela. – Eu agradeço.

A voz era baixa, rouca, linda. Mas a entonação, as palavras! Eram o que ele tinha dito horas antes à garota na loja às escuras na cidade!

Os dedos apertaram o ombro dele.

– Ah, Marius! – continuou ela, imitando perfeitamente o tom dele. – Você nunca se desespera, não é verdade? Não é melhor que Lestat, com seus sonhos tolos.

Novamente suas próprias palavras, ditas a si mesmo numa rua de San Francisco. Ela zombava dele!

Isso era terror? Ou era ódio o que ele sentia, um ódio que havia séculos esperava dentro dele, misturado com ressentimento e cansaço, e piedade de seu coração humano, um ódio que agora fervia a um ponto que ele nunca teria imaginado. Não ousava mover-se, falar. O ódio era novo e espantoso, e o tinha dominado inteiramente, e ele nada podia fazer para controlá-lo ou compreendê-lo. Todo raciocínio o abandonara.

Mas ela sabia. Naturalmente. Sabia de tudo, cada pensamento, palavra, ato, era o que estava lhe dizendo. Sempre soubera tudo e qualquer coisa que desejasse saber! E sabia que a coisa sem mente a seu lado não podia mais defender-se. E esse, que deveria ter sido um momento triunfal, era de alguma forma um momento de horror!

Ela riu baixinho enquanto olhava para ele. Ele não conseguia suportar aquele som. Teve vontade de feri-la. De destruí-la, que todos os seus filhos monstruosos se danassem! Que nós todos morramos com ela! Se pudesse, ele a teria destruído!

Ela pareceu assentir, dizer-lhe que compreendia. Que insulto monstruoso! Bem, ele não compreendia. E em outro momento estaria chorando como uma criança. Um terrível engano tinha sido cometido, uma horrível distorção de objetivo.

– Meu caro servo – disse ela, os lábios alongando-se num sorriso leve e amargo. – Você nunca teve poder para me impedir.

– O que você quer? O que pretende fazer?

– Perdoe-me, por favor – disse ela, ah, com tanta delicadeza, exatamente como ele tinha se dirigido ao rapaz nos fundos do bar. – Estou de saída.

Ele ouviu o som antes que o chão se movesse: o rangido de metal rasgando-se. Ele estava caindo, e a tela da televisão explodira, o vidro perfurando sua pele como minúsculos punhais. Gritou, como um mortal, e dessa vez era de medo. O gelo rachava, rugindo, e caía em cima dele.

– Akasha!

Ele estava caindo numa fenda gigantesca, mergulhando na frieza escaldante.

– Akasha! – tornou a gritar.

Mas ela havia partido, e ele ainda estava caindo. Então o gelo prendeu-o, cercou-o, enterrou-o, esmagando os ossos dos braços, das pernas, do rosto. Ele sentiu o sangue jorrando de encontro à superfície cortante, congelando-o em seguida. Não conseguia se mover. Não conseguia respirar. E a dor era tão intensa que ele não conseguia suportar. Tornou a ver a selva, inexplicavelmente, por um instante, como tinha visto mais cedo. A selva quente e fétida, e alguma coisa movendo-se através dela. Então ela sumiu. E, dessa vez, quando ele gritou foi para Lestat: Perigo. Lestat, cuidado! Estamos todos em perigo!

Então houve apenas o frio e a dor, e ele perdeu a consciência. Um sonho se aproximava, um lindo sonho de sol quente brilhando numa clareira coberta de relva. Sim, o sol abençoado. O sonho agora o dominava. E as mulheres, que lindos os seus cabelos vermelhos. Mas o que era aquilo, a coisa que ali jazia sob as folhas murchas, no altar?

PRIMEIRA PARTE
A ESTRADA PARA O VAMPIRO LESTAT

Tentador colocar em colagem coerente
a abelha, a cordilheira, a sombra
do meu casco –
tentador juntá-las, enlaçadas pelo lógico
fio de pensamento molecular
vasto & brilhante
através de toda a Substância –
Tentador

dizer que vejo em tudo que vejo
o lugar onde a agulha
iniciou a tapeçaria – mas, ah,
tudo parece ser todo e ser parte –
viva o globo do olho e o coração lúcido.

STAN RICE
de "Four days in another city"
Some Lamb (1975)

1

A Lenda das Gêmeas

Diga
em ritmada
continuidade.
Detalhe por detalhe
as criaturas vivas.
Diga
como deve ser, o ritmo
sólido na forma.
Mulher. Braços erguidos. Comedora de sombra.

STAN RICE
de "Elegy"
Whiteboy (1976)

— Chame-a para mim – disse ele. – Diga-lhe que tive os sonhos mais estranhos, eram sobre as gêmeas. Você tem que chamá-la!

A filha não queria fazer isso. Observou-o lutar com o livro. Suas mãos agora eram suas inimigas, ele costumava dizer. Aos 91 anos, mal podia segurar um lápis ou virar uma página.

– Papai, essa mulher com certeza está morta – disse ela. Todos os que ele conhecera estavam mortos. Ele sobrevivera aos colegas, sobrevivera aos irmãos e às irmãs, e até a dois de seus filhos. De um modo trágico sobrevivera às gêmeas, pois agora ninguém lia seu livro. Ninguém se importava com a "Lenda das Gêmeas".

– Não, telefone para ela – insistiu. – Precisa chamá-la. Diga-lhe que sonhei com as gêmeas. Eu as vi no sonho.

– Por que ela iria querer saber disso, papai?

A filha pegou a pequena caderneta de endereços e folheou-a lentamente. Mortas, todas aquelas pessoas, havia muito tempo. Os homens que tinham acompanhado seu pai em tantas expedições, os editores e os fotógrafos que tinham trabalhado com ele no livro. Até seus inimigos, que disseram que sua vida foi desperdiçada, que sua pesquisa dera em nada; até os mais grosseiros, que o acusaram de adulterar as pinturas e mentir sobre as cavernas, coisa que seu pai nunca tinha feito.

Por que ela ainda estaria viva, a mulher que tinha financiado suas antigas expedições, a mulher rica que durante tantos anos mandou-lhe tanto dinheiro?

– Tem que pedir-lhe para vir! Diga que é muito importante. Preciso contar a ela o que vi.

Vir? Viajar até o Rio de Janeiro porque um velho teve uns sonhos estranhos? A filha encontrou a página, e realmente lá estavam o nome e o número. E a data ao lado apenas dois anos antes.

– Ela mora em Bangcoc, papai.

Que horas seriam em Bangcoc? Ela não tinha ideia.

– Mas ela virá me ver. Sei que virá.

Ele fechou os olhos e acomodou-se na almofada. Agora era pequenino, encolhido. Mas, quando abriu os olhos, era o pai dela quem a encarava, apesar da pele amarelada e enrugada, das manchas escuras nas costas das mãos engelhadas, da cabeça calva.

Ele agora parecia estar escutando a música, o canto suave do vampiro Lestat, que vinha do quarto dela. Ela pensou em baixar o volume, se aquilo o incomodasse. Não era uma grande fã dos roqueiros americanos, mas gostava daquele.

– Diga-lhe que preciso falar com ela! – disse ele de repente, como se voltasse a si.

– Certo, papai, se é o que você quer. – Desligou a lâmpada de cabeceira. – Agora volte a dormir.

– Não desista até encontrá-la. Diga-lhe... as gêmeas! Vi as gêmeas.

Enquanto ela saía ele a chamou de volta com um daqueles gemidos súbitos que sempre a assustavam. À luz do vestíbulo, ela viu que ele apontava para os livros na parede oposta.

– Pegue para mim – pediu ele, lutando para levantar-se.

– O livro, papai?

– As gêmeas, as pinturas...

Ela pegou o velho volume e colocou-o em seu colo. Aprumou os travesseiros e tornou a ligar a lâmpada.

Doía-lhe erguê-lo e sentir como ele estava leve; doía-lhe vê-lo lutar para colocar os óculos de armação de prata. Ele pegou o lápis para ler com ele na mão, pronto para escrever, como sempre fizera, mas então deixou-o cair; ela o pegou e o recolocou na mesa.

– Vá ligar para ela! – pediu ele.

Ela assentiu. Mas ficou ali, caso ele precisasse. A música que vinha do quarto estava mais alta, uma das canções mais metálicas e ruidosas. Mas ele não parecia notar. Com muita delicadeza ela abriu o livro para ele no primeiro par de figuras coloridas, uma ocupando a página à esquerda, a outra, à direita.

Como ela conhecia bem essas figuras, como se lembrava, ainda menininha, da longa subida com ele até a caverna no monte Carmelo, onde ele a levara para dentro da escuridão seca e poeirenta, a lanterna erguida para revelar os entalhes pintados na parede!

– Ali, as duas figuras, está vendo? As mulheres de cabelos vermelhos...

A princípio tinha sido difícil distinguir as figuras grosseiramente desenhadas à luz baça da lanterna. Muito mais fácil estudá-las mais tarde, os detalhes lindamente revelados pela câmera.

Mas nunca esqueceria aquele primeiro dia, quando ele lhe mostrava cada pequena sequência: as gêmeas dançando na chuva que caía em pequenos pontinhos de um borrão de nuvem; as gêmeas ajoelhadas de cada lado do altar, sobre o qual jazia um corpo adormecido ou morto; as gêmeas prisioneiras, diante de um tribunal de figuras raivosas; as gêmeas fugindo. E então a pintura estragada, da qual nada pôde ser recuperado; e finalmente uma das gêmeas sozinha, chorando, as lágrimas caindo em pontinhos, como a chuva, dos olhos que também eram minúsculos pontinhos pretos.

Tinham sido entalhadas na rocha, com acréscimo de pigmentos – laranja para os cabelos, giz branco para as roupas, verde para as plantas que cresciam ao redor delas, e até mesmo azul para o céu acima de suas cabeças. Seis mil anos tinham se passado desde que elas tinham sido criadas na profunda escuridão da caverna.

Não menos antigos eram os entalhes quase idênticos, numa pequena câmara de pedra no alto da encosta de Huayna Picchu, do outro lado do mundo.

Ela também fizera essa viagem com o pai, um ano depois, atravessando o rio Urubamba e subindo pelas matas do Peru. Vira as mesmas duas mulheres num estilo notavelmente semelhante, embora não fosse o mesmo.

Também lá, na parede lisa, havia as mesmas cenas da chuva caindo, as gêmeas ruivas em sua alegre dança. E então a sombria cena do altar, em detalhes. Era o corpo de uma mulher sobre o altar, e as gêmeas seguravam nas mãos dois pratos minúsculos, cuidadosamente desenhados. Soldados assistiam à cerimônia com espadas erguidas. As gêmeas foram aprisionadas, chorando. E então veio o tribunal hostil e a fuga. Em outra figura, apagada, mas ainda visível, as gêmeas seguravam uma criança, uma pequena trouxinha com pontinhos no lugar dos olhos e o mínimo de cabelos vermelhos; então entregaram seu tesouro a outras pessoas, quando mais uma vez surgiram os soldados ameaçadores.

E finalmente a gêmea única, no meio das frondosas árvores da floresta, braços estendidos como se procurasse a irmã, o pigmento vermelho dos cabelos preso à parede de pedra com sangue coagulado.

Como ela conseguia recordar a excitação! Tinha compartilhado do êxtase do pai, de ter encontrado as gêmeas em mundos inteiramente diferentes, naquelas figuras antigas, enterradas nas cavernas das montanhas da Palestina e do Peru.

Parecia o maior acontecimento da história; nada poderia ser tão importante. Então, um ano depois, foi descoberto em Berlim um vaso com as mesmas figuras, ajoelhadas, pratos nas mãos, diante de um caixão de pedra. Uma obra grosseira, sem documentação. Mas e daí? Tinha sido datada de 4000 a.C. pelos métodos mais seguros, e ali, na linguagem recém-traduzida da antiga Suméria, estavam as palavras que significavam tanto para todos eles:

“A Lenda das Gêmeas”

Sim, tão terrivelmente importante parecia tudo aquilo na época! O alicerce do trabalho de uma vida inteira, até que ele publicou suas pesquisas.

Então riram dele. Ou o ignoraram. Tal elo entre o Velho e o Novo Mundo não era confiável. Seis mil anos de idade, ora! Relegaram-no ao departamento dos excêntricos, juntamente com aqueles que falavam de astronautas antigos, Atlântida e o reino perdido de Mu.

Ele discutiu, ensinou, suplicou-lhes que acreditassem, que viajassem com ele até as cavernas para verem por si mesmos! Ofereceu as amostras de pigmento, os relatórios dos laboratórios, os estudos detalhados das plantas nos entalhes e até das roupas brancas das gêmeas.

Outro homem teria desistido. Todas as universidades e fundações lhe fecharam as portas. Ele não tinha dinheiro sequer para sustentar os filhos. Aceitou um cargo de professor para ganhar o pão com manteiga, e à noite escrevia cartas para museus no mundo inteiro. Então um tablete de cerâmica, coberto de desenhos, foi descoberto em Manchester, e outro em Londres, ambos mostrando claramente as gêmeas! Com dinheiro emprestado ele viajou para fotografar esses artefatos. Escreveu sobre eles para publicações obscuras. E continuou sua busca.

Então ela aparecera, a mulher calada e excêntrica que o escutara, vira seu material e então lhe dera um papiro antigo, encontrado no princípio do século numa caverna no Alto Egito, que continha alguns dos mesmos desenhos, e as palavras "A Lenda das Gêmeas".

"Um presente para você", dissera ela. E então comprou o vaso do museu em Berlim para ele. E também os tabletes da Inglaterra.

Mas era a descoberta peruana que a fascinava mais do que tudo. Deu uma quantia ilimitada de dinheiro para que ele voltasse à América do Sul e continuasse seu trabalho.

Durante anos ele revistou caverna após caverna à procura de mais evidências, falou com aldeões sobre seus mitos mais antigos, estudou ruínas, templos, até mesmo antigas igrejas cristãs, procurando pedras retiradas de santuários pagãos.

Mas décadas se passaram e ele nada encontrou.

Isso resultou na sua ruína. Mesmo ela, sua benfeitora, dissera-lhe para desistir. Não queria ver a vida dele gasta dessa maneira. Ele devia deixar que homens mais jovens continuassem. Mas ele não escutava. Aquela era a sua descoberta! A Lenda das Gêmeas! E assim ela continuou assinando os cheques, e ele continuou o trabalho até ficar velho demais para subir montanhas e atravessar florestas.

Nos últimos anos ele fazia poucas conferências. Não conseguia interessar os estudantes novos nesse mistério, mesmo quando mostrava o papiro, o vaso, os tabletes. Afinal, aqueles itens na verdade não se ajustavam a parte alguma, não eram de qualquer período definível. E as cavernas, alguém poderia encontrá-las agora?

Mas ela havia sido leal, a sua benfeitora. Comprara-lhe essa casa no Rio, criara para ele um fundo que iria para a filha quando ele morresse. O dinheiro dela pagou a educação da filha e muitas outras coisas. Estranho que vivessem com tanto conforto – como se afinal ele tivesse sido bem-sucedido.

– Ligue para ela – tornou ele a dizer.

Estava ficando agitado, e as mãos vazias raspavam as fotografias. Afinal, a filha não se movera. Ela ficou parada ao lado dele olhando as figuras, as fotos das gêmeas.

– Está bem, papai.

E deixou-o com o livro.

*

Já era o fim da tarde do dia seguinte quando a filha foi dar-lhe um beijo. A enfermeira disse que ele andara chorando como uma criança. Ele abriu os olhos quando a filha apertou-lhe a mão.

– Agora sei o que fizeram a elas – declarou. – Eu vi! Foi sacrilégio o que fizeram!

A filha tentou acalmá-lo. Disse-lhe que tinha chamado a mulher. Ela estava a caminho.

– Não estava em Bangcoc, papai. Mudou-se para a Birmânia; para Ragoon. Mas consegui falar com ela, e ela ficou feliz em ter notícias suas. Disse que partiria dentro de algumas horas. Queria saber sobre os sonhos.

Ele ficou muito feliz. Ela viria! Fechou os olhos e virou a cabeça no travesseiro.

– Os sonhos vão começar de novo, depois do escurecer – sussurrou. – A tragédia inteira vai recomeçar.

– Papai, descanse até ela chegar.

*

Ele morreu durante a noite. Já estava frio quando a filha entrou. A enfermeira estava aguardando instruções. Ele tinha o olhar opaco, de pálpebras semicerradas, dos mortos. O lápis estava sobre a colcha, e havia um pedaço de papel – a orelha do seu precioso livro – amassado em sua mão direita.

Ela não chorou. Por um instante nada fez. Lembrou-se da caverna na Palestina, da lanterna: "Está vendo? As duas mulheres?"

Fechou com suavidade os olhos dele, beijou-lhe a testa. Ele escrevera algo no pedaço de papel. Ela ergueu os dedos frios, rígidos, e removeu-o de sua mão. Leu as palavras que ele rabiscara com sua letra irregular:

"NAS FLORESTAS – CAMINHANDO"

O que poderia significar aquilo?

E agora era tarde demais para alcançar a mulher, que com certeza chegaria à noite. Viajar de tão longe...

Bem, daria a ela o papel, caso fosse importante, e lhe contaria as coisas que ele disse a respeito das gêmeas.

2

A vida curta e feliz de Baby Jenks e a Gangue das Garras

O mortebúrguer
é servido aqui.
Na porta do Céu
não há fila de espera
para a morte sem fermento.
Você pode bater as botas
aí mesmo neste canto.
Maionese, cebola, domínio da carne.
Se quer comê-lo,
tem que nutri-lo.
"Volte sempre."
"É isso aí."

STAN RICE
de "Texas suite"
Some Lamb (1975)

Baby Jenks forçou sua Harley a fazer 105 quilômetros por hora, o vento congelando suas mãos alvas, nuas. Tinha 14 anos no verão anterior, quando haviam feito aquilo com ela, transformando-a em mais uma dos Mortos, e pesava 38,5 quilos. Não penteava o cabelo desde que acontecera, não precisava, e suas duas trancinhas louras eram jogadas para trás pelo vento, caindo dos ombros da jaqueta de couro preta. Inclinada para a frente, o rosto crispado, a boca delicada voltada para baixo, ela parecia má, e enganadoramente bonitinha. Os grandes olhos azuis eram vagos.

O rock do vampiro Lestat berrava nos fones, de modo que ela nada sentia além da vibração da gigantesca moto sob ela e a louca solidão que vinha sentindo desde que deixara Gun Barrel City, cinco noites antes. E havia um sonho que a perturbava, um sonho que vinha tendo todas as noites antes de abrir os olhos.

No sonho ela via aquelas gêmeas ruivas, duas moças bonitas, e então aconteciam todas aquelas coisas horríveis. Não, ela não estava gostando droga nenhuma daquilo, e se sentia tão solitária que estava enlouquecendo.

A Gangue das Garras não foi ao encontro dela no sul de Dallas, como haviam combinado. Ela ficou esperando duas noites no cemitério, e então viu que alguma coisa estava muito, muito errada. Eles nunca seguiriam para a Califórnia sem ela. Iam ver o show do vampiro Lestat em San Francisco, mas tinham bastante tempo. Não, havia alguma coisa errada. Ela sabia.

Mesmo no tempo em que era viva, Baby Jenks sentia essas coisas. E agora que era uma dos Mortos, isso era dez vezes mais forte. Sabia que a Gangue das Garras estava com sérios problemas. O Matador e Davis nunca a teriam largado. O Matador dizia que a amava. Por que diabos ele a teria feito, se não a amasse? Ela teria morrido em Detroit se não fosse pelo Matador.

Estava morrendo de hemorragia, o médico havia feito o serviço, não tinha mais bebê, mas ela também ia morrer, ele tinha cortado uma coisa qualquer lá dentro, e ela, tão doidona de heroína que estava se lixando. E então aconteceu aquela coisa engraçada: ela flutuou até o teto e ficou olhando para o corpo lá embaixo! E não era viagem, não. Parecia que muita coisa estava para acontecer.

Mas lá embaixo o Matador entrou no quarto, e lá de cima, onde estava flutuando, ela viu que ele era um dos Mortos. Claro que então não sabia como ele se chamava. Só sabia que não era vivo. Fora isso, o aspecto dele era bastante comum. Jeans pretos, cabelos pretos, olhos pretos de verdade. Nas costas da jaqueta estava escrito "Gangue das Garras". Sentou-se na cama, junto ao corpo, e inclinou-se sobre ele.

– Que menininha bonitinha! – falou.

A mesma porcaria que o cafetão dizia quando a fazia trançar os cabelos e colocar presilhas de plástico antes de ir para a esquina.

Então, *vuuuuum!* Ela estava de volta ao corpo, cheia de alguma coisa mais quente e melhor que pó, e ouviu-o dizer:

– Você não vai morrer, Baby Jenks, nunca!

Ela estava com os dentes cravados no maldito pescoço dele, e, bicho, que barato!

Mas aquela parte de nunca morrer... Ela agora não tinha tanta certeza.

Antes de se mandar de Dallas, desistindo para sempre da Gangue das Garras, ela vira a casa comunal na avenida Suíça reduzida a escombros pelo fogo. Todos os vidros das janelas explodidos. Tinha sido o mesmo em Oklahoma. Que merda tinha acontecido a todos os Mortos naquelas casas? E eram chupadores de cidade grande, os espertos que chamavam a si próprios de vampiros.

Como ela havia rido quando o Matador e Davis lhe contaram isso, que aqueles Mortos andavam de terno e gravata, ouviam música clássica e chamavam a si mesmos de vampiros. Baby Jenks quase morreu de rir. Davis também achava muito engraçado, mas o Matador não se cansava de aconselhá-la contra eles. Fique longe deles.

O Matador e Davis, junto com Tim e Russ, passaram com ela em frente à casa comunal na avenida Suíça pouco antes que ela os deixasse para ir a Gun Barrel City.

– Você tem que saber sempre onde é, para depois ficar longe – afirmara Davis.

Mostravam-lhe a casa comunal de cada cidade grande onde chegavam. Mas foi quando lhe mostraram a primeira, em St. Louis, que lhe contaram toda a história.

Ela fora bem feliz com a Gangue das Garras desde que deixaram Detroit, alimentando-se dos homens que atraíam para fora dos bares de estrada. Tim e Russ eram legais, mas o Matador e Davis eram seus amigos especiais e os líderes da Gangue das Garras.

De vez em quando entravam na cidade e encontravam um barraco qualquer, vazio, ou então com dois moradores de rua, homens que se pareciam um pouco com o pai dela, usando bonés velhos, com mãos muito calejadas. E então se banqueteavam com os sujeitos. Sempre se pode viver de gente assim, dissera-lhe o Matador, porque ninguém se importa com o que acontece com eles. Golpeavam depressa, *cabuum*! E bebiam depressa o sangue, secando-os até a última batida do coração. Não era divertido torturar pessoas assim, dizia o Matador. Sempre ficava com pena deles. Depois de fazer o que era feito, era preciso incendiar o barraco, ou então levá-los para fora e enterrá-los num buraco bem fundo. E caso não se pudesse fazer alguma coisa para disfarçar, então usava-se um pequeno truque: corte o dedo, deixe seu sangue de Morto cair em cima da mordida por onde você os secou e, veja só, os dois buraquinhos desaparecem! Ninguém vai desconfiar; vai ficar parecendo um derrame ou um enfarte.

Baby Jenks estava se divertindo. Ela conseguia manejar uma Harley grande, carregar um cadáver com um só braço, saltar por cima do capô de um carro, era fantástico. E ainda não estava tendo o maldito sonho, aquele que tinha começado em Gun Barrel City – com aquelas gêmeas ruivas e o corpo daquela mulher deitado naquele altar. *O que é que estavam fazendo?*

Que faria ela agora se não encontrasse a Gangue das Garras? Lá na Califórnia o Vampiro Lestat faria seu show dali a duas noites. E todos os Mortos da criação estariam lá; pelo menos era o que ela imaginava, e o que a Gangue das Garras tinha imaginado, e todos deveriam estar juntos. Então, que droga ela estava fazendo, perdida da Gangue das Garras e indo para uma cidade mijona feito St. Louis?

Tudo o que queria é que as coisas fossem como antes, merda! Ah, o sangue era bom, humm, era tão bom, mesmo agora que estava sozinha e tinha que criar coragem, como tinha sido nessa noite, para parar num posto de gasolina e atrair o velhote para os fundos. Ah, sim, *snap*, quando ela colocou as mãos no pescoço dele, e o sangue veio, tinha sido ótimo, como hambúrguer, batata frita, sorvete de morango, como cerveja e sundae de chocolate. Era como um pico na veia, coca e haxixe. Era melhor que trepar! Era tudo junto.

Mas tudo era melhor quando a Gangue das Garras estava com ela. E eles tinham entendido quando ela se cansou dos velhotes e disse que queria alguma coisa nova e macia. Nenhum problema. Ora, ela precisava de uma criança fugindo de casa, disse o Matador. É só fechar os olhos e desejar. E foi assim mesmo, encontraram o garoto pedindo carona na estrada, uns sete quilômetros depois de uma cidade qualquer no norte do Missouri. O nome dele era Parker. Bem bonitinho, com cabelos escuros, compridos e desgrenhados; tinha só 12 anos, mas era bem alto para a idade, tinha alguns pelos no queixo e tentava passar por 16. Subiu na moto dela e eles levaram-no para o bosque. Então Baby Jenks deitou-se com ele, com muita delicadeza, e pronto, foi o fim de Parker.

Foi mesmo delicioso; a palavra era "suculento". Mas ela não sabia se no fundo foi melhor do que com os velhos. E com eles havia mais diversão. O velho sangue dos garotos, chamava Davis.

Davis era um Morto negro, e muito bonitão, no entender de Baby Jenks. A pele tinha um brilho dourado, o brilho dos Mortos que, no caso dos Mortos brancos, faz com que pareça estar sempre sob luz fluorescente. Davis também tinha lindos cílios, inacreditavelmente longos e espessos, e usava todo o ouro que conseguia encontrar. Roubava os anéis, relógios, correntes e objetos de ouro das vítimas.

Davis adorava dançar. Todos eles adoravam dançar. Mas Davis conseguia dançar mais do que os outros. Iam dançar nos cemitérios, por volta das três da manhã, depois de terem se alimentado, enterrado os mortos etc. Colocavam o rádio portátil a todo volume em cima de uma sepultura, com o vampiro Lestat rugindo "O Grande Sabá", que era a canção boa para dançar. Ah, como era bom girar, contorcer-se e saltar no ar, ou então contemplar Davis e o Matador dançando e Russ girando em círculos até cair. Aquilo sim era a verdadeira dança dos Mortos!

E se aqueles chupadores de sangue da cidade grande não se tocavam disso, eram loucos.

Deus, ela agora desejava poder contar a Davis sobre esse sonho que vinha tendo desde Gun Barrel City. Tinha começado no trailer da mãe dela, zum, a primeira vez, quando ela estava sentada esperando. Foi nítido demais para um sonho, aquelas duas mulheres de cabelos vermelhos, e o corpo deitado ali com a pele toda preta e meio rachada. E que diabos havia naqueles pratos do sonho? Sim, era um coração num prato e um cérebro no outro. Meu Deus. E todas aquelas pessoas ajoelhadas em volta do corpo e daqueles pratos. Era apavorante. E ela teve o mesmo sonho muitas vezes desde então. Ora, estava tendo aquele sonho cada droga de vez que fechava os olhos, e, novamente, pouco antes de sair do lugar onde estivesse se escondendo da luz do dia.

O Matador e Davis compreenderiam. Saberiam se aquilo significava alguma coisa. Queriam ensinar-lhe tudo.

Assim que chegaram a St. Louis, a caminho do sul, a Gangue das Garras tinha deixado o bulevar e entrado numa daquelas grandes ruas escuras com portões de ferro, que eles chamam de "rua particular" em St. Louis. Baby Jenks tinha gostado das árvores grandes. No sul do Texas não existem muitas árvores grandes. E ali as árvores eram tão grandes que seus galhos formavam um telhado. As ruas estavam cheias de ruidosas folhas secas, e as casas eram amplas, com telhados em bico e as luzes bem no fundo delas. A casa comunal era de tijolos aparentes e tinha o que o Matador chamava de arcos mouriscos.

– Não chegue perto demais – havia dito Davis.

O Matador apenas rira. O Matador não tinha medo dos Mortos da cidade grande. O Matador havia sido feito sessenta anos antes. Era velho. Sabia de tudo.

– Mas vão tentar ferir você, Baby Jenks – disse ele, empurrando sua Harley um pouco mais para longe. Tinha o rosto comprido, usava um brinco de ouro na orelha e os olhos eram pequenos, meio pensativos. – Sabe, esta é uma casa comunal muito antiga, está em St. Louis desde o princípio do século.

– Mas por que iam querer nos ferir? – tinha perguntado Baby Jenks.

Estava realmente curiosa sobre aquela casa. O que faziam os Mortos que viviam em casas? Que tipo de mobília tinham? Quem pagava as contas, pelo amor de Deus?

Parecia que ela estava vendo um lustre numa das salas da frente, através das cortinas. Um lustre grande, todo enfeitado. Humm, que luxo!

– Ah, eles têm tudo esquematizado – disse Davis, lendo sua mente. – Você quer saber se os vizinhos pensam que eles são pessoas de verdade? Veja o carro na calçada; sabe o que é? É uma Bugatti. E o outro é um Mercedes-Benz.

Que diabos havia de errado com um Cadillac cor-de-rosa? É o que ela gostaria de ter, um enorme conversível bebedor de gasolina que pudesse dirigir a 180 quilômetros por hora num trecho livre. E foi isso que a meteu em confusão, que a levou a Detroit: um babaca com um Cadillac conversível. Mas só porque você é um dos Mortos não significa que tem de dirigir uma Harley e dormir na poeira todos os dias, não é?

– Somos livres, minha querida – disse Davis, lendo seus pensamentos. – Não entende? Essa vida de cidade grande obriga a gente a ter um monte de bagagem. Conte para ela, Matador. E ninguém me pega numa casa igual a essa, dormindo numa caixa debaixo do assoalho.

Começou a rir. O Matador riu também. Ela também. Mas que merda de vida eles tinham lá dentro? Ligavam a televisão de madrugada para ver os filmes de vampiros? Davis rolava no chão.

– O negócio, Baby Jenks, é que para eles nós somos errados, eles querem mandar em tudo – disse o Matador. – Por exemplo, acham que a gente não tem direito de ser Morto. Quando eles fazem um novo vampiro, como eles chamam, fazem uma grande cerimônia.

– Como um casamento ou coisa assim?

Mais risadas.

– Não exatamente – disse o Matador. – Mais como um enterro!

Estavam fazendo barulho demais. Com certeza aqueles Mortos dentro da casa iam ouvi-los. Mas Baby Jenks não tinha medo, se o Matador também não tinha. Onde estavam Russ e Tim? Caçando?

– Mas o caso, Baby Jenks, é que eles têm um monte de regras, e eu vou lhe contar uma coisa: estão espalhando por toda parte que vão pegar o vampiro Lestat na noite do show – afirmou o Matador. – E sabe de uma coisa? Eles leem o livro dele como se fosse a Bíblia. Usam todas aquelas palavras que ele usou, como Dom das Trevas, Artifício das Trevas; juro que é a coisa mais imbecil que já vi, vão queimar o cara na fogueira e depois usam o livro dele como se fosse um manual de etiqueta...

– Não vão pegar Lestat – zombou Davis. – De jeito nenhum, bicho. Ninguém consegue matar o vampiro Lestat, é impossível. Já tentaram, sabem, e não conseguiram. Ora, aquele é um sujeito que é inteira e completamente imortal.

– Porra, eles vão para lá, igualzinho a nós. Vamos nos juntar ao sujeito, se ele nos quiser – disse o Matador.

Baby Jenks não estava entendendo aquela história. Não sabia o que era um manual de etiqueta. E nós todos não somos imortais? E por que o vampiro Lestat ia querer andar com a Gangue das Garras? Quer dizer, ele é um astro, ora! Provavelmente tem um carrão. E não é uma gracinha, vivo ou Morto? Cabelos louros lindos de morrer e um sorriso que dá vontade de chegar perto e deixar ele morder nosso maldito pescoço!

Ela tentara ler o livro do vampiro Lestat – a história inteira dos Mortos desde os tempos antigos e tudo –, mas havia muitas palavras difíceis e ela sempre dormia.

O Matador e Davis diziam que ela agora poderia ler bem depressa, se não desistisse. Andavam com exemplares do livro de Lestat, o primeiro, aquele com um título que ela nunca conseguia lembrar direito, qualquer coisa como "conversas com o vampiro" ou "conversando com um vampiro" ou "conhecendo um vampiro", qualquer coisa assim. De vez em quando Davis lia em voz alta um trecho desse livro, mas Baby Jenks não aguentava e dormia! O Morto, Louis, ou sei lá quem era, foi feito Morto lá em Nova Orleans e o livro estava cheio de coisas sobre folhas de bananeira, grades de ferro e musgo barba-de-velho.

– Baby Jenks, os antigos europeus sabem de tudo – havia dito Davis. – Sabem como isso começou, sabem que podemos continuar para sempre se nos cuidarmos, viver mil anos e virar mármore branco.

– Ah, que ótimo, Davis – respondeu Baby Jenks. – Já é bastante ruim não poder entrar numa lanchonete com todas aquelas luzes sem que as pessoas olhem para a gente. Quem quer parecer mármore branco?

– Baby Jenks, você não precisa mais entrar numa lanchonete – disse Davis calmamente. Mas estava certo.

Vamos esquecer os livros. Baby Jenks realmente amava a música do vampiro Lestat, e aquelas músicas sempre lhe diziam muito, especialmente aquela sobre Aqueles que Devem Ser Preservados – o Rei e a Rainha egípcios –, embora, para falar a verdade, ela não soubesse que diabos aquilo tudo significava, até o Matador explicar:

– São os pais de todos os vampiros, Baby Jenks, a Mãe e o Pai. Sabe, somos todos uma única linhagem de sangue que vem do Rei e da Rainha no Antigo Egito, que são chamados de Aqueles que Devem Ser Preservados. E eles precisam ser guardados porque, se forem destruídos, nós todos seremos também.

Parecia um monte de besteiras.

– Lestat viu a Mãe e o Pai – disse Davis. – Encontrou-os escondidos numa ilha grega, de modo que sabe que é verdade. É o que ele anda contando a todo mundo com estas canções: a verdade.

– E a Mãe e o Pai não se movem, falam nem bebem sangue, Baby Jenks – acrescentou o Matador. Parecia pensativo, quase triste. – Ficam sentados com os olhos, e estão assim há milhares de anos. Ninguém sabe o que aqueles dois sabem.

– Provavelmente nada – disse Baby Jenks com impaciência. – Vou lhe dizer uma coisa: isso é que é ser imortal! Por que você disse que os Mortos de cidade grande podem nos matar? Como é que conseguem isso?

– O fogo e o sol podem fazer isso – respondeu o Matador com uma leve impaciência. – Já lhe falei isso. Agora preste atenção, por favor. Sempre se pode lutar contra Mortos de cidade grande. Nós somos fortes. Na verdade, os Mortos de cidade grande têm tanto medo de nós quanto nós deles. O negócio é se mandar quando avistar um Morto desconhecido. É uma regra seguida por todos que são Mortos.

Depois que se afastaram da casa comunal, ela recebeu outra grande surpresa do Matador: ele contou-lhe sobre os bares de vampiros. Lugares grandes e luxuosos em Nova York, San Francisco e Nova Orleans, onde os Mortos se reuniam nos salões dos fundos enquanto os malditos idiotas humanos bebiam e dançavam nos salões da frente. Lá, nenhum Morto podia matar outro, fosse um vigarista da cidade, um europeu ou uma aventureira como ela.

– Corra para um desses lugares, se os Mortos da cidade grande algum dia quiserem pegar você.

– Não tenho idade para entrar num bar – objetou Baby Jenks.

Foi o máximo. Ele e Davis riram até passar mal. Quase caíram das motocicletas.

– Quando encontrar um bar de vampiros, Baby Jenks, você simplesmente lhes dá um Mau Olhar e diz "me deixe entrar".

É, ela havia usado aquele Mau Olhar nas pessoas, fazendo com que elas fizessem coisas. Funcionava direitinho. E a verdade é que eles nunca tinham visto os bares de vampiros. Só tinham ouvido falar. Não sabiam onde ficavam. Ela tinha um monte de perguntas quando finalmente deixaram St. Louis.

Mas enquanto viajava para o norte, na direção da mesma cidade, a única coisa que ela queria no mundo era chegar à mesma droga de casa comunal. Mortos da cidade grande, aqui vou eu. Ia ficar doidinha se tivesse que ir sozinha.

A música nos fones cessou; a fita tinha acabado. Ela não conseguia suportar o silêncio no rugido do vento. O sonho voltou; ela tornou a ver as gêmeas, os soldados chegando. Droga. Se não o bloqueasse, a merda do sonho ia se repetir como a fita.

Dirigindo a moto com uma das mãos, ela enfiou a outra mão no bolso interno da jaqueta para abrir o pequeno gravador e virar a fita.

– Cante mais, cara! – falou, e sua voz soava-lhe aguda e minúscula com o rugido do vento, se é que ela conseguia ouvi-la:

De Aqueles que Devem Ser Preservados
Que podemos saber?
Alguma explicação poderá nos salvar?

Sim, senhor, essa era a que ela adorava. A que estava escutando quando adormeceu esperando a mãe voltar do trabalho, em Gun Barrel City. Não era a letra que a atraía, era o modo como ele a cantava, gemendo no microfone como Bruce Springsteen e fazendo a gente se desmanchar.

De certo modo, era uma espécie de hino. Tinha esse tipo de som, e, no entanto, Lestat estava bem ali no meio dele, cantando para ela, e havia uma percussão ritmada que ia direto aos ossos.

– Certo, cara, certo, você é o único Morto de merda que eu tenho agora, Lestat. Continue cantando!

Cinco minutos até St. Louis, e lá estava ela pensando na mãe de novo, em como tinha sido estranho, ruim.

Baby Jenks não contara sequer ao Matador ou a Davis por que tinha voltado para casa, embora eles soubessem, entendessem.

Baby Jenks tinha que fazer isso, tinha que ir até os pais antes que a Gangue das Garras partisse para o oeste. E mesmo agora ela não se arrependia. A não ser por aquele estranho momento em que a mãe estava morrendo ali no chão.

Ora, Baby Jenks sempre odiara a mãe. Considerava-a uma verdadeira idiota, fazendo cruzes todos os dias de sua vida com conchinhas cor-de-rosa e pedacinhos de vidro, para vender no Mercado das Pulgas de Gun Barrel City por dez dólares. E eram feias, lixo artesanal, aquelas coisinhas com um pequeno Jesus todo retorcido no meio, feito de minúsculas contas vermelhas e azuis, e outras coisas mais.

Mas não era só isso, era tudo que a mãe tinha feito que perturbava Baby Jenks e lhe dava raiva. Ir à igreja já era péssimo, mas falar com as pessoas daquele jeito meloso, e aguentar os porres do marido, e sempre dizer coisas boas sobre os outros!

Baby Jenks nunca acreditou numa palavra daquilo. Costumava ficar deitada na sua cama no trailer, pensando: Qual é a dessa mulher? Quando é que ela vai explodir como uma banana de dinamite? Ou é burra demais até para isso? Muitos anos antes, a mãe parara de encarar Baby Jenks nos olhos. Quando Baby Jenks tinha 12 anos, chegou e disse:

– Sabe que eu já trepei, não sabe? Espero que não pense que sou virgem.

A mãe pareceu desmanchar-se, desviou os olhos arregalados, vazios e estúpidos, e voltou ao trabalho, cantarolando como sempre fazia enquanto fabricava aquelas cruzes de conchinhas.

Certa vez uma pessoa de cidade grande disse à mãe que ela fazia a verdadeira arte popular.

– Estão te fazendo de trouxa – avisou Baby Jenks. – Não está vendo? Eles não compraram uma cruz, compraram? Sabe o que essas coisas parecem? Vou lhe dizer. Parecem brincos de camelô!

Não se discute. Apenas oferece-se a outra face.

– Quer jantar, querida?

Era um caso sem solução, Baby Jenks concluiu. Então saíra cedo de Dallas, chegando ao lago Cedar Creek em menos de uma hora, e lá estava o cartaz de sempre, que indicava sua linda cidade natal:

BEM-VINDO A GUN BARREL CITY,
O SEU TIRO CERTEIRO

Ela escondeu a Harley atrás do trailer quando chegou, ninguém em casa, e deitou-se para tirar uma soneca, Lestat cantando nos fones de ouvido, e o ferro de engomar prontinho ao seu lado. Quando a mãe entrasse, bam, bam, obrigada, madame.

Foi quando aconteceu o sonho. Ora, ela não estava nem dormindo quando ele começou. Era como se Lestat fosse desaparecendo e o sonho a puxasse de repente.

Estava num lugar cheio de sol. Uma clareira na encosta de uma montanha. E aquelas duas gêmeas estavam lá, lindas mulheres de cabelos macios e ondulados, vermelhos, ajoelhadas como anjos na igreja, de mãos postas. Muitas pessoas em volta, usando túnicas compridas, como na Bíblia. E havia música também, um ritmo sinistro e o som de uma corneta, muito triste. Mas a parte pior era o cadáver, o corpo queimado da mulher numa pedra. Ora, parecia que ela fora cozinhada, deitada ali! E nos pratos havia um coração gordo e brilhante, e um cérebro. É, sem dúvida havia um coração e um cérebro.

Baby Jenks tinha acordado assustada. Para o inferno!

A mãe estava parada à porta. Baby Jenks deu um salto e atacou-a com o ferro de engomar até que ela parasse de se mexer. Afundou-lhe mesmo a cabeça. E a mãe devia estar morta, mas ainda não estava, e então houve aquele momento louco.

A mãe estava ali caída no chão, meio morta, os olhos fixos, exatamente como o pai ficaria mais tarde. E Baby Jenks estava sentada, uma perna por cima do braço da poltrona, apoiada no cotovelo, ou girando uma das tranças, esperando, pensando mais ou menos nas gêmeas do sonho, o corpo e as coisas nos pratos, para que aquilo tudo? Mas principalmente esperando. Morra, sua puta idiota, vamos, morra, não vou bater de novo.

Mesmo agora Baby Jenks não tinha certeza do que acontecera. Era como se os pensamentos da mãe tivessem mudado, tornando-se maiores. Talvez ela estivesse flutuando perto do teto, como tinha acontecido com Baby Jenks quando ela quase morreu e o Matador a salvou, mas, qualquer que fosse a causa, os pensamentos eram espantosos. Simplesmente espantosos. Por exemplo, a mãe sabia tudo! Tudo sobre o bem e o mal, e a importância do amor, o amor de verdade, e como havia muito mais coisas além de todas as regras de não beba, não fume, reze a Jesus. Não era coisa de padre. Era imensa.

A mãe, caída ali, tinha pensado que a falta de amor em sua filha, Baby Jenks, era tão horrível quanto se ela fosse aleijada ou cega. Mas não tinha importância. Tudo ia dar certo. Baby Jenks ia sair daquela, exatamente como quase saíra antes que o Matador chegasse, e haveria uma compreensão melhor de tudo. Que diabos significava aquilo? Alguma coisa sobre tudo à nossa volta ser parte de um todo, as fibras no tapete, as folhas lá fora, a água pingando na pia, as nuvens cobrindo o lago Cedar Creek e as árvores nuas, e elas não eram na verdade tão feias quanto Baby Jenks pensava. Não, a coisa toda era quase bonita demais para ser descrita de repente. E a mãe de Baby Jenks sempre soubera disso tudo! Sempre vira as coisas assim! A mãe de Baby Jenks a perdoava por tudo o que ela fizera. Coitada da Baby Jenks! Ela não sabia. Não sabia a respeito da grama verde. Ou das conchas brilhando à luz da lâmpada.

Então a mãe de Baby Jenks morreu. Graças a Deus! Chega! Mas Baby Jenks chorou. Depois levou o corpo para fora do trailer e enterrou-o nos fundos, sentindo como era bom ser uma Morta e tão forte e capaz de manejar a pá cheia de terra.

Então o pai chegou em casa. Esse vai ser por divertimento! Ela o enterrou ainda vivo. Nunca mais esqueceu a expressão no rosto dele quando ele entrou e a viu com a machadinha.

– Ora, é a esquartejadora!

Que diabos era uma esquartejadora?

Então o modo como ele empurrou o queixo para a frente, e seu punho voou em cima dela; ele era tão seguro de si!

– Sua viborazinha!

Ela rachou a cabeça dele ao meio. É, aquela parte foi ótima, sentir o crânio ceder.

– Caia, seu filho da puta!

Cobriu o rosto dele de terra, com a pá, enquanto ele ainda olhava para ela. Paralisado, ele não conseguia mover-se; pensava ser novamente garoto numa fazenda ou coisa assim no Novo México. Conversa pra boi dormir. Seu filho da puta, *sempre soube que você tinha merda dentro da cabeça. Agora estou sentindo o cheiro!*

Mas por que diabos ela havia ido até lá? Por que tinha largado a Gangue das Garras?

Se não os tivesse largado, agora estaria com eles em San Francisco, com o Matador e Davis, esperando para ver Lestat no palco. Eles podem até estar no bar dos vampiros de lá, ou coisa assim. Pelo menos, se tiverem chegado até lá. Se alguma coisa não estiver errada de verdade.

E que merda ela estava fazendo agora, andando para trás? Talvez devesse ter ido direto para o oeste. Duas noites era só o que tinha.

Merda, talvez alugasse um quarto num motel na hora do show, para assistir pela TV. Mas antes disso tinha que encontrar alguns Mortos em St. Louis. Não podia continuar sozinha.

Como encontrar aquela casa comunal?

Esse bulevar parecia familiar. Ela o percorreu devagar, rezando para que nenhum policial intrometido saísse atrás. Naturalmente correria mais do que ele, sempre conseguira, embora sonhasse em encontrar um daqueles malditos filhos da puta numa estrada deserta. Mas na verdade ela não queria sair correndo de St. Louis.

Ora, aquilo ali parecia conhecido. Sim, aquele era o lugar; ela então entrou à direita e desceu uma rua velha com aquelas árvores enormes. Aquilo a fez pensar na mãe novamente: a grama verde, as nuvens. Um pequeno soluço.

Se não estivesse tão sozinha! Mas então viu os portões, é, a rua era aquela. O Matador lhe dissera que os Mortos nunca se esquecem de coisa alguma. Seu cérebro seria como um pequeno computador. Talvez fosse verdade. Aqueles eram os mesmos portões, enormes portões de ferro, escancarados e cobertos de hera de um verde-escuro. Com certeza nunca chegavam a fechar a "rua particular".

Diminuiu a velocidade, depois desligou o motor. Barulhento demais naquele escuro vale de mansões. Um filho da puta qualquer poderia chamar a polícia. Ela teve que saltar e empurrar a moto; suas pernas não eram suficientemente compridas para empurrar de outra maneira. Mas tudo bem. Gostava de caminhar sobre aquelas folhas mortas. Gostava de toda aquela rua sossegada.

Bicho, se eu fosse uma vampira de cidade grande ia morar aqui também, pensou ela, e então viu a casa, no final da rua; as paredes de tijolos e os arcos mouriscos. Seu coração estava disparado.

Incendiada!

A princípio ela não acreditou. Depois viu que era mesmo verdade: grandes manchas pretas nos tijolos e as vidraças todas estouradas, não sobrara uma sequer. Deus do céu! Ela quase enlouqueceu. Empurrou a moto mais para perto, mordendo o lábio com tanta força que sentiu o gosto do próprio sangue. Olhe só! Quem foi que fez isso? Minúsculos cacos de vidro espalhados por todo o gramado e até mesmo nas árvores, o lugar inteiro cintilava de um jeito que os humanos com certeza não conseguiam ver. Parecia uma decoração de Natal de pesadelo. E o cheiro de madeira queimada pairava no ar.

Ela ia chorar! Ia começar a gritar! Mas então ouviu alguma coisa. Não um som de verdade, mas as coisas que o Matador lhe ensinara a escutar. Havia um Morto por ali!

Mal conseguia acreditar na própria sorte, e estava cagando para o que acontecesse: ia entrar. É, havia alguém lá. O sinal era bem fraco. Ela avançou mais uns metros, caminhando ruidosamente por cima das folhas mortas. Não havia luz, mas alguma coisa se movia lá dentro e sabia que ela estava chegando. Enquanto estava parada ali, o coração disparado, cheia de medo e louca para entrar, alguém saiu para a varanda: um Morto, olhando diretamente para ela.

Graças a Deus, sussurrou ela. E não era um babaca de terno, não. Era um rapaz, talvez nem dois anos mais velho que ela quando foi feito, e parecia mesmo especial. Para começar, tinha cabelos prateados, bem curtinhos e cacheados, e isso sempre ficava lindo numa pessoa jovem. E era alto também, por volta de 1,80 m e magro, um cara realmente elegante, na opinião dela. A pele parecia gelo de tão branca e ele usava uma camisa marrom bem esticada no peito e calças e paletó de couro bem elegantes, nada parecido com roupa de motoqueiro. Bem bacana aquele cara, e mais bonito do que qualquer Morto da Gangue das Garras.

– Entre – sibilou ele. – Depressa.

Ela voou degraus acima. O ar estava cheio de cinzas, que lhe doíam nos olhos e faziam-na tossir. Metade da varanda havia desabado. Ela entrou cuidadosamente no vestíbulo. Lá dentro, alguns degraus da escada tinham sobrado, mas o telhado lá em cima estava aberto. E o lustre tinha caído, estava quebrado e sujo de fuligem. Bem sinistro aquele lugar, como uma casa mal-assombrada.

O cara Morto estava na sala, ou no que tinha sobrado dela, chutando e vasculhando no meio dos restos queimados, móveis e coisas; ele parecia estar com raiva.

– Baby Jenks, não é? – disse, lançando-lhe um sorriso estranho, falso, cheio de dentes perolados, inclusive os caninos, e os olhos cinzentos meio brilhantes. – E você está perdida, não está?

Certo, outro maldito telepata como o Davis. E com sotaque estrangeiro.

– É, e daí? – respondeu ela.

Com grande surpresa ela pegou o nome dele como se fosse uma bola que ele lhe tivesse jogado: Laurent. Ora, um nome elegante, parecia francês.

– Fique aí mesmo, Baby Jenks – instruiu ele. O sotaque também era francês, com certeza. – Havia três nesta casa comunal, e dois foram incinerados. A polícia não consegue distinguir os restos, mas você vai reconhecê-los se pisar neles, e não vai gostar.

Merda! E ele estava falando a verdade, porque havia um bem ali, nos fundos do vestíbulo; sem brincadeira, parecia um monte de roupas meio queimadas, com um vago contorno humano, e realmente ela sabia pelo cheiro que antes havia um cara Morto naquelas roupas, e só tinham sobrado as mangas, as pernas das calças e os sapatos. No meio de tudo havia uma espécie de massa cinzenta, parecia mais gordura e poeira do que cinzas. Engraçado o modo como a manga da camisa saía de dentro da manga do paletó. Com certeza era um terno com colete.

Estava ficando enjoada. A gente vomita quando é Morto? Ela queria sair dali. E se a coisa que tinha feito isso voltasse? Imortal, amarre-lhe uma sineta no pescoço!

– Não se mova – disse o cara Morto. – Vamos embora juntos assim que pudermos.

– Agora mesmo, está bem? – disse ela. Estava tremendo, merda. Era isso que chamavam de suar frio!

Ele tinha encontrado uma latinha e estava tirando dinheiro de dentro dela.

– Ei, bicho, vou cair fora – disse ela.

Podia sentir alguma coisa por ali que nada tinha a ver com aquela mancha gordurosa no chão. Ela estava pensando nas casas comunais incendiadas em Dallas e Oklahoma, o modo como a Gangue das Garras tinha desaparecido. Ele entendeu tudo isso, ela percebeu. O rosto dele ficou suave, bonito outra vez. Jogou a lata no chão e aproximou-se dela tão depressa que ela ficou ainda mais assustada.

– Sim, *ma chère* – falou ele, em tom bem simpático. – Todas aquelas casas comunais, exatamente. A Costa Leste inteira explodiu como uma série de lâmpadas em curto-circuito. Não recebo resposta da casa comunal de Paris, nem da de Berlim.

Pegou o braço dela enquanto se dirigiam para a porta da frente.

– Merda, quem está fazendo isso? – perguntou ela.

– Merda, quem é que sabe? *Chérie*, essa coisa destrói as casas, os bares de vampiros, tudo o que encontra. Temos que sair daqui. Ligue a moto.

Mas ela não se movera. *Alguma coisa ali.* Ela estava parada na beira da varanda. Alguma coisa. Ela estava medo tanto de sair quanto de tornar a entrar na casa.

– Que foi? – perguntou ele num sussurro.

Que lugar escuro, com aquelas árvores enormes e as casas, todas pareciam mal-assombradas, e ela estava escutando alguma coisa bem baixinho, como... como uma coisa respirando. Algo assim.

– Vamos embora, Baby Jenks!

– Mas para onde? – perguntou ela.

A coisa, fosse o que fosse, era quase um som.

– Para o único lugar aonde podemos ir. Para ele, querida, para o vampiro Lestat. Ele está lá em San Francisco esperando, ileso!

– E? – disse ela, perscrutando a rua escura. – Tá, tudo bem, vamos para o vampiro Lestat. – Apenas dez passos até a moto. Ande, Baby Jenks. Ele estava prestes a partir sem ela. – Não, não faça isso, seu filho da puta, não toque na minha moto!

Mas agora era um som, não era? Baby Jenks nunca tinha ouvido uma coisa assim. Mas ouvem-se muitas coisas quando se é um Morto. Ouve-se um trem a quilômetros de distância, e pessoas conversando nos aviões lá em cima.

O cara Morto ouviu. Não, ele escutou-a ouvindo!

– Que é? – sussurrou.

Poxa, estava assustado. E agora ele também conseguia ouvir.

Puxou-a para que ela descesse os degraus da varanda. Ela tropeçou e quase caiu, mas ele a ergueu e a colocou na moto.

O ruído estava ficando bem alto. Vinha ritmado, como música. E agora estava tão alto que ela não conseguia nem ouvir o que aquele cara Morto estava dizendo. Girou a chave, ligou o motor, o cara Morto subiu na garupa, merda, o barulho, não dava nem para pensar. Ela nem conseguia ouvir o motor!

Olhou para baixo, tentando ver que merda estava acontecendo; estava funcionando, mas ela nem sentir conseguia. Então levantou os olhos e entendeu que estava olhando na direção da coisa que enviava o barulho. Lá na escuridão, atrás das árvores.

O cara Morto saltara da moto e falava sem parar com a coisa, como se conseguisse vê-la. Mas não, estava olhando em volta como um maluco, falando sozinho. Ela não conseguia entender uma palavra. Apenas sabia que a coisa estava ali, olhando para eles, e o maluco estava desperdiçando o fôlego.

Ela saltou da moto, que tombou. O barulho cessou. Então sentiu uma campainha bem alta em seus ouvidos.

– ... o que você quiser! – estava dizendo o cara Morto ao lado dela. – Qualquer coisa, é só dizer, nós faremos. Somos seus servos...! – Ele então passou correndo por Baby Jenks, quase a derrubou, e agarrou a moto.

– Ei! – gritou ela e saltou na direção dele, mas nesse mesmo instante ele explodiu em chamas. E deu um berro.

E então Baby Jenks berrou também. Berrou e berrou. O cara Morto rolava no chão, em chamas. Atrás dela, a casa comunal explodiu. Ela sentiu nas costas o calor. Viu coisas voando pelo ar. O céu parecia meio-dia.

Ah, meu Jesus, não me deixe morrer!

Por uma fração de segundo pensou que o coração tinha explodido. Pensou em olhar e ver se o peito tinha se despedaçado e o coração estava derramando sangue como lava de um vulcão, mas então o calor cresceu dentro de si e ela foi embora.

Estava subindo por um túnel escuro, e depois flutuando bem alto, olhando para a cena toda.

É, exatamente como antes. E lá estava ela, a coisa que os tinha matado, uma figura branca parada num pequeno grupo de árvores. E lá estavam as roupas do cara Morto fumegando na calçada. E o corpo dela própria em chamas.

Através das labaredas ela via o contorno escuro de seus próprios ossos. Mas aquilo não a assustava. Nem chegava a ser interessante.

Era a figura branca que lhe causava espanto. Parecia uma estátua, como a Virgem Maria da Igreja Católica. Baby Jenks fixou os olhos nos brilhantes fios prateados que pareciam sair da figura em todas as direções, fios feitos de algum tipo de luz bruxuleante. E à medida que se elevava ela via que os fios de prata esticavam-se, misturando-se com outros, formando uma rede gigantesca que envolvia o mundo inteiro. Em toda a rede havia caras Mortos, presos como moscas numa teia. Minúsculos pontinhos de luz pulsavam, ligados à figura branca; era quase bonita aquela visão, se não fosse tão triste. Ah, pobres almas dos Mortos, aprisionados na matéria indestrutível e incapazes de envelhecer ou morrer!

Mas ela estava livre. A teia agora estava distante. Ela via muitas coisas.

Por exemplo, havia milhares e milhares de outras pessoas mortas flutuando lá em cima, numa grande camada cinzenta e nebulosa. Algumas estavam perdidas, outras lutavam entre si e algumas olhavam lá para baixo, para onde morreram, que tristeza, pareciam não saber ou não acreditar que estavam mortas. Havia várias tentando ser vistas e ouvidas pelos vivos, mas não conseguiam fazer isso.

Ela sabia que estava morta. Já tinha acontecido antes. Estava apenas passando por aquele tenebroso covil de pessoas tristes. Tinha seu caminho a seguir! E a insignificância da sua vida na Terra causava-lhe tristeza. Mas agora isso não era a coisa mais importante.

A luz estava brilhando de novo, a luz magnífica que ela vislumbrara quando quase tinha morrido naquela primeira vez. Foi para perto dela, para dentro dela. E aquilo era mesmo lindo! Nunca tinha visto cores assim, um brilho assim, nunca tinha ouvido a música pura que estava ouvindo agora. Não havia palavras para descrever aquilo; era além de qualquer linguagem que ela conhecia. E dessa vez ninguém ia levá-la de volta!

Porque a pessoa que vinha em sua direção, para abraçá-la e ajudá-la... era sua mãe! E sua mãe não ia abandoná-la.

Nunca sentira um amor como o que sentia pela mãe; então o amor a rodeou; a luz, a cor, o amor – essas coisas eram inteiramente indistinguíveis.

Ah, coitada da Baby Jenks, pensou, dando uma última olhada para a Terra. Mas agora ela não era Baby Jenks. De jeito nenhum.

3

A deusa Pandora

Antigamente tínhamos as palavras
Boi e Falcão. Arado.
Havia transparência.
Selvagem como chifres
curvados.
Vivíamos em aposentos de pedra.
Pendurávamos os cabelos nas janelas
[e os homens subiam por eles.

Um jardim atrás das orelhas, os cachos.
Em cada colina um rei
daquela colina. À noite os fios eram arrancados
das tapeçarias. Os homens desmanchados gritavam.
Todas as luas expostas. Tínhamos as palavras.

STAN RICE
de "The words once"
Whiteboy (1976)

Era uma criatura alta, vestida de preto, apenas os olhos descobertos; seus passos eram longos, e ela caminhava com velocidade sobre-humana pelo traiçoeiro caminho coberto de neve.

Quase clara, essa noite de estrelas minúsculas, muito altas no ar rarefeito do Himalaia, e bem à frente – além de seus poderes de medir distâncias – erguia-se o flanco enorme e enrugado do Everest, esplendidamente visível acima de uma espessa grinalda de turbulentas nuvens brancas. Ela perdia o fôlego cada vez que olhava para lá, não apenas por ser tão bonito, mas porque era tão intensamente cheio de significado, embora ali não houvesse um significado verdadeiro.

Reverenciar essa montanha? Sim, podia-se fazer isso impunemente, porque a montanha jamais responderia. O vento sibilante que congelava sua pele era a voz de nada e de ninguém. E aquela grandiosidade casual e inteiramente indiferente dava-lhe vontade de chorar.

O mesmo efeito provocava-lhe a visão dos peregrinos bem abaixo dela, um fino rastro de formigas, parecia, subindo um caminho sinuoso e estreito. Triste demais a ilusão deles. No entanto, ela ia em direção ao mesmo templo escondido na montanha. Em direção ao mesmo deus desprezível e enganador.

O frio causava-lhe sofrimento. Seu rosto, suas pálpebras estavam cobertos de neve, que se agarrava aos cílios em minúsculos cristais. E cada passo no vento cortante era difícil até mesmo para ela. Na realidade, nada daquilo poderia causar-lhe dor ou mesmo a morte; era velha demais para isso. Seu sofrimento era qualquer coisa mental. Vinha da tremenda resistência dos elementos, vinha de passar horas sem ver coisa alguma, exceto a neve inteiramente branca, cegante.

Mesmo assim... Algumas noites antes, ela sentira um profundo arrepio de susto, nas ruas apinhadas e fedorentas da velha Déli, e desde então aquilo se repetia a cada hora, como se a terra tivesse começado a tremer em seu cerne.

Em certos momentos, tinha a certeza de que a Mãe e o Pai estavam despertando. Em algum lugar distante, na cripta onde seu amado Marius os tinha colocado, Aqueles que Devem Ser Preservados finalmente se moviam. Nada menos que tal ressurreição poderia transmitir esse sinal poderoso, embora vago – Akasha e Enkil erguendo-se do trono que compartilhavam, depois de seis mil anos de horrível imobilidade.

Mas isso era imaginação, não era? A mesma coisa que pedir à montanha que falasse. Pois para ela eles não eram apenas lendas, os pais imemoriais de todos os bebedores de sangue. Diferentemente de tantos de seus descendentes, ela os tinha visto com seus próprios olhos. Tinha sido feita imortal à porta do santuário, tinha se esgueirado para dentro de joelhos e tocado na Mãe, tinha perfurado a superfície lisa e brilhante que já fora a pele humana da Mãe e recebido na boca o jorro de sangue dela. Que milagre tinha sido, mesmo então, o sangue vivo jorrando do corpo sem vida antes que as feridas se fechassem miraculosamente.

Mas naqueles antigos séculos de crenças magníficas ela compartilhava da convicção de Marius de que a Mãe e o Pai simplesmente dormiam, de que chegaria a hora em que despertariam e novamente falariam com seus filhos.

À luz de velas, ela e Marius haviam cantado hinos a eles; ela própria tinha queimado o incenso, colocado as flores diante deles, tinha jurado nunca revelar a localização do santuário, para que outros bebedores de sangue não viessem destruir Marius, roubar seus protegidos e banquetear-se gulosamente no sangue primordial e poderosíssimo.

Mas aquilo tinha sido muito antes, quando o mundo era dividido em tribos e impérios, quando heróis e imperadores eram feitos deuses em um dia. Naquela época as elegantes ideias filosóficas a encantavam.

Agora ela sabia o que significava viver para sempre. Conte à montanha.

Perigo. Ela o sentiu novamente percorrendo-a, uma corrente que queimava. Depois passou. E então um vislumbre de um lugar verde e úmido, um lugar de terra macia e vegetação sufocante. Mas isso desapareceu quase instantaneamente.

Parou, pois a neve iluminada pelo luar cegou-a por um instante, e ergueu os olhos para as estrelas que brilhavam através do velo de uma nuvem que passava. Tentou escutar outras vozes imortais. Mas não ouvia qualquer transmissão nítida e importante – apenas um fraco pulsar que vinha do templo para onde se dirigia, e muito atrás dela, erguendo-se das tocas escuras de uma cidade suja e superpovoada, as gravações eletrônicas, mortas, daquele bebedor de sangue maluco, o "astro do rock", o vampiro Lestat.

Estava perdido, aquele impetuoso filhote moderno que ousara fabricar canções truncadas com pedaços de antigas verdades. Ela já vira inúmeros jovens como ele no sucesso e na decadência.

No entanto, a audácia dele a intrigava, até mesmo a chocava. Será que o sinal de perigo que ela ouvira estava de alguma forma ligado àquelas canções lamentosas, porém estridentes?

> *Akasha, Enkil,*
> *Escutem seus filhos!*

Como ele ousava revelar os nomes antigos ao mundo mortal? Parecia impossível, um insulto à razão, que tal criatura não fosse destruída. No entanto, esse monstro, deleitando-se como uma celebridade improvável, revelara segredos que só poderia ter aprendido com o próprio Marius. E onde estava Marius, que durante dois mil anos tinha levado Aqueles que Devem Ser Preservados de um santuário secreto para outro? Ela ficaria de coração partido se se deixasse pensar em Marius, nas brigas que, tanto tempo antes, os tinham separado.

Mas a voz gravada de Lestat já tinha desaparecido, engolida por outras vagas vozes elétricas, vibrações que se erguiam de cidades e aldeias, e o grito sempre audível das almas mortais. Como acontecia com tanta frequência, seus ouvidos poderosos não conseguiam separar um sinal único. A maré enchente a submergira – informe, horrível –, de modo que ela a bloqueou. Só o vento, outra vez.

Ah, como devem ser as vozes coletivas da terra para a Mãe e o Pai, cujos poderes tinham crescido inevitavelmente desde a aurora dos tempos conhecidos? Será que tinham o poder, como ela ainda tinha, de bloquear o fluxo, ou escolher de vez em quando as vozes que queriam ouvir? Talvez nesse assunto fossem tão passivos quanto nas outras coisas, e era aquele barulho incontrolável que os mantinha imóveis, incapazes de raciocínio, ouvindo os gritos infinitos, mortais e imortais, do mundo inteiro.

Olhou para o imenso pico à sua frente. Tinha que continuar. Ajustou o pano que lhe cobria o rosto e recomeçou a caminhada.

Quando a trilha a levou a um pequeno promontório, ela finalmente enxergou seu destino. Do outro lado de uma imensa geleira erguia-se o templo, num penhasco alto – uma estrutura de uma brancura quase invisível, a torre desaparecendo na neve turbulenta que começava a cair.

Quanto tempo ela levaria para alcançá-lo, mesmo caminhando tão depressa? Sabia o que devia fazer, mas tinha pavor a isso. Devia erguer os braços, desafiar as leis da natureza e de sua própria razão e erguer-se acima do abismo que a separava do templo, descendo suavemente quando atingisse o outro lado. Nenhum outro poder fazia com que se sentisse tão insignificante, tão inumana, tão longe do ser terreno e comum que fora uma vez.

Mas queria chegar ao templo. Tinha que chegar. E assim ergueu lentamente os braços, com uma graciosidade consciente. Fechou os olhos por um instante, enquanto usava a força de sua vontade para elevar-se, e sentiu o corpo erguer-se imediatamente, como se não tivesse peso algum, uma força aparentemente inatingida pela substância, cavalgando pela própria vontade do vento.

Por um longo momento ela deixou que o vento a atacasse; deixou o corpo girar, vagar. Ergueu-se cada vez mais alto, permitindo-se afastar da terra, as nuvens voando à sua volta, e virou-se para as estrelas. Como as roupas pesavam! Não estaria pronta para tornar-se invisível? Não seria esse o passo seguinte? Um grão de poeira no olho de Deus, pensou. O coração lhe doía. O horror daquilo, de estar completamente desligada... As lágrimas vieram-lhe aos olhos.

E como sempre acontecia em momentos como esse, o passado humano, vago e brilhante, ao qual ela se apegava parecia mais do que nunca um mito a ser valorizado quando todas as crenças práticas morressem: Eu vivi, amei, minha carne era quente. Viu Marius, seu criador, não como ele era agora, mas naquela época, um jovem imortal ardendo com um segredo sobrenatural:

– Pandora, minha adorada... Por favor, me conceda, eu lhe imploro... Pandora, venha comigo pedir a bênção da Mãe e do Pai. Entre no santuário.

Sem apoio, sem esperança, ela poderia ter esquecido seu destino. Poderia deixar-se vagar à deriva em direção ao sol nascente. Mas o medo voltou, o sinal de *Perigo* silencioso e pulsante, para lembrar-lhe seu propósito. Ela estendeu os braços, obrigou-se a olhar novamente para a terra e viu o pátio do templo com suas fogueiras ardentes. *Sim, ali mesmo.*

A velocidade da descida assustou-a e, por um instante, impediu-a de raciocinar. Depois encontrou-se parada no pátio, o corpo doendo por uma fração de segundo, e logo frio e imóvel.

O grito do vento estava distante. A música do templo saía através das paredes, um pulsar estonteante, os tambores acompanhando, as vozes fundidas num único som repetitivo e repelente. E diante dos olhos dela havia as piras, que cuspiam e estalavam, os cadáveres escurecendo, empilhados sobre a madeira em chamas. O fedor deixou-a nauseada. No entanto, ficou por um longo tempo observando as chamas atacando devagar a carne esturricada, os tocos de membros escurecidos, os cabelos que soltavam súbitas baforadas de fumaça. O cheiro sufocava-a; o ar purificador da montanha não a alcançava ali.

Fixou os olhos na distante porta de madeira que dava para o interior do santuário. Teria que testar o poder novamente, a contragosto. *Agora*: e encontrou-se atravessando a soleira, a porta aberta; a luz do interior cegou-a, com o ar quente e o canto ensurdecedor.

– Azim! Azim! Azim! – cantavam os celebrantes, as costas voltadas para ela, apinhados no centro do salão iluminado por velas, mãos erguidas, punhos girando no ritmo do balanço das cabeças. – Azim! Azim! Azim-Azim-Azim! Aaaa Ziiiim!

Dos incensórios saía fumaça; um infinito formigueiro de pessoas girava sem sair do lugar, pés descalços. Mas não a viam; tinham os olhos fechados, os rostos negros sem expressão; apenas as bocas moviam-se para repetir o nome reverenciado.

Ela abriu caminho entre eles, homens e mulheres em andrajos, outros envoltos em sedas multicoloridas e tilintantes joias de ouro, todos repetindo a invocação em horrenda monotonia. Ela sentiu cheiro de febre, inanição, corpos mortos esmagados, despercebidos no delírio coletivo. Agarrou-se a uma coluna de mármore, como se a uma âncora no fluxo turbulento de movimento e som.

Então viu Azim no meio da multidão. A cor de bronze escuro, úmida e brilhante à luz das velas, a cabeça envolta num turbante de seda preta, a túnica bordada, longa, manchada com uma mistura de sangue mortal e imortal. Os olhos negros, pintados com kohl, eram enormes. Dançava ao ritmo pesado dos tambores, ondulando, jogando os punhos para a frente e puxando-os de volta como se esmurrasse uma parede invisível. Os pés calçados de sandálias batiam no mármore num ritmo frenético. Dos cantos da boca saía sangue. Sua expressão era de absorção completa e irracional.

No entanto, sabia que ela havia vindo. Do centro de sua dança encarou-a diretamente, e ela viu os lábios manchados de sangue curvarem-se num sorriso.

Pandora, minha linda Pandora imortal...

Estava repleto do banquete, cheio e aquecido como ela raramente vira um imortal ficar. Jogou a cabeça para trás, girou e soltou um grito agudo. Seus acólitos aproximaram-se, golpeando seus pulsos estendidos com as facas cerimoniais.

E os fiéis avançaram em torno dele, todos com a boca erguida para receberem o sangue sagrado que jorrava. O cântico ficou mais alto, mais insistente, acima dos gritos abafados daqueles mais próximos a ele. E de repente ela o viu ser erguido, o corpo estendido nos ombros dos fiéis, sandálias douradas apontando para o teto alto e abobadado, as facas rasgando-lhe os tornozelos e novamente os pulsos, onde os cortes já tinham fechado.

A multidão enlouquecida parecia expandir-se à medida que seus movimentos ficavam cada vez mais frenéticos, corpos malcheirosos batendo de encontro a ela, alheios ao frio e à rigidez dos membros imemoriais sob suas pesadas roupas de lã. Ela não se moveu. Deixou-se rodear. Viu Azim novamente de pé, sangrando, gemendo, feridas já fechadas. Ele acenou para que ela se juntasse a ele; ela recusou silenciosamente.

Observou-o estender a mão e pegar uma vítima, às cegas, ao acaso – uma moça de olhos pintados e argolas de ouro cortando-lhe a garganta frágil.

A multidão perdera a forma perfeita das sílabas do cântico, que era agora um simples grito sem palavras que vinha de todas as bocas.

Com os olhos arregalados, como se horrorizado com seu próprio poder, Azim chupou todo o sangue da mulher num único gole profundo, depois jogou o corpo nas pedras à sua frente, onde caiu todo retorcido, rodeado pelos fiéis de mãos estendidas em súplica ao seu deus cambaleante.

Ela lhe deu as costas e saiu para o ar frio do pátio, afastando-se do calor das fogueiras. Fedor de urina, de fezes. Recostou-se à parede, os olhos voltados para cima, pensando na montanha, sem prestar atenção quando os acólitos passaram por ela arrastando os corpos dos últimos mortos, para jogá-los no fogo.

Pensou nos peregrinos que vira no caminho, a comprida fila que dia e noite caminhava lentamente através das montanhas desabitadas até esse lugar sem nome. Quantos morriam sem jamais chegar a este precipício? Quantos morriam do lado de fora dos portões, esperando ser admitidos?

Ela odiava aquilo. No entanto, isso não tinha importância. Era um horror imemorial. Esperou. Então Azim chamou-a.

Ela virou-se e tornou a atravessar a porta, e depois outra, para uma pequena antecâmara lindamente ornamentada com pinturas onde, de pé sobre um tapete vermelho bordado de rubis, ele esperava em silêncio, rodeado por tesouros, oferendas de ouro e prata, a música no salão mais baixa, cheia de langor e medo.

– Adorada – falou.

Tomou o rosto dela nas mãos e beijou-a. Uma golfada de sangue quente jorrou de sua boca para a dela, e por um instante de êxtase ela sentiu-se repleta do canto e da dança dos fiéis, dos gritos inebriantes. Uma onda de cálida adoração mortal, rendição. Amor.

Sim, amor. Por um instante ela vislumbrou Marius. Abriu os olhos e recuou um passo. Por um momento viu as paredes com seus pavões pintados, as flores de lótus; viu as pilhas de ouro brilhante. Depois só viu Azim.

Ele era imutável como a sua gente, imutável como as aldeias de onde tinham vindo, vagando pela neve ao encontro desse final horrível e sem sentido. Mil anos antes, Azim tinha começado a reinar nesse templo de onde fiel algum jamais saíra vivo. Sua macia pele dourada, alimentada por um rio infinito de sangue sacrificial, pouco empalidecera ao longo dos séculos, ao passo que a pele dela tinha perdido seu tom humano em metade desse tempo; apenas os olhos, e talvez os cabelos castanhos, davam-lhe uma aparência superficial de vida. Era bela, sim, sabia disso, mas ele tinha um enorme vigor. *Maligno*. Irresistível para seus seguidores, envolto em lendas, ele reinava, sem passado ou futuro, incompreensível para ela agora, como sempre fora.

Ela não queria ficar. Aquele lugar a repelia mais do que queria que ele soubesse. Contou-lhe silenciosamente sua intenção, o sinal de perigo que ouvira. Alguma coisa errada em algum lugar, alguma coisa mudando, alguma coisa que nunca tinha acontecido antes! E contou-lhe também sobre o jovem bebedor de sangue que gravava canções na América, canções repletas de verdades sobre a Mãe e o Pai, cujos nomes ele conhecia. Ela simplesmente abriu a mente, sem drama.

Observava Azim, sentindo o imenso poder dele, a capacidade de extrair dela todo e qualquer pensamento ou ideia, e de ocultar-lhe os segredos de sua própria mente.

– Santa Pandora! – exclamou ele em tom de escárnio. – Acha que estou me preocupando com a Mãe e o Pai? O que é que eles são para mim? Acha que me importo com seu precioso Marius? Ele que fique pedindo socorro; para mim não faz diferença.

Ela ficou atônita: Marius pedindo socorro? Azim riu.

– Explique o que está dizendo – pediu ela.

Ele tornou a rir e deu-lhe as costas. Ela nada podia fazer senão esperar. Marius a tinha feito; o mundo inteiro conseguia ouvir a voz de Marius, menos ela. Seria um eco o que a alcançara, distorcido e vago, de um grito poderoso que os outros tinham ouvido? *Conte-me, Azim. Por que fazer de mim uma inimiga?*

Quando ele tornou a virar-se para ela, estava pensativo, o rosto gorducho com uma aparência humana, enquanto cedia a ela, as costas das mãos carnudas apertadas uma contra a outra sob o úmido lábio inferior. Queria uma coisa dela. Agora não havia escárnio nem maldade.

– É um aviso – contou. – Vem o tempo todo, ecoando através de uma corrente de ouvintes que o trazem de sua origem num lugar distante qualquer: estamos todos em perigo. Em seguida vem um pedido de socorro, mais fraco: que o ajudem, para que ele tente evitar o perigo. Mas esse pedaço não tem muita convicção. É ao aviso que ele quer que prestemos atenção acima de tudo.

– As palavras, quais são?

Ele deu de ombros.

– Nunca ouvi. Não me interessa.

– Ah!

Agora foi ela quem lhe deu as costas. Ouviu que ele se aproximava, sentiu as mãos dele em seus ombros.

– Agora você é quem vai responder – disse. Virou-a para que o encarasse. – É o sonho das gêmeas que me preocupa. O que significa?

Sonho das gêmeas? Ela não sabia a resposta. A pergunta. A pergunta não fazia sentido. Ela nunca tivera esse sonho.

Ele a encarava em silêncio, como se achasse que ela mentia. Depois falou bem devagar, observando cuidadosamente suas reações:

– Duas mulheres ruivas. Coisas horríveis acontecem com elas. Elas me aparecem em visões perturbadoras e desagradáveis, pouco antes de abrir os olhos. Vejo essas mulheres estupradas diante de uma corte de espectadores. Porém não sei quem são ou onde esse crime acontece. E não sou o único a perguntar. Por aí, espalhados pelo mundo, há outros deuses sombrios que têm esses sonhos e gostariam de saber por que eles estão vindo para nós agora.

Deuses sombrios! Não somos deuses, pensou ela com desprezo.

Ele sorriu. Não estavam ali no templo dele? Ela não ouvia os gemidos dos fiéis? Não sentia o cheiro do sangue deles?

– Não sei coisa alguma dessas mulheres – afirmou ela. Gêmeas, ruivas? Não. Tocou suavemente nos dedos dele, quase sedutoramente. – Azim, não me atormente. Quero que me fale de Marius. De onde vem o chamado?

Como o odiava naquele momento, porque ele escondia dela esse segredo!

– De onde? – repetiu ele desafiadoramente. – Ah, aí é que está, não é? Acha que ele ousaria nos mostrar o caminho para o santuário da Mãe e do Pai? Se eu achasse isso, responderia, ah, sim, é verdade. Deixaria meu templo para encontrá-lo, é claro. Mas ele não consegue nos enganar. Preferia ser destruído a revelar o lugar.

– De onde ele está chamando? – perguntou ela pacientemente.

– Esses sonhos! – exclamou ele, a expressão crispando-se de raiva. – Os sonhos das gêmeas, é isso que eu quero saber!

– E eu lhe diria quem elas são e o que significam, se soubesse.

Ela pensou nas canções de Lestat, nas palavras que ouvira. Canções sobre Aqueles que Devem Ser Preservados e sobre criptas subterrâneas, canções de busca, de sofrimento. Nada sobre ruivas, nada...

Furioso, ele acenou para que ela parasse.

– O vampiro Lestat! – falou em tom zombeteiro. – Não me fale nessa abominação! Por que ele ainda não foi destruído? Os deuses sombrios estão dormindo, como a Mãe e o Pai?

Ele a observava, raciocinando. Ela esperava.

– Está bem. Acredito em você – disse ele finalmente. – Contou-me tudo o que sabe.

– Sim.

– Fecho meus ouvidos ao Marius, já lhe disse. Ladrão da Mãe e do Pai, ele que grite por socorro até o final dos tempos. Mas você, Pandora, por você sempre sinto amor, de modo que vou me sujar com essa história. Atravesse o oceano para o Novo Mundo. Procure no norte congelado, depois do último bosque perto do mar oriental. Lá você pode encontrar Marius, preso numa fortaleza de gelo. Ele grita que não consegue se mover. Quanto ao aviso, é fraco, mas insistente: estamos em perigo. Temos que ajudá-lo para que ele impeça o perigo. Para que ele possa ir até o vampiro Lestat.

– Ah, então foi o rapaz quem fez isso!

Um estremecimento percorreu-a, violento e doloroso. Ela viu em pensamento os rostos vazios da Mãe e do Pai, monstros indestrutíveis em forma humana. Confusa, encarou Azim. Ele tinha se calado, mas ainda não terminara. Esperou que ele continuasse.

– Não – disse ele, a voz mais baixa, sem a pontada de raiva. – Há perigo, Pandora, sim. Um grande perigo, e não é preciso que Marius o anuncie. Tem a ver com as gêmeas ruivas. – Como ele estava sendo honesto, direto! – Sei disso porque eu já era velho antes de Marius ser feito. As gêmeas, Pandora. Esqueça Marius. E preste atenção nos seus sonhos.

Ela estava sem palavras, observando-o. Ele a encarou por um longo momento, e em seguida seus olhos pareceram tornar-se menores e sólidos. Ela podia senti-lo recuar, afastando-se dela e de tudo sobre o que tinham falado. Finalmente ele não a via mais.

Ouvia o gemido insistente dos fiéis. Sentiu sede de novo; queria hinos e sangue. Voltou-se para sair do aposento, e então lançou um olhar por cima do ombro.

– Venha comigo, Pandora! Junte-se a mim por uma hora apenas! – A voz era pastosa, embriagada.

O convite pegou-a desprevenida. Ela pensou no assunto. Havia anos que não procurava aquele prazer delicioso. Pensou não apenas no próprio sangue, mas na união momentânea com outra alma. E ali estava, de repente, esperando por ela, entre aqueles que tinham subido a cordilheira mais alta da Terra para procurar aquela morte. Pensou também na missão à sua frente – encontrar Marius – e nos sacrifícios que isso exigiria.

– Venha, adorada.

Ela lhe deu a mão e deixou-se levar para o centro do salão. A intensidade da luz assustou-a; sim, o sangue novamente. O cheiro dos humanos a engolfava, atormentando-a.

Os gritos dos fiéis eram ensurdecedores. O estampido dos pés humanos parecia sacudir as paredes pintadas, o teto de ouro cintilante. O incenso queimava-lhe os olhos. Uma lembrança vaga do santuário, eras antes, de Marius abraçando-a. Azim estava parado à sua frente, removendo seu manto, revelando o rosto dela, os braços nus, a túnica simples de lã preta que ela usava, os longos cabelos castanhos. Ela viu-se refletida em mil pares de olhos mortais.

– A deusa Pandora! – gritou ele, jogando a cabeça para trás.

Os gritos encobriram o ritmo dos tambores. Inúmeras mãos humanas a acariciavam. Os gritos de "Pandora! Pandora! Pandora!" misturavam-se aos de "Azim!".

Um rapaz de pele negra clara dançava diante dela, a camisa de seda branca grudada ao suor do peito escuro. Os olhos negros, brilhando sob as sobrancelhas escuras, estavam incendiados com o desafio: *Sou a sua vítima, deusa!* De repente ela não conseguia enxergar, àquela luz trêmula e em meio ao barulho, outra coisa senão os olhos, o rosto dele. Abraçou-o, em sua pressa esmagando-lhe as costelas, os dentes cravados profundamente no pescoço. Viva. O sangue jorrava para dentro dela, chegava ao coração e inundava suas câmaras, depois enviava seu calor aos membros gelados. Era além de qualquer recordação aquela sensação gloriosa – e o prazer delicioso, o desejo novamente! A morte chocou-a, tirou-lhe o fôlego. Ela sentiu-a passar para dentro do seu cérebro. Ficou cega, a gemer. Então, instantaneamente, a clareza de sua visão paralisou-a. As colunas de mármore eram vivas, e respiravam! Deixou o corpo cair e pegou outro, um rapaz faminto, de peito nu, cuja força à beira da morte enlouqueceu-a.

Quebrou-lhe o pescoço frágil enquanto bebia, ouvindo seu próprio coração expandir-se, sentindo até mesmo a superfície da pele cheia de sangue. Percebeu a cor de suas mãos antes de fechar os olhos, sim, mãos humanas; a morte foi mais lenta, resistente, cedendo com uma onda de escuridão e som. *Viva*!

– Pandora! Pandora! Pandora!

Meu Deus, não há justiça, não há um fim?

Ficou parada, oscilando para a frente e para trás; à sua frente dançavam rostos humanos, discretos e indiscretos. O sangue dentro dela fervia ao inundar cada tecido, cada célula. Viu sua terceira vítima jogar-se sobre ela, braços jovens e finos a rodeá-la, cabelos tão macios, os dele, essa penugem nas costas dos braços, os ossos frágeis, tão leves, como se ela fosse o ser real e eles apenas criaturas da imaginação.

Arrancou metade da cabeça, contemplando os ossos brancos da coluna vertebral partida, depois engolindo a morte instantânea com o violento jorro de sangue da artéria rompida. Mas o coração, queria vê-lo, prová-lo. Dobrou o corpo de costas sobre seu braço direito, os ossos estalando, enquanto com a mão esquerda partia o osso do peito e as costelas, enfiava a mão na cavidade quente e sanguinolenta para arrancar o coração.

Ele ainda não estava morto de verdade. E escorregadio, brilhando como uvas molhadas. Os fiéis esmagavam-na enquanto ela o erguia acima da cabeça, apertando-o suavemente para que o suco vivo escorresse por entre seus dedos para dentro da boca aberta. Sim, aquilo, para sempre!

– Deusa! Deusa!

Azim a observava, sorrindo. Mas ela não olhou para ele. Olhava para o coração sem sangue, o bagaço. Deixou-o cair. As mãos brilhavam como mãos vivas, manchadas de sangue. Ela sentia no rosto o calor do sangue. Uma onda de lembranças a ameaçou, uma onda de visões sem compreensão. Ela a afastou. Dessa vez aquilo não ia escravizá-la.

Estendeu a mão para o manto negro. Sentiu-o rodeá-la, quando mãos humanas quentes e solícitas cobriram com a lã macia seus cabelos e a parte inferior do rosto. E, ignorando os ardentes gritos do seu nome, virou-se e saiu, machucando acidentalmente os adoradores enlouquecidos que caíam em seu caminho.

Deliciosamente frio, o pátio. Ela baixou levemente a cabeça, respirando um vento errante que atravessou o abismo e soprou as piras antes de levar embora a fumaça acre. O luar era claro e lindo, caindo sobre os picos nevados ao longe.

Ela ficou escutando o sangue dentro de si, maravilhando-se, de um modo louco e desesperador, pelo fato de que ele ainda conseguia fortalecê-la, mesmo agora. Triste, cheia de sofrimento, olhou para a bela amplidão nua que rodeava o templo, para as nuvens acima. Como o sangue lhe dava coragem, como lhe dava uma crença momentânea na sabedoria do universo – frutos de um ato horrível, imperdoável!

Se a mente não encontra o sentido, então os sentidos o desnudam. Viva para isto, seu patife.

Aproximou-se da pira mais próxima e, cuidando para não queimar a roupa, estendeu as mãos para que o fogo as limpasse, queimasse o sangue, os pedaços de coração. O calor das chamas não se comparava ao calor do sangue dentro dela. Quando finalmente sentiu um pequeno indício de dor, um mínimo sinal de mudança, recuou e olhou para a pele branca e imaculada.

Mas tinha que partir agora. Seus pensamentos estavam demasiadamente cheios de raiva, de um novo ressentimento. Marius precisava dela. Perigo. O sinal voltou, mais forte do que nunca, porque o sangue tornava-a uma receptora mais poderosa. E não lhe parecia vir de uma só pessoa. Era uma voz coletiva, o vago brado de um conhecimento coletivo. Ela sentiu medo.

Permitiu que a mente se esvaziasse, enquanto lágrimas toldavam-lhe a visão. Ergueu as mãos, apenas as mãos, delicadamente. E iniciou a subida. Silenciosa, rápida, tão invisível aos olhos mortais, talvez, quanto o próprio vento.

Bem acima do templo, seu corpo perfurou uma névoa fina e turbulenta. A intensidade da luz a espantou; em toda parte a brancura brilhante. E abaixo a paisagem franzida de picos de pedra e geleiras cegantes, descendo para a suave escuridão de florestas e vales. De vez em quando punhados de luzes brilhantes, aldeias e cidades. Poderia ficar para sempre contemplando. No entanto, em questão de segundos uma nuvem ondulante obscureceu tudo. E ela viu-se sozinha com as estrelas.

As estrelas – duras, cintilantes, abraçando-a como se fosse uma delas. Mas, na realidade, as estrelas são exigiam nada nem ninguém. Sentiu-se aterrorizada. Em seguida, uma tristeza profunda, não muito diferente da alegria. Terminadas as lutas. Terminado o sofrimento.

Examinando a esplêndida passagem das constelações, ela diminuiu a velocidade da subida e estendeu ambas as mãos para o ocidente.

O nascer do sol estava nove horas para trás. E assim, iniciou sua viagem para longe dele, acompanhando a noite em seu caminho para o outro lado do mundo.

4

A história de Daniel, o favorito do demônio, ou o garoto de *Entrevista com o vampiro*

Quem são essas sombras por quem esperamos
[e acreditamos
que descerão numa noite qualquer em limusines
do Céu?
A rosa,
embora saiba,
não tem garganta
e não pode dizer.
Minha metade mortal ri.
O código e a mensagem não são os mesmos.
E o que é um anjo
senão um fantasma travestido?

STAN RICE
de "Of heaven"
Body of Work (1983)

Era um rapaz alto e magro, de cabelos cinzentos e olhos violeta. Usava uma camiseta cinzenta suja e jeans, e sentia frio no vento gelado que fustigava a avenida Michigan às cinco horas.

Daniel Molloy era o seu nome. Tinha 32 anos, embora parecesse mais jovem, um eterno estudante, não um homem. Era esse tipo de rosto jovem. Falava baixinho, consigo mesmo, enquanto caminhava:

– Armand, preciso de você. Armand, o show é amanhã. E uma coisa horrível vai acontecer, uma coisa horrível...

Estava com fome. Trinta e seis horas tinham se passado desde que se alimentara. Não havia coisa alguma na geladeira do seu quarto de hotel pequeno e sujo, e além disso ele não pudera entrar de manhã porque não tinha pagado o aluguel. Difícil lembrar-se de tudo ao mesmo tempo.

Então lembrou-se do sonho que vinha tendo, o sonho que lhe chegava todas as vezes que fechava os olhos, e perdeu a vontade de comer.

No sonho, via as gêmeas. Via o corpo torrado da mulher diante delas, os cabelos queimados, a pele esturricada. O coração jazia brilhante como uma fruta inchada no prato ao lado dela. O cérebro, no outro prato, parecia exatamente um cérebro cozido.

Armand sabia disso, tinha que saber. Não era um sonho comum. Alguma coisa a ver com Lestat, definitivamente. E Armand logo viria.

Droga, ele estava fraco, delirante. Precisava de alguma coisa, uma bebida, pelo menos. No bolso não havia dinheiro, apenas um cheque velho e amassado de direitos autorais pelo livro *Entrevista com o vampiro*, que ele "escrevera" sob pseudônimo 12 anos antes.

Outro mundo aquele, quando era um jovem repórter percorrendo os bares do mundo com seu gravador, tentando fazer com que a escória e os dejetos da noite lhe contassem alguma verdade. Bem, certa noite em San Francisco ele encontrou um magnífico assunto para suas investigações. E a luz da vida comum extinguiu-se de repente.

Agora ele era uma coisa arruinada, caminhando depressa demais sob o céu nublado de Chicago em outubro. No domingo anterior estivera em Paris, e na sexta antes disso, em Edimburgo. Antes de Edimburgo estivera em Estocolmo, e antes disso não conseguia lembrar-se. O cheque dos direitos autorais o alcançara em Viena, mas ele não sabia quando tinha sido.

Em todos aqueles lugares ele assustava os passantes. O vampiro Lestat tinha uma boa expressão para isso em sua autobiografia: "Um desses mortais enfadonhos que já viram fantasmas..." *Sou eu!*

Onde estava aquele livro, *O vampiro Lestat?* Ah, alguém o tinha roubado do banco do parque esta tarde, quando Daniel dormia. Bem, que fiquem com ele. O próprio Daniel o tinha roubado, e já o lera três vezes.

Mas se o tivesse agora poderia vendê-lo, talvez conseguir o bastante para um cálice de conhaque para aquecê-lo. E qual era o seu valor naquele momento, esse vagabundo friorento e faminto que se arrastava pela avenida

Michigan odiando o vento que o congelava através das roupas usadas e sujas? Dez milhões? Cem milhões? Ele não sabia. Armand saberia.

Quer dinheiro, Daniel? Vou arranjar para você. É mais simples do que imagina.

Mil e quinhentos quilômetros ao sul, Armand esperava na ilha particular dos dois, que na verdade pertencia apenas a Daniel. Se tivesse ao menos uma moeda, só uma moeda, poderia usá-la num telefone público e dizer a Armand que queria voltar para casa. Desceriam do céu para buscá-lo. Sempre faziam isso. Ou o avião grande com o quarto de dormir de veludo ou o pequeno, com teto baixo e poltronas de couro. Alguém naquela rua lhe emprestaria uma moeda em troca de um voo grátis para Miami? Provavelmente não.

Armand, agora! Quero estar seguro ao seu lado quando Lestat subir naquele palco amanhã à noite.

Quem descontaria aquele cheque? Ninguém. Eram sete horas e as lojas elegantes da avenida Michigan já estavam quase todas fechadas, e ele não tinha qualquer identificação, porque sua carteira havia desaparecido dois dias antes. Tão melancólico aquele crepúsculo cinzento e nublado de inverno, o céu cheio de nuvens metálicas e baixas. Até as lojas tinham adquirido uma melancolia incomum, com suas rígidas fachadas de mármore ou granito, a riqueza lá dentro brilhando como relíquias arqueológicas atrás dos vidros dos museus. Ele enfiou as mãos nos bolsos para aquecê-las, e inclinou a cabeça quando o vento soprou com mais ferocidade, trazendo o primeiro aguilhão da chuva.

Na verdade, estava cagando e andando para o cheque. Não conseguia imaginar-se apertando os botões de um telefone. Nada ali parecia particularmente real, nem mesmo o frio. Só o sonho parecia real, e a sensação de desastre iminente, de que o vampiro Lestat tinha colocado em movimento alguma coisa que nem ele próprio poderia jamais controlar.

Comer restos de lixo, se precisar, dormir em qualquer lugar, nem que seja num parque. Nada disso tem importância. Mas ele congelaria se tornasse a dormir ao ar livre, e, além disso, o sonho voltaria.

Agora ele vinha toda vez que fechava os olhos. E a cada vez era mais longo, mais detalhado. As gêmeas ruivas eram tão delicadamente lindas! Ele não queria ouvir seus gritos.

Na primeira noite, no quarto de hotel, ignorou o assunto: coisa sem sentido. Voltara para a autobiografia de Lestat, de vez em quando erguendo os olhos quando o pequeno televisor em preto e branco passava algum filme de Lestat.

Tinha ficado fascinado com a audácia de Lestat; no entanto, o disfarce de astro de rock era bem simples. Olhos penetrantes, pernas magras, porém fortes, e um sorriso travesso, sim. Mas não dava para distinguir. Ou dava. Ele nunca vira Lestat.

Mas era especialista em Armand, não era? Tinha estudado cada detalhe do corpo jovem e do rosto de Armand. Ah, que prazer delicioso tinha sido ler sobre Armand nas páginas de Lestat, perguntando-se o tempo todo se os cortantes insultos e as respeitosas análises de Lestat tinham deixado o próprio Armand furioso.

Em muda fascinação Daniel assistiu ao vídeo na MTV retratando Armand como o mestre comunal dos velhos vampiros sob o cemitério de Paris, presidindo rituais satânicos até que o vampiro Lestat, o iconoclasta do século XVIII, destruiu os Velhos Costumes.

Armand deve ter odiado ver sua história particular desnudada em imagens brilhantes, tão mais cruas que a história criteriosamente escrita por Lestat. Armand, cujos olhos estudavam eternamente os seres vivos à sua volta, recusando-se até a falar dos não mortos. Mas era impossível que não soubesse.

E tudo isso para as multidões – como um antropólogo, de volta da selva, vende os segredos da tribo por um lugar na lista dos mais vendidos.

Então, deixe que os deuses demoníacos guerreiem uns com os outros. Esse mortal tinha estado no topo da montanha onde eles terçam espadas. E tinha voltado. Tinha sido expulso.

Na noite seguinte, o sonho voltara com a nitidez de uma alucinação. Sabia que aquilo não podia ter sido inventado por ele. Nunca vira pessoas como aquelas, joias feitas de osso e madeira.

O sonho voltara três noites depois. Ele estava assistindo a um vídeo de Lestat pela décima quinta vez, quem sabe – aquele sobre a Mãe e o Pai egípcios dos vampiros antigos e imóveis, Aqueles que Devem Ser Preservados.

Akasha e Enkil,
Somos seus filhos,
mas o que é que vocês nos dão?
Seu silêncio
é um presente melhor do que a verdade?

E então Daniel sonhou. As gêmeas estavam prestes a começar o banquete. Iam dividir os órgãos nos pratos de barro: uma ficaria com o cérebro, a outra com o coração.

Ele acordara com uma sensação de urgência, medo. Alguma coisa terrível ia acontecer, alguma coisa ia acontecer a todos nós... E aquela foi a primeira vez que ele ligou isso a Lestat. Então teve vontade de pegar o telefone. Eram quatro da manhã em Miami. Por que diabos não tinha feito isso? Armand estaria sentado no terraço da mansão, contemplando a incansável frota de barcos brancos indo e vindo da ilha da Noite.

"Sim, Daniel?" Aquela voz sensual, hipnótica! "Acalme-se e diga onde está, Daniel."

Mas Daniel não tinha telefonado. Seis meses tinham se passado desde que ele deixara a ilha da Noite, e dessa vez era para ser para sempre. Renunciara de uma vez por todas ao mundo de tapetes, carrões e aviões particulares, adegas cheias de safras raras e armários repletos de roupas elegantes e à presença calma e poderosa de seu amante imortal, que lhe dera todas as coisas terrenas que ele podia desejar.

Mas agora fazia frio e ele não tinha um quarto, nem dinheiro, e estava com medo.

Você sabe onde estou, seu demônio. Sabe o que Lestat fez. E sabe que quero voltar para casa.

O que Armand diria?

Mas não sei, Daniel. Eu escuto. Tento saber. Não sou Deus, Daniel.

Não tem importância. Venha, Armand. Venha. Está escuro e frio em Chicago. E amanhã à noite o vampiro Lestat vai cantar suas canções num palco de San Francisco. E alguma coisa ruim vai acontecer. Este mortal sabe.

Sem diminuir o passo, Daniel enfiou a mão dentro da gola da camiseta disforme e tateou o pesado medalhão de ouro que sempre usava – o amuleto, como Armand chamava com sua queda não confessada, porém incontrolável, para o drama – que continha o minúsculo frasco com sangue de Armand.

E se ele nunca tivesse provado desse cálice, estaria tendo esse sonho, essa visão, esse presságio de tragédia?

As pessoas viravam-se para olhar; ele estava falando sozinho outra vez, não estava? E o vento o fazia suspirar alto. Pela primeira vez em todos esses anos sentiu vontade de abrir o medalhão e o frasco, sentir aquele sangue queimar sua língua. *Armand, venha*!

Ao meio-dia o sonho o visitara em sua forma mais assustadora.

Ele estava sentado num banco no pequeno parque perto do Water Tower Place. Alguém tinha largado um jornal ali, e quando o abriu ele viu o anúncio: "Amanhã: O vampiro Lestat ao vivo em San Francisco." A TV a cabo transmitiria o show às dez horas da noite, horário de Chicago. Que ótimo para aqueles que ainda moravam dentro de casas, podiam pagar o aluguel, tinham eletricidade! Teve vontade de rir daquilo tudo, deliciar-se, divertir-se com tudo, com a surpresa que Lestat fizera a todos. Mas um arrepio o percorreu, transformando-se num choque profundo e perturbador.

E se Armand não estiver sabendo? Mas as lojas de discos na ilha da Noite devem ter *O vampiro Lestat* nas vitrines. Deviam estar tocando aquelas canções obsedantes e hipnóticas nos salões elegantes.

Chegara até a ocorrer a Daniel, naquele momento, ir para a Califórnia por conta própria. Certamente poderia fazer um milagre qualquer, pegar seu passaporte no hotel, entrar em qualquer banco usando-o como identificação. Rico, sim, tão rico esse pobre rapaz mortal...

Mas como podia pensar em algo tão deliberado? O sol estava quente em seu rosto quando ele se deitara no banco. Dobrara o jornal para fazer um travesseiro.

E ali estava o sonho que todo esse tempo estivera à espera...

Meio-dia no mundo das gêmeas; o sol jorrando na clareira. Silêncio, a não ser os pássaros cantando.

E as gêmeas ajoelhadas, imóveis, na poeira. Mulheres tão pálidas, olhos verdes, cabelos longos, ondulados, cor de cobre. Usavam belas roupas, vestidos de linho branco vindos dos mercados de Nínive, comprados pelos aldeões em honra daquelas bruxas poderosas a quem os espíritos obedeciam.

O banquete fúnebre estava pronto. Os tijolos de barro do forno tinham sido derrubados e levados para longe, e o corpo jazia fumegante na pedra, os sucos amarelos escorrendo onde a pele crestada tinha se rompido, uma coisa preta e nua, coberta apenas por folhas cozidas. Aquilo horrorizou Daniel.

Mas aquele espetáculo não horrorizava qualquer dos presentes – nem as gêmeas, nem os aldeões que se ajoelhavam para ver o banquete começar.

Aquele banquete era o direito e o dever das gêmeas. Aquela era a mãe delas, aquele corpo escurecido em cima da pedra. E o que era humano tinha que ficar com o humano. Levaria um dia e uma noite para que o banquete fosse consumido, mas todos ficariam vigiando até o final.

Agora uma corrente de excitação perpassa pela multidão em volta da clareira. Uma das gêmeas ergue o prato onde está o cérebro, juntamente com os olhos, e a outra faz um gesto de assentimento e pega o prato que contém o coração.

E assim foi feita a divisão. As batidas no tambor aumentam, embora Daniel não consiga ver o instrumento. Lento, ritmado, brutal.

– Que o banquete comece!

Mas então vem o grito terrível, como Daniel sabia que viria: Impeça os soldados! Mas ele não consegue. Tudo isso aconteceu em algum lugar, disso ele agora tem certeza. Não é um sonho, é uma visão. E ele não está lá. Os soldados invadem a clareira, os aldeões se espalham, as gêmeas largam os pratos e jogam-se sobre o banquete fumegante. Mas isso é loucura!

Os soldados afastam-nas sem esforço, a pedra é erguida, o corpo cai, despedaçando-se, e o coração e o cérebro são jogados na terra. As gêmeas gritam sem parar.

Mas os aldeões também estão gritando, destruídos pelos soldados enquanto correm. Os mortos e os moribundos atulham as trilhas da montanha. Os olhos da mãe caíram na lama, e, juntamente com o coração e o cérebro, são pisados e esmagados.

Uma das gêmeas, braços presos às costas, clama aos espíritos por vingança. E eles vêm, sem dúvida. É um redemoinho. Mas não é suficiente.

Se ao menos acabasse logo... Mas Daniel não consegue acordar.

Tudo está quieto. O ar está impregnado de fumaça. Nada se ergue ali onde aquelas pessoas viveram durante séculos. Os tijolos de barro estão espalhados, os potes de cerâmica estão quebrados, tudo o que queima foi queimado. Bebês de garganta cortada jazem nus no chão, à mercê das moscas. Ninguém vai assar esses corpos, ninguém vai consumir essa carne. Tudo isso vai sumir da raça humana, com todo o seu poder, todo o seu mistério. Os chacais já se aproximam. E os soldados partiram. Onde estão as gêmeas? Ele as ouve chorar, mas não consegue encontrá-las. Uma grande tempestade ruge sobre o caminho estreito que ondula através do vale em direção ao deserto. Os espíritos fazem o trovão. Os espíritos fazem a chuva.

Os olhos se abrem. Chicago, avenida Michigan ao meio-dia. O sonho sumiu como uma luz que se apaga. Ele ficou sentado, tremendo e suando.

Um rádio tocava por perto, Lestat cantando, com sua voz obsedante e melancólica, sobre Aqueles que Devem Ser Preservados:

Mãe e Pai,
Mantenham seu silêncio,
Guardem seus segredos,
Mas aqueles de vocês que têm língua,
Cantem minha canção.

Filhos e filhas
Da escuridão,
Ergam suas vozes,
Façam um coro.
Que o céu nos ouça!

Juntem-se,
Irmãos e irmãs,
Juntem-se a mim!

Ele se levantara e saíra andando. Entrara no Water Tower Place, tão parecido com a ilha da Noite, com suas grandes lojas, músicas e luzes incessantes, vidros brilhantes.

E agora eram quase oito horas e ele estivera andando sem parar, fugindo do sono e do sonho. Estava distante de qualquer música ou luz. Como seria da próxima vez? Iria descobrir se elas estavam vivas ou mortas? Minhas lindezas, minhas pobres lindezas...

Parou de costas para o vento por um instante, ouvindo sinos tocarem em algum lugar; então avistou um relógio sujo acima de um balcão de uma loja. Sim, Lestat já despertara, na Costa Oeste. Quem estaria com ele? Louis estaria lá? E o show, em pouco mais de 24 horas! *Catástrofe! Armand, por favor*!

O vento aumentou, empurrando-o alguns passos para trás, fazendo-o estremecer violentamente. As mãos estavam congeladas. Será que já sentira tanto frio antes? Obstinadamente atravessou a avenida Michigan com a multidão no sinal luminoso e parou diante da vitrine de uma livraria, onde o livro *O vampiro Lestat* estava exposto.

Certamente Armand o lera, devorando cada palavra naquela maneira esquisita, horrível, virando página após página sem parar, os olhos voando pelas palavras, até o livro estar terminado, e então jogando-o de lado. Como podia uma criatura ter tanta beleza e ao mesmo tempo inspirar tamanha... o que era? Repulsa? Não, ele nunca sentira repulsa por Armand, tinha que admitir. O que sempre sentira era um desejo intenso e desesperado.

Uma mocinha dentro do calor da loja pegou um exemplar do livro de Lestat, depois encarou-o através da vidraça. A respiração dele nublou o vidro à sua frente. *Não se preocupe, minha querida, sou um homem rico. Poderia comprar toda essa livraria e dá-la de presente a você. Sou dono e senhor de minha própria ilha, sou o favorito do Demônio e ele satisfaz todos os meus desejos. Quer vir me dar o braço?*

Já estava escuro havia horas na costa da Flórida. A ilha da Noite já estaria apinhada de turistas.

As lojas, os restaurantes, os bares teriam aberto suas amplas janelas ao anoitecer, em cinco andares de galerias ricamente acarpetadas. As escadas rolantes prateadas teriam iniciado seu zumbido baixo e vibrante. Daniel fechou os olhos e visualizou as paredes de vidro erguendo-se acima dos terraços no porto. Quase chegava a ouvir os chafarizes, ver os canteiros de tulipas e narcisos eternamente em flor fora de época, ouvir a música hipnótica que pulsava como um coração.

E Armand estava provavelmente percorrendo os aposentos pouco iluminados da mansão, a poucos passos dos turistas e dos compradores, mas inteiramente separado por portas de aço e paredes brancas – um amplo palácio com janelas que iam do teto ao chão e largas sacadas, empoleirado acima da areia branca. Solitária, porém próxima do incessante movimento, a sala enorme de frente para as luzes faiscantes da costa de Miami.

Ou então tinha atravessado uma das muitas portas sem marca e entrado nas galerias públicas.

– Para viver e respirar entre mortais – costumava dizer naquele universo seguro e confinado que ele e Daniel tinham criado. Como Armand adorava a brisa cálida do golfo, a eterna primavera da ilha da Noite!

Nenhuma luz se apagava até o amanhecer.

– Mande alguém me buscar, Armand, preciso de você! Sabe que quer que eu volte para casa.

Naturalmente isso já tinha acontecido muitas vezes. Não eram necessários sonhos estranhos, ou que Lestat reaparecesse, rugindo como Lúcifer em fita e em filme.

Durante meses tudo dava certo; Daniel seguia seus impulsos, viajando de uma cidade para outra, percorrendo as calçadas de Nova York, Chicago, Nova Orleans. Então vinha a súbita desintegração; percebia de repente que não tinha se movido da cadeira durante cinco horas. Ou acordava de súbito numa cama suja, assustado, incapaz de recordar o nome da cidade onde estava ou onde estivera antes. Então o carro ia buscá-lo, depois o avião o levava para casa.

Não seria Armand quem provocava isso? De alguma forma ele não levava Daniel a ter aqueles períodos de loucura? Não destruía, com uma mágica maligna qualquer, toda fonte de prazer, todo manancial de sustento, até Daniel alegrar-se ao ver o costumeiro motorista vir buscá-lo para levá-lo ao aeroporto, o homem que nunca se chocava com a situação de Daniel, a barba por fazer, as roupas imundas?

Quando Daniel finalmente chegava à ilha da Noite, Armand negava:

– Você voltou para mim porque queria, Daniel – sempre dizia calmamente, o rosto imóvel e radiante, os olhos cheios de amor. – Você agora só tem a mim, Daniel. Sabe disso. A loucura está à espreita lá fora.

– A mesma dança de sempre – invariavelmente respondia Daniel.

E todo aquele luxo, tão embriagador! Camas macias, música, a taça de vinho colocada em sua mão. Os aposentos estavam sempre cheios de flores, a comida que ele desejasse vinha em bandejas de prata.

Armand estaria jogado numa enorme poltrona de veludo preto, vendo televisão, Ganimedes em calças e camisa de seda brancas, assistindo a noticiários, filmes, os vídeos que fizera de si mesmo lendo poesia, comédias idiotas, dramas, musicais, filmes mudos.

– Entre, Daniel, sente-se. Não o esperava de volta tão cedo.

– Seu filho da puta – dizia Daniel. – Você queria que eu voltasse, mandou me chamar. Eu não conseguia comer, dormir, nada, só andar e pensar em você. Foi você quem fez isso.

Armand então sorria, às vezes até ria. Tinha uma risada rica, agradável, sempre cheia de gratificação e humor. Quando ria, parecia um mortal.

– Acalme-se, Daniel. Seu coração está disparado. Isso me assusta. – Uma pequena ruga na testa, a voz mais rouca de compaixão. – É só dizer o que deseja, Daniel, e eu conseguirei para você. Por que está sempre fugindo?

– É mentira, seu filho da puta. Confesse que me queria de volta. Você vai me atormentar para sempre, não vai? Depois vai me ver morrer, e vai achar isso interessante, não é? É verdade o que Louis disse: seus escravos mortais, você os observa morrer, eles nada significam. Vai ficar observando as cores mudarem no meu rosto quando eu estiver morrendo.

– Isto é conversa de Louis – dizia Armand pacientemente. – Por favor, não me cite aquele livro. Prefiro morrer a ver você morrer, Daniel.

– Então a dê para mim! Maldito! A imortalidade tão perto, à distância de um abraço!

– Não, Daniel, porque também prefiro morrer a fazer isso.

Porém, mesmo se Armand não provocasse aquela loucura que trazia Daniel para casa, certamente sempre sabia onde ele estava. Conseguia ouvir o chamado de Daniel. O sangue os unia, tinha que unir – os pequenos e preciosos goles de sangue ardente e sobrenatural. Nunca mais do que o suficiente para despertar sonhos em Daniel, e a sede de eternidade, fazer as flores do papel de parede dançarem e cantarem. Fosse como fosse, Armand sempre podia encontrá-lo, disso ele não tinha dúvida.

No princípio, mesmo antes da troca de sangue, Armand perseguira Daniel com a astúcia de uma harpia. Não havia lugar na Terra em que Daniel pudesse esconder-se.

Aterrador, mas instigante, o começo dos dois em Nova Orleans, 12 anos antes, quando Daniel entrara numa casa velha no Garden District e soubera imediatamente que ali era o covil do vampiro Lestat.

Dez dias antes ele partira de San Francisco, depois de sua entrevista, que durara a noite inteira, com o vampiro Louis, sofrendo os efeitos da confirmação definitiva da apavorante história que ouvira: em um súbito abraço, Louis havia demonstrado seu poder sobrenatural ao beber o sangue de Daniel quase até matá-lo. As dentadas tinham desaparecido, mas a lembrança deixara Daniel próximo à loucura. Febril, às vezes delirante, ele não conseguia viajar mais do que algumas centenas de quilômetros por dia. Em hotéis baratos de beira de estrada, onde era forçado a alimentar-se, duplicou uma a uma as fitas gravadas da entrevista, mandando as cópias para uma editora em Nova York, de modo que o livro estava sendo feito bem antes de ele bater à porta de Lestat.

Mas isso tinha sido secundário, a publicação – um acontecimento ligado aos valores de um mundo distante e apagado.

Tinha que encontrar o vampiro Lestat. Tinha que descobrir o imortal que fizera Louis, o único que ainda sobrevivia em algum lugar daquela cidade úmida, decadente e bela, esperando talvez que Daniel o despertasse, o trouxesse para dentro desse século que o aterrorizava e o forçava a esconder-se.

Era o que Louis queria, com certeza. Por que outra razão teria dado a esse emissário mortal tantas pistas do lugar onde Lestat poderia ser encontrado? No entanto, alguns dos detalhes eram enganosos. Seria isso uma ambivalência de Louis? No fim das contas, não tinha importância. No cartório, Daniel encontrara a escritura da propriedade e o número da rua, sob o nome inconfundível: Lestat de Lioncourt.

O portão de ferro nem mesmo estava trancado, e, tendo aberto caminho através da vegetação cerrada do jardim, ele conseguira facilmente arrebentar a fechadura enferrujada da porta da frente.

Apenas uma pequena lanterna de bolso ajudava-o. Mas a lua estava alta, jogando sua luz branca em manchas através dos ramos dos carvalhos. Ele vira claramente as pilhas de livros que iam até o teto, formando as próprias paredes dos aposentos. Nenhum humano conseguiria ou desejaria fazer uma coisa assim tão metódica e insana. E então, no quarto do andar superior, ajoelhado na poeira espessa que cobria o tapete apodrecido, ele tinha encontrado o relógio de bolso de ouro, onde estava escrito o nome de Lestat.

Ah, aquele momento aterrador em que o pêndulo se afastou da loucura crescente em direção a uma nova paixão – Daniel iria procurar até os confins da Terra aqueles seres pálidos e mortais cuja existência ele apenas vislumbrara!

O que é que desejava nessa época? Será que tinha esperança de possuir os esplêndidos segredos da própria vida? Certamente não ganharia com esse conhecimento qualquer propósito para uma existência já repleta de desilusão. Não, queria ser afastado de tudo aquilo que já amara. Ansiava pelo mundo violento e sensual de Louis.

O *Mal.* Ele já não tinha medo.

Talvez fosse como o explorador perdido que, atravessando a selva, de repente avista à sua frente a parede do templo lendário, seus entalhes encobertos por trepadeiras e teias de aranha; não importava que ele talvez não sobrevivesse para contar a história: tinha contemplado a verdade com seus próprios olhos.

Se ao menos pudesse abrir um pouquinho mais a porta, ver toda a magnificência! Se ao menos o deixassem entrar! Talvez desejasse apenas viver para sempre. Alguém poderia culpá-lo por isso?

Sentira-se bem e seguro, sozinho nas ruínas da velha casa de Lestat, com as roseiras silvestres agarrando-se à janela quebrada e a cama de dossel apenas um esqueleto, suas cortinas apodrecidas.

Perto deles, perto de sua preciosa escuridão, sua linda e devoradora melancolia. As cadeiras mofadas com seus pedaços de entalhes, seus farrapos de veludo e as coisas rastejantes que comiam o resto do tapete – como ele tinha amado a desesperança daquilo tudo.

Mas a relíquia, ah, a relíquia era tudo, o brilhante relógio de ouro que tinha o nome de um imortal!

Depois de algum tempo ele abriu o armário; os fraques negros desmanchavam-se quando ele os tocava. Botas estragadas jaziam nas prateleiras de cedro.

Mas, Lestat, você está aqui. Ele preparara o gravador, colocara a primeira fita, sentara-se e deixara a voz de Louis erguer-se suavemente no quarto ensombrecido. As fitas tocaram durante horas a fio.

Então, pouco antes do amanhecer ele vira a figura no vestíbulo, e entendera que fora proposital. E vira a lua iluminar o rosto infantil, os cabelos louros. A terra estremeceu, a escuridão desceu. A última palavra que pronunciara tinha sido o nome de Armand.

Devia ter morrido então. Teria sido um capricho que o mantivera vivo?

Tinha despertado num porão escuro e úmido. Escorria água das paredes. Tateando na escuridão, descobrira uma janela tapada com tijolos, uma porta trancada, forrada de aço.

E aquele era seu consolo: ter encontrado outro deus do panteão secreto: Armand, o mais antigo dos imortais, a quem Louis tinha descrito; Armand, o mestre comunal do Teatro dos Vampiros de Paris, no século XIX, que confiara a Louis seu terrível segredo: de nossas origens nada se sabe.

Durante três dias e três noites, talvez, Daniel ficara aprisionado. Impossível dizer ao certo. Ele estivera perto da morte; o cheiro de sua própria urina dava-lhe náuseas, os insetos o atormentavam. No entanto, sentia um fervor religioso. Chegara bem perto das verdades escuras e pulsantes que Louis revelara. Perdendo intermitentemente a consciência, ele sonhara com Louis – Louis falando com ele naquele quartinho sujo em San Francisco, *sempre houve coisas como nós, sempre*; Louis abraçando-o, os olhos verdes escurecendo de repente quando mostrou a Daniel os caninos de vampiro.

Na quarta noite, Daniel despertou e soube imediatamente que havia alguém ou alguma coisa ali com ele. A porta estava aberta para um corredor. Em algum lugar a água fluía com rapidez, como se num esgoto subterrâneo. Lentamente seus olhos acostumaram-se à luz esverdeada que vinha da porta, e então ele viu a figura pálida, de pele branca, parada junto à parede.

Tão imaculados o terno escuro, a camisa branca engomada – como a imitação de um homem do século XX. E os cabelos louros cortados curtos, as unhas brilhando até mesmo na semiescuridão. Como um cadáver pronto para o caixão – assim asséptico e bem preparado.

A voz era suave, com um leve sotaque. Não europeu; alguma coisa mais aguda, porém ao mesmo tempo mais suave. Árabe ou grego, talvez. Esse tipo de entonação. As palavras eram lentas e isentas de raiva:

– Saia. Leve suas fitas. Estão ao seu lado. Conheço seu livro. Ninguém vai acreditar nele. Agora vá e leve suas coisas.

Então você não vai me matar. E também não vai fazer de mim um dos seus. Pensamentos estúpidos, desesperados, mas ele não conseguia impedi-los. Tinha visto o poder! Não havia ali nenhuma mentira, nenhuma vigarice. E ele se pusera a chorar, enfraquecido pelo medo e pela fome, reduzido a uma criança.

– Fazer de você um de nós? – O sotaque ficara mais forte, dando uma bela entonação às palavras. – Por que faria isso? – Os olhos se apertaram. – Não faço isso àqueles a quem desprezo, àqueles que não me importo de ver queimando no inferno. Então por que deveria fazer a um tolo inocente como você?

Eu quero. Quero viver para sempre. Daniel sentou-se e depois ficou de pé lentamente, esforçando-se para ver Armand mais claramente. Uma lâmpada fraca ardia em algum lugar no final do corredor. *Quero estar com Louis e com você.*

Uma risada. Baixa, suave. Mas zombeteira.

– Entendo por que ele escolheu você como confidente. Você é belo e ingênuo. Mas a beleza podia ser a única razão, sabe?

Silêncio.

– Seus olhos têm uma cor estranha, quase violeta. E você é estranhamente desafiador e suplicante ao mesmo tempo.

Faça-me imortal! Conceda-me a eternidade!

Outra risada. Quase triste. E então silêncio, a água correndo rápida em algum lugar distante. O aposento tornara-se visível, um porão imundo. E a figura tornara-se mais parecida com um mortal. Havia até um leve tom rosado na pele lisa.

– Tudo o que ele lhe contou é verdade. Mas ninguém vai acreditar. E você vai terminar enlouquecendo por saber disso. É o que sempre acontece. Mas ainda não está louco.

Não. Isto é real, está acontecendo. Você é Armand e estamos conversando. E não estou louco.

– É verdade. E acho isso bastante interessante... Que você saiba o meu nome e que seja um vivo. Nunca contei meu nome a uma pessoa viva. – Armand hesitou. – Não quero matá-lo. Não agora.

Daniel sentira o primeiro toque de medo. Se alguém olhasse atentamente para esses seres, poderia ver o que eram. Tinha sido a mesma coisa com Louis. Não, não eram vivos. Eram medonhas imitações dos vivos. E aquele ali, aquele manequim de rapaz!

– Vou deixar você sair daqui – dissera Armand com delicadeza. – Quero segui-lo, vigiá-lo, ver aonde vai. Enquanto achá-lo interessante, não vou matá-lo. Claro que posso perder todo o interesse e não me dar ao trabalho de matá-lo. Isso é sempre possível. Você pode ter essa esperança. E talvez, com sorte, eu o perca. Tenho minhas limitações, naturalmente. Você tem o mundo inteiro para ir, e pode movimentar-se durante o dia. Agora vá. Comece a correr. Quero ver o que faz, quero saber quem você é.

Agora vá, comece a correr!

Ele pegara o primeiro avião para Lisboa, o relógio de ouro de Lestat apertado em sua mão. No entanto, duas noites depois, em Madri, virara e se deparara com Armand sentado a seu lado no banco do ônibus, a poucos centímetros dele. Uma semana depois, em Viena, olhara pela janela de um café e vira Armand vigiando-o da rua. Em Berlim, Armand entrara num táxi ao lado dele e ficara ali a encará-lo, até que finalmente Daniel saltara para o meio do trânsito e fugira correndo.

Ao longo dos meses, porém, aqueles assustadores confrontos silenciosos tinham dado lugar a ataques mais fortes.

Despertara num quarto de hotel em Praga e encontrara Armand de pé a seu lado, enlouquecido, violento:

– Fale comigo agora! Eu exijo! Acorde! Quero que converse comigo, me mostre coisas nesta cidade. Por que veio especialmente para cá?

Viajando num trem pela Suíça, ele ergueu os olhos de repente e viu Armand sentado à sua frente, observando-o por cima da gola erguida do sobretudo forrado de pele. Armand arrancara o livro de suas mãos e insistira que ele explicasse o que era, por que o lia, o que significava a figura na capa.

Em Paris, Armand o perseguira todas as noites pelos bulevares e pelos becos, de vez em quando interrogando-o a respeito dos lugares aonde ia, as coisas que fazia. Em Veneza, olhou pela janela de seu quarto no Danieli e viu Armand encarando-o de uma janela do outro lado da rua.

Então passaram-se semanas sem uma visita. Daniel hesitava entre o terror e uma estranha expectativa, novamente duvidando de sua própria sanidade. Mas lá estava Armand, esperando por ele no aeroporto de Nova York. E na noite seguinte, em Boston, Armand estava no restaurante do Copley quando Daniel entrou. O jantar de Daniel já estava encomendado. Por favor, sente-se. Daniel sabia que *Entrevista com o vampiro* já estava nas livrarias?

– Devo confessar que gosto dessa pequena notoriedade. – dissera Armand, com uma sutil delicadeza e um sorriso mau. – O que me espanta é você não desejar a fama. Não se colocou como "autor", o que significa que é muito modesto ou muito covarde. Qualquer das duas explicações seria monótona demais.

– Não estou com fome, vamos sair daqui – respondera Daniel debilmente.

Mas prato após prato era colocado na mesa; todos reparavam.

– Não sabia o que você queria – confidenciou Armand, o sorriso tornando-se absolutamente extático. – De modo que pedi tudo o que tinham.

– Acha que pode me enlouquecer, não acha? – zombara Daniel. – Bem, não pode, não. Vou lhe dizer uma coisa: cada vez que ponho os olhos em você, vejo que não o inventei, e que sou são!

E pusera-se a comer furiosamente – um pouco de peixe, um bifinho, um pouco de vitela, um pedaço de pão doce, um pouquinho de queijo, um pouquinho de todas as coisas, tudo misturado, que importava? E Armand ficara tão feliz, rindo como um garotinho, enquanto o observava, de braços cruzados. Era a primeira vez que Daniel ouvia aquela risada suave, sedosa. Tão sedutora. Ele embebedou-se o mais depressa que conseguiu.

Os encontros ficaram cada vez mais compridos. As conversas, as discussões e as brigas tornaram-se regra. Uma vez Armand arrastou Daniel para fora da cama em Nova Orleans e gritou com ele:

– Pegue o telefone, quero que ligue para Paris, quero ver você falar com Paris.

– Merda, ligue você! – rugira Daniel de volta. – Tem quinhentos anos de idade e não sabe usar um telefone? Leia as instruções. Afinal, você é um imortal idiota? Não vou fazer isso!

Como Armand ficara surpreso!

– Está bem, vou ligar para Paris. Mas você paga a conta.

– Naturalmente – respondera Armand inocentemente.

Então tirara do bolso dezenas de notas de 100 dólares, jogando-as sobre a cama de Daniel.

Cada vez mais discutiam filosofia em seus encontros.

Puxando Daniel para fora de um teatro em Roma, Armand perguntara: O que Daniel achava que a morte de verdade? As pessoas que ainda viviam sabiam essas coisas! Daniel sabia o que Armand realmente temia?

Como era mais de meia-noite e Daniel estava bêbado e exausto, dormindo a sono solto no teatro quando Armand o encontrara, não quis saber.

– Vou lhe contar o que temo – dissera Armand, com o tom intenso de um jovem estudante. – Que depois da morte haja o caos, que ela seja um sonho do qual não se pode acordar. Imagine, vagar meio consciente, meio inconsciente, tentando em vão recordar quem ou o que você era. Imagine, desejar eternamente a claridade perdida dos vivos...

Aquilo assustara Daniel. Alguma coisa ali soava verdadeira. Não havia histórias de médiuns conversando com presenças incoerentes, embora poderosas? Ele não sabia. Como diabos poderia saber? Talvez depois da morte não houvesse coisa alguma. Isso aterrorizava Armand, que não fazia qualquer esforço para ocultá-lo.

– E acha que isso também não me aterroriza? – perguntara Daniel, encarando a figura de rosto pálido. – Quantos anos ainda tenho de vida? Você consegue saber só de olhar para mim? Diga-me.

Quando Armand acordou-o, em Port-au-Prince, era sobre a guerra que queria conversar. O que os homens deste século pensavam realmente sobre a guerra? Daniel sabia que Armand era garoto quando tudo isso começou para ele? Dezessete anos, e naquela época isso era muito jovem, muito jovem. Os rapazes de 17 anos no século XX eram verdadeiros monstros; tinham barba, cabelos no peito, e ainda assim eram crianças. Naquela época, não. No entanto, as crianças trabalhavam como homens.

Mas não vamos perder o fio. O caso era que Armand não sabia o que os homens sentiam. Nunca sentira. Ora, naturalmente conhecera os prazeres da carne, pois isso era comum. Ninguém então pensava que as crianças eram inocentes de prazeres sensuais. Mas sabia pouco sobre a verdadeira agressividade. Matava porque era sua natureza como vampiro, e o sangue era irresistível. Mas por que os homens achavam a guerra irresistível? O que era o desejo de enfrentar violentamente a vontade de outrem com armas? O que era a necessidade física de destruição?

Nessas ocasiões Daniel fazia o possível para responder: para alguns homens era a necessidade de afirmar sua própria existência através da destruição do outro. Certamente Armand conhecia essas coisas.

– Conhecer? Conhecer? De que adianta conhecer sem compreender? – perguntara Armand, o sotaque insolitamente carregado por causa da sua agitação. – Se não se pode ir de uma percepção para outra? É isso que não consigo fazer, não entende?

Quando encontrou Daniel em Frankfurt, era a natureza da história, a impossibilidade de escrever uma explicação coerente para os acontecimentos que não fosse ela própria uma mentira. A impossibilidade da verdade ser respeitada em generalizações, e a impossibilidade de aprender sem elas.

De vez em quando esses confrontos não tinham sido inteiramente egoístas. Numa hospedaria no interior da Inglaterra, Daniel acordou com o som da voz de Armand avisando-o para sair imediatamente. Um incêndio destruiu a hospedaria em menos de uma hora.

Em outra ocasião ele estava na cadeia em Nova York, preso por bebedeira e vagabundagem, quando Armand apareceu para pagar-lhe a fiança, com aparência inteiramente humana, como sempre acontecia depois que se alimentava, um jovem advogado de sobretudo de tweed e calças de flanela que acompanhou Daniel até um quarto no Carlyle e deixou-o lá adormecido, com uma mala cheia de roupas novas e uma carteira cheia de dinheiro escondida num bolso.

Finalmente, depois de um ano e meio dessa loucura, Daniel começou a interrogar Armand. Como tinham sido na realidade aqueles dias antigos em Veneza? Veja esse filme, passado no século XVIII, e diga-me o que está errado nele.

Mas Armand ficava notavelmente reticente.

– Não posso lhe dizer essas coisas porque não tenho experiência delas. Entende, tenho tão pouca capacidade de sintetizar o conhecimento! Lido com o imediato com uma fria intensidade. Como era a vida em Paris? Pergunte-me se choveu na noite de 5 de julho de 1793, um sábado. Talvez eu possa responder.

No entanto, em outras ocasiões ele falava em rajadas rápidas sobre as coisas ao seu redor, sobre a sinistra e espalhafatosa assepsia desta era, sobre a horrenda aceleração das mudanças.

– Veja as tremendas invenções que se tornaram inúteis ou obsoletas no mesmo século: o barco a vapor, as ferrovias. Sabe o que significaram, depois de seis mil anos de escravos remadores e homens a cavalo? E agora a prostituta compra um produto químico para matar a semente dos amantes, e vive até os 75 anos num quarto cheio de aparelhos que refrigeram o ar e literalmente comem a poeira. No entanto, apesar de todos os filmes de época e os romances históricos que estão por toda parte, o público não tem uma lembrança acurada de coisa alguma; cada problema social é observado em relação a "normas" que na realidade nunca existiram; as pessoas se sentem "privadas" de conforto e paz, coisas que na verdade nunca foram comuns entre os povos de qualquer lugar.

– Mas Veneza na sua época, conte-me...

– Contar o quê? Que era suja? Que era linda? As pessoas andavam em farrapos, tinham dentes podres e hálito fedorento, e riam nas execuções públicas. Quer saber a principal diferença? Nesta época de agora existe uma horrível solidão. Não, escute. Naquela época morávamos seis ou sete em cada quarto, quando eu ainda era um dos vivos. As ruas das cidades eram mares humanos; e agora, nestes prédios altos, almas ignorantes vivem em luxuosa privacidade, contemplando através da janela de uma televisão o mundo distante onde se beija e se toca. Ficar sozinho assim deveria criar algum grande fundo de conhecimento coletivo, algum novo nível de consciência humana, um curioso ceticismo.

Daniel ficava fascinado, às vezes tentava escrever as coisas que Armand lhe dizia. No entanto, Armand continuava a assustá-lo: Daniel estava sempre em fuga.

❋

Não tinha certeza de quanto tempo se passara antes que parasse de fugir, embora a noite em si fosse impossível esquecer.

Talvez quatro anos tivessem decorrido desde que o jogo começara. Daniel passara um longo e calmo inverno no sul da Itália, durante o qual não encontrara sequer uma vez seu demônio familiar.

Num quarto de um hotel barato a meio quarteirão das ruínas da antiga Pompeia, ele passava as horas lendo, escrevendo, tentando definir o que seu vislumbre do sobrenatural lhe fizera, e como tinha que aprender novamente a desejar, imaginar, sonhar. A imortalidade nesta Terra era realmente possível – isso ele sabia sem qualquer dúvida. Mas que diferença fazia se a imortalidade não estava ao seu alcance?

Durante o dia, caminhava pelas ruas esburacadas das ruínas romanas. E quando a lua estava cheia ele fazia a mesma coisa também à noite. Parecia que a sanidade lhe voltara. E a vida logo poderia voltar também. As folhas verdes tinham um cheiro fresco quando ele as esmagava entre os dedos. Olhava para as estrelas e não sentia raiva, mas tristeza.

No entanto, em outras ocasiões, ansiava por Armand como por um elixir sem o qual não poderia continuar. A energia sombria que o incendiara durante quatro anos agora estava ausente. Sonhava que Armand estava ao seu lado; acordava chorando estupidamente. Então chegava a manhã e ele ficava triste, porém calmo.

Então Armand voltou.

Era tarde, talvez dez horas da noite, e o céu, como acontece com tanta frequência no sul da Itália, ostentava um brilhante azul-escuro. Daniel estivera caminhando sozinho pela comprida estrada que leva de Pompeia à Vila dos Mistérios, esperando que não surgisse um guarda para expulsá-lo.

Assim que chegou à casa antiga, sentiu a imobilidade. Nenhum guarda. Nenhum ser vivo. Apenas a aparição silenciosa e súbita de Armand diante da porta. Novamente Armand.

Aparecera silenciosamente das sombras para o luar, um rapaz de jeans sujos e jaqueta de brim muito usada; tinha abraçado Daniel e beijado seu rosto com suavidade. Uma pele tão quente, repleta do sangue fresco da matança. Daniel imaginou que conseguia sentir o cheiro do perfume dos vivos ainda preso a Armand.

– Quer entrar nesta casa? – sussurrara Armand. Fechaduras jamais foram empecilho para Armand. Daniel estava tremendo, à beira das lágrimas. E por quê? Tão bom vê-lo, tocá-lo, ah, maldito!

Entraram nos aposentos escuros, de teto baixo, a pressão do braço de Armand nas costas de Daniel estranhamente apaziguante. Ah, sim, essa intimidade, porque é isso mesmo, não é? Você, meu...

Amante secreto.

Sim.

Então Daniel compreendera, parado ali com Armand na sala de jantar em ruínas, com seu famoso mural da flagelação ritual apenas visível na penumbra: afinal, ele não vai me matar. Não vai fazer isso. É claro que não vai me fazer o que ele é, mas também não vai me matar. A dança não vai terminar assim.

– Mas como você podia não saber uma coisa como essa? – perguntara Armand, lendo-lhe os pensamentos. – Amo você. Se não tivesse passado a amá-lo, já o teria matado, é claro.

O luar entrava pelas treliças de madeira. As opulentas figuras dos murais criaram vida contra seu fundo vermelho, a cor de sangue seco.

Daniel encarou intensamente a criatura à sua frente, aquela coisa que parecia humana e soava humana, mas não era. Sentiu uma horrível alteração na sua percepção: viu aquele ser como um enorme inseto, um predador monstruoso e mau que tinha devorado um milhão de vidas humanas. No entanto, amava aquela coisa. Amava a pele branca e macia, os grandes olhos castanhos. Amava-o não porque ele parecia um rapaz simpático e delicado, mas, sim, porque era horrível, terrível e detestável, e lindo, tudo ao mesmo tempo. Amava como as pessoas amam o mal, porque isso as excita até o fundo da alma. Imagine matar assim, tirar uma vida no momento que desejar, simplesmente matar, enfiar os dentes em outro e tirar tudo o que o outro pode oferecer...

As roupas que ele usava, camisa de algodão azul, jaqueta de brim com botões de metal – onde tinha arranjado aquilo? Com uma vítima, sim; era como pegar a faca e escalpelar a vítima ainda quente. Não era de estranhar que as roupas cheirassem a sal. E sangue. E os cabelos cortados como se não fossem crescer em 24 horas até seu tamanho normal, à altura dos ombros. Isso é ruim. Isso é ilusão. *Isso é o que quero ser, e por isso não suporto olhar para ele.*

Os lábios de Armand curvaram-se num sorriso suave, meio oculto. E então seus olhos nublaram-se e se fecharam. Ele se inclinara para Daniel e pressionara os lábios contra o pescoço do rapaz.

E mais uma vez, como naquele quartinho na rua Divisadero, em San Francisco, com o vampiro Louis, Daniel sentiu dentes aguçados perfurarem a superfície de sua pele. Uma dor súbita e um calor latejante.

– Está me matando, finalmente? – Ficou tonto, incendiado, cheio de amor. – Sim, faça isso.

Mas Armand bebera apenas algumas gotas. Soltara Daniel e apertara-lhe suavemente os ombros, forçando-o a ajoelhar-se. Daniel erguera os olhos e vira o sangue fluindo do pulso de Armand. Grandes choques elétricos percorreram-no ao sentir o gosto daquele sangue. Por um instante parecia que a cidade de Pompeia estava cheia de sussurros, gritos, uma impressão vaga e latejante de sofrimento e morte muito antigos. Milhares morrendo nas cinzas e na fumaça. Milhares morrendo juntos. Juntos. Daniel agarrara-se a Armand. Mas o sangue desaparecera. Apenas um gostinho – mais nada.

– Você é meu, menino lindo – dissera Armand.

Na manhã seguinte, quando acordou numa cama no Excelsior, em Roma, Daniel sabia que nunca mais fugiria de Armand. Menos de uma hora depois do crepúsculo Armand apareceu. Iriam para Londres, o carro estava esperando para levá-los ao avião. Mas havia tempo suficiente – não havia? – para outro abraço, outra pequena troca de sangue.

– Aqui, da minha garganta – dissera Armand, aninhando a cabeça de Daniel em sua mão.

Um pulsar fraco e silencioso. A luz das lâmpadas intensificou-se, expandiu-se, obliterou o aposento.

Amantes. Sim, tinha virado um romance extático e absorvente.

– Você vai ser meu professor – dissera-lhe Armand. – Vai me ensinar tudo sobre este século. Estou aprendendo segredos que me escapavam desde o início. Vai dormir quando o sol nascer, se quiser, mas as noites serão minhas.

⁂

Mergulharam no próprio centro da vida. Armand era um gênio da dissimulação, e quando matava no início da noite conseguia se passar por humano em qualquer lugar. Nas primeiras horas sua pele queimava de tão quente, seu rosto era cheio de apaixonada curiosidade, seus abraços eram rápidos e febris.

Seria preciso ser imortal para conseguir acompanhar-lhe o ritmo. Daniel cochilava em concertos e óperas, ou durante as centenas de filmes a que Armand o arrastava para assistir. Havia também as festas intermináveis, as barulhentas reuniões desde Chelsea até Mayfair, onde Armand discutia política e filosofia com estudantes, mulheres da moda ou qualquer pessoa que lhe desse a menor chance. Seus olhos ficavam úmidos de entusiasmo, a voz perdia sua ressonância sobrenatural e adquiria o ácido sotaque humano dos outros rapazes presentes.

Roupas de todos os tipos o fascinavam, não por sua beleza, mas pelo que ele achava que significavam. Usava jeans e camisetas como Daniel; usava suéteres de tricô e sapatos de operário, jaquetas de couro e óculos espelhados no alto da cabeça. Usava ternos sob medida, e smokings, e casaca quando tinha vontade; os cabelos numa noite eram cortados curtos, como qualquer rapaz de Cambridge, e no dia seguinte ficavam longos, cacheados, angelicais.

Parecia-lhe que ele e Daniel estavam sempre subindo quatro andares de escadas mal iluminadas para visitar algum pintor, escultor ou fotógrafo, ou para ver algum filme especial, nunca lançado, porém revolucionário. Passavam horas em apartamentos baratos de mocinhas de olhos escuros que tocavam rock e faziam chás de ervas que Armand nunca bebia.

Homens e mulheres apaixonavam-se por Armand, naturalmente – "tão inocente, tão apaixonado, tão brilhante!" É mesmo? Na verdade, o poder de sedução de Armand quase lhe escapava ao controle, e era Daniel quem devia dormir com aqueles infelizes, se Armand conseguisse armar a situação, enquanto este assistia sentado numa cadeira, um Cupido de olhos escuros com um terno sorriso de aprovação. Era tórrida, perturbadora aquela paixão testemunhada, Daniel usando o outro corpo com um abandono ainda maior, excitado pelo duplo propósito de cada gesto íntimo. No entanto, depois ficava deitado, vazio, olhos fixos em Armand, ressentido, frio.

⁂

Em Nova York foram a vernissages em museus, a cafés, bares; adotaram um jovem bailarino, pagando-lhe todas as contas durante seu aprendizado. Sentavam-se nos degraus do Soho e de Greenwich Village, passando as horas com quem quer que parasse para juntar-se a eles. Frequentavam aulas noturnas de literatura, filosofia, história da arte, política. Estudavam biologia, compravam microscópios, colecionavam espécimes. Estudavam livros de astronomia e montavam gigantescos telescópios nos telhados dos prédios onde moravam alguns dias, no máximo um mês. Iam a lutas de boxe, shows de rock, espetáculos na Broadway.

As invenções tecnológicas começaram a obcecar Armand. Primeiro foram batedeiras de cozinha, nas quais ele fazia horríveis misturas, baseadas principalmente nas cores dos ingredientes; depois, fornos de micro-ondas, nos quais cozinhava baratas e ratos. Trituradores de lixo o encantavam; ele os alimentava com toalhas de papel e pacotes inteiros de cigarros. Depois foram os telefones. Ligava para o planeta inteiro, conversando horas com "mortais" na Austrália ou na Índia. Finalmente a televisão seduziu-o completamente, de modo que o apartamento era cheio de alto-falantes aos berros e telas tremeluzindo.

Qualquer coisa que tivesse céu azul o deliciava. Depois passou a assistir aos noticiários, aos seriados do horário nobre, e, por fim, a qualquer filme exibido, independentemente da qualidade.

Finalmente passou a interessar-se por certos filmes. Assistia incansavelmente a *Blade Runner, o caçador de androides*, fascinado por Rutger Hauer, o musculoso ator que, como líder dos androides rebeldes, enfrenta seu criador humano, beija-o e depois esmaga-lhe o crânio. Isso sempre provocava em

Armand um risinho lento e quase travesso – os ossos rachando, o olhar dos gélidos olhos azuis de Hauer.

– Este aí é o próprio Lestat, seu amigo – certa vez cochichou a Daniel. – Lestat teria... como é que se diz? Teria peito para fazer isso!

Depois de *Blade Runner* foi aquele filme engraçado e idiota, *Os bandidos do tempo*, uma comédia inglesa em que cinco anões roubam um "Mapa da Criação" e viajam através dos buracos no tempo. Vão rolando de um século para outro, roubando e fazendo confusão, junto com um companheiro garotinho, até que terminam todos no covil do demônio.

Uma cena em particular tornou-se a predileta de Armand: os anões num palco em ruínas em Castelleone cantando "Eu e a minha sombra" para Napoleão. Armand ficava maluco. Perdia toda a sua compostura sobrenatural e tomava-se inteiramente humano, rindo até chorar.

Daniel tinha que admitir que aquele número, *Eu e a minha sombra*, tinha mesmo um certo encanto, com os anões tropeçando, brigando entre si, bagunçando tudo, e os músicos do século XVIII, perplexos, sem saber o que pensar daquela canção do século XX. Napoleão ficou espantado, depois achou maravilhoso. A cena inteira era genial. Mas quantas vezes um mortal aguentaria assistir? Para Armand, parecia não haver limite.

No entanto, seis meses depois ele tinha trocado os filmes por uma câmera de vídeo para fazer seus próprios filmes. Arrastou Daniel por Nova York inteira, entrevistando pessoas na vida noturna das ruas. Armand possuía vídeos de si próprio recitando poesia em italiano ou latim, ou simplesmente encarando a câmera, de braços cruzados – uma presença branca e brilhante entrando e saindo de foco numa luz bronzeada, eternamente baça.

Então, em algum lugar, de um modo qualquer, desconhecido para Daniel, Armand fez uma longa filmagem de si mesmo deitado no caixão durante seu sono diurno, tão semelhante à morte. Daniel não conseguiu ver isso. Armand sentava-se durante horas diante do filme, contemplando seus cabelos, cortados ao amanhecer, crescendo lentamente por sobre o cetim, enquanto ele jazia imóvel, de olhos fechados.

Em seguida foram os computadores. Ele enchia disquete após disquete com seus escritos secretos. Alugou apartamentos em Manhattan para alojar seus editores de texto e suas máquinas de videogame.

Finalmente, voltou-se para os aviões.

Daniel sempre fora um viajante compulsivo; fugira de Armand pelo mundo inteiro, e obviamente ele e Armand já tinham viajado juntos de avião.

Não era novidade. Mas agora era uma exploração concentrada; tinham que passar a noite inteira no ar. Não era raro voarem para Boston, depois Washington, Chicago e de volta a Nova York. Armand observava tudo: passageiros, aeromoças; falava com os pilotos; acomodava-se nas confortáveis poltronas da primeira classe e ficava escutando o ronco dos motores. Amava especialmente os jatos de dois andares. Era preciso sempre tentar aventuras mais longas, mais ousadas: direto a Port-au-Prince ou San Francisco, ou Roma, ou Madri, ou Lisboa, não fazia diferença, contanto que Armand estivesse em terra e em segurança quando amanhecesse.

Armand virtualmente desaparecia ao amanhecer. Daniel nunca ficou sabendo onde ele dormia. Mas, de qualquer maneira, ao amanhecer, Daniel já estava dormindo em pé. Durante cinco anos não viu o meio-dia.

Frequentemente Armand já estava no quarto havia algum tempo, quando Daniel despertava. O café estaria no fogo, a música ligada – Vivaldi ou piano de bar, pois Armand amava as duas coisas igualmente – e ele estaria andando de um lado para outro, pronto para o despertar de Daniel.

– Venha, meu amor, esta noite vamos ao balé. Quero ver Baryshnikov. Depois disso vamos ao Village. Lembra-se daquela banda de jazz que eu adorei, no verão passado? Bom, eles voltaram. Venha, depressa, meu amado. Temos que ir.

E se Daniel demorasse, Armand empurrava-o para o chuveiro, ensaboava-o, lavava-o, puxava-o para fora, enxugava-o e barbeava-o com amoroso cuidado, como um barbeiro de antigamente, e finalmente vestia-o, depois de escolher criteriosamente uma roupa no armário de roupas sujas e maltratadas de Daniel.

Daniel adorava a sensação das mãos rijas, brancas e brilhantes em sua pele nua; pareciam luvas de cetim. E os olhos castanhos que pareciam atrair Daniel para fora de si mesmo; ah, aquela deliciosa desorientação, a certeza de que estava sendo levado para baixo, para fora de todas as coisas físicas, e finalmente as mãos se fechando suavemente em torno da sua garganta, e os dentes rompendo a pele.

Fechava os olhos, o corpo aquecendo-se aos poucos, para queimar de verdade quando o sangue de Armand tocava em seus lábios. Ouvia novamente os suspiros distantes, o grito; seria das almas perdidas? Parecia haver à sua volta uma enorme continuidade luminosa, como se todos os seus sonhos estivessem ligados de repente, e fossem de uma importância vital, mas tudo se esvaía...

Certa vez ele estendeu a mão, agarrou Armand com toda a sua força e tentou rasgar-lhe a carne da garganta. Armand tinha sido tão paciente, fazendo o corte para ele e deixando-o beber por um longo tempo – sim, foi o mais longo –, depois afastando-o suavemente.

Daniel já não tinha poder de decisão. Vivia em apenas dois estados alternados, sofrimento e êxtase, unidos pelo amor. Nunca sabia quando ia ganhar o sangue. Nunca soube se as coisas pareciam diferentes por causa do sangue – os cravos encarando-o de dentro dos vasos, arranha-céus horrivelmente visíveis como plantas crescendo de sementes de aço da noite para o dia – ou porque ele estava enlouquecendo.

Então veio a noite em que Armand disse que estava pronto para entrar realmente neste século, pois agora entendia o suficiente sobre ele. Desejava a riqueza "incalculável". Desejava uma enorme propriedade, cheia de todas aquelas coisas que ele aprendera a apreciar. E iates, aviões, carros – milhões de dólares. Queria comprar para Daniel tudo aquilo que ele pudesse vir a desejar.

– O que quer dizer milhões? – zombara Daniel. – Você joga fora as roupas que usa, aluga apartamentos e esquece onde são. Sabe o que é um código postal ou um incentivo fiscal? Sou eu quem compra todas essas merdas dessas passagens de avião. Milhões! Como é que vamos ganhar esses milhões? Roube outra Maserati e pronto, pelo amor de Deus!

– Daniel, você é um presente de Louis para mim – respondeu Armand com ternura. – O que faria sem você? Entende tudo errado! – Os olhos estavam enormes, infantis. – Quero estar no centro das coisas, como estava em Paris antigamente, no Teatro dos Vampiros. Você com certeza se lembra. Quero ser um tumor no próprio olho do mundo!

Daniel ficara atordoado com a velocidade em que as coisas aconteceram.

Tudo começou com o encontro de um tesouro no oceano, perto da Jamaica; Armand alugou um barco para mostrar a Daniel onde deveriam começar a operação de resgate. Poucos dias depois, foi descoberto um galeão espanhol naufragado, carregado de ouro e joias. Em seguida, uma descoberta arqueológica: preciosas estatuetas olmecas. Dois outros navios afundados foram encontrados em rápida sucessão. Um terreno barato na América do Sul deu-lhe uma mina de esmeraldas esquecida havia muito.

Compraram uma mansão na Flórida, iates, um jatinho pequeno, mas primorosamente equipado.

E então precisavam estar vestidos como príncipes em todas as ocasiões. O próprio Armand supervisionou as camisas, os ternos, os sapatos de Daniel, feitos sob medida. Escolheu os tecidos para um estoque interminável de paletós, calças, roupões, lenços de seda. Evidentemente Daniel tinha que ter capas de chuva forradas de mink, para os dias mais frios, e smokings para Monte Carlo, e abotoaduras preciosas, e até mesmo uma capa longa, de camurça preta, que ficava muito bem em Daniel, com sua "estatura do século XX".

Quando Daniel acordava, ao crepúsculo, suas roupas já estavam preparadas. Que Deus o ajudasse se ele trocasse um item sequer, do lenço de linho às meias de seda preta. O jantar estaria esperando na enorme sala de jantar, com suas janelas abertas para a piscina. Armand já estava sentado à sua escrivaninha, no escritório contíguo. Havia trabalho a fazer: mapas a consultar, mais dinheiro a ganhar.

– Mas como consegue fazer isso? – perguntara Daniel, ao ver Armand tomando notas, escrevendo instruções para novas compras.

– Se você consegue ler a mente dos homens, consegue qualquer coisa que queira – respondera Armand pacientemente.

Ah, aquela voz suave e pausada, aquele rosto de garoto, aberto e quase confiante, os cabelos louros sempre caindo descuidadamente nos olhos, o corpo que sugeria serenidade humana, tranquilidade física.

– Então me dê o que eu quero – pedira Daniel.

– Eu lhe dou tudo que me pedir.

– É, mas não o que eu já pedi, o que eu quero!

– Fique vivo, Daniel. – Um sussurro baixo, como um beijo. – Digo-lhe de coração, a vida é melhor do que a morte.

– Não quero ser vivo, Armand, quero viver para sempre, e então eu lhe direi se a vida é melhor que a morte.

O fato era que a riqueza o estava descontrolando, fazendo com que sentisse sua mortalidade mais agudamente que antes. Velejando na cálida corrente do golfo numa noite de céu claro, pontilhada de estrelas, ele desejou desesperadamente possuir tudo aquilo para sempre. Com ódio e amor contemplou Armand dirigindo o barco sem esforço. Armand iria mesmo deixá-lo morrer?

A brincadeira de comprar continuou.

Picassos, Degas, Van Goghs foram apenas alguns dos quadros roubados que Armand recuperou sem explicação e entregou a Daniel para que os vendesse ou recebesse a recompensa. Evidentemente os últimos donos não ousavam mostrar-se, isso se tivessem sobrevivido à silenciosa visita noturna de Armand aos esconderijos onde os tesouros roubados estavam expostos. Às vezes nem existia um dono. Rendiam milhões nos leilões. Mas até isso não era suficiente.

Pérolas, rubis, esmeraldas, tiaras de diamantes, tudo isso ele levava para Daniel: "Não é importante, são roubadas, ninguém vai pedir de volta." E dos selvagens traficantes de drogas de Miami Armand roubava qualquer coisa: armas, maletas cheias de dinheiro, até seus barcos.

Daniel contemplava as muitas pilhas de notas verdes, que as secretárias contavam e embalavam para as contas secretas nos bancos europeus.

Frequentemente Daniel via Armand sair sozinho para caçar nas mornas águas sulinas – um rapaz de camisa de seda e calças pretas, dirigindo uma voadeira sem iluminação, o vento fustigando seus cabelos compridos: um inimigo mortal. Em algum lugar lá fora, além do alcance da vista, ele encontra seus contrabandistas e os ataca – o pirata solitário, a morte. As vítimas serão jogadas nas profundezas, os cabelos ondulando talvez por um momento, enquanto a lua ainda pode iluminá-los, e erguem os olhos para um último vislumbre daquilo que tinha sido sua ruína. Esse rapaz! Eles, que pensavam ser perigosos...

– Deixa eu ir com você? Deixa eu ver quando você agir?

– Não.

Finalmente tinham juntado capital suficiente; Armand estava pronto para atuar de verdade.

Mandou Daniel fazer compras, sem ouvir conselhos, sem hesitar: uma flotilha de barcos de cruzeiro, uma cadeia de restaurantes e hotéis. Quatro aviões particulares estavam agora à disposição deles. Armand tinha oito telefones.

E então o sonho definitivo: a ilha da Noite. Criação pessoal do próprio Armand, com seus cinco andares de teatros, restaurantes e lojas. Ele próprio desenhou as plantas para os arquitetos que escolheu. Deu-lhes listas intermináveis dos materiais que queria usar, as fazendas, as esculturas dos chafarizes, até mesmo as flores, as árvores em vasos.

A ilha da Noite. Do pôr do sol ao amanhecer os turistas a invadiam, barcos trazendo-os de Miami sem descanso. Ouvia-se música eternamente, nas galerias, nas pistas de dança. Os elevadores de vidro nunca interrompiam sua subida ao céu; lagos, regatos, cachoeiras reluziam em meio a canteiros de flores úmidas e frágeis.

Podia-se comprar qualquer coisa na ilha da Noite – diamantes, uma Coca-Cola, pianos, papagaios, alta-costura, bonecas de porcelana. Todas as cozinhas do mundo estavam representadas lá. Cinco filmes eram exibidos todas as noites nos cinemas. Havia tweed inglês e couro espanhol, seda indiana, tapetes chineses, prata de lei, sorvetes de casquinha e algodão-doce, porcelanas, sapatos italianos.

Ou podia-se morar ao lado, em secreto esplendor, indo e voltando do redemoinho quando se desejasse.

– Tudo isto é seu, Daniel – dissera Armand, percorrendo devagar os aposentos espaçosos e arejados da sua própria Vila dos Mistérios, que ocupava três andares – e porões proibidos a Daniel –, suas janelas abertas para a vista noturna de Miami, distante e ardente, e para as nuvens vagas que passavam lá no alto.

Esplêndida a mistura de antigo e novo. Portas de elevador que se abriam para aposentos retangulares cheios de tapeçarias medievais e candelabros antigos; televisores enormes em todos os cômodos. A suíte de Daniel era cheia de pinturas da Renascença e tapetes persas. O melhor da escola veneziana rodeava Armand em seu escritório acarpetado de branco, cheio de computadores, intercomunicadores e monitores. Os livros, as revistas e os jornais vinham do mundo inteiro.

– Este é o seu lar, Daniel.

E assim tinha sido, e Daniel o tinha amado, era preciso admitir, e o que amava ainda mais era a liberdade, o poder e o luxo que o rodeava aonde quer que fosse.

Ele e Armand foram às profundezas da selva da América Central para ver as ruínas maias; subiram a encosta do Annapurna para vislumbrar o pico distante sob o luar. Pelas ruas apinhadas de Tóquio tinham caminhado juntos, por Bangcoc, Cairo e Damasco, por Lima, Rio e Katmandu. De dia, Daniel gozava do conforto dos melhores hotéis; à noite, vagava destemido, com Armand a seu lado.

No entanto, de vez em quando a ilusão de vida civilizada rompia-se. De vez em quando, em algum lugar longínquo, Armand sentia a presença de outros imortais. Explicara que tinha lançado seu escudo em volta de Daniel, mas mesmo assim preocupava-se. Daniel precisava ficar a seu lado.

– Faça-me igual a você, e não vai mais se preocupar.

– Não sabe o que está dizendo! – respondera Armand. – Agora você é um entre bilhões de humanos sem rosto. Se fosse um de nós, seria como uma vela acesa no escuro.

Daniel não se conformava.

– Iam descobrir você, sem dúvida – continuara Armand. Estava zangado, embora não com Daniel. O fato era que não gostava de conversar sobre os não mortos. – Não sabe que os velhos destroem os novos sem hesitar? Seu amado Louis não lhe explicou isso? É o que eu faço sempre que chegamos a algum lugar: acabo com eles, os novinhos, a escória. Mas não sou invencível. – Fez uma pausa, como se decidisse se devia ou não continuar. – Sou como qualquer fera caçando. Tenho inimigos mais velhos e mais poderosos, que tentariam me destruir, se isso lhes interessasse.

– Mais velhos do que você? Mas pensei que você fosse o mais velho de todos.

Havia anos que não falavam de *Entrevista com o vampiro*. Na realidade, jamais tinham discutido seu conteúdo em detalhes.

– Não, claro que não sou o mais velho – respondera Armand. Parecia pouco à vontade. – Simplesmente o mais velho que seu amigo Louis já conheceu. Há outros. Não sei o nome deles. Raramente vi seus rostos. Mas às vezes eu os sinto. Pode-se dizer que nós nos sentimos uns aos outros. Mandamos nossos sinais silenciosos, mas poderosos: "Fique longe de mim."

Na noite seguinte ele dera o medalhão, o amuleto, como o chamava, para Daniel usar. Primeiro beijou-o e esfregou as mãos nele como se para aquecê-lo. Era estranho assistir àquele ritual. Ainda mais estranho ver o próprio medalhão, com a letra A entalhada, e dentro o minúsculo frasco com o sangue de Armand.

– Tome, arrebente o fecho se algum deles se aproximar de você. Quebre o frasco imediatamente. E eles vão sentir o poder que o protege. Não ousarão...

– Você vai deixar que me matem. Sei que vai – respondera Daniel com frieza. – Dê-me o poder de lutar por mim mesmo.

Mas desde então usava o medalhão. Sob a luz ele examinara o A e os intrincados entalhes, e descobriu que eram figuras humanas retorcidas, algumas mutiladas, outras contorcendo-se em agonia, algumas mortas. Na realidade, um objeto horrível. Ele o deixara cair de volta dentro da camisa, frio no contato com a pele, mas pelo menos fora de vista.

No entanto, Daniel nunca viu ou sentiu a presença de outro ser sobrenatural. Lembrava-se de Louis como se fosse uma alucinação, algo produzido por uma febre. Armand era o único oráculo de Daniel, seu deus demoníaco, desapiedado e amoroso.

Sua amargura crescia. A vida com Armand inflamava-o, enlouquecia-o. Passaram-se anos desde que Daniel pensara em sua família, nos amigos que costumava ter. Seus parentes recebiam cheques, disso ele fazia questão, mas agora eram apenas nomes numa lista.

– Você nunca vai morrer, mas olha para mim e me vê morrer, noite após noite, você observando.

Brigas feias, terríveis, Armand finalmente perdendo o controle, de olhos vidrados de ódio silencioso, depois chorando baixinho, mas incontrolavelmente, como se alguma emoção perdida tivesse sido redescoberta e ameaçasse despedaçá-lo.

– Não vou fazer isso, não posso. Peça-me para matá-lo, seria mais fácil. Você não sabe o que está pedindo, entende? É sempre um erro! Não vê que qualquer um de nós preferiria ser apenas humano?

– Desistir da imortalidade para viver uma única vida? Não acredito. É a primeira vez que você me conta uma mentira tão deslavada.

– Como ousa!

– Não me bata. Pode me matar sem querer. Você é muito forte.

– Eu desistiria. Se não fosse um covarde na hora H, se depois desses quinhentos anos de gula neste redemoinho não estivesse ainda aterrorizado com a morte.

– Não desistiria, não. O medo não tem nada a ver com isso. Imagine uma única vida naquela época em que você nasceu; nada disto aqui teria existido. Este futuro em que você tem o poder e o luxo que Gengis Khan nunca sonhou ter. Mas esqueça os milagres da tecnologia; preferiria ignorar os destinos do mundo? Ah, não venha me dizer que sim.

Nunca chegaram a uma decisão. A briga sempre terminava com o abraço, o beijo que ardia nele, a mortalha de sonhos fechando-se sobre ele como uma enorme rede, a fome! Eu te amo! Quero mais! Sim, mais. Mas nunca o suficiente.

Era inútil.

O que aquelas transfusões tinham feito ao seu corpo e à sua alma? Dando-lhe a possibilidade de ver com maiores detalhes a queda da folha que cai? Armand não ia dar o que ele pedia!

Várias vezes Armand viu Daniel ir embora e perder-se nos terrores do mundo cotidiano; preferia esse risco do que fazer o que o outro queria.

Nada havia que Daniel pudesse fazer para obtê-lo, nada que pudesse dar em troca.

E então começava a viagem errante, a fuga, e Armand não o seguia. Esperava sempre até Daniel implorar para voltar. Ou até Daniel estar além da possibilidade de chamá-lo, até Daniel estar à beira da própria morte. E então, só então, Armand o trazia de volta.

*

A chuva martelava as calçadas largas da avenida Michigan. A livraria estava vazia, as luzes apagadas. Em algum lugar um relógio batera as nove horas. Ele parou junto à vidraça, observando o trânsito passar à sua frente. Nenhum lugar aonde ir. Beber a gota de sangue dentro do medalhão. Por que não?

E Lestat na Califórnia, já em plena caça, talvez nesse instante emboscando uma vítima. E estavam preparando o auditório para o show, não estavam? Homens mortais colocando refletores, microfones, quiosques, alheios aos códigos secretos sendo enviados, à sinistra plateia que estaria oculta entre a grande multidão humana, indiferente e inevitavelmente histérica. Ah, talvez Daniel tivesse feito um terrível erro de cálculo! Talvez Armand estivesse lá!

A princípio parecia uma impossibilidade, depois uma certeza. Por que Daniel não tinha visto isso antes?

Certamente Armand tinha ido! Se havia alguma verdade no que Lestat tinha escrito, Armand iria para testemunhar, para procurar, talvez, aqueles de quem se perdera ao longo dos séculos e que agora eram atraídos a Lestat pelo mesmo motivo.

E que importância teria então um amante mortal, um humano que durante uma década fora pouco mais do que um brinquedo? Não. Armand tinha ido sem ele. E dessa vez não haveria resgate.

Sentia-se pequeno e friorento parado ali. Sentia-se infeliz e solitário. Suas premonições não tinham importância, o sonho das gêmeas que descera sobre ele e o deixara com mil pressentimentos. Essas eram coisas que passavam por ele como grandes asas negras. Dava para sentir o vento indiferente que provocavam ao passar. Armand seguira sem ele em direção a um destino que Daniel nunca compreenderia inteiramente.

Aquilo enchia-o de horror, de tristeza. Portões trancados. A ansiedade criada pelo sonho misturava-se a um medo informe e sufocante. Chegara ao fim. O que faria? Exausto, visualizou a ilha da Noite fechada para ele. Viu a casa atrás de suas paredes brancas, bem acima da praia, inatingível. Imaginou seu passado desaparecido, como seu futuro. A morte era a compreensão do presente imediato: de que finalmente não há mais coisa alguma.

Caminhou alguns passos; as mãos estavam dormentes. A chuva empapara sua camiseta. Tinha vontade de deitar-se na calçada e deixar que as gêmeas voltassem. E as frases de Lestat passavam-lhe pela cabeça. O Artifício das Trevas, ele chamava o momento do renascimento. O Jardim Selvagem, ele chamava o mundo que podia abraçar monstros tão primorosos, ah, sim.

Mas deixe-me ser um amante no Jardim Selvagem com você, e a luz que sumiu de minha vida voltaria numa grande explosão de glória. Da carne mortal eu passaria para a eternidade. Seria um de vocês!

Tonto. Quase caíra? Alguém falando com ele, perguntando se estava bem. Não, claro que não. Por que estaria?

Mas sentiu a mão de alguém em seu ombro.

Daniel...

Ergueu os olhos.

Armand estava parado junto ao meio-fio.

A princípio ele não conseguiu acreditar; desejava tanto aquilo, e não podia negar o que estava vendo. Armand estava parado ali. Contemplava-o silenciosamente, de dentro da imobilidade sobrenatural que ele parecia carregar consigo, o rosto enrubescido sob um toque mínimo de palidez. Parecia normal, se é que a beleza é normal; no entanto, estranhamente diferenciado das coisas materiais que o tocavam, o terno branco amassado que usava. Atrás dele esperava o grande vulto cinzento de um Rolls, como uma visão ancilar, gotas escorrendo de seu teto prateado.

Vamos, Daniel. Desta vez você dificultou as coisas para mim, não foi? Dificultou muito.

Por que a urgência da ordem, quando a mão que o puxava para a frente era tão forte? Era muito raro ver Armand tão zangado. Ah, como Daniel amava aquela raiva! Seus joelhos cederam. Sentiu-se erguido. E então o veludo macio do banco traseiro do carro estendeu-se diante dele. Caiu em cima das mãos. Fechou os olhos.

Mas Armand colocou-o sentado e manteve-o assim. O carro balançava-se deliciosamente enquanto avançava. Tão bom dormir finalmente nos braços de Armand! Porém havia muita coisa que devia contar a Armand, tanta coisa sobre o sonho, o livro.

– Acha que eu não sei? – sussurrou Armand.

Havia uma luz estranha nos olhos dele. O que seria? Alguma coisa crua e terna no seu modo de olhar; toda a pose desaparecera. Ele ergueu um cálice com conhaque e colocou-o na mão de Daniel.

– E você fugindo de mim, de Estocolmo para Edimburgo, Paris. O que pensa que sou? Acha que posso segui-lo em tal velocidade por tantos caminhos? E o perigo...

De repente os lábios contra o rosto de Daniel; ah, assim está melhor. Gosto de beijar. E de me aninhar de encontro a coisas mortas, sim, abrace-me. Enterrou o rosto no pescoço de Armand. *O seu sangue.*

– Ainda não, meu amado. – Armand empurrou-o, apertando os dedos contra os lábios de Daniel. Havia um sentimento pouco comum em sua voz baixa e controlada. – Escute o que vou lhe dizer. No mundo inteiro, nossa espécie está sendo destruída.

Destruída. Isso provocava uma corrente de pânico que o percorreu, tensionando-lhe o corpo, apesar de sua exaustão. Tentou prestar atenção em Armand, mas estava vendo as gêmeas ruivas de novo, os soldados, o corpo escurecido da mãe sendo virado nas cinzas. Mas o significado, a continuidade... Por quê?

– Não sei – disse Armand.

Estava falando do sonho, pois ele também o tivera. Levou o conhaque aos lábios de Daniel.

Ah, tão quente. Ele perderia a consciência se não se esforçasse. Estavam agora correndo silenciosamente pela rodovia, saindo de Chicago, a chuva inundando as janelas, abraçados naquele lugarzinho quente, forrado de veludo. Ah, uma linda chuva de prata. E Armand voltara-se, como se ouvisse alguma música distante, os lábios entreabertos, paralisados no momento em que ele ia falar.

Estou com você, em segurança.

– Em segurança não, Daniel – respondeu ele. – Talvez nem por uma noite, nem por uma hora.

Daniel tentou raciocinar, formular uma pergunta, mas estava fraco e tonto demais. O carro era tão confortável, seu movimento era tão tranquilizador... E as gêmeas! As lindas gêmeas ruivas queriam entrar agora! Seus olhos se fecharam por uma fração de segundo e ele afundou contra o ombro de Armand, sentindo a mão dele em suas costas.

Bem distante, ouviu a voz do outro:

– O que é que vou fazer com você, meu amado? Especialmente agora, que eu mesmo estou com tanto medo...

Novamente a escuridão. Ele agarrou-se ao sabor do conhaque em sua boca, ao toque da mão de Armand, mas já estava sonhando.

As gêmeas estavam caminhando no deserto; o sol estava alto. Queimava-lhes os braços alvos, os rostos. Seus lábios estavam inchados e gretados de sede. As vestes estavam manchadas de sangue.

– Façam a chuva cair – sussurrou Daniel, alto. – Vocês conseguem, façam a chuva cair.

Uma das gêmeas ajoelhou-se, a irmã ajoelhou-se também e abraçou-a. Cabelos ruivos e cabelos ruivos.

Em algum lugar distante ele ouviu, novamente, a voz de Armand. Armand dizia que elas estavam muito no centro do deserto. Nem mesmo os espíritos poderiam fazer chover nesse lugar.

Mas por quê? Os espíritos não podiam fazer qualquer coisa?

Sentiu novamente Armand beijá-lo com suavidade.

As gêmeas entraram num desfiladeiro baixo, entre montanhas. Mas não há sombra, pois o sol está diretamente acima delas, e as paredes de pedra são perigosas demais para a escalada. Elas continuam a caminhar. Será que ninguém pode ajudá-las? Agora tropeçam e caem depois de poucos passos. As rochas parecem quentes demais para serem tocadas. Finalmente uma delas cai de rosto na areia e a outra deita-se por cima, abrigando-a com seus cabelos.

Ah, se pelo menos viesse a noite com seus ventos frios... De repente a gêmea que protege a irmã ergue os olhos: um movimento nos penhascos. Depois novamente a imobilidade. Uma pedra cai, ecoando. E então Daniel vê uns homens descendo o precipício, o povo do deserto, com a mesma aparência de milhares de anos atrás: pele escura e vestes brancas e pesadas.

As gêmeas põem-se de joelhos quando os homens se aproximam. Eles oferecem água. Derramam a água fresca sobre as gêmeas. De repente elas estão rindo e falando histericamente, tão grande é seu alívio, mas os homens não compreendem. Então são os gestos, tão puramente eloquentes, enquanto uma das gêmeas aponta para o ventre da irmã, depois dobra os braços, fazendo o sinal universal de ninar um bebê. Ah, sim. Os homens erguem a mulher grávida. E todos se dirigem para o oásis em volta do qual estão suas tendas.

Finalmente, à luz da fogueira do lado de fora da tenda, as gêmeas dormem, seguras, entre o povo do deserto, os beduínos. Será que os beduínos são tão antigos que sua história remonta a milhares e milhares de anos? Ao amanhecer, uma das gêmeas se levanta, aquela que não está grávida. Enquanto a irmã a observa, ela se encaminha para as oliveiras do oásis.

Ergue os braços, e a princípio parece estar apenas dando as boas-vindas ao sol. Outros já acordaram e juntam-se para ver. Então surge um vento suave, movimentando os galhos das oliveiras. E a chuva, leve e doce, começa a cair.

Ele abriu os olhos. Estava no avião.

*

Reconheceu imediatamente o pequeno quarto pelas paredes de plástico branco e a qualidade calmante da fraca luz amarela. Tudo sintético, duro e brilhante como as grandes costelas das criaturas pré-históricas. As coisas deram a volta completa, a tecnologia recriou a câmara de Jonas no fundo do ventre da baleia.

Ele estava deitado na cama que não tinha pés, pernas ou estrado. Alguém havia lavado seu rosto e suas mãos. Estava barbeado. Ah, que delícia! E o ronco dos motores. Era um enorme silêncio, a baleia respirando, cortando o mar. Aquilo tornava-lhe possível ver distintamente as coisas à sua volta. Um frasco. Bourbon. Ele queria. Mas estava exausto demais para mover-se. E alguma coisa não estava certa, alguma coisa... Levantou a mão, tocou no pescoço. O amuleto sumira! Mas não tinha importância, ele estava com Armand.

Armand estava sentado junto à mesinha perto da janela que era o olho da baleia, a pálpebra de plástico branca puxada até o fim. Tinha cortado os cabelos. E agora usava lã preta, como o cadáver novamente vestido para o enterro, até os brilhantes sapatos pretos. Tudo muito melancólico. Alguém, por favor, leia agora o Salmo 23. Traga as roupas brancas de volta.

– Você está morrendo – disse Armand baixinho.

– "E embora caminhe no vale das sombras da morte" et cetera – sussurrou Daniel.

Tinha a garganta seca, e a cabeça doía. Não era importante dizer o que realmente pensava. Tudo tinha sido dito muito tempo antes.

Armand tornou a falar silenciosamente, um raio laser tocando o cérebro de Daniel.

Quer saber dos detalhes? Você agora não pesa nem sessenta quilos. E o álcool o está corroendo por dentro. Está meio maluco. No mundo, não há quase nada de que você goste.

– A não ser conversar com você de vez em quando. É tão fácil ouvir o que você diz...

Se você nunca mais me visse, isso só ia piorar as coisas. Se continuar como está, não vai viver nem cinco dias.

Uma ideia insuportável. Mas se é assim, então por que andei fugindo?

Nenhuma resposta.

Como tudo parecia nítido! Não era apenas o ronco dos motores, era o curioso movimento do avião, aquela ondulação irregular e interminável, como se ele passasse por saliências e buracos, de vez em quando subindo uma encosta. A baleia seguindo a toda velocidade o caminho das baleias, como dizia Beowulf.

Os cabelos de Armand estavam cuidadosamente escovados para um lado. Relógio de ouro no pulso, uma daquelas peças de alta tecnologia que ele adorava. Imagine aquela coisa com seus algarismos brilhando no escuro de um caixão durante o dia. E o casaco preto, meio antiquado, com suas lapelas estreitas. O colete era de seda preta, pelo menos parecia. Mas o rosto, ah, ele tinha se alimentado. E muito bem.

Lembra-se de alguma coisa que eu lhe disse antes?

– Sim – respondeu Daniel. Mas na verdade tinha dificuldades em lembrar-se. Então tudo voltou de repente, opressivamente. – Alguma coisa sobre destruição em toda parte. Mas estou morrendo. Eles estão morrendo, eu estou morrendo. Eles conseguiram ser imortais antes disso acontecer; eu sou apenas vivo. Está vendo? Eu me lembro. Gostaria de beber conhaque agora.

Não há coisa alguma que eu possa fazer para que você queira viver, não é mesmo?

– Não me venha com isso de novo. Vou saltar do avião, se você continuar.

Quer me ouvir, então? Ouvir de verdade?

– Como posso deixar de ouvir? Não consigo fugir da sua voz quando você quer que eu ouça; é como um pequeno microfone dentro da minha cabeça. O que é isso, está chorando? Vai chorar em cima de mim?

Por um segundo ele parecia um garoto. Que disfarce perfeito!

– Maldito seja, Daniel – disse ele, e Daniel ouviu as palavras em voz alta.

Um arrepio percorreu-o. Horrível vê-lo sofrer. Daniel nada disse.

– O que nós somos não era para existir, você sabe – falou Armand. – Não precisava ler o livro de Lestat para descobrir. Qualquer um de nós podia ter lhe contado que foi uma abominação, uma fusão demoníaca...

– Então o que Lestat escreveu é verdade.

Um demônio que entrou na Mãe e no Pai, os antigos egípcios. Bem, pelo menos um espírito. Naquela época eles os chamavam de demônios.

– Não importa que seja verdade ou não. O princípio não tem mais importância. O que importa agora é que o fim pode estar próximo.

Um profundo espasmo de pânico, a atmosfera do sonho voltando, o som agudo dos gritos das gêmeas.

– Escute-me – pediu Armand pacientemente, chamando-o de volta para longe das duas mulheres. – Lestat despertou alguma coisa ou alguém...

– Akasha... Enkil.

– Talvez. Pode ser mais do que um ou dois. Ninguém sabe ao certo. Há um grito de perigo, vago e repetido, mas ninguém parece saber de onde vem. Sabem apenas que estão sendo caçados e destruídos, e as casas comunais, os pontos de encontro, estão explodindo em chamas.

– Ouvi o grito de perigo – sussurrou Daniel. – Às vezes muito forte no meio da noite, e em outros momentos como um eco. – Tornou a ver as gêmeas. Tinha que ser algo ligado às gêmeas. – Mas como sabe essas coisas sobre as casas comunais, sobre...

– Daniel, não me atormente. Não temos muito tempo. Eu sei. Os outros sabem. É como uma corrente, percorrendo os fios de uma grande teia.

– Sim.

Sempre que bebia o sangue vampiresco, ele vislumbrava por um instante a grande rede de conhecimento, ligações, visões incompreendidas. E era verdade, então. A teia começara com a Mãe e o Pai...

– Há muitos anos, eu não teria me importado com tudo isso – interrompeu Armand.

– O que quer dizer?

– Mas não quero que termine agora. Não quero continuar, a não ser que você... – Sua expressão alterou-se levemente, tomando um vago ar de surpresa. – Não quero que você morra.

Daniel não disse coisa alguma.

Sinistra a imobilidade daquele momento. Mesmo com o avião cortando suavemente as correntes de ar. Armand sentado ali, tão controlado, tão paciente, com as palavras desmentindo a calma da voz.

– Não tenho medo, porque você está aqui – declarou Daniel de repente.

– Então você é um tolo. Mas vou lhe contar outro mistério disso tudo.

– Sim?

– Lestat ainda existe. Continua com seus planos. E aqueles que foram para perto dele estão ilesos.

– Mas como pode ter certeza?

Uma curta risada de veludo.

– Lá vem você de novo. Tão incontrolavelmente humano! Você me superestima ou me subestima; raramente acerta no alvo.

– Trabalho com equipamento limitado. As células do meu corpo são sujeitas a deterioração, a um processo chamado envelhecimento e...

– Reuniram-se em San Francisco. Atulham o salão dos fundos de um bar chamado Filha de Drácula. Talvez eu saiba porque outros sabem, uma mente poderosa recebe imagens de outra e, deliberadamente ou sem querer, passa as imagens adiante. Talvez uma testemunha telegrafe a imagem a muitos. Não sei. Os pensamentos, os sentimentos, as vozes, só sei que existem. Viajando pela teia, pelos fios. Alguns são nítidos, outros não. De vez em quando o aviso encobre todo o resto: perigo. Como se o nosso mundo silenciasse por um instante. Depois as outras vozes voltam.

– E Lestat? Onde está?

– Tem sido visto, mas só de relance. Não conseguem chegar ao esconderijo dele. Ele é esperto demais. Mas gosta de provocá-los. Passa disparado com seu Porsche preto pelas ruas de San Francisco. Talvez nem saiba de tudo o que aconteceu.

– Explique.

– O poder de comunicação varia. Escutar o pensamento dos outros muitas vezes significa ser ouvido também. Lestat está escondendo sua presença. Pode ter bloqueado por completo a mente.

– E as gêmeas? As gêmeas do sonho, quem são?

– Não sei. Nem todos têm esses sonhos. Mas muitos sabem delas, e todos parecem temer por elas, têm a convicção de que, de alguma forma, a culpa é de Lestat. Tudo que aconteceu é culpa de Lestat.

– Um verdadeiro demônio entre demônios. – Daniel riu baixinho.

Assentindo levemente, Armand demonstrou ter entendido a brincadeira. Chegou até a sorrir.

Imobilidade. O ronco dos motores.

– Entende o que estou lhe dizendo? Houve ataques ao nosso povo em toda parte, menos lá.

– Onde Lestat está?

– Exatamente. Mas o destruidor movimenta-se erraticamente. Parece que precisa estar perto daquilo que quer destruir. Pode estar esperando o show para terminar o que começou.

– Mas não pode atingir você. Senão já teria...

Novamente a risada curta, zombeteira, quase inaudível. Uma risada telepática?

– Sua fé sempre me comove, mas não seja meu acólito exatamente agora. A coisa não é onipotente. Não consegue mover-se em velocidade infinita. Você precisa entender a escolha que fiz. Vamos para perto dele, porque não há outro lugar seguro. A coisa encontrou bandidos em lugares distantes e reduziu-os a cinzas.

– E também porque você quer estar com Lestat.

Nenhuma resposta.

– Sabe que quer. Quer vê-lo. Quer estar lá, caso ele precise de você. Se houver uma batalha...

Nenhuma resposta.

– E se Lestat provocou isso, talvez possa impedi-lo.

Armand ainda não havia respondido. Parecia confuso.

– É mais simples – disse finalmente. – Tenho que ir.

O avião parecia uma coisa suspensa numa espuma de som. Daniel olhou sonolentamente para o teto, para a luz que se movia.

Finalmente ver Lestat. Pensou na antiga casa de Lestat em Nova Orleans. No relógio de ouro que ele havia encontrado no chão empoeirado. E agora voltar a San Francisco, voltar ao início, voltar a Lestat. Deus, ele queria o conhaque. Por que Armand não lhe dava? Estava tão fraco... Iriam ao show, ele veria Lestat...

Mas então a sensação de medo voltou, mais profundo o medo que os sonhos inspiravam.

– Não me deixe mais sonhar com elas – sussurrou de repente.

Achou ter ouvido Armand dizer que sim.

De repente Armand estava de pé ao lado da cama. Sua sombra caiu sobre Daniel. O ventre da baleia parecia menor, do tamanho da luz que rodeava Armand.

– Olhe para mim, amado – disse.

Escuridão. E então os grandes portões de ferro se abrindo, a lua banhando o jardim. *Que lugar é este?*

Ah, Itália, tinha que ser, com essa brisa suave e a lua cheia brilhando na grande extensão de árvores e folhas, e, mais além, a Vila dos Mistérios, à beira da antiga Pompeia.

– Mas como foi que chegamos aqui?

Ele voltou-se para Armand, que estava a seu lado, vestido em roupas estranhas, antiquadas, de veludo. Por um momento ele nada pôde fazer senão olhar para Armand, para a túnica de veludo preto que ele usava, as perneiras, e os cabelos louros, longos e cacheados.

– Na verdade, não estamos aqui – disse Armand. – Você sabe que não estamos.

Virou-se e caminhou pelo jardim em direção à casa, os passos fazendo um som muito fraco nas gastas pedras cinzentas.

Mas era real! Veja os muros em ruínas, e as flores em seus canteiros compridos, e o próprio caminho, com as pegadas úmidas de Armand! E as estrelas lá em cima, as estrelas! Ele virou-se, estendeu a mão para o limoeiro e arrancou uma folha perfumada.

Armand voltou-se e esticou a mão para pegar em seu braço. O cheiro de terra recém-revolvida subia dos canteiros. *Ah, eu poderia morrer aqui.*

– Sim, poderia – disse Armand. – E vai. Sabe, nunca fiz isso antes. Já lhe disse, mas você nunca acreditou em mim. Agora Lestat contou no livro. Nunca fiz isso. Acredita nele?

– Claro que acreditei em você. O juramento que fez, você me explicou tudo. Mas, Armand, minha pergunta é a seguinte: a quem você fez esse juramento?

Riso.

Suas vozes espalhavam-se pelo jardim. Rosas e crisântemos, como eram enormes! E das portas da Vila dos Mistérios jorrava luz. Havia música? Ora, todo o lugar em ruínas estava brilhantemente iluminado sob o azul incandescente do céu noturno.

– Então você quer que eu quebre meu juramento. Quer ter o que pensa que deseja. Mas olhe bem para este jardim, porque, uma vez feito, você nunca mais vai poder ler meus pensamentos ou ver minhas visões. Cairá um véu de silêncio.

– Mas seremos irmãos, não entende? – perguntou Daniel.

Armand estava tão perto dele que quase se beijavam. As flores eram esmagadas de encontro a eles, as enormes dálias amarelas e os gladíolos brancos, um perfume tão delicioso e forte! Tinham parado sob uma árvore morta, na qual glicínias cresciam profusamente. Seus botões delicados estremeciam nos cachos, seus ramos brancos como ossos. E de mais além vinham vozes da casa. Havia gente cantando?

– Mas onde estamos realmente? – perguntou Daniel. – Diga-me!

– Já lhe disse. É um sonho. Mas se quer um nome, vou chamar de porta da vida e da morte. Vou levar você comigo por esta porta. E por quê? Porque sou covarde. E amo você demais para deixá-lo partir.

Daniel sentiu tal alegria, tal sensação de triunfo frio e delicioso! Então seria senhor do momento, não estaria mais perdido na terrível queda livre do tempo. Não mais um dos milhões que descansariam nesta terra perfumada, sob flores quebradas e murchas, sem nome ou conhecimento, toda a visão perdida.

– Não lhe prometo coisa alguma. Como poderia? Já lhe disse o que há depois.

– Não me importo. Vou com você.

Os olhos de Armand estavam avermelhados, fatigados, velhos. Roupas tão delicadas aquelas, costuradas à mão, empoeiradas como as roupas de um fantasma. Seriam o que a mente produzia sem esforço, quando queria ser puramente ela própria?

– Não chore. Não é justo – disse Daniel. – Este é o meu renascimento. Como pode chorar? Não sabe o que isso significa? É possível que nunca tenha descoberto?

De repente, ergueu os olhos para olhar toda a extensão daquela paisagem encantada, a casa distante, o terreno ondulado. E então virou o rosto para cima, e os céus o deixaram atônito. Nunca vira tantas estrelas.

Ora, parecia que o próprio céu se estendia para cima eternamente, com as estrelas em tamanho número e tão brilhantes que as constelações se perdiam. Nenhum padrão. Nenhum significado. Apenas a maravilhosa vitória da energia e da matéria puras. Mas então viu as Plêiades – a constelação amada pelas infelizes gêmeas ruivas do sonho – e sorriu. Viu as gêmeas juntas no alto de uma montanha, muito felizes. Ficou contente.

– É só dizer, meu amor, e eu farei – disse Armand. – Estaremos juntos no inferno.

– Mas não entende? – disse Daniel. – Todas as decisões humanas são tomadas assim. Acha que a mãe sabe o que acontecerá ao filho em seu ventre? Meu Deus, nós estamos perdidos, pode acreditar. Que diferença faz se você me der a eternidade e isso estiver errado? Não existe o errado! Existe apenas o desespero, e eu *quero*! Quero viver para sempre com você...

Abriu os olhos. O teto da cabine do avião, as fracas luzes amarelas refletidas nas paredes forradas de madeira, e então à volta dele o jardim, o perfume, as flores quase se desprendendo de seus ramos.

Estavam parados sob a árvore morta coberta de botões de glicínias de cor púrpura. E os botões batiam no rosto dele, os cachos de pétalas cerúleas. Alguma coisa lhe voltou, algo que ele aprendera muito tempo antes – na linguagem dos povos antigos a palavra que significava flor significava também sangue. Sentiu a picada aguda dos dentes em seu pescoço.

O coração parou de repente, esmagado num aperto poderoso! A pressão era mais do que ele podia suportar. No entanto, conseguia enxergar por cima do ombro de Armand, e a noite escorregava em volta dele, as estrelas crescendo até o tamanho das flores úmidas e perfumadas. Estavam erguendo-se para o céu!

Durante uma fração de segundo ele viu o vampiro Lestat dirigindo, mergulhando na noite em seu brilhante carro preto. Parecia um leão, com sua juba de cabelos soprados para trás pelo vento, os olhos cheios de um humor enlouquecido. E então virou-se e olhou para Daniel, e de sua garganta veio uma risada profunda e suave.

Louis também estava lá, num aposento na rua Divisadero, olhando pela janela, esperando. E então disse:

– Sim, venha, Daniel, se é isso que tem de acontecer.

Mas eles não sabiam das casas comunais incendiadas! Não sabiam das gêmeas! Do aviso de perigo!

Estavam todos numa sala apinhada da casa, e Louis estava apoiado na prateleira acima da lareira, usando fraque. Estavam todos lá! Até as gêmeas!

– Graças a Deus vocês vieram! – exclamou Daniel. Beijou Louis castamente, numa face, depois na outra. – Minha pele está branca como a de vocês!

Gritou de repente, quando seu coração foi libertado, e o ar encheu-lhe os pulmões. Novamente o jardim. Havia grama à sua volta. O jardim crescia acima da sua cabeça. *Não me deixe aqui, na terra.*

– Beba, Daniel. – O sacerdote disse as palavras latinas enquanto derramava o vinho da santa comunhão em sua boca. As gêmeas ruivas pegaram os pratos sagrados: o coração, o cérebro. – Este é o cérebro e este o coração de minha mãe, que devoro com todo respeito pelo espírito de minha mãe...

– Me dê isso! – Ele derrubara o cálice no chão de mármore da igreja, que desajeitado, mas... O sangue!

Sentou-se, esmagando Armand contra si, sorvendo-lhe o sangue em grandes goles. Caíram juntos sobre as flores macias. Armand estava deitado ao lado dele, sua própria boca aberta na garganta de Armand, e o sangue era uma fonte inesgotável.

– Entre na Vila dos Mistérios – disse-lhe Louis, tocando-lhe o ombro. – Estamos esperando.

As gêmeas estavam abraçadas, acariciando os longos cabelos cacheados uma da outra.

Os jovens gritavam do lado de fora do teatro porque não havia mais ingressos. Iam acampar no estacionamento até a noite seguinte.

– Temos ingressos? – perguntou ele. – Armand, os ingressos!

Perigo. Gelo. Está vindo daquele que está preso sob o gelo!

Alguma coisa o atingiu com força. Ele estava flutuando.

– Durma, meu amado.

– Quero voltar para o jardim, para a vila.

Tentou abrir os olhos. A barriga doía-lhe. Uma dor muito estranha, parecia tão longe...

– Sabe que ele está enterrado sob o gelo?

– Durma – respondeu Armand, cobrindo-o com o lençol. – Quando acordar, estará igual a mim. Morto.

❋

San Francisco. Ele sabia que estava lá mesmo antes de abrir os olhos. Um sonho tão horrível, estava contente por abandoná-lo. Sufocante. A escuridão, navegar na corrente marítima, forte e aterradora! Mas o sonho se dissipava. Um sonho sem visão, apenas o som da água, a sensação da água. Um sonho de terror inominável. Nele, ele era uma mulher, indefesa, sem uma língua para gritar.

Que desapareça.

Alguma coisa sobre o ar frio em seu rosto, uma frescura alva da qual ele podia quase sentir o gosto. San Francisco, é claro. O frio cobria-o como se fosse uma roupa apertada, mas dentro estava deliciosamente quente.

Imortal. Para sempre.

Abriu os olhos. Armand o colocara lá. Através da escuridão viscosa do sonho ele ouvira Armand dizendo-lhe para ficar. Armand dissera-lhe que ali ele estaria seguro.

Ali.

Todas as portas-janelas estavam abertas. E o próprio salão, opulento, repleto, um daqueles lugares esplêndidos que Armand encontrava com tanta frequência e amava tanto.

Veja as lindas cortinas de renda que o vento agita nas portas-janelas. Veja as plumas brancas ondulando e brilhando no tapete Aubusson. Ele ficou de pé e saiu pelas portas abertas.

Uma grande rede de galhos erguia-se entre ele e o céu molhado e brilhante. A folhagem rígida do cipreste. E lá longe, através da ramagem, contra a escuridão aveludada, ele viu o grande arco iluminado da Golden Gate. A neblina passava como fumaça branca pelas torres imensas, tentando engolir os pilares, os cabos, e depois desaparecia, como se a própria ponte, com seu reluzente fluxo de carros, a tivesse queimado.

Magnífico demais aquele espetáculo – e o contorno profundo e escuro das colinas distantes, sob seu manto de luzes cálidas. Ah, os detalhes, os telhados úmidos derramando-se morro abaixo para longe dele, ou os ramos retorcidos erguendo-se à sua frente! Como couro de elefante, esse tronco, essa pele viva!

Imortal... para sempre.

Passou as mãos pelos cabelos e uma leve dormência percorreu-o. Podia sentir a marca suave de seus dedos nos cabelos mesmo depois de afastar as mãos. O vento aguilhoava-o deliciosamente. Lembrou-se de uma coisa; ergueu a mão e tocou nos caninos. Sim, eram maravilhosamente longos e afiados.

Alguém tocou nele. Ele virou-se tão depressa que quase perdeu o equilíbrio. Ora, era tudo tão inconcebivelmente diferente! Tentou controlar-se, mas teve vontade de chorar ao ver Armand. Mesmo na sombra os olhos escuros de Armand estavam cheios de uma luz vibrante. E a expressão do rosto dele – tanto amor! Estendeu a mão cuidadosamente e tocou nos cílios de Armand. Teve vontade de tocar nas linhas minúsculas dos lábios de Armand. Armand beijou-o. Ele começou a tremer. Como era gostoso, a boca fria e sedosa, como um beijo do cérebro, a pureza elétrica de um pensamento.

– Entre, meu pupilo – disse Armand. – Temos menos de uma hora.

– Mas e os outros?

Armand tinha descoberto algo muito importante. O que era? Coisas terríveis acontecendo, casas comunais incendiadas. No entanto, naquele momento nada parecia mais importante do que o calor dentro dele, e o arrepio quando ele se movimentava.

– Estão fazendo planos – informou Armand. Estaria falando em voz alta? Devia estar. Mas a voz era tão clara! – Estão assustados com toda a destruição, mas San Francisco não foi tocada. Alguns dizem que Lestat fez isso para trazer todos para si. Outros, que é obra de Marius, ou até das gêmeas.

Ou de Aqueles que Devem Ser Preservados, que atacam de seu santuário, com poder infinito.

As gêmeas! Ele sentiu novamente a escuridão do sonho rodeá-lo, um corpo de mulher sem língua, o terror pressionando-o. Ah, nada agora poderia atingi-lo. Nem sonhos, nem planos. Ele era o filho de Armand.

– Mas essas coisas têm que esperar – disse Armand suavemente. – Você tem que vir e fazer o que eu lhe disser. Temos que terminar o que foi começado.

– Terminar?

Já estava terminado. Ele tinha renascido.

Armand levou-o para dentro, para longe do vento. Brilho de uma cama de bronze na escuridão, de um vaso de porcelana com dragões dourados. Do piano de cauda com suas teclas como dentes num sorriso. Sim, toque nele, sinta o marfim, as borlas de veludo pendentes do abajur...

A música, de onde vinha a música? Um trompete de jazz, baixo e melancólico, tocando sozinho. Aquilo o fez estacar, aquele som vazio e triste, as notas fluindo devagar, fundindo-se umas nas outras. Ele não tinha vontade de se mover. Queria dizer que compreendia o que estava acontecendo, mas estava absorvendo cada som.

Começou a agradecer pela música, mas novamente sua voz soava tão inexplicavelmente estranha – mais aguda e mais ressonante. Até a sensação da língua, e lá fora, a neblina, olhe só, ele apontou, a neblina passando pelo terraço, a neblina comendo a noite!

Armand foi paciente. Armand entendia. Armand levou-o devagar através do aposento escuro.

– Eu te amo – declarou Daniel.

– Tem certeza? – respondeu Armand.

Isso fez com que ele risse.

Tinham entrado num corredor comprido e alto. Uma escadaria descia, imersa em sombras profundas. Uma balaustrada encerada. Armand insistia para que avançasse. Ele queria olhar o tapete no chão, uma longa corrente de medalhões tecidos com lírios, mas Armand o levava para dentro de um aposento profusamente iluminado.

Daniel prendeu a respiração diante de tanta luz, que inundava os sofás de couro, as cadeiras. Ah, mas a pintura na parede!

Tão vívidas as figuras na pintura, criaturas informes que eram na verdade grandes manchas de tintas amarela e vermelha. Tudo que parecia vivo estava vivo – aquela era uma possibilidade diferente. Alguém pinta seres sem braços, nadando em cores cegantes, e eles terão que existir assim para sempre. Será que podiam enxergar com todos aqueles olhos minúsculos, espalhados? Ou enxergavam apenas o céu e o inferno de seu próprio reino brilhante, ancorados aos pregos na parede por um pedaço de arame retorcido?

Ele tinha vontade de chorar ao pensar nisso, ao ouvir o gemido rouco do trompete – mas não estava chorando. Tinha sentido um aroma forte e sedutor. *Meu Deus, que era aquilo?* Seu corpo todo pareceu enrijecer-se inexplicavelmente. E de repente ele estava olhando para uma garota.

Estava sentada numa cadeira dourada, de espaldar reto, observando-o, tornozelos cruzados, os espessos cabelos castanhos brilhando em volta do rosto alvo. As roupas eram sujas. Uma pequena fugitiva, com seus jeans rasgados e a camiseta manchada. Que quadro perfeito, até o punhado de sardas no nariz, e a mochila engordurada que jazia a seus pés! O formato dos braços, o jeito das pernas! E os olhos dela, os olhos castanhos! Ele estava rindo baixinho, mas era um riso sem humor, enlouquecido. Tinha um som sinistro – que estranho! Ele percebeu que tinha tomado o rosto dela em suas mãos, e ela o encarava sorrindo, um leve rubor escarlate inundando-lhe o rostinho cálido.

Sangue, era esse o aroma! Os dedos dele queimavam. Ora, podia ver até os vasos sanguíneos sob a pele dela! E o som do coração, ele conseguia ouvir. Estava ficando mais alto, era um som tão... úmido! Ele recuou.

– Meu Deus, tire ela daqui! – exclamou.

– Tome-a – sussurrou Armand. – E faça isso agora.

5

Khayman, meu Khayman

Ninguém está escutando.
Agora você pode cantar a canção que é sua,
como faz o pássaro, não para marcar seu território,
nem seu domínio,
mas para seu próprio aprendizado.
Que alguma coisa
brote do nada.

STAN RICE
de "Texas suite"
Body of Work (1983)

Até aquela noite, aquela noite horrível, ele costumava fazer uma piadinha a respeito de si próprio: não sabia quem era, ou de onde viera, mas sabia do que gostava.

E estava rodeado do que gostava – as bancas de flores nas esquinas, os grandes prédios de vidro e alumínio cheios da leitosa luz noturna, as árvores, naturalmente, a grama sob seus pés. E as coisas compradas, de plástico e metal brilhante – brinquedos, computadores, telefones, qualquer coisa.

Gostava de entendê-las, dominá-las, depois esmagá-las em bolinhas rígidas, coloridas, com as quais brincava ou jogava nas vidraças quando não havia alguém por perto.

Gostava de música de piano, dos filmes e dos poemas que encontrava nos livros.

Gostava também dos automóveis, que queimavam óleo da terra, como lamparinas. E dos grandes jatos que voavam pelos mesmos princípios científicos, acima das nuvens.

Sempre parava para escutar as pessoas rindo e conversando lá em cima, quando passava um avião.

Dirigir era um prazer extraordinário. Certa vez, num Mercedes-Benz prateado, voou pelas estradas desertas e lisas de Roma a Florença e de lá a Veneza, tudo numa só noite. Gostava também de televisão – de todo o seu processo elétrico, suas luzes minúsculas. Como era gostoso ter a companhia da televisão, a intimidade de tantos rostos engenhosamente maquilados na tela cintilante falando com ele com tanta simpatia!

Gostava de rock and roll também. Gostava de qualquer música. Gostava do vampiro Lestat cantando *Réquiem para a Marquesa*. Não prestava muita atenção nas letras. Gostava da melancolia, do sombrio fundo de tambores e címbalos. Dava-lhe vontade de dançar.

Gostava das gigantescas máquinas amarelas que cavavam a terra tarde da noite nas grandes cidades, com homens uniformizados formigando por cima delas; gostava dos ônibus de dois andares de Londres, e das pessoas – por toda parte os inteligentes mortais –, gostava delas também, é claro.

Gostava de caminhar à noite em Damasco e ver, em súbitos lampejos de lembranças desconexas, a cidade dos antigos. Romanos, gregos, persas, egípcios pelas ruas.

Gostava das bibliotecas, onde encontrava fotos de monumentos antigos nos livros grandes, de cheiro bom. Tirava fotos dessas novas cidades e de vez em quando conseguia colocar nessas fotografias imagens que vinham de seus pensamentos. Por exemplo: numa fotografia de Roma havia romanos de túnica e sandálias superpostos à versão moderna, com suas roupas pesadas e desajeitadas.

Ah, estava sempre cercado de coisas de que gostava: a música de violino de Bartók, garotinhas em vestidos alvos saindo da igreja à meia-noite, depois de cantarem na Missa do Galo.

Gostava também do sangue de suas vítimas, é claro. Isso era óbvio. Não fazia parte da piada. Não achava a morte engraçada. Tocaiava sua presa em silêncio; não queria conhecer suas vítimas. Tudo o que um mortal precisava fazer era falar com ele, e ele se afastava. Não achava correto conversar com aqueles seres delicados, de olhar suave, e depois beber-lhes o sangue, quebrar seus ossos e chupar o tutano, reduzir seus membros a mingau. E era assim que agora se banqueteava: violentamente. Não sentia mais tanta necessidade de sangue, mas tinha o desejo. E esse desejo o dominava, com toda sua voraz pureza, bem diferente da sede. Podia banquetear-se com três ou quatro mortais numa só noite.

No entanto, tinha certeza absoluta de que já tinha sido um ser humano. Caminhar ao sol no calor do dia – sim, já fizera isso, embora certamente não pudesse fazê-lo agora. Via-se sentado a uma tosca mesa de madeira, cortando um pêssego maduro com um canivete de cobre. Linda a fruta à sua frente. Conhecia seu sabor. Conhecia o sabor do pão e da cerveja. Via o sol brilhando na areia amarela que se estendia por muitos quilômetros, lá fora. "Deite-se e descanse no calor do dia", dissera-lhe alguém uma vez. Teria sido no último dia em que fora vivo? Descanse, sim, porque nesta noite o Rei e a Rainha reunirão a corte e alguma coisa terrível, alguma coisa...

Mas não conseguia lembrar-se direito.

Não, ele apenas sabia – isto é, até aquela noite. Naquela noite...

Nem mesmo quando ouviu o vampiro Lestat ele conseguiu lembrar-se. O cantor apenas fascinou-o um pouco – um roqueiro dizendo-se bebedor de sangue. E parecia mesmo sinistro, mas aquilo era televisão, não era? Muitos humanos do alucinante mundo do rock pareciam sinistros. E havia demasiada emoção humana na voz do vampiro Lestat.

Não era apenas emoção, era um certo tipo de ambição humana: o vampiro Lestat queria ser herói. Quando ele cantava, dizia: "Reconheçam minha importância! Sou o símbolo do mal; se sou um símbolo verdadeiro, então faço o bem."

Fascinante. Só um ser humano pensaria num paradoxo assim. E ele sabia disso muito bem, pois já fora humano, naturalmente.

Agora possuía uma compreensão sobrenatural dessas coisas. Isso era verdade. Os humanos não conseguiam olhar para uma máquina e entender seus princípios como ele entendia. E a maneira como tudo lhe era "familiar" – isso também tinha a ver com seus poderes sobre-humanos. Ora, não havia nada que pudesse realmente surpreendê-lo. Nem a física quântica, as teorias da evolução, a pintura de Picasso ou o processo pelo qual inoculam-se germes nas crianças para protegê-las da doença. Era como se ele tivesse consciência dessas coisas desde muito antes de se lembrar. Muito antes de poder dizer: "Penso, logo existo."

Mas, tirando isso tudo, ele ainda tinha uma perspectiva humana. Isso ninguém podia negar. Conseguia sentir dor humana com uma perfeição misteriosa e assustadora. Sabia o que era amar, e sentir solidão – ah, sim, isso ele conhecia mais do que todas as coisas, e sentia-a mais intensamente quando escutava as canções do vampiro Lestat. Por isso não prestava atenção às palavras.

E outra coisa: quanto mais sangue bebia, mais humana ficava a sua aparência.

Quando surgiu pela primeira vez nestes novos tempos – para si mesmo e para os outros –, não parecia humano. Era um esqueleto imundo andando por uma estrada da Grécia em direção a Atenas, os ossos enredados em veias estreitas e borrachudas, por fora uma camada de pele branca e endurecida. Aterrorizava as pessoas. Elas fugiam correndo, forçando os motores de seus carrinhos. Mas ele lia suas mentes – via-se como elas o viam – e as compreendia, e ficava com pena, é claro.

Em Atenas arranjara luvas, um agasalho de lã com botões de plástico e aqueles engraçados sapatos modernos que cobriam o pé inteiro. Enrolara trapos em volta do rosto, deixando buracos para os olhos e a boca. Cobrira os imundos cabelos negros com um chapéu de feltro cinzento...

Ainda se assustavam, mas não saíam correndo aos gritos. No crepúsculo, andava em meio às multidões na praça Omonia e ninguém prestava atenção nele. Era interessante a agitação moderna daquela velha cidade, que em eras longínquas fora igualmente viva, com estudantes vindo de todo o mundo para estudar filosofia e arte. Ele olhava para a Acrópole e via o Partenon como fora então, perfeito, a casa da deusa. Não a ruína que era hoje.

Os gregos, como sempre, eram um povo esplêndido, gentil e confiante, embora agora tivessem a pele e os cabelos mais escuros, por causa do sangue turco. Não ligavam para suas roupas estranhas. Quando ele falava com sua voz suave e branda, imitando perfeitamente a linguagem deles – a não ser por alguns enganos aparentemente engraçados –, eles o adoravam. E ele percebera também que seu corpo estava lentamente enchendo-se de carne. Era rígido como uma rocha, mas estava mudando. Finalmente, certa noite, ao retirar a máscara de trapos, ele vira as feições de um rosto humano. Então era essa a sua aparência?

Olhos grandes e negros, com delicadas ruguinhas nos cantos e pálpebras lisas. A boca era bela, sorridente. O nariz era bem-feito – gostou dele. As sobrancelhas eram o que ele mais apreciava, porque eram negras e retilíneas, não falhadas ou hirsutas, e ficavam bem acima dos olhos, dando-lhe uma expressão aberta, um ar de disfarçado espanto que inspirava confiança. Sim, era um belo rosto de homem jovem.

Desde então ele andara descoberto, com roupas modernas. Mas tinha que se manter no lusco-fusco. Era branco demais.

Quando perguntavam, dizia chamar-se Khayman. Mas não sabia onde tinha arranjado esse nome. Saberia, mais tarde, que um dia se chamara Benjamin. Havia outros nomes... Mas quando? Khayman: esse era o primeiro, o nome secreto, aquele de que nunca se esqueceu. Sabia desenhar duas figuras minúsculas que significavam Khayman, mas não tinha ideia da origem daqueles símbolos.

Como todas as outras coisas, sua força também lhe causava espanto. Conseguia atravessar paredes de argamassa, erguer um automóvel e lançá-lo longe. No entanto, era curiosamente flexível e leve. Podia atravessar a própria mão com uma faca longa e fina. Que sensação estranha! E sangue por toda parte. Então as feridas se fechavam, e ele tinha que abri-las novamente para retirar a faca.

Quanto à leveza... ora, não havia coisa em que ele não pudesse subir. Era como se a gravidade não o dominasse, se ele decidisse desafiá-la. E certa noite, depois de subir um prédio alto no centro da cidade, voou lá do topo, descendo suavemente até a rua.

Delicioso, aquilo. Sabia que poderia cruzar grandes distâncias, se ousasse. Ora, certamente já fizera isso, subindo até as nuvens. Mas... talvez não.

Tinha outros poderes também. Todas as noites acordava ouvindo vozes do mundo inteiro. Ficava deitado na escuridão, banhado em sons. Ouvia gente falando grego, inglês, italiano, industão. Ouvia risos, gritos de dor. Se ficasse imóvel, conseguia ouvir os pensamentos das pessoas – uma corrente confusa, cheia de uma exasperação selvagem que o assustava. Não sabia de onde vinham aquelas vozes. Ou por que uma voz abafava outra. Era como se ele fosse Deus escutando orações.

E de vez em quando, completamente diversas das vozes humanas, vinham-lhe vozes imortais. Outros como ele, pensando, sentindo, mandando um aviso? Seus gritos argênteos eram distantes, mas ele conseguia distingui-los facilmente da trama e urdidura humanas.

Mas essa receptividade o magoava. Trazia-lhe lembranças horríveis de estar fechado num lugar escuro durante anos e anos, com apenas essas vozes como companhia. Pânico. Não queria recordar isso. Algumas coisas ninguém gosta de recordar. Como ser queimado, aprisionado. Como lembrar-se de tudo e chorar, chorar uma terrível angústia.

Sim, coisas ruins tinham-lhe acontecido. Já estivera nesta Terra com outros nomes, em outras ocasiões. Mas sempre com esse mesmo temperamento gentil e otimista, amando as coisas. Seria a sua uma alma migrante? Não, ele sempre tivera esse corpo. Por isso era tão leve e tão forte.

Inevitavelmente desligava as vozes. Lembrava-se de um aviso antigo: se não aprender a desligar as vozes, elas vão deixá-lo louco. Mas agora era fácil. Desligava-as simplesmente levantando-se, abrindo os olhos. Na realidade, teria que fazer um esforço para ouvi-las, e então elas apenas continuavam sem cessar, transformando-se num ruído único e irritante.

O esplendor do momento esperava por ele. E era fácil abafar os pensamentos dos mortais próximos. Podia cantar, por exemplo, ou fixar a atenção em qualquer coisa à sua volta. Abençoado silêncio. Em Roma havia distrações por toda parte. Como amava as velhas casas romanas, pintadas de ocre, castanho e verde-escuro! Amava as estreitas ruas de pedra. Podia dirigir um carro em disparada pelas ruas cheias de mortais ou passear pela via Veneto até encontrar uma mulher por quem se apaixonar por pouco tempo.

E adorava a inteligência das pessoas nesta época. Ainda eram pessoas, mas sabiam muito. Um dirigente era assassinado na Índia, e dentro de uma hora o mundo inteiro chorava. Todo tipo de desastres, invenções e milagres médicos pesavam na mente do homem comum. As pessoas brincavam com os fatos e a imaginação. Garçonetes escreviam, à noite, romances que iriam torná-las famosas. Operários apaixonavam-se por estrelas de cinema nuas em filmes alugados. Os ricos usavam joias de papel, os pobres compravam diamantes minúsculos. E princesas andavam pelos Champs-Élysées em farrapos cuidadosamente desbotados.

Ah, ele gostaria de ser humano. Afinal, o que era? Como eram os outros, aqueles cujas vozes ele desligava? Não da Primeira Geração, isso ele tinha certeza. A Primeira Geração jamais poderia entrar em contato uns com os outros puramente pelo pensamento. Mas que diabos era a Primeira Geração? Não conseguia se lembrar! Um leve pânico assaltou-o. Não pense nessas coisas. Escrevia poemas numa caderneta, simples e modernos – no entanto, sabia que tinham o estilo mais antigo que já conhecera.

Viajava sem cessar pela Europa e Ásia Menor, às vezes caminhando, outras vezes erguendo-se nos ares e desejando estar em determinado lugar. Encantava a todos que se envolviam com ele e durante o dia cochilava descuidadamente em esconderijos escuros. Afinal, o sol não mais o incendiava. Mas não conseguia funcionar à luz do sol. Seus olhos começavam a se fechar assim que viam luz no céu matinal. Vozes, todas aquelas vozes, outros bebedores de sangue gritando angustiados, e depois nada. E despertava ao poente, ansioso para ler o padrão imemorial das estrelas.

Finalmente encorajou-se em seus voos. Nas redondezas de Istambul, ergueu-se como um balão bem acima dos telhados. Girou e deu cambalhotas, rindo, e depois desejou ir para Viena, onde chegou antes da aurora. Ninguém o viu. Movia-se demasiado depressa para que o vissem. Além disso, não tentava essas pequenas experiências diante de olhos curiosos.

Tinha também outro poder interessante: conseguia viajar sem o corpo. Bem, não exatamente viajar. Podia enviar sua visão, por assim dizer, para ver coisas distantes. Deitado, ele pensava, por exemplo, num lugar distante que gostaria de ver, e no mesmo instante estava lá. Ora, havia mortais que também conseguiam fazer isso, dormindo ou acordados, fazendo uso de uma grande concentração. Ocasionalmente ele passava por seus corpos adormecidos e percebia que suas almas estavam viajando em outra parte. Mas nunca conseguiu ver essas almas. Aliás, não via fantasmas ou qualquer outro tipo de espíritos.

Mas sabia que estavam ali. *Tinham* que estar.

E vinha-lhe uma velha consciência de que certa vez, quando mortal, no templo, bebera uma poderosa poção que os sacerdotes lhe deram e viajara do mesmo modo, fora do corpo, até o firmamento. Os sacerdotes chamaram-no de volta. Ele não queria voltar. Estava com aqueles que amava dentre os mortos. Mas sabia que tinha que voltar. Era o que esperavam dele.

Então tinha sido mesmo um ser humano! Sim, definitivamente. Lembrava-se do suor em seu peito nu quando estava deitado no quarto empoeirado e lhe trouxeram a poção. Amedrontado. Mas todos tinham que passar por aquilo.

Talvez fosse melhor ser o que era agora, poder voar com o corpo e a alma juntos.

Mas causava-lhe imensa dor não saber, não se lembrar realmente, não compreender como podia fazer essas coisas ou por que vivia do sangue humano.

Em Paris, foi ver filmes de vampiro, meditando no que parecia verdadeiro e no que era falso. Tudo familiar, embora tolice em grande parte. O vampiro Lestat inspirava suas roupas naqueles filmes em preto e branco. A maioria das "criaturas da noite" usava a mesma fantasia – a capa preta, a camisa branca engomada, a casaca, a calça preta.

Bobagem, naturalmente, mas aquilo o consolava. Afinal, eram bebedores de sangue, pessoas que falavam com suavidade, gostavam de poesia, e no entanto, matavam mortais o tempo todo.

Comprava revistas de terror e recortava certas figuras de belos senhores bebedores de sangue, como o vampiro Lestat. Talvez devesse experimentar aquela linda fantasia; também seria um consolo. Faria com que se sentisse parte de alguma coisa, mesmo que essa coisa não existisse.

Em Londres, depois da meia-noite numa loja na penumbra, encontrou suas roupas de vampiro. Calça e casaca, com reluzentes sapatos de verniz; uma camisa engomada como um papiro, com uma gravata de seda branca. Ah, e a capa de veludo preto, magnífica, com seu forro de cetim branco, que ia até o chão.

Dava graciosos volteios diante dos espelhos. Como o vampiro Lestat o teria invejado! E pensar que ele, Khayman, não era apenas um humano fingindo – era real! Penteou os espessos cabelos pela primeira vez. Encontrou perfumes e unguentos em caixas de vidro e perfumou-se apropriadamente para uma grande noite. Encontrou anéis e abotoaduras de ouro.

Agora estava lindo, como já fora em outros trajes muito tempo antes. E nas ruas de Londres as pessoas o adoraram imediatamente! Tinha agido certo. Seguiam-no quando ele passava sorrindo, de vez em quando acenando, piscando o olho. Até matar ficou melhor. A vítima o encarava como se visse uma miragem, como se *compreendesse*. Ele primeiro se inclinava – como o vampiro Lestat fazia nos videoclipes na televisão – e bebia delicadamente da garganta, antes de dilacerar a vítima.

Claro que tudo aquilo era uma brincadeira com algo extremamente trivial. Nada tinha a ver com ser um bebedor de sangue, era esse o sinistro segredo, nada a ver com as coisas apagadas de que ele mal se lembrava de vez em quando e expulsava da mente. Mesmo assim, era agradável ser por algum tempo "alguém" e "alguma coisa".

Sim, o momento, o momento era esplêndido. E o momento era tudo que ele tinha. Afinal, esqueceria essa época também, não era certo? Aquelas noites com seus maravilhosos detalhes desapareceriam; e num futuro qualquer, ainda mais complicado e exigente, estaria perdido novamente, lembrando-se apenas do próprio nome.

Finalmente foi para casa. Para Atenas.

À noite, vagava pelo museu com um toco de vela, examinando as velhas lápides com suas figuras entalhadas que o faziam chorar. A mulher morta, sentada – os mortos estão sempre sentados –, estende a mão para o bebê vivo que ela deixou para trás, no colo do marido. Nomes lhe voltavam, como se morcegos sussurrassem em seus ouvidos. *Vá ao Egito, lá você se recordará.* Mas ele não queria ir. Cedo demais para implorar a loucura e o esquecimento. A salvo em Atenas, vagando pelo velho cemitério abaixo da Acrópole, de onde tinham retirado todas as colunas funerárias: não importa o ruído do trânsito – a terra ali é linda. E ainda pertence aos mortos.

Adquiriu um enxoval de roupas de vampiro. Comprou até um caixão, mas não gostava de entrar nele. Em primeiro lugar, aquele caixão não tinha a forma de uma pessoa, não tinha rosto, nem inscrições para guiar a alma do morto. Não era apropriado. Em sua opinião, parecia uma caixa de joias. Mas mesmo assim achou que, sendo um vampiro, tinha que ter o caixão, seria engraçado. Os mortais que vinham ao apartamento adoravam. Ele lhes servia vinho cor de sangue em taças de cristal. Recitava-lhes o "Poema do Velho Marinheiro" ou cantava para eles canções em línguas estranhas, que eles adoravam. De vez em quando lia seus poemas. Que mortais bondosos! E o caixão era um lugar para sentarem, no apartamento sem móveis.

Mas gradualmente as canções do roqueiro americano, o vampiro Lestat, começaram a perturbá-lo. Não eram mais divertidas. Os tolos filmes antigos também não. Mas o vampiro Lestat o incomodava de verdade. Que bebedor de sangue sonharia com atos de pureza e coragem? Suas canções tinham um tom trágico.

Bebedor de sangue... De vez em quando, ao despertar, sozinho no chão do apartamento quente e sem ar, com a última luz do dia desaparecendo do outro lado das cortinas fechadas, ele sentia erguer-se de si um sonho pesado, no qual criaturas suspiravam e gemiam de dor. Teria estado seguindo um caminho, numa terrível paisagem noturna, na esteira de duas lindas mulheres de cabelos vermelhos que sofreram uma injustiça inominável, belezas gêmeas a quem ele tentava alcançar vezes sem conta? Depois que lhe cortaram a língua, a ruiva do sonho tomou a língua da mão do soldado e comeu-a. Sua coragem espantou-os...

Ah, não olhe para estas coisas!

Seu rosto doía, como se ele tivesse chorado ou estivesse muito ansioso. Deixou-se relaxar devagar. Contemplar a lamparina. As flores amarelas. Nada. Apenas Atenas, com seus quilômetros de prédios indistintos, e o grande templo de Atena em pedaços no monte, agigantando-se sobre todas as coisas, apesar do ar enfumaçado. Noite. O fluxo sublime de milhares de pessoas em suas surradas roupas de trabalho derramando-se pelas escadas rolantes em direção aos trens do metrô. A praça Sintagma pontilhada dos preguiçosos bebedores de retsina ou ouzo, sofrendo com o calor do início da noite. E os pequenos quiosques vendendo jornais e revistas de todas as terras.

Não ouviu mais as canções do vampiro Lestat. Deixou as danceterias americanas onde elas eram tocadas. Afastou-se dos estudantes que levavam pequenos toca-fitas presos aos cintos.

Então, certa noite, no coração do Plaka, com suas luzes fortes e suas tavernas barulhentas, viu outros bebedores de sangue passando apressados pela multidão. Seu coração parou. O medo e a solidão o dominaram. Não conseguia mover-se ou falar. Então passou a segui-los pelas ruas íngremes, entrando e saindo de danceterias, uma após outra, onde a música eletrônica berrava. Estudou-os cuidadosamente enquanto atravessavam a multidão de turistas, sem perceberem que ele estava ali.

Dois homens e uma mulher em roupas de seda preta, os pés dela dolorosamente presos em sapatos de saltos altos. Óculos prateados de lentes escuras cobriam-lhes os olhos; cochichavam entre si e soltavam repentinas rajadas de riso; cobertos de joias e perfumes, eles exibiam sua pele e seus cabelos sobrenaturais.

Mas, além desses detalhes superficiais, eram muito diferentes dele. Para começar, não eram tão rijos e brancos. Na verdade, eram feitos de tanto tecido humano mole que ainda eram cadáveres animados. Enganadoramente rosados e fracos. E como precisavam do sangue de suas vítimas! Ora, naquele exato momento estavam sofrendo agonias de sede. E certamente aquele era seu destino todas as noites. Porque o sangue tinha que agir incessantemente em todo o tecido humano mole. Trabalhava não apenas para animar o tecido, mas para transformá-lo lentamente em algo mais.

Quanto a ele, era feito de outra coisa. Não lhe sobrava tecido humano mole. Embora desejasse sangue, não precisava dele para qualquer transformação. Ao contrário, percebera de repente que o sangue apenas lhe fazia bem, aumentava seus poderes telepáticos, sua capacidade de voar ou de viajar sem o corpo, sua força prodigiosa. Ah, ele entendia isso! Era um hospedeiro quase perfeito do poder sem nome que agia dentro de todos eles.

Sim, era exatamente isso. E eles eram mais jovens, só isso. Mal tinham começado sua jornada em direção à verdadeira imortalidade vampírica. Não se lembrava... Bem, na verdade não, mas *sabia* que eles eram filhotes, não mais do que cem ou duzentos anos de estrada! Aquela era a época perigosa, quando ficavam loucos por sangue, ou os outros os pegavam, queimavam, coisas assim. Muitos não sobreviviam. E para ele, da Primeira Geração, aquilo já fazia muito tempo. Ora, o tempo exato era quase inconcebível! Parou ao lado do muro pintado de um jardim e ergueu o braço para descansar a mão num galho retorcido, deixando as folhas verdes e frescas tocarem seu rosto. Sentiu-se de repente dominado pela tristeza, uma tristeza mais terrível do que o medo. Ouviu alguém gritando, não lá, mas em sua mente. Quem era? Pare!

Bem, não iria ferir aquelas pobres crianças! Não, queria apenas conhecê-las, abraçá-las. Afinal, somos da mesma família, bebedores de sangue, vocês e eu!

Mas quando se aproximou, quando lhes mandou sua saudação silenciosa, porém exuberante, eles se voltaram e o encararam com indisfarçado terror. Fugiram. Desceram um escuro labirinto de becos íngremes, afastando-se das luzes do Plaka, e nada que ele dissesse os fez parar.

Ficou imóvel e silencioso, com uma dor aguda que nunca sentira antes. Então aconteceu uma coisa curiosa e terrível. Foi atrás deles até vê-los novamente. Ficou zangado, realmente furioso. *Malditos! Sejam castigados por me ferirem!* E de repente experimentou uma súbita sensação na testa, um espasmo frio logo atrás do osso. Dele saiu uma força que saltou como uma língua invisível e penetrou num dos componentes do trio fugitivo, a mulher, e o corpo dela explodiu em chamas.

Ele assistiu estupefato. No entanto, entendia o que tinha acontecido. Tinha penetrado nela com uma força aguda e dirigida. Essa força tinha incendiado o sangue forte e combustível que ele e ela tinham em comum, e imediatamente o fogo percorrera-lhe as veias, e ao chegar ao tutano fez com que o corpo explodisse. Segundos depois, ela não era nada.

Deuses! Ele tinha feito aquilo! Com sofrimento e terror ficou olhando para as roupas vazias, ilesas, mas escurecidas e manchadas de gordura. Apenas um pouco dos cabelos dela sobrava no chão, queimando lentamente enquanto ele observava.

Talvez houvesse um engano qualquer. Mas não, sabia que tinha feito aquilo. Ele se sentiu fazendo aquilo. E ela tivera tanto medo!

Foi para casa num silêncio chocado. Sabia que nunca tinha usado aquele poder antes, ou mesmo tido consciência dele. Será que só lhe viera agora, depois de séculos do sangue agindo, secando suas células, deixando-as brancas e fortes como as câmaras de um ninho de vespas?

Sozinho no apartamento, tornou a furar-se com uma faca e observou o sangue fluindo. Era espesso e quente, empoçando-se na mesa diante dele, reluzindo à luz da lamparina como se estivesse vivo. E estava!

No espelho estudou o brilho que lhe voltara depois de tantas semanas dedicadas a caçar e a beber, e que começava a esvair-se. Um leve tom amarelado em suas faces, um traço de rosa nos lábios. Mas não tinha importância, ele era como a pele abandonada de uma serpente – morto, leve e rijo, a não ser pelo pulsar constante desse sangue. Esse sangue vil. E seu cérebro, ah, seu cérebro, que aparência tinha agora? Translúcido como uma coisa feita de cristal, com o sangue percorrendo seus minúsculos compartimentos? E lá vivia o poder, não vivia, com sua língua invisível?

Saindo novamente, ele tentou esse poder recém-descoberto em animais, nos gatos, pelos quais sentia uma aversão inexplicável – criaturas maléficas. E em ratos, que todos os homens desprezam. Não era a mesma coisa. Ele matava essas criaturas com a língua invisível de energia, mas elas não pegavam fogo. Os cérebros e os corações sofriam um tipo de ruptura fatal, mas o sangue natural delas não era combustível. E assim não se incendiavam.

Aquilo o fascinou, de um modo frio e angustiado. "Que belo assunto para pesquisas!", sussurrou, olhos de repente brilhando de lágrimas importunas. Capas, gravatas brancas, filmes de vampiro, que significavam para ele? Quem diabos era ele? O tolo dos deuses, vagando pela estrada de um momento para outro momento por toda a eternidade? Quando viu um enorme cartaz do vampiro Lestat zombando dele na vitrine de uma loja de videofilmes, voltou-se e com a língua de energia arrebentou o vidro.

Ah, que delícia! Quero as florestas, as estrelas! Naquela noite foi até Delfos, erguendo-se silenciosamente acima da terra às escuras. Desceu na grama úmida e caminhou até onde o oráculo costumava sentar-se, ali nas ruínas da casa do deus.

Porém não deixaria Atenas. Tinha que encontrar os dois bebedores de sangue e dizer-lhes que lamentava, que nunca, nunca usaria esse poder contra eles. Tinham que falar com ele! Tinham que estar com ele...! Sim.

Na noite seguinte, ao despertar, tentou ouvi-los. E uma hora depois ouviu-os erguerem-se de suas tumbas. Uma casa no Plaka era sua toca, com uma daquelas tavernas enfumaçadas e barulhentas aberta para a rua. Durante o dia dormiam no porão, ele deduziu, e subiam à noite para ver os mortais dançando e bebendo na taverna. Lamia, a antiga palavra grega para vampiro, era o nome daquele estabelecimento, onde guitarras elétricas tocavam a música grega primitiva e jovens homens mortais dançavam uns com os outros, gingando os quadris com toda a sedução de mulheres, enquanto a retsina jorrava. Nas paredes havia retratos tirados de filmes de vampiros – Bela Lugosi como Drácula, a pálida Gloria Holden como sua filha – e cartazes de Lestat, o vampiro de cabelos louros e olhos azuis.

Então eles também tinham senso de humor, pensou gentilmente. O par de vampiros, aturdidos de sofrimento e medo, estavam sentados, juntos, os olhos fixos na porta aberta. Como pareciam indefesos!

Não se moveram quando o viram parado à porta, de costas para o brilho branco da rua. No que pensaram quando viram sua capa comprida? Um monstro de seus próprios cartazes ganhou vida para trazer-lhes a destruição que tão poucas coisas podiam trazer?

Venho em paz. Desejo apenas conversar com vocês. Nada me deixará zangado. Venho por... amor.

O par ficou paralisado. Então um deles levantou-se, e ambos soltaram um grito espontâneo e horrível. O fogo cegou-o, como cegou os dois mortais que passaram por ele empurrando-o, em sua repentina disparada para a rua. Os bebedores de sangue, em chamas, moribundos, numa dança macabra de braços e pernas contorcidos. A própria casa estava em chamas, as vigas em brasa, garrafas explodindo, faíscas alaranjadas erguendo-se para o céu carregado.

Ele tinha feito aquilo! Seria ele a morte para os outros, desejando ou não?

Lágrimas de sangue desciam pelo rosto branco sobre a frente da camisa engomada. Ergueu o braço para esconder o rosto com a capa. Era um gesto de respeito pelo horror que acontecia diante de si – os bebedores de sangue morrendo por dentro.

Não, não podia ter feito aquilo, não podia. Deixou que mortais o empurrassem para fora do caminho. Sirenes feriram-lhe os ouvidos. Ele pestanejou, tentando enxergar a despeito das luzes ofuscantes.

E então, num momentâneo choque de compreensão, ele soube que não tinha feito aquilo. Porque avistou o ser que o fizera! Ali, coberto por uma capa de lã cinzenta, meio escondido num beco escuro, estava o ser, a observá-lo.

Quando seus olhos se encontraram, ela sussurrou o nome dele:

– Khayman, meu Khayman!

Sentiu a mente esvaziar-se completamente. Era como se uma luz branca descesse sobre ele, incendiando todo o conhecimento. Por um sereno instante não sentiu coisa nenhuma. Não ouviu o ruído do fogo furioso, não percebeu as pessoas que o empurravam ao passar.

Simplesmente encarou aquela coisa, aquele ser lindo e delicado, belíssima como sempre fora. Um horror insuportável dominou-o. Lembrou-se de tudo – tudo que já vira, fora ou soubera.

Os séculos abriram-se diante de si. Os milênios estendiam-se remontando ao próprio início de tudo. Primeira Geração. Ele sabia de tudo. Estremeceu, chorando. Ouviu a si próprio dizer, com todo o rancor de uma acusação:

– Você!

Subitamente, num enorme clarão destruidor, ele sentiu toda a força dela. O calor atingiu-o no peito e ele cambaleou para trás.

Pelos deuses, você vai me matar também! Mas ela não poderia ouvir seus pensamentos! Ele bateu de encontro ao muro caiado de branco. Uma dor aguda surgiu em sua cabeça.

Mas continuava a ver, sentir, pensar! E o coração batia regularmente, como antes. Não estava em chamas!

E então, num raciocínio súbito, reuniu forças e combateu essa energia invisível com um violento golpe da sua própria energia.

– Ah, é o ódio novamente, minha soberana! – gritou, na antiga linguagem. Como sua voz soava humana!

Mas estava acabado. O beco estava vazio. Ela havia partido.

Ou melhor, tinha alçado voo, erguendo-se em linha reta para o céu, como ele próprio já fizera muitas vezes, e tão depressa que os olhos não conseguiam enxergar. Sim, sentia a presença dela afastando-se. Ergueu os olhos e encontrou-a sem esforço – um minúsculo pontinho indo para o oeste, acima dos pedacinhos de nuvens pálidas.

Sons ríspidos chocaram-no – sirenes, vozes, o estalejar da casa em chamas, as últimas vigas desabando. A rua estreita estava atulhada de gente; a música estridente dos outros bares não cessara. Ele recuou, afastando-se daquele lugar, chorando, com um último olhar para o domínio dos bebedores de sangue agora mortos. Ah, não saberia calcular quantos milhares de anos, e ainda a mesma guerra...

Passou horas vagando pelas ruas escuras.

Atenas silenciou. Pessoas dormiam atrás de paredes de madeira. As calçadas brilhavam com a névoa que veio forte, como chuva. Sua história era como um caracol gigantesco, espiralada e imensa acima dele, pressionando-o sobre a terra com seu peso incalculável.

Finalmente, subiu a encosta de um monte e entrou no bar frio e luxuoso de um grande hotel moderno, de aço e vidro. Preto e branco o lugar, exatamente como ele, com sua pista de dança quadriculada, mesas pretas, banquinhos de couro preto.

Sem perceber, deixou-se cair numa cadeira na penumbra e permitiu que as lágrimas corressem. Chorou como um tolo, a testa de encontro ao braço.

Não lhe veio a loucura, nem o esquecimento. Vagou pelos séculos, revisitando os locais que conhecera em terna e descuidada intimidade. Chorou por todos aqueles a quem conhecera e amara.

Mas o que o magoava acima de todas as coisas era a enorme e sufocante sensação do início, o verdadeiro início, antes até mesmo daquele longo dia em que estava deitado em sua casa junto ao Nilo, na imobilidade do meio-dia, sabendo que naquela noite precisaria ir ao palácio.

O verdadeiro início fora um ano antes, quando o Rei lhe dissera:

– Se não fosse por minha amada Rainha, eu buscaria meu prazer com essas duas mulheres. Mostraria que elas não são bruxas a serem temidas. Você fará isso em meu lugar.

Tinha sido tão real quanto o momento presente – a corte, inquieta, reunida para assistir; mulheres e homens de olhos pretos, com suas saias de fino linho e as complicadas perucas pretas, alguns atrás das colunas entalhadas, outros orgulhosamente próximos do trono; as gêmeas de cabelos vermelhos paradas diante dele, suas lindas prisioneiras a quem ele tinha passado a amar. Não posso fazer isso. Mas fizera. Enquanto a corte esperava, enquanto o Rei e a Rainha esperavam, ele colocara o colar do Rei com o medalhão de ouro, para agir em nome do Rei. E descera os degraus do palanque, enquanto as gêmeas o encaravam, e profanara as duas, uma de cada vez.

Certamente aquela dor não podia durar tanto.

Teria rastejado para dentro do ventre da terra, se tivesse forças para isso. Bendita ignorância, como a desejava! Ir a Delfos, passear na grama alta, verde e perfumada. Colher as pequenas flores silvestres. Ah, elas se abririam para ele como para a luz do sol se as segurasse sob a lâmpada?

Mas, por outro lado, não queria esquecer. Alguma coisa mudara; algo tornava esse momento ímpar. Ela erguera-se de seu longo sono! Ele a vira numa rua de Atenas com seus próprios olhos! O passado e o presente tornaram-se uma coisa só.

Enquanto suas lágrimas secavam, ele ficou sentado, escutando, pensando.

Dançarinos contorciam-se no quadriculado à sua frente. Mulheres lhe sorriam. Seria um lindo Pierrô de porcelana aos olhos delas, com seu rosto pálido e as faces rubras? Ergueu os olhos para a tela de vídeo que pulsava e brilhava no teto do aposento. Seus pensamentos ficaram fortes, como seus poderes físicos.

Isso era agora, no mês de outubro, no final do vigésimo século após o nascimento de Cristo. E poucas noites antes ele vira as gêmeas em seus sonhos! Não. Não havia saída. Para ele a verdadeira agonia estava apenas começando, mas isso não tinha importância. Estava mais vivo do que nunca.

Enxugou lentamente o rosto com um pequeno lenço de linho. Lavou os dedos na taça de vinho à sua frente, como se para consagrá-los. E tornou a erguer os olhos para a tela onde o vampiro Lestat cantava sua trágica canção.

Demônio de olhos azuis, cabelos louros despenteados, tórax e braços fortes de um homem jovem. Seus movimentos, irregulares, porém graciosos; lábios sedutores, voz cheia de um sofrimento cuidadosamente modulado.

E todo esse tempo você vem me dizendo, não é? Me chamando! Chamando o nome dela!

A imagem no vídeo parecia encará-lo, responder-lhe, cantar para ele, mas naturalmente isso não era possível. *Aqueles que Devem Ser Preservados! Meu Rei e minha Rainha!* Ele escutava com total atenção cada sílaba cuidadosamente articulada acima do lamento dos metais e do pulsar da bateria.

E só quando o som e a imagem se desvaneceram foi que se levantou e deixou o bar, para caminhar às cegas pelos frios corredores de mármore do hotel até a escuridão lá fora.

Vozes chamavam-no, vozes de bebedores de sangue no mundo inteiro, avisando. Vozes que sempre estiveram lá. Falavam de calamidade, de reunir-se para impedir um desastre horrível. A Mãe Caminha. Falavam dos sonhos com as gêmeas, que eles não compreendiam. E ele estivera cego e surdo a tudo isso!

– Tanta coisa você não compreende, Lestat – sussurrou.

Finalmente, subiu a um promontório escuro e contemplou a Cidade Alta; os templos a distância, pedaços de mármore branco brilhando sob as fracas estrelas.

– Maldita seja, minha soberana – sussurrou. – Maldita seja no inferno por tudo o que fez a todos nós!

E pensar que nesse mundo de aço e gasolina, de estridentes sinfonias eletrônicas e circuitos de computadores silenciosos nós ainda vagamos.

Mas lembrou-se de outra maldição, bem mais forte que a sua. Viera um ano depois do momento horrível em que ele violentara as duas mulheres – uma maldição gritada dentro do pátio do palácio, sob um céu noturno tão distante e frio quanto esse.

– Que os espíritos testemunhem, pois deles é o conhecimento do futuro, do que seria e *do que eu desejo*: você é a Rainha dos Condenados, é o que você é! O Mal é o seu único destino. Mas em seu maior momento sou eu quem vai derrotá-la. Olhe bem meu rosto. Sou eu quem vai derrubá-la!

Quantas vezes, durante os primeiros séculos, ele recordara aquelas palavras? Em quantos lugares, através de desertos e montanhas, através de férteis vales, ele procurara as duas irmãs ruivas? Entre os beduínos que certa vez as abrigaram, entre os caçadores que ainda usavam peles e o povo de Jericó, a mais antiga cidade do mundo. Elas já eram lenda.

E então sobreviera a bendita loucura; ele perdera todo o conhecimento, todo o rancor, toda a dor. Era Khayman, cheio de amor pelo que via à sua volta, um ser que compreendia a palavra *alegria*.

Teria chegado a hora? Teriam as gêmeas de alguma forma sobrevivido, assim como ele? E para aquele grandioso propósito sua memória fora restaurada?

Ah, que pensamento brilhante e dominador – que a Primeira Geração se reuniria, que a Primeira Geração finalmente conheceria a vitória!

Mas com um sorriso amargo ele pensou no vampiro Lestat e sua fome humana de heroísmo. *Sim, meu irmão, perdoe minha zombaria. Também quero isso, a bondade, a glória. Mas provavelmente não há destino, não há redenção. Só o que vejo à minha frente, nessa paisagem conspurcada e antiga – apenas nascimento e morte, e os horrores que nos esperam a todos.*

Lançou um último olhar à cidade adormecida, aquele lugar moderno, feio e desgastado onde ele fora tão feliz, vagando sobre incontáveis sepulturas antigas.

E então subiu, erguendo-se em segundos até acima dali, às nuvens. Agora viria o maior teste desse seu dom magnífico, e como ele amava esse súbito propósito, por mais ilusório que fosse! Dirigiu-se para o oeste, em direção ao vampiro Lestat, em direção às vozes que imploravam compreender os sonhos das gêmeas. Dirigiu-se para o oeste, como ela fizera antes dele.

Sua capa vibrava como asas, e o delicioso ar frio o feria, e de repente deu-lhe vontade de rir, como se por um instante fosse novamente um feliz bobalhão.

6

A história de Jesse, a Grande Família e a Talamasca

i

Os mortos não compartilham.
Embora estendam as mãos para nós
a sepultura (juro que sim), eles não
nos entregam seus corações.
Entregam suas cabeças,
a parte que vigia.

STAN RICE
de "Their share"
Body of Work (1983)

ii

Cubram o rosto dela; meus olhos
[se ofuscam; ela morreu jovem.

JOHN WEBSTER

iii

A TALAMASCA
Investigadores da Paranormal
Nós vigiamos
E estamos sempre aqui.
Londres Amsterdã Roma

Jesse gemia, adormecida. Era uma delicada mulher de 35 anos, com longos cabelos ruivos e cacheados. Estava afundada num disforme colchão de plumas, aninhada num leito de madeira que pendia do teto em quatro correntes enferrujadas.

Em algum lugar da enorme casa um relógio bateu. Ela precisava acordar. Restavam duas horas até o show do vampiro Lestat. Mas não podia abandonar as gêmeas agora.

Aquilo era novo para ela, essa parte acontecendo tão depressa, e o sonho era enlouquecedoramente embaçado, como tinham sido todos os sonhos com as gêmeas. No entanto, ela sabia que as gêmeas estavam novamente no meio do deserto. A multidão que as cercava era perigosa. E as gêmeas, como estavam diferentes, tão pálidas! Talvez fosse ilusão esse brilho fosforescente, mas elas pareciam reluzir na obscuridade, e seus movimentos eram tão lânguidos, quase como se estivessem presas no ritmo de uma dança. Enquanto se abraçavam, pessoas jogavam-lhes tochas acesas; mas, veja, alguma coisa estava errada, muito errada. Uma delas agora estava cega.

Seus olhos estavam cerrados com força, a pele tenra estava enrugada e funda. Sim, tinham arrancado seus olhos. E a outra, por que faz sons tão terríveis?

– Fique quieta, não lute mais – disse a cega, na linguagem antiga que era sempre compreensível nos sonhos. E da outra gêmea veio um gemido horrível, gutural. Ela não podia falar. Tinham cortado sua língua!

Não quero ver mais nada, quero acordar. Mas os soldados estavam abrindo caminho por entre a multidão, alguma coisa horrível ia acontecer, e as gêmeas de repente ficaram imóveis. Os soldados as agarraram, separaram-nas.

Não as separem! Não sabem o que isso significa para elas? Afastem as tochas! Não lhes ponham fogo! Não queimem seus cabelos vermelhos!

A gêmea cega estendeu a mão para a irmã, gritando o nome dela:

– Mekare!

E Mekare, a muda, que não podia responder, rugia como um animal ferido.

A multidão afastava-se, abrindo caminho para dois enormes caixões de pedra, cada um carregado numa grande e pesada carreta fúnebre. Rústicos, os sarcófagos, embora as tampas tivessem a forma tosca de rostos, membros humanos. O que tinham feito as gêmeas para serem colocadas naqueles caixões? Não posso suportar isto, os caixões baixados, as gêmeas arrastadas para eles, as tampas de pedra erguidas. Não façam isso! A cega está lutando como se conseguisse ver, mas está sendo subjugada, está sendo erguida e colocada dentro do caixão de pedra. Em terror mudo, Mekare está observando, embora ela própria esteja sendo arrastada para o outro caixão. Não baixem a tampa, ou gritarei por Mekare! Por ambas...

Jesse sentou-se, olhos abertos. Havia gritado.

Sozinha nessa casa, sem ninguém que a ouvisse, ela gritara, ainda podia sentir o eco. Depois, mais nada, a não ser o silêncio acomodando-se à sua volta, e os leves estalos nas correntes da cama. O canto dos pássaros na floresta, nas profundezas da floresta, e sua própria consciência curiosa de que o relógio batera as seis horas.

O sonho desvanecia-se rapidamente. Tentou desesperadamente prendê-lo, ver os detalhes que sempre desapareciam, as roupas daquelas pessoas estranhas, as armas que os soldados portavam, os rostos das gêmeas! Mas já tinham sumido. Só restava a sensação, uma aguda consciência do que acontecera – e a certeza de que o vampiro Lestat estava ligado a esses sonhos.

Sonolentamente consultou o relógio. Não havia tempo.

Queria estar na plateia quando o vampiro Lestat entrasse; queria estar bem junto do palco.

No entanto, hesitava, olhos fixos nas rosas brancas na mesa de cabeceira. Lá fora, através da janela aberta, via o céu meridional cheio de uma luz alaranjada. Pegou o bilhete junto às flores e tornou a lê-lo:

> Minha querida:
>
> Acabo de receber sua carta, pois estou longe de casa e ela levou algum tempo para me alcançar. Compreendo o fascínio que essa criatura, Lestat, representa para você. Até no Rio tocam a música dele. Li os livros que você enviou. E sei que você investigou essa criatura para a Talamasca. Quanto aos sonhos com as ruivas, precisamos conversar sobre isso. É da maior importância. Pois existem outros que têm tido esses sonhos. Mas eu lhe imploro – não, eu lhe ordeno que não vá a esse show. Precisa ficar em Sonoma até eu chegar. Partirei do Brasil assim que puder.
>
> Espere por mim. Com todo amor,
>
> Sua tia Maharet

– Lamento muito, Maharet – sussurrou ela.

Mas era impensável não ir. E, se alguém no mundo podia entender, esse alguém era Maharet.

A Talamasca, para quem ela trabalhava havia 12 longos anos, nunca perdoaria se ela desobedecesse às ordens. Mas *Maharet sabia a razão*; Maharet era a razão. Maharet perdoaria.

Tonta. Ainda não se libertara do pesadelo. Os objetos do quarto estavam desaparecendo nas sombras, no entanto, a luz do crepúsculo de repente ficou tão clara que até os montes cobertos de floresta a refletiam. E as rosas estavam fosforescentes, como a carne branca das gêmeas no sonho.

Rosas brancas... tentou lembrar algo que ouvira sobre rosas brancas. Mandam-se rosas brancas a um enterro. Mas não, Maharet não queria dizer isso.

Jesse estendeu a mão, pegou um dos botões e as pétalas soltaram-se imediatamente. Tanto perfume... Apertou-as contra os lábios, e uma imagem vaga, porém brilhante voltou-lhe daquele verão tão antigo, de Maharet nesta casa, num aposento iluminado por velas, deitada num leito de pétalas de rosa, tantas pétalas brancas, amarelas e rosadas que ela juntara nas mãos e pressionara contra o rosto e a garganta.

Jesse tinha mesmo visto aquilo? Tantas pétalas de rosa presas nos longos cabelos vermelhos de Maharet. Cabelos como os de Jesse. Cabelos como os das gêmeas no sonho – espessos, cacheados e manchados de dourado.

Era um fragmento de uma centena de lembranças que ela depois jamais conseguia encaixar num quadro completo. Mas não tinha mais importância o que ela conseguia ou não lembrar daquele perdido verão de sonhos. O vampiro Lestat esperava: haveria um final, se não uma resposta, não muito diferente da certeza da morte.

Saiu da cama. Vestiu a velha jaqueta que ultimamente vinha sendo sua segunda pele, juntamente com a camisa masculina, aberta no pescoço, e o jeans. Calçou as gastas botas de couro. Passou a escova nos cabelos.

Agora, deixar deserta a casa que ela invadira naquela manhã. Dava-lhe pena abandoná-la. Mas muito mais difícil tinha sido vir.

*

À primeira luz ela chegara à beira da clareira, pasma ao descobri-la imutável depois de 15 anos – uma estrutura extensa, construída no sopé da montanha, telhados, varandas e colunas escondidos no azul das flores da trepadeira. Mais acima, meio escondidas na relva das encostas, algumas janelinhas secretas absorviam a primeira luz da manhã.

Sentia-se uma espiã ao subir os degraus da entrada, a velha chave na mão. Parecia que ninguém ia lá havia meses. Poeira e folhas secas por toda parte.

Porém havia as rosas esperando em seu jarro de cristal, e a carta presa à porta, a nova chave dentro do envelope.

Durante horas ela vagou, revisitou, explorou. Não importava o cansaço, ter dirigido a noite inteira. Tinha que percorrer os longos corredores ensombrados, obscuros, atravessar os aposentos espaçosos, imponentes. O lugar nunca se assemelhara tanto a um palácio rústico, com suas enormes vigas de madeira sustentando as toscas tábuas do teto, o cano das chaminés erguendo-se, enferrujado, das pedras das lareiras redondas.

Até a mobília era enorme – as mesas feitas de mós, cadeiras e sofás de madeira crua cobertos de macias almofadas de plumas, estantes e nichos escavados nas paredes de tijolos sem pintura.

Tinha a grandeza crua da Idade Média. Os cacos e as peças de arte maia, as taças etruscas e as estátuas hititas pareciam pertencer ao ambiente, em meio às paredes largas e aos soalhos de pedra. Era como uma fortaleza. Dava segurança.

Só as criações de Maharet eram cheias de cores brilhantes, como se as tivessem sugado das árvores e do céu lá fora. A memória não exagerava sua beleza. Macios e espessos, os tapetes de lã que mostravam o padrão abstrato de grama e flores do bosque em toda parte, como se o tapete fosse a própria terra. E as inúmeras almofadas de retalhos com suas curiosas figuras de bastões e símbolos estranhos, e finalmente as enormes tapeçarias de retalhos – tapeçarias modernas, cobrindo as paredes com desenhos infantis de campos, regatos, montanhas e florestas, céus com sol e lua juntos, cheios de nuvens gloriosas e até mesmo chuva caindo. Tinham a força vibrante da pintura primitiva, com seus milhares de minúsculos retalhos de pano costurados cuidadosamente para criar os detalhes da água em cascata ou das folhas caindo.

Ver tudo aquilo de novo tinha acabado com Jesse.

Por volta do meio-dia, faminta e atordoada pela longa noite sem dormir, ela criou coragem para erguer a tranca da porta traseira que levava aos aposentos secretos, sem janelas, no seio da própria montanha. Ofegante, seguiu pelo corredor de pedra. O coração ribombava quando ela encontrou a biblioteca destrancada e acendeu as luzes.

Ah, 15 anos antes, simplesmente o verão mais feliz de sua vida! Todas as suas maravilhosas aventuras depois, caçar fantasmas para a Talamasca, nada tinham sido, comparadas àquele tempo mágico e inesquecível.

Ela e Maharet juntas nessa biblioteca, a lareira acesa. E os inúmeros volumes de história da família, divertindo-a e causando-lhe espanto. A linhagem da "Grande Família", como Maharet sempre chamava – "o fio a que nos agarramos no labirinto que é a vida". Com tanto carinho ela pegara os livros para Jesse, abrira para ela os cofres que continham os antigos rolos de pergaminho.

Jesse não aceitara inteiramente, naquele verão, as implicações de tudo o que vira. Houvera uma confusão lenta, uma deliciosa suspensão da realidade, como se os papiros cobertos com símbolos que ela não conseguia classificar pertencessem mais verdadeiramente aos sonhos. Afinal, Jesse já era então uma arqueóloga experimentada. Já passara algum tempo em escavações no Egito e em Jericó. No entanto, não conseguia decifrar aqueles estranhos símbolos. *Pelo amor de Deus, quantos anos têm estas coisas?*

Durante muitos anos, depois disso, ela tentara recordar outros documentos que vira. Um dia entrara na biblioteca e descobrira um aposento secreto com a porta aberta.

Percorrendo um corredor comprido, ela passara por outros aposentos às escuras. Finalmente encontrara um interruptor, e vira um grande depósito cheio de tabletes de argila – tabletes de argila cobertos de minúsculas figuras! Sem dúvida os tivera nas mãos.

Outra coisa acontecera então – algo que ela nunca quisera realmente recordar. Havia outro corredor? Sabia com certeza que havia uma escadaria curva, de ferro, que a levou para aposentos mais abaixo, com paredes de terra nua. Lâmpadas minúsculas estavam presas em antigos soquetes de porcelana. Ela puxara cordões para ligá-las!

Certamente tinha feito isso. Certamente abrira uma pesada porta de sequoia...

Ao longo dos anos, depois, tudo aquilo lhe voltara em pequenos vislumbres – um aposento vasto, de teto baixo, com cadeiras de carvalho, uma mesa e bancos que pareciam feitos de pedra. Que mais? Alguma coisa que a princípio parecia inteiramente familiar. E então...

Mais tarde, nessa noite, ela só se lembrava da escada. De repente eram dez horas, ela acabava de acordar e Maharet estava parada ao pé da cama. Maharet se aproximara e a beijara. Um beijo carinhoso, tão gostoso; provocara-lhe uma sensação latejante. Maharet dissera que a tinham encontrado ao pôr do sol, perto do regato, dormindo na clareira, e tinham-na trazido para dentro.

Perto do regato? Durante meses, depois disso, ela realmente "lembrava-se" de ter adormecido ali. Na verdade, era uma "lembrança" muito vívida da paz e imobilidade da floresta, da água cantando sobre as rochas. Mas nunca acontecera, disso ela agora tinha certeza.

E agora, 15 anos depois, não conseguia encontrar qualquer prova dessas coisas semiesquecidas. Os aposentos estavam trancados para ela. Até mesmo os volumes da história familiar estavam fechados em estantes de vidro que ela não ousava quebrar.

Porém nunca acreditara com tanta firmeza no que conseguia recordar. Sim, tabletes de argila cobertos com minúsculas figuras feitas de palitinhos, pessoas, árvores, animais. Ela as vira, retirara-as das prateleiras e segurara-as sob a fraca luz do teto. E a escadaria, e o aposento que a assustara, não, a aterrorizara, sim... tudo ali.

No entanto, ali tinha sido um paraíso, naqueles cálidos dias e noites de verão, quando ela ficava horas sentada, conversando com Maharet, dançava com Mael e Maharet à luz da lua. Esqueça agora a dor de depois, tentando entender por que Maharet a enviou de volta a Nova York para nunca mais voltar para cá.

> Minha querida:
>
> O fato é que a amo demais. Minha vida vai dominar a sua, se não nos separarmos. Você precisa ter liberdade, Jesse, de traçar seus próprios planos, sonhos, ambições...

Não tinha voltado ali para reviver a velha dor, e sim para tornar a conhecer, por pouco tempo, a alegria que desaparecera.

❋

À tarde, lutando contra o cansaço, ela finalmente saíra da casa e descera a longa alameda entre os carvalhos. Tão fácil encontrar as velhas trilhas através do denso bosque de sequoias. E a clareira, rodeada de samambaias e trevos nas margens íngremes e rochosas do regato.

Ali Maharet uma vez a guiara através da escuridão total, passando por dentro d'água e por um caminho de pedras. Mael juntara-se a elas. Maharet servira vinho a Jesse, e tinham cantado juntas uma canção que Jesse depois nunca conseguiu recordar, embora de vez em quando se descobrisse cantarolando a estranha melodia com uma exatidão inexplicável, e então interrompia-se, agora consciente, e não conseguia encontrar novamente a nota certa.

Poderia ter adormecido perto do regato, em meio aos sons confusos da floresta, tal como a falsa "lembrança" de anos antes.

Tão ofuscante o verde brilhante dos bordos banhados pelos raros raios de luz! E as sequoias, como pareciam monstruosas no silêncio ininterrupto! Gigantescas, indiferentes, erguendo a centenas de metros sua escura folhagem rendilhada que terminava na margem irregular do céu.

E ela entendera o que o show daquela noite, com a gritaria dos fãs de Lestat, exigiria de si. Mas teve medo de que o sonho das gêmeas recomeçasse.

*

Finalmente voltou para a casa e levou consigo as rosas e a carta. Seu antigo quarto. Três horas. Quem dava corda nos relógios desse lugar, para que soubessem das horas? O sonho das gêmeas a espreitava. E ela estava simplesmente cansada demais para continuar lutando. Sentia-se muito bem ali. Nenhum fantasma do tipo que ela encontrara tantas vezes em seu trabalho. Só a paz. Deitou-se na velha cama pendurada, na colcha de retalhos que ela mesma fizera com tanto cuidado, naquele verão com Maharet. O sono e as gêmeas chegaram juntos.

*

Ela agora tinha duas horas para chegar a San Francisco, e precisava deixar a casa, talvez em lágrimas, novamente. Verificou os bolsos: passaporte, documentos, dinheiro, chaves.

Pegou a bolsa de couro, pendurou-a no ombro e desceu depressa o corredor para a escada. A noite caía depressa, e quando a escuridão cobrisse a floresta nada ficaria visível.

Ainda havia um pouco de sol no saguão principal. Pelas janelas do oeste, uns poucos raios compridos e empoeirados iluminavam a gigantesca tapeçaria na parede.

Jesse prendeu a respiração ao olhar para ela. Sempre fora a sua favorita, pelo desenho intrincado, pelo tamanho. A princípio parecia uma grande massa de pequenos retalhos ao acaso – então gradualmente a paisagem emergia dos milhares de pedaços de pano. Durante um segundo ela ficava à vista; em seguida, dissolvia-se. Era o que acontecera incontáveis vezes naquele verão, quando, bêbada de vinho, ela caminhara de um lado para outro diante da tapeçaria, perdendo o desenho, depois recuperando-o: a montanha, a floresta, a minúscula aldeia aninhada no vale verdejante.

– Lamento muito, Maharet – tornou a sussurrar. Tinha que ir. Sua viagem estava quase no final.

Mas, ao desviar os olhos, alguma coisa na tapeçaria chamou sua atenção. Virou-se e tornou a estudá-la. Figuras que ela nunca tinha visto? Mais uma vez tudo era apenas um enxame de retalhos costurados. Então o flanco da montanha emergiu aos poucos, depois as oliveiras, e finalmente os telhados da aldeia, não mais que casebres amarelos espalhador no solo liso do vale. As figuras? Ela não conseguia encontrá-las. Até tornar a desviar os olhos. Pelo canto dos olhos viu-as por uma fração de segundo: duas figuras minúsculas abraçadas, mulheres de cabelos vermelhos!

Lentamente, quase cautelosamente, tornou a voltar-se para o quadro. Seu coração batia irregularmente. Sim, ali. Mas seria uma ilusão?

Atravessou o saguão até postar-se diretamente diante da tapeçaria. Estendeu a mão e tocou-a. Sim! Cada bonequinha de pano tinha como olhos um par de minúsculos botões verdes, um nariz cuidadosamente costurado e a boca vermelha. E os cabelos, os cabelos eram de lã vermelha, enrolados em ondas e delicadamente costurados sobre os ombros alvos.

Ela ficou olhando, meio incrédula. No entanto, ali estavam elas – as gêmeas! E enquanto ela estava ali parada, petrificada, o aposento começou a escurecer. A última luz escondera-se atrás do horizonte. A tapeçaria dissolvia-se, diante dos olhos dela, até tornar-se um desenho abstrato.

Aturdida, ouviu o relógio bater o quarto de hora. Telefonar para a Talamasca. Ligar para David em Londres. Contar-lhe alguma coisa, qualquer coisa. Mas isso estava fora de cogitação, ela sabia. Partia-lhe o coração saber que, não importava o que lhe acontecesse nessa noite, a Talamasca jamais ficaria sabendo da história inteira.

Forçou-se a sair, trancar a porta atrás de si, atravessar a varanda larga e descer a extensa alameda.

Não compreendia inteiramente seus próprios sentimentos, por que estava tão perturbada, à beira das lágrimas. Aquilo confirmava suas suspeitas, tudo o que achava que sabia. Contudo, estava assustada. Estava realmente chorando.

Espere por Maharet.

Mas isso ela não podia fazer. Maharet iria conquistá-la, confundi-la, afastá-la do mistério em nome do amor. Foi o que acontecera tanto tempo antes, naquele verão. Já o vampiro Lestat não escondia coisa alguma. O vampiro Lestat era a peça crucial do quebra-cabeças. Vê-lo e tocá-lo seria dar validade a tudo.

O Mercedes esporte vermelho funcionou instantaneamente. E com uma chuva de cascalho ela recuou, deu a volta e pegou a estrada estreita e sem pavimentação. A capota estava arriada; ela estaria congelada quando chegasse em San Francisco, mas não tinha importância. Adorava o ar frio no rosto, adorava dirigir em disparada.

A estrada mergulhava imediatamente na escuridão da floresta. Nem mesmo a lua que se erguia conseguia penetrar ali. Ela aumentou a velocidade para 100 km, fazendo facilmente as curvas bruscas. Sua tristeza de repente ficou maior, mas não havia mais lágrimas. O vampiro Lestat... quase lá.

Quando finalmente alcançou a estrada municipal, ela dirigia em alta velocidade, cantando para si mesma coisas que mal conseguia ouvir por causa do vento. A escuridão total chegou quando ela estava passando pela linda cidadezinha de Santa Rosa, para juntar-se à corrente larga e veloz da autoestrada 101 Sul.

A névoa do mar estava entrando, transformando em fantasmas os montes escuros a leste e a oeste. Mas a luz brilhante das lanternas traseiras dos outros carros iluminava a estrada à sua frente. Sua excitação crescia. Uma hora até a Golden Gate. A tristeza a abandonava. Durante toda a vida tivera confiança, sorte; de vez em quando ficava impaciente com as pessoas mais cautelosas. E, apesar do seu senso de fatalidade nessa noite, da aguda consciência dos perigos que se aproximavam, ela sentia que sua sorte costumeira a acompanhava. Não estava realmente com medo.

Nascera com sorte, em sua opinião: encontrada na beira de uma estrada minutos depois do acidente de carro que matara sua mãe, grávida de sete meses – um bebê abortado espontaneamente do ventre moribundo, chorando alto para limpar seus pequenos pulmões quando a ambulância chegou.

Durante duas semanas não tivera nome, enquanto jazia no hospital da cidade, condenada à esterilidade e à frieza das máquinas, mas as enfermeiras a adoravam, deram-lhe o apelido de "pardal" e ninavam-na sempre que podiam.

Anos mais tarde escreveriam para ela, mandando-lhe as fotos que tinham tirado, contando suas pequenas histórias, o que aumentara muito sua sensação de ter sido amada.

Foi Maharet quem finalmente fora buscá-la, identificando-a como a única sobrevivente da família Reeves, da Carolina do Sul, e levando-a para Nova York para morar com primos de nome e família diferentes. Lá ela cresceu, num luxuoso apartamento dúplex na avenida Lexington, com Maria e Matthew Godwin, que lhe deram não apenas amor, mas tudo o que ela desejou. Uma babá inglesa dormiu em seu quarto até ela fazer 12 anos.

Não se lembrava de quando soubera que sua tia Maharet pagava suas despesas, que poderia estudar em qualquer universidade, seguir a carreira que desejasse. Matthew Godwin era médico, Maria tinha sido bailarina e professora; ambos eram sinceros em seu carinho por Jesse, sua dependência em relação a ela. Ela era a filha que sempre quiseram, e aqueles anos foram ricos e felizes.

As cartas de Maharet começaram antes que ela tivesse idade para ler. Eram maravilhosas, frequentemente cheias de coloridos cartões-postais e estranhas notas de dinheiro dos países onde Maharet vivia. Aos 17 anos Jesse tinha uma gaveta cheia de rupias e liras. Mais importante, ela tinha em Maharet uma amiga que respondia todas as suas cartas com amor e cuidado.

Foi Maharet quem a inspirou em suas leituras, encorajou-a a aprender música e pintura, planejou suas excursões de verão à Europa e finalmente sua admissão na Universidade de Colúmbia, onde Jesse estudou línguas antigas e arte.

Foi Maharet quem providenciou suas visitas de Natal a primos europeus – os Scartino da Itália, uma poderosa família de banqueiros que morava numa villa nas redondezas de Siena, e os humildes Borchardt de Paris, que a receberam com alegria em sua casa superlotada, porém feliz.

No verão em que fez 17 anos, Jesse foi para Viena conhecer o ramo emigrado russo da família, jovens e entusiasmados intelectuais e músicos que ela adorou. Depois, Inglaterra, para conhecer a família Reeves, ligada diretamente aos Reeves da Carolina do Sul, que tinham deixado a Inglaterra muitos séculos antes.

Aos 18 anos foi visitar os primos Petralona em sua villa em Santorini, gregos ricos e de aparência exótica. Moravam em esplendor quase feudal, rodeados de serviçais camponeses, e num súbito impulso tinham levado Jesse numa viagem em seu iate a Istambul, Alexandria e Creta.

Jesse quase se apaixonara pelo jovem Constantin Petralona. Maharet deu-lhe conhecimento de que aquela união teria a bênção de todos, mas ela devia tomar sua própria decisão. Jesse despedira-se de seu amor com um beijo e tomara um avião de volta para a América, a universidade e os preparativos para sua primeira escavação arqueológica no Iraque.

Mas mesmo durante os anos na universidade ela permaneceu ligada à família. Todos eram muito bons para ela. Mas, na verdade, todos eram bons para todos. Todos acreditavam na família. Eram comuns as visitas entre os vários ramos; os frequentes casamentos dentro da família criavam complicados parentescos; todas as casas tinham quartos sempre preparados para os parentes que poderiam aparecer. As árvores genealógicas pareciam não ter início; as pessoas contavam anedotas sobre os parentes famosos mortos havia trezentos ou quatrocentos anos. Jesse sentia uma grande comunhão com aquelas pessoas, mesmo parecendo tão diferentes.

Em Roma, ela ficou encantada com os primos que dirigiam suas esguias Ferraris a toda velocidade, o som estereofônico aos berros, e à noite voltavam para casa, um encantador palazzo antigo onde os encanamentos eram entupidos e o telhado tinha goteiras. Os primos judeus na Califórnia eram um brilhante grupo de músicos, desenhistas e produtores que, de um modo ou de outro, sempre estiveram ligados ao cinema e aos grandes estúdios. Sua velha casa perto de Hollywood Boulevard era o lar de um bando de atores desempregados. Jesse poderia morar no sótão se desejasse; o jantar era servido às seis a quem quer que aparecesse.

Mas quem era essa mulher Maharet, que sempre fora a mentora de Jesse, distante, porém atenta, que guiava seus estudos com cartas frequentes, que lhe dava conselhos pessoais que ela seguia com tão bons resultados e pelos quais secretamente ansiava?

Para todos os primos que Jesse chegou a visitar, Maharet era uma presença palpável, embora suas visitas fossem tão raras que eram extraordinárias. Ela era a guardadora dos registros da Grande Família, isto é, de todos os ramos, com seus diferentes nomes, em todo o mundo. Era ela quem frequentemente reunia os membros, até mesmo arranjando casamentos para unir diferentes ramos, e aquela que invariavelmente fornecia ajuda em épocas problemáticas, uma ajuda que às vezes podia significar a diferença entre a vida e a morte.

Antes de Maharet havia sua mãe, agora chamada a Velha Maharet, e antes dela a Tia-Avó Maharet, e assim por diante. "Sempre haverá uma Maharet", era um velho ditado da família, dito em italiano, alemão, russo, ídiche ou grego. Isto é, uma única descendente feminina em cada geração tomaria o nome e as obrigações de manter os registros, ou pelo menos era o que parecia, pois ninguém além da própria Maharet conhecia realmente aqueles detalhes.

Quando vou conhecê-la?, perguntara Jesse muitas vezes em suas cartas ao longo dos anos. Tinha uma coleção de selos dos envelopes de Déli, do Rio, da Cidade do México, de Bangcoc, de Tóquio, Lima, Saigon e Moscou.

Toda a família era devotada a essa mulher, fascinada por ela, mas com Jesse havia outra ligação, secreta e poderosa.

Desde seus primeiros anos Jesse tivera experiências "incomuns", ao contrário das pessoas à sua volta.

Por exemplo: conseguia ler o pensamento das pessoas, de um modo vago, sem palavras. Ela "sabia" quando alguém não gostava dela ou lhe mentia. Tinha grande talento para línguas, porque frequentemente entendia o sentido mesmo sem conhecer o vocabulário.

E via fantasmas – pessoas e construções que não podiam estar ali.

Quando era muito pequena, muitas vezes viu o contorno vago e cinzento de uma elegante casa, do outro lado da rua, defronte à sua janela em Manhattan. Sabia que não era real, e a princípio achava graça naquilo, no modo como ela ia e vinha, às vezes transparente, outras vezes tão sólida quanto a própria rua, com luzes atrás de suas janelas com cortinas de renda. Passaram-se anos antes que ela soubesse que a casa fantasma tinha pertencido ao arquiteto Stanford White. Havia sido demolida décadas antes.

As imagens humanas que via não eram a princípio tão bem formadas. Pelo contrário, eram breves aparições fugidias que frequentemente acompanhavam um inexplicável desconforto que ela sentia em alguns lugares.

Porém, à medida que ficava mais velha, esses fantasmas tornaram-se mais visíveis, mais permanentes. Certa tarde escura e chuvosa, a figura translúcida de uma velha caminhara em sua direção e finalmente atravessara-a de um lado a outro. Histérica, Jesse correra para dentro de uma loja próxima, onde os empregados chamaram Matthew e Maria. Muitas vezes Jesse tentou descrever o rosto conturbado da anciã, seu olhar parado, que parecia inteiramente cego ao mundo real à sua volta.

Os amigos geralmente não acreditavam quando Jesse descrevia essas coisas. No entanto, ficavam fascinados e imploravam para que ela repetisse as histórias. Aquilo causava em Jesse uma sensação desagradável de vulnerabilidade. Então tentava não contar aos outros sobre os fantasmas, embora, ao entrar na adolescência, estivesse vendo essas almas perdidas cada vez com mais frequência.

Mesmo caminhando em meio à densa multidão na Quinta Avenida ao meio-dia ela vislumbrava essas criaturas pálidas e ansiosas. Então, certa manhã, no Central Park, quando Jesse tinha 16 anos, viu o nítido fantasma de um rapaz sentado num banco não muito longe dela. O parque estava cheio de gente, barulhento; no entanto, a figura parecia alheia, sem fazer parte daquilo tudo. Os sons em volta de Jesse começaram a perder o volume, como se aquela coisa os estivesse absorvendo. Ela rezou para que ele fosse embora. Em vez disso, ele voltou-se e fixou os olhos nela. Tentou falar com ela.

Jesse correu todo o caminho de volta para casa. Estava em pânico. Aquelas coisas agora a conheciam, contou a Matthew e Maria. Tinha medo de sair do apartamento. Finalmente Matthew deu-lhe um sedativo e disse-lhe que ela iria dormir. Deixou aberta a porta do quarto dela, para que não sentisse medo.

Enquanto Jesse estava semiadormecida, uma jovem entrou no quarto. Jesse constatou que conhecia aquela moça; claro, era uma da família, sempre estivera por perto, tinham conversado dezenas de vezes, não tinham? Não era de espantar que ela fosse tão boazinha, tão carinhosa, tão familiar. Era uma adolescente, assim como Jesse.

Sentou-se na cama de Jesse e disse-lhe para não se preocupar, pois aqueles espíritos jamais poderiam fazer-lhe mal. Nenhum fantasma fazia mal a alguém. Não tinham esse poder. Eram pobres criaturas fracas. "Escreva para tia Maharet", aconselhou a garota, e então beijou o rosto de Jesse, afastou-lhe os cabelos do rosto. A essa altura, o sedativo já estava agindo. Jesse não conseguia manter os olhos abertos. Havia uma pergunta que ela queria fazer sobre o acidente de carro quando ela nascera, mas não conseguia formulá-la. "Adeus, querida", disse a jovem, e Jesse adormeceu antes que a outra saísse do quarto.

Quando acordou eram duas horas da manhã. O apartamento estava às escuras. Ela começou imediatamente a carta para Maharet, contando todos os incidentes estranhos de que conseguia lembrar-se.

Só na hora do jantar foi que se lembrou, com um susto, da jovem. Impossível que aquela pessoa morasse ali, fosse familiar, estivesse sempre por perto. Como pôde ter aceitado tal coisa? Até mesmo na carta ela escrevera: "Naturalmente Miriam estava aqui, e ela disse..." E quem era Miriam? Um nome na certidão de nascimento de Jesse. Sua mãe.

Jesse não contou a ninguém. No entanto, um calor consolador a envolvia. Podia sentir Miriam ali, tinha certeza.

A carta de Maharet chegou cinco dias depois. Maharet acreditava nela. Aquelas aparições dos espíritos não a surpreendiam. Essas coisas certamente existiam, e Jesse não era a única pessoa a vê-las:

> Em nossa família, ao longo das gerações, sempre houve muitas pessoas que viam espíritos. E como você sabe elas eram as bruxas e feiticeiras de antigamente. Esse poder frequentemente aparece naquelas pessoas abençoadas com seus atributos físicos: seus olhos verdes, a pele clara, os cabelos ruivos. Parece que os genes viajam juntos. Talvez a ciência um dia explique isso. Mas por enquanto fique certa de que seus poderes são inteiramente naturais.
>
> Isso não significa, no entanto, que eles sejam construtivos. Embora os espíritos sejam reais, quase não fazem diferença no esquema das coisas! Podem ser infantis, vingativos e enganadores. Em geral, você não pode ajudar as entidades que tentam comunicar-se, e às vezes está vendo apenas um fantasma sem vida – isto é, um eco visual de uma personalidade não mais presente.
>
> Não os tema, mas não deixe que a façam perder tempo. Pois adoram fazer isso, quando descobrem que alguém pode vê-los. Quanto a Miriam, deve me dizer se vier a vê-la novamente. Mas como você fez o que ela lhe pediu – escrever para mim –, não creio que ache necessário voltar. Com toda certeza está bem acima das tristes travessuras daqueles que você vê com mais frequência. Escreva-me sobre essas coisas sempre que elas a assustarem. Mas tente não contar aos outros. Aqueles que não veem jamais acreditarão.

Esta carta foi valiosíssima para Jesse. Durante anos ela a carregou consigo, na bolsa ou no bolso, onde quer que fosse. Não apenas Maharet acreditava nela, mas também lhe dera um modo de entender e conviver com aquele poder perturbador. Tudo que Maharet dizia fazia sentido.

Depois disso Jesse de vez em quando se assustava com os espíritos; e compartilhava esses segredos com seus amigos mais íntimos. Mas, em geral, fazia o que Maharet aconselhara, e os poderes pararam de perturbá-la. Pareciam ter adormecido. Ela os esquecia durante longos períodos.

As cartas de Maharet vinham ainda com mais frequência. Maharet era sua confidente, sua melhor amiga. Quando Jesse entrou para a universidade, tinha que admitir que Maharet era mais real através de suas cartas do que qualquer outra pessoa que ela já conhecera. Mas muito tempo antes tinha aceitado o fato de que talvez nunca se encontrassem pessoalmente.

Então, certa noite, em seu terceiro ano na Universidade de Colúmbia, Jesse abriu a porta de seu apartamento e encontrou as luzes acesas, fogo na lareira e uma mulher alta, magra e ruiva arrumando a lenha com um atiçador.

Tanta beleza! Essa tinha sido a primeira e dominante impressão. Habilmente pintado e empoado, o rosto tinha um ar oriental, exceto pela notável intensidade dos olhos verdes e os cabelos ruivos abundantes e cacheados que se derramavam pelos ombros.

– Minha querida, sou Maharet – disse a mulher.

Jesse correra para os braços dela. Mas Maharet a segurara delicadamente, mantendo-a longe de si, como se para contemplá-la. Depois cobriu-a de beijos, como se não ousasse tocá-la de outro modo, suas mãos enluvadas mal segurando os braços de Jesse... Tinha sido um momento delicado e maravilhoso. Jesse acariciara os macios cabelos vermelhos de Maharet. Tão parecidos com os seus.

– Você é a minha criança – sussurrara Maharet. – É tudo o que eu esperava que fosse. Sabe como estou feliz?

Como gelo e fogo, Maharet parecia naquela noite. Imensamente forte, e, no entanto, irreprimivelmente carinhosa. Uma criatura magra, estatuesca, com uma cintura minúscula e saia rodada, tinha o refinado mistério das manequins de moda, o encanto estranho das mulheres que fizeram de si mesmas esculturas, sua comprida capa de lã marrom movendo-se com graça quando saíram juntas do apartamento. Sentiam-se inteiramente à vontade uma com a outra.

Tinha sido uma longa noite na cidade; foram a exposições, ao teatro e depois cearam, embora Maharet não tenha comido. Estava excitada demais, declarou. Nem mesmo tirou as luvas. Queria apenas escutar tudo que Jesse tinha para lhe dizer. E Jesse falou incessantemente sobre tudo – Colúmbia, seu trabalho em arqueologia, seus sonhos de escavar na Mesopotâmia.

Tão diferente da intimidade das cartas. Chegaram até a atravessar juntas o Central Park a pé na escuridão, Maharet dizendo a Jesse que não havia a menor razão para ter medo. E tinha parecido inteiramente normal, não tinha? E tão lindo, como se elas estivessem seguindo as trilhas de uma floresta encantada, nada temendo, conversando em voz baixa, mas excitadas. Como era divino sentir-se tão segura! Quase ao amanhecer Maharet deixou Jesse no apartamento com promessas de levá-la para visitar a Califórnia muito em breve. Maharet tinha uma casa lá, nas montanhas Sonoma.

Mas dois anos se passariam antes que o convite chegasse. Jesse acabava de se formar. Tinha conseguido trabalho numa escavação no Líbano em julho.

"Venha passar 15 dias", escrevera Maharet. Junto estava a passagem de avião. Mael, "um amigo querido", ia pegá-la no aeroporto.

⁂

Embora na época Jesse não o admitisse, desde o início houvera fatos estranhos.

Mael, por exemplo, um homem alto e robusto, com longos cabelos louros e cacheados, e fundos olhos azuis. Havia algo estranho no modo como ele se movia, no timbre da sua voz, no modo preciso com que dirigia o carro enquanto iam para o condado de Sonoma. Ele estava usando as roupas de couro de um vaqueiro, até mesmo as botas de crocodilo, mas usava também um par de delicadas luvas de pelica e óculos de armação de ouro e grandes lentes azuis.

E, ainda assim, ele se mostrara tão alegre, tão contente em vê-la, e ela gostara dele imediatamente. Contara-lhe a história de sua vida antes de chegarem a Santa Rosa. Ele tinha uma risada maravilhosa. Mas uma ou duas vezes Jesse ficara inteiramente tonta ao olhar para ele. Por quê?

A propriedade era inacreditável. Quem poderia ter construído um lugar como aquele? Ficava no final de uma precária estrada de terra, para começar, e os aposentos dos fundos tinham sido escavados na montanha, como se por máquinas gigantescas. E as vigas do telhado? Seriam de sequoia? Deviam ter uns quatro metros de altura. E as paredes de tijolos, positivamente centenárias. Teria havido europeus na Califórnia tantos anos antes, a ponto de... mas que importância tinha isso? O lugar era magnífico e ponto final. Ela adorava as lareiras redondas e os tapetes de peles de animais, a imensa biblioteca, o rústico observatório com seu velho telescópio de bronze.

Adorava os bondosos empregados que todas as manhãs vinham de Santa Rosa para limpar, lavar roupa, preparar as suntuosas refeições. Não se importava de ficar tanto tempo sozinha. Adorava caminhar na floresta. Ia a Santa Rosa comprar romances e jornais. Estudava as tapeçarias de retalhos.

Havia artefatos antigos que ela não conseguia classificar; adorava estudar aqueles objetos.

E a propriedade tinha todos os confortos. Antenas no alto da montanha captavam transmissões de televisão do mundo inteiro. Havia uma sala de cinema no porão com projetor, tela e uma enorme quantidade de filmes. Nas tardes de calor ela nadava no lago ao sul da casa. Quando a noite caía, trazendo o frio inevitável do norte da Califórnia, enormes fogos eram acesos em todas as lareiras.

Naturalmente sua maior descoberta foi a história da família – havia incontáveis volumes de couro que traçavam a linhagem de todos os ramos da Grande Família por muitos séculos. Ela descobriu centenas de álbuns de fotografias, e baús cheios de retratos pintados, alguns não mais que minúsculos medalhões ovais, outros em grandes telas agora cobertas de poeira.

Imediatamente devorou a história dos Reeves da Carolina do Sul, seus parentes – ricos antes da Guerra Civil, arruinados depois. As fotografias quase foram mais do que ela podia suportar. Finalmente ali estavam os antepassados com quem ela realmente se parecia; podia ver suas próprias feições no rosto deles. Tinham sua pele clara, até mesmo a sua expressão! E dois deles tinham seus longos cabelos ruivos e cacheados. Para Jesse, uma criança adotada, aquilo tinha uma importância muito especial.

Foi somente perto do final de sua estada que Jesse começou a entender as implicações dos registros familiares, à medida que abria pergaminhos em latim e grego antigos, e finalmente em hieróglifos egípcios. Ela nunca mais conseguiu recordar-se exatamente da descoberta dos tabletes de argila nas profundezas do porão. Mas a lembrança de suas conversas com Maharet era sempre nítida. Passavam horas conversando sobre as crônicas familiares.

Jesse implorara para trabalhar com a história da família. Teria desistido da faculdade por aquela biblioteca. Queria traduzir e adaptar os antigos registros e colocá-los num computador. Por que não publicar a história da Grande Família? Pois certamente uma linhagem tão longa era incomum, se não absolutamente única. Mesmo as cabeças coroadas da Europa não conseguiam seguir sua linhagem até antes da Idade das Trevas.

Maharet tinha sido paciente com o entusiasmo de Jesse, lembrando-lhe que era um trabalho vagaroso e pouco valorizado. Afinal, era apenas a história da evolução de uma família através dos séculos; de vez em quando tratava-se apenas de listas de nomes, ou curtas descrições de vidas sossegadas, contagens de nascimentos e mortes, registros de migrações.

Boas lembranças, aquelas conversas. E a luz suave da biblioteca, o cheiro delicioso de couro antigo e pergaminho, de velas e lareira acesa. E Maharet perto do fogo, a linda manequim, os olhos verdes cobertos com lentes levemente escuras, dizendo a Jesse que aquele trabalho poderia engoli-la, afastá-la de coisas melhores. O que importava era a Grande Família, não o seu registro, era a vitalidade em cada geração, e o conhecimento e o amor dos parentes. O registro apenas tornava isso possível.

A ânsia de Jesse por aquele trabalho era maior do que qualquer coisa que já sentira. Certamente Maharet deixaria que ela ficasse! Passaria anos naquela biblioteca, descobrindo finalmente as próprias origens da família!

Só mais tarde ela encarou aquilo como um espantoso mistério, um entre muitos durante aquele verão. Só mais tarde tantas coisinhas começaram a perturbá-la.

Por exemplo, Maharet e Mael simplesmente nunca apareciam até escurecer, e a explicação – dormiam o dia inteiro – não era uma explicação. E onde dormiam? Essa era outra pergunta. Seus aposentos ficavam vazios o dia inteiro com as portas abertas, os armários transbordando de roupas exóticas e espetaculares. Ao pôr do sol eles apareciam, quase como se se materializassem. Jesse erguia os olhos e Maharet estava parada junto à lareira, a maquilagem perfeita, a roupa fascinante, as joias brilhando à luz indireta. Mael, vestido como sempre em roupas de couro, postava-se silenciosamente junto à parede.

Mas quando Jesse perguntava a respeito de seus estranhos horários, as respostas de Maharet eram inteiramente convincentes! Eles eram seres pálidos, detestavam a luz do sol e ficavam acordados até tão tarde! Era verdade. Ora, às quatro da manhã ainda estavam discutindo política ou história, e de uma perspectiva tão bizarra e grandiosa, chamando as cidades por seus nomes antigos, e de vez em quando falando numa língua rápida e estranha que Jesse não conseguia localizar, muito menos entender. Com seu dom paranormal, ela às vezes sabia o que estavam dizendo, mas os sons estranhos a deixavam perplexa.

Alguma coisa em Mael impacientava Maharet, isso era óbvio. Seriam amantes? Realmente não pareciam.

E o modo como Mael e Maharet ficavam falando um com o outro, como se lessem os pensamentos um do outro. De repente Mael dizia: "Mas eu lhe disse para não se preocupar", quando na verdade Maharet não tinha dito coisa alguma. E às vezes faziam isso com Jesse também. Certa vez, Jesse tinha certeza, Maharet a chamara, pedira-lhe para descer ao salão de jantar, embora Jesse pudesse jurar que só ouvira a voz da tia dentro de sua cabeça.

Naturalmente Jesse era telepata. Mas Mael e Maharet também seriam?

O jantar: isso era outra coisa – o modo como apareciam os pratos favoritos de Jesse. Ela não precisava dizer aos empregados o que gostava e o que não gostava. Eles sabiam! Escargôs, ostras ao forno, fettucini alla carbonara, filé Wellington, os seus pratos prediletos eram servidos no jantar. E o vinho, ela nunca provara safras tão deliciosas. No entanto, Maharet e Mael comiam como passarinhos, era o que parecia. Às vezes passavam a refeição inteira com as luvas postas.

E quanto aos estranhos visitantes? Santino, por exemplo, um italiano moreno que certa noite chegou a pé, com um jovem companheiro chamado Eric. Santino encarara Jesse como se ela fosse um animal exótico, depois beijara-lhe a mão e dera-lhe um lindo anel de esmeralda, que desapareceu inexplicavelmente algumas noites depois. Durante duas horas Santino discutiu com Maharet numa linguagem desconhecida, depois partiu, furioso, com Eric.

E havia também as estranhas festas noturnas. Jesse acordara duas vezes às três ou quatro horas da manhã para encontrar a casa cheia de gente. Havia pessoas rindo e conversando em todos os aposentos. E todas aquelas pessoas tinham algo em comum. Eram muito pálidas, com olhos notáveis, como Mael e Maharet. Mas Jesse estava com sono demais. Não conseguia lembrar-se sequer de ter voltado para a cama. Lembrava-se apenas de a certa altura estar cercada de vários rapazes lindos que lhe serviram uma taça de vinho, e em seguida era de manhã. Ela estava na cama. O sol jorrava pela janela. A casa estava vazia.

Além disso, Jesse ouvia coisas estranhas em horas incomuns. O rugido de helicópteros, pequenos aviões. No entanto, ninguém dizia uma só palavra sobre essas coisas.

Mas Jesse estava muito feliz. Aquelas coisas não pareciam ter importância. As respostas de Maharet dissipavam instantaneamente as suas dúvidas. Contudo, como era estranho que Jesse mudasse assim de opinião! Era uma pessoa muito confiante. Conhecia muito bem seus próprios sentimentos. Na verdade, era um pouco teimosa. No entanto, sempre tivera duas atitudes em relação às diversas coisas que Maharet lhe dizia. Por um lado, "ora, isso é ridículo!", e, por outro, "é claro!".

Mas Jesse estava se divertindo demais para se importar. Passou as primeiras noites de sua visita conversando com Maharet e Mael sobre arqueologia. E Maharet era uma fonte de informações, embora tivesse algumas ideias muito estranhas.

Por exemplo, ela declarava que a descoberta da agricultura se dera porque tribos que viviam muito bem da caça queriam ter plantas alucinógenas sempre disponíveis para seus transes religiosos. E também queriam cerveja. Não importava que não houvesse uma sombra de evidência arqueológica. Era só continuar cavando, e Jesse iria descobrir.

Mael lia poesia em voz alta lindamente; Maharet de vez em quando tocava piano, lentamente, pensativamente. Eric reapareceu por umas duas noites, juntando-se entusiasticamente ao coro.

Trouxe filmes do Japão e da Itália, e divertiram-se assistindo a eles. *Kwaidan*, em particular, tinha sido muito impressionante, embora assustador. E o italiano *Julieta dos Espíritos* levara Jesse às lágrimas.

Todas aquelas pessoas pareciam achar Jesse interessante. Aliás, Mael fazia-lhe perguntas estranhamente bizarras. Ela alguma vez na vida já fumara cigarro? Qual era o gosto do chocolate? Como tinha coragem de sair sozinha com um rapaz no carro dele, ou ir ao seu apartamento? Ela não entendia que podiam matá-la? Ela rira. Não, mas é sério, isso pode acontecer, ele insistiu. Ficou muito nervoso por causa disso. Veja os jornais: as mulheres nas cidades modernas eram caçadas pelos homens como corças no bosque.

Era melhor fazer com que ele mudasse de assunto, falasse de suas viagens. Suas descrições de todos os lugares onde estivera eram maravilhosas. Vivera anos nas florestas da Amazônia. No entanto, não gostava de voar "de avião". Era perigoso demais. E se explodisse? E não gostava de "roupas de pano" por serem frágeis demais.

Jesse teve um momento muito peculiar com Mael. Estavam conversando à mesa do jantar. Ela estava explicando sobre os fantasmas que às vezes enxergava, e Mael referiu-se a eles com raiva, como "os mortos confusos", ou "os mortos insanos", o que a fez rir sem querer. Mas era verdade – os fantasmas realmente agiam como se estivessem confusos, aquilo era horrível. Nós deixamos de existir quando morremos? Ou ficamos suspensos num estado estúpido, aparecendo aos outros em momentos estranhos e fazendo comentários idiotas aos médiuns? Quando um fantasma dissera algo interessante?

– Mas são apenas os presos à Terra, é claro – dissera Mael. – Quem sabe aonde vamos quando finalmente nos libertamos da carne e de todos os seus sedutores prazeres?

Jesse, a essa altura, já estava bastante bêbada, e sentiu um medo horrível dominá-la – pensamentos sobre a velha mansão fantasma de Stanford White, e os espíritos misturados às multidões nova-iorquinas. Procurou olhar atentamente para Mael, que por uma vez não estava usando suas luvas ou seus óculos. O belo Mael, cujos olhos eram muito azuis, exceto por um pontinho escuro no centro.

– Além disso, há outros espíritos que sempre estiveram por aqui – continuou ele. – Nunca tiveram carne e sangue; e é isso que os deixa tão zangados.

Que ideia curiosa!

– Como é que sabe disso? – perguntara Jesse, encarando Mael.

Mael era lindo. Sua beleza era a soma de seus defeitos – o nariz de gavião, o queixo proeminente demais, a magreza do rosto com os cabelos cacheados, cor de palha, sempre despenteados. Mesmo os olhos eram fundos demais, no entanto, por isso mesmo, ainda mais visíveis. Sim, lindo – para abraçar, beijar, levá-lo para a cama... Na verdade, a atração que ela sempre sentira por ele dominou-a subitamente.

Então uma estranha constatação assaltou-a: este não é um ser humano. É alguém fingindo ser um ser humano. Era muito claro. Mas era também ridículo! Se ele não era um ser humano, que diabos era? Certamente não um fantasma ou espírito. Isso era óbvio.

– Acho que não sabemos o que é real ou não – dissera, sem querer. – Se a gente olha para alguma coisa durante muito tempo, de repente essa coisa se torna monstruosa.

Na realidade, ela desviara o olhar dele e pousara-o sobre o jarro de flores no centro da mesa. Velhas rosas-chá, despetalando-se entre as samambaias e as zínias purpúreas. E aquelas coisas pareciam absolutamente estranhas, como os insetos, e de certa forma horríveis! Que eram aquelas coisas, na realidade? Então o jarro despedaçou-se, a água derramou-se por toda parte. E Mael dissera, com absoluta sinceridade:

– Ah, perdoe-me. Não pretendia fazer isso.

Ora, aquilo tinha acontecido, sem dúvida. No entanto, não causara o menor impacto. Mael saíra para passear no bosque, beijando-lhe a testa antes de sair, a mão estremecendo de repente, quando ele a estendeu para tocar os cabelos dela e depois mudou de ideia.

Naturalmente Jesse tinha bebido. Na verdade, Jesse bebeu demais durante todo o tempo que ficou lá. E ninguém parecia notar.

De vez em quando saíam para dançar na clareira sob a lua. Não era uma dança ensaiada. Moviam-se solitários, em círculos, olhando para o céu. Mael cantarolava ou Maharet cantava canções numa linguagem desconhecida.

Qual tinha sido seu estado de espírito, fazendo essas coisas durante horas? E por que jamais tinha questionado, ainda que em pensamentos, o estranho costume de Mael de usar luvas dentro de casa ou passear na escuridão de óculos escuros?

Então, certa manhã, bem antes do amanhecer, Jesse tinha ido para a cama de pileque e teve um sonho horrível. Mael e Maharet estavam brigando. Mael repetia sem parar:

– Mas e se ela morrer? E se alguém matá-la, se ela for atropelada por um carro? E se, e se, e se...

A briga tornara-se um estrondo ensurdecedor.

Então, várias noites depois, começara a catástrofe terrível e definitiva. Mael tinha saído, mas já retomara. Ela havia passado a noite bebendo vinho, e estava parada no terraço com ele, ele a beijara e ela perdera a consciência, mas sabia o que estava acontecendo. Ele a abraçava, beijava-lhe os seios, e ela escorregava por uma escuridão sem fim. Então a garota voltara, a adolescente que a visitara aquela vez em Nova York, quando ela tivera tanto medo. Só que Mael não conseguia vê-la, e naturalmente Jesse sabia exatamente quem ela era, a sua mãe, Miriam, e que Miriam estava com medo. Mael soltara Jesse de repente.

– Onde está ela? – gritou com raiva.

Jesse abrira os olhos. Maharet estava lá. Ela bateu em Mael com tanta força que ele voou para trás, por cima da balaustrada do terraço. E Jesse gritou, empurrando, sem querer, a adolescente ao correr para a borda do terraço.

Lá embaixo estava Mael, ileso. Impossível, porém verdadeiro. Já estava de pé, e fez uma profunda reverência a Maharet. Parado à luz que vinha das janelas dos aposentos inferiores, ele mandou um beijo para Maharet. Maharet parecia triste, mas sorriu. Disse alguma coisa baixinho e fez um gesto indicando que não estava zangada.

Jesse estava com pavor de que Maharet ficasse zangada com ela, mas quando olhou nos olhos de Maharet viu que não havia razão para se preocupar. Então Jesse baixou os olhos e viu que a frente de seu vestido estava rasgada. Sentia uma dor aguda onde Mael a beijara, e quando se voltou para Maharet ficou desorientada, incapaz de ouvir as próprias palavras.

De algum modo estava sentada em sua cama, apoiada nos travesseiros, e usava um comprido roupão de flanela. Estava contando a Maharet que sua mãe voltara, ela a vira no terraço. Mas aquilo era só parte do que ela dissera, pois tinha passado horas conversando com Maharet sobre a coisa toda. Mas qual coisa toda? Maharet lhe disse que ela esqueceria.

Ah, Deus, como ela tentou lembrar-se depois! Pedaços de fatos a atormentaram durante anos. Os cabelos de Maharet estão soltos, e são muito longos e cheios. Passaram juntas pela casa, como fantasmas, ela e Maharet, Maharet abraçando-a, de vez em quando parando para beijá-la, e ela abraçara Maharet. O corpo de Maharet parecia pedra respirando.

Estavam bem no alto da montanha, num aposento secreto. Havia gigantescos computadores, com seus rolos e suas luzes vermelhas, produzindo um zumbido baixo. E lá, numa imensa tela retangular que se estendia por dezenas de metros parede acima, havia uma enorme árvore genealógica desenhada em luzes. Essa era a Grande Família, estendendo-se pelos milênios passados. Ah, sim, para uma raiz única! A linhagem era matriarcal, como sempre fora com os povos antigos – como tinha sido com os egípcios, sim, a descendência através das princesas da casa real. E ainda era, de certo modo, com as tribos hebraicas até hoje.

Naquele momento todos os detalhes eram evidentes para Jesse – nomes antigos, lugares, o início! Meu Deus, ela conhecera até mesmo o início? A espantosa realidade de centenas de gerações desenhada diante de seus olhos! Ela vira o progresso da família através dos antigos países da Ásia Menor e da Macedônia e Itália, finalmente atravessando a Europa e indo para o Novo Mundo! E aquela poderia ser a história de qualquer família humana!

Depois disso ela nunca conseguiu rememorar os detalhes daquele mapa eletrônico. Não, Maharet dissera-lhe que ela esqueceria. O milagre era ela lembrar-se de algum detalhe.

Mas que mais acontecera? Qual tinha sido a verdadeira essência de sua longa conversa?

Maharet chorando, disso ela se lembrava. Maharet chorando com o pranto suave e feminino de uma garotinha. Maharet nunca parecera tão linda; seu rosto suavizara-se, iluminara-se, as rugas tão poucas e leves. Mas estava escuro então, e Jesse não conseguia enxergar claramente. Lembrava-se do rosto brilhando como âmbar na escuridão, os claros olhos verdes sombrios, porém vibrantes, e os cílios louros cintilando como se os minúsculos pelos tivessem sido pintados de ouro.

Velas ardendo em seu quarto. A floresta erguendo-se alta do lado de fora da janela. Jesse tinha implorado, protestado. Mas qual era o assunto da discussão?

Você vai esquecer isso. Não vai lembrar coisa alguma.

Quando abriu os olhos pela manhã, sabia que estava acabado; eles tinham partido. Nada lhe voltara naqueles primeiros instantes, a não ser que alguma coisa irrevogável tinha sido dita.

Então encontrou o bilhete na mesa de cabeceira.

Minha querida:

Já não é bom que você fique conosco. Temo que nós todos tenhamos nos apegado muito a você, e gostaríamos de raptá-la e afastá-la das coisas que você decidiu fazer.

Perdoe-nos a partida tão súbita. Tenho certeza de que é o melhor para você. O carro vai levá-la ao aeroporto. Seu avião parte às quatro horas. Seus primos Maria e Matthew vão esperá-la em Nova York.

Fique certa de que a amo mais do que posso dizer em palavras. Minha carta estará esperando por você, quando chegar em casa. Alguma noite, daqui a muitos anos, discutiremos novamente a história da família. Você pode se tomar minha ajudante com os registros, se ainda desejar. Mas, por enquanto, isso não deve envolvê-la. Não deve afastá-la da vida.

Sempre sua,
com muito amor,
Maharet

*

Jesse nunca mais tornara a ver Maharet.

As cartas dela chegavam com a regularidade de sempre, cheias de afeição, preocupação, conselhos. Mas nunca mais haveria uma visita. Jesse nunca mais foi convidada para visitar a casa na floresta de Sonoma.

Nos meses seguintes, Jesse recebera muitos presentes: uma linda casa antiga na Washington Square, em Greenwich Village, um carro novo, um enorme aumento de mesada e as costumeiras passagens de avião para visitar membros da família no mundo inteiro. E Maharet financiou uma parte substancial do trabalho arqueológico de Jesse em Jericó. Na realidade, ao longo dos anos, ela dava a Jesse qualquer coisa que ela pudesse desejar.

No entanto, Jesse tinha ficado marcada por aquele verão. Certa vez, em Damasco, sonhara com Mael e despertara em prantos.

⁂

Ela estava em Londres, trabalhando no Museu Britânico, quando as lembranças começaram a voltar com força total. Nunca chegou a saber o que as despertara. Talvez o efeito da ordem de Maharet – *você vai esquecer* – tenha simplesmente se gastado. Mas podia haver outra razão. Certa noite, na praça Trafalgar, ela vira Mael, ou alguém exatamente igual a ele. O homem, parado a alguns metros de distância, estava encarando-a quando seus olhares se encontraram. Quando ela acenou, porém, dera-lhe as costas e afastara-se sem o menor sinal de reconhecimento. Ela correra atrás dele, tentando alcançá-lo, mas ele desapareceu como se nunca tivesse existido.

Aquilo deixou-a magoada, decepcionada. No entanto, três dias depois recebeu um presente anônimo, uma pulseira de prata rústica. Era uma antiga relíquia celta, logo descobriu, e provavelmente sem preço. Poderia Mael ter-lhe enviado aquela coisa linda e preciosa? Era o que ela gostaria de acreditar.

Segurando a pulseira com força na mão, sentiu a presença dele. Lembrou-se daquela noite distante em que conversaram sobre fantasmas tolos. Ela sorriu. Era como se ele estivesse ali, abraçando-a, beijando-a. Contou a Maharet sobre o presente, quando lhe escreveu. Desde então usava sempre a pulseira.

Jesse mantinha um diário das lembranças que lhe voltavam. Escrevia sonhos, fragmentos de vislumbres. Mas não mencionou isso em suas cartas a Maharet.

Teve um romance enquanto estava em Londres. Terminou mal, e ela se sentiu solitária. Foi nessa época que a Talamasca entrou em contato com ela, e o rumo de sua vida mudou para sempre.

⁂

Jesse morava numa casa velha em Chelsea, não muito longe de onde morou Oscar Wilde. James McNeill Whistler também residira por ali, e também Bram Stoker, o autor de Drácula. Era um lugar que Jesse amava. Porém, sem que ela soubesse, a casa era mal-assombrada. Nos primeiros meses Jesse viu várias coisas estranhas. Eram aparições fugazes, vagas, como frequentemente se vê em tais lugares; ecos, como Maharet os chamava, de pessoas que tinham estado lá muito tempo antes. Jesse as ignorava.

No entanto, quando um repórter a abordou, certa tarde, explicando que estava fazendo uma reportagem sobre a casa assombrada, ela contou-lhe, em tom casual, sobre as coisas que tinha visto. Fantasmas bem corriqueiros em Londres, uma velha trazendo um jarro da despensa, um homem de fraque e cartola que aparecia durante uns segundos na escada.

Saiu um artigo melodramático. Jesse tinha falado demais, obviamente. Era chamada de "paranormal", ou "médium natural", que via essas coisas o tempo todo. Um membro da família Reeves de Yorkshire telefonou para brincar com ela sobre isso. Jesse também achou graça. Fora isso, não deu muita importância. Estava profundamente envolvida com seus estudos no Museu Britânico. Aquilo não tinha a menor importância.

Então a Talamasca, tendo lido o jornal, foi procurá-la.

Aaron Lightner, um cavalheiro antiquado, de cabelos brancos e maneiras refinadas, convidou Jesse para almoçar. Num Rolls Royce velho, mas meticulosamente conservado, ele e Jesse atravessaram Londres até um clube particular pequeno e elegante.

Certamente tinha sido um dos encontros mais estranhos que Jesse já tivera. Na verdade, lembrou-lhe o verão de tanto tempo atrás, não porque fosse parecido, mas porque ambas as experiências eram tão diferentes de qualquer outra coisa que já lhe acontecera.

Lightner era um homem encantador, na opinião de Jesse. Os cabelos brancos eram cheios e bem tratados, e ele usava um terno impecavelmente cortado, de tweed Donegal. Foi o único homem que ela conheceu que usava uma bengala de prata.

Rápida e simpaticamente ele explicou a Jesse que era um "detetive parapsíquico"; trabalhava para uma "ordem secreta chamada Talamasca", cujo único propósito era colecionar informações sobre experiências "paranormais" e manter esses registros para o estudo de tais fenômenos. A Talamasca estendia a mão para pessoas com poderes paranormais. E àqueles com uma capacidade extremamente forte, de vez em quando ela oferecia sociedade, uma carreira em "investigação parapsicológica", que na verdade era mais como uma vocação, pois a Talamasca exigia devoção total, lealdade e obediência às suas regras.

Jesse quase soltou uma gargalhada. Mas Lightner aparentemente estava preparado para sua descrença. Tinha alguns "truques" que sempre usava nesses encontros de apresentação. E, para total espanto de Jesse, conseguiu movimentar vários objetos sobre a mesa sem tocar neles. Um poder simples, declarou ele, que funcionava como "cartão de visita".

Vendo o saleiro dançar de um lado para o outro, Jesse ficou espantada demais para falar. Mas a grande surpresa veio quando Lightner declarou que sabia tudo sobre ela. Sabia de onde ela vinha, onde havia estudado. Sabia que ela via espíritos quando era garotinha. Aquilo chegara ao conhecimento da ordem muitos anos antes, através de "canais de rotina", e Jesse tinha uma ficha em seus arquivos. Ela não devia ficar ofendida.

Por favor, compreendesse que a Talamasca levava a cabo suas investigações com o maior respeito pelo indivíduo. A ficha continha apenas relatórios informais de coisas que Jesse dissera a vizinhos, professores, colegas. Jesse poderia examinar a pasta quando quisesse. Era sempre assim com a Talamasca. Às vezes tentava-se um contato com pessoas sob observação. As informações eram dadas livremente à pessoa em questão, mas fora isso eram confidenciais.

Jesse interrogou Lightner implacavelmente. Logo ficou claro que ele sabia muita coisa a respeito dela, mas absolutamente nada sobre Maharet ou a Grande Família.

E foi essa combinação de conhecimento e ignorância que atraiu Jesse. Se tivesse havido qualquer menção a Maharet, ela teria dado as costas à Talamasca para sempre, pois era inteiramente leal à Grande Família. Mas a Talamasca só estava interessada na capacidade de Jesse. E Jesse, apesar do conselho de Maharet, também sempre se interessara por isso.

Além disso, a própria história da Talamasca mostrou-se muito atraente. Aquele homem estaria falando a verdade? Uma ordem secreta, que tinha registro de sua experiência desde o ano de 758, com arquivos sobre bruxos, feiticeiros, médiuns e videntes desde aquela época remota? Isso a deixava espantada, como um dia os registros da Grande Família haviam feito.

E Lightner amavelmente suportou outra rodada de perguntas. Era óbvio que ele sabia história e geografia. Falava com facilidade e exatidão sobre a perseguição aos cátaros, a supressão dos Cavaleiros Templários, a execução de Grandier e mais uma dezena de "fatos" históricos. Na realidade, Jesse mal conseguia acompanhá-lo. Pelo contrário: ele se referiu a antigos "magos" e "feiticeiros" de quem ela nunca ouvira falar.

Naquela noite, quando chegaram à Casa Matriz, num subúrbio de Londres, o destino de Jesse estava selado. Ela passou uma semana sem sair de lá, e quando saiu foi apenas para fechar o apartamento em Chelsea e retornar à Talamasca.

A Matriz era uma enorme estrutura de pedra construída em 1500 e adquirida pela Talamasca "apenas" duzentos anos antes. Embora as bibliotecas suntuosamente forradas de lambris e as salas de estar tivessem sido construídas no século XVIII, juntamente com as sancas, os frisos e os outros ornamentos em gesso, o salão de jantar e muitos dos quartos de dormir datavam do período elisabetano.

Jesse adorou imediatamente a atmosfera, a mobília solene, as lareiras de pedra, os soalhos de carvalho encerado. Gostou até dos tranquilos membros da ordem, que a cumprimentaram com simpatia e depois voltaram às suas conversas ou à leitura dos jornais da tarde, sentados nos salões amplos e iluminados. A riqueza do lugar era impressionante. Dava peso às declarações de Lightner. E o ambiente era agradável. Psiquicamente agradável. As pessoas ali eram o que diziam ser.

Mas foram as bibliotecas que finalmente a conquistaram, trouxeram-na de volta àquele trágico verão em que outra biblioteca com seus tesouros antigos havia sido trancada para ela. Ali havia inúmeros volumes com a crônica de julgamentos e investigações, casos de possessão, psicocinese, reencarnação etc. Havia também museus sob a casa, aposentos repletos de objetos misteriosos ligados a ocorrências paranormais. Havia cofres onde ninguém podia entrar, exceto os mais antigos membros da ordem. Era deliciosa a perspectiva de segredos revelados apenas depois de certo tempo.

– Tanto trabalho a ser feito, sempre – dissera Aaron em tom casual. – Ora, todos os velhos registros, sabe, estão em latim, e não podemos mais exigir que os novos membros leiam e escrevam em latim. É algo simplesmente fora de questão nesta época moderna. E os quartos de depósitos, entende, a documentação da maioria daqueles objetos não é avaliada há quatro séculos...

Naturalmente Aaron sabia que Jesse lia e escrevia não só em latim, mas em grego, egípcio antigo, sumeriano antigo. O que ele não sabia era que ali Jesse encontrara uma substituição para os tesouros daquele verão perdido. Encontrara outra "Grande Família".

Naquela noite mandaram um carro buscar roupas para Jesse e o que mais ela pudesse precisar do apartamento em Chelsea. Seu novo quarto ficava no canto sudoeste da Matriz, um aposento aconchegante, com teto trabalhado e uma lareira em estilo Tudor.

Jesse não queria mais deixar aquela casa, e Aaron sabia disso. Na sexta-feira daquela semana, apenas três dias depois de sua chegada, ela foi recebida na ordem como noviça. Deram-lhe uma mesada substancial, uma sala particular contígua ao quarto de dormir, um motorista em tempo integral e um carro velho e confortável. Ela largou o emprego no Museu Britânico assim que foi possível.

As regras eram simples. Ela passaria dois anos estudando em tempo integral, viajando com outros membros quando e para onde fosse necessário. Podia falar sobre a ordem com amigos ou parentes, naturalmente. Mas todos os nomes, as fichas e os detalhes relatados eram confidenciais. E nunca deveria tentar publicar alguma coisa sobre a Talamasca. Na realidade, jamais deveria contribuir para qualquer "menção pública" da Talamasca. Referências e missões específicas deviam sempre omitir nomes e lugares.

Seu trabalho especial seria dentro dos arquivos, traduzindo e "adaptando" velhas crônicas e antigos registros. E no museu ela trabalharia pelo menos um dia por semana, organizando artefatos e relíquias. Mas o trabalho de campo – investigações de assombrações e coisas do gênero – teria sempre precedência sobre a pesquisa.

Passou-se um mês antes que ela escrevesse para Maharet contando sua decisão. E nessa carta ela abriu sua alma. Amava aquelas pessoas e o trabalho delas. Naturalmente a biblioteca lembrava-lhe o arquivo da família em Sonoma, e a época em que fora tão feliz. Maharet compreendia?

A resposta de Maharet deixou-a atônita. Maharet sabia o que era a Talamasca. Na verdade, parecia inteiramente familiarizada com a sua história. Disse sem preâmbulos que admirava muito os esforços da ordem durante a caça às bruxas nos séculos XV e XVI, salvando muitos inocentes da fogueira.

> Certamente lhe contaram sobre a "ferrovia subterrânea" pela qual muitos acusados eram retirados das aldeias onde seriam queimados e eram levados para Amsterdã, uma cidade esclarecida, onde as mentiras e tolices da época não recebiam crédito.

Jesse não sabia coisa alguma sobre isso, mas logo confirmaria cada detalhe. No entanto, Maharet tinha suas reservas sobre a Talamasca:

Por mais que eu admire sua compaixão pelos perseguidos de todas as eras, você precisa entender que não creio que suas investigações adiantem muita coisa. Esclarecendo: espíritos, fantasmas, vampiros, lobisomens, bruxas, entidades indescritíveis – tudo isso pode existir, e a Talamasca pode passar outro milênio estudando-os, mas que diferença isso fará para o destino da raça humana?

Sem dúvida houve, no passado distante, pessoas que tinham visões e falavam com espíritos. E talvez, como bruxos ou xamãs, essas pessoas tivessem algum valor para suas tribos ou nações. Mas religiões complexas têm sido fundadas sobre essas experiências tão simples e enganadoras, dando nomes míticos a vagas entidades, criando um enorme veículo para uma crença supersticiosa global. Essas religiões não fizeram mais mal do que bem?

Permita-me sugerir que, seja qual for a interpretação que dermos à História, estamos agora além do ponto em que o contato com os espíritos possa ter alguma utilidade. Uma justiça rude, porém inexorável, pode estar agindo no ceticismo das pessoas comuns em relação aos fantasmas, médiuns e coisas do mesmo gênero. O sobrenatural, seja qual for a forma de sua existência, não deve interferir na história humana.

Em suma, sou de opinião que, exceto pelo consolo que dá a uma ou outra alma confusa, a Talamasca faz registros de coisas que não são e não deveriam ser importantes. A Talamasca é uma organização interessante. Mas não pode conseguir grande coisa.

Amo você. Respeito sua decisão. Mas espero, pelo seu próprio bem, que você se canse da Talamasca – e volte para o mundo real – muito em breve.

Jesse pensou bastante antes de responder. Torturava-a saber que Maharet não aprovava o que tinha feito. No entanto, Jesse sabia que em sua decisão havia uma cobrança. Maharet afastara-a dos segredos da família; a Talamasca a aceitara.

Quando escreveu, assegurou a Maharet que os membros da ordem não tinham ilusões quanto à importância do seu trabalho. Tinham dito a Jesse que o trabalho era, sem exceção, secreto; não havia glória, às vezes nenhuma satisfação real. Concordariam plenamente com as opiniões de Maharet sobre médiuns, espíritos, fantasmas.

Mas milhões de pessoas também não pensavam que as descobertas empoeiradas dos arqueólogos não tinham a menor importância? Jesse implorou que Maharet entendesse o que isso significava para ela. E finalmente escreveu, para sua própria surpresa, o seguinte:

> Nunca contarei à Talamasca qualquer coisa sobre a Grande Família. Nunca contarei sobre a casa em Sonoma e as coisas misteriosas que me aconteceram quando eu estive lá. Eles ficariam curiosos demais. E minha lealdade é para com você. Mas um dia, eu lhe imploro, deixe-me voltar para a casa da Califórnia. Deixe-me conversar com você sobre as coisas que vi. Ultimamente tenho me lembrado de coisas. Tenho tido sonhos enigmáticos. Mas confio na sua opinião sobre esses assuntos. Você é muito generosa. Não duvido que me ame. Por favor, entenda o quanto eu a amo.

A resposta de Maharet foi breve:

> Jesse, sou um ser excêntrico e caprichoso; pouca coisa me foi negada. De vez em quando me engano quanto ao efeito que tenho sobre as outras pessoas. Nunca deveria ter levado você para a casa de Sonoma; foi um gesto egoísta, pelo qual não consigo me perdoar. Mas você tem que acalmar minha consciência. Esqueça que houve aquela visita. Não negue a verdade das suas recordações, mas não pense muito nelas. Viva sua vida como se ela não tivesse sido interrompida tão levianamente. Algum dia responderei a todas as suas perguntas, mas nunca mais tentarei subverter seu destino. Dou-lhe meus parabéns por sua nova vocação. Você tem meu amor incondicional e eterno.

Logo seguiram-se elegantes presentes: um jogo de malas de couro para as viagens de Jesse e um lindo casaco de mink para mantê-la aquecida no "abominável inverno inglês". É um país que "só um druida poderia amar", escreveu Maharet.

Jesse adorou o casaco porque o mink ficava na parte de dentro e não chamava a atenção. O jogo de malas também foi muito útil. E Maharet continuou a escrever duas ou três vezes por semana. Continuava solícita como sempre.

Porém, à medida que os anos passavam, foi Jesse quem se distanciou. Suas cartas tornaram-se breves e irregulares, pois seu trabalho na Talamasca era confidencial. Simplesmente não podia contar o que fazia.

Jesse ainda visitava membros da Grande Família, no Natal e na Páscoa. Sempre que algum primo vinha a Londres, ela ia encontrá-lo para um passeio ou um almoço. Mas todos os contatos eram breves e superficiais. A Talamasca logo tornou-se a vida de Jesse.

※

Um mundo revelou-se a Jesse nos arquivos da Talamasca logo que ela começou suas traduções do latim: registros de famílias e indivíduos paranormais, casos de bruxaria "óbvia", feitiçaria "verdadeira" e finalmente as transcrições, repetitivas, porém fascinantes, de julgamentos de bruxos, que sempre envolviam os inocentes e os humildes. Ela trabalhava noite e dia, traduzindo diretamente no computador, recuperando um valioso material histórico das precárias páginas de pergaminho.

Mas outro mundo, ainda mais sedutor, abria-se para ela no trabalho de campo. No primeiro ano com a Talamasca, Jesse viu casos de poltergeist tão assustadores que faziam homens adultos fugirem correndo. Viu uma criança telecinética erguer uma mesa de carvalho e jogá-la pela janela. Comunicou-se, em total silêncio, com telepatas que recebiam qualquer mensagem que ela enviasse. Viu fantasmas mais palpáveis do que qualquer coisa que ela acreditara poder existir. Feitos de psicometria, escrita automática, levitação, transe mediúnico – tudo isso ela testemunhou, mais tarde fazendo suas anotações, e sempre maravilhada com sua própria surpresa.

Será que jamais se acostumaria e aceitaria como normal? Até os membros mais antigos da Talamasca confessavam que sempre se assustavam com as coisas que viam.

E, sem dúvida, a vidência de Jesse era excepcionalmente forte. Com o uso constante, desenvolveu-se enormemente. Dois anos depois de entrar para a Talamasca, Jesse era mandada para casas assombradas em toda a Europa e nos Estados Unidos. Para cada um ou dois dias que ela passava na paz e no silêncio da biblioteca, havia uma semana num saguão cheio de correntes de ar, observando o aparecimento intermitente de um espectro silencioso que assustava as pessoas.

Jesse raramente chegava a uma conclusão sobre essas aparições. Na realidade, ela aprendeu o que todos os membros da Talamasca já sabiam: que não havia uma teoria única sobre o ocultismo que abrangesse todas as coisas estranhas que aconteciam. O trabalho era instigante, mas no final era frustrante também. Jesse ficava insegura ao se dirigir a essas "entidades sem descanso", ou espíritos confusos, como Mael certa vez os descrevera com muita propriedade. Mas Jesse os aconselhava a partir para "níveis mais altos", a procurar a paz para si mesmos, deixando em paz também os mortais.

Parecia a única coisa a ser feita, embora ela se assustasse com a possibilidade de estar forçando esses fantasmas a renunciar à única vida que lhes restava. E se a morte fosse o fim, e as assombrações surgiam quando almas tenazes não as aceitavam? Horrível esse pensamento: o mundo espiritual como uma última centelha, baça e caótica, antes da escuridão definitiva.

Fosse qual fosse o caso, Jesse acabou com inúmeros casos de assombração. E sempre se sentia consolada com o alívio dos vivos. Desenvolveu-se nela um profundo senso da qualidade especial da sua vida. Era excitante. Ela não a trocaria por qualquer outra coisa no mundo.

Bem, quase qualquer outra coisa. Afinal, teria partido no mesmo minuto se Maharet aparecesse à sua porta e lhe pedisse para voltar para a propriedade em Sonoma para cuidar seriamente dos arquivos da Grande Família. Mas... talvez não fizesse isso.

Jesse teve, porém, uma experiência com os arquivos da Talamasca que lhe provocou considerável confusão pessoal em relação à Grande Família.

Ao transcrever documentos de bruxaria, Jesse descobriu que a Talamasca monitorara durante séculos certas "famílias de bruxos" cujos destinos pareciam influenciados pela intervenção sobrenatural de um tipo verificável e previsível. Mesmo agora a Talamasca vigiava algumas dessas famílias. Geralmente havia um "bruxo" em cada geração dessas famílias. Essa pessoa conseguia, segundo o arquivo, atrair e manipular forças sobrenaturais para assegurar a fortuna e o sucesso da família. Esse poder parecia ser hereditário – isto é, baseado no corpo físico –, mas ninguém tinha certeza. Algumas dessas famílias eram inteiramente ignorantes de sua própria história; não compreendiam as "bruxarias" que se manifestavam no século XX. E embora a Talamasca tentasse regularmente entrar em contato com essas pessoas, era geralmente mal recebida, ou achava o trabalho "perigoso" demais. Afinal, esses bruxos conseguiam fazer feitiços reais.

Chocada e incrédula, durante várias semanas depois dessa descoberta Jesse nada fez. Mas não conseguia tirar aquilo da cabeça. Era parecido demais com Maharet e a Grande Família.

Então fez a única coisa que poderia fazer sem violar sua lealdade a qualquer um: examinou cuidadosamente os registros de todas as famílias de bruxos nos arquivos da Talamasca. Verificou tudo várias vezes. Procurou os mais antigos registros existentes e examinou-os detalhadamente.

Nenhuma menção a alguém chamado Maharet. Nenhuma menção a alguém ligado a qualquer ramo ou sobrenome da Grande Família de que Jesse tivesse ouvido falar. Nenhuma menção a qualquer coisa ligeiramente suspeita.

Seu alívio foi enorme, mas afinal ela não ficou surpresa. Seus instintos lhe tinham dito que ela estava na pista errada. Maharet não era uma bruxa. Não nesse sentido da palavra. Tratava-se de algo mais.

Mas na realidade Jesse nunca tentou entender a situação. Evitava teorias sobre o que acontecera, assim como evitava teorias a respeito de qualquer coisa. E ocorreu-lhe mais de uma vez que tinha procurado a Talamasca com o propósito de perder esse mistério pessoal numa imensidão de outros mistérios. Cercada de fantasias, poltergeists e crianças possuídas, ela pensava cada vez menos em Maharet e na Grande Família.

Na época em que Jesse tornou-se membro efetivo da ordem, ela era especialista nas regras da Talamasca, nos métodos, no modo de registrar investigações, quando e como auxiliar a polícia em casos de crime, como evitar qualquer contato com a imprensa. Passou também a reconhecer que a Talamasca não era uma organização dogmática. Não exigia que seus membros acreditassem em qualquer coisa – simplesmente que fossem honestos e cuidadosos em relação aos fenômenos que observavam.

Padrões, semelhanças, repetições – essas coisas fascinavam a Talamasca. Usavam-se muitos termos, mas não havia um vocabulário rígido. Os arquivos eram simplesmente dotados de referências múltiplas.

No entanto, os membros da Talamasca estudavam os teóricos. Jesse leu as obras de todos os grandes investigadores parapsicológicos, médiuns e mentalistas. Estudava qualquer coisa relacionada ao oculto.

E muitas vezes pensava no conselho de Maharet. O que Maharet dissera era correto. Fantasmas, aparições, pessoas que conseguiam ler pensamentos e mover objetos – tudo isso era fascinante para quem testemunhava, mas significava muito pouco para a raça humana em geral. Não havia agora, nem jamais haveria, uma grande descoberta em ocultismo que alterasse a história da humanidade.

Jesse, porém, nunca se cansava de seu trabalho. Viciou-se na excitação, até mesmo na qualidade secreta de suas atividades. Estava dentro das entranhas da Talamasca, e, embora se acostumasse à elegância do ambiente – rendas antigas, camas de dossel, talheres de prata, carros com motorista, empregados –, ela própria tornava-se cada vez mais simples e reservada.

Aos trinta anos, era uma mulher clara, de aparência frágil, com seus cabelos ruivos cacheados repartidos no centro da cabeça e jogados para trás dos ombros. Não usava cosméticos, perfumes ou joias, a não ser a pulseira celta. Um blazer de cashmere era sua roupa favorita, juntamente com calças de lã ou jeans quando estava na América. No entanto, era uma pessoa atraente, que chamava bastante a atenção dos homens, mais do que ela gostaria. Tinha alguns romances, mas sempre curtos. E raramente importantes.

O que lhe importava mesmo era sua amizade com os outros membros da ordem; tinha muitos irmãos e irmãs. E eles gostavam dela como ela gostava deles. Adorava a sensação de comunidade a rodeá-la. A qualquer hora da noite podia-se descer as escadas e ir para uma sala iluminada onde as pessoas estavam acordadas – lendo, conversando, às vezes discutindo de maneira tranquila. Podia-se ir à cozinha, onde a cozinheira da noite estava sempre pronta para preparar um café da manhã adiantado ou um jantar atrasado, conforme o que a pessoa desejasse.

Jesse poderia ter ficado para sempre com a Talamasca. Como uma ordem religiosa católica, a Talamasca cuidava de seus velhos e seus doentes. Morrer dentro da ordem era conhecer o máximo de conforto, assim como todo cuidado médico, passar os últimos momentos da maneira que a pessoa quisesse, sozinho na cama ou rodeado dos outros membros a confortá-lo, segurando-lhe a mão. Podia-se ir para a casa dos parentes, se fosse sua escolha. Mas a maioria preferia morrer na Casa Matriz. Os funerais eram grandiosos e elaborados. Na Talamasca, a morte era parte da vida. Um grande grupo de homens e mulheres de preto comparecia a cada enterro.

Sim, eles tinham se tornado a família de Jesse. E, na ordem natural das coisas, ela teria permanecido lá para sempre.

Mas ao final de seu oitavo ano aconteceu uma coisa que iria mudar tudo. Uma coisa que finalmente a fez romper com a ordem.

Os sucessos de Jesse até então tinham sido impressionantes. Mas no verão de 1981 ela ainda trabalhava sob a direção de Aaron Lightner e raramente tivera contato com o conselho diretor da Talamasca ou com o punhado de homens e mulheres que realmente estavam no comando.

De modo que quando David Talbot, o chefe de toda a ordem, chamou-a ao seu escritório em Londres, ela ficou surpresa. David era um homem ativo, de 65 anos, robusto, cabelos grisalhos e maneiras sempre alegres. Ofereceu a Jesse uma taça de sherry e conversou simpaticamente sobre coisas sem importância durante uns 15 minutos, antes de entrar no assunto.

Ofereceu a Jesse uma missão bem diferente. Deu-lhe um romance chamado *Entrevista com o vampiro* e disse:

– Quero que leia este livro.

Jesse ficou perplexa.

– O caso é que já li – respondeu. – Há uns dois anos. Mas o que um romance como esse tem a ver conosco?

Jesse havia comprado um exemplar no aeroporto, devorando-o durante um longo voo intercontinental. A história, supostamente contada por um vampiro a um jovem repórter em San Francisco nos dias de hoje, tinha afetado Jesse como um pesadelo. Não tinha certeza de ter gostado do livro. Na verdade, depois jogara-o fora, em vez de deixá-lo num banco do aeroporto para que outra pessoa o encontrasse.

Os personagens principais da obra – imortais encantadores – tinham formado uma familiazinha malévola em Nova Orleans antes da guerra, onde, durante cinquenta anos, caçavam a população. Lestat era o vilão e o líder. Louis, seu angustiado subordinado, era o herói e aquele que contava a história. Claudia, sua linda "filha" vampira, era uma figura realmente trágica, o cérebro amadurecendo ano após ano enquanto o corpo permanecia eternamente o de uma garotinha. A busca infrutífera de Louis pela redenção era o tema do livro, obviamente, mas o ódio de Claudia pelos dois vampiros que fizeram dela o que ela era, e sua própria destruição no final, tinham provocado um efeito muito mais forte em Jesse.

– Não é ficção – explicou David com simplicidade. – No entanto, o motivo de ter sido escrito não está claro. E o ato de publicá-lo, mesmo em forma de romance, deixou-nos assustados.

– Não é ficção? – repetiu Jesse. – Como assim?

– O nome do autor é um pseudônimo – continuou David. – E os cheques dos direitos autorais vão para um rapaz que vive viajando e resiste a todas as nossas tentativas de contato. Ele já foi repórter, como o entrevistador do romance. Mas isso não vem ao caso agora. Seu trabalho é ir a Nova Orleans e documentar os acontecimentos na história que aconteceram antes da Guerra Civil.

– Espere um minuto. Você está dizendo que os vampiros existem? Que aquelas pessoas, Louis, Lestat e a garotinha Claudia, são reais?

– Exatamente – respondeu David. – E não se esqueça de Armand, o mentor do Théâtre des Vampires, em Paris. Lembra-se de Armand, não é?

Jesse não teve trabalho para se lembrar de Armand ou do teatro. Armand, o mais velho imortal do romance, tinha o rosto e o corpo de um adolescente. Quanto ao teatro, tinha sido um macabro estabelecimento onde seres humanos eram mortos no palco diante de uma plateia que de nada suspeitava.

A sensação de pesadelo que o livro lhe despertara estava voltando a dominar Jesse. Especialmente as partes a respeito de Claudia. Claudia morrera no Teatro dos Vampiros. O bando, sob as ordens de Armand, a tinha destruído.

– David, será que estou entendendo direito? Está dizendo que essas criaturas existem mesmo?

– Exatamente. Temos observado esse tipo de ser desde o início da nossa existência. De um modo muito real, a Talamasca foi fundada para observar essas criaturas, mas essa é outra história. Provavelmente não há nesse romance um só personagem fictício, mas essa seria a sua missão: documentar a existência do bando de Nova Orleans, como está descrito aqui. Claudia, Louis, Lestat.

Jesse riu. Não conseguiu evitar. Riu de verdade. A expressão paciente de David só lhe dava vontade de rir mais ainda. Mas não causava surpresa a David, assim como não causara a Aaron Lightner oito anos antes.

– Excelente atitude – disse David, com um sorrisinho travesso. – Não queremos que você seja imaginativa ou confiante demais. Mas esse campo requer muito cuidado, Jesse, e estrita obediência às regras. Acredite-me, é uma área extremamente perigosa. Você tem toda liberdade de recusar a missão.

– Vou começar a rir novamente – disse Jesse. Raramente ouvira a palavra "perigo" na Talamasca. Só a vira escrita nos arquivos das famílias de bruxos. Ora, conseguia acreditar na bruxaria sem muita dificuldade. Bruxos eram seres humanos, e os espíritos provavelmente podiam ser manipulados. Mas vampiros?

– Bem, vamos fazer o seguinte. Antes que você decida, vamos examinar certos objetos pertencentes a essas criaturas, que temos em nossos cofres.

A ideia era irresistível. Havia dezenas de aposentos sob a Matriz aos quais Jesse nunca tinha sido admitida. Não ia deixar passar essa oportunidade.

Enquanto ela e David desciam as escadas, a atmosfera da propriedade em Sonoma voltou-lhe súbita e vividamente. Até mesmo o corredor comprido, com suas poucas e fracas lâmpadas elétricas, lembrava-lhe o porão de Maharet. Ela estava cada vez mais excitada.

Em silêncio, seguiu David através de vários depósitos trancados. Viu livros, uma caveira numa estante, o que pareciam roupas velhas amontoadas no chão, mobília, quadros, baús e cofres, poeira.

– Toda esta parafernália está ligada de algum modo a nossos imortais amigos bebedores de sangue – explicou David. – Na realidade, parecem ser gente bastante materialista. E deixam para trás todo o tipo de lixo. Já aconteceu de deixarem uma casa inteira, com móveis, roupas e até caixões, uns caixões muito enfeitados e interessantes, quando se cansam de um determinado lugar ou de uma determinada identidade. Mas existem coisas específicas que quero lhe mostrar. Algo bem conclusivo, eu acho.

Conclusivo? Haveria algo conclusivo naquele trabalho? Aquela era certamente uma tarde de surpresas.

David levou-a a uma derradeira câmara, um aposento muito amplo, forrado de metal e imediatamente iluminado por uma série de luzes no teto.

Ela viu uma enorme pintura apoiada na parede. Classificou-a de imediato como pertencente à Renascença, provavelmente veneziana. Era feita de têmpera de ovo em madeira. E tinha o maravilhoso lustro dessas pinturas, que nenhum material sintético consegue criar. Leu o título em latim, juntamente com o nome do artista, em pequenas letras romanas no canto inferior direito.

“A Tentação de Amadeo”
por Marius

Recuou para estudá-lo.

Um esplêndido coro de anjos de asas negras pairava em volta de uma figura ajoelhada, um rapaz de cabelos dourados. O céu azul-cobalto atrás deles, visto através de uma série de arcadas, era esplendidamente pintado, com massas de nuvens douradas. E o chão de mármore mostrava uma perfeição fotográfica. Podia-se sentir sua frialdade, distinguir os veios da pedra.

Mas as figuras eram a verdadeira glória da pintura. Os rostos dos anjos eram belissimamente modelados, suas túnicas em tons pastel e as asas de penas negras eram extravagantemente detalhadas. E o rapaz, o rapaz simplesmente estava vivo! Seus olhos castanhos realmente brilhavam, enquanto ele olhava para fora do quadro. A pele parecia úmida. Ele estava prestes a mover-se ou falar.

Na verdade, era artístico demais para pertencer à Renascença. As figuras eram reais, não ideais. Os anjos tinham expressões de divertimento, quase cinismo. E a fazenda da roupa do rapaz era bem-feita demais. Ela via até os remendos, um pequeno rasgão, o pó na manga da túnica. Havia outros detalhes assim – folhas secas pelo chão, e dois pincéis caídos a um lado sem qualquer razão aparente.

– Quem é esse Marius? – sussurrou ela.

Aquele nome nada significava. E ela nunca encontrara uma pintura italiana com tantos elementos perturbadores. Anjos de asas negras...

David não respondeu. Apontou para o rapaz.

– É o rapaz que quero que você observe – disse. – Ele não é o verdadeiro assunto da sua investigação. Apenas um elo muito importante.

Assunto... Elo... Ela estava demasiado absorta na pintura.

– Veja, ossos no canto, ossos humanos cobertos de poeira, como se alguém simplesmente os tivesse varrido para fora do caminho. Mas, afinal, o que significa isso tudo?

– Sim – murmurou David. – Quando encontramos a palavra tentação, geralmente há demônios cercando um santo.

– Exatamente – concordou ela. – E a técnica é excepcional. – Quanto mais observava a pintura, mais perturbada ficava. – Onde conseguiu isso?

– A ordem comprou-a há muitos séculos – respondeu David. – Nosso emissário em Veneza recuperou-a de uma vila incendiada no Canal Grande. Esses vampiros estão sempre associados aos incêndios. É a única arma que podem usar efetivamente uns contra os outros. Sempre há incêndios. No *Entrevista com o vampiro* há vários incêndios, lembra-se? Louis incendiou uma casa em Nova Orleans quando estava tentando destruir seu criador e mentor, Lestat. E, mais tarde, Louis incendiou o Teatro dos Vampiros em Paris, depois da morte de Claudia.

A morte de Claudia. Aquilo causou um arrepio em Jesse, assustando-a.

– Mas olhe com atenção para o rapaz – insistiu David. – É ele quem estamos discutindo agora.

Amadeo. Significava "aquele que ama a Deus". Era uma bela criatura, realmente. Dezesseis, talvez 17 anos, rosto quadrado, de proporções fortes, e uma expressão curiosamente implorante.

David colocou algo em sua mão. Foi com relutância que ela afastou os olhos do quadro. Em sua mão havia uma fotografia tirada no final do século XIX. Depois de um instante ela sussurrou:

– Mas é o mesmo rapaz!

– É, sim. E uma experiência interessante – disse David. – Deve ter sido tirada logo após o crepúsculo, em péssimas condições de iluminação, provavelmente não teria dado certo com qualquer outro modelo. Repare que na verdade não se vê muita coisa além do rosto dele.

Realmente. No entanto, ela pôde reconhecer o penteado da época.

– Veja isto também – continuou David.

Dessa vez ele lhe deu uma velha revista do século XIX, com estreitas colunas de letras pequenas e ilustrações a tinta. Lá estava o mesmo rapaz saltando de uma caleça – um esboço apressado, embora o rapaz estivesse sorrindo.

– O artigo é sobre ele e sobre o seu Teatro dos Vampiros. Aqui está um jornal inglês de 1789. Oitenta anos antes. Mas nele você vai encontrar uma descrição perfeita do estabelecimento e do mesmo rapaz.

– O Teatro dos Vampiros... – Ela fixou os olhos no rapaz louro ajoelhado no quadro. – Ora, é Armand, personagem do romance!

– Exatamente. Parece que ele gosta desse nome. Pode ter sido Amadeo quando estava na Itália, mas tornou-se Armand no século XVIII e desde então tem sido Armand.

– Devagar, por favor – pediu Jesse. – Você está me dizendo que o Teatro dos Vampiros foi documentado? Pelo nosso pessoal?

– Detalhadamente. A ficha é enorme. Inúmeros livros de memórias descrevem o teatro. Temos os documentos da propriedade também. E agora chegamos a outro elo entre nossos arquivos e esse romancezinho. O nome do proprietário do teatro era Lestat de Lioncourt, que o comprou em 1789. E hoje a propriedade em Paris está nas mãos de um homem do mesmo nome.

– Isso tudo foi verificado?

– Está tudo no arquivo – disse David. – Cópias dos velhos registros e dos mais recentes. Você pode estudar a assinatura de Lestat, se quiser. Lestat faz tudo de maneira grandiosa: cobre metade da página com sua caligrafia ostentosa. Temos fotocópias de vários exemplos. Queremos que leve essas cópias para Nova Orleans com você. Temos um artigo de jornal contando o incêndio que destruiu o teatro exatamente como Louis o descreveu. A data combina com os fatos da história. Você vai ter que verificar tudo, é claro. E o romance: leia-o de novo com bastante atenção.

No final da semana Jesse pegou um avião para Nova Orleans. Deveria analisar e documentar o romance, de todas as maneiras possíveis, examinando títulos de propriedade, transferências, jornais antigos, diários – tudo o que pudesse encontrar para apoiar a teoria de que os personagens e os fatos eram reais.

Mas Jesse ainda não acreditava nisso. Sem dúvida havia "alguma coisa", mas tinha que haver um senão. E o senão era, provavelmente, um esperto romancista histórico que tinha descoberto fatos interessantes e feito deles uma história de ficção. Afinal, bilhetes de teatro, títulos de propriedade, programas e coisas assim não provam a existência de imortais chupadores de sangue.

Quanto às regras que Jesse teria que obedecer, ela as achava ridículas.

Não tinha permissão de permanecer em Nova Orleans, a não ser entre o nascer do sol e as quatro horas da tarde. Às quatro horas tinha que ir para a cidade de Baton Rouge, e passar as noites em segurança num quarto no décimo sexto andar de um hotel moderno. Se tivesse a mais leve sensação de que alguém a observava ou seguia, teria que procurar imediatamente a segurança entre outras pessoas. De algum lugar bem iluminado e com muita gente ela telefonaria imediatamente para a Talamasca, em Londres.

Nunca, em qualquer circunstância, deveria tentar ver um desses vampiros. Os parâmetros dos poderes vampirescos não eram conhecidos pela Talamasca. Mas uma coisa era certa: aqueles seres conseguiam ler pensamentos. E também conseguiam criar confusão mental em seres humanos. E havia considerável evidência de que eram excepcionalmente fortes. A maioria matava com facilidade.

Também alguns deles, sem dúvida, sabiam da existência da Talamasca. Ao longo dos séculos, vários membros da ordem tinham desaparecido durante esse tipo de investigação.

Jesse teria que ler escrupulosamente os jornais diários. A Talamasca tinha razões para crer que no momento não havia vampiros em Nova Orleans, senão Jesse não teria sido enviada para lá. Mas a qualquer momento Lestat, Armand ou Louis poderiam aparecer. Se Jesse encontrasse uma reportagem sobre uma morte suspeita, deveria sair da cidade e não voltar.

Jesse achou tudo isso hilariante. Nem mesmo um punhado de recortes sobre mortes misteriosas a impressionou ou assustou. Afinal, aquelas pessoas poderiam muito bem ter sido vítimas de um culto satânico. E eram todos demasiadamente humanos.

Mas Jesse queria essa missão.

A caminho do aeroporto, David perguntou-lhe a razão.

– Se você não consegue acreditar no que lhe contei, então por que quer investigar o livro?

Ela demorou a responder.

– Há alguma coisa de obsceno neste romance. Faz a vida desses seres parecer atraente. A princípio não se percebe; é um pesadelo de onde não se pode sair. Então de repente fica-se confortável. Dá vontade de continuar. Nem a tragédia de Claudia chega a ser desencorajadora.

– E...?

– Quero provar que é tudo ficção – declarou Jesse.

Isso satisfazia a Talamasca, principalmente vindo de um investigador experimentado.

Mas durante o longo voo para Nova York Jesse percebeu que havia algo que ela não poderia contar a David. Ela própria acabara de descobrir. *Entrevista com o vampiro* lembrava aquele antigo verão com Maharet, embora Jesse não soubesse por quê. E várias vezes interrompeu a leitura para pensar naquele verão. E pequenas coisas lhe voltavam. Chegou até a sonhar com aquilo novamente. Não tem relação com o assunto, disse a si mesma. Mas havia alguma ligação, alguma coisa a ver com a atmosfera do livro, o ambiente, até mesmo a atitude dos personagens, e o modo como as coisas pareciam ser de um jeito e na verdade não eram. Mas Jesse não conseguia raciocinar sobre aquilo. Seu raciocínio, como sua memória, estava curiosamente bloqueado.

⁂

Os primeiros dias de Jesse em Nova Orleans foram os mais estranhos de toda a sua carreira de paranormal.

A cidade tinha a úmida beleza caribenha e um ar teimosamente colonial que a encantaram imediatamente. No entanto, em toda parte Jesse "sentia" coisas. Tudo lá parecia mal-assombrado. As sombrias casas de antes da Guerra Civil eram sedutoramente silenciosas e melancólicas. Até mesmo as ruas do bairro francês, cheias de turistas, tinham uma atmosfera sensual e sinistra que a fazia estar sempre perdendo o rumo ou parando para longos períodos de devaneio, sentada num banco na Jackson Square.

Odiava ter que deixar a cidade às quatro da tarde. O opulento hotel em Baton Rouge dava-lhe o conforto do luxo americano. Ela gostava disso. Mas o ambiente suave e preguiçoso de Nova Orleans dominava-a. Todas as manhãs acordava com a vaga consciência de ter sonhado com os vampiros. E com Maharet.

Então, no quarto dia de sua investigação, ela fez uma série de descobertas que a enviaram direto a um telefone. Realmente tinha havido um Lestat de Lioncourt na Louisiana. Em 1862 ele havia comprado uma casa na rua Royal, de seu sócio, Louis de Pointe du Lac. Louis de Pointe du Lac tinha possuído sete propriedades na Louisiana, e uma delas era a plantação descrita em *Entrevista com o vampiro*. Jesse ficou atônita. E deliciada.

Mas houve outras descobertas. Alguém chamado Lestat de Lioncourt possuía casas em toda a cidade, ainda agora. E a assinatura dessa pessoa, que aparecia em registros datados de 1895 e 1910, eram idênticas às assinaturas do século XVIII.

Ah, era maravilhoso demais. Jesse estava se divertindo muito.

Partiu imediatamente para fotografar as propriedades de Lestat. Duas eram mansões no Garden District, evidentemente inabitáveis, caindo em ruínas por trás dos portões enferrujados. Mas o resto, inclusive a casa da rua Royal – a mesma vendida a Lestat em 1862 –, estava alugado por uma agência local, que enviava o dinheiro a um advogado em Paris.

Isso era mais do que Jesse podia aguentar. Mandou um telegrama a David pedindo dinheiro. Tinha que indenizar os inquilinos da casa da rua Royal para que a abandonassem, pois aquela era certamente a casa que fora habitada por Lestat, Louis e a menina Claudia. Podiam ou não ter sido vampiros, mas tinham morado ali!

David mandou o dinheiro imediatamente, junto com instruções estritas de que ela não se aproximasse das mansões em ruínas. Jesse respondeu imediatamente que já tinha examinado aqueles locais. Ninguém entrava lá havia anos.

Importante era a casa da rua Royal. No final da semana ela já era a única inquilina. Os antigos moradores partiram de boa vontade, os bolsos cheios de dinheiro. E bem cedo na segunda-feira Jesse entrou no apartamento deserto do segundo andar.

Deliciosamente mal conservado. As antigas lareiras, as sancas, as portas, tudo ali!

Jesse entrou em ação nos quartos da frente com uma chave de fenda e um formão. Louis tinha descrito um incêndio nesses aposentos, durante o qual Lestat ficara bastante queimado. Bem, Jesse descobriria.

Em uma hora tinha descoberto as madeiras queimadas! Quando os pedreiros – benditos! – tinham vindo consertar o estrago, tinham fechado os buracos com jornais de 1862. Isso combinava perfeitamente com a narrativa de Louis. Ele passara a casa para Lestat, fizera planos para partir para Paris, então houve o incêndio durante o qual Louis e Claudia fugiram.

Naturalmente Jesse disse a si mesma que ainda estava cética, mas os personagens do livro estavam se tornando curiosamente reais. O velho telefone preto no vestíbulo tinha sido desligado. Ela teria que sair para telefonar para David, o que a irritou. Queria contar-lhe tudo imediatamente.

Mas não saiu. Ao contrário, simplesmente passou horas sentada na sala, sentindo o calor do sol nas tábuas rústicas à sua volta, escutando os estalidos da casa. Uma casa daquela idade nunca fica em silêncio, principalmente num clima úmido. Parece uma coisa viva. Não havia fantasmas ali, pelo menos que ela pudesse ver. No entanto, não se sentia sozinha. Pelo contrário, estava rodeada de carinho. Alguém a sacudiu para que acordasse. Claro que não. Estava sozinha ali. Um relógio batendo quatro horas...

No dia seguinte alugou um vaporizador de papel de parede e pôs-se em ação nos outros aposentos. Tinha que chegar à forração original. A padronagem poderia ser datada, e além disso ela estava procurando uma coisa em particular, mas havia um canário cantando em algum lugar, possivelmente num apartamento ou numa loja das redondezas, e aquele canto distraiu-a. Tão lindo. Não esqueça o canário. O canário vai morrer se você o esquecer. Ela adormeceu novamente.

Já estava completamente escuro quando acordou. Ouvia próxima a música de um cravo. Durante muito tempo ficou escutando sem abrir os olhos. Mozart, muito rápido. Rápido demais, mas que técnica! Uma cascata de notas, uma técnica inacreditável. Finalmente forçou-se a levantar, ligar as luzes e fazer funcionar novamente o vaporizador.

O aparelho era pesado; a água quente pingava em seu braço. Em cada aposento ela limpou um trecho da parede até o reboco original, depois passava para outro aposento, mas o zumbido do aparelho a perturbava. Parecia ouvir vozes nele – pessoas rindo, conversando, alguém falando em francês num sussurro ansioso, uma criança chorando. Ou seria uma mulher?

Desligou a maldita coisa. Nada. Apenas uma ilusão criada pelo ruído numa casa vazia.

Voltou ao trabalho sem consciência da hora, ou de que não tinha comido, ou de que estava ficando tonta. Continuou manejando o pesado vaporizador até que no quarto do centro encontrou o que estava procurando – um mural pintado à mão numa parede caiada.

Por um instante ficou paralisada de excitação. Então pôs-se a trabalhar freneticamente. Sim, era o mural da "floresta mágica" que Lestat encomendara para Claudia. E em rápidas passadas do vaporizador gotejante ela o pôs a descoberto.

"Unicórnios e pássaros de ouro e árvores carregadas de frutas sobre regatos cintilantes." Era exatamente como Louis a descrevera. Finalmente ela conseguiu limpar uma grande parte do mural que ocupava as quatro paredes. O quarto de Claudia, sem dúvida. Sua cabeça girava. Estava fraca de fome. Consultou o relógio: uma hora.

Uma hora! Já se passara metade da noite! Tinha que sair imediatamente. Era a primeira vez em todos aqueles anos que ela desobedecia a uma regra!

No entanto, não conseguia se obrigar a sair. Estava cansada demais, apesar da excitação. Estava sentada no chão, encostada na lareira de mármore; a luz da lâmpada no teto era ruim, e sua cabeça estava doendo também. No entanto, ela tinha o olhar fixo nos pássaros dourados, nas pequenas flores primorosamente pintadas, nas árvores. O céu era de um púrpura escuro, mas havia uma lua cheia e não se via o sol, e sim uma grande mancha de minúsculas estrelas. Havia pedacinhos de prata ainda presos às estrelas.

Gradualmente ela percebeu um muro de pedra pintado num canto. Havia um castelo atrás dele. Como seria bom caminhar pela floresta em direção a ele, atravessar o portão de madeira pintada... Entrar em outro reino. Ouvia uma canção em sua cabeça, algo que ela já tinha esquecido, algo que Maharet costumava cantar.

Então subitamente ela reparou que o portão era pintado sobre uma abertura na parede!

Inclinou-se para a frente. Conseguia ver as fendas no reboco. Sim, uma abertura quadrada, que ela não tinha visto ao trabalhar com o pesado vaporizador. Ajoelhou-se diante da abertura e tocou nela. Uma porta de madeira. Imediatamente pegou a chave de fenda para tentar abri-la. Não conseguiu. Tentou numa beirada, depois na outra. Mas apenas arranhava a pintura.

Acocorou-se para estudá-la. Um portão pintado cobrindo uma porta de madeira. E havia um lugar gasto, justamente onde ficava o trinco pintado. Sim! Ela esticou o braço e deu um empurrãozinho no local. A porta se abriu, simples.

Ergueu a lanterna. Um compartimento forrado de cedro. E havia coisas ali. Um livrinho encapado em couro branco! Um rosário, parecia, e uma boneca muito antiga, de porcelana.

Por um instante não conseguiu se obrigar a tocar naqueles objetos. Era como profanar uma sepultura. E havia também um leve odor, como um perfume. Ela não estava sonhando, estava? Não, sua cabeça doía demais para que aquilo fosse um sonho. Estendeu a mão e pegou a boneca primeiro.

O corpo era tosco, pelos padrões modernos, no entanto, os membros, de madeira, eram bem esculpidos e montados. O vestido branco e a faixa lavanda estavam apodrecidos. Mas a cabeça de porcelana era linda, os enormes olhos azuis perfeitos, a peruca de longos cabelos louros ainda intacta.

– Claudia – murmurou ela.

Sua voz deixou-a cônscia do silêncio. Nenhum trânsito a essa hora. Só as tábuas estalando. E o lampejar suave e apaziguador de uma lamparina a óleo numa mesa próxima. E aquele cravo em algum lugar, alguém agora tocando Chopin com a mesma habilidade extraordinária que ela ouvira antes. Ficou sentada imóvel, olhos baixos para a boneca em seu colo. Tinha vontade de pentear-lhe os cabelos, consertar a faixa.

Os principais acontecimentos de *Entrevista com o vampiro* lhe voltaram – Claudia destruída em Paris. Claudia pega pela mortal luz do sol nascente num poço de tijolos de onde não poderia escapar. Jesse sentiu um choque opaco, e o pulsar rápido e silencioso de seu coração batendo na garganta. Claudia destruída, ao passo que os outros continuavam. Lestat, Louis, Armand...

Então, com um susto, percebeu que estava olhando para as outras coisas dentro do compartimento. Estendeu a mão para o livro.

Um diário! As páginas eram frágeis, manchadas. Mas a escrita antiquada, em sépia, ainda era legível, especialmente agora que as lamparinas a óleo estavam todas acesas, e o quarto tinha um brilho aconchegante. Ela lia em francês sem esforço. O primeiro registro datava de 21 de setembro de 1836:

> Este é o presente de aniversário que ganhei de Louis. Use como quiser, disse ele. Mas talvez fosse interessante copiar aqui os poemas que me agradarem, e lê-los para ele de vez em quando.
>
> Não entendo exatamente o que quer dizer meu aniversário. Será que eu nasci no dia 21 de setembro, ou foi nesse dia que larguei todas as coisas humanas e me tornei o que sou?

Os cavalheiros meus pais estão sempre relutantes em esclarecer questões tão simples. Parece até que é de mau gosto mencionar esses assuntos. Louis faz ar de perplexidade, depois de infelicidade, antes de voltar ao jornal. E Lestat, ele sorri e toca um pouco de Mozart para mim, depois responde, dando de ombros:

– Foi o dia em que você nasceu para nós.

Naturalmente ele me deu uma boneca, como sempre, uma réplica minha, sempre usando uma duplicata do meu vestido mais novo. Manda buscar essas bonecas na França, faz questão que eu saiba. E o que eu deveria fazer com ela? Brincar, como se eu fosse uma criança de verdade?

– Existe aí alguma mensagem, meu amado pai? – perguntei-lhe esta noite. – De que eu própria serei uma boneca para sempre? – Ele já me deu trinta dessas bonecas ao longo dos anos, se a memória não me falha. E a memória nunca falha. Cada boneca exatamente igual ao resto. Não iria haver lugar para mim no quarto, se eu ficasse com elas. Eu as queimo, mais cedo ou mais tarde. Despedaço os rostos de porcelana com um atiçador. Fico vendo o fogo comer os cabelos. Não posso dizer que gosto de fazer isso. Afinal, as bonecas são lindas. E se parecem mesmo comigo. No entanto, esse é o gesto correto. A boneca espera isso. E eu também.

E agora ele me trouxe outra, e depois fica parado à minha porta olhando para mim, como se minha pergunta o ofendesse. E de repente tem uma expressão de tanta raiva que eu penso: este não pode ser o meu Lestat.

Gostaria de poder odiá-lo. Gostaria de poder odiar os dois. Mas eles me derrotam, não com sua força, mas com sua fraqueza. São tão amorosos! E tão agradáveis de se ver. Mon Dieu, como as mulheres correm atrás deles!

Enquanto ele estava ali de pé olhando para mim, vendo-me examinar a boneca que ele me dera, perguntei rispidamente:

– Está gostando do que está vendo?

– Você não as quer mais, não? – sussurrou ele.

– Você quereria, se fosse eu? – perguntei.

A expressão no rosto dele ficou ainda mais zangada.

Nunca o vi daquele jeito. Um calor ardente subiu-lhe ao rosto, e ele piscou para clarear a visão. Sua visão perfeita. Saiu e foi para a sala. Fui atrás dele. Na verdade, eu não suportava vê-lo daquele jeito, mas fui atrás dele.

– Você gostaria delas se fosse eu? – insisti.

Ele me encarou como se eu o assustasse, ele um homem de um metro e oitenta, e eu, uma criança com no máximo a metade disso.

– Você me acha bonita? – perguntei.

Ele passou por mim, desceu o corredor e saiu pela porta dos fundos do apartamento. Mas eu o alcancei. Agarrei sua manga quando ele estava no alto da escada.

– Responda! – falei. – Olhe para mim. O que é que está vendo?

Ele estava num estado horrível. Pensei que fosse se desvencilhar, rir, mostrar sua exuberância costumeira. Mas, em vez disso, ele caiu de joelhos na minha frente e agarrou meus braços. Beijou-me com força na boca.

– Eu te amo! – falou. – Eu te amo!

Como se fosse uma maldição que me jogava. Depois recitou-me este poema:

Cubra o rosto dela;
meus olhos se ofuscam;
ela morreu jovem.

Webster, tenho quase certeza. Uma daquelas peças que Lestat tanto adora. Fico pensando... será que Louis vai gostar desse poeminha? Não sei por que não. É pequeno, mas muito bonitinho.

Jesse fechou o livro com suavidade. Sua mão tremia. Ela ergueu a boneca e segurou-a contra o seio, o corpo oscilando levemente, e tornou a recostar-se na parede pintada.

– Claudia – sussurrou.

A cabeça latejava, mas isso não tinha importância. A luz das lamparinas a óleo era tão tranquilizante, tão diferente das gritantes lâmpadas elétricas. Ficou sentada imóvel, acariciando a boneca com a ponta dos dedos, quase como uma cega, sentindo os cabelos macios e sedosos, o vestidinho engomado.

O relógio tornou a bater, bem alto, cada nota surda ecoando no aposento. Não podia desmaiar ali. Tinha que dar um jeito de se levantar. Tinha que pegar o livrinho, a boneca e o rosário, e sair dali.

As janelas vazias eram como espelhos, com a noite por trás. Regras desobedecidas. Ligar para David, sim, ligar para David agora. Mas o telefone estava tocando. A esta hora, imagine. O telefone tocando. E David não tinha o número deste apartamento, porque o telefone... Ela tentou ignorá-lo, mas ele continuou tocando. Está bem, atenda.

Deu um beijo na testa da boneca.

– Volto já, meu bem – sussurrou.

Afinal, onde ficava o maldito telefone nesse apartamento? Na prateleira no vestíbulo, é claro. Ela quase o pegou quando viu o fio solto, enrolado no aparelho. Não estava ligado. Ela via que não estava ligado. Mas estava tocando, ela ouvia, e não era uma alucinação auditiva, a coisa estava tocando com estridência! E as lamparinas! Meu Deus, não havia lamparinas no apartamento!

Está bem, você já viu coisas assim antes. Não entre em pânico, pelo amor de Deus. Pense! Que é que deveria fazer?

Mas ela estava prestes a gritar. O telefone não parava de tocar!

Se você entrar em pânico, vai perder totalmente o controle. Tem que apagar essas lamparinas, parar esse telefone. Mas as lamparinas não podem ser reais. E a sala de estar no final do corredor – a mobília não é real! O brilho do fogo não é real! E a pessoa se movendo lá, quem é? Um homem? Não olhe para ele.

Ela estendeu a mão e empurrou o telefone para o chão. O receptor rolou pelo soalho. Uma voz fina de mulher saiu dele:

– Jesse?

Em cego terror, ela correu de volta para o quarto, tropeçando na perna de uma cadeira, caindo de encontro ao cortinado de uma cama de dossel. Nada disso é real. Nada disso está aqui. Pegue a boneca, o livro, o rosário! Enfiando-os em sua bolsa de lona, ela levantou-se e saiu correndo do apartamento para a escada dos fundos. Quase caiu quando seus pés atingiram o metal escorregadio. O jardim, o chafariz... Mas você sabe que não há outra coisa além de ervas. Havia um portão de ferro torneado bloqueando seu caminho. Ilusão. Atravesse-o. Corra!

Era o pesadelo clássico e ela estava presa nele, o som de cavalos e carruagens ribombando em seus ouvidos enquanto ela corria pela rua calçada de pedras. Cada gesto desajeitado durava uma eternidade, as mãos lutando para pegar as chaves do carro, abrir a porta, e então o carro se recusando a ligar.

Quando chegou ao limite do bairro francês, estava soluçando, e seu corpo estava banhado de suor. Dirigiu pelas ruas do centro em direção à rodovia. Tendo que parar na rampa de acesso, ela virou a cabeça. O banco traseiro estava vazio. Certo, não a seguiram. E a bolsa de lona estava em seu colo; sentia a rígida cabeça de porcelana contra seu peito. Foi em disparada para Baton Rouge.

Quando chegou ao hotel, estava passando mal. Mal conseguiu caminhar até a recepção. Uma aspirina, um termômetro. Por favor, ajude-me a chegar ao elevador!

Quando acordou, oito horas depois, era meio-dia. A bolsa de lona ainda em seus braços. Estava com quarenta graus de febre. Telefonou para David, mas a ligação estava péssima. Ele ligou de volta; não adiantou. Mesmo assim ela tentou fazer-se entender. O diário era de Claudia, sem dúvida, e confirmava tudo! E o telefone não estava ligado, mas ela ouvira a voz da mulher. As lamparinas estavam ardendo quando ela saiu correndo do apartamento. O apartamento estava cheio de móveis; havia fogo nas lareiras. Será que essas lamparinas e o fogo poderiam incendiar a casa? David tinha que fazer alguma coisa! Ele respondia, mas ela mal conseguia ouvi-lo. Estava com a bolsa, disse a ele, que ele não se preocupasse.

Estava escuro quando abriu os olhos. A dor de cabeça a despertara. O relógio digital na penteadeira marcava dez e meia. Sede, uma sede terrível, e a garrafa na mesa de cabeceira estava vazia. Havia mais alguém no quarto.

Virou-se para o outro lado. A luz entrava pelas finas cortinas brancas. Sim, ali. Uma criança, uma garotinha. Estava sentada numa cadeira contra a parede.

Jesse via claramente os longos cabelos louros, o vestido de mangas bufantes, as pernas que não chegavam ao chão. Tentou ver melhor. Uma criança... não era possível. Uma aparição. Não. Alguma coisa que ocupava espaço. Alguma coisa malévola. Uma ameaça – e a criança estava olhando para ela.

Claudia.

Saiu da cama aos tropeções, ainda segurando a bolsa, e, recuando, encostou-se à parede. A garotinha levantou-se. Era nítido o som de seus pés no carpete. A sensação de ameaça pareceu ficar mais forte. A criança entrou na faixa de luz que vinha da janela, e Jesse viu os olhos azuis, as faces arredondadas, os bracinhos macios.

Jesse gritou. Apertando a bolsa de encontro ao corpo, ela saltou em direção à porta. Tateou à procura da maçaneta, com medo de olhar por cima do ombro. Gritava incontrolavelmente. Alguém chamava do outro lado da porta; finalmente ela conseguiu abri-la e cambaleou para o corredor.

Pessoas rodearam-na, mas não conseguiram convencê-la a se aproximar do quarto. Então alguém a ajudou a levantar-se, pois aparentemente ela caíra novamente. Outra pessoa trouxe uma cadeira. Ela chorava, tentando acalmar-se, mas incapaz de parar, e segurava com as duas mãos a bolsa com a boneca e o diário.

Quando a ambulância chegou, ela recusou-se a se separar da bolsa. No hospital deram-lhe antibióticos, sedativos, drogas suficientes para levar qualquer um à loucura. Ela dormia como uma criança, a bolsa a seu lado sob as cobertas. Se uma enfermeira apenas tocasse na bolsa, Jesse acordava de imediato.

Quando Aaron Lightner chegou, dois dias depois, entregou-a a ele. Ainda estava doente quando pegou o avião para Londres. A bolsa estava no colo dele, e ele foi muito bonzinho, acalmando-a, cuidando dela; ela cochilou durante grande parte do longo voo. Só pouco antes de chegarem foi que percebeu que sua pulseira tinha sumido, sua linda pulseira de prata. Chorou baixinho, de olhos fechados. A pulseira de Mael tinha sumido.

Retiraram-na do caso.

Ela soube disso antes que lhe contassem. Era jovem demais para aquele trabalho, disseram. Inexperiente demais. Tinham errado ao enviá-la. Continuar seria simplesmente perigoso demais. Naturalmente, o que ela havia feito era de "imensa valia". E o fantasma tinha um poder incomum. O espírito de um vampiro morto? Inteiramente possível. E o telefone tocando, bem, havia muitos casos assim – as entidades usavam vários meios para "comunicar-se" ou assustar. Melhor descansar agora, tirar aquilo tudo da cabeça. Outras pessoas continuariam a investigação.

Quanto ao diário, ele nada continha de mais importante do que aquilo que ela própria lera. Os psicometristas que haviam examinado o rosário e a boneca nada conseguiram descobrir. Os objetos seriam guardados com o maior cuidado. Mas Jesse tinha que parar de pensar naquelas coisas imediatamente.

Jesse argumentou, implorou para voltar. Chegou a fazer uma cena. Mas era como conversar com o Vaticano. Algum dia, daí a uns dez anos, talvez vinte, ela poderia voltar para esse campo. Ninguém estava dizendo que isso era impossível. Mas no momento a resposta era não. Jesse devia descansar, melhorar, esquecer o que acontecera.

Esquecer o que acontecera...

Passou várias semanas doente. Usava roupões de flanela branca o dia inteiro e bebia incontáveis xícaras de chá quente. Sentava-se à janela do quarto.

Contemplava o gramado do parque, os velhos e imensos carvalhos. Observava os carros indo e vindo, minúsculos pedacinhos de cor silenciosos movendo-se na distante estrada de cascalho. Deliciosa aquela tranquilidade. Traziam-lhe coisas gostosas para comer e beber. David vinha e conversava carinhosamente com ela sobre qualquer coisa, exceto vampiros. Aaron enchia seu quarto de flores. Outras pessoas vinham visitá-la.

Ela falava pouco ou nada. Não conseguia explicar-lhes por que aquilo a magoava profundamente, lembrando-lhe o verão distante em que fora expulsa de outros segredos, outros mistérios, outros documentos em cofres. Era a mesma velha história: vislumbrara algo de importância incalculável que lhe fora logo retirado.

E agora jamais entenderia o que vira ou vivera. Deveria permanecer ali em silêncio com seu arrependimento. Por que não tinha pegado aquele telefone e falado, escutado a voz do outro lado?

E a criança, que desejava o espírito da criança? Seria o diário ou a boneca? Não, Jesse estava destinada a encontrá-los e retirá-los. No entanto, fugira do espírito da criança! Ela, que tinha conversado com tantas entidades sem nome, que se postava corajosamente em aposentos escuros conversando com coisas trêmulas, quando os outros fugiam em pânico! Ela, que tranquilizava os outras com a velha assertiva: esses seres, sejam quem forem, não conseguem nos fazer mal!

Mais uma chance, ela implorou. Rememorou tudo o que acontecera. Tinha que voltar àquele apartamento de Nova Orleans. David e Aaron ficaram em silêncio. Então David aproximou-se e abraçou-a.

– Minha querida Jesse, nós amamos você. Mas neste assunto nós simplesmente não podemos ir contra as regras.

À noite ela sonhava com Claudia. Certa vez acordou às quatro horas, foi à janela e olhou para o parque, esforçando-se para enxergar além da luz fraca das janelas inferiores. Havia uma criança lá fora, uma figurinha minúscula sob as árvores, numa capa vermelha com capuz, uma criança olhando para ela. Ela desceu correndo a escada, mas apenas conseguiu perder-se no gramado deserto e úmido, no alvorecer de uma fria manhã cinzenta.

*

Na primavera mandaram-na para Nova Déli.

Ela teria que documentar as provas de reencarnação, segundo os relatos de crianças na Índia que se lembravam de suas vidas anteriores. Um promissor trabalho já havia sido feito nessa área por um certo dr. Ian Stevenson. E Jesse deveria encetar uma pesquisa independente, para a Talamasca, que poderia produzir resultados igualmente frutíferos.

Dois membros mais antigos da ordem encontraram-na em Déli. Deixaram-na imediatamente à vontade na velha mansão inglesa onde moravam. Ela acabou adorando o trabalho; e depois dos choques iniciais e dos pequenos desconfortos, acabou amando a Índia também. No final do ano sentia-se novamente feliz – e útil.

Aconteceu outra coisa, uma coisinha pequena, mas que parecia um bom presságio. Num bolso de sua velha mala, aquela que Maharet lhe dera anos antes, ela encontrou a pulseira de prata de Mael.

Sim, era feliz.

Mas não esquecia o que acontecera. Havia noites em que se lembrava tão vividamente da imagem de Claudia que acabava por levantar-se e acender todas as luzes do quarto. Em outras ocasiões julgava ver à sua volta, nas ruas da cidade, estranhos seres de rosto pálido como os personagens de *Entrevista com o vampiro*. Sentia que estava sendo vigiada.

Por não poder contar a Maharet sobre essa estranha aventura, suas cartas tornaram-se ainda mais apressadas e superficiais. No entanto, Maharet continuava fiel. Quando membros da família iam a Déli, visitavam Jesse. Tentavam mantê-la dentro do rebanho. Mandavam-lhe notícias de casamentos, nascimentos, mortes. Imploravam que fosse visitá-los nas férias. Matthew e Maria escreviam da América pedindo que Jesse voltasse logo para casa. Sentiam saudades dela.

*

Jesse passou quatro anos felizes na Índia. Documentou mais de trezentos casos individuais, que incluíam impressionantes evidências de reencarnação. Trabalhou com alguns dos melhores investigadores do oculto que ela já conhecera. E achava o trabalho sempre gratificante, quase consolador. Muito diferente das caçadas a fantasmas dos anos anteriores.

No outono do quinto ano ela finalmente cedeu aos pedidos de Matthew e Maria e foi passar um mês nos Estados Unidos. Os dois ficaram felicíssimos.

Aquele encontro significou para Jesse muito mais do que ela própria tinha imaginado. Adorou estar de volta no velho apartamento de Nova York.

Adorava os jantares tardios com seus pais adotivos. Eles não a interrogavam sobre o trabalho. Sozinha durante o dia, ela telefonava para antigos colegas de faculdade ou dava longos passeios solitários pela palpitante paisagem urbana das esperanças, dos sonhos e das mágoas infantis.

✵

Duas semanas após sua volta, Jesse viu *O vampiro Lestat* na vitrine de uma livraria. Por um instante achou que se enganara. Não era possível. Mas era. O vendedor contou-lhe sobre o disco do mesmo nome, o show em San Francisco. Jesse comprou o ingresso a caminho de casa, na loja onde comprou o disco.

Durante todo o dia Jesse ficou deitada no quarto lendo o livro. Era como se o pesadelo de *Entrevista com o vampiro* tivesse voltado e, mais uma vez, ela não conseguia fugir dele. No entanto, sentia-se estranhamente tocada a cada palavra. Sim, reais, todos vocês. A história ia e voltava, retrocedendo até o bando romano de Santino, à ilha que era o refúgio de Marius, ao túmulo druida de Mael. E finalmente a Aqueles que Devem Ser Preservados – vivos, porém duros e brancos como mármore.

Ah, sim, ela havia tocado essa pedra! Ela havia olhado dentro dos olhos de Mael; tinha sentido o toque da mão de Santino. Tinha visto o quadro pintado por Marius nos cofres da Talamasca!

Quando fechou os olhos para dormir, viu Maharet na sacada da casa de Sonoma. A lua estava alta, acima dos topos das sequoias. E a noite cálida parecia estranhamente cheia de promessas e perigos. Eric e Mael estavam lá. Também outros que ela não conhecia, a não ser das páginas de Lestat. Todos da mesma tribo: olhos incandescentes, cabelos bruxuleantes, a pele uma substância brilhante e sem poros. Em sua pulseira de prata milhares de vezes ela contemplara os antigos símbolos celtas de deuses e deusas com quem os druidas falavam nas florestas como aquela para onde Marius certa vez fora levado como prisioneiro. Quantas ligações ela precisaria entre aquela ficção esotérica e o verão inesquecível?

Mais uma, sem dúvida. O próprio vampiro Lestat. Em San Francisco, onde ela poderia vê-lo e tocá-lo. Aquela seria a ligação definitiva. Ela saberia então, naquele momento, a resposta de tudo.

O relógio tiquetaqueava. Sua lealdade à Talamasca estava morrendo no silêncio da tarde. Ela não lhes contaria uma só palavra. Isso dava-lhe uma grande pena, pois eles teriam dado muita importância, e sem egoísmo; não duvidariam de coisa alguma.

A tarde perdida. Lá estava ela novamente. Descendo até o porão de Maharet pela escada em espiral. Não conseguia empurrar a porta? Olhe. Veja o que viu então. Alguma coisa não tão horrível à primeira vista – simplesmente aqueles que ela conhecia e amava, na escuridão, adormecidos. Mas Mael está deitado no chão frio, como morto, e Maharet está sentada de encontro à parede, ereta como uma estátua. Os olhos dela estão abertos!

Acordou com um susto, o rosto vermelho, o quarto frio e escuro.

– Miriam – disse em voz alta. O pânico diminuiu gradualmente. Ela se aproximara, apavorada. Tocara em Maharet. Fria, petrificada. E Mael, morto! O resto era escuridão.

Nova York. Ela deitada na cama com o livro na mão. E Miriam não vinha. Lentamente desceu da cama e atravessou o quarto até a janela.

Ali, na empoeirada penumbra do entardecer, estava a alta e estreita casa fantasma de Stanford White. Ela a encarou até que a imagem se desvaneceu aos poucos.

Da capa do disco apoiada na penteadeira o vampiro Lestat lhe sorria.

Fechou os olhos. Visualizou o trágico casal – Aqueles que Devem Ser Preservados. Rei e Rainha indestrutíveis em seu trono egípcio, a quem o vampiro Lestat cantava seus hinos nos rádios, nas vitrolas automáticas e nos pequenos toca-fitas que as pessoas carregavam. Viu o rosto branco de Maharet brilhando nas sombras. Alabastro. A pedra que está sempre cheia de luz.

A tarde caindo, de repente, como acontece no final do outono, a tarde opaca desvanecendo-se no brilho agudo da noite. O trânsito troava na rua apinhada, ecoando pelas laterais dos prédios. O trânsito sempre fora assim barulhento nas ruas de Nova York? Ela encostou a testa na vidraça. Pelo canto dos olhos via a casa de Stanford White. Havia figuras movimentando-se dentro dela.

✵

Jesse partiu de Nova York na tarde seguinte, no velho conversível de Matt. Fez questão de pagar pelo carro, apesar dos argumentos dele. Sabia que não o traria de volta. Então abraçou os pais e, no tom mais casual possível, disse-lhes todas as coisas simples de seu coração, que sempre desejara que eles soubessem.

Naquela manhã mandara uma carta expressa a Maharet, juntamente com os dois romances vampirescos. Explicou que tinha abandonado a Talamasca, ia ao show do vampiro Lestat na Califórnia e queria parar na propriedade de Sonoma. Tinha que ver Lestat, isso era de crucial importância. Sua velha chave serviria na porta da casa de Sonoma? Maharet permitiria que ela parasse lá?

Foi na primeira noite, em Pittsburgh, que ela sonhou com as gêmeas. Viu as duas mulheres ajoelhadas diante do altar. Viu o corpo cozido, pronto para ser devorado. Viu uma das gêmeas erguer o prato com o coração; a outra, o prato com o cérebro. Então os soldados, o sacrilégio.

Quando chegou a Salt Lake City tinha sonhado três vezes com as gêmeas. Tinha visto sua violação, numa cena vaga e aterrorizante. Tinha visto um bebê nascido de uma das irmãs. Tinha visto o bebê escondido quando as gêmeas foram novamente caçadas e aprisionadas. Teriam sido mortas? Ela não sabia. Os cabelos vermelhos. Se ao menos pudesse ver os rostos delas, os olhos! Os cabelos vermelhos a torturavam.

Foi somente quando telefonou para David de um telefone público na beira da estrada que ficou sabendo que outras pessoas tinham tido esses sonhos – paranormais e médiuns no mundo inteiro. E sempre havia uma ligação com o vampiro Lestat. David mandou Jesse voltar para casa imediatamente.

Jesse tentou explicar calmamente. Ia ao show para ver Lestat. Tinha que fazer isso. Havia outras coisas, mas era tarde demais para lhe contar. David que a perdoasse.

– Você não pode fazer isso, Jessica – disse David. – O que está acontecendo não é simplesmente um caso para os arquivos. Você tem que voltar, Jessica. A verdade é que precisamos de você. Desesperadamente. É impensável tentar esse contato sozinha. Jesse, escute o que estou lhe dizendo.

– Não posso voltar, David. Sempre amei você. Vocês todos. Mas diga-me uma coisa. É a última pergunta que lhe faço. Por que você não pode vir?

– Jesse, você não está me escutando.

– A verdade, David. Conte-me a verdade. Você sempre acreditou mesmo neles? Ou sempre foi uma questão de objetos, registros e pinturas guardados em cofres, coisas que se pode ver e tocar? Você sabe o que estou dizendo, David. Pense no padre ao dizer as palavras da consagração durante a missa, ele acredita mesmo que Cristo está no altar? Ou é só uma questão de cálices, o vinho sacramental e o coro cantando?

Ah, que mentirosa ela era por esconder tanta coisa dele e, no entanto, pressioná-lo assim! Mas a resposta não a decepcionou.

– Jesse, você entendeu errado. Sei o que são essas criaturas. Sempre soube. Nunca tive a menor dúvida. E por causa disso é que nenhum poder deste mundo conseguirá me fazer comparecer a esse show. É você quem não consegue aceitar a verdade. Tem que ver para crer! Jesse, o perigo é real. Lestat é exatamente o que diz ser, e haverá outros lá, ainda mais perigosos, outros que podem descobrir o que você é e tentar feri-la. Entenda isso e faça o que eu lhe digo. Volte para casa agora.

Um momento ríspido e doloroso. Ele estava tentando alcançá-la, e ela apenas lhe dizia adeus. Ele dissera outras coisas: que lhe contaria "toda a história", que abriria os arquivos para ela, que todos precisavam dela exatamente em relação a isso.

Mas ela estava pensando em outras coisas. Não podia contar a ele "toda a história", e esse era o seu sofrimento. Estava tonta novamente, e o sonho a ameaçava quando ela desligou o telefone. Tinha visto os pratos, o corpo no altar. A mãe delas. Sim, a mãe delas. Hora de dormir. O sonho quer entrar. E depois continuar.

⁂

Rodovia 101. Sete e trinta e cinco da noite. Faltam 25 minutos para o show.

Ela acabara de atravessar o desfiladeiro no Waldo Grade e ali estava o velho milagre – o enorme horizonte de San Francisco derramando-se pelos montes, bem além do brilho negro da água. As torres da Golden Gate erguiam-se diante dela, o vento gelado da baía congelava suas mãos nuas agarradas ao volante.

O vampiro Lestat começaria na hora marcada? Dava-lhe vontade de rir, pensar numa criatura imortal tendo que chegar na hora marcada. Bem, ela chegaria na hora marcada; a viagem estava quase no final.

Toda a tristeza desaparecera; tristeza por David, Aaron e aqueles a quem amara. Também não sentia tristeza pela Grande Família. Apenas gratidão por tudo. No entanto, talvez David tivesse razão. Talvez ela não tivesse aceitado a verdade dura e assustadora, e sim simplesmente penetrado no reino de lembranças e fantasmas, de criaturas pálidas que eram a própria matéria dos sonhos e da loucura.

Estava caminhando em direção à casa fantasma de Stanford White, e não tinha importância quem morava ali. Seria bem-vinda. Eles estavam tentando dizer-lhe isso desde que ela conseguia lembrar-se.

SEGUNDA PARTE
TODA A NOITE SAGRADA

Pouca coisa é
mais digna de nossa atenção
do que compreender
o talento da Substância.
. . .

Uma abelha, uma abelha viva,
na vidraça, tentando sair, condenada,
sem conseguir entender.

STAN RICE
Poema sem título de
Pig's Progress (1976)

Daniel

Um saguão longo e curvo; a multidão era como líquido sacudido de encontro às paredes sem cor. Adolescentes usando fantasias de bruxas irrompiam pelos portões; havia filas para comprar perucas louras, capas de cetim preto – "Caninos de vampiro, cinquenta centavos!" –, programas impressos em papel brilhante. Rostos brancos onde quer que ele olhasse. Olhos e bocas pintados. E aqui e ali bandos de homens e mulheres cuidadosamente vestidos em autênticas roupas do século XIX, lindamente maquilados e penteados.

Uma mulher vestida de veludo jogou para o alto um monte de botões de rosa secos. O sangue pintado descia por sua face branca. Risos.

Ele sentia o cheiro de maquilagem e de cerveja, tão estranhos agora aos seus sentidos. Os corações batendo à sua volta produziam um trovão baixo e delicioso contra seus tímpanos sensíveis.

Deve ter rido alto, pois sentiu o beliscão de Armand em seu braço.

– Daniel!

– Desculpe, patrão – sussurrou.

Afinal, ninguém estava prestando a menor atenção; todos os mortais estavam disfarçados; e quem eram Armand e Daniel senão dois rapazes pálidos e comuns na multidão, suéteres pretos, jeans, cabelos parcialmente escondidos sob gorros de lã azul, olhos atrás de lentes escuras?

– Afinal, qual é o problema? Não posso rir alto, especialmente agora que acho tudo tão engraçado?

Armand estava distraído, tentando escutar novamente. Daniel não conseguia enfiar na cabeça que precisava ter cautela. Agora tinha o que queria. Não são mais meus irmãos e irmãs, nenhum de vocês!

Armand lhe dissera: "Você tem muito o que aprender." Isso foi durante a caçada, a sedução, o assassinato, o jorro do sangue através de seu coração guloso. Mas ele se tornara natural em ser antinatural, não era mesmo, depois da angústia do primeiro assassinato, aquele que o transportara, trêmulo, da culpa ao êxtase em poucos segundos. A vida aos bocados. Ele acordara cheio de sede.

E meia hora antes eles tinham pegado duas adolescentes nas ruínas de uma escola abandonada, perto do parque, onde um bando deles morava em quartinhos fechados com tábuas, dormindo em sacos de dormir, usando farrapos e cozinhando em pequenos fogareiros a comida que roubavam nas lixeiras de Haight-Ashbury. Dessa vez não houve protestos, não. Apenas a sede e o senso cada vez maior da perfeição e da inevitabilidade de tudo aquilo, a perfeita lembrança do sabor sobrenatural. Depressa. No entanto, Armand fez da ocasião uma arte, sem a pressa da noite anterior, quando o tempo era de crucial importância.

Armand postara-se silenciosamente do lado de fora da casa, examinando-a, esperando "aqueles que querem morrer". Era assim que ele gostava de fazer; chamava-os silenciosamente e eles saíam. E a morte tinha uma certa serenidade. Ele tentara mostrar esse truque a Louis muito tempo antes, contou, mas Louis achou de mau gosto.

E os querubins vestidos de brim realmente saíram pela porta lateral, como se hipnotizados pela música do Flautista de Hamelin.

– Vocês vieram... Sabíamos que viriam... – Vozes sem entonação lhes davam as boas-vindas.

Levaram-nas escada acima, para uma sala feita de cobertores do exército presos por cordas. Morrer naquele lixo, sob o clarão fugaz dos faróis entrando pelas rachaduras do compensado!

Bracinhos quentes e sujos em volta do pescoço de Daniel; fedor de haxixe nos cabelos dela; ele mal conseguia suportar a dança, os quadris dela contra os seus, e então enfiar as presas na carne. "Você me ama, você sabe que me ama", dissera ela. E com a consciência tranquila ele respondera que sim. Ia ser sempre tão bom assim, eternamente? Agarrou o queixo dela por baixo e forçou-lhe a cabeça para trás, e então a morte entrando garganta abaixo, como um punho cerrado, até suas entranhas, o calor se espalhando, invadindo seu ventre e seu cérebro.

Depois deixou-a cair. Demais, e muito pouco! Por um momento enfiou as unhas na parede, pensando que devia ser de carne e osso também; e se fosse de carne e osso, podia ser dele. Então um choque, descobrir que não tinha mais fome. Estava repleto e completo, e a noite esperava, como algo feito de pura luz, e a outra estava morta, enrodilhada como um bebê dormindo no soalho sujo, e Armand, brilhando no escuro, só olhando.

Tinha sido difícil livrar-se dos corpos, depois. Na noite anterior isso foi feito fora de suas vistas, enquanto ele chorava. Sorte de principiante. Dessa vez Armand disse: "Nenhuma pista significa nenhuma pista." De modo que foram enterrá-los bem fundo no chão da caldeira de aquecimento, colocando cuidadosamente as pedras do soalho de volta no lugar. Muito trabalho, mesmo sendo eles tão fortes. Tão nojento pegar num cadáver assim. Por um único segundo uma coisa brilhou em sua mente: *Quem eram elas?* Dois seres decaídos, num poço. Sem mais *agora*, sem destino. E a coisa sem dono de ontem? Alguém estaria procurando por ela? De repente descobriu-se chorando. Ouviu o choro, ergueu a mão e tocou nas lágrimas que lhe saíam dos olhos.

– O que acha que é isto? Um livrinho de terror barato? – dissera Armand, obrigando-o a ajudar com as pedras do chão. – Se não consegue esconder depois, então não beba.

O prédio estava cheio de humanos mansos, que nada perceberam; os dois roubaram as roupas que agora usavam, uniformes dos jovens, e saíram para um beco por uma porta quebrada. Não mais meus irmãos e irmãs. Os bosques sempre foram cheios dessas coisinhas mansas, com olhos de corça, corações batendo pela flecha, pela bala, pela lança. E agora finalmente revelo minha identidade secreta: sempre fui o caçador.

– Está bom o jeito que sou agora? – perguntara ele a Armand. – Você está feliz?

Rua Haight, 7h35. Trânsito congestionado, doidões gritando na esquina. Por que não iam simplesmente para o show? Portões já abertos. Ele não conseguia suportar a expectativa.

Mas a casa comunal ficava perto, Armand lhe explicara, uma velha mansão a um quarteirão do parque, e alguns deles ainda estavam reunidos lá planejando a morte de Lestat. Armand queria passar por perto, só um instante, saber o que estava acontecendo.

– Vai procurar alguém? – perguntara Daniel. – Responda, está feliz comigo ou não?

O que é que ele tinha visto no rosto de Armand? Um clarão súbito de humor? Tesão? Armand levara-o às pressas pelas calçadas sujas, passando por bares, cafés, lojas repletas de roupas velhas e fedorentas, clubes elegantes com suas letras douradas nas vidraças engorduradas e os ventiladores no teto movimentando a fumaça com lâminas de madeira dourada, enquanto samambaias em vasos sofriam morte lenta no calor e na semiescuridão. Passaram pelo primeiro grupo de crianças pedindo balas pelo Dia das Bruxas, em suas fantasias de tafetá e purpurina.

Armand parara, imediatamente cercado pelos rostinhos cobertos por máscaras compradas em papelaria, espetos de plástico, fantasmas, bruxas; uma luz cálida e maravilhosa encheu-lhe os olhos castanhos; com as duas mãos ele deixou cair moedas de prata nos saquinhos de balas das crianças, depois pegou o braço de Daniel e levou-o dali.

– Gosto muito do jeito que você é agora – sussurrara, com um sorriso repentino e irreprimível, a emoção ainda presente. – Você é o meu primogênito. – Sua voz tinha um travo, e ele olhava de um lado para outro, como se estivesse encurralado. De volta ao assunto: – Seja paciente. Estou com medo por nós dois, lembra-se?

Ah, iremos juntos para as estrelas! Nada poderá nos impedir. Todos os fantasmas correndo por estas ruas são mortais!

Então a casa comunal explodiu.

Ele ouvira a explosão antes de vê-la – e um súbito rolo de fogo e fumaça, acompanhado por um som agudo que ele antes nunca teria escutado: gritos sobrenaturais, como papel prateado enroscando-se ao calor. De repente surgiram os humanos correndo, desgrenhados, para ver o incêndio.

Armand afastara Daniel da rua aos empurrões para dentro do ar estagnado de um pequeno armazém. Um clarão bilioso; suor e fedor de tabaco; mortais, alheios ao tumulto lá fora, lendo as revistas femininas. Armand empurrara-o até o fundo da minúscula loja. Uma velha comprando uma caixinha de leite e duas latas de comida para gato. Sem saída.

Mas como alguém poderia se esconder da coisa que passava lá em cima, do ruído ensurdecedor que os mortais nem sequer conseguiam ouvir? Ele levara as mãos aos ouvidos, mas aquilo era inútil, tolice. A morte lá fora nos becos. Coisas como ele correndo pelo lixo do fundo dos quintais, atingidos, incendiados enquanto corriam. Ele via tudo em lampejos irregulares. Depois, nada. Silêncio profundo. As sirenes e os pneus do mundo mortal.

No entanto, ainda estava excitado demais para sentir medo. Cada segundo era eterno, o gelo na porta da geladeira da loja era lindo. A velha com o leite na mão, olhos como duas pequenas pedras de cobalto.

O rosto de Armand estava sem expressão sob a máscara dos óculos escuros, as mãos dentro dos bolsos da calça apertada. A campainha da porta soou quando um rapaz entrou, comprou uma garrafa de cerveja alemã e tornou a sair.

– Acabou, não é?

– Por enquanto – respondera Armand. Nada mais disse até entrarem no táxi.

– Sabia que estávamos lá. Nos ouviu.

– Então por que não...

– Não sei. Só sei que a coisa sabia que estávamos ali. Sabia antes de procurarmos abrigo.

*

E agora entrar no saguão aos trancos e empurrões, ele adorava isso, a multidão levando-os cada vez mais para perto das portas internas. Ele sequer conseguia erguer os braços, tão apertado estava; no entanto, rapazes e moças abriam caminho a cotoveladas, fustigando-o com pequenos e deliciosos choques; tornou a rir quando viu os cartazes com a foto de Lestat em tamanho real colados nas paredes.

Sentiu os dedos de Armand em suas costas; sentiu uma mudança sutil em todo o corpo de Armand. Uma mulher ruiva à frente deles voltara-se e estava de frente para ele, dirigindo-se para a porta aberta.

Um cálido choque percorreu Daniel.

– Armand, os cabelos vermelhos!

Tão parecida com as gêmeas do sonho! Os olhos verdes dela pareciam grudados nos seus.

– Armand, as gêmeas!

Então o rosto dela desapareceu no saguão.

– Não – sussurrou Armand. Um leve sacudir de cabeça. Estava furioso, Daniel sentia. Tinha o ar rígido e o olhar vítreo de sempre que estava profundamente ofendido. – Talamasca – sussurrou, com um tom de zombaria pouco característico.

"Talamasca." Daniel achou a palavra linda. Talamasca. Decompôs a palavra em suas raízes latinas, entendeu cada parte. De algum lugar de sua memória veio a tradução: máscara de animal. Expressão antiga para bruxo ou xamã.

– Mas isso significa o quê? – perguntou.

– Significa que Lestat é um idiota – respondeu Armand. Em seus olhos brilhou uma dor profunda. – Mas isso agora não faz diferença.

Khayman

Khayman observava da entrada quando o carro do vampiro Lestat entrou no estacionamento. Khayman estava quase invisível, mesmo no elegante terno de brim que ele roubara de um manequim de loja. Não precisava dos óculos prateados que lhe cobriam os olhos. Sua pele brilhante não tinha importância. Em toda parte ele via máscaras e maquilagem brilho e filó, fantasias, purpurina.

Aproximou-se mais de Lestat, como se nadasse através dos corpos sinuosos dos jovens que cercaram o carro. Finalmente vislumbrou os cabelos louros da criatura, e então os olhos azuis-violeta, quando ele se voltou sorrindo e jogou beijos para seus adoradores. O demônio tinha muito encanto. Ele próprio estava dirigindo, acelerando fundo e jogando o carro de encontro àquelas ternas criaturas humanas, sem deixar de flertar, piscar, seduzir, como se ele e seu pé no acelerador não fossem ligados um ao outro.

Satisfação. Triunfo. Era o que Lestat sentia e conhecia naquele momento. E mesmo seu reticente companheiro, Louis, o moreno ao lado dele, olhando timidamente para as crianças que gritavam como se elas fossem aves do paraíso, não compreendia o que realmente estava acontecendo.

Nenhum dos dois sabia que a Rainha havia despertado.

Nenhum dos dois conhecia o sonho das gêmeas. A ignorância deles era espantosa. E suas jovens mentes eram fáceis de ler. Aparentemente o vampiro Lestat, que se escondera muito bem até essa noite, estava agora preparado para lutar com todo mundo: trazia seus pensamentos e suas intenções como bandeiras de honra.

– Corram atrás de nós! – Foi o que disse em voz alta para os fãs, embora eles não escutassem. – Matem-nos. Somos maus. Somos o mal. Agora está ótimo para cantar e dançar conosco. Mas quando entenderem, bem, então vai começar o negócio sério. E vão se lembrar de que nunca menti para vocês!

Por um instante seus olhos encontraram os de Khayman.

Quero ser bom! Morreria para isto! Mas não houve reconhecimento de quem ou o quê recebeu a mensagem.

Louis, o observador, o paciente, está lá pura e simplesmente por amor. Os dois tinham se reencontrado na véspera, e seu encontro foi uma coisa extraordinária. Louis iria aonde Lestat o levasse. Louis pereceria se Lestat perecesse. Mas seus temores e suas esperanças para essa noite eram comovedoramente humanos.

Nem sequer pressentiam que a cólera da Rainha estava próxima, que menos de uma hora antes ela incendiara a casa comunal de San Francisco. Ou que a abominável taverna na rua Castro estava ardendo agora, a Rainha caçando aqueles que fugiam de lá.

Mas os muitos bebedores de sangue espalhados por essa multidão tampouco conheciam esses fatos simples. Eram jovens demais para escutar os avisos dos antigos, ouvir os gritos de morte dos condenados. O sonho das gêmeas apenas os deixava confusos. De vários pontos eles olhavam para Lestat, cheios de ódio ou de fervor religioso. Iam destruí-lo ou fazer dele um deus. Não adivinhavam o perigo que os esperava.

Mas e as gêmeas? Qual era o significado dos sonhos? Khayman observou o carro seguir em frente, forçando caminho em direção aos fundos do auditório. Olhou para as estrelas no alto, os minúsculos pontinhos de luz atrás da neblina que pairava sobre a cidade. Pensou poder sentir a proximidade de sua antiga soberana.

Voltou-se novamente para o auditório e abriu caminho cuidadosamente por entre a multidão. Esquecer sua força naquele aperto significaria desastre. Ele era capaz de esmagar carnes e despedaçar ossos sem sentir.

Lançou um último olhar para o céu e depois entrou, confundindo facilmente o bilheteiro ao passar pela roleta e subir a escada mais próxima.

O auditório estava quase cheio. Ele olhou em volta pensativamente, saboreando o momento como saboreava tudo. O auditório em si não era nada, uma casca para segurar o som e a luz – inteiramente moderno e irremediavelmente feio.

Mas os mortais, como eram bonitos, brilhantes de saúde, os bolsos cheios de ouro, corpos sadios em toda parte, nenhum órgão roído pelos vermes da doença, nenhum osso quebrado!

Na verdade, o bem-estar higienizado de toda aquela cidade espantava Khayman. Sem dúvida ele já vira riquezas na Europa como jamais teria imaginado, mas nada se igualava à superfície perfeita desse local pequeno e superpovoado – até mesmo os camponeses de San Francisco, cujas pequenas cabanas de tijolos eram atulhadas de confortos de todos os tipos. As garagens eram cheias de carros bonitos. Moradores de rua retiravam seu dinheiro de máquinas bancárias com mágicos cartões de plástico. Nenhuma favela em parte alguma. A cidade tinha grandes torres e hotéis fabulosos, mansões em profusão; no entanto, cercada como era por mar e montanha e as águas cintilantes da baía, não parecia uma capital, e sim um balneário, um refúgio da dor maior e da feiura do mundo.

Não era de espantar que Lestat tivesse escolhido aquele lugar para o desafio. No geral, aquelas crianças mimadas eram boas. A privação nunca as ferira ou enfraquecera. Podiam mostrar-se combatentes perfeitos para o verdadeiro mal. Isto é, quando chegassem a perceber que o símbolo e a coisa simbolizada eram o mesmo. Acordem e sintam o cheiro de sangue, jovens.

Mas haveria tempo para isso agora?

O grande plano de Lestat, fosse qual fosse na realidade, podia nascer morto, pois certamente a Rainha tinha um plano próprio, e Lestat nada sabia sobre isso.

Khayman dirigiu-se para o alto do auditório. Para a última fila de cadeiras de madeira, onde estivera antes. Acomodou-se confortavelmente no mesmo lugar, empurrando dois livros que estavam caídos no chão.

Pouco antes ele os devorara: o testamento de Louis "Vejam, o vazio" – e a história de Lestat – "E isto e isto e isto, não quer dizer coisa alguma". Tinham esclarecido muita coisa para ele. E o que Khayman adivinhara das intenções de Lestat tinha sido inteiramente confirmado. Mas do mistério das gêmeas, naturalmente, os livros nada diziam.

Quanto à verdadeira intenção da Rainha, isso continuava a desconcertá-lo.

Ela matara centenas de bebedores de sangue em todo o mundo, mas deixara outros ilesos.

Até agora Marius estava vivo. Ao destruir seu santuário, ela o castigara, mas não o matara, o que teria sido muito simples. De sua prisão de gelo ele chamava os mais antigos, advertindo, implorando ajuda. E sem fazer esforço Khayman conseguia sentir dois imortais indo atender ao chamado de Marius, embora uma, a própria filha de Marius, nem mesmo conseguisse ouvi-lo. Pandora era o seu nome; era solitária, era forte. O outro, chamado Santino, não tinha o poder que ela possuía, mas conseguia ouvir a voz de Marius, enquanto se esforçava para acompanhá-la.

Sem dúvida a Rainha poderia tê-los destruído, se assim tivesse decidido. No entanto, eles continuavam, claramente visíveis, claramente audíveis, sem ser perturbados.

Como a Rainha fazia tais escolhas? Certamente ali mesmo naquele auditório havia aqueles a quem ela poupara por algum motivo...

Daniel

Chegaram aos portões, e agora tinham que percorrer os últimos metros descendo uma rampa estreita para entrarem no gigantesco oval aberto onde ficava o palco.

A multidão se espalhou, como bolas de gude rolando em todas as direções. Daniel foi em direção ao centro, os dedos agarrados ao cinto de Armand para não perdê-lo, os olhos percorrendo a plateia em forma de ferradura, as fileiras de assentos erguendo-se até o teto. Mortais em toda parte, atropelando-se pelas escadas de concreto ou empoleirados nas grades de ferro, ou engrossando a multidão à sua volta.

De repente era tudo um borrão, com um barulho como o ronco baixo de uma máquina gigantesca. E então, nesse momento de visão deliberadamente distorcida, ele viu os outros. Viu a diferença simples e iniludível entre os vivos e os mortos. Seres como ele próprio em todas as direções, escondidos na floresta de mortais, porém brilhando como os olhos de uma coruja à luz da lua. Nenhuma maquilagem, nenhum óculos escuros, chapéu de abas largas ou capuz poderia escondê-los uns dos outros. E não era uma mera questão da cor espectral de suas faces, suas mãos. Era a graciosidade lenta e ágil de seus movimentos, como se fossem mais espírito do que carne.

Ah, meus irmãos e irmãs, finalmente!

Mas era ódio o que sentia à sua volta. Um ódio um tanto desonesto! Amavam Lestat e o condenavam ao mesmo tempo. Amavam o próprio ato de odiar, castigar. De repente seu olhar cruzou-se com o de uma criatura grande e poderosa, de cabelos negros engordurados, que mostrou as presas num horrível lampejo e então revelou o plano com espantosa riqueza de detalhes. Longe dos olhares curiosos dos mortais, eles iam arrancar os membros do corpo de Lestat, iam cortar-lhe a cabeça fora; o resto seria incinerado numa pira junto ao mar. O fim do monstro e sua lenda. *Você está do nosso lado ou contra nós?*

Daniel riu alto.

– Nunca conseguirão matá-lo – disse.

No entanto, ficou boquiaberto ao vislumbrar o alfanje afiado que a criatura segurava de encontro ao peito por dentro do casaco. Então o ser virou-se e desapareceu. Daniel ergueu os olhos para o alto, para a luz enfumaçada. *Agora sou um deles. Conheço todos os seus segredos!* Sentia-se aturdido, à beira da loucura.

A mão de Armand fechou-se em seu ombro. Tinham chegado bem no centro do espaço aberto. A multidão ficava cada vez mais densa. Belas garotas em túnicas de seda preta empurravam os rústicos motoqueiros em suas surradas roupas de couro preto. Plumas suaves roçaram seu rosto; ele viu um demônio vermelho com chifres gigantescos; um esqueleto com cachos dourados e pentes de madrepérola. Gritos soltos erguiam-se na penumbra azulada. Os motoqueiros uivavam como lobos; alguém gritou "Lestat!" em tom ensurdecedor, e imediatamente outros repetiram o grito.

Armand tinha novamente aquela expressão perdida, a expressão que vinha de uma concentração profunda, como se o que ele visse à sua frente nada significasse.

– Trinta, talvez – cochichou no ouvido de Daniel. – Não mais do que isso, e um ou dois tão antigos que poderiam destruir todos nós num instante.

– Onde? Diga-me!

– Escute – respondeu Armand. – E veja por si próprio. Não há como se esconder deles.

Khayman

A filha de Maharet. Jessica. Esse pensamento pegou Khayman desprevenido. *Proteger a filha de Maharet. De algum modo, fugir daqui.*

Ficou atento, os sentidos aguçados. Estava escutando Marius novamente, Marius tentando alcançar os ouvidos jovens e pouco perceptivos do vampiro Lestat, que se arrumava atrás do palco diante de um espelho quebrado. O que poderia significar isso, a filha de Maharet, Jessica, principalmente porque os pensamentos sem dúvida se referiam a uma mulher mortal.

Novamente chegou a comunicação inesperada de alguma mente poderosa, porém não oculta: *Tomar conta de Jesse. Dar um jeito de impedir que a Mãe...* Mas, na realidade, não havia palavras – tratava-se de não mais que um vislumbre de outra alma, um cintilante transbordamento.

Os olhos de Khayman percorreram lentamente os balcões do lado oposto, acima da pista repleta. Bem longe, em algum canto distante da cidade, um antigo vagava, cheio de medo da Rainha, porém ansiando por olhar o rosto dela. Ele viera até aqui para morrer, mas para conhecer o rosto dela no instante final.

Khayman fechou os olhos para afastar essa visão.

Então ouviu de novo, subitamente: *Jessica, minha Jessica.*

E, por trás do grito melancólico, o conhecimento de Maharet! A visão súbita de Maharet, rodeada de amor, tão antiga e branca quanto ele próprio. Foi um momento de dor atordoante. Recostou-se no encosto de madeira e baixou a cabeça de leve. Então tornou a olhar por cima das vigas de metal, do feio emaranhado de fios negros e enferrujadas luminárias cilíndricas. *Onde está você?*

Lá longe, contra a parede oposta, viu a figura que enviava aqueles pensamentos. Ah, o mais antigo que ele já encontrara. Um gigantesco nórdico bebedor de sangue, experimentado e ladino, usando vestimenta de couro rústico, com longos cabelos cor de palha, sobrolho denso e olhos pequenos e fundos, que lhe davam uma expressão pensativa.

Aquele ser estava seguindo uma mulherzinha mortal que lutava para abrir caminho pela multidão. Jesse, a filha mortal de Maharet.

Enlouquecido, descrente, Khayman focalizou o olhar intensamente na mulherzinha. Sentiu os olhos nublados de lágrimas ao constatar a semelhança extraordinária. Ali estavam os longos cabelos acobreados de Maharet, cacheados, cheios, e o mesmo corpo esguio de pássaro, os mesmos olhos verdes inteligentes e curiosos, estudando o ambiente enquanto se deixava girar por aqueles que a empurravam ao passar.

O perfil de Maharet. A pele de Maharet, que em vida fora tão pálida e quase luminosa, tão parecida com a camada interna de uma concha.

Numa lembrança vívida e repentina ele viu a pele de Maharet através da rede de seus próprios dedos escuros. Enquanto lhe empurrava o rosto para o lado durante o estupro, a ponta de seus dedos tinham tocado a pele delicada sobre os olhos dela. Foi só um ano depois disso que arrancaram os olhos dela, e ele estava lá, lembrando o outro momento, a sensação daquela carne. Isso antes que ele pegasse os olhos no chão e...

Estremeceu. Sentiu uma dor forte nos pulmões. Sua memória não iria falhar. Ele não escorregaria para fora deste momento, o palhaço feliz que de nada se lembrava.

Filha de Maharet, certo. Mas como? Através de quantas gerações essas características tinham sobrevivido, para florescerem novamente nessa mulherzinha que parecia estar abrindo caminho em direção ao palco?

Não era impossível, naturalmente. Ele logo entendeu isso. Talvez houvesse uns trezentos ancestrais entre aquela mulher do século XX e aquela tarde distante em que ele colocara o medalhão do Rei e descera do palanque para cometer o estupro do Rei. Talvez até menos. Uma mera fração daquela multidão – para colocar as coisas em perspectiva.

Porém mais espantoso era Maharet conhecer seus próprios descendentes. E Maharet conhecia aquela mulher. A mente do robusto bebedor de sangue revelou esse fato imediatamente.

Ele examinou o nórdico. Maharet, viva! Maharet, guardiã de sua família mortal. Maharet, a personificação da força e vontade ilimitadas. Maharet, que não dera àquele ali, àquele criado louro, qualquer explicação sobre os sonhos das gêmeas, mas em vez disso o enviara para cá para cumprir sua ordem: salvar Jessica.

Ah, ela está viva, pensou Khayman. Está viva, e se está viva de um modo real, ambas estão vivas, as irmãs ruivas!

Khayman estudou a criatura com mais atenção ainda, perscrutando ainda mais fundo. Mas tudo o que captava agora era a feroz intenção de proteger. Salvar Jesse, não apenas do perigo da Mãe, mas também de todo este lugar, onde os olhos de Jesse veriam o que ninguém jamais poderia explicar.

E como odiava a Mãe esse ser alto e louco com uma postura ao mesmo tempo de guerreiro e de sacerdote! Odiava que a Mãe tivesse rompido a serenidade de sua existência intemporal e melancólica; odiava que seu amor triste e doce por essa mulher, Jessica, aumentasse o temor que ele tinha por si próprio. Conhecia também a extensão da destruição que todo bebedor de sangue de um lado a outro do continente tinha sido destruído, exceto uns poucos, na maioria ali presentes, sem sonhar com o destino que os ameaçava.

Conhecia também os sonhos das gêmeas, mas não os compreendia. Afinal, jamais conhecera as duas irmãs ruivas; apenas uma bela ruiva comandava sua vida. E mais uma vez Khayman viu o rosto de Maharet, uma imagem inconstante de olhos humanos suavizados e exaustos olhando de dentro de uma máscara de porcelana: *Mael, não me pergunte mais*. Mas faça o que lhe digo.

Silêncio. O bebedor de sangue subitamente tomou consciência do exame. Com um gesto de cabeça ele olhou em volta do auditório, tentando localizar o intruso.

Foi o nome que fez isso, como costumava acontecer. A criatura sentiu-se reconhecida. E Khayman reconhecera imediatamente aquele nome, ligando-o ao Mael das páginas de Lestat. Sem dúvida era ele mesmo – esse era o sacerdote druida que tinha atraído Marius para o bosque sagrado onde o deus de sangue o fizera um dos seus, e o enviara para o Egito para procurar a Mãe e o Pai.

Sim, esse era o mesmo Mael. E a criatura sentiu-se identificada, e odiou isso.

Depois do espasmo de raiva inicial, todo pensamento, toda emoção desapareceu. Uma demonstração de força impressionante, Khayman reconheceu. Relaxou na cadeira. Mas a criatura não conseguiu encontrá-lo. Descobriu dezenas de outros rostos brancos na plateia, mas não Khayman.

A corajosa Jessica, enquanto isso, tinha chegado ao seu objetivo. Encolhendo-se, ela esgueirava-se por entre os musculosos motoqueiros que exigiam para si o espaço diante do palco, e depois agarrara-se à borda do palco de madeira...

Sua pulseira de prata cintilando à luz. Era como um minúsculo punhal no escudo mental de Mael, porque o amor e os pensamentos que vinham dele ficaram, por um instante fluido, inteiramente visíveis outra vez.

Este vai acabar morrendo também, se não ficar mais sábio, pensou Khayman. Tinha sido instruído por Maharet, sem dúvida, e talvez alimentado com o seu poderoso sangue; no entanto, tinha o coração indisciplinado e o temperamento incontrolável, era óbvio.

Então Khayman avistou, poucos metros atrás de Jesse, no redemoinho de cor e barulho, outra figura intrigante, bem mais jovem, e, no entanto, tão poderoso à sua maneira quanto o gaulês Mael.

Khayman procurou pelo nome, mas a mente da criatura era um vazio total; nem a menor centelha de personalidade escapava. Morrera quando era rapaz, com cabelos de um castanho-escuro, lisos, e olhos um pouco grandes demais para o rosto. Mas de repente ficou fácil roubar o nome dele do que estava a seu lado, Daniel, seu filhote recém-nascido: Armand. E o filhote, Daniel, mal estava morto. Todas as minúsculas moléculas de seu corpo dançavam, na química invisível da imortalidade.

Armand atraiu Khayman de imediato. Certamente era o mesmo Armand a respeito de quem Louis e Lestat escreveram – o imortal em forma de rapaz. E isso significava que ele não tinha mais do que quinhentos anos de idade, embora soubesse esconder-se completamente. Arguto, frio, parecia não ter vocação, porém – uma característica que não precisava de espaço para mostrar-se.

E agora, sentindo que estava sendo observado, ele ergueu os tranquilos olhos castanhos e fixou-os imediatamente na distante figura de Khayman.

– Nenhum mal desejo a você ou ao filhote – sussurrou Khayman, de modo que os lábios formassem e controlassem os pensamentos. – Não sou amigo da Mãe.

Armand ouviu, mas não deu resposta. Fosse qual fosse o terror que sentia ao ver alguém tão antigo, mascarou-o completamente. Até se poderia pensar que ele estava olhando para a parede atrás da cabeça de Khayman, para o fluxo constante de crianças entrando pelas portas superiores e descendo as escadas em meio a gritos e risos.

E, inevitavelmente, aquele fascinante ser de quinhentos anos de idade fixou os olhos em Mael, no momento em que este sentia outra irresistível pontada de preocupação por sua frágil Jesse.

Khayman compreendia aquele ser, Armand. Sentia que o entendia e o apreciava inteiramente. Quando seus olhos tornaram a encontrar-se, tudo que tinha sido escrito sobre aquela criatura nos dois livrinhos foi esclarecido e equilibrado pela sua simplicidade inata. A solidão que Khayman sentira em Atenas estava agora muito forte.

– Não é diferente de minha própria alma simples – sussurrou Khayman. – Você está perdido nisto tudo porque conhece bem demais o terreno. E sabe que, não importa o quanto caminhe, voltará às mesmas montanhas, ao mesmo vale.

Nenhuma resposta. Naturalmente. Khayman deu de ombros e sorriu. Aquele ali ele daria o que pudesse; e, sem artifícios, deixou que Armand soubesse disso.

Agora a questão era como ajudá-los, a esses dois que poderiam ter alguma esperança de dormir o sono imortal até outro poente. E, mais importante que tudo, como alcançar Maharet, a quem o feroz e desconfiado Mael era instintivamente devotado.

Para Armand, Khayman disse, com um leve movimento dos lábios:

– Não sou amigo da Mãe. Já lhe disse. E fique no meio dos mortais. Ela vai descobri-lo se você se afastar. É simples.

O rosto de Armand não registrou qualquer mudança. A seu lado, o filhote Daniel estava feliz, deliciando-se com a pantomima à sua volta. Não tinha temores, nem planos ou sonhos. E por que os teria? Tinha aquela criatura extremamente poderosa para cuidar de si. Era muito mais sortudo do que o resto.

Khayman pôs-se de pé. Era a solidão, tanto quanto qualquer outra coisa. Ficaria perto de um daqueles dois, Armand ou Mael. Era o que tinha desejado em Atenas, quando havia começado todo aquele glorioso processo de recordar e conhecer: estar perto de alguém como ele próprio. Falar, tocar... alguma coisa.

Seguiu pelo corredor superior do auditório, que circundava toda a plateia, a não ser por um trecho no extremo oposto, atrás do palco, ocupado pela gigantesca tela de vídeo.

Movia-se com lenta graciosidade humana, cuidando para não esmagar os mortais que se apertavam contra ele. E desejava também aquele passo vagaroso porque precisava dar a Mael a oportunidade de vê-lo.

Sabia instintivamente que se se aproximasse sorrateiramente daquela coisa orgulhosa e brigona, o insulto não seria perdoado. E assim seguiu, só apertando o passo quando percebeu que Mael já tinha consciência da sua aproximação.

Mael não conseguia esconder o medo como Armand. Mael nunca vira um bebedor de sangue da idade de Khayman, exceto Maharet; estava contemplando um inimigo em potencial. Khayman enviou a mesma saudação afetuosa que enviara a Armand – Armand, que agora observava –, mas nada mudou no rosto do velho guerreiro.

O auditório estava agora lotado e fechado; lá fora os jovens gritavam e esmurravam as portas. Khayman ouvia o gemido e os arrotos dos rádios da polícia.

O vampiro Lestat e seus companheiros estavam espiando a plateia através de buracos na cortina do palco.

Lestat abraçou seu companheiro Louis e os dois beijaram-se na boca, enquanto os músicos mortais abraçavam os dois.

Khayman fez uma pausa para sentir a paixão da multidão, o próprio ar carregado.

Jessica descansava os braços na beira do palco. Descansava o queixo nas costas das mãos. Os homens atrás dela, criaturas enormes vestidas de couro brilhante, empurravam-na brutalmente, por descuido ou exuberância de bêbados, mas não conseguiram desalojá-la.

Nem Mael conseguiria, se tentasse.

E de repente outra coisa tornou-se clara para Khayman, ao olhar para ela. Uma palavra: Talamasca. Aquela mulher pertencia a eles. Fazia parte da ordem.

Não é possível, ele pensou, depois riu silenciosamente de sua própria ingenuidade. Aquela era mesmo uma noite de choques! No entanto, parecia incrível que a Talamasca tivesse conseguido sobreviver desde a época em que ele a conhecera, séculos antes, quando ele brincava com os membros e os atormentava, depois dava-lhes as costas por pena daquela fatal combinação de inocência e ignorância.

Ah, a memória era uma coisa horrível demais. Que suas vidas passadas sumissem no esquecimento! Podia ver o rosto daqueles vagabundos, daqueles monges seculares da Talamasca que com tanta falta de jeito o perseguiram pela Europa, registrando vislumbres dele em grandes livros com capas de couro, suas penas de escrever trabalhando até tarde da noite. Benjamin era o seu nome naquele breve interlúdio de consciência, e Benjamin, o Demônio, eles o rotularam em sua complicada caligrafia latina, enviando epístolas em pergaminhos, com desajeitados lacres de cera, a seus superiores em Amsterdã.

Para ele era um jogo roubar as cartas deles e acrescentar-lhes anotações, aterrorizá-los, rastejar sob a cama deles à noite, agarrá-los pelo pescoço e sacudi-los. Tinha sido divertido; e o que não era? Quando o divertimento acabava, ele sempre perdia de novo a memória.

Mas gostava deles. Não eram exorcistas, ou padres caçadores de bruxas, ou feiticeiros querendo controlar seu poder. Certa vez até lhe ocorrera que quando chegasse a hora de dormir ele escolheria os cofres sob o mofo da casa que era a Matriz deles. Apesar de toda a importuna curiosidade, eles jamais o trairiam.

E pensar que a ordem sobrevivera, com a tenacidade da Igreja de Roma, e aquela linda mulher mortal com a pulseira brilhante, amada de Maharet e Mael, era um de seus produtos especiais! Não era de estranhar que ela abrisse caminho até a primeira fila, como se fosse o degrau inferior de um altar.

Khayman aproximou-se mais de Mael, mas parou a vários metros de distância, a multidão passando incessantemente entre eles. Fez isso por respeito ao medo de Mael e pela vergonha que a criatura sentia por ter tanto medo. Foi Mael quem se aproximou e parou ao lado de Khayman.

A multidão inquieta passava por eles como se eles fossem uma parede. Mael inclinou-se para perto de Khayman, o que à sua maneira era uma saudação, uma oferta de confiança. Olhou para a plateia, onde não se via um lugar vazio, e para a pista, um mosaico de cores berrantes, cabelos brilhantes e pequenos punhos erguidos. Depois estendeu a mão e tocou em Khayman como se não conseguisse resistir. As pontas de seus dedos encostaram nas costas da mão esquerda de Khayman. E Khayman ficou imóvel para permitir essa pequena exploração.

Quantas vezes Khayman vira tal gesto entre imortais, o mais novo verificando por si mesmo a textura e a rigidez da carne do mais velho! Um santo cristão não tinha enfiado o dedo nas feridas de Cristo porque vê-las apenas não era suficiente? Comparações mais mundanas fizeram Khayman sorrir. Eram como dois cães ferozes examinando um ao outro.

Lá embaixo, Armand permanecia impassível, os olhos fixos neles. Certamente viu o súbito olhar de desprezo de Mael, mas não o demonstrou.

Khayman voltou-se e abraçou Mael, e sorriu-lhe. Mas isso apenas assustou Mael, e Khayman sentiu intensamente a decepção. Educadamente deu um passo para trás. Por um instante ficou dolorosamente confuso. Baixou os olhos para Armand. O lindo Armand, que encontrou seu olhar com total passividade. Mas era hora de dizer o que precisava ser dito.

– É bom fortalecer seu escudo, amigo – explicou gentilmente a Mael. – Não deixe que o amor pela garota o exponha. A garota estará inteiramente a salvo de nossa Rainha se você dominar seus pensamentos sobre a origem dela e a sua protetora. Esse nome é uma heresia para a Rainha. Sempre foi.

– E onde está a Rainha? – perguntou Mael. O medo crescendo de novo, junto com a raiva por ter que combatê-lo.

– Está perto.

– Sim, mas onde?

– Não sei. Ela incendiou a taverna deles. Está caçando os poucos que não vieram ao show. Ela não tem pressa. E isso eu soube através da mente das suas vítimas.

Khayman viu a criatura estremecer. Via as sutis mudanças que marcavam sua raiva cada vez maior. Ótimo. O medo derretia-se no fogo da raiva. Mas que criatura belicosa! Sua mente não era capaz de distinções sofisticadas.

– E por que me dá este aviso, se ela consegue ouvir cada palavra que dizemos um ao outro? – Mael quis saber.

– Mas acho que ela não consegue – respondeu Khayman calmamente. – Sou da Primeira Geração, amigo. Ouvir outros bebedores de sangue como ouvimos os mortais, essa maldição pertence apenas aos primos distantes. Eu não poderia ler a mente dela se ela estivesse aqui; e a minha também é fechada para ela, pode ter certeza. E assim era com nossa espécie ao longo das primeiras gerações.

Isso obviamente fascinou o gigante louro. Então Maharet não conseguia ouvir a Mãe! Maharet não admitira isso.

– Não, e a Mãe só pode ficar sabendo dela através dos seus pensamentos, portanto tenha a gentileza de vigiá-los. Fale comigo agora em voz humana, pois esta cidade é um oceano delas.

Mael ficou pensativo, a testa franzida. Olhou com raiva para Khayman, como se quisesse esmurrá-lo.

– E isso vai derrotá-la?

– Lembre-se, o excesso pode ser o exato oposto da essência – respondeu Khayman. Olhou novamente para Armand enquanto falava. – Quem ouve milhares de vozes pode muito bem não ouvir uma só. E quem escuta uma tem que se desligar das outras. Você já tem idade suficiente para conhecer esse truque.

Mael não respondeu em voz alta. Mas era óbvio que ele compreendera. O dom telepático sempre fora uma maldição para ele também, fossem vozes de bebedores de sangue ou de humanos.

Khayman assentiu de leve. O dom telepático: palavras tão bonitas para a loucura que o dominara eras antes, depois de anos de escuta, anos jazendo imóvel, coberto de poeira, nos recessos profundos de um túmulo egípcio esquecido, escutando o pranto do mundo, sem conhecimento de si mesmo e de sua condição.

– Exatamente, meu amigo – disse. – E durante dois mil anos você lutou contra as vozes, ao passo que nossa Rainha pode muito bem ter se afogado nelas. Parece que os gritos do vampiro Lestat soaram mais alto que todo esse ruído; é como se ele tivesse estalado os dedos perto dos olhos dela, chamando-lhe a atenção. Mas não superestime a criatura que ficou imóvel durante tanto tempo. Não é seguro fazer isso.

Essas ideias espantaram Mael. Mas ele percebia sua lógica. Lá embaixo, Armand continuava atento.

– Ela não pode fazer tudo – continuou Khayman. – Quer saiba disto, quer não. Sempre foi de tentar alcançar as estrelas e depois recuar horrorizada.

– Como assim? – perguntou Mael. Excitado, inclinou-se mais para perto. – Como ela é realmente?

– Ela era cheia de sonhos e altos ideais. Era como Lestat. – Khayman deu de ombros. – O louro lá embaixo que queria ser bom e fazer o bem, juntar em volta de si os devotos necessitados.

Mael sorriu friamente, cinicamente.

– Mas, em nome do inferno, o que é que ela deseja? – perguntou. – Então ele a despertou com suas canções abomináveis; por que ela nos destrói?

– Há um propósito, pode ficar certo. Com nossa Rainha, sempre houve um propósito. Ela não conseguia fazer a coisa mais simples sem um grande propósito. E você deve saber que na realidade nós não nos modificamos com o tempo; somos como flores desabrochando; simplesmente ficamos mais como nós mesmos. – Tornou a olhar de relance para Armand. – Quanto ao que possa ser o propósito dela, só posso tentar adivinhar...

– Sim, faça isso.

– Este show vai acontecer porque Lestat quer. E quando terminar, ela vai destruir mais de nós. Mas vai deixar alguns, para servir a seu propósito, outros talvez para testemunhar.

Khayman olhou para Armand. Era maravilhoso como seu rosto sem expressão mostrava sabedoria, ao passo que o rosto ansioso e cansado de Mael não o fazia. E quem pode dizer qual deles compreendia mais? Mael soltou uma risadinha amarga.

– Testemunhar? – repetiu. – Acho que não. Acho que ela é mais primitiva. Ela poupa aqueles que Lestat ama, só isso.

Isso não tinha ocorrido a Khayman.

– Ah, sim, pense nisso – disse Mael, num inglês de sotaque áspero. – Louis, o companheiro de Lestat, ele não está vivo? E Gabrielle, a mãe do bandido, ela está por perto, esperando para encontrar-se com o filho assim que for seguro fazer isso. E Armand, lá embaixo, que você tanto gosta de olhar, parece que Lestat gostaria de vê-lo de novo, portanto ele está vivo, e aquele pária com ele, aquele que publicou o maldito livro, aquele que os outros despedaçariam se descobrissem...

– Não. É mais do que isso. Tem que ser – retorquiu Khayman. – Alguns de nós ela não consegue matar. E aqueles que agora vão ajudar Marius, Lestat nada sabe sobre eles, além dos nomes.

O rosto de Mael mudou ligeiramente; sofreu um enrubescimento profundo, humano, e os olhos se apertaram. Estava claro para Khayman que Mael teria ido ajudar Marius, se pudesse. Teria ido esta noite, se Maharet tivesse vindo para proteger Jessica. Agora ele tentou afastar o nome de Maharet de seus pensamentos. Tinha medo de Maharet, muito medo.

– Ah, sim, você tenta esconder o que sabe – continuou Khayman. – E é justamente isso que você deve revelar para mim.

– Mas não posso – contestou Mael. A parede erguera-se agora, impenetrável. – Não me deram respostas, só ordens, amigo. E minha missão é sobreviver a esta noite, e tirar a moça daqui em segurança.

Khayman pretendia insistir, exigir. Mas não o fez. Sentira uma mudança leve, sutil, na atmosfera à sua volta – uma mudança tão insignificante e tão pura que ele não poderia chamá-la de movimento ou som.

Ela estava chegando. Estava se aproximando do teatro. Ele sentiu-se distante do próprio corpo, de tão intensa a escuta; sim, era ela. Todos os sons da noite ergueram-se para confundi-lo, mas ele captou um som baixo e irreduzível que ela não conseguia disfarçar – o som de sua respiração, do pulsar de seu coração, de uma força se movendo através do espaço numa velocidade tremenda, sobrenatural, causando o inevitável tumulto entre os visíveis e os invisíveis.

Mael sentiu-o; Armand também. Até o novinho ao lado de Armand ouviu-o, embora muitos dos outros novinhos, não. Até mesmo alguns dos mortais mais sintonizados pareciam senti-lo e se perturbarem com ele.

– Tenho que ir, amigo – disse Khayman. – Lembre-se do meu conselho.

Impossível dizer mais agora.

Ela estava muito perto. Sem dúvida procurava, escutava. Ele sentiu o primeiro impulso irresistível de vê-la, de estudar a mente daquelas almas desafortunadas lá fora, cujos olhos podem ter passado por ela.

– Adeus, amigo – falou. – Não é bom que eu fique perto de você.

Mael olhou para ele confuso. Lá embaixo, Armand pegou Daniel e dirigiu-se para a beira da multidão.

De repente o auditório escureceu. Por uma fração de segundo Khayman pensou tratar-se da magia dela – pensou que naquele momento seria levado a cabo um julgamento, grotesco e vingativo.

Mas as crianças mortais à sua volta conheciam o ritual. O show estava prestes a começar! O lugar enlouqueceu, com gritos, aplausos, pés batendo no chão. Finalmente formou-se um rugido coletivo. Ele sentia o chão estremecer.

Pequenas chamas surgiam dos fósforos e isqueiros acesos pelos mortais. E uma linda iluminação revelou novamente os milhares e milhares de figuras que se movimentavam. Os gritos formavam um coro vindo de todos os lados.

– Não sou covarde – cochichou Mael de repente, como se não conseguisse ficar em silêncio. Pegou o braço de Khayman e logo soltou-o, como se repelido pela rigidez.

– Sei disso – respondeu Khayman.

– Ajude-me. Ajude Jessica.

– Não diga o nome dela de novo. Fique longe dela, como lhe falei. Você está novamente conquistado, druida. Lembra-se? É hora de lutar com esperteza, não com raiva. Fique com o rebanho mortal. Vou ajudá-lo, se puder.

Havia tantas coisas mais que ele queria dizer! Diga-me onde está Maharet! Mas agora era tarde demais para isso. Virou-se e seguiu pelo corredor rapidamente até chegar a um espaço aberto acima de um comprimido e estreito lance de degraus de cimento.

Lá embaixo, no palco às escuras, os músicos mortais apareceram, correndo por cima de fios e por entre microfones para pegar seus instrumentos no chão.

O vampiro Lestat passou pela cortina, a capa preta ondulando à sua volta, e chegou bem na frente do palco. A menos de um metro de Jesse, ele parou com o microfone na mão.

A multidão estava em êxtase. Batendo palmas, gritando, uivando, um barulho que Khayman nunca ouvira. Ele riu daquele frenesi estúpido, da figurinha lá embaixo adorando aquilo tudo, rindo também, como Khayman.

Então, num grande clarão branco, a luz inundou o pequeno palco. Khayman fixou os olhos, não nas figurinhas movimentando-se com suas roupas exóticas, mas na gigantesca tela de vídeo que erguia-se atrás delas até o teto. A imagem viva do vampiro Lestat, com dez metros de altura, cintilava diante de Khayman. A criatura sorriu, ergueu os braços, sacudiu a cabeleira amarela, jogou a cabeça para trás e soltou um uivo.

A multidão estava de pé, em delírio. A própria estrutura vibrava. Mas era o uivo que enchia todos os ouvidos. A voz poderosa do vampiro Lestat abafava todos os outros sons do auditório.

Khayman fechou os olhos. No coração do monstruoso grito do vampiro Lestat ele tentou distinguir novamente o ruído da Mãe, mas não conseguiu mais encontrá-lo.

– Minha Rainha – sussurrou, procurando, examinando, embora fosse inútil.

Estaria lá fora, em alguma encosta relvada, ouvindo a música de seu trovador? Ele sentiu o vento suave e úmido, e viu o céu cinzento e sem estrelas, através de mortais ao acaso que viam e sentiam essas coisas. As luzes de San Francisco, seus montes pontilhados e suas torres brilhantes eram os faróis da noite urbana, de repente tão terríveis quanto a lua ou o movimento das galáxias.

Fechou os olhos. Viu-se novamente como na rua de Atenas, observando a taverna arder com seus filhos dentro; a capa em farrapos pendia-lhe frouxa dos ombros, o capuz jogado para as costas descobria os cabelos em tranças. Ah, parecia a Rainha dos Céus, como antes ela gostava tanto de ser chamada, durante séculos de cânticos. Seus olhos estavam brilhantes e vazios à luz elétrica; a boca macia, ingênua. A doçura de seu rosto era infinitamente linda.

A visão levou-o agora de volta a séculos antes, até um momento escuro e horrível, quando ele viera, ainda um mortal, o coração disparado, para ouvir-lhe as vontades. Sua Rainha, agora amaldiçoada e consagrada à lua, o demônio em seu sangue exigente, sua Rainha, que não permitia sequer lâmpadas muito claras perto de si. Como parecera agitada, andando de um lado para outro no chão de lama, as paredes coloridas em volta dela cheias de silenciosas sentinelas pintadas.

– Essas gêmeas, essas maldosas irmãs – dissera ela. – Elas dizem coisas abomináveis.

– Tenha piedade – implorara ele. – Elas não pretendem fazem mal, juro que falam a verdade. Deixe-as ir novamente, alteza. Agora elas não conseguem mudar.

Ah, tanta compaixão ele sentira por todas elas – as gêmeas e sua aflita soberana!

– Ah, mas entenda, temos que testar as suas mentiras revoltantes – dissera ela. – Aproxime-se, meu devotado intendente, que sempre me serviu com tanta devoção...

– Minha Rainha, minha amada Rainha, o que quer de mim?

E com a mesma linda expressão no rosto ela erguera as mãos geladas para tocar na garganta dele, e de repente segurá-lo com uma força que o aterrorizara. Chocado, ele vira os olhos dela ficarem opacos, a boca pender. Vira as duas presas minúsculas, quando ela ergueu-se na ponta dos pés com a graciosidade macabra de um pesadelo. Não a mim. Não faria isso comigo! Minha Rainha, sou Khayman!

Ele deveria ter perecido muito tempo antes de agora, como tantos bebedores de sangue tinham perecido depois. Sumido sem deixar traços, como as multidões sem nome dissolvidas dentro da terra de todas as nações. Mas ele não tinha perecido. E as gêmeas – pelo menos uma – também não.

Ela sabia disso? Conhecia aqueles sonhos terríveis? Eles tinham chegado a ela da mente de todos os que os receberam? Ou viajara pela noite em volta do mundo, sem sonhos e sem cessar, presa a uma única tarefa, desde sua ressurreição?

Elas vivem, minha Rainha, elas vivem em uma, se não nas duas. *Lembre-se da velha profecia!* Se ao menos ela pudesse ouvir a voz dele!

Abriu os olhos. Estava de volta ao momento, com aquela coisa ossificada que era o seu corpo. E a música crescente saturou-o com seu ritmo sem remorsos. Ribombava em seus ouvidos. As luzes piscantes o cegavam.

Virou-se de costas e colocou a mão na parede. Nunca fora tão dominado pelo som. Sentiu-se perdendo a consciência, mas a voz de Lestat chamou-o de volta.

Com os dedos na frente dos olhos, Khayman olhou para o palco quadrado com sua feroz luz branca. Veja o demônio dançar e cantar com tanta alegria. Aquilo tocou o coração de Khayman, mesmo contra a sua vontade.

A voz poderosa de Lestat não precisava de amplificação. E até mesmo os imortais perdidos entre suas presas cantavam com ele – era tão contagiosa aquela paixão. Por toda parte Khayman via-os presos, mortais e imortais. Corpos contorciam-se no ritmo dos corpos no palco. Vozes erguiam-se; o teatro oscilava com os movimentos ondulantes.

O rosto gigantesco de Lestat cresceu na tela quando a câmera aproximou-se dele. O olho azul fixou-se em Khayman e piscou.

POR QUE NÃO ME MATA? VOCÊ SABE O QUE SOU!

A risada de Lestat ergueu-se acima do grito estridente das guitarras.

NÃO RECONHECE O MAL QUANDO O VÊ?

Ah, tamanha crença no bem, no heroísmo! Khayman chegava a vê-la nos olhos da criatura, uma sombra cinza-escura de necessidade trágica. Lestat jogou a cabeça para trás e tornou a rugir; bateu os pés e uivou, olhou para o teto como se fosse o céu.

Khayman se obrigou a mover-se; tinha que fugir. Abriu caminho até a porta com dificuldade, como se sufocasse no som ensurdecedor. Até mesmo seu senso de equilíbrio fora afetado. A música estridente seguiu-o pelas escadas, mas pelo menos ele estava ao abrigo das luzes piscantes. Apoiado na parede, tentou clarear a visão.

Cheiro de sangue. A fome de tantos bebedores de sangue no auditório. E o pulsar da música através da madeira e da alvenaria.

Desceu a escada, incapaz de ouvir os próprios passos no concreto, e finalmente deixou-se cair sentado num patamar deserto. Abraçou os joelhos com os braços e baixou a cabeça.

A música era como a de antigamente, quando todas as canções eram canções do corpo e as canções da mente ainda não tinham sido inventadas.

Viu-se a dançar; viu o Rei – o rei mortal que ele tanto amara – girar e saltar no ar, ouviu o bater dos tambores, o som das flautas; o Rei colocou cerveja na mão de Khayman. A mesa vergava-se ao peso dos assados, das frutas, das fumegantes bandejas de pão. A Rainha sentava-se em seu trono dourado, imaculada e serena, uma mulher mortal com um pequeno cone de cera perfumada no alto do penteado elaborado, derretendo-se lentamente ao calor para perfumar suas tranças.

Então alguém colocara o caixão em sua mão; o caixão minúsculo que era passado então entre os que festejavam. O pequeno lembrete: "Coma, beba, pois a Morte espera por todos nós."

Ele segurou-o com força; deveria passá-lo ao Rei agora? De repente sentiu os lábios do Rei em seu rosto.

– Dance, Khayman. Beba. Amanhã marchamos para o norte para liquidar os últimos dos comedores de carne.

O Rei nem mesmo olhou para o minúsculo caixão ao pegá-lo; passou-o para as mãos da Rainha, e ela, sem baixar os olhos, passou-o a mais alguém.

Os últimos dos comedores de carne. Como parecia simples e bom! Até ele ter visto as gêmeas ajoelhadas diante daquele altar...

O grande rufar dos tambores abafou a voz de Lestat. Mortais passavam por Khayman, mal o percebendo acocorado ali; um bebedor de sangue passou correndo, sem lhe prestar atenção.

A voz de Lestat ergueu-se novamente, cantando sobre os Filhos da Escuridão, escondidos sob o cemitério chamado Les Innocents, cheios de medo e superstição.

À luz
Saímos,
Meus Irmãos e Irmãs!

MATEM-NOS!
Meus Irmãos e Irmãs!

Khayman ergueu-se com dificuldade. Cambaleava, mas continuou andando, descendo, até sair no saguão, onde o barulho era um pouquinho mais abafado, e descansou ali, em frente às portas internas, numa refrescante corrente de ar fresco.

A calma lhe voltava, mas aos poucos, quando percebeu que dois mortais tinham parado perto e olhavam para ele ali encostado na parede, mãos nos bolsos, cabeça baixa.

Naquele instante viu-se como eles o viam. Sentiu o medo deles, misturado a um senso súbito e irreprimível de vitória. Homens que sabiam sobre a sua raça, homens que viviam à espera de um momento como esse, ao mesmo tempo temendo-o, sem nunca ter realmente esperanças de que ele acontecesse.

Ergueu os olhos lentamente. Estavam a uns cinco metros dele, junto ao apinhado balcão de refrigerantes, como se pudessem esconder-se – cavalheiros ingleses. Na verdade, eram velhos, cultos, com rostos enrugados e roupas formais. Inteiramente deslocados, com seus sobretudos cinzentos, colarinhos engomados, o nó brilhante de uma gravata de seda. Pareciam exploradores de outro mundo em meio à juventude exuberante que se movia sem descanso de um lado para outro, muito à vontade em meio ao bárbaro ruído.

E eles o encaravam com uma reticência muito natural, como se fossem educados demais para ter medo. Decanos da Talamasca procurando Jessica.

Me conhecem? Claro que sim. Não podem me fazer mal. Não me importo.

Suas palavras silenciosas fizeram o que se chamava David Talbot recuar um passo. A respiração do inglês acelerou-se e sua testa encheu-se de suor. Mas, mesmo assim, que pose, que elegância! David Talbot apertou os olhos, como se não quisesse ficar cego com o que estava vendo, como se pudesse ver as minúsculas moléculas dançando na luz.

De repente o tempo da vida humana pareceu-lhe muito pequeno; aquele homem frágil, por exemplo, para quem a educação e o refinamento tinham apenas aumentado os riscos. Tão simples alterar o padrão dos pensamentos dele, suas expectativas. Khayman deveria dizer-lhes onde Jesse estava? Devia imiscuir-se? No final das contas, não faria diferença.

Sentia agora que eles tinham medo de afastar-se e de ficar, ele os tinha paralisado, quase como se os tivesse hipnotizado. De certo modo, era o respeito que os mantinha ali, encarando-o. Parecia que ele teria que oferecer alguma coisa, ainda que fosse para pôr fim àquele horrível escrutínio.

Não se aproximem dela. Seria tolice fazer isso. No momento há outros como eu tomando conta dela. Melhor irem embora. Eu iria, se fosse vocês.

Como isso seria transcrito nos arquivos da Talamasca? Alguma noite dessas ele poderia descobrir. Para que locais modernos eles tinham transferido seus documentos e tesouros antigos?

Benjamin, o Demônio. Eis quem sou. Não me conhecem? Sorriu consigo mesmo. Deixou pender a cabeça e olhou para o chão. Não sabia que possuía essa vaidade. E de repente não tinha importância o que esse momento significava para eles.

Pensou nos tempos antigos na França, quando brincava com os da espécie. "Permita apenas que falemos com você!", imploravam eles. Sábios empoeirados, com olhos claros eternamente avermelhados e surradas roupas de veludo, tão diferentes daqueles dois finos cavalheiros para quem o oculto era uma questão científica, não filosófica. A desesperança daquele tempo de repente assustou-o; a desesperança do tempo atual era igualmente assustadora.

Vão embora.

Sem erguer os olhos, ele viu que David Talbot assentia. Ele e o companheiro retiraram-se dignamente. Lançando olhares para trás, percorreram o saguão arredondado e entraram no auditório.

Khayman estava novamente só, com o ritmo da música vindo pelas portas, sozinho e se perguntando por que viera, o que queria, desejando que pudesse novamente esquecer, que estivesse em algum lugar bonito, cheio de brisas cálidas e mortais que não sabiam o que ele era, e luzes elétricas piscando sob nuvens baças, e calçadas planas e infindáveis onde ele pudesse caminhar até o amanhecer.

Jesse

– Me larga, seu filho da puta! – Jesse chutou o homem a seu lado, que lhe rodeara a cintura com o braço, erguendo-a do chão e afastando-a do palco. – Seu babaca!

Curvado de dor no pé, ele não conseguiu equilibrar-se ao receber o violento empurrão; dobrou-se e caiu no chão.

Cinco vezes ela fora empurrada para longe do palco. Conseguira abrir caminho entre os motoqueiros que tinham tomado seu lugar, deslizando como um peixe de encontro aos corpos cobertos de couro e emergindo para agarrar o beiral de madeira; com uma das mãos segurou o pano sintético que o enfeitava e torceu-o em corda.

À luz dos refletores ela viu o vampiro Lestat saltar bem alto e pousar no palco sem produzir qualquer som, a voz alteando-se novamente, enchendo o teatro sem ajuda do microfone, os guitarristas dançando à sua volta como duendes.

Pelo rosto branco desciam fios de sangue, como no Cristo coroado de espinhos. A longa cabeleira loura voejava quando ele girava; levou a mão à camisa e rasgou-a no peito, jogando longe a gravata negra. Os olhos azuis cristalinos estavam vermelhos e embaçados; ele gritava as triviais palavras de suas canções.

Jesse sentiu o coração tamborilar quando olhou para ele, para os quadris ondulantes, para a fazenda justa da calça negra revelando os possantes músculos das coxas. Ele tornou a saltar, erguendo-se sem esforço, como se pudesse chegar ao teto do teatro.

Sim, você está vendo, e não há engano possível! Não há outra explicação!

Assoou o nariz – estava chorando novamente. Mas tocar nele, merda, você tem que fazer isso! Tonta, viu-o terminar a canção, batendo o pé no chão nas três últimas notas, enquanto os músicos dançavam para a frente e para trás, zombeteiros, balançando os cabelos, as vozes abafadas pela voz dele, esforçando-se para acompanhá-lo.

Meu Deus, como ele adorava aquilo! Não havia o menor fingimento. Banhava-se na adoração que estava recebendo. Sugava-a como se fosse sangue.

E então, na frenética abertura de outra canção, ele arrancou a capa de veludo preto, girou-a no ar e arremessou-a na plateia. A multidão ondulou. Jesse sentiu um joelho em suas costas, uma bota arranhando-lhe o tornozelo, mas essa foi a sua chance, quando os guardas saltaram de seus postos para acalmar o tumulto.

Pressionando as duas mãos com força na borda de madeira, ela trepou para o palco. Endireitando-se, correu direto para a figura que dançava e cujos olhos de repente olharam dentro dos seus.

– Você! É você! – berrou ela.

Pelo canto dos olhos avistou um guarda que se aproximava. Jogou todo o peso do corpo contra o vampiro Lestat. Fechando os olhos, prendeu os braços em volta da cintura dele. Sentiu o choque frio do peito sedoso contra seu rosto; de repente provou gosto de sangue nos lábios!

– Ah, meu Deus, então é verdade – sussurrou.

O coração parecia prestes a explodir, mas ela não soltou os braços. Sim, a pele de Mael, igual a esta, e a pele de Maharet, igual a esta, e todos os outros. Sim, iguais a esta! Real, mas não verdadeira. Sempre. Tudo ali nos braços dela, ela agora sabia de tudo, era tarde demais para que a impedissem!

Ergueu a mão esquerda e agarrou um grosso chumaço dos cabelos dele. Ao abrir os olhos viu que ele lhe sorria, viu a pele branca, brilhante e sem poros, os caninos em ponta.

– Demônio! – sussurrou. Estava rindo como uma louca. Rindo e chorando.

– Te amo, Jessica – sussurrou ele de volta, sorrindo como se a estivesse tentando, os cachos louros molhados caindo-lhe nos olhos.

Atônita, ela sentiu o braço dele em volta de seu corpo. Ele então ergueu-a até os quadris, girando-a num círculo. Os músicos a gritar eram um borrão; as luzes eram violentos traços de branco, vermelho. Ela gemia, mas continuava com os olhos fixos nele, nos olhos dele – real. Agarrou-se em desespero, pois parecia que ele pretendia jogá-la bem alto em cima da multidão. Então ele a pousou no chão e inclinou a cabeça, seus cabelos roçando o rosto dela, e ela sentiu os lábios dele sobre sua boca.

A música pulsante diminuiu de volume, como se ela tivesse mergulhado no mar. Sentiu-o respirar dentro de si, suspirar de encontro a ela, os dedos macios deslizando, subindo-lhe pelo pescoço. Ela tinha os seios apertados contra o pulsar do coração dele, e uma voz falava com ela, pura, como uma voz já fizera havia muito tempo, uma voz que a conhecia, uma voz que compreendia suas perguntas e sabia como respondê-las.

O mal, Jesse. Como você sempre soube.

Mãos a agarraram e a puxaram para trás. Mãos humanas. Ela estava sendo separada dele. Gritou.

Ele a encarava, perplexo. Estava mergulhando fundo, muito fundo em seus sonhos, buscando algo de que se lembrava apenas vagamente. O banquete dos funerais, as gêmeas ruivas ajoelhadas a cada lado do altar. Mas a lembrança não durou mais que uma fração de segundo, e desapareceu. Ele ficou desconcertado, seu sorriso fulgurou novamente, impessoal, como uma das luzes que a cegavam.

– Linda Jesse! – exclamou, erguendo a mão como se em despedida. Ela estava sendo carregada para fora do palco, para longe dele.

Quando a colocaram no chão, estava rindo.

Sua camisa branca estava suja de sangue. As mãos estavam cobertas de pálidas manchas de sangue salgado. Sentia que conhecia esse sabor. Jogou a cabeça para trás e riu; e era tão curioso não conseguir ouvir seu grito, apenas senti-lo, sentir o estremecimento percorrê-la, saber que estava chorando e rindo ao mesmo tempo. O guarda disse-lhe algo em tom grosseiro, ameaçador. Mas aquilo não tinha importância.

A multidão engolfava-a novamente, empurrava-a, afastava-a do centro. Um sapato pesado esmagou-lhe o pé direito. Ela tropeçou, virou-se, deixou-se empurrar ainda mais violentamente em direção às portas.

Agora não fazia diferença. Ela sabia. Sabia de tudo. A cabeça girava. Não conseguiria ficar de pé, se não fossem os corpos que a rodeavam. E nunca sentira tamanho abandono. Nunca sentira tanto alívio.

A louca cacofonia da música não cessara; rostos brilhavam e desapareciam numa esteira de luz colorida. Ela sentia cheiro de maconha e cerveja. Sede. Sim, beber uma coisa, alguma coisa gelada. Ergueu a mão e lambeu o sal e o sangue. O corpo estremeceu, vibrou, como tantas vezes à beira do sono. Um tremor leve e delicioso que significava que os sonhos estavam chegando. Tornou a lamber o sangue e fechou os olhos.

Foi de repente que sentiu-se passar para um espaço aberto. Ninguém a empurrava. Ergueu os olhos e viu que tinha chegado à porta, à rampa escorregadia que descia uns três metros até o saguão. A multidão estava atrás e acima dela. Ali ela poderia descansar. Estava tudo bem.

Deslizou a mão pela parede gordurosa, pisando no mar de copos de papel, uma peruca barata, de cachos amarelos, caída no chão. Deixou a cabeça pender para trás e simplesmente descansou, a áspera luz do saguão brilhando em seus olhos. Tinha gosto de sangue na ponta da língua. Sentia que ia chorar de novo, uma coisa perfeitamente correta. Naquele momento não havia passado ou presente, não havia necessidade, e o mundo inteiro estava mudado, das coisas mais simples às mais grandiosas. Ela estava flutuando no centro do mais sedutor estado de paz e aceitação que jamais conhecera. Ah, se ao menos pudesse contar essas coisas a David... Se de algum modo pudesse compartilhar esse segredo enorme, avassalador!

Alguma coisa tocou nela. Alguma coisa hostil. Com relutância virou-se e viu a seu lado uma figura gigantesca. O que é? Lutou para vê-la com clareza.

Membros ossudos, cabelos negros penteados para trás, desagradável pintura vermelha na boca, mas a pele, a mesma pele. E os dentes em forma de presas, não humanos. Um deles!

Talamasca?

Era como um sibilar que a atingiu no peito. Instintivamente ergueu os braços e cruzou-os sobre os seios, dedos agarrados aos ombros.

Talamasca?

Não produzia som, embora o ódio que transmitia fosse ensurdecedor.

Ela tentou recuar, mas a mão dele agarrou-a, dedos ferindo seu pescoço. Tentou gritar quando foi erguida do chão. Então voou pelo saguão, sem parar de gritar até sua cabeça bater com violência na parede.

Escuridão. Via a dor que brilhava em amarelo e depois branco, ao viajar por sua coluna vertebral e espalhar-se em milhões de ramificações por seus membros. O corpo ficou dormente. Atingiu o chão com outro choque de dor no rosto e nas palmas abertas das mãos, e então girou.

Não conseguia enxergar. Talvez os olhos estivessem fechados, mas o engraçado era que, se estavam, ela não conseguia abri-los. Ouvia vozes, gente gritando. Um apito, ou uma campainha. Houve um ruído trovejante, mas tratava-se da multidão aplaudindo lá dentro. Pessoas discutiam perto dela.

Alguém falou, bem perto de seu ouvido:

– Não toque nela. O pescoço está quebrado!

Pescoço quebrado? Isso não é fatal?

Alguém colocou a mão em sua testa. Mas ela não conseguia senti-la realmente, a não ser como uma sensação borbulhante, como se estivesse com muito frio, andando na neve, abandonada por todo sentimento real. *Não consigo enxergar.*

– Escute, meu bem. – Voz de rapaz. Uma dessas vozes que se pode ouvir em Boston ou Nova Orleans ou Nova York. Bombeiro, tira, salvador dos feridos. – Vamos cuidar de você, meu bem. A ambulância já vem. Agora fique imóvel, meu bem, e não se preocupe.

Alguém tocando em seu seio. Não, pegando os documentos em seu bolso. Jessica Miriam Reeves. Sim.

Estava de pé ao lado de Maharet e ambas olhavam para o mapa gigantesco, com todas as suas luzinhas. E ela entendeu. Jesse nascida de Miriam, nascida de Alice, nascida de Carlotta, nascida de Jane Marie, nascida de Anne, nascida de Janet Belle, nascida de Elizabeth, nascida de Louise, nascida de Frances, nascida de Frieda...

– Com licença, por favor, somos amigos dela...

David.

Estavam erguendo-a; ouviu-se gritar, mas não tinha pretendido gritar. Viu novamente a tela e a grande árvore de nomes. "Frieda, nascida de Dagmar, nascida de..."

– Cuidado, agora, cuidado! Droga!

O ar modificou-se; ficou frio e úmido; ela sentia a brisa por cima do rosto, então perdeu completamente a sensação nas mãos e nos pés. Sentia as pálpebras, mas não conseguia movê-las.

Maharet estava falando:

– Veio da Palestina, desceu a Mesopotâmia e depois subiu devagarinho a Ásia Menor e entrou na Rússia, e de lá na Europa Oriental. Está entendendo?

Aquilo era um carro fúnebre ou uma ambulância? E parecia silenciosa demais para ser ambulância, e a sirene, embora constante, vinha de muito longe. O que acontecera a David? Ele não se afastaria, a não ser que ela estivesse morta. Mas como é que David podia estar ali? Dissera que nada poderia induzi-lo a vir. David não estava ali. Ela deve ter imaginado aquilo. O engraçado era que Miriam também não estava ali.

– Santa Maria, Mãe de Deus... agora e na hora da nossa morte...

Prestou atenção: estavam disparando pela cidade; sentiu quando viraram uma esquina. Mas onde estava seu corpo? Não conseguia senti-lo. Pescoço quebrado: isso certamente significava que ela tinha que estar morta.

Que era aquilo, a luz que ela avistava através da floresta?

Um rio? Parecia largo demais para ser um rio. Como atravessar? Mas não era Jesse quem estava caminhando na floresta, e agora ao longo da margem do rio. Era alguém mais. No entanto, ela conseguia ver as mãos à sua frente afastando os cipós e as folhas molhadas, como se fossem suas mãos. Quando baixava o olhar via os cabelos vermelhos em cachos emaranhados, cheios de pedaços de folhas e terra...

– Está me ouvindo, meu bem? Estamos com você. Estamos cuidando de você. Seus amigos estão em outro carro atrás de nós. Não se preocupe.

Ele disse outras coisas. Mas ela perdeu o fio. Não conseguia ouvi-lo, apenas o tom de carinho e cuidado. Por que ele sentia tanta pena? Nem a conhecia! Será que sabia que todo aquele sangue não era seu? As mãos? Culpada. Lestat tentara dizer-lhe que isso era o mal, mas o aviso tivera tão pouca importância, era tão impossível relacioná-lo ao resto! Não que ela não se importasse com o certo e o errado; era que no momento isso era maior. Saber. E ele tinha falado como se ela pretendesse fazer alguma coisa, e ela não tinha pretendido fazer nada.

Por isso morrer com certeza estava bem. Se ao menos Maharet pudesse entender... E pensar que David estava com ela, no carro logo atrás! David conhecia alguma coisa da história, e teriam a ficha dela. Reeves, Jessica. E seria mais evidência. "Um de nossos devotados membros, definitivamente resultado de... perigosíssimo... nunca, em quaisquer circunstâncias, tentar um contato..."

Estava sendo movida novamente. Ar fresco, cheiro de gasolina e éter. Sabia que logo do outro lado daquela dormência, daquela escuridão, havia uma dor terrível, e era melhor ficar imóvel e não tentar ir lá. Deixe que a carreguem, deixe que empurrem a maca pelo corredor.

Alguém chorando. Uma menininha.

– Está me ouvindo, Jessica? Quero que saiba que está no hospital e estamos fazendo todo o possível. Seus amigos estão lá fora. David Talbot e Aaron Lightner. Dissemos a eles que você tem que ficar imóvel...

Naturalmente. Quando se quebra o pescoço, ou se morre na hora ou se morre ao se mexer. Era isso. Muitos anos antes ela vira num hospital uma jovem de pescoço quebrado. Lembrava-se agora. E o corpo da jovem estava amarrado a uma enorme estrutura de alumínio. De vez em quando uma enfermeira movia a estrutura para mudar a posição da garota. Vocês vão fazer isso comigo?

Ele estava falando novamente, mas dessa vez estava mais distante. Ela caminhou um pouco mais depressa através da floresta, para chegar mais perto, escutar acima do barulho do rio. Ele estava dizendo...

– ... é claro que podemos fazer tudo isso, podemos fazer esses testes, naturalmente, mas vocês têm que entender: o ferimento é fatal. A parte traseira do crânio foi completamente esmagada. Dá para ver o cérebro. E o estrago causado ao cérebro é enorme. Em algumas horas ele vai começar a inchar, se é que vai levar tudo isso...

Filho da puta, você me matou. Jogou-me contra a parede. Se eu pudesse mexer alguma coisa – as pálpebras, os lábios! Mas estou presa aqui dentro. Não tenho mais corpo, mas estou presa aqui dentro! Quando era pequena, costumava achar que a morte ia ser assim. A gente fica presa dentro da cabeça, na sepultura, sem olhos para ver ou boca para gritar. Durante anos e anos e anos.

Ou então fica vagando pelo reino do lusco-fusco com os fantasmas pálidos; pensando que está viva, quando na verdade está morta. Meu querido Deus, tenho que saber quando estou morta. Tenho que saber quando começou!

Seus lábios: havia uma levíssima sensação. Alguma coisa úmida, morna. Alguma coisa separando-lhe os lábios. Mas não há ninguém aqui, há? Estavam lá fora no corredor, e o quarto estava deserto. Ela saberia se houvesse alguém lá. No entanto, conseguia sentir o gosto do fluido morto que jorrava para dentro da sua boca.

O que é isso? O que é que está me dando? Não quero perder a consciência!

Durma, minha amada.

Não quero. Quero sentir quando morrer. Quero saber!

Mas o líquido enchia-lhe a boca, e ela engoliu. Os músculos da garganta estavam vivos. Delicioso aquele gosto, o sal. Ela conhecia esse sabor! Conhecia aquela deliciosa sensação borbulhante! Sugou com mais força. Podia sentir a pele do rosto voltar à vida e o ar movendo-se à sua volta. Podia sentir a brisa passando pelo quarto. Um delicioso calor descia-lhe pela espinha, percorria-lhe as pernas e os braços, pelo mesmo caminho que a dor percorrera, e todo o seu corpo lhe voltava.

Durma, minha amada.

As costas da cabeça tintilavam e a sensação atravessou a raiz dos cabelos.

Os joelhos estavam machucados, mas as pernas não estavam feridas, e ela poderia caminhar novamente, e conseguia sentir o lençol debaixo da mão. Teve vontade de erguê-la, mas era cedo demais para isso, cedo demais para mover-se.

Além disso, estava sendo erguida, carregada.

E era melhor dormir agora. Pois se isso era a morte... então estava muito bem. As vozes que mal conseguia ouvir, homens discutindo, ameaçando, isso não tinha importância agora. Parecia que David estava a gritar por ela. Mas o que David queria que ela fizesse? Morresse? O médico estava ameaçando chamar a polícia. A polícia não podia fazer coisa alguma agora. Aquilo era quase engraçado.

Desceram a escada, lance após lance. Delicioso ar fresco.

O som do trânsito ficou mais alto: um ônibus que passava. Ela antes nunca, tinha gostado desses sons, mas agora eram como o próprio vento, igualmente puros. Estava sendo ninada novamente, com suavidade, como se num berço. Sentiu o carro movimentar-se com um tranco súbito, e depois a velocidade. Miriam estava ali e queria que Jesse olhasse para ela, mas Jesse agora estava cansada demais.

– Não quero ir, mamãe.

– Mas, Jesse, por favor. Ainda é tempo. Você ainda pode vir! – Como David chamando por ela. "Jessica!"

Daniel

Mais ou menos na metade, Daniel compreendeu. Os irmãos e irmãs de rostos pálidos rodeavam uns aos outros, encaravam uns aos outros, até mesmo ameaçavam uns aos outros durante o show, mas ninguém faria coisa alguma. A regra era rígida: não deixar evidência do que somos – nem vítimas nem uma única célula de nosso tecido vampírico.

Lestat seria o único a ser morto, e isso seria feito com a maior cautela. Os mortais não deveriam ver os alfanjes, a não ser que fosse inevitável. Agarrar o filho da puta quando ele tentasse sair, esse era o plano; destroçá-lo diante dos que sabiam. Isto é, a não ser que ele resistisse; nesse caso, teria que morrer diante dos fãs, e o corpo teria que ser completamente destruído.

Daniel riu sem parar. Imagine, Lestat permitindo que tal coisa acontecesse!

Daniel ria apesar dos rostos irados. Pálidas como orquídeas, essas almas malévolas que enchiam o teatro com sua raiva fervente, sua inveja, sua ambição. Parecia que odiavam Lestat apenas por causa da sua beleza exuberante.

Daniel finalmente tinha se afastado de Armand. Por que não?

Ninguém poderia fazer-lhe mal, nem mesmo a figura de rocha brilhante que ele vira na escuridão, tão rígida e velha que parecia o Golem da lenda. Que coisa sinistra aquele ser de pedra de olhos fixos na mulher que jazia de pescoço quebrado, aquela com os cabelos vermelhos que parecia as gêmeas do sonho. E provavelmente algum humano imbecil lhe tinha feito aquilo, quebrar-lhe o pescoço assim. E o vampiro louro de roupas de couro cru, abrindo caminho para chegar ao local, ele também era uma visão assustadora, com as veias endurecidas saltando no pescoço e nas costas da mão quando chegou à pobre vítima. Armand observara os homens levarem embora a mulher de cabelos vermelhos com aquela expressão muito estranha no rosto, como se devesse intervir de alguma forma; ou talvez fosse apenas aquele Golem parado ali perto que o deixava nervoso. Finalmente ele empurrara Daniel de volta para a multidão que cantava. Mas não era preciso ter medo. Aquele lugar era seguro para eles – aquela catedral de som e luz.

E Lestat era o Cristo na cruz da catedral. Como descrever sua autoridade avassaladora e irracional? O rosto teria sido cruel se não fosse pelo prazer e exuberância infantis. Esmurrando o ar, ele berrava, implorava, rugia aos poderes enquanto cantava sua queda – Lelio, o ator de teatro barato que contra a própria vontade tornara-se uma criatura da noite!

Sua voz de tenor parecia deixar inteiramente o corpo enquanto ele contava suas derrotas, suas ressurreições, a sede dentro dele que nenhuma quantidade de sangue poderia jamais saciar.

– Não sou o demônio dentro de vocês? – gritou, não para os monstros na multidão, mas para os mortais que o adoravam.

E até mesmo Daniel gritava, berrava, saltava ao compasso da canção, embora as palavras afinal nada significassem para ele; era simplesmente a força crua do desafio de Lestat. Lestat amaldiçoava os céus em nome de todos os que tinham sido proscritos, todos os que tinham conhecido o assalto e depois voltavam-se, em culpa e maldade, contra sua própria espécie.

Nos momentos de clímax, parecia um presságio a Daniel que ele tivesse encontrado a imortalidade na véspera daquela grande missa. O vampiro Lestat era Deus, ou a coisa mais próxima disso que ele conhecia. O gigante na tela de vídeo dava sua bênção a tudo o que Daniel jamais desejara.

Como os outros podiam resistir? Certamente a ferocidade de sua futura vítima tornava-a ainda mais convidativa. A mensagem de todas as canções de Lestat era simples: Lestat tinha o dom que fora prometido a cada um deles – Lestat era indestrutível. Devorava o sofrimento que lhe era imposto e saía ainda mais forte. Juntar-se a ele era viver para sempre.

Este é o meu Corpo. Este é o meu Sangue.

No entanto, o ódio fervia entre os irmãos e irmãs vampiros. Enquanto o show se encaminhava para o final, Daniel o sentia intensamente: um cheiro subindo da multidão, um sibilar em expansão por baixo do estrondo da música.

Matem o deus. Despedacem seu corpo. Que os adoradores mortais façam o que sempre fizeram – chorem por aquele que devia morrer. "Ite, Missa est."

As luzes foram acesas. Os fãs invadiram o palco de madeira, rasgando as cortinas de sarja negra para seguir os músicos que se retiraram às pressas.

Armand agarrou o braço de Daniel.

– Pela porta lateral – disse. – Nossa única chance é chegar depressa até ele.

Khayman

Foi exatamente como ele esperava. Ela atacou os primeiros que o atacaram. Lestat saíra pela porta dos fundos, Louis a seu lado, e deu uma corrida para o Porsche negro quando os assassinos o atacaram. Parecia um círculo tosco a cerrar-se, mas imediatamente o primeiro deles, com o alfanje erguido, explodiu em chamas. A multidão entrou em pânico, crianças aterrorizadas fugindo em todas as direções. Outro atacante imortal pegou fogo de repente. E então outro.

Khayman colou-se à parede enquanto humanos apavorados passavam correndo. Viu uma bebedora de sangue alta e elegante atravessar despercebida a multidão e tomar o volante do carro de Lestat, chamando Louis e Lestat para juntarem-se a ela. Era Gabrielle, a mãe do demônio. E evidentemente o fogo mortal não a atingiu. Não havia uma única partícula de medo em seus frios olhos azuis enquanto ela manobrava o veículo com gestos rápidos e decididos.

Enquanto isso, Lestat girava em círculos, furioso. Revoltado, privado da batalha, ele finalmente entrou no carro, só porque os outros o forçaram.

Enquanto o Porsche passava impiedosamente por cima dos jovens que fugiam, bebedores de sangue explodiam por toda parte. Num horrível coro silencioso erguiam-se seus gritos, suas pragas frenéticas, suas perguntas finais.

Khayman cobriu o rosto. O Porsche percorrera a metade da distância até o portão quando a multidão o forçou a parar. Sirenes berravam, vozes rugiam ordens, crianças jaziam com membros fraturados. Mortais gritavam de dor e medo.

Chegar a Armand, Khayman pensou. Mas para quê? Viu-os queimando em toda parte, com grandes rolos de labaredas alaranjadas e azuis que de repente ficavam brancas de calor, quando as roupas caíam vazias no chão. Como poderia ele ficar entre o fogo e Armand? Como poderia salvar o filhote Daniel?

Olhou para os montes distantes, para uma figura minúscula brilhando de encontro ao céu escuro, despercebida por todos que gritavam, fugiam e pediam socorro em volta dele.

Naquele instante sentiu o calor, sentiu que ele o tocava, como em Atenas. Sentiu-o dançar à frente de seu rosto, sentiu os olhos encherem-se de água. Manteve-os fixos no manancial distante. E então, por motivos que ele próprio talvez jamais viesse a entender, resolveu não desviar o fogo, mas ver o que ele poderia lhe causar. Todas as fibras de seu ser diziam: desvie-o. Mas ele permaneceu imóvel, vazio de pensamentos, sentindo o suor a pingar. O fogo cercou-o, abraçou-o. E então afastou-se, deixando-o sozinho, frio e ferido além do que poderia imaginar. Murmurou baixinho:

– *Que as gêmeas a destruam!*

Daniel

– Fogo!

Daniel sentiu o fedor no momento em que viu as labaredas irrompendo em toda parte em meio à multidão. Que proteção essa multidão poderia oferecer-lhes agora? Eram como pequenas explosões, e grupos de adolescentes em pânico tentavam afastar-se delas, correndo em círculos e trombando uns nos outros.

O som – Daniel ouviu-o de novo. Movia-se acima deles. Armand puxou-o para junto da parede. Era inútil, não conseguiriam chegar a Lestat. E não tinham proteção. Arrastando Daniel atrás de si, Armand recuou novamente para dentro do teatro. Um par de vampiros apavorados passou correndo, e então explodiu.

Horrorizado, Daniel contemplou os esqueletos a brilhar enquanto se derretiam sob a luz amarela. Atrás deles, no auditório deserto, uma figura que fugia foi presa nas mesmas horríveis labaredas. Girando e contorcendo-se, caiu no chão de cimento, a fumaça saindo das roupas vazias. Uma poça de gordura formou-se no cimento e secou imediatamente, enquanto Daniel observava.

Então correram novamente para fora, dessa vez em direção aos distantes portões pela grande extensão de asfalto.

De repente estavam tão velozes que os pés de Daniel tinham deixado o solo. O mundo era apenas uma mancha de cor. Até mesmo os tristes gritos dos fãs assustados pareciam murchos, suavizados. Abruptamente pararam no portão, justamente quando o Porsche negro de Lestat saía disparado do estacionamento, passava por eles e pegava a avenida. Segundos depois tinha desaparecido, como uma bala, dirigindo-se para o sul, para a rodovia.

Armand não tentou segui-lo; parecia nem mesmo tê-lo visto. Ficou parado junto ao portão, olhando para trás, acima das cabeças da multidão, além do telhado curvo do teatro, para o horizonte distante. O estranho ruído telepático era agora ensurdecedor. Engolia todos os outros sons do mundo, engolia todas as sensações.

Daniel não conseguiu deixar de levar as mãos aos ouvidos, não conseguiu que seus joelhos se firmassem. Sentiu Armand chegar perto. Mas não conseguia mais enxergar. Sabia que se tivesse que acontecer seria agora, mas mesmo assim não conseguia sentir o medo, mesmo assim não conseguia acreditar na própria morte, estava paralisado de espanto e confusão.

O som desapareceu gradualmente. Aturdido, ele sentiu a visão clarear, viu a grande forma vermelha de um caminhão de bombeiros aproximar-se, os bombeiros gritando para que saísse do caminho. A sirene parecia vir de outro mundo, uma agulha invisível atravessando suas têmporas.

Armand puxou-o suavemente para fora do caminhão. Pessoas apavoradas passavam por eles como se empurradas pelo vento. Quase caiu, mas Armand segurou-o. No aperto cálido dos mortais, passaram para o lado de fora, esgueirando-se em meio aos que observavam o tumulto pela cerca de tela de arame.

Centenas ainda fugiam. Sirenes ásperas e discordantes abafavam os gritos dos fugitivos. Um após outro, os caminhões dos bombeiros entravam rugindo pelo portão, para abrir caminho por entre os mortais. Mas esses sons eram fracos e distantes, ainda obscurecidos pelo ruído sobrenatural que agora se afastava. Armand agarrava-se à cerca, olhos fechados, testa pressionada contra o metal. A cerca estremecia, como se só ela pudesse enxergar a coisa que eles ouviam.

A coisa foi embora.

Houve um silêncio gélido – o silêncio do choque, do vazio. Embora o pandemônio continuasse, não os afetava.

Estavam sozinhos; os mortais dispersavam-se, afastando-se. E o ar trazia novamente ecos de gritos preternaturais; mais mortes, mas onde?

Atravessou a avenida ao lado de Armand. Sem pressa. Desceram uma rua escura, passando por casas de tijolos e modestas lojas de esquina, letreiros embaçados e calçadas rachadas.

Caminhavam sem parar. A noite ficou fria e imóvel em torno deles. O som das sirenes era distante, quase fúnebre.

Quando chegaram a uma avenida larga e clara, apareceu um ônibus imenso, iluminado por uma luz verde. Parecia um fantasma, vindo na direção deles através do vazio e do silêncio. Apenas uns poucos passageiros mortais olhavam pelas janelas sujas. O motorista parecia estar dormindo.

Armand ergueu os olhos, cansado, como se apenas para vê-lo passar. E para espanto de Daniel, o ônibus parou para eles.

Subiram juntos, ignorando a caixinha de moedas, e deixaram-se cair lado a lado no comprido banco de couro. O motorista não virou a cabeça. Armand recostou-se na janela e fixou os olhos no chão de borracha preta. Tinha os cabelos despenteados, o rosto sujo de fuligem. O lábio inferior estava ligeiramente saliente. Perdido em seus pensamentos, ele parecia inteiramente alheio.

Daniel olhou para os mortais sem brilho: a mulher com rosto de ameixa, cuja boca parecia um corte, que olhava para ele com raiva; o bêbado sem pescoço, que roncava, de cabeça baixa, e a adolescente de cabeça pequena, cabelos sujos e os cantos da boca machucados, que segurava no colo um bebê enorme, cuja pele parecia chiclete. Ora, havia alguma coisa terrivelmente errada com cada um deles. E ali, o morto no banco traseiro, com olhos a meio mastro e saliva seca no queixo: ninguém sabia que ele estava morto? A urina fedia, secando sob ele.

As mãos do próprio Daniel pareciam mortas, sinistras. O motorista parecia um defunto com um braço vivo que girava o volante. Seria uma alucinação? O ônibus para o inferno?

Não. Apenas um ônibus como os milhões que ele já pegara, em que os cansados e os fracassados rodavam pelas ruas da cidade nas horas mortas da madrugada. Ele sorriu de súbito, tolamente. Ia começar a rir, pensando no homem morto lá atrás, e aquelas pessoas sem saber, e a aparência que aquela luz dava a todos eles, mas então a sensação de pavor retornou.

O silêncio deixava-o nervoso. O lento balanço do ônibus deixava-o nervoso; o cortejo de casas humildes do lado de fora das janelas deixava-o nervoso; o rosto calmo e o olhar vazio de Armand eram insuportáveis.

– Ela vai voltar para nos pegar? – perguntou, quando não conseguiu mais aguentar.

– Ela sabia que estávamos lá – disse Armand, os olhos vazios, a voz baixa. – Não quis nos pegar.

Khayman

Ele tinha voltado para a encosta de grama alta, com o frio Pacífico mais além.

Era agora como um quadro; a morte a distância, perdida nas luzes, os gemidos fluidos de almas preternaturais entrelaçados nas vozes mais densas da cidade humana.

Os bandidos tinham perseguido Lestat, forçando o Porsche para fora da estrada. Ileso, Lestat emergira dos destroços, ansioso pela batalha, mas o fogo surgira novamente, para afugentar ou destruir aqueles que o cercavam.

Finalmente a sós com Louis e Gabrielle, ele concordara em esconder-se, sem saber quem ou o que o protegera.

Sem que o trio soubesse, a Rainha perseguia os inimigos deles.

Acima dos telhados movia-se seu poder, destruindo os que tinham fugido, os que tinham tentado esconder-se, os que se deixavam ficar perto de companheiros caídos, em confusão e angústia.

A noite fedia a queimado, aqueles fantasmas gementes que nada deixavam na calçada vazia além das roupas. Lá embaixo, sob as luzes do estacionamento abandonado, os homens da lei procuravam em vão pelos corpos, os bombeiros procuravam em vão a quem socorrer. Os jovens mortais gritavam angustiadamente.

Pequenos ferimentos foram tratados, os transtornados foram dopados e levados. Muito eficientes os agentes desses tempos de fartura. Mangueiras gigantescas lavavam o chão, limpando-o dos farrapos chamuscados dos incendiados.

Lá embaixo, seres minúsculos discutiam e juravam que tinham testemunhado aquelas imolações. Mas não havia qualquer prova. Ela destruíra completamente suas vítimas.

E agora seguia em frente, afastando-se do teatro, para revistar os mais profundos recessos da cidade. Sua força dobrava esquinas e penetrava por portas e janelas. De vez em quando havia uma ligeira explosão, como um fósforo aceso; depois, nada.

A noite ficou mais silenciosa. Tavernas e lojas fechavam suas portas, na escuridão crescente. Nas rodovias o trânsito diminuía.

Nas ruas de North Beach ela pegou o antigo, aquele que só queria ver-lhe o rosto; incendiou-o lentamente, enquanto ele rastejava pela calçada. Seus ossos viraram cinzas, o cérebro uma massa em brasa. Outro ela atingiu no alto de um telhado plano, de modo que ele despencou como uma estrela cadente sobre a cidade. Quando tudo terminou, suas roupas vazias voaram como papel escuro.

Lestat foi para o sul, para seu refúgio em Carmel Valley. Exultante, embriagado de amor por Louis e Gabrielle, ele falava dos velhos tempos e dos novos sonhos, inteiramente alheio à matança.

– Maharet, onde está você? – murmurou Khayman.

A noite não lhe deu resposta. Se Mael estava por perto, se Mael ouviu o chamado, não respondeu. Pobre Mael, desesperado, que correra para fora depois do ataque a Jessica. Mael, que agora podia também estar morto. Mael, de olhos fixos na ambulância que levava Jesse para longe.

Khayman não conseguia encontrá-lo.

Procurou nas colinas pontilhadas de luzes, nos vales profundos onde o pulsar das almas era como um sussurro trovejante.

– Por que testemunhei essas coisas? – perguntou. – Por que os sonhos me trouxeram para cá?

Ficou escutando o mundo mortal.

Rádios tagarelavam sobre culto ao demônio, massacre, incêndios e combustão espontânea, alucinações coletivas. Falavam de vandalismo e juventude enlouquecida. Mas era uma cidade grande, apesar de sua pequenez geográfica. A mente racional já tinha encapsulado e ignorado a experiência. Milhares de pessoas não prestaram atenção. Outras modificavam na lembrança, lenta e detalhadamente, as coisas impossíveis que tinham visto. O vampiro Lestat era um roqueiro humano e nada mais; seu show fora o cenário de uma previsível, embora incontrolável, histeria.

Talvez fizesse parte dos objetivos da Rainha abortar os sonhos de Lestat de maneira tão completa. Retirar desta terra os inimigos dele antes que o frágil tecido das hipóteses humanas fosse irreparavelmente danificado. Se assim era, ela finalmente castigaria a própria criatura?

Nenhuma resposta chegou a Khayman.

Seus olhos percorriam a terra adormecida. Uma neblina vinda do mar assentava-se em profundas camadas róseas acima dos topos dos montes. Tudo tinha uma doçura de contos de fadas naquela primeira hora após a meia-noite.

Juntando seus poderes mais fortes, ele tentou deixar os limites do corpo, enviar a visão para fora de si mesmo como o errante ka dos mortos egípcios, para ver aqueles a quem a Mãe podia ter poupado, aproximar-se deles.

– Armand – disse em voz alta.

Então as luzes da cidade escureceram. Ele sentiu o calor e a luz de outro lugar, e Armand estava ali diante dele.

Ele e seu filhote Daniel tinham voltado em segurança para a mansão onde dormiriam debaixo do chão do porão. O rapaz dançava através dos aposentos amplos e suntuosos, a mente cheia das canções e dos ritmos de Lestat. Armand tinha os olhos perdidos na noite, o rosto jovem tão impassível quanto antes. Ele via Khayman! Viu-o parado imóvel na colina distante, e, no entanto, sentiu-o tão próximo que poderia tocá-lo. Silenciosamente, invisivelmente, estudaram-se um ao outro.

Parecia que a solidão de Khayman era maior do que ele podia suportar, mas os olhos de Armand não continham qualquer emoção, confiança, amizade.

Khayman seguiu em frente, usando uma força ainda maior, erguendo-se cada vez mais alto em sua busca, agora tão longe do corpo que no momento não conseguia sequer localizá-lo. Foi para o norte, chamando os nomes de Santino e Pandora.

Viu-os num campo de neve e gelo, duas figuras negras na brancura infinda – as roupas de Pandora rasgadas pelo vento, seus olhos cheios de lágrimas enquanto ela procurava a silhueta vaga da casa de Marius. Estava feliz por ter Santino a seu lado, aquele explorador *sui generis*, com suas ricas vestes de veludo negro. A longa noite sem dormir durante a qual Pandora dera a volta ao mundo deixara-a com todo o corpo doendo e à beira de cair. Todas as criaturas precisam dormir, sonhar; se ela não se deitasse em breve num lugar escuro, sua mente não conseguiria combater as vozes, as imagens, a loucura. Não queria tornar a levantar voo, e aquele Santino não conseguia fazer essas coisas, de modo que ela caminhava ao lado dele.

Santino grudava-se a ela, sentindo apenas a força que vinha dela, seu coração apertado e ferido pelos gritos distantes, porém inescapáveis, daqueles que a Rainha tinha destruído. Sentindo o toque suave do olhar de Khayman, ele cobriu o rosto com a capa preta. Pandora não prestou atenção.

Khayman afastou-se. Doía-lhe ver os dois tocando-se; doía-lhe ver os dois juntos.

Na mansão da colina, Daniel rasgou a garganta de um rato e deixou o sangue fluir para dentro de uma taça de cristal.

– O truque de Lestat – declarou, estudando o sangue à luz.

Armand sentava-se imóvel junto ao fogo, observando a rubra joia de sangue na taça que Daniel levava aos lábios amorosamente.

De volta à noite Khayman seguiu, vagando ainda mais alto, bem longe das luzes da cidade, como se numa grande órbita.

Mael, responda-me. Mostre-me onde está. Será que o raio frio e feroz da Mãe o atingira também? Ou ele agora chorava tanto por Jesse que não prestava atenção a outra coisa? Pobre Jesse, ofuscada por milagres, golpeada por um filhote num piscar de olhos, antes que alguém pudesse impedir.

A filha de Maharet, a minha filha!

Khayman tinha medo do que poderia ver, medo do que não ousava procurar alterar. Mas talvez o druida fosse simplesmente forte demais para ele agora; o druida escondia a si e a Jesse de todos os olhos e todas as mentes. Ou isso, ou a Rainha conseguira o que queria e estava tudo terminado.

Jesse

Tão quieto aqui. Ela estava deitada numa cama dura e macia, e o corpo parecia frouxo como o de uma boneca de pano. Podia erguer a mão, mas ela logo caía; ainda não conseguia enxergar, a não ser de um modo vago e fantasmagórico, coisas que podiam muito bem ser ilusão.

Por exemplo: as lamparinas a seu redor – antigas lamparinas de argila em forma de peixe, cheias de óleo. Davam ao quarto um perfume forte. Seria uma casa funerária?

Assaltou-a novamente o medo de estar morta, presa na carne, mas desligada dela. Ouviu um som curioso. O que era? Uma tesoura cortando as pontas de seus cabelos. A sensação foi até o couro cabeludo. Ela a sentia até em suas entranhas.

Um pelo foi puxado de seu rosto; um daqueles pelos desagradáveis, tão fora de lugar, que as mulheres odeiam tanto. Ela estava sendo preparada para o caixão, não estava? Quem mais tomaria tanto cuidado, erguendo agora sua mão e examinando as unhas com tanto carinho?

Mas a dor voltou, um clarão elétrico descendo pelas costas, e ela gritou. Gritou alto nesse quarto onde estivera poucas horas antes, nessa mesma cama com as correntes rangendo.

Ouviu a respiração de alguém muito próximo. Tentou enxergar, mas novamente viu apenas as lâmpadas. E uma figura vaga parada junto à janela: Miriam estava vigiando.

– Onde? – perguntou o outro. Estava perplexo, tentando ter a visão. Isso já não tinha acontecido antes?

– Por que não consigo abrir os olhos? – quis saber ela. Ele poderia ficar olhando para sempre, e não conseguiria ver Miriam.

– Seus olhos estão abertos – respondeu ele. Sua voz soava rouca e carinhosa. – Não posso lhe dar mais, a não ser que lhe dê tudo. Não somos curadores. Somos destruidores. É hora de você me dizer o que quer. Não há ninguém para me ajudar.

Não sei o que quero. Tudo o que sei é que não quero morrer! Não quero parar de viver! Que covardes nós somos, ela pensou, que mentirosos... Uma grande tristeza fatalista a acompanhara todo o tempo até essa noite, no entanto, sempre houvera a esperança secreta disso! Não apenas ver, saber, mas ser parte de...

Tinha vontade de explicar, dizer tudo cuidadosamente, com palavras audíveis, mas a dor voltou. Um ferro em brasa tocou em sua espinha, a dor descendo para as pernas. E então a abençoada dormência. Parecia que o quarto que ela não conseguia ver ficava escuro e as chamas das lamparinas antigas bruxuleavam. Lá fora, a floresta sussurrava. A floresta contorcia-se no escuro. E de repente os dedos de Mael no seu pulso ficaram fracos, não porque ele a soltara, mas porque ela não conseguia mais senti-los.

– Jesse!

Ele a sacudiu com as duas mãos, e a dor era como um relâmpago cortando a escuridão. Ela gritou por entre os dentes cerrados. Miriam, olhos pétreos, silenciosa, olhava com raiva da janela.

– Mael, faça! – gritou Jesse.

Reunindo todas as suas forças, sentou-se na cama. A dor não tinha forma ou limite; o grito ficou sufocado dentro dela. Então abriu os olhos, abriu-os de verdade. A luz embaçada, viu a expressão fria e impiedosa de Miriam. Viu a figura alta de Mael inclinada sobre o leito. E então virou-se para a porta aberta: Maharet estava chegando.

Mael não sabia, não percebeu, até ela chegar. Com passos suaves, Maharet subiu a escada, a saia comprida fazendo um ruído ciciante, e tomou o corredor.

Ah, depois de todos esses anos, esses longos anos! Através das lágrimas, Jesse contemplou Maharet entrando na área de luz das lamparinas; viu seu rosto brilhante, a ardente cintilação de seus cabelos. Maharet fez um gesto para que Mael saísse.

Então Maharet aproximou-se da cama. Ergueu as mãos, palmas abertas, como num convite; ergueu as mãos como se para receber um bebê.

– Faça, sim!

– Então, minha querida, diga adeus a Miriam.

*

Nos tempos antigos havia um culto terrível na cidade de Cartago. A população oferecia seus filhos pequenos ao grande deus de bronze Baal. Os corpinhos eram colocados nos braços estendidos da estátua e então, por meio de uma mola, os braços erguiam-se e as crianças caíam dentro da fornalha ardente no ventre do deus.

Depois da destruição de Cartago, apenas os romanos contavam a velha história e, à medida que os séculos se passavam, os homens sábios deixaram de acreditar nela. Era terrível demais a imolação daquelas crianças. Mas quando os arqueólogos trouxeram suas ferramentas e começaram a cavar, encontraram ossos em profusão das pequenas vítimas. Desenterraram cemitérios inteiros daqueles pequenos esqueletos.

E o mundo ficou sabendo que a antiga lenda era verdadeira; que os homens e as mulheres de Cartago levavam seus filhos para o deus e assistiam pacificamente a suas crianças caírem gritando no fogo. Era a religião.

Agora, quando Maharet ergueu Jesse, quando os lábios de Maharet tocaram-lhe a garganta, Jesse pensou na antiga lenda. Os braços de Maharet eram como os rígidos braços de metal do deus Baal, e num causticante segundo Jesse conheceu uma tortura indescritível.

Mas não era a própria morte que Jesse viu, era a morte dos outros – as almas dos não mortos imolados, erguendo-se para longe do terror e da dor física das labaredas consumindo seus corpos preternaturais. Ouviu seus gritos, ouviu seus avisos, viu seus rostos quando eles se afastavam da terra, ofuscantes, pois carregavam ainda consigo a forma humana, embora sem a substância; sentiu quando passaram do sofrimento para o desconhecido, ouviu sua canção mal começando.

E então a visão desvaneceu-se como uma música meio ouvida e meio recordada. Estava perto da morte; seu corpo desaparecera, toda a dor desaparecera, todo senso de permanência, toda angústia.

Estava na clareira ao sol, olhos baixos para a mãe no altar.

– Na carne – disse Maharet. – Na carne começa toda a sabedoria. Cuidado com a coisa que não tem carne. Cuidado com os deuses, cuidado com a ideia, cuidado com o demônio.

Então veio o sangue, inundando cada fibra do seu corpo; ela era novamente pernas e braços, à medida que o sangue eletrizava seus membros, a pele ardendo com o calor e a fome fazendo seu corpo contorcer-se enquanto o sangue agia para prender sua alma à substância para sempre.

Ficaram deitadas abraçadas, ela e Maharet, e a pele rígida de Maharet aqueceu-se e suavizou-se tanto que elas se tomaram uma única coisa úmida e emaranhada, os cabelos embaraçados. O rosto de Jesse enterrou-se no pescoço de Maharet quando ela enfiou os dentes na fonte, as ondas de êxtase a percorrer-lhe o corpo.

De repente Maharet afastou-se e virou o rosto de Jesse para o travesseiro. Sua mão cobriu-lhe os olhos, e Jesse sentiu os dentinhos afiados perfurarem sua pele; sentiu tudo sendo retirado de volta. Como o vento a assobiar, a sensação de ser esvaziada, de ser devorada, de ser nada!

– Beba novamente, minha querida.

Abriu os olhos devagar e viu a garganta branca, os seios brancos; estendeu a mão e pegou a garganta, e dessa vez foi ela quem rasgou a carne. E quando a primeira gota de sangue atingiu-lhe a língua ela puxou Maharet para debaixo de si. Maharet estava inteiramente obediente, era sua; os seios de Maharet contra os seus seios, os lábios de Maharet em seu rosto, enquanto ela sugava o sangue, sugava com força cada vez maior. *Você é minha, total e completamente minha.* Tinham desaparecido as imagens, vozes, visões.

Dormiram, ou quase dormiram, abraçadas. Parecia que o prazer tinha deixado uma radiação, parecia que respirar era tornar a senti-lo; mexer-se de encontro aos lençóis de seda ou à pele de seda de Maharet era começar de novo.

O vento fragrante movia-se pelo quarto. Um grande suspiro coletivo ergueu-se da floresta. Não mais Miriam, não mais os espíritos do reino do lusco-fusco, presos entre a vida e a morte. Ela havia encontrado seu lugar – seu lugar eterno.

Ao fechar os olhos, viu a coisa na floresta parar e olhar para ela. A coisa de cabelos vermelhos viu-a e viu Maharet em seus braços, viu os cabelos vermelhos, duas mulheres de cabelos vermelhos, e a coisa pôs-se em movimento em direção a elas.

Khayman

Um silêncio mortal, a paz do vale do Carmelo. Tão feliz estava a pequena comunidade da casa – Lestat, Louis, Gabrielle, felizes por estarem juntos. Lestat despira as roupas sujas e novamente resplandecia em "traje de vampiro", o casaco de veludo preto jogado displicentemente sobre um ombro. E os outros, como estavam animados! A mulher, Gabrielle, desmanchando sua trança loura distraidamente, enquanto falava em tom apaixonado. E Louis, o humano, silencioso, porém profundamente excitado pela presença dos outros dois; enfeitiçado, por assim dizer, por seus gestos simples.

Em qualquer outra ocasião Khayman teria ficado muito comovido com tanta felicidade. Teria tido vontade de tocar a mão deles, olhar em seus olhos, dizer-lhes quem era e o que tinha visto; teria vontade de simplesmente ficar com eles.

Mas ela estava por perto. E a noite não terminara.

O céu empalideceu e um vaguíssimo calor matinal arrastou-se por cima dos campos. Coisas se mexiam à luz crescente. As árvores moviam-se, as folhas abrindo-se lentamente.

Khayman ficou parado sob a macieira, observando a mudança nas cores das sombras, escutando a manhã. Ela estava ali, sem dúvida.

Escondia-se com esperteza e poder. Mas não conseguia enganar Khayman. Ele vigiava e esperava, ouvindo as risadas e as conversas da pequena comunidade.

Na porta da casa, Lestat abraçou a mãe quando ela se despediu e saiu para a manhã acinzentada com passos leves, usando suas roupas cáqui sujas e maltratadas, a cabeleira longa escovada para trás – o retrato de uma pessoa sem problemas. E o moreno, o bonitinho, Louis, estava ao lado dela.

Khayman viu-os atravessar o gramado; a mulher continuou em frente, penetrando no campo aberto diante do bosque onde pretendia dormir dentro da própria terra, enquanto o homem entrou na escuridão fria de uma pequena construção. Bastante refinado aquele ali, que agora esgueirava-se para debaixo das tábuas do assoalho e deitava-se como numa sepultura, ajeitando os membros e penetrando instantaneamente na total escuridão.

E a mulher: com chocante violência ela chegou a seu esconderijo profundo e secreto, e as folhas voltavam a seus lugares como se ela não tivesse passado por ali. A terra sustentava seus braços estendidos, a cabeça baixa. Nos sonhos das gêmeas ela mergulhou, em imagens de floresta e rio de que ela nunca se lembrava.

Até aí, tudo bem. Khayman não queria que eles morressem incendiados. Exausto, apoiou as costas na macieira, envolvido pela fragrância verde e pungente das maçãs.

Por que ela estava por ali? E onde se escondia? Quando se abriu à presença dela, sentiu seu som baixo e irradiante, um pouco parecido com um motor do mundo moderno, soltando um sussurro irreprimível de si mesma e de seu poder mortal.

Finalmente Lestat emergiu da casa e correu para a cova que mandara fazer sob as acácias na encosta. Desceu por um alçapão e pelos degraus de terra até uma câmara às escuras.

Então a paz caiu sobre todos eles, a paz que duraria até essa noite, quando ele seria o portador de más notícias.

O sol ergueu-se mais do outro lado do horizonte; surgiram os primeiros raios refratados, que sempre obscureciam a visão de Khayman. Ele fixou o olhar nas cores do pomar, que aos poucos escureciam, ao passo que o resto do mundo perdia suas linhas, seus contornos. Fechou os olhos por um instante, sabendo que teria que entrar na casa, procurar um lugar fresco e escuro onde os mortais não pudessem perturbá-lo.

E quando o sol morresse ele estaria esperando que eles acordassem. Contaria a eles o que sabia, contaria sobre os outros. Com uma súbita pontada de dor ele pensou em Mael e Jesse, a quem não conseguia encontrar, como se a terra os tivesse devorado.

Pensou em Maharet e teve vontade de chorar. Mas agora dirigiu-se para a casa. O sol estava quente em suas costas, suas pernas pesavam. Na noite seguinte, não importava o que acontecesse, ele não estaria sozinho. Estaria com Lestat e sua corte; e se o expulsassem, ele procuraria Armand. Iria para o norte, para Marius.

Primeiro ouviu o som – um rugido alto e estralejante. Voltou-se, abrigando os olhos do sol. Uma grande chuva de terra ergueu-se do solo da floresta. As acácias oscilavam como se numa tempestade, galhos partindo-se, raízes rasgando a terra, troncos tombando em toda parte.

Numa esteira escura de roupas infladas pelo vento a Rainha ergueu-se em feroz velocidade, o corpo de Lestat pendendo de seus braços; ela tomou a direção do ocidente, afastando-se do sol que nascia.

Khayman soltou um grito alto, antes que conseguisse se conter. E seu grito ecoou pela imobilidade do vale. Ela tinha conseguido seu amante.

Ah, pobre amante, ah, pobre lindo príncipe louro...

Mas não havia tempo para pensar, ou agir, ou examinar seu próprio coração. Virou-se para o abrigo da casa; o sol atingira as nuvens, e o horizonte tornara-se um inferno.

❋

Daniel mexeu-se no escuro. O sono pareceu erguer-se como um cobertor que estivesse prestes a esmagá-lo. Viu o brilho do olhar de Armand. Ouviu seu sussurro:

– Ela o levou.

⁂

Jesse gemeu alto. Sem peso, ela flutuava na penumbra fluorescente. Viu as duas figuras subirem como numa dança, a Mãe e o Filho. Como a ascensão dos santos no teto pintado de uma igreja. Os lábios dela formaram as palavras "a Mãe".

⁂

Em sua profunda cova sob o gelo, Pandora e Santino dormiam abraçados. Pandora ouviu o som. Ouviu o grito de Khayman. Viu Lestat de olhos fechados e a cabeça jogada para trás, subindo no abraço de Akasha. Viu os olhos negros de Akasha fixos no rosto adormecido. O coração de Pandora quase parou de terror.

⁂

Marius fechou os olhos. Não conseguia mais mantê-los abertos. Lá em cima os lobos uivavam; o vento tentava arrancar o telhado de aço da estrutura. Através do granizo, os fracos raios de sol pareciam incendiar a neve rodopiante, e ele podia sentir o calor atravessar camada após camada de gelo para atingi-lo.

Viu a figura adormecida de Lestat nos braços dela, viu-a erguer-se no céu.

– Cuidado com ela, Lestat – murmurou, com seu último sopro de consciência. – Perigo.

⁂

No frio chão atapetado, Khayman estendeu-se e escondeu o rosto no braço. E um sonho chegou imediatamente, um sonho suave e sedoso de uma noite de verão em um lugar maravilhoso, onde o céu era enorme acima das luzes da cidade, e eles estavam todos juntos, aqueles imortais cujos nomes ele conhecia e agora levava no coração.

TERCEIRA PARTE

ASSIM COMO ERA NO PRINCÍPIO, É AGORA E SERÁ SEMPRE...

Esconda-me
de mim.
Encha estes buracos
com olhos,
pois os meus não são
meus. Esconda-me,
corpo e mente,
pois não presto
tão morto na vida
tanto tempo.
Seja asa e
oculte meu eu
do meu desejo
de ser
peixe fisgado.
Aquele
vinho
parece doce e
deixa meu eu
cego. E, também,
meu coração esconda,
pois irei,
nesse ritmo, ele também
comer algum dia.

STAN RICE
"Cannibal"
Some Lamb (1975)

1

Lestat: nos braços da deusa

Não sei dizer quando foi que acordei, quando tomei consciência das coisas.

Lembro-me de saber que ela e eu estávamos juntos havia muito tempo, que eu vinha me banqueteando com seu sangue com um abandono animal, que Enkil tinha sido destruído e ela sozinha mantinha o poder primal, e que ela estava me fazendo ver e entender coisas que me levavam a chorar como uma criança.

Há duzentos anos, quando bebi dela no santuário, o sangue era silencioso, estranha e magnificamente silencioso. Agora era um puro transporte de imagens, satisfazendo o cérebro enquanto o próprio sangue satisfazia o corpo; eu estava aprendendo tudo que acontecera. Estava lá enquanto os outros morriam um por um daquela maneira horrível.

E havia também as vozes que cresciam e diminuíam, aparentemente sem propósito, como um corpo sussurrando numa caverna.

Parece ter havido um momento de lucidez em que liguei tudo – o show de rock, a casa no vale de Carmelo, o rosto dela radiante à minha frente. E soube que agora estava aqui com ela, neste lugar escuro e cheio de neve. Eu a despertara. Ou, melhor, dera-lhe a razão para despertar, como ela própria disse. A razão para voltar-se e olhar para o trono onde estivera sentada, e dar aqueles primeiros passos vacilantes para longe dele.

Sabe o que significou levantar minha mão e vê-la mover-se à luz? Sabe o que significou ouvir de repente o som de minha própria voz ecoando naquela câmara de mármore?

Certamente dançamos juntos no bosque escuro coberto de neve, ou foi apenas um abraço interminável?

Coisas terríveis tinham acontecido. No mundo inteiro. Coisas terríveis.

A execução daqueles que nunca deveriam ter nascido. *Gerados pelo mal.* O massacre no show foi apenas o final.

Entretanto eu estava em seus braços nesta escuridão gelada, em meio ao cheiro familiar do inverno, e seu sangue era novamente meu, e me escravizava. Quando ela se afastava, eu sofria intensamente. Precisava clarear a mente, saber se Marius estava vivo, se Louis e Gabrielle, e Armand, tinham sido poupados. Precisava, de alguma forma, encontrar a mim mesmo novamente.

Mas as vozes, a onda crescente de vozes! Mortais próximos e distantes. A distância não fazia diferença; a medida era a intensidade. Era um milhão de vezes mais forte que minha antiga audição, quando eu parava numa esquina da cidade e conseguia ouvir os moradores de algum prédio escuro, cada um em seu aposento, conversando, pensando, rezando, pelo tempo que eu quisesse.

De repente o silêncio, quando ela falou:

– Gabrielle e Louis estão bem. Já lhe disse isso. Acha que eu faria mal a quem você ama? Agora olhe dentro dos meus olhos e escute apenas o que eu digo. Poupei muitos mais do que o necessário. E fiz isso por você e também por mim, para que eu possa me ver refletida em olhos imortais e escutar a voz de meus filhos falando comigo. Mas escolhi aqueles que você ama e gostaria de ver de novo. Não poderia tirar-lhe essa alegria. Mas agora você está comigo e precisa ver e saber o que lhe está sendo revelado. Precisa ter coragem igual à minha.

Não consegui suportar as visões que ela me mostrava. Aquela horrível Baby Jenks em seus últimos momentos – teria sido o momento de sua morte, um sonho desesperado, um cordão de imagens bruxuleando dentro de seu cérebro moribundo? Não consegui suportar. E Laurent, meu velho companheiro Laurent, consumindo-se em chamas na calçada; e no outro lado do mundo, Felix, que também conheci no Teatro dos Vampiros, correndo em chamas pelas ruelas de Nápoles, finalmente jogando-se no mar. E os outros, tantos, pelo mundo inteiro – chorei por eles, por tudo. Sofrimento sem sentido.

– Uma vida assim... – falei de Baby Jenks, chorando.

– Por isso lhe mostrei tudo – respondeu ela. – Por isso está tudo terminado. Os Filhos da Escuridão não existem mais. E agora teremos apenas anjos.

– Mas, os outros? – perguntei. – Que aconteceu com Armand?

As vozes estavam recomeçando, o zumbido baixo que podia subir até um trovão ensurdecedor.

– Venha, meu príncipe – sussurrou ela. Silêncio novamente. Ela ergueu as mãos e segurou meu rosto. Seus olhos negros cresceram, o rosto branco ficou de repente dócil, quase suave. – Se você quer mesmo ver, vou mostrar-lhe os que ainda estão vivos, aqueles cujos nomes vão virar lenda, junto com o seu e o meu.

Lenda?

Virou a cabeça de leve; parecia um milagre quando ela fechava os olhos, porque então a vida visível desaparecia totalmente. Uma coisa morta e perfeita, os lindos cílios negros maravilhosamente recurvados. Olhei para sua garganta, para o azul-claro da artéria sob a pele, subitamente visível, como se ela quisesse que eu a visse. O desejo que senti foi insuportável. A deusa, minha! Tomei-a brutalmente, com uma força que teria ferido uma mulher mortal. A pele gelada parecia absolutamente impenetrável, e então meus dentes a romperam, e a fonte fervente jorrou para dentro de mim outra vez.

As vozes voltaram, mas tornaram a sumir quando ordenei. Então não havia coisa alguma, exceto a torrente de sangue e o coração dela batendo lentamente junto ao meu.

Escuridão. Um porão de tijolos. Um caixão feito de carvalho encerado. Fechos de ouro. O momento mágico; os fechos abriram-se, como se movidos por uma chave invisível. A tampa foi erguida, revelando o forro de cetim. Havia um cheiro de perfume oriental. Vi Armand deitado no caixão, um serafim de longa cabeleira castanha, cabeça de lado, olhos vazios, como se acordar fosse infalivelmente espantoso. Vi-o sair do caixão com gestos elegantes, seguros – nossos gestos, pois somos os únicos seres que rotineiramente saímos de caixões. Vi-o fechar a tampa. Atravessou o chão de tijolos úmidos até outro caixão. Abriu-o respeitosamente, como se fosse uma arca contendo um prêmio raro. Lá dentro, um rapaz dormia; sem vida, e, no entanto, sonhando. Sonhando com uma floresta onde uma mulher ruiva caminhava, uma mulher que não consegui ver claramente. E então aconteceu uma cena muito bizarra, algo que eu já vislumbrara antes, mas onde? Duas mulheres ajoelhadas junto a um altar. Isto é, achei que fosse um altar.

Uma tensão nela, um tensionamento. Mexeu-se junto a mim como uma estátua da Virgem prestes a me esmagar. Desfaleci; julguei tê-la ouvido pronunciar um nome. Mas o sangue veio em outra onda e meu corpo novamente latejava de prazer. Não havia terra, nem gravidade.

Mais uma vez o porão de tijolos. Uma sombra caíra sobre o corpo do rapaz. Outra pessoa entrara no porão e colocara a mão no ombro de Armand. Armand o conhecia. Mael era o seu nome. *Venha.*

Mas aonde ele os leva?

Noite púrpura na floresta de sequoias. Gabrielle caminhava naquele seu jeito descuidado, ereto, que nada conseguia interromper, os olhos como dois pedaços de gelo, nada refletindo do que ela viu à sua volta, e Louis estava a seu lado, esforçando-se graciosamente para acompanhar-lhe o passo. Louis parecia tão comovedoramente civilizado ali na selva, tão irremediavelmente deslocado! Os trajes de vampiro da noite anterior tinham sido abandonados; no entanto, ele tinha ainda mais a aparência de um cavalheiro em suas roupas usadas, um cavalheiro passando por um período difícil. Fora de seu terreno com ela, e será que ela sabe disso? Vai tomar conta dele? *Mas os dois estão com medo, e esse medo é por mim!*

O céu minúsculo transformava-se em porcelana envernizada; as árvores pareciam trazer a luz por seus troncos gigantescos, quase até as raízes. Eu ouvia um regato correndo nas sombras. Então avistei-o. Gabrielle entrou direto na água, com suas botas marrons. Mas aonde vão? E quem era a terceira pessoa com eles, que entrou em minha visão quando Gabrielle virou-se para olhar? Meu Deus, um rosto assim, e tão plácido! Antigo, poderoso, no entanto deixando que os dois jovens caminhem à sua frente. Através das árvores vi uma clareira, uma casa. Numa alta varanda de pedra postava-se uma mulher ruiva – a mulher que eu vira na floresta. O rosto era uma máscara antiga e sem expressão, como o rosto do homem na floresta, que agora erguia os olhos para ela, como o rosto da minha Rainha.

Que eles se reúnam. Suspirei, enquanto o sangue jorrava para dentro de mim. *Vai simplificar tudo.* Mas quem eram eles, esses antigos, essas criaturas com semblantes tão opacos quanto o dela?

A visão mudou. Dessa vez as vozes eram um suave círculo à nossa volta, sussurrando, chorando. E por um momento tive vontade de ouvir, de tentar destacar no coro monstruoso uma breve canção mortal. Imaginem vozes de toda parte, das montanhas da Índia, das ruas de Alexandria, das pequenas aldeias próximas e distantes.

Mas outra visão se aproximava.

Marius. Subindo para fora de um poço de gelo manchado de sangue, com Pandora e Santino a ajudá-lo. Tinham conseguido chegar ao chão esburacado do porão. O sangue seco era uma crosta cobrindo metade do rosto de Marius; ele parecia zangado, amargo, olhos opacos, a longa cabeleira amarela suja de sangue. Subiu mancando uma escada de ferro em espiral. Pandora e Santino atrás. Era como um tubo pelo qual subiam. Quando Pandora tentou ajudá-lo, ele afastou-a rispidamente.

Vento. Gelado. A casa de Marius abria-se aos elementos, como se um terremoto a tivesse partido. Vidraças transformaram-se em perigosos mares de cacos de vidro; peixes tropicais raros e lindíssimos estavam congelados no solo arenoso de um grande aquário quebrado. A neve forrava a mobília e amontoava-se de encontro às estantes, às estátuas, às pilhas de discos e fitas. Os pássaros estavam mortos em suas gaiolas. As plantas verdes estavam enfeitadas de pingentes de gelo. Marius olhou para os peixes mortos na camada de gelo sujo no fundo do aquário. Olhou para os grandes ramos de algas mortas que jaziam entre os cacos de vidro brilhante.

Enquanto eu o observava, vi-o curar-se – os ferimentos pareciam derreter-se de seu rosto, e ele recuperou sua forma natural. A perna sarou, ele já conseguia ficar quase ereto. Ficou olhando com ódio para os peixinhos azuis e prateados. Depois olhou para o céu, para o vento branco que escondia inteiramente as estrelas. Passou a mão pelo rosto e pelos cabelos, varrendo os pedaços de sangue coagulado.

Milhares de páginas tinham sido espalhadas pelo vento – páginas de pergaminho. A neve caía girando na sala em ruínas. Marius pegou um atiçador para usar como bengala, e por um buraco na parede olhou para os lobos famintos no canil. Estavam sem comida desde que ele, o dono, tinha sido enterrado. Ah, o som dos lobos uivando! Ouvi Santino falar com Marius, tentando dizer-lhe que tinham de partir, que estavam sendo esperados, que uma mulher esperava por eles na floresta de sequoias, uma mulher tão antiga quanto a Mãe, e a reunião não poderia começar até que eles chegassem. Uma pontada de apreensão me percorreu. Que reunião era essa? Marius entendeu, mas não respondeu. Estava escutando os lobos. Os lobos...

A neve e os lobos. Sonhei com lobos. Senti-me deslizar para longe, de volta ao meu próprio cérebro, meus próprios sonhos, recordações. Vi uma alcateia correndo sobre a neve recém-caída.

Vi a mim mesmo como um rapaz lutando com eles – uma alcateia que tinha vindo, no meio do inverno, atacar a aldeia do meu pai, há duzentos anos. Vi a mim mesmo, o homem mortal, tão perto da morte que conseguia senti-la. Mas eu matara os lobos um por um. Ah, que força crua, a da juventude, o puro prazer da vida irresistível, leviana! Pelo menos, era o que parecia. Na época tinha sido ruim, certo? O vale congelado, meu cavalo e meus cães mortos. Mas agora tudo o que eu podia fazer era recordar e ver a neve cobrindo as montanhas, as minhas montanhas, terra de meu pai.

Abri os olhos. Ela me soltara e me fizera dar um passo para trás. Pela primeira vez eu compreendia o que realmente éramos. Não numa noite abstrata qualquer, mas num lugar real, um lugar que certa vez fora meu.

– Sim – sussurrou ela. – Olhe em volta.

Reconheci pelo ar, pelo cheiro de inverno, e quando minha visão tornou a clarear vi as ameias lá em cima, e a torre.

– É a casa do meu pai! – murmurei. – O castelo onde nasci...

Imobilidade. A neve brilhando branca no assoalho antigo. Aquele tinha sido o salão, onde agora estávamos. Meu Deus, vê-lo em ruínas, saber que durante tanto tempo ele ficara assim! Macias como terra as velhas pedras pareciam; e aqui havia uma mesa, a grande mesa comprida fabricada no tempo das Cruzadas; ali havia a enorme lareira, e acolá a porta.

Agora não estava nevando. Olhei para cima e vi as estrelas. A torre ainda conservava sua estrutura arredondada, erguendo-se metros e metros acima do telhado desabado, embora o resto todo fosse como uma concha quebrada. A casa de meu pai...

Ela afastou-se de mim com leveza e atravessou a brancura brilhante do chão, girando lentamente em círculo, a cabeça para trás, como se estivesse dançando.

Mover-se, tocar em coisas sólidas, passar do reino dos sonhos para o mundo real, de todos esses prazeres ela tinha falado antes. Contemplá-la me tirava o fôlego. Seus trajes eram intemporais, um manto de seda negra, uma túnica de pregas sedosas que oscilavam de leve em volta do corpo esguio. Desde a aurora da História as mulheres usam roupas assim, usam-nas ainda agora nos salões de baile do mundo. Tive vontade de abraçá-la de novo, mas ela o proibiu com um gesto súbito e suave. O que foi que ela disse? *Você consegue imaginar? Quando percebi que ele não podia mais me manter ali? Eu estava de pé diante do trono, e ele não tinha se mexido! Não teve a menor reação!*

Ela voltou-se; sorriu; a pálida luz do céu bateu nos lindos ângulos de seu rosto, as maçãs altas, a suave encosta do queixo. Viva – ela parecia inteiramente viva.

Então desapareceu!

– Akasha!

– Venha a mim – disse ela.

Mas onde estava? Então avistei-a muito longe de mim, no extremo oposto do salão. Uma figurinha à entrada da torre. Agora eu mal conseguia distinguir as feições de seu rosto, porém podia ver atrás dela o retângulo negro da porta aberta.

Comecei a andar em sua direção.

– Não – disse ela. – É hora de usar a força que lhe dei. Apenas venha!

Não me movi. Tinha a mente clara, a visão clara. Sabia o que ela queria, mas tinha medo. Sempre fora o corredor, o saltador, o fazedor de truques. Uma velocidade sobrenatural que espantava os mortais, isso não era novidade para mim. Mas ela pedia uma façanha diferente. Eu teria que deixar o local onde estava e colocar-me de repente ao lado dela, com uma velocidade que eu mesmo não conseguiria acompanhar. Era necessário render-se para tentar tal coisa.

– Sim, renda-se – disse ela suavemente. – Venha.

Durante um instante de tensão apenas olhei para ela, a mão alva brilhando na borda da porta quebrada. Então tomei a decisão de estar parado ao lado dela. Foi como se um terremoto me tocasse, cheio de ruído e força desordenada. Então eu estava lá. Senti-me estremecer inteiro. A pele do rosto doía um pouquinho, mas que importância tinha isso? Olhei nos olhos dela e sorri.

Linda ela era, tão linda! A deusa com sua longa trança preta. Impulsivamente tomei-a nos braços e beijei-a; beijei seus lábios frios e senti-os ceder aos meus, só um pouquinho.

Então a blasfêmia daquilo me atingiu. Era como a ocasião em que a beijara no santuário. Quis dizer alguma coisa como desculpa, mas tinha novamente os olhos fixos na garganta dela, sedento do sangue. Excitava-me saber que podia bebê-lo mesmo sendo ela quem era e podendo destruir-me num segundo, apenas com o desejo de me ver morrer. Era o que tinha feito aos outros. O perigo me excitava sinistramente. Fechei os dedos em volta dos braços dela, senti a pele ceder um pouquinho. Tornei a beijá-la, e de novo. Sentia gosto de sangue no beijo.

Ela recuou e pôs o dedo nos meus lábios. Depois pegou minha mão e levou-me pela porta da torre. A luz das estrelas caía pelo telhado quebrado, muitos metros acima de nós, através de um buraco no chão do aposento mais alto da torre.

– Está vendo? O aposento do topo ainda está lá. A escada desapareceu. Ele é inatingível. A não ser para você e para mim, meu príncipe.

Lentamente começou a erguer-se. Sem tirar os olhos de mim ela subiu, a seda pura da túnica enfunando-se levemente. Observei-a, atônito, enquanto ela subia cada vez mais alto, a capa vibrando como se movimentada por uma brisa leve. Passou pela abertura e parou bem junto à borda.

Metros e metros! Não me era possível fazer isso...

– Venha até mim, meu príncipe – disse ela, a voz suave ressoando no vazio. – Faça o que já fez. Faça depressa e, como os mortais costumam dizer, não olhe para baixo.

Um riso sussurrado.

Suponhamos que eu suba um quinto do caminho – um bom salto, da altura, digamos, de um prédio de quatro andares, o que para mim era fácil, mas também o limite de... Tontura. Impossível. Desorientação. Como tínhamos ido parar ali? Estava tudo girando novamente. Eu a via, mas era como um sonho, e as vozes se intrometiam. Não queria perder esse momento. Queria permanecer ligado ao tempo com uma série de momentos encadeados, para entender aquilo nos meus termos.

– Lestat! – murmurou ela. – Agora.

Tão terno, seu leve gesto para que me apressasse.

Fiz o que tinha feito antes: olhei para ela e decidi que estaria a seu lado imediatamente.

Outra vez o furacão, o ar me machucando; joguei os braços para cima e lutei contra a resistência. Acho que vi o buraco no assoalho quando passei por ele. Ela estava parada lá, nervosa, apavorada de que eu caísse.

Parecia que eu estava rindo, mas acho que estava apenas enlouquecendo um pouco. Chorando, na verdade.

– Mas como? – perguntei. – Tenho que saber como foi que fiz isso!

– Você sabe a resposta – disse ela. – A coisa intangível que o anima tem muito mais força agora do que antes. Moveu-o como sempre o moveu. Dar um passo ou levantar voo é uma simples questão de graduação.

– Quero tentar de novo – declarei.

Ela riu baixinho, mas espontaneamente.

– Observe este lugar – disse. – Lembra-se dele?

Assenti.

– Quando era rapaz, vinha sempre aqui – falei.

Afastei-me dela. Vi pilhas de móveis quebrados – os pesados bancos e tamboretes que antigamente enchiam nosso castelo, trabalho medieval, tão rústico e forte que era quase indestrutível, como as árvores que tombam na floresta e permanecem durante séculos, pontes sobre regatos, troncos cobertos de musgo. Então aquelas coisas não tinham apodrecido. Até mesmo os velhos baús estavam ali, e as armaduras. Ah, sim, as velhas armaduras, fantasmas de glórias passadas... Na poeira vi um leve vislumbre de cor: tapeçarias agora inteiramente destruídas.

Durante a revolução aquelas coisas certamente foram levadas para lá para serem guardadas, e a escada apodrecera.

Cheguei a uma das pequenas janelas e olhei para fora. Bem ao longe, aninhadas na encosta da montanha, havia as luzes elétricas de uma cidadezinha. Era pequena, mas estava ali. Um carro percorria a estrada estreita. Ah, o mundo moderno tão perto, porém distante. O castelo era o fantasma de si mesmo.

– Por que me trouxe aqui? – perguntei-lhe. – É triste ver isso, tão triste quanto todo o resto.

– Olhe aqui, as armaduras – respondeu ela. – Olhe para o que está aos pés delas. Lembra-se das armas que levou consigo no dia em que saiu para matar os lobos?

– Sim, eu me lembro.

– Olhe para elas de novo. Vou lhe dar novas armas, infinitamente mais poderosas, com as quais você agora vai matar para mim.

– Matar?

Olhei para as armas. Enferrujadas, pareciam estragadas, à exceção da antiga espada que tinha sido de meu pai, dada a ele por seu pai, que a recebera do pai, e assim por diante, até a época de São Luís. A espada do senhor, que eu, o sétimo filho, tinha usado naquela manhã distante quando saíra como um príncipe medieval para matar lobos.

– Mas a quem devo matar? – quis saber.

Ela aproximou-se. Seu rosto era intensamente meigo, transbordante de inocência. Franziu o sobrolho; por um instante vi uma pequena ruga vertical em sua testa, que logo em seguida ficou lisa novamente.

– Gostaria que você me obedecesse sem perguntas, e a compreensão viria depois – disse ela com suavidade. – Mas você não é assim...

– Não – concordei. – Nunca consegui obedecer alguém por muito tempo.

– Tão destemido – disse ela, sorrindo.

Abriu graciosamente a mão direita, e de repente estava segurando a espada. Parecia que eu sentira a espada movendo-se em sua direção, uma minúscula mudança na atmosfera, não mais do que isso. Olhei-a fixamente, a bainha enfeitada de pedras preciosas e o pesado punho de bronze, naturalmente em forma de cruz. O cinto ainda pendia, o cinto que eu comprara para ela, durante algum verão distante, de couro endurecido e placas de aço.

Era uma arma monstruosa, que servia tanto para bater quanto para cortar ou perfurar. Lembrava-me de seu peso, do modo como fazia meu braço doer quando eu atacava os lobos. Frequentemente os cavaleiros nas batalhas seguravam armas assim com as duas mãos.

Mas que sabia eu de tais batalhas? Não tinha sido um cavaleiro. Tinha matado animais com essa arma. Meu único momento de glória mortal, e o que ele me trouxera? A admiração de uma maldita chupadora de sangue que decidira fazer de mim o seu herdeiro.

Ela colocou a espada em minhas mãos.

– Agora ela não pesa, meu príncipe – disse. – Você agora é imortal. Verdadeiramente imortal. Meu sangue está em você. E você vai usar suas novas armas, para mim, como já usou esta espada.

Estremeci violentamente quando toquei na espada; era como se aquele objeto guardasse alguma lembrança latente do que testemunhara. Vi os lobos novamente; vi-me parado na floresta escura e congelada, pronto para matar.

E vi-me em Paris um ano depois, morto, imortal – um monstro, e por causa daqueles lobos. "Matador de lobos", o vampiro me chamara. Escolhera-me no rebanho porque eu matara aqueles lobos amaldiçoados! E usava as peles com tanto orgulho no inverno das ruas de Paris...

Como conseguia sentir tanta amargura ainda agora? Queria estar morto e enterrado lá embaixo, no cemitério da aldeia? Tornei a olhar pela janela para a encosta coberta de neve. A mesma coisa não estava acontecendo agora? Amado pelo que eu fora naqueles levianos anos mortais. Novamente perguntei:

– Mas a quem ou o que devo matar?

Nenhuma resposta.

Pensei outra vez em Baby Jenks, aquela pobre coisinha, e todos os bebedores de sangue que agora estavam mortos. E eu tinha desejado uma guerra com eles, uma guerrinha! E estavam todos mortos. Todos que responderam ao chamado da batalha, mortos. Vi a casa comunal de Istambul em chamas; vi um antigo que ela pegara e incendiara bem devagar; vi um que a combatera e a amaldiçoara. Estava chorando novamente.

– Sim, tomei sua plateia – disse ela. – Queimei a arena onde você procurou brilhar. Roubei sua batalha! Mas não entende? Ofereço-lhe coisas melhores do que você algum dia desejou. Ofereço-lhe o mundo, meu príncipe.

– Como assim?

– Pare de chorar por Baby Jenks, e por si mesmo. Pense nos mortais por quem deveria chorar. Pense naqueles que sofreram durante longos séculos, as vítimas da fome, da miséria, da violência. Vítimas de injustiças e guerras sem fim. Então como pode chorar por uma raça de monstros, que sem orientação ou propósito usavam seu poder demoníaco em qualquer mortal que por acaso encontrassem!

– Sei disso. Compreendo...

– Sabe mesmo? Ou simplesmente foge dessas coisas para jogar seus jogos simbólicos? O símbolo do mal em seu rock and roll, isso não é coisa alguma, meu príncipe. Nada.

– Por que não me matou junto com o resto? – perguntei, agressivo, infeliz. Segurei o punho da espada na mão direita. Imaginei poder ver o sangue coagulado do lobo. Retirei a lâmina da bainha de couro. Sim, o sangue do lobo. – Não sou melhor do que eles, sou? Então por que poupar qualquer um de nós?

De repente o medo me paralisou. Um medo terrível por Gabrielle, Louis, Armand. Por Marius. Até mesmo por Pandora e Mael. Medo por mim. Não existe coisa criada que não lute pela vida, mesmo quando não há uma justificativa real. Eu queria viver; sempre quis.

– Gostaria que você me amasse – murmurou ela carinhosamente.

Aquela voz... De certo modo, era como a voz de Armand; uma voz que acariciava quando falava. Atraía as pessoas para si.

– Portanto perco tempo com você – continuou. Colocou as mãos nos meus braços, encarou-me nos olhos. – Quero que compreenda. Você é o meu instrumento! E os outros serão também, se forem sábios. Não entende? Há um plano atrás de tudo isso: a sua vinda, o meu despertar. Pois agora as esperanças de milênios poderão finalmente ser realizadas. Olhe para a cidadezinha lá embaixo, e para este velho castelo em ruínas. Podia ser Belém, meu príncipe. Meu salvador. E juntos realizaremos todos os sonhos mais duradouros do mundo.

– Mas como pode ser isso? – perguntei.

Ela saberia que eu estava com tanto medo? Que suas palavras me levaram do simples medo ao terror? Certamente saberia.

– Ah, você é tão forte, principezinho – disse ela. Mas com certeza estava destinado a mim. Nada o derrota. Você teme e não teme. Durante um século observei-o sofrer, enfraquecer e finalmente entrar na terra para dormir, e então vi-o levantar-se, a própria imagem da minha ressurreição.

Ela agora inclinava a cabeça, como se prestasse atenção a sons distantes. As vozes crescendo. Eu as ouvi também, talvez porque ela as ouvia. Ouvi o tumulto. Então, irritado, empurrei-as para longe.

– Tão forte! – continuou ela. – Não conseguem arrastá-lo para elas, as vozes, mas não ignore este poder, ele é tão importante quanto qualquer outro que você possua. Estão rezando a você, assim como sempre rezaram a mim.

Entendi o que ela queria dizer. Mas não tinha vontade de ouvir as orações. Que poderia fazer por eles? Que tinham as orações a ver com a coisa que eu era?

– Durante séculos elas foram meu único consolo – continuou ela. – Todas as horas, todas as semanas, todos os anos eu escutava. No início, parecia que as vozes tinham tecido uma mortalha para fazer de mim uma coisa morta e enterrada. Então aprendi a escutar com mais atenção. Aprendi a selecionar uma voz entre muitas, como se pegasse um fio num novelo. Prestava atenção nessa única voz, e através dela eu conhecia o triunfo e a ruína de uma alma.

Fiquei a observá-la em silêncio.

– Então, à medida que os anos passavam, adquiri um poder maior: o de deixar meu corpo e, invisível, ir até o mortal cuja voz eu escutava, para então enxergar através dos olhos dele. Entrava no corpo de um, de outro. Caminhava ao sol e na escuridão, sofria, sentia fome, sentia dor. De vez em quando entrava nos corpos de imortais, como entrei no corpo de Baby Jenks. Muitas vezes caminhei com Marius. Marius, egoísta e vaidoso, que confunde cobiça com respeito, que está sempre atordoado pelas decadentes criações de um modo de vida tão egoísta quanto ele. Ah, não sofra assim! Eu o amava. Ainda o amo. Ele cuidou de mim. Meu guardador. – A voz ficou amarga, mas só por um instante. – Mas geralmente caminhava com alguém em meio aos pobres e aos infelizes. Era pela crueza da vida real que eu ansiava.

Parou de falar. Seus olhos se enevoaram. Franziu a testa, e seus olhos encheram-se de lágrimas. Eu conhecia o poder de que ela falava, mas só ligeiramente. Tive vontade de consolá-la, mas quando estendi os braços para abraçá-la ela acenou para que eu ficasse imóvel.

– Eu esquecia quem era, onde estava – continuou. – Tornava-me aquela criatura cuja voz eu tinha escolhido. Às vezes durante anos. Então o horror voltava, a consciência de que eu era uma coisa sem movimento e sem propósito, condenada a ficar para sempre sentada num santuário dourado! Você pode imaginar o horror de despertar de repente para essa consciência? De que tudo o que você viu, ouviu e foi nada mais é que ilusão, observação da vida de outrem? Então eu voltava para mim. Tornava-me novamente isto que você vê à sua frente. Este ídolo com coração e cérebro...

Assenti. Séculos antes, quando a vi pela primeira vez, imaginara o sofrimento indizível trancado dentro dela. Imaginara uma dor indescritível. E estava certo.

– Eu sabia que ele mantinha você lá – falei.

Referia-me a Enkil. Enkil, que agora estava destruído. Um ídolo caído. Eu recordava o momento no santuário quando bebi dela e ele viera exigi-la para si, e quase me liquidara ali mesmo. Sabia o que pretendia fazer? Ou sua razão já não existia mais?

Ela apenas sorriu em resposta. Seus olhos dançavam quando olhou para fora, para a escuridão. A neve recomeçara a cair, girando quase magicamente, refletindo a luz das estrelas e da lua e espalhando-a pelo mundo inteiro, parecia.

– Era para acontecer o que aconteceu – respondeu ela finalmente. – Que eu passasse aqueles anos ficando cada vez mais forte. Finalmente tão forte que ninguém... ninguém pode se igualar a mim. – Interrompeu-se. Por um instante sua convicção pareceu vacilar. Mas, em seguida, tornou a ganhar confiança. – Afinal, ele foi apenas um instrumento, meu pobre amado Rei, meu companheiro de agonia. Ele estava louco, sim. E eu não o destruí realmente. Tomei para mim o que sobrara dele. E às vezes ficava tão vazia, tão silenciosa, tão despida de vontade até mesmo para sonhar quanto ele. Só que para ele não havia volta. Ele vira suas últimas visões. Não tinha mais utilidade. Morreu a morte de um deus, porque ela apenas me fez mais forte. E estava tudo planejado, meu príncipe. Do início ao fim.

– Mas como? E quem planejou?

– Quem? – Ela sorriu novamente. – Não está entendendo? Não precisa mais procurar a causa de tudo. Eu sou a realização, e deste momento em diante serei a causa. Não há nada ou ninguém que possa me impedir agora. – Por um instante seu rosto endureceu. Novamente aquela hesitação. – Antigas maldições nada significam. No silêncio, atingi tal poder que nenhuma força da natureza poderia me fazer mal. Nem mesmo minha primeira progênie pode me fazer mal, embora conspirem contra mim. Estava planejado que esses anos se passassem antes que você viesse.

– Como foi que modifiquei o plano?

Ela aproximou-se um passo. Rodeou-me com o braço, que por um instante pareceu macio, não a coisa dura que era realmente. Éramos apenas dois seres próximos um do outro, e ela me parecia indescritivelmente linda, tão pura e transcendente. Senti novamente o terrível desejo de seu sangue. Inclinar-me, beijar-lhe a garganta, possuí-la como possuíra mil mulheres mortais, mas ela era a deusa, com o poder imensurável. Senti o desejo crescer, erguer-se.

Novamente ela levou o dedo aos meus lábios, como se me mandasse ficar quieto.

– Lembra-se quando era menino aqui? – perguntou. – Pense agora na época em que implorou que o mandassem para a escola do convento. Lembra-se das coisas que os monges lhe ensinaram? As orações, os hinos, as horas em que trabalhou na biblioteca, as horas na capela rezando sozinho?

– Lembro-me, é claro.

Senti as lágrimas voltarem. Via com clareza a biblioteca do convento, e os monges que me ensinaram e acreditavam que eu poderia ser padre. Vi a pequena cela fria com seu leito de tábuas, vi o claustro e o jardim escondido em sombras róseas. Meu Deus, não queria pensar nesses tempos agora! Mas certas coisas não se pode esquecer.

– Lembra-se da manhã em que foi à capela e ajoelhou-se no chão de mármore com os braços abertos em cruz, e disse a Deus que faria qualquer coisa, se Ele o fizesse bom? – continuou ela.

– Sim, bom... – Agora era a minha voz que continha amargura.

– Disse que sofreria o martírio, torturas indescritíveis, não tinha importância, se ao menos você pudesse ser alguém que era bom.

– Sim, eu me lembro.

Vi os velhos santos, ouvi os hinos que me partiram o coração. Lembrei-me da manhã em que meus irmãos tinham vindo levar-me para casa e eu implorara de joelhos que me deixassem ali.

– E mais tarde, quando sua inocência já tinha ido embora e você pegou a estrada para Paris, queria a mesma coisa; quando dançava e cantava para as pessoas na rua, queria ser bom.

– Eu era. Era bom deixá-las felizes por algum tempo – falei entrecortadamente.

– Felizes, sim – murmurou ela.

– Nunca consegui explicar a Nicolas, meu amigo, você sabe, que era tão importante acreditar num conceito de bondade, mesmo que fosse inventado por nós. Na realidade nós não o inventamos. Ele existe, não é?

– Ah, existe, sim – respondeu ela. – Existe porque nós fizemos com que existisse.

Tanta tristeza! Eu não conseguia falar. Contemplei a neve que caía. Agarrei a mão dela e senti seus lábios em meu rosto.

– Você nasceu para mim, meu príncipe – falou. – Foi testado e aperfeiçoado. E naqueles primeiros anos, quando entrou no quarto de sua mãe e trouxe-a para o mundo dos não mortos com você, isso foi apenas uma prefiguração de você me despertando. Sou sua verdadeira Mãe, a Mãe que jamais vai abandoná-lo, e também morri e renasci. Todas as religiões do mundo, meu príncipe, entoam cânticos a você e a mim.

– Como assim? – perguntei. – Como pode ser?

– Ah, mas você sabe. Você sabe!

Pegou a espada da minha mão e examinou lentamente o velho cinto, deslizando-o pela palma de sua mão direita. Então largou-o em cima da pilha enferrujada – os últimos vestígios na Terra de minha vida mortal. E era como se um vento tocasse nesses objetos, soprando-os devagar através do chão coberto de neve, até terem desaparecido.

– Livre-se de suas velhas ilusões – continuou ela. – Suas ambições. Não lhe servem mais que estas velhas armas. Juntos tornaremos reais os mitos do mundo.

Um arrepio me percorreu, um espasmo de descrença e confusão, mas a beleza dela superou-o.

– Você queria ser santo, quando se ajoelhava na capela; agora será um deus comigo.

Eu tinha na ponta da língua palavras de protesto. Estava assustado; uma sensação sombria me dominou. As palavras dela, que poderiam significar?

Mas de repente senti seu braço ao meu redor, e estávamos voando pelo telhado desabado da torre. O vento era tão forte que cortava minhas pálpebras. Voltei-me para ela. Meu braço direito rodeou-lhe a cintura e enterrei minha cabeça em seu ombro.

Ouvi sua voz suave dizendo-me para dormir. Levaria horas até que o sol se pusesse na terra aonde estávamos indo, local da primeira lição.

Lição. De repente eu estava chorando outra vez, agarrado a ela, chorando porque estava perdido, e ela era tudo que eu tinha para me agarrar. E estava agora aterrorizado pelo que ela ia me pedir.

2

Marius: A reunião

Encontraram-se novamente na borda do bosque de sequoias, roupas em frangalhos, olhos ardendo por causa do vento. Pandora postava-se à direita de Marius, Santino à esquerda. E da casa do outro lado da clareira Mael veio em sua direção, uma figura desengonçada, quase galopando pelo gramado aparado.

Abraçou Marius em silêncio.

– Velho amigo – disse Marius.

Sua voz, porém, não tinha vitalidade. Exausto, olhou para trás de Mael, para as janelas iluminadas da casa. Sentia um grande ser oculto vivendo dentro da montanha por trás da estrutura visível, com seu telhado de torrinhas e oitões.

E o que havia lá esperando por ele? Por todos eles? Se ao menos tivesse um mínimo de disposição para isso... Se ao menos pudesse recapturar uma ínfima parte de sua própria alma!

– Estou cansado – disse a Mael. – E doente da viagem. Deixe-me descansar aqui por mais um momento. Então irei.

Marius não desprezava o poder de voar, como sabia que Pandora fazia, mas mesmo assim aquilo sempre o castigava. Especialmente nesta noite ele ficara mais indefeso, e agora precisava sentir a terra, o cheiro da floresta, examinar a casa distante em um momento de paz. Tinha os cabelos emaranhados pelo vento e ainda cheios de sangue coagulado. A calça e o casaco de lã que ele pegara nas ruínas de sua casa mal lhe davam algum calor. Puxou a pesada capa negra para perto do corpo, não porque a noite o exigisse, mas porque ainda estava gelado e doído do vento.

Mael pareceu não gostar dessa hesitação, mas teve que aceitá-la. Olhou com suspeita para Pandora, em quem nunca confiara, e então com óbvia hostilidade para Santino, que se ocupava em espanar com as mãos a roupa preta e ajeitar os cabelos negros e bem cuidados. Durante um segundo os olhares se encontraram, os de Santino transbordando de maldade, e então Mael virou-se para outro lado.

Marius ficou imóvel, escutando, pensando. Sentia no corpo o estágio final da cura; ficou um pouco espantado por estar inteiro novamente. Assim como os mortais descobrem ano a ano que estão mais velhos e mais fracos, os imortais descobrem que estão mais fortes do que imaginaram que ficariam. Naquele momento, isso o perturbava.

Mal se passara uma hora desde que Santino e Pandora ajudaram-no a sair do poço gelado, e agora era como se ele nunca tivesse estado lá, esmagado e indefeso, durante dez dias e noites, constantemente visitado pelo pesadelo das gêmeas. No entanto, nada poderia ser como fora antes.

As gêmeas. A mulher ruiva estava esperando dentro da casa. Santino lhe disse isso. Mael também sabia. Mas quem era ela? E por que ele não queria saber as respostas? Por que era aquele o seu momento mais negro? O corpo estava completamente restaurado, tinha certeza, mas o que iria curar sua alma?

Armand naquela estranha casa de madeira na base da montanha? Outra vez Armand, depois de tanto tempo? Santino contara-lhe também de Armand, e que os outros – Louis e Gabrielle – também tinham sido poupados.

Mael estava a estudá-lo.

– Ele está esperando por você – disse. – O seu Amadeo.

Foi respeitoso, não cínico ou impaciente.

E do grande arquivo de lembranças que Marius carregava sempre consigo veio um momento há muito esquecido, espantoso em sua pureza: Mael vindo ao palazzo em Veneza nos venturosos anos do século XV, quando Marius e Armand tinham conhecido tanta felicidade, Mael vendo o garoto mortal trabalhando com outros aprendizes num mural que havia pouco tempo Marius entregara às suas mãos pouco competentes. Estranho como era vívido – o cheiro da têmpera de ovo, o cheiro das velas e aquele cheiro familiar, agradável à lembrança, que permeava toda Veneza, cheiro de coisas podres, das águas escuras e pútridas dos canais.

– Então você faria aquele ali? – perguntara Mael com direta simplicidade.

– Quando for o momento – respondera Marius evasivamente. – Quando for tempo.

Menos de um ano depois ele cometera seu pequeno equívoco: "Venha aos meus braços, jovem, não posso mais viver sem você."

Marius olhava para a casa distante. *Meu mundo estremece e eu penso nele, meu Amadeo, meu Armand.* A emoção que sentia tornou-se de repente doce como música, a mistura de melodias orquestradas dos últimos séculos, os trágicos acordes de Brahms ou Shostakovich que ele aprendera a amar.

Mas essa não era a ocasião para alegrar-se com esse reencontro, sentir seu pungente carinho, regozijar-se com ele, dizer a Armand todas as coisas que tanto desejava dizer.

A amargura era uma coisa rala, comparada com o que estava sentindo agora. *Devia tê-los destruído, a Mãe e o Pai. Devia ter destruído a todos nós.*

– Agradeça aos deuses por não ter feito isso – disse Mael.

– E por quê? – Marius quis saber. – Diga por quê.

Pandora estremeceu. Ele sentiu o braço dela rodear-lhe a cintura. E por que aquilo o deixou tão zangado? Voltou-se bruscamente; tinha vontade de bater-lhe, empurrá-la para longe. Mas o que viu o fez estacar. Ela nem mesmo olhava para ele; tinha a expressão tão distante, tão exausta de alma que ele sentiu mais profundamente sua própria exaustão. Sentiu vontade de chorar. O bem-estar de Pandora sempre fora primordial para a sua própria sobrevivência. Não precisava estar perto dela – melhor não ficar perto dela –, mas tinha que saber que ela estava em algum lugar e também que eles iriam encontrar-se de novo. O que agora via nela – vira mais cedo – enchia-o de maus pressentimentos. Se ele sentia amargura, Pandora sentia desespero.

– Venha – disse Santino. – Eles estão esperando.

Isso foi dito com pomposa cortesia.

– Sei – respondeu Marius.

– Ah, que trio nós somos! – sussurrou Pandora de repente.

Estava cansada, frágil, faminta de sono e sonhos, porém apertou protetoramente o braço em torno da cintura de Marius.

– Posso andar sem ajuda, obrigado – disse ele, com uma maldade que lhe era alheia, e logo para ela, aquela a quem mais amava.

– Então ande – respondeu ela.

Por um segundo apenas ele viu sua tepidez, até mesmo uma fagulha de seu velho humor. Ela empurrou-o de leve e então avançou sozinha em direção a casa.

Ácidos. Seus pensamentos eram ácidos enquanto a seguia. Não poderia ter utilidade para esses imortais. No entanto, seguiu em frente com Mael e Santino, penetrando na luz que jorrava das janelas. O bosque de sequoias recuou para a sombra; nem uma folha se movia. Mas o ar era gostoso ali, quente, cheio de cheiros frescos e sem o travo do norte.

Armand. Isso dava-lhe vontade de chorar.

Então viu a mulher aparecer à porta. Uma sílfide com sua longa cabeleira ruiva cacheada refletindo a luz do vestíbulo.

Ele não parou, mas certamente sentiu um certo temor. Tão antiga quanto Akasha ela era, certamente. As sobrancelhas claras quase se apagavam no brilho de sua fisionomia. A boca já não tinha cor. E os olhos... Seus olhos não eram realmente seus olhos. Não, tinham sido tirados de uma vítima mortal e já começavam a falhar. Ela olhava para ele e não conseguia vê-lo bem. Ah, a gêmea cega dos sonhos, ela era. E agora sentia dor nos frágeis nervos ligados aos olhos roubados.

Pandora parou ao pé dos degraus.

Marius passou por ela e subiu para a varanda. Postou-se diante da mulher de cabelos vermelhos, impressionado com sua altura – era tão alta quanto ele – e com a fina simetria do rosto que parecia uma máscara. Usava uma túnica larga de lã negra, com gola alta e amplas mangas caindo em longos gomos do esguio corpete de cordão preto trançado que escondia os seios pequenos. Um lindo traje, realmente. Deixava o rosto dela ainda mais brilhante e desligado de tudo em volta dele – uma máscara com luz por detrás, cintilando numa moldura de cabelos vermelhos.

Mas havia muito mais coisas com que se maravilhar do que aqueles atributos simples que ela possa ter possuído de uma forma ou de outra seis mil anos antes. O vigor dela o espantava. Dava a ela um ar de infinita flexibilidade e avassaladora ameaça. Era a verdadeira imortal? Aquela que nunca adormecera, nunca silenciara, nunca fora libertada pela loucura? Aquela que caminhava, com uma mente racional e passos medidos, através dos milênios, desde que nascera?

Ela o fez saber que era isso exatamente que ela era.

Ele via sua força imensurável como se fosse uma luz incandescente; contudo, sentia também uma informalidade imediata, a pronta receptividade de uma mente inteligente.

No entanto, como ler sua expressão? Como saber o que realmente sentia?

Uma feminilidade profunda e suave emanava dela, não menos misteriosa que qualquer outra coisa a seu respeito: uma vulnerabilidade feita da terna fragilidade que ele associava exclusivamente às mulheres, embora de vez em quando a encontrasse em homens muito jovens. Nos sonhos, o rosto dela mostrara essa ternura; agora era algo invisível, porém não menos real. Em qualquer outra ocasião ele teria ficado encantado, mas agora apenas observou, como observou as unhas pintadas de dourado, de tão lindo formato, e os anéis rebuscados que usava.

– Todos esses anos você sabia de mim – disse cortesmente, em latim antigo. – Sabia que eu guardava a Mãe e o Pai. Por que não veio a mim? Por que não me disse quem era?

Ela pensou durante longo tempo antes de responder, olhando de repente para os outros, que agora se aproximavam.

Santino tinha pavor dessa mulher, embora a conhecesse muito bem. E Mael tinha medo dela, embora talvez um pouco menos. Na verdade, parecia que Mael a amava e estava ligado a ela de algum modo subserviente. Quanto a Pandora, estava apenas apreensiva: aproximou-se mais de Marius como se para estar com ele, não importava o que ele pretendia fazer.

– Sim, eu sabia de você – disse a mulher.

Falava em inglês moderno. Mas era a voz inconfundível da gêmea do sonho, a gêmea cega que gritava o nome da irmã muda, Mekare, quando ambas foram trancadas nos caixões de pedra pela multidão irada.

Nossas vozes nunca mudam realmente, pensou Marius. A voz era jovem, bela. Tinha uma suavidade reticente quando ela tornou a falar:

– Poderia destruir seu santuário, se fosse lá. Poderia enterrar o Rei e a Rainha debaixo do mar. Poderia até destruí-los, e assim destruir-nos a todos. E isso eu não queria fazer. Então nada fiz. Que queria que eu fizesse? Não podia tomar sua missão para mim. Não podia ajudá-lo. Portanto não fui.

Era uma resposta melhor do que ele esperava. Não era impossível gostar dessa criatura. Por outro lado, esse era apenas o começo. E a resposta dela não era toda a verdade.

– Não? – perguntou ela. Seu rosto revelou por um instante um traçado de linhas sutis, o vislumbre de algo que já fora humano um dia. – Qual é a verdade toda? – continuou. – Que eu nada lhe devia, muito menos o conhecimento da minha existência, e que você é impertinente ao sugerir que eu deveria ter me dado a conhecer? Já vi milhares como você. Sei quando nascem. Sei quando perecem. Que é você para mim? Estamos juntos agora porque precisamos. Estamos em perigo. Todas as coisas vivas estão em perigo! E talvez, quando isso terminar, passemos a amar e respeitar um ao outro. E talvez não. Talvez estejamos todos mortos.

– Talvez – disse ele baixinho.

Não conseguiu deixar de sorrir. Ela estava certa. E ele gostava do jeito dela, do modo cru como falava.

Em sua experiência, todos os imortais eram irreparavelmente marcados pela época em que tinham nascido. Portanto, isso se aplicava também àquele ser antigo, cujas palavras tinham uma simplicidade selvagem, embora o timbre da voz fosse suave.

– Não estou em plena forma – acrescentou com hesitação. – Não sobrevivi a tudo isso tão bem quanto deveria. Meu corpo está curado, o velho milagre. – Deu um sorriso de escárnio. – Mas não entendo minha atual maneira de ver as coisas. A amargura, a total...

Ela se interrompeu.

– A total escuridão – completou ela.

– Sim. A vida nunca me pareceu tão sem sentido. Não digo para nós. Digo, para usar sua expressão, para todas as coisas vivas. É uma piada, não é? A consciência é uma espécie de piada.

– Não. Isso não é verdade – contestou ela.

– Discordo. Você vai ser condescendente, dizer quantos anos viveu antes de eu nascer? Dizer quantas coisas sabe e eu não sei?

Ele tornou a pensar em sua prisão, o gelo ferindo-o, a dor subindo-lhe pelas pernas. Pensou nas vozes imortais que lhe tinham respondido; os salvadores que tinham ido ao encontro dele, pegos um por um pelo fogo de Akasha. Ouvira-os morrer, se não os tivesse visto! E o que o sono significava então para ele? O sonho das gêmeas.

Subitamente ela estendeu o braço e pegou a mão direita dele delicadamente. Era como ter as mãos dentro de uma máquina; e embora Marius tivesse dado essa mesma impressão a muitos dos jovens ao longo dos anos, ele próprio ainda não sentira essa força esmagadora.

– Marius, precisamos de você agora – disse ela carinhosamente, os olhos faiscando por um instante à luz amarela que jorrava pela porta atrás dela, e pelas janelas à direita e à esquerda.

– Pelo amor dos céus, por quê?

– Não brinque – respondeu ela. – Entre na casa. Temos que conversar enquanto temos tempo.

– Sobre o quê? – insistiu ele. – Sobre por que a Mãe permitiu que vivêssemos? Sei a resposta para esta pergunta. Ela me dá vontade de rir. A você ela não consegue matar, é óbvio, e nós... nós fomos poupados porque Lestat assim o quer. Você percebe isto, não percebe? Durante dois mil anos cuidei dela, a protegi, a venerei, e ela agora me poupa por causa de seu amor por um filhote de duzentos anos chamado Lestat!

– Não tenha tanta certeza disso – interveio Santino de repente.

– Não – disse a mulher. – Não foi o único motivo. Mas há muitas coisas em que devemos pensar...

– Sei que tem razão – concordou ele. – Mas não tenho disposição para isso. Minhas ilusões se foram, entende, e eu nem mesmo sabia que eram ilusões! Pensei que tinha alcançado tamanha sabedoria! Era minha principal fonte de orgulho. Eu estava com as coisas eternas. Então, quando a vi parada ali no santuário, soube que todas as minhas esperanças mais profundas tinham se tornado realidade! Ela estava viva dentro daquele corpo. Viva, enquanto eu bancava o acólito, o escravo, o eterno guardião da tumba!

Mas por que tentar explicar? O sorriso malévolo, as palavras de zombaria, o gelo caindo. Depois a fria escuridão e as gêmeas. Ah, sim, as gêmeas! Aquilo estava no âmago de tudo, tanto quanto qualquer outra coisa, e de repente ocorreu-lhe que os sonhos o tinham enfeitiçado. Devia ter pensado nisso antes. Olhou para ela, e de súbito os sonhos pareceram cercá-la, retirá-la do momento presente de volta àqueles tempos crus. Viu a luz do sol; viu o corpo morto da mãe; viu as gêmeas paradas junto ao corpo. Tantas perguntas...

– Mas o que esses sonhos têm a ver com esta tragédia? – perguntou ele.

Tinha sido tão indefeso contra aqueles sonhos intermináveis! A mulher encarou-o por um longo momento antes de responder:

– Vou lhe dizer o que sei. Mas você precisa acalmar-se. É como se tivesse a sua juventude de volta, e que maldição isso deve ser!

Ele riu.

– Nunca fui jovem. Mas o que quer dizer com isso?

– Você discursa e vocifera. E não posso consolá-lo.

– Faria isso, se pudesse?

– Sim.

Ele riu baixinho.

Mas com muita graciosidade ela abriu os braços para ele. O gesto chocou-o, não por ser extraordinário, mas porque tantas vezes ele a vira ir abraçar a irmã nos sonhos.

– Meu nome é Maharet. Chame-me pelo meu nome e abandone sua desconfiança. Entre em minha casa.

Ela inclinou-se para a frente, as mãos tocando os lados do rosto dele, e beijou-o na face. Os cabelos ruivos tocaram-lhe a face e a sensação deixou-o confuso. O perfume das roupas dela deixava-o confuso – a fragrância oriental que lhe fazia pensar em incenso, o que por sua vez sempre lhe lembrava o santuário.

– Maharet, se você precisa de mim, por que não foi me ajudar quando eu estava enterrado no gelo? – perguntou com raiva. – Ela poderia ter impedido você?

– Marius, eu vim. E agora você está aqui conosco. – Soltou-o e baixou as mãos. – Acha que não tive o que fazer durante as noites em que toda a nossa espécie estava sendo destruída? Ao meu redor, no mundo inteiro, ela matou aqueles que eu conhecia e amava. Eu não poderia estar em toda parte para proteger essas vítimas. Os gritos me chegavam de todos os cantos da Terra. E eu tinha minha própria busca, minha própria tristeza... – Parou de falar, abruptamente.

Um leve rubor carnal coloriu-lhe o rosto, trazendo de volta as rugas de expressão. Ela estava sofrendo, física e mentalmente, e seus olhos encvoavam--se com pequenas lágrimas. Uma coisa muito estranha, a fragilidade dos olhos no corpo indestrutível. E o sofrimento que emanava dela – ele não conseguia suportar – era como os próprios sonhos. Ele viu uma grande torrente de imagens, vívidas, porém inteiramente diferentes. E abruptamente entendeu:

– Você não é a que nos mandou os sonhos! Você não é a fonte!

Ela não respondeu.

– Pelo deuses, onde está sua irmã? O que significa isto?

Houve um recuo súbito, como se ele lhe tivesse atingido o coração. Ela tentou ocultar dele sua mente, mas ele sentiu a dor irreprimível. Em silêncio ela o encarou, estudando-o inteiro, devagar e abertamente, como se demonstrando que ele errara imperdoavelmente.

Ele sentia o medo que vinha de Mael e Santino, que não ousavam dizer coisa alguma. Pandora aproximou-se dele ainda mais, e dirigiu-lhe um breve sinal de aviso ao apertar-lhe a mão.

Por que ele tinha falado com tanta brutalidade, tanta impaciência? *Minha busca, minha própria tristeza...* Mas que se dane tudo!

Viu-a fechar os olhos e apertar de leve os dedos contra as pálpebras, como se pudesse afastar a dor nos olhos – mas não podia.

– Maharet – disse, com um suspiro leve e verdadeiro. – Estamos numa guerra e ficamos parados no campo de batalha dizendo palavras duras um ao outro. Sou o pior ofensor. Só quero entender.

Ela ergueu os olhos para ele, a cabeça ainda baixa, a mão diante do rosto. E o olhar era feroz, quase malévolo. No entanto, ele descobriu-se olhando intensamente para a curva delicada dos dedos dela, para as unhas douradas e os anéis de rubis e esmeraldas que cintilaram de repente como se lançassem fagulhas elétricas.

Veio-lhe o pensamento disparado e horrível de que se não parasse de ser tão estúpido talvez não conseguisse ver Armand. Ela poderia expulsá-lo dali, ou pior... E ele queria tanto – antes do final – ver Armand...

– Entre agora, Marius – disse ela de repente, a voz cortês, clemente. – Venha comigo e reencontre seu velho filho, e então vamos nos reunir com outros que têm as mesmas perguntas. Vamos começar.

– Meu velho filho, sim... – murmurou ele.

Sentia novamente a saudade de Armand como música, como um violino tocando Bartók num lugar distante e seguro onde havia todo o tempo do mundo para ficar escutando. Porém, ele a odiava, odiava todos eles. Odiava a si mesmo. A outra gêmea, onde estava a outra gêmea? Vislumbres da floresta. Vislumbres dos cipós arrancados e dos arbustos quebrados sob os pés. Tentou raciocinar, mas não conseguiu. O ódio o envenenara.

Muitas vezes ele testemunhara essa sinistra negação da vida em mortais. Ouvira os mais sábios dizerem "Não vale a pena viver" e nunca chegava a compreendê-los. Agora compreendia.

Percebeu vagamente que ela se voltara para os que o cercavam. Estava convidando Santino e Pandora a entrarem.

Como num transe, viu-a virar e seguir na frente deles. Os cabelos dela eram tão longos que caíam pelas costas até a cintura, uma massa de macios cachos vermelhos. E sentiu o impulso de tocar neles, ver se eram tão macios quanto pareciam. Como era estranho que ele pudesse distrair-se com algo belo nesse momento, algo impessoal, e que aquilo pudesse fazer-lhe bem – como se nada tivesse acontecido, como se o mundo fosse bom. Viu novamente o santuário intacto, o santuário no centro de seu mundo. Ah, como o cérebro humano é idiota, pensou. Como ele agarra tudo que puder! E pensar que Armand estava esperando, tão próximo...

Ela levou-os através de uma série de aposentos amplos e pouco mobiliados. Apesar de tão aberto, o lugar tinha o ar de uma cidadela; as traves enormes do teto e as lareiras, todas com gigantescas fogueiras acesas, eram de pedra.

Como os antigos salões da Europa na Idade das Trevas, quando as estradas romanas estavam destruídas, a língua latina tinha sido esquecida e as antigas tribos guerreiras estavam novamente em ação. Na realidade, os celtas triunfaram no final. Foram os únicos que conquistaram a Europa; os castelos feudais não eram mais do que acampamentos celtas, e até nos países mais modernos o que sobrevivia eram as superstições celtas, muito mais do que o racionalismo romano.

Mas os apetrechos desse lugar vinham de épocas ainda anteriores. Homens e mulheres viveram em cidades construídas assim antes da invenção da escrita – em aposentos de gesso e madeira, entre coisas tecidas ou moldadas a mão.

Ele até que gostava disso; ah, novamente o cérebro idiota, pensou; como podia gostar de alguma coisa numa hora como aquela? Mas os lugares construídos por imortais sempre o intrigaram. E esse era um lugar para ser estudado devagar, com muito tempo.

Agora passavam por uma porta de aço para dentro da própria montanha. O cheiro de terra nua rodeou-o. Seguiram por corredores com paredes de metal. Ele ouvia os geradores, os computadores, todos os deliciosos zumbidos elétricos que o faziam sentir-se tão seguro em sua própria casa.

Subiram uma escada de ferro, em vários lances, cada vez mais alto. As paredes, agora nuas, revelavam as entranhas da montanha, seus veios profundos de argila colorida e rocha. Ali cresciam pequenas samambaias, mas de onde vinha a luz? Uma claraboia lá em cima, bem alta, um pequeno portão para o céu. Ele olhou com gratidão para o brilho da luz azul.

Finalmente emergiram num largo patamar e entraram num pequeno aposento em penumbra. Ali, uma porta abria-se para uma câmara muito maior, onde os outros esperavam... Porém tudo que Marius conseguiu ver no primeiro momento foi o brilho ofuscante da lareira a distância, que fez com que ele desviasse os olhos.

Alguém o estava esperando ali no aposento pequeno, alguém cuja presença ele sempre fora incapaz de detectar, a não ser pelos meios mais comuns. Uma figura que agora postava-se atrás dele. E quando Maharet entrou para o aposento maior levando consigo Pandora, Santino e Mael, ele compreendeu o que estava prestes a acontecer. Para preparar-se, ele respirou profundamente e fechou os olhos.

Como toda a sua amargura parecia trivial! Pensou naquele cuja existência tinha sido, durante séculos, um sofrimento ininterrupto, cuja juventude, com todas as suas necessidades, tornara-se realmente eterna, aquele que ele não conseguiu salvar, ou aperfeiçoar. Quantas vezes, ao longo dos anos, sonhara com esse reencontro, sem nunca ter a coragem necessária; e agora, naquele campo de batalha, naquele tempo de destruição e revolta, finalmente iriam encontrar-se...

– Meu amor – murmurou. De repente sentiu-se castigado, como se sentira antes, quando voara acima da imensa extensão de neve, no reino das nuvens indiferentes. Nunca dissera palavras mais sinceras. – Meu lindo Amadeo – disse.

Ao estender a mão, sentiu o toque da mão de Armand.

Ainda macia, essa carne antinatural; macia como se fosse humana, e fria, e tão suave! Ele agora não conseguia controlar-se: estava chorando. Abriu os olhos para ver a figura adolescente parada diante de si. Ah, que expressão! Tamanha aceitação, tamanha entrega! Então abriu os braços.

Séculos antes, num palazzo em Veneza, ele tentara capturar em tinta imperecível a qualidade desse amor. Qual tinha sido a lição desse amor? A de que em todo o mundo existem duas almas com o mesmo segredo, o mesmo dom de devoção ou abandono, que numa criança comum, numa criança ferida, ele encontraria uma mistura de tristeza e simples graciosidade que lhe partiria o coração para sempre. Aquele ali o compreendera. Aquele ali o amara como ninguém mais.

Através das lágrimas não vislumbrou qualquer recriminação pela grande experiência que tinha saído errada. Viu a face que tinha pintado, agora ligeiramente obscurecida por aquela coisa a que ingenuamente chamamos de sabedoria, e viu o mesmo amor com o qual contara tão totalmente naquelas noites perdidas.

Se ao menos houvesse tempo para procurar o sossego da floresta – um lugar qualquer abrigado e escondido em meio às sequoias gigantescas – e lá conversarem durante horas, em longas noites sem pressa! Mas os outros estavam esperando; e assim esses momentos eram ainda mais preciosos, e ainda mais tristes.

Apertou os braços em volta de Armand. Beijou-lhe os lábios e os longos cabelos despenteados, deslizou a mão cobiçosa pelos ombros de Armand, olhou para a mão fina e branca que segurava na sua – todos os detalhes que tentara preservar para sempre na tela, todos os detalhes que certamente preservara na morte.

– Estão esperando, não estão? – perguntou. – Não vão nos dar mais do que um instante.

Armand assentiu. Em voz baixa, que mal se ouvia, disse:

– É o suficiente. Sempre soube que íamos nos encontrar novamente.

Ah, as lembranças que o timbre de sua voz trazia... O palazzo com seus tetos abobadados, os leitos forrados de veludo vermelho. A figura desse garoto subindo às pressas a escadaria de mármore, o rosto vermelho do vento de inverno que vinha do Adriático, os olhos castanhos em fogo.

– Mesmo nos momentos de maior perigo eu sabia que íamos nos reencontrar antes que eu ficasse livre para morrer – continuou a voz.

– Livre para morrer? – ecoou Marius. – Sempre somos livres para morrer, não somos? O que precisamos agora é de coragem para isso, se é que essa é a coisa certa a se fazer.

Armand pareceu pensar sobre isso por um momento. E o leve distanciamento que lhe dominou o semblante trouxe de volta a tristeza de Marius.

– É verdade – concordou.

– Eu o amo – sussurrou Marius de repente, apaixonado como um mortal. – Sempre o amei. Queria neste momento poder acreditar em qualquer outra coisa além do amor, mas não posso.

Um ruído baixo os interrompeu: Maharet assomara à porta.

Marius rodeou o ombro de Armand com o braço. Houve um último momento de silêncio e compreensão entre eles. E então seguiram Maharet para dentro de um imenso aposento no topo da montanha.

⁂

Era todo de vidro, a não ser a parede atrás dele e a distante chaminé de ferro que pendia do teto acima do fogo. Nenhuma outra luz havia ali além do fogo, e, acima e ao longe, as pontas aguçadas das monstruosas sequoias e o calmo céu do Pacífico, com suas nuvens vaporosas e suas estrelinhas tímidas.

Mas mesmo assim era lindo, não era? Mesmo não sendo o céu sobre a baía de Nápoles, ou visto do flanco de Annapurna ou de um barco à deriva no meio do mar enegrecido. A paisagem era linda, e pensar que minutos antes ele tinha estado lá em cima, deslizando na escuridão, visto apenas por seus companheiros de viagem e pelas próprias estrelas! A alegria voltou-lhe novamente, como quando ele contemplara a cabeleira de Maharet. Nenhuma tristeza, como quando ele pensou em Armand a seu lado; apenas alegria, impessoal e transcendente. Uma razão para continuar vivo.

Ocorreu-lhe de repente que não tinha muito jeito para a amargura ou o arrependimento; não tinha forças para isso e, se pretendia recapturar sua dignidade, seria melhor entrar em forma rapidamente.

Uma risadinha o recebeu – amistosa, discreta, talvez um pouco embriagada, a risada de um filhote a quem faltava bom-senso. Sorriu de volta, lançando um olhar ao rapaz, Daniel. Daniel, o "garoto" anônimo de *Entrevista com o vampiro*. Ocorreu-lhe de imediato que aquele era o filho de Armand, o único filho que Armand já fizera. Um bom início na Estrada do Demônio tinha essa criatura, esse ser exuberante e bêbado, fortalecido com tudo que Armand tinha para dar.

Examinou os outros rapidamente, reunidos em volta da mesa oval.

À sua direita, e um pouco distante, estava Gabrielle, com seus cabelos louros numa trança que descia pelas costas, e os olhos cheios de indisfarçada angústia; ao lado dela, Louis, exposto e passivo como sempre, olhos fixos em Marius como se numa pesquisa científica, ou em adoração, ou ambos; então vinha sua amada Pandora, os cabelos castanhos e ondulados soltos nos ombros e ainda pontilhados de brilhantes gotinhas de neve derretida. Santino sentava-se à direita dela, mais uma vez composto, as elegantes roupas de veludo preto livres de toda a sujeira.

À sua esquerda sentava-se Khayman, outro ser antigo, que deu seu nome silenciosa e abertamente; na verdade, um ser apavorante, com o rosto ainda mais liso do que o de Maharet. Marius percebeu que não conseguia desviar os olhos. Nunca os rostos da Mãe e do Pai o perturbaram tanto, embora eles também tivessem aqueles olhos negros e os cabelos ainda mais negros. Era o sorriso, não era? A expressão aberta e afável ali fixada, apesar de todos os esforços do tempo para apagá-la. A criatura parecia um místico, ou um santo, e, no entanto, era um selvagem assassino. Recentes banquetes de sangue humano lhe tinham suavizado a pele um pouquinho, dando-lhe um leve rubor ao rosto.

Mael, despenteado e malvestido como sempre, pegara a cadeira à esquerda de Khayman. E depois dele vinha outro antigo, Eric, com mais de três mil anos pelos cálculos de Marius, magro, de aparência enganosamente frágil, talvez uns trinta anos ao morrer. Os suaves olhos castanhos estudavam Marius pensativamente. Suas roupas feitas a mão eram lindas imitações das coisas compradas em loja que os homens de negócios usavam.

Mas quem era aquele outro ser? Aquele sentado à direita de Maharet, que por sua vez postara-se diretamente em frente a Marius, no extremo oposto? Ora, aquela ali realmente causou-lhe um choque. A outra gêmea, foi sua primeira conjectura ao ver os olhos verdes e os cabelos ruivos acobreados.

Mas aquela ali certamente estava viva na véspera. E ele não conseguia encontrar uma explicação para a força, a frígida brancura, o modo penetrante como ela o encarava e o avassalador poder telepático que emanava dela: uma cascata de imagens escuras e finamente delineadas que ela parecia incapaz de controlar. Ela via, com espantosa perfeição, a pintura que ele fizera séculos antes de seu Amadeo rodeado por anjos de asas negras enquanto se ajoelhava em oração. Um arrepio percorreu Marius.

– Na cripta da Talamasca, a minha tela? – sussurrou. Depois riu sarcasticamente, venenosamente. – Então está lá!

A criatura assustou-se, não pretendera revelar seus pensamentos. Querendo proteger a Talamasca, e inteiramente confusa, mergulhou para dentro de si mesma. O corpo pareceu diminuir, e, no entanto, redobrar sua força. Um monstro. Um monstro de olhos verdes e ossos delicados. Nascida ontem, sim, exatamente como ele imaginara; havia tecido vivo nela. E de repente compreendeu tudo: aquela ali, chamada Jesse, tinha sido feita por Maharet. Aquela ali descendia de verdade da outra, e agora tornara-se o filhote de sua velha mãe. A amplidão disso tudo o espantava e o assustava um pouco. O sangue que corria nas veias da jovem tinha um poder que Marius não conseguia imaginar. Ela era absolutamente sem sede; no entanto, nem mesmo estava realmente morta.

Mas tinha que parar com aquele escrutínio impiedoso e indiscreto. Afinal, estavam esperando por ele. No entanto, não conseguia deixar de se perguntar onde, em nome de Deus, estariam seus próprios descendentes mortais, nascidos dos sobrinhos e sobrinhas que ele tanto amara quando vivo. Durante algumas centenas de anos, realmente, ele seguira suas histórias, mas no fim já não conseguia reconhecê-los, não conseguia reconhecer a própria Roma. E então deixara que tudo se perdesse na escuridão, assim como Roma perdera-se na escuridão. Entretanto, certamente haveria hoje na Terra algumas pessoas com seu velho sangue nas veias.

Continuou olhando para a jovem ruiva. Ela se parecia com sua ancestral – alta, mas de ossatura frágil, bela, mas discreta. *Algum grande segredo há aqui, algo a ver com a linhagem, a família...* Ela usava roupas leves e escuras, bastante parecidas com as da mais velha; as mãos eram imaculadas, não usava perfume ou pintura.

Todos eles eram magníficos a seu modo. Santino, alto e robusto, estava elegante em sua roupa negra, com os brilhantes olhos pretos e a boca sensual. Até o descuidado Mael tinha uma presença selvagem e potente, olhos fixos na velha mulher com uma óbvia mistura de amor e ódio. O rosto angelical de Armand desafiava qualquer descrição, e o garoto Daniel, uma visão, com seus cabelos louros e os cintilantes olhos violeta.

Será que ninguém feio jamais recebeu a imortalidade? Ou a magia sombria simplesmente transformava em beleza qualquer sacrifício jogado na fornalha? Mas Gabrielle certamente tinha sido linda em vida, com toda a coragem do filho e nada de sua impetuosidade, e Louis – ora, Louis naturalmente tinha sido escolhido por causa do rosto belíssimo, dos profundos olhos verdes. Tinha sido escolhido por causa da inveterada atitude de sombria apreciação que demonstrava agora. Parecia um ser humano perdido no meio deles, o rosto suavizado com cor e sentimento, o corpo curiosamente indefeso, olhos tristes e vagantes. Até mesmo Khayman tinha o rosto e o corpo inegavelmente perfeitos, por mais apavorante que o efeito total tivesse passado a ser.

Quanto a Pandora, ele a via viva e mortal quando olhava para ela – a mulher ansiosa e inocente que se aproximara dele tantas eras antes nas ruas escuras de Antioquia implorando para ser feita imortal, não o ser distante e melancólico que agora estava sentada tão imóvel em sua túnica simples, olhos fixos, através da parede de vidro à sua frente, na galáxia que desaparecia atrás das nuvens cada vez mais pesadas.

Até mesmo Eric, marcado pelos séculos e levemente brilhante, guardava, como Maharet, um ar de grande sentimento humano, tornado ainda mais atraente por sua ilusória graciosidade andrógina.

Na realidade, Marius nunca pusera os olhos num grupo como esse – uma reunião de imortais de todas as eras, do recém-nascido ao mais antigo, e cada um dotado de poderes e fraquezas imensuráveis, até mesmo o embriagado rapaz que Armand habilmente criara com toda a virtude conservada de seu sangue virgem. Marius duvidava que uma "comunidade" como essa alguma vez já tivesse se reunido.

E como ele se encaixava nesse quadro, ele que tinha sido o mais velho de seu universo cuidadosamente controlado, no qual os antigos eram deuses silenciosos? Os ventos o tinham limpado dos coágulos de sangue presos a seu rosto e nos cabelos que iam até os ombros. A capa comprida e negra estava úmida das neves de onde ele vinha. E ao se aproximar da mesa, ao esperar hostilmente que Maharet o fizesse sentar, imaginava estar parecendo tão monstruoso quanto os outros, seus olhos azuis certamente frios da animosidade que ardia dentro dele.

– Por favor – disse ela, com simpatia. Apontou para a cadeira vazia diante dele, obviamente um lugar de honra, no pé da mesa; isto é, partindo-se do princípio de que ela estava na cabeceira.

A cadeira de madeira era confortável, ao contrário de tantos móveis modernos. O encosto curvo agradou-lhe quando se sentou, e ele podia descansar a mão no braço da cadeira, isso também era ótimo. Armand sentou-se na cadeira vazia à direita dele.

Maharet sentou-se em silêncio. Descansou as mãos, com os dedos dobrados, na madeira encerada à sua frente. Inclinou a cabeça como se organizasse os pensamentos para começar.

– Somos tudo que sobrou? – perguntou Marius. – Além da Rainha, e do moleque príncipe e...

Ele parou de falar e uma onda de inquietação percorreu os outros. A gêmea ruiva, onde estava? Qual era o mistério?

– Sim – respondeu Maharet em tom sombrio. – Além da Rainha, do príncipe moleque e da minha irmã. Sim, somos os únicos que sobraram. Ou os únicos que sobraram que contam.

Fez uma pausa, como se para deixar que as palavras fizessem efeito. Seus olhos estudavam benevolamente o grupo inteiro.

– Muito longe pode haver outros – continuou. – Seres antigos, que decidiram ficar de fora. Ou aqueles que ela ainda caça, e que estão condenados. Mas somos o que sobrou em termos de destino ou decisão. Ou intenção.

– E o meu filho? – interveio Gabrielle, a voz aguda, cheia de emoção e de uma sutil desconsideração pelos presentes. – Será que nenhum de vocês vai me dizer o que ela fez com ele e onde ele está? – Desviou o olhar, da mulher para Marius, destemida e desesperadamente. – Você certamente tem o poder de saber onde ele está.

Sua semelhança com Lestat emocionou Marius. Era daquela ali que Lestat tirara sua força, sem dúvida. Mas havia nela uma frieza que Lestat jamais compreenderia.

– Está com ela, como já lhe contei – disse Khayman, a voz profunda e calma. – Porém, mais do que isso ela não nos deixa saber.

Gabrielle não acreditou, obviamente. Houve nela um distanciamento, um desejo de sair, ir embora sozinha. Nada afastaria os outros daquela mesa, mas estava claro que ela não tinha tal compromisso com a reunião.

– Permita-me explicar uma coisa importantíssima – pediu Maharet. – A Mãe naturalmente é hábil em esconder-se. Mas nós dos primeiros séculos nunca conseguimos nos comunicar silenciosamente com a Mãe e o Pai ou uns com os outros. Simplesmente estamos próximos da fonte de poder que faz de nós o que somos. Somos cegos e surdos às mentes uns dos outros, assim como mestre e filhote entre vocês. Só quando o tempo passou e mais bebedores de sangue foram criados é que eles adquiriram o poder de se comunicar em silêncio uns com os outros, como sempre fizemos com os mortais.

– Então Akasha não poderia encontrá-la – disse Marius. – Nem Khayman, se não estivesse conosco.

– Está certo. Ela só consegue nos ver através da mente de vocês. Do mesmo modo, só podemos vê-la através da mente de outros. A não ser, é claro, um certo som que de vez em quando ouvimos quando um poderoso se aproxima, um som que tem a ver com uma grande energia, com respiração e sangue.

– Sim, aquele som – murmurou Daniel baixinho. – Aquele som horrível que não cessava.

– Mas não existe um lugar onde possamos nos esconder? – perguntou Eric. – Aqueles de nós que ela consegue ouvir e ver? – Era a voz de um homem jovem, naturalmente, e com um forte sotaque indefinível, cada palavra bem pronunciada.

– Sabe que não existe – respondeu Maharet com indisfarçada impaciência. – Mas estamos perdendo tempo falando de esconder. Vocês estão aqui ou porque ela não consegue ou porque não quer matá-los. Que seja. Temos que continuar.

– Ou então ela ainda não terminou – disse Eric com revolta. – Por que aquela mente infernal ainda não decidiu quem vai morrer e quem vai viver?

– Acho que vocês estão seguros aqui – disse Khayman. – Ela teve chance de matar todos os presentes, não teve?

Mas era exatamente isso, Marius percebeu. Não era nem um pouco claro que a Mãe tivera a chance de matar Eric, que aparentemente viajava na companhia de Maharet. Os olhos dele grudaram-se aos de Maharet. Houve entre os dois um diálogo breve e silencioso, mas não foi telepático. O que ficou nítido a Marius era que Maharet tinha feito Eric, e nenhum dos dois tinha certeza se Eric agora era forte demais para a Mãe. Maharet pediu calma.

– Mas quanto a Lestat, você consegue ler a mente dele, não consegue? – perguntou Gabrielle. – Não pode descobrir os dois através dele?

– Nem mesmo eu posso sempre atravessar uma distância pura e enorme – respondeu Maharet. – Se houvesse sobrado outros bebedores de sangue que pudessem receber os pensamentos de Lestat e enviá-los para mim, bem, então com certeza eu o encontraria num instante. Mas esses bebedores de sangue não existem mais. E Lestat sempre foi bom em esconder sua presença; é natural nele. É sempre assim com os fortes, aqueles que são agressivos e autossuficientes. Esteja onde estiver, ele instintivamente se esconde de nós.

– Ela o pegou – declarou Khayman. Estendeu o braço por cima da mesa e colocou a mão sobre a de Gabrielle. – Vai revelar tudo quando estiver pronta. E se decidir fazer mal a Lestat antes disso, não há coisa alguma que qualquer de nós possa fazer.

Marius quase riu. Parecia que aqueles seres antigos pensavam que uma declaração de verdade absoluta era um consolo; que curiosa combinação de vitalidade e passividade! Teria sido assim na aurora da História? Quando as pessoas encontravam o inevitável, ficavam imóveis e o aceitavam? Era-lhe difícil entender.

– A Mãe não vai ferir Lestat – disse a Gabrielle, a todos eles. – Ela o ama. E no fundo é um tipo comum de amor. Não vai feri-lo porque não quer ferir-se. E conhece todos os truques dele, aposto, tanto quanto nós. Ele não vai conseguir provocá-la, embora provavelmente seja tolo o bastante para tentar.

Gabrielle assentiu de leve, com traços de um sorriso tímido. Na sua opinião, Lestat conseguiria provocar qualquer um, se tivesse tempo e oportunidade, mas deixou passar.

Não estava consolada, nem resignada. Recostou-se na cadeira e fixou os olhos na distância como se eles não existissem. Não se sentia obrigada a qualquer lealdade a esse grupo; não se sentia obrigada a pessoa alguma, exceto Lestat.

– Então está certo – disse em tom frio. – Responda à pergunta crucial. Se eu destruir esse monstro que pegou meu filho, todos nós morreremos?

– Como diabos vai destruí-la? – perguntou Daniel, atônito.

Eric tinha uma expressão de escárnio.

Ela olhou para Daniel como se o apagasse. Eric, ela simplesmente ignorou. Voltou-se para Maharet.

– Bem, o velho mito é verdadeiro? Se eu destruir essa puta, para usar o vernáculo, destruo também o resto de nós?

Houve uma leve risada entre os presentes. Marius sacudiu a cabeça. Mas Maharet deu um sorrisinho de reconhecimento enquanto assentia:

– Sim. Já foi tentado, há muito tempo. Foi tentado por muitos tolos que não acreditavam. O espírito que habita nela anima a nós todos. Destruindo-se a habitação, destrói-se o poder. Os jovens morrem primeiro. Os velhos murcham devagar. Os antigos talvez sejam os últimos. Mas ela é a Rainha dos Condenados, e os condenados não podem viver sem ela. Enkil era apenas seu consorte, e por isso não faz diferença que ela o tenha matado e bebido seu sangue até a última gota.

– A Rainha dos Condenados – sussurrou Marius em voz baixa.

O modo como Maharet dissera isso tinha uma inflexão estranha, como se dentro dela fossem revolvidas lembranças dolorosas, horríveis, não enfraquecidas pelo tempo. Assim como o tempo também não enfraquecera seus sonhos. Novamente ele sentiu um vislumbre da crueza e da severidade daqueles seres antigos, para quem talvez a linguagem, e todos os pensamentos governados por ela, não tinham sido desnecessariamente complexos.

– Gabrielle – chamou Khayman, pronunciando o nome de maneira linda. – Não podemos ajudar Lestat. Precisamos usar este tempo para fazermos um plano. – Voltou-se para Maharet. – Os sonhos, Maharet. Por que os sonhos estão vindo agora? É o que nós todos queremos saber.

Fez-se um longo silêncio. Todos os presentes conheciam os sonhos, de alguma forma. Gabrielle e Louis tinham sido tocados de leve – tanto que até essa noite Gabrielle não pensara neles, e Louis, preocupado com Lestat, os afastara da mente. Até mesmo Pandora, que declarara não ter deles conhecimento pessoal, contara a Marius o aviso de Azim. Santino os chamava de "transes horríveis dos quais não conseguia escapar".

Marius via agora que eles tinham sido uma provação para os jovens, Jesse e Daniel – quase tão cruéis quanto tinham sido para ele.

No entanto, Maharet não respondeu. A dor em seus olhos estava mais intensa; Marius a sentia como uma vibração silenciosa. Sentia os espasmos nos minúsculos nervos.

Inclinou-se levemente para a frente, juntando as mãos sobre a mesa.

– Maharet, sua irmã está enviando os sonhos, não é assim?

Nenhuma resposta.

– Onde está Mekare? – insistiu ele.

Silêncio.

Ele sentia a dor nela. E lamentava, lamentava muito sua rudeza de tom. Mas se pretendia ser útil, tinha que empurrar as coisas para uma conclusão. Pensou novamente em Akasha no santuário, embora não soubesse por quê.

Pensou no sorriso no rosto dela. Pensou em Lestat protetoramente, desesperadamente. Mas Lestat agora era apenas um símbolo. Um símbolo de si mesmo. De todos eles.

Maharet estava olhando para ele de modo estranhíssimo, como se ele fosse um mistério. Olhou para os outros e finalmente falou:

– Vocês testemunharam nossa separação. Todos vocês. Viram em seus sonhos. Viram a multidão cercar a mim e minha irmã; viram quando nos separaram à força; em caixões de pedra nos colocaram, Mekare incapaz de chamar por mim porque cortaram sua língua, e eu incapaz de vê-la pela última vez porque arrancaram-me os olhos. Mas vi através da mente dos que nos atacavam. Soube que iam nos levar para o litoral. Mekare para o oeste e eu para o leste.

"Durante dez noites flutuei em uma jangada de troncos, sepultada viva no caixão de pedra. E finalmente, quando a jangada afundou e a água ergueu a tampa de pedra, fiquei livre. Cega, faminta, nadei para a costa e roubei, do primeiro pobre mortal que encontrei, os olhos para ver e o sangue para viver. Mas Mekare? No grande oceano ocidental ela fora jogada. As águas que correm para o fim do mundo. Desde aquela primeira noite procurei por ela; procurei na Europa, na Ásia, nas selvas do Sul e nas terras geladas do Norte. Século após século procurei, finalmente atravessando o oceano ocidental, quando os mortais fizeram isso, para levar minha busca ao Novo Mundo.

"Nunca encontrei minha irmã. Nunca encontrei um mortal ou imortal que a tivesse visto ou ouvido seu nome. Então, neste século, nos anos após a Segunda Grande Guerra, nas altas florestas das montanhas do Peru, a prova irrefutável da presença de minha irmã foi descoberta por um arqueólogo solitário nas paredes de uma caverna rasa: pinturas feitas por minha irmã, de figuras toscas, que contavam a história de nossa vida, os sofrimentos que vocês todos conhecem. Mas há seis mil anos esses desenhos foram gravados na pedra. E há seis mil anos minha irmã foi tirada de mim. Jamais foi encontrada outra prova de sua existência.

"Mas nunca abandonei a esperança de encontrar minha irmã. Sempre soube, como só uma gêmea pode saber, que ela ainda caminha na Terra, que não estou sozinha. E agora, nestas dez últimas noites, tive, pela primeira vez, provas de que minha irmã ainda está comigo. Foi através dos sonhos. São os pensamentos de Mekare, as imagens de Mekare, o rancor e a dor de Mekare."

Silêncio. Todos os olhos estavam fixos nela. Marius estava atônito. Temia ser aquele que falaria novamente, mas isso era pior do que ele imaginara, e as interferências eram agora claras.

A origem desses sonhos era quase certamente uma sobrevivente não consciente; era mais provável que as visões viessem de alguém que agora já não tinha mais mente que um animal em quem a memória é um impulso para uma ação que o animal não questiona ou compreende. Isso explicaria sua clareza, e explicaria sua repetição.

E os vislumbres que ele tivera de alguma coisa movendo-se pela floresta, isso era a própria Mekare.

– Sim – disse Maharet imediatamente. – Na selva. Caminhando – sussurrou. – As palavras do arqueólogo moribundo, escritas num pedaço de papel e deixadas para que eu encontrasse. "Na selva. Caminhando." Mas onde?

Foi Louis quem quebrou o silêncio.

– Então os sonhos podem não ser uma mensagem deliberada – disse, as palavras marcadas por um leve sotaque francês. – Podem simplesmente ser o desabafo de uma alma torturada.

– Não. Eles são uma mensagem – contestou Khayman. – São um aviso. São endereçados a todos nós, e à Mãe também.

– Mas como pode dizer isso? – perguntou Gabrielle. – Não sabemos o que é a mente dela agora, e nem mesmo se ela sabe que estamos aqui.

– Você não conhece a história inteira – retorquiu Khayman. – Eu conheço. Maharet vai contar.

– Eu a vi – disse Jesse discretamente, a voz vacilante, olhando para Maharet. – Ela atravessou um grande rio. Está vindo. Eu vi! Não, não é bem assim. Eu vi como se eu fosse ela.

– Sim – respondeu Marius. – Através dos olhos dela!

– Vi os cabelos vermelhos quando olhei para baixo – continuou Jesse. – Vi a floresta cedendo a cada passo.

– Os sonhos devem ser uma comunicação – disse Mael com súbita impaciência. – Senão, por que a mensagem seria tão forte? Nossos pensamentos particulares não possuem tanta força. Ela ergue a voz; quer que alguém ou alguma coisa saiba o que ela está pensando...

– Ou então está dominada por uma obsessão – contrapôs Marius. – E dirigindo-se a um certo objetivo. – Fez uma pausa. – Juntar-se a você, que é a irmã dela! Que mais poderia querer?

– Não – disse Khayman. – Não é esse o objetivo dela. – Tornou a olhar para Maharet. – Ela tem uma promessa a cumprir à Mãe, e é isso que os sonhos querem dizer.

Por um momento Maharet estudou-o em silêncio; parecia que aquilo era quase além de sua resistência, aquela discussão sobre sua irmã; no entanto, ela se fortalecia em silêncio para a tortura que estava por vir.

– Estávamos lá no início – disse Khayman. – Fomos os primeiros filhos dela; e nesses sonhos está a história de como tudo começou.

– Então precisa nos contar... tudo – pediu Marius o mais gentilmente que conseguiu.

– Sim – suspirou Maharet. – E vou. – Olhou para cada um deles, e depois novamente para Jesse. – Preciso lhe contar a história inteira, para que você possa entender aquilo que talvez sejamos incapazes de impedir. Sabe, esta não é simplesmente a história do princípio. Pode ser também a história do fim. – Suspirou de repente, como se aquela perspectiva fosse demais para ela. – Nosso mundo nunca viu tamanha reviravolta – disse, olhando para Marius. – A música de Lestat, o despertar da Mãe, tanta morte...

Baixou os olhos por um instante, como se novamente se fortalecendo para o esforço. Depois olhou de relance para Khayman e Jesse, que eram os que ela mais amava.

– Nunca contei isto antes – declarou, como se pedindo indulgência. – Para mim, hoje, a época em que fui viva tem a pureza crua da mitologia. A época em que eu ainda podia ver o sol. Mas nessa mitologia está a raiz de todas as verdades que conheço. Se voltarmos, poderemos encontrar o futuro e os meios de modificá-lo. O mínimo que podemos fazer é procurar entender.

Silêncio. Com respeitosa paciência todos esperavam que ela começasse.

– No princípio éramos bruxas, minha irmã e eu. Falávamos com os espíritos e os espíritos nos amavam. Até que ela mandou os soldados para entrarem em nossa terra.

3

Lestat: a Rainha dos Céus

Ela me largou. Imediatamente comecei a cair; o vento era um rugido em meus ouvidos. Mas o pior era que eu não conseguia enxergar! Ouvia-a dizer "*Erga-se*".

Houve um momento de deliciosa vulnerabilidade. Eu mergulhava em direção à terra e nada ia me segurar; então olhei para cima, os olhos ardendo, as nuvens fechando-se sobre mim, e lembrei-me da torre e da sensação de me erguer. Tomei a decisão. Subir! E minha queda interrompeu-se no mesmo instante.

Era como se uma corrente de ar tivesse me segurado. Subi centenas de metros num instante, e logo as nuvens estavam abaixo de mim – uma luz branca que eu mal podia ver. Decidi flutuar à deriva; por que tinha que ir a algum lugar naquele momento? Talvez pudesse abrir completamente os olhos e ver através do vento, se não tivesse medo da dor.

Ela estava rindo em algum lugar – na minha cabeça ou acima dela, eu não sabia qual. *Venha, príncipe, suba mais alto.*

Girei e disparei para cima, até vê-la vindo em minha direção, a roupa flutuando à sua volta, as tranças pesadas levemente erguidas pelo vento.

Ela me pegou e me beijou. Tentei equilibrar-me, segurando-a, para olhar para baixo e realmente ver alguma coisa através dos buracos nas nuvens. Montanhas cobertas de neve, brilhando ao luar, com grandes flancos azulados que desapareciam em profundos vales de neve imensurável.

– Levante-me agora – cochichou ela em meu ouvido. – Leve-me para o noroeste.

– Não sei a direção.

– Sabe, sim. O corpo sabe. Sua mente sabe. Não lhes pergunte o caminho. Diga-lhes que esse é o caminho que você quer tomar. Conhece o funcionamento. Quando você ergueu o rifle, olhou para o lobo correndo; não calculou a distância ou a velocidade da bala; atirou, o lobo caiu.

Tornei a subir, com a mesma flutuação incrível; então percebi que ela tinha se tornado muito pesada em meu braço. Tinha os olhos fixos em mim, estava fazendo com que eu a carregasse. Sorri. Acho que ri alto. Ergui-a e beijei-a novamente, e continuei a subida, sem interrupção. Para o *noroeste*. Isso era para a direita, e novamente para a direita, e mais alto. Minha mente sabia de fato, conhecia o terreno por onde tínhamos vindo. Fiz um pequeno volteio, depois outro; girei, apertando-a contra mim, amando o peso de seu corpo, a pressão dos seios contra mim, e os lábios de novo pousando delicadamente nos meus.

Ela chegou perto da minha orelha.

– Está ouvindo? – perguntou.

Prestei atenção. O vento parecia aniquilador, mas da terra vinha um coro apagado, vozes humanas cantando, algumas em compasso, outras ao acaso; vozes rezando alto numa língua asiática. De longe eu os ouvia, e outros mais perto. Importante distinguir os dois sons. Primeiro, havia uma comprida procissão de devotos subindo por desfiladeiros na montanha e por cima dos rochedos, entoando cânticos para se manterem vivos enquanto seguiam caminho apesar do frio e da exaustão. E dentro de uma construção um coro alto e frenético, cantando livremente acima do soar de címbalos e tambores.

Puxei sua cabeça para perto da minha e olhei para baixo, mas as nuvens tinham se tornado um sólido leito branco. No entanto, eu conseguia enxergar, através das mentes dos devotos, a visão brilhante de um pátio e um templo com arcadas de mármore e amplos salões pintados. A procissão serpeava em direção ao templo.

– Quero ver isso! – declarei.

Ela não respondeu, mas não me impediu quando flutuei para baixo, estirando-me no ar como se fosse um pássaro voando, mas sempre descendo, até estarmos no meio das nuvens. Ela se tornara de novo leve, como se não existisse.

E quando saímos do mar de brancura vi o templo reluzindo lá embaixo, uma pequena miniatura de si mesmo, parecia, o terreno empenando aqui e ali sob suas muralhas ondulantes. O fedor de corpos queimados subia das piras ardentes. E em direção àquele amontoado de telhados e torres homens e mulheres seguiam por precárias trilhas, desde onde minha vista alcançasse.

– Diga-me quem está lá dentro, meu príncipe – disse ela. – Diga-me quem é o deus deste templo.

Veja! Aproxime-se dele. O velho truque, mas imediatamente comecei a cair. Soltei um grito horrível. Ela me segurou.

– Mais cuidado, meu príncipe – disse, amparando-me.

Pensei que o coração ia explodir.

– Você não pode sair do corpo para olhar o templo e voar ao mesmo tempo. Olhe através dos olhos dos mortais, como fez antes.

Eu ainda estava tremendo, agarrado a ela.

– Vou soltá-lo de novo, se não se acalmar – disse ela carinhosamente. – Diga ao seu coração para fazer o que você quer que ele faça.

Soltei um profundo suspiro. De repente sentia o corpo doendo, por causa da força constante do vento. E meus olhos estavam de novo ardendo muito, eu não conseguia enxergar. Mas tentei acalmar essas pequenas dores, ou, melhor, ignorá-las como se não existissem. Agarrei-a com força e comecei a descer, dizendo a mim mesmo que fosse devagar; e então tentei novamente encontrar as mentes dos mortais e ver o que eles viam.

Paredes douradas, arcos pontiagudos, cada superfície cintilando de enfeites; o incenso subindo, misturando-se ao cheiro de sangue fresco. Em vislumbres desfocados eu o vi – "o deus do templo".

– Um vampiro – sussurrei. – Um demônio sugador de sangue. Ele os atrai para si e os mata à vontade. Este lugar fede a morte.

– Portanto haverá mais mortes – murmurou ela, tornando a beijar-me o rosto com ternura. – Agora bem depressa, tão depressa que os olhos mortais não possam nos ver. Leve-nos para o pátio, ao lado da pira fúnebre.

Eu podia jurar que isso foi feito antes que eu decidisse; apenas pensara na ideia e lá estava eu, caído de encontro a uma áspera parede de reboco, com pedras duras sob meus pés, tremendo, a cabeça girando, minhas entranhas torcendo-se de dor. Meu corpo queria continuar descendo, atravessar a rocha sólida.

Apoiando-me à parede, ouvi o cântico antes de conseguir ver qualquer coisa. Senti o cheiro do fogo, dos corpos queimando, depois vi as chamas.

– Foi muito desajeitado, meu príncipe – disse ela baixinho. – Quase batemos na parede.

– Não sei exatamente como foi que isso aconteceu.

– Ah, mas a chave é essa. A palavra "exatamente". O espírito em você obedece rápida e completamente. Pense um pouco: não para de ouvir e ver enquanto desce; apenas isso acontece mais depressa do que você percebe. Conhece a mecânica de estalar os dedos? Não conhece. Mesmo assim consegue fazer isso. Qualquer criança mortal consegue.

Assenti. O princípio era bem claro, como tinha sido com o alvo e a pistola.

– Apenas uma questão de graduação – falei.

– E de render-se, render-se sem medo.

Assenti. A verdade era que eu queria cair numa cama macia e dormir. Pestanejei diante do fogo, dos corpos enegrecendo nas labaredas. Um deles não estava morto; ergueu os braços, os dedos dobrados. Agora estava morto. Pobre-diabo. Certo.

Ela encostou a mão fria em minha face. Depois em meus lábios. Depois alisou meus cabelos.

– Você nunca teve um mestre, teve? – perguntou. Magnus deixou-o órfão na noite em que o fez. Seu pai e seus irmãos eram uns tolos. Quanto à sua mãe, ela odiava os filhos.

– Sempre fui meu próprio mestre – respondi sombriamente. – E devo confessar que também sempre fui meu aluno favorito.

Uma risada.

– Com certeza era uma pequena conspiração entre aluno e mestre – continuei. – Mas, como você disse, nunca houve outra pessoa.

Ela estava sorrindo para mim. O fogo brincava em seus olhos. O rosto estava luminoso, assustadoramente lindo.

– Renda-se, e vou ensinar-lhe coisas que nunca sonhou. Você nunca conheceu uma batalha. Um combate de verdade. Nunca sentiu a pureza de uma causa justa.

Não respondi. Estava tonto, não apenas por causa da longa viagem pelo ar, mas pela terna carícia de suas palavras, e a profunda escuridão de seus olhos. Parecia que uma grande parte de sua beleza vinha da doçura de sua expressão, da serenidade, o modo como seus olhos não se modificavam quando a carne branca e brilhante de seu rosto se movia de repente num sorriso ou num sutil franzir de testa. Sabia que se me deixasse levar ficaria apavorado com o que estava acontecendo. Ela também devia estar sabendo. Tomou-me nos braços.

– Beba, príncipe – sussurrou. – Pegue toda a força de que vai precisar para fazer o que quero que faça.

Não sei quanto tempo se passou. Quando ela se afastou, fiquei dopado por um instante; em seguida a clareza foi, como sempre, avassaladora. A música monótona do templo trovejava de encontro às paredes.

– Azim! Azim! Azim!

Enquanto ela me puxava para segui-la, parecia que meu corpo não existia mais, a não ser como uma visão que eu mantinha no lugar. Tateei meu rosto, os ossos sob a pele, para tocar algo sólido que era eu; mas essa pele, essa sensação... Era inteiramente nova. O que tinha sobrado de mim?

As portas de madeira abriram-se diante de nós como por mágica. Passamos em silêncio para um comprido corredor de esguias colunas de mármore e arcos enfeitados, mas isso era apenas a borda externa de um imenso salão central. E o salão estava cheio de devotos aos gritos, enlouquecidos, que nem ao menos nos viram ou sentiram nossa presença enquanto continuavam a dançar, cantar, saltar no ar, na esperança de vislumbrar seu deus.

– Fique ao meu lado, Lestat – disse ela, a voz atravessando o burburinho como se eu fosse tocado por uma luva de veludo.

A multidão separou-se violentamente, corpos jogados à direita e à esquerda. Imediatamente gritos substituíram o cântico. O salão era um caos quando se abriu um caminho para que chegássemos ao centro. Os címbalos e os tambores silenciaram; gemidos e gritos baixos e lastimosos nos rodeavam.

Então ergueu-se um grande suspiro de admiração quando Akasha avançou um passo e jogou o véu para trás.

A muitos metros de distância, no centro do chão enfeitado, postava-se o deus do sangue. Azim, vestido com um turbante de seda negra e túnica enfeitada com joias. Tinha o rosto desfigurado de fúria quando encarou Akasha, quando me encarou.

Orações erguiam-se da multidão à nossa volta; uma voz estridente gritou uma jaculatória à "mãe eterna".

– Silêncio! – ordenou Azim.

Eu não conhecia aquela linguagem, mas compreendi o sentido. Ouvia o som de sangue humano na voz dele; via-o correndo em suas veias. Na verdade, nunca tinha visto um vampiro ou bebedor de sangue tão saturado de sangue humano como esse; era tão velho quanto Marius, com certeza; no entanto, a pele tinha um brilho dourado. Um fino véu de suor de sangue cobria-a inteiramente, até mesmo nas costas das mãos grandes e de aparência macia.

– Vocês ousam entrar no meu templo! – gritou, e novamente a linguagem em si me era desconhecida, mas o sentido era telepaticamente claro.

– Você agora vai morrer – retrucou Akasha, a voz ainda mais suave do que um momento antes. – Você, que enganou estes pobres inocentes; você, que se alimentou com a vida e o sangue deles como uma sanguessuga!

Gritos vinham dos devotos, pedidos de piedade. Novamente Azim mandou que se calassem.

– Que direito tem de condenar meu culto? – gritou, apontando o dedo para nós. – Você, que ficou silenciosa em seu trono desde o começo dos tempos!

– Os tempos não começaram com você, meu belo maldito – respondeu Akasha. – Eu era velha quando você nasceu. E agora despertei para governar, como foi planejado que eu fizesse. E você vai morrer, como uma lição para o seu povo. É o meu primeiro grande mártir. Vai morrer agora!

Ele tentou correr para ela, e eu tentei interpor-me entre os dois. Mas foi tudo rápido demais para ser visto. Ela o agarrou por algum meio invisível e empurrou-o de costas, de modo que os pés dele escorregaram pelo mármore e ele oscilou, quase caiu, e depois deu alguns passos a esmo procurando equilibrar-se, os olhos revirados para cima.

Soltou um grito profundo e borbulhante. Estava em chamas. Suas roupas estavam queimando, e então a fumaça subiu dele, cinzenta e fina, enovelando-se na penumbra, enquanto a multidão aterrorizada entregava-se a gemidos e gritos. Ele se retorcia, enquanto o calor o consumia; então, de repente, dobrado em dois, ficou de pé e jogou-se sobre ela de braços abertos.

Parecia que ia alcançá-la antes que ela pudesse pensar no que fazer. De novo tentei ficar na frente, mas com um rápido empurrão da mão direita ela me jogou de volta no formigueiro humano. Havia corpos seminus por toda parte, lutando para afastar-se de mim, enquanto eu recuperava o equilíbrio.

Girei e vi-o a menos de um metro dela, rosnando, tentando alcançá-la por cima de uma força invisível e insuperável.

– Morra, danação! – gritou ela (tapei as orelhas com as mãos). – Vá para o poço da perdição. Vou criá-lo para você agora.

A cabeça de Azim explodiu. Fumaça e fogo jorravam do crânio despedaçado. Os olhos ficaram pretos. Com um clarão, seu corpo todo pegou fogo; no entanto, caiu com postura humana, o punho erguido contra ela, as pernas dobrando-se como se ele pretendesse levantar-se de novo. Então seu corpo desapareceu inteiramente numa grande labareda alaranjada.

O pânico desceu sobre a multidão, como acontecera com os fãs no show de rock, quando as chamas explodiram e Gabrielle, Louis e eu fugimos.

No entanto, parecia que aqui a histeria alcançara um grau mais perigoso. Corpos batiam nas esguias colunas de mármore. Homens e mulheres eram esmagados instantaneamente pelos que corriam para a porta.

Akasha fez uma volta inteira, as roupas numa breve dança de seda branca e preta à sua volta, e por toda parte seres humanos eram pegos como se por mãos invisíveis, e jogados no chão. Seus corpos entravam em convulsão. As mulheres, olhando para as vítimas, gemiam e arrancavam os cabelos.

Levei um momento para entender o que estava acontecendo – ela estava matando os homens. Não era o fogo. Era um ataque invisível aos órgãos vitais. O sangue jorrava-lhes pelos ouvidos e pelos olhos. Furiosas, várias mulheres correram para atacá-la, porém tiveram a mesma sorte. Os homens que a atacaram foram instantaneamente destruídos.

Então ouvi a voz dela dentro da minha cabeça:

Mate-os, Lestat. Destrua os machos até o último.

Fiquei paralisado. Estava ao lado dela, para o caso de um deles conseguir chegar perto. Mas eles não tinham a menor chance. Aquilo era pior do que um pesadelo, pior do que os horrores estúpidos que fizeram parte de toda a minha maldita vida.

Num instante ela estava parada à minha frente, agarrando-me os braços. Sua voz suave e gelada tornara-se um som dominante em meu cérebro:

Meu príncipe, meu amor. Você fará isto por mim. Destrua os machos, para que a lenda do castigo ultrapasse a lenda do templo. Eles são os sectários do deus de sangue. As mulheres são inócuas. Castigue os homens em meu nome!

– Ah, meu Deus, me ajude! Por favor, não me peça isto! – sussurrei. – São uns pobres humanos!

A multidão parecia ter perdido a coragem. Aqueles que tinham corrido para o pátio traseiro estavam encurralados. Os mortos e os que choravam as mortes jaziam por toda parte à nossa volta, enquanto a multidão ignorante nos portões da frente soltava gritos de súplica.

– Deixe-os ir, Akasha, por favor – pedi.

Alguma vez na minha vida eu tinha implorado alguma coisa como fazia agora? O que aqueles pobres seres tinham a ver conosco? Ela se aproximou de mim. Agora eu só conseguia enxergar seus olhos negros.

– Meu amor, esta é uma guerra divina. Não é o repugnante banquete de carne humana que você perpetrou noite após noite, sem plano ou razão a não ser sobreviver. Você vai matar agora em meu nome e por minha causa, e eu lhe concedo a maior liberdade que um homem já teve: digo-lhe que matar seu irmão mortal está certo. Agora use o novo poder que lhe dei. Escolha suas vítimas uma por uma, use sua força invisível ou a força das suas mãos.

Minha cabeça girava. Teria eu esse poder de fazer os homens caírem mortos? Olhei ao meu redor, para o salão enfumaçado onde o incenso ainda saía dos incensórios e corpos caíam uns sobre os outros, homens e mulheres abraçados em terror, outros rastejando para os cantos como se ali pudessem ficar seguros.

– Não há vida para eles agora, a não ser na lição – declarou ela. – Faça o que lhe ordeno.

Parecia que eu via uma miragem, pois certamente aquilo não vinha do meu coração ou da minha mente: vi uma forma magra e abatida erguer-se diante de mim. Rilhei os dentes, olhos fixos nela, concentrando minha maldade como se fosse um raio laser, e então vi a vítima erguer-se do chão e cair de costas, o sangue jorrando de sua boca. Morto, murcho, ele caiu no chão. Tinha sido como um espasmo, tão fácil quanto gritar, lançar a voz, invisível, porém poderosa, a uma grande distância.

Sim, mate-os. Ataque os órgãos frágeis; rasgue-os; faça o sangue jorrar. Sabe que sempre teve vontade de fazer isso, matar como se não fosse coisa alguma, destruir sem escrúpulos ou arrependimento!

Era verdade, ah, sim! Mas era também proibido, nada na Terra era tão proibido...

Meu amor, isto é tão comum quanto a fome, tão comum quanto o tempo. E agora você tem meu poder e minha ordem. Você e eu vamos acabar com isto através do que vamos fazer agora.

Um rapaz avançou sobre mim, enlouquecido, as mãos estendidas para a minha garganta. Mate-o! Ele me amaldiçoou quando o empurrei para trás com o poder invisível, sentindo o espasmo bem fundo na garganta e no estômago; em seguida, senti um súbito tensionamento nas têmporas; senti que tocava nele, senti a coisa saindo de dentro de mim; senti como se tivesse perfurado o crânio dele com os dedos e estivesse apertando seu cérebro. Ver aquilo seria demais, não havia necessidade. Tudo o que eu precisava ver era o sangue jorrando de sua boca e das orelhas, escorrendo pelo peito nu.

Ah, ela tinha razão, como eu desejava aquilo! Como tinha sonhado com aquilo nos meus primeiros anos mortais! A alegria pura de matá-los, com seus diferentes nomes que eram um só – *inimigo* –, aqueles que mereciam ser mortos, aqueles que nasceram para isso; matar com força total, meu corpo transformado em músculo sólido, meus dentes apertados, meu ódio e minha força invisível transformados numa coisa só.

Corriam em todas as direções, mas aquilo apenas me inflamava ainda mais. Empurrava-os para trás, a força jogando-os contra as paredes. Apontava para o coração aquela língua invisível e ouvia quando o coração explodia. Virava-me sem parar, dirigindo-a cuidadosamente, porém instantaneamente, para esse, e aquele, e outro que corria para a porta, e outro ainda que ia em direção ao corredor, e ainda outro, que arrancou o lampião das correntes que o prendiam e arremessou-o direto contra mim.

Persegui-os até os aposentos nos fundos do templo, atravessando facilmente pilhas de ouro e prata, girando-os no ar como se com longos dedos invisíveis, depois apertando esses dedos invisíveis em suas artérias até o sangue borbulhar através da carne que explodia.

Algumas mulheres agruparam-se, chorando, outras fugiram. Ouvi ossos partindo quando caminhava por cima dos corpos. E então percebi que ela também os matava, estávamos fazendo isso juntos, e o salão encontrava-se agora atulhado de mortos e mutilados. Um cheiro pesado de sangue permeava tudo; o vento frio não conseguia dissipá-lo. O ar estava cheio de gritos de desespero.

Um homem gigantesco veio correndo até mim, olhos esbugalhados, e tentou me atingir com uma comprida espada curva. Furioso, tomei-lhe a espada e cortei-lhe a cabeça fora. A lâmina atravessou o osso e quebrou-se, e o pedaço quebrado caiu no chão junto com a cabeça.

Chutei o corpo para fora do caminho. Fui para o pátio e olhei para os que se encolhiam aterrorizados. Não possuía mais raciocínio ou consciência. Era um jogo irracional persegui-los, encurralá-los, jogar para um lado as mulheres atrás de quem se escondiam, ou que se esforçavam para escondê-los, e dirigir o poder para o local correto, enviar o poder para aquele ponto vulnerável até que eles caíssem.

Os portões da frente! Ela estava me chamando. Os homens no pátio estavam mortos; as mulheres arrancavam os cabelos, em prantos. Atravessei o templo, passando pelas carpideiras e pelos mortos por quem choravam. A multidão nos portões estava agora de joelhos na neve, ignorando o que tinha acontecido lá dentro, vozes erguidas em súplicas desesperadas:

Deixe-me entrar no templo; deixe-me ver a visão e a fome do senhor!

Quando viram Akasha, seus gritos redobraram. Estendiam as mãos para tocar nas roupas dela, quando as trancas se quebraram e os portões se abriram. O vento uivava no desfiladeiro; o sino lá em cima na torre produzia um som vago e vazio.

Novamente joguei-os no chão, rompendo cérebros, corações, artérias. Vi seus braços magros jogados para trás. O próprio vento cheirava a sangue. A voz de Akasha atravessava os gritos horríveis, dizendo às mulheres que se afastassem, fossem embora, e estariam seguras.

Finalmente eu estava matando tão depressa que nem conseguia enxergar. Os homens. Os homens têm que morrer. Eu me apressava a terminar a tarefa, a ver morta cada coisa masculina que se movia ou gemia.

Como um anjo, desci a trilha serpeante, com uma espada invisível. E, finalmente, por todo o caminho eles caíam de joelhos e esperavam a morte. Aceitavam-na numa sinistra passividade!

De repente senti que ela me segurava, embora não estivesse perto de mim. Ouvi sua voz em minha cabeça:

Muito bem, meu príncipe.

Não consegui parar. Aquela coisa invisível agora fazia parte do meu corpo, como um membro. Eu não conseguia recolhê-la para dentro de mim novamente. Era como se eu tivesse parado de respirar, e se não respirasse, morreria. Mas ela me fez ficar imóvel, e uma grande calma começou a me dominar, como se estivesse recebendo uma droga nas veias. Finalmente fiquei imóvel, e o poder concentrou-se dentro de mim, tornando-se uma parte de mim e nada mais.

Girei lentamente. Olhei para os claros picos nevados, o céu inteiramente negro e a longa fila de corpos escuros que jaziam na trilha para os portões do templo. As mulheres agarravam-se umas às outras, soluçando, incrédulas, ou soltando gemidos baixos e terríveis. Senti cheiro de morte como nunca tinha sentido antes; baixei os olhos para os pedaços de carne e tripas que me tinham sujado a roupa. Mas minhas mãos! Tinha as mãos tão brancas e limpas! *Meu Deus, eu não fiz isso! Eu não. Não fiz. E as minhas mãos estão limpas!*

Ah, mas eu tinha feito, sim. E quem era eu, que podia fazer aquilo? Que amava o que tinha feito, amava além da razão, como os homens sempre amaram na absoluta liberdade moral da guerra...

Parecia que caíra o silêncio.

Se as mulheres ainda choravam, eu não as ouvia. Tampouco ouvia o vento. Eu me movia, embora não soubesse por quê. Caí de joelhos e estendi a mão para o último homem que matara, jogado como gravetos partidos na neve, coloquei a mão no sangue em sua boca e depois esfreguei esse sangue nas duas mãos e apertei-as de encontro ao rosto.

Nunca, em duzentos anos, eu matara sem provar o sangue, levá-lo, juntamente com a vida, para dentro de mim. E aquilo era uma coisa monstruosa. Porém mais pessoas morreram nesses poucos minutos de horror do que todos os que eu mandara para a sepultura antes. E tudo tinha sido feito com a facilidade do pensamento e da respiração. Ah, isso nunca poderia ser justificado!

Fiquei parado, olhos fixos na neve através de meus dedos ensanguentados, chorando, mas odiando isso também. Então aos poucos percebi que algo mudara entre as mulheres. Alguma coisa estava acontecendo à minha volta, eu sentia como se o ar frio tivesse sido aquecido e o vento tivesse subido, deixando a íngreme encosta.

Então a mudança pareceu penetrar dentro de mim, diminuindo minha angústia e até mesmo desacelerando as batidas do meu coração.

O choro tinha mesmo cessado. As mulheres desciam a trilha em grupos de duas ou três, como se em transe, passando por cima dos mortos. Parecia que uma música doce estava tocando, e que a terra de repente tivesse produzido flores primaveris de todas as cores e formas, e o ar estivesse cheio de perfume.

No entanto, essas coisas não estavam acontecendo, estavam? Numa névoa de cores embaçadas as mulheres passavam por mim, em farrapos e sedas, e capas escuras. Estremeci violentamente. Tinha que pensar com clareza, aquele não era o momento de ficar desorientado. Aquele poder e aqueles corpos mortos não eram sonho, e eu não podia, de modo algum, render-me àquela avassaladora sensação de paz e bem-estar.

– Akasha! – murmurei.

Então, erguendo o olhar, não porque eu quisesse, mas porque fui obrigado, vi-a de pé num promontório distante, e as mulheres, jovens e velhas, acorriam em sua direção, algumas tão fracas de frio e fome que as outras precisavam carregá-las.

Um silêncio profundo caíra sobre todas as coisas.

Sem palavras, ela começou a falar com as mulheres reunidas à sua frente. Parecia falar na própria linguagem delas, ou de um modo qualquer, além da linguagem. Eu não soube dizer.

Meio tonto, via-a estender os braços para elas. Seus cabelos negros desciam pelos ombros alvos, e as pregas da túnica longa e simples mal se moviam ao vento silencioso. Ocorreu-me que nunca em toda a minha vida eu vira uma coisa tão linda quanto ela, e não se tratava simplesmente da soma de seus atributos físicos – era a serenidade pura, a essência que eu percebia no âmago da minha alma. Uma deliciosa euforia dominou-me enquanto ela falava.

Não tenham medo, ela dizia. O reinado sangrento do seu deus terminou, e agora podem voltar à verdade.

Hinos suaves ergueram-se das mulheres. Algumas encostavam a testa no solo diante dela. E ela parecia gostar disso ou pelo menos permiti-lo.

Precisam voltar para as suas aldeias, disse-lhes ela. Precisam dizer a todos que sabem do deus sangrento que ele está morto. A Rainha dos Céus o destruiu. A Rainha vai destruir todos os machos que ainda acreditarem nele. A Rainha dos Céus trará um novo reino de paz na Terra. Haverá morte para todos os machos que as oprimem, mas precisam esperar meu sinal.

Quando parou de falar, os hinos ergueram-se de novo. A Rainha dos Céus, a Deusa, a Grande Mãe – a velha ladainha cantada em mil linguagens no mundo inteiro estava encontrando uma nova forma.

Estremeci. Obriguei-me a estremecer. Tinha que vencer aquele feitiço! Era um truque do poder, assim como matar tinha sido um truque do poder – algo definível e mensurável. No entanto, eu continuava embriagado pela visão dela, e pelos hinos. Também pelo abraço suave da sensação de que estava tudo bem, tudo como devia ser, estávamos todos a salvo.

De algum lugar dos recessos ensolarados de minha memória mortal veio-me um dia como muitos antes dele, quando no mês de maio, em nossa aldeia, tínhamos coroado uma estátua da Virgem entre ramalhetes de flores cheirosas, cantando lindos hinos. Ah, a beleza daquele momento, quando a coroa de lírios brancos foi erguida para a cabeça da Virgem! Naquela noite fui para casa cantando os hinos. Num velho livro de orações encontrei um retrato da Virgem, e ele me encheu de um encantamento e um fervor religioso iguais aos que eu sentia agora.

E de algum lugar ainda mais profundo dentro de mim, onde o sol nunca penetrara, veio a constatação de que se eu acreditasse nela agora e em tudo que estava dizendo, então aquela coisa inominável, aquela matança que eu cometera contra mortais frágeis e indefesos, estaria de alguma forma redimida.

Você vai matar agora em meu nome e por minha causa, e eu lhe concedo a maior liberdade que um homem já teve: digo-lhe que matar seu irmão está certo.

– Vão! – ordenou ela. – Deixem para sempre este templo. Deixem os mortos para o vento e a neve. Digam aos outros. Está começando uma nova era, em que esses machos que glorificam a morte e o assassinato colherão sua recompensa, e a era de paz será de vocês. Voltarei novamente a vocês. Mostrarei o caminho. Esperem minha vinda. E vou dizer-lhes o que devem fazer. Por enquanto, creiam em mim e no que viram aqui. E digam aos outros que podem acreditar também. Que os homens venham e vejam o que os aguarda. Esperem meu sinal.

Todas juntas obedeceram; desceram correndo a trilha da montanha em direção aos devotos que tinham fugido do massacre; seus gritos soavam finos e extasiados no vazio nevado.

O vento soprava através do vale; no alto da montanha, o sino do templo tornou a soar. O vento rasgava as parcas vestimentas dos mortos. A neve começara a cair, primeiro suave, depois forte, cobrindo braços e pernas escuros, e rostos, rostos de olhos abertos.

A sensação de bem-estar se dissipara, e todos os aspectos crus daquele momento estavam novamente claros e inescapáveis. Aquelas mulheres, aquela romaria... cadáveres na neve! Inegáveis demonstrações de poder destruidor, dominador.

Então um leve som rompeu o silêncio – coisas rachando no templo lá em cima, coisas caindo, despedaçando-se.

Voltei-me e olhei para ela. Ela estava imóvel no pequeno promontório, a capa solta sobre os ombros, a pele tão branca quanto a neve que caía. Tinha os olhos fixos no templo. Os sons continuaram, e entendi o que estava acontecendo lá dentro.

Jarras de óleo se partindo, braseiros caindo. O sussurro suave de roupas explodindo em chamas. Finalmente, a fumaça ergueu-se, negra e espessa, subindo da torre do sino e da parede dos fundos.

A torre estremeceu, um grande trovão ecoou nos rochedos distantes, e então as pedras se desprenderam e a torre tombou, caiu no vale lá embaixo. E o sino, com um último toque, desapareceu no abismo branco e macio.

O templo foi consumido pelo fogo.

Fiquei olhando para ele, olhos lacrimejando por causa da fumaça que varria a trilha, trazendo consigo cinzas e fuligem.

Estava vagamente cônscio de que meu corpo não sentia frio, apesar da neve. E de que não estava cansado, apesar do esforço de matar. Aliás, minha carne estava mais branca do que antes. E meus pulmões respiravam com tanta eficiência que eu não conseguia ouvir minha própria respiração; até mesmo meu coração soava mais baixo, mais regular. Apenas minha alma estava machucada e dolorida.

Pela primeira vez na minha vida mortal ou imortal fiquei com medo de morrer. Medo de que ela pudesse me destruir, e com razão, porque eu simplesmente não conseguiria fazer novamente o que acabara de fazer. Não conseguiria ser parte de seus planos. E rezei para não ser obrigado a isso, para ter forças para recusar.

Senti as mãos dela em meus ombros.

– Vire-se e olhe para mim, Lestat.

Fiz o que ela pedia. E ali estava ela outra vez, a beleza mais sedutora que jamais contemplei.

E sou sua, meu amor. Você é meu único companheiro, meu melhor instrumento. Sabe disso, não sabe?

Novamente estremeci de propósito. Onde, em nome de Deus, está você, Lestat? Vai deixar de dizer o que lhe vai no coração?

– Akasha, ajude-me – sussurrei. – Diga-me. Por que desejou que eu fizesse isso, essa matança? Que queria dizer quando falou a elas que os machos seriam punidos? Que haveria um reino de paz na Terra?

Como minhas palavras soavam estúpidas! Olhando nos olhos dela, eu conseguia acreditar que era a deusa. Era como se ela sugasse de mim toda a minha convicção, como se fosse apenas sangue.

Subitamente vi-me a tremer de medo. Tremer de medo – pela primeira vez entendi o que essa expressão significava. Tentei dizer mais, porém apenas gaguejei. Finalmente despejei:

– Em nome de que moralidade isso tudo será feito?

– Em nome da minha moralidade! – respondeu ela, o leve sorriso tão lindo quanto antes. – Eu sou a razão, a justificativa, o direito pelo qual será feito! – A voz estava gelada de raiva, mas sua expressão amável não se modificara. – Agora escute-me, amor. Eu o amo. Você me despertou de um longo sono, para o meu grande propósito; olhar para você me alegra; ver a luz em seus olhos azuis, ouvir o som de sua voz. Vê-lo morrer me doeria além da sua compreensão do que é a dor. Mas, assim como as estrelas são minhas testemunhas, você me ajudará em minha missão. Ou não será mais do que o instrumento para o início, como Judas foi para Cristo. E eu o destruirei como Cristo destruiu Judas depois que este deixou de ser útil.

O ódio me dominou. Não consegui controlar-me. A mudança de medo para ódio foi tão rápida que me senti ferver por dentro.

– Mas como ousa fazer essas coisas? – perguntei. – Mandar embora essas almas ignorantes com essas mentiras loucas!

Ela me encarou em silêncio. Parecia que ia me atacar; o rosto tornou-se novamente o rosto de uma estátua e eu pensei: bem, chegou o momento. Vou morrer como vi Azim morrer. Não poderei salvar Gabrielle ou Louis. Não poderei salvar Armand. Não vou lutar, pois é inútil. Não me moverei quando acontecer. Vou mergulhar fundo dentro de mim, talvez, se precisar fugir da dor. Vou encontrar uma última ilusão qualquer, como Baby Jenks fez, e agarrar-me a ela até não ser mais Lestat.

Ela não se moveu. O incêndio na montanha estava no fim. A neve caía com mais força e ela se tornara como um fantasma ali, parada sob a neve silenciosa, branca como era branca a neve.

– Você realmente não tem medo de coisa alguma, não é? – perguntou.

– Tenho medo de você – afirmei.

– Ah, não, acho que não.

Assenti.

– Tenho, sim. E vou lhe dizer o que sou. Um verme na face da Terra. Nada além disso. Um horrendo assassino de seres humanos. Mas sei que é isso que sou! Não finjo ser o que não sou! Você disse a essas mulheres ignorantes que é a Rainha dos Céus! Como pretende redimir essas palavras, e que efeito terão elas nessas mentes estúpidas e inocentes?

– Tanta arrogância! – exclamou ela baixinho. – Tanta arrogância, e, no entanto, eu o amo. Amo sua coragem, até mesmo sua impetuosidade, que sempre foi a qualidade que o salva. Amo até a sua estupidez. Não compreende? Agora não há promessa que eu não possa cumprir! Fabricarei novos mitos! Eu sou a Rainha dos Céus. E finalmente os céus reinarão sobre a Terra. Sou qualquer coisa que eu diga que sou!

– Ah, meu Deus – suspirei.

– Não use essas palavras vazias. Essas palavras nunca significaram coisa alguma! Você está diante da única deusa que jamais conhecerá. Você é o único deus que essa gente jamais conhecerá! Bem, agora precisa começar a pensar como deus, meu amor. Precisa tentar alcançar algo além de suas pequenas ambições egoístas. Não percebe o que aconteceu?

Sacudi a cabeça.

– Não percebo coisa alguma. Estou ficando louco.

Ela riu. Jogou a cabeça para trás e riu.

– Nós somos aquilo com que eles sonham, Lestat. Não podemos decepcioná-los. Se o fizéssemos, a verdade implícita na terra sob nossos pés seria traída.

Virou-se de costas para mim e tornou a subir para o pequeno amontoado de rochas cobertas de neve onde estivera antes. Olhava para o vale lá embaixo, para a trilha que cortava o rochedo, para os peregrinos que agora retrocediam quando as mulheres que fugiam lhes transmitiam o que acontecera.

Ouvi gritos ecoando na face de pedra da montanha. Ouvi os homens morrendo lá embaixo, quando ela, sem ser vista, atacou-os com aquele poder, o poder enorme, fácil e sedutor. E as mulheres gaguejando como loucas, falando de milagres e visões. E então o vento cresceu, engolindo tudo; o grande vento indiferente. Vi o rosto dela brilhar por um instante. Ela veio em minha direção. Pensei: É a morte de novo, é a morte chegando, o bosque e os lobos chegando, e nenhum lugar para me esconder. Então meus olhos se fecharam.

*

Quando acordei, estava dentro de uma casinha. Não sabia como tínhamos chegado ali, ou quanto tempo antes tinha acontecido o massacre na montanha. Eu estivera afogado nas vozes, e de vez em quando um sonho me viera, um sonho terrível, porém familiar. Nesse sonho eu tinha visto duas mulheres ruivas. Estavam ajoelhadas ao lado de um altar onde um corpo esperava que elas executassem um ritual qualquer, um ritual muito importante. E eu estivera tentando desesperadamente compreender o conteúdo do sonho, pois parecia que tudo dependia disso; não podia esquecê-lo de novo.

Mas agora tudo isso apagou-se – as vozes, as imagens importunas. O momento presente forçava a entrada.

O lugar onde eu estava deitado era escuro e sujo, cheio de cheiros desagradáveis. Em pequenas habitações à nossa volta viviam mortais miseráveis, crianças chorando de fome em meio ao cheiro de fogueiras de cozinha e gordura rançosa.

Havia guerra nesse lugar, guerra de verdade. Não a chacina da montanha, mas uma guerra do século XX. Captei-a nas mentes dos sofredores em vislumbres viscosos – uma existência infinda de carnificina e ameaça, ônibus incendiados, pessoas presas no interior esmurrando as janelas trancadas, caminhões explodindo, mulheres e crianças correndo do fogo de metralhadoras.

Eu jazia no chão como se alguém me tivesse jogado ali. E Akasha estava parada à porta, a capa enrolada em volta do corpo até os olhos, perscrutando a escuridão.

Quando me pus de pé e parei ao lado dela, vi um beco lamacento cheio de poças, e outros casebres, alguns com telhados de lata e outros com telhados de jornal. Apoiados às paredes imundas dormiam homens enrolados em trapos da cabeça aos pés, como numa mortalha. Mas não estavam mortos; e os ratos que eles procuravam evitar sabiam disso. E os ratos mordiscavam os andrajos, e os homens mexiam-se no sono.

Estava quente ali, e o calor cozinhava o fedor – de urina, fezes, vômito de criancinhas moribundas. Eu sentia até o cheiro da fome das crianças que choravam em espasmos. Sentia o cheiro podre das sarjetas e das fossas.

Aquilo ali não era uma aldeia, era uma favela de casebres e barracos, de desesperança. Cadáveres jaziam entre os barracos. A doença grassava, e os velhos e os doentes sentavam-se silenciosamente na escuridão, sem sonhar com coisa alguma, ou então sonhando com a morte, talvez, que não era coisa alguma, e os bebês choravam.

Descendo o beco vinha agora uma criancinha de ventre intumescido, chorando e esfregando a mãozinha no olho inchado. Parecia não nos enxergar na escuridão. Foi de porta em porta, chorando, a pele lisa e escura brilhando à luz dos fogos de cozinha quando ela se afastava.

– Onde estamos? – perguntei.

Atônito, vi-a voltar-se e erguer carinhosamente a mão para acariciar meus cabelos e meu rosto. O alívio me inundou. Mas o cruel sofrimento daquele lugar era grande demais para que o alívio tivesse alguma importância. Então ela não tinha me destruído; tinha me trazido ao inferno. Qual era o propósito disso? À minha volta eu sentia a miséria, o desespero. O que poderia alterar o sofrimento daqueles miseráveis?

– Meu pobre guerreiro! – exclamou ela. Tinha os olhos cheios de lágrimas. – Não sabe onde estamos?

Não respondi.

Ela falou devagar, perto do meu ouvido.

– Devo recitar o poema de nomes? Calcutá, se desejar, ou Etiópia; ou as ruas de Bombaim; essas pobres almas poderiam ser os camponeses do Sri Lanka, ou do Paquistão, ou da Nicarágua, de El Salvador. Não importa o que seja, importa a quantidade. Importa que isso existe em volta dos oásis de suas brilhantes cidades ocidentais; atinge três quartos da humanidade! Aguce os ouvidos, meu amor; escute as orações deles; escute o silêncio daqueles que aprenderam a rezar por coisa alguma. Pois a parte deles sempre foi nada, seja qual for o nome de seu país, sua cidade, sua tribo.

Saímos juntos para a rua enlameada, passando por pilhas de esterco e poças pútridas, e pelos cachorros famintos que se aproximavam, e pelos ratos que cruzavam nosso caminho. Então chegamos às ruínas de um antigo palácio. Répteis deslizavam por entre as pedras. A escuridão estava repleta de insetos. Vagabundos dormiam numa longa fila ao lado de um esgoto a céu aberto. Mais além, no pântano, cadáveres apodreciam, inchados e esquecidos.

Bem longe, na rodovia, passavam os caminhões, enviando seu ruído como um trovão através do calor abafado. A miséria daquele lugar era como um gás que me envenenava. Aquilo era a borda desmoronada do selvagem jardim do mundo onde a esperança não podia florescer. Aquilo era um esgoto.

– Mas o que podemos fazer? – sussurrei. – Por que viemos para cá?

Novamente perturbei-me com a beleza dela, o ar de compaixão que de repente a dominou e que me dava vontade de chorar.

– Podemos recuperar o mundo, como lhe falei – disse ela. – Podemos tornar reais os mitos; e chegará o momento em que isto será um mito, em que os humanos jamais tenham conhecido tamanha degradação. Vamos cuidar disso, meu amor.

– Mas certamente são eles quem têm que resolver. É obrigação deles, direito deles. Como podemos ajudar? Como a nossa interferência poderá não levar à catástrofe?

– Vamos cuidar para que não leve – retrucou ela calmamente. – Ah, mas você nem chega a começar a compreender. Não percebe a força que agora temos. Nada pode nos impedir. Mas agora tem que prestar atenção. Ainda não está preparado, e não quero forçá-lo outra vez. Quando você matar de novo para mim, precisa ter fé e convicção perfeitas. Fique certo de que eu o amo e sei que um coração não pode ser educado no espaço de uma noite. Mas aprenda com aquilo que você vê e ouve.

Ela voltou para a rua. Por um momento era apenas uma figura frágil movendo-se nas sombras. Então de repente ouvi seres despertando nos casebres em torno de nós, e vi as mulheres e as crianças saírem. À minha volta, as figuras que dormiam começaram a mexer-se. Encolhi-me na sombra.

Tremia. Queria desesperadamente fazer alguma coisa, implorar que ela tivesse paciência!

Mas novamente fui dominado pela sensação de paz, aquele feitiço de perfeita felicidade, e comecei a viajar de volta através dos anos até a igrejinha francesa da minha infância, quando os hinos começavam. Através das lágrimas vi o altar resplandecente. Vi o ícone da Virgem, um brilhante quadrado de ouro acima das flores; ouvi as orações sussurradas como se fossem palavras mágicas. Sob os arcos da Notre-Dame de Paris ouvi os padres cantando "Salve Regina".

A voz dela chegou até mim, clara e inescapável como tinha sido antes, como se estivesse dentro do meu cérebro. Certamente os mortais a ouviam com o mesmo poder irresistível. A ordem em si não tinha palavras; e a essência estava fora de discussão – que uma nova ordem se iniciava, um mundo novo no qual os injustiçados e os oprimidos conheceriam finalmente a paz e a justiça. As mulheres e crianças eram exortadas a revoltar-se e matar todos os homens na aldeia. Todos os machos, exceto um em cada cem, deveriam ser mortos, e todos os bebês masculinos, exceto um em cada cem, também deveriam ser destruídos imediatamente. A paz na Terra viria depois que isso fosse feito em toda parte; não haveria mais guerra, e haveria bastante comida para todos.

Era incapaz de me mover ou de demonstrar meu terror. Em pânico, ouvi os gritos frenéticos das mulheres. Em torno de mim os vagabundos adormecidos desembrulhavam-se dos farrapos e eram instantaneamente jogados contra as paredes, morrendo como eu vira os homens morrendo no templo de Azim.

O beco ressoava com os gritos. Em vislumbres desfocados eu via pessoas correndo, via os homens fugindo das casas e caindo na lama. Na rodovia distante os caminhões explodiram em chamas, pneus cantando quando motoristas perdiam a direção. Metal era lançado contra metal. Tanques de gasolina explodiam, a noite encheu-se de magnífica luz. Correndo de casa em casa, as mulheres cercavam os homens e batiam neles com qualquer arma que conseguissem encontrar. Aquela favela de casebres e barracos teria alguma vez conhecido tanta vitalidade quanto agora em nome da morte?

E ela, a Rainha dos Céus, tinha se erguido e agora pairava acima dos telhados, uma figura delicada ardendo de encontro às nuvens como se fosse feita de chamas brancas.

Fechei os olhos e voltei-me para a parede, dedos agarrados à pedra. Pensar que somos feitos disto. Não, nunca. E aqui não é o nosso lugar! Não temos o direito!

Mas mesmo chorando comecei a sentir o abraço suave do feitiço novamente, a sensação doce e embriagadora de estar rodeado de flores, de música lenta com seu ritmo inevitável e cativante. Senti o ar cálido passando por meus pulmões. Senti as antigas lajes de pedra sob meus pés.

Colinas verdejantes estendiam-se diante de mim numa alucinação perfeita – um mundo sem guerra ou privação, onde as mulheres andavam livres e sem temor, mulheres que mesmo sob provocação evitariam a violência que mora no coração de todos os machos.

Contra minha vontade, demorei-me nesse mundo novo, ignorando o ruído dos corpos caindo na terra molhada e os últimos gritos e maldições daqueles que estavam sendo assassinados.

Em grandes clarões de sonho vi cidades inteiras transformadas, vi ruas sem medo do predador e do destruidor sem sentido, ruas onde seres andavam sem urgência ou desespero. Casas que não eram mais fortalezas, jardins que não mais precisavam de muros.

– Ah, Marius, por favor, me ajude – sussurrei, quando vi o sol iluminando as alamedas bordejadas de árvores e os infindos campos verdes. – Por favor, por favor, me ajude!

E então outra visão me chocou, afastando o feitiço. Novamente os campos, mas não havia sol; aquele era um lugar real em alguma parte, e eu estava olhando através dos olhos de alguém ou alguma coisa que caminhava em linha reta com passos fortes a uma velocidade inacreditável. Mas quem era esse alguém? Qual era o seu destino? Ora, aquela visão me estava sendo enviada, era poderosa, recusava-se a ser ignorada. Mas por quê?

Sumiu com a rapidez com que surgira.

Eu estava de volta à arcada do palácio em ruínas, em meio aos cadáveres espalhados, olhando pela abertura do arco para as figuras que corriam, ouvindo os gritos agudos de vitória e júbilo.

Saia, meu guerreiro, para onde possam vê-lo. Venha até mim.

Ela estava parada à minha frente, os braços estendidos. Meu Deus, o que eles pensavam estar vendo? Por um momento não me mexi, depois fui em sua direção, pasmo e obediente, sentindo os olhos das mulheres, seus olhares de devoção. Elas caíram de joelhos quando ela e eu nos reunimos. Senti sua mão apertar com força a minha, senti meu coração disparar. *Akasha, isto é mentira, uma mentira horrível. E o mal aqui semeado florescerá durante um século.*

De repente o mundo emborcou. Não estávamos mais parados no solo. Ela me tinha nos braços e estávamos subindo acima dos telhados de lata, e as mulheres lá embaixo curvavam-se e acenavam, tocando a testa na lama.

– Contemplem o milagre, contemplem a Mãe, contemplem a Mãe e seu Anjo...

Então, num instante, a aldeia era um minúsculo amontoado de telhados prateados muito abaixo de nós, toda a miséria transmudada em imagens, e mais uma vez estávamos viajando no vento.

Olhei de relance para trás, tentando em vão determinar a localização específica – os pântanos escuros, as luzes da cidade próxima, a faixa de estrada onde os caminhões tombados ainda queimavam. Mas ela tinha razão, na realidade, não tinha importância.

O que quer que fosse acontecer havia começado agora, e eu não sabia o que poderia possivelmente impedi-lo.

4

A história das gêmeas

PARTE I

Quando Maharet se interrompeu, todos os olhos estavam fixos nela. Ela então recomeçou, as palavras aparentemente espontâneas, embora lentas e cuidadosamente pronunciadas. Não parecia triste, e sim ansiosa por reexaminar o que pretendia descrever:

– Bem, quando digo que minha irmã e eu éramos bruxas, quero dizer o seguinte: herdamos de nossa mãe, como nossa mãe da mãe dela, o poder de nos comunicarmos com os espíritos e fazer com que cumprissem nossas ordens em coisas pequenas e importantes. Podíamos sentir a presença dos espíritos, que normalmente são invisíveis aos olhos humanos, e os espíritos eram atraídos por nós.

"E aqueles com tais poderes, como nós, eram muito reverenciados por nosso povo, que nos procurava pedindo conselhos, milagres e vislumbres do futuro, e ocasionalmente para fazermos descansarem os espíritos dos mortos. O que estou dizendo é que éramos consideradas benévolas e tínhamos nosso lugar no esquema das coisas.

"Sempre houve bruxas, pelo que eu saiba. E ainda agora há bruxas, embora a maioria delas não compreenda mais seus poderes e como usá-los. Há também aqueles conhecidos como clarividentes ou médiuns. Ou até mesmo detetives parapsicológicos. É tudo a mesma coisa. Essas são pessoas que, por motivos que nunca poderemos chegar a entender, atraem os espíritos. Os espíritos as consideram irresistíveis, e para chamar-lhes a atenção farão qualquer tipo de truque.

"Quanto aos próprios espíritos, sei que vocês estão curiosos quanto à sua natureza e seus poderes, e que nem todos acreditaram na história no livro de Lestat sobre como a Mãe e o Pai foram criados. Não tenho certeza se o próprio Marius acreditou nela quando lhe contaram ou quando a narrou a Lestat."

Marius assentiu. Tinha já muitas perguntas a fazer, mas Maharet pediu-lhe paciência.

– Vou lhes contar tudo o que na época sabíamos sobre os espíritos, que é o mesmo que sei deles agora. Compreendam, naturalmente, que outras pessoas podem usar nomes diferentes para essas entidades. Outras pessoas podem defini-las mais em termos da poesia da ciência do que eu farei.

"Os espíritos falavam conosco telepaticamente; como já disse, eram invisíveis, mas sua presença podia ser sentida; tinham personalidades distintas, e ao longo de muitas gerações nossa família de bruxas deu-lhes vários nomes. Nós os dividíamos em bons e maus, como os feiticeiros sempre fizeram, mas não há provas de que eles próprios tenham o sentido do certo e errado. Os espíritos maus eram aqueles abertamente hostis aos seres humanos e que gostavam de fazer maldades com eles, como jogar pedras, criar vento e outros incômodos. Aqueles que se apossam de seres humanos geralmente são espíritos 'maus'; aqueles que assombram casas e são chamados poltergeists também entram nessa categoria.

"Os bons espíritos tinham a capacidade de amar e queriam, de maneira geral, ser amados também. Raramente inventavam maldades. Respondiam perguntas sobre o futuro, contavam-nos o que ocorria em lugares distantes e, para bruxas poderosas como minha irmã e eu, para aqueles a quem os bons espíritos realmente amavam, faziam seu truque maior e mais cansativo: faziam chover.

"Pelo que estou dizendo, vocês podem perceber que rótulos como bom e mau eram interesseiros. Os bons espíritos eram úteis; os maus eram perigosos e irritantes. Dar atenção aos maus espíritos, convidá-los a ficarem por perto, era arriscar-se ao desastre, porque, no final das contas, ninguém conseguia controlá-los.

"Havia também provas abundantes de que os que chamávamos de maus espíritos nos invejavam, porque éramos carne e espírito, tínhamos os prazeres e os poderes do físico e também a mente espiritual. Provavelmente essa mistura de carne e espírito nos seres humanos deixa todos os espíritos curiosos. É uma fonte de atração para eles, mas irrita os maus espíritos que, parece, gostariam de conhecer os prazeres sensuais, mas não podem. Os bons espíritos não demonstravam essa insatisfação.

"Ora, quanto à origem desses espíritos, eles costumavam nos dizer que sempre estiveram aqui. Gabavam-se de ter visto seres humanos transformarem-se de animais naquilo que eram. Não sabíamos o que queriam dizer com esses comentários. Pensávamos que estavam brincando ou mentindo. Mas agora o estudo da evolução humana torna óbvio que os espíritos testemunharam esse desenvolvimento. Quanto às perguntas sobre a natureza deles, como foram criados ou por quem, bem, essas eles nunca respondiam, e acho que não compreendiam o que estávamos perguntando. Pareciam ofendidos com essas perguntas, ou até mesmo temerosos, ou então achavam graça.

"Imagino que algum dia a natureza científica dos espíritos será conhecida. Imagino que sejam matéria e energia num equilíbrio complicado, como é tudo o mais em nosso universo, e que não são mais mágicos que a eletricidade ou as ondas de rádio, ou os quasares e os átomos, ou vozes transmitidas por telefone, coisas que há duzentos anos pareceriam sobrenaturais. Na verdade, a poesia da ciência moderna ajudou-me a entendê-los em retrospecto mais do que qualquer outra ferramenta filosófica. No entanto, instintivamente, agarro-me aos velhos termos.

"Mekare afirmava que de vez em quando conseguia vê-los, e que eles tinham minúsculos centros de matéria física e enormes corpos de energia a girar, que ela comparava a tempestades de raios e vento. Disse que havia no mar criaturas igualmente exóticas em sua organização, e também insetos que se pareciam com os espíritos. Era sempre à noite que ela via seus corpos físicos, e eles nunca ficavam visíveis por mais de um segundo, e geralmente só quando estavam furiosos. Eram enormes, ela dizia, e eles também diziam o mesmo. Diziam que não podíamos imaginar como eram imensos, mas, por outro lado, adoravam contar vantagens, e era preciso separar sempre aquilo que não fazia sentido nas coisas que diziam.

"Não há dúvida de que eles exercem grande poder sobre o mundo físico. Caso contrário, como poderiam mover objetos, como os poltergeists fazem? E como poderiam reunir as nuvens para fazer chover? No entanto, conseguem realizar muito pouco, em relação à energia que gastam. E isso sempre foi uma chave para controlá-los. As coisas que podem fazer são limitadas, e uma boa bruxa compreendia isso muito bem.

"Seja qual for sua estrutura material, eles aparentemente não têm necessidades biológicas. Não envelhecem, não se modificam. E a chave para entender seu comportamento infantil e caprichoso está aí. Eles não têm necessidade de fazer coisa alguma; vagam por aí sem pensar no tempo, pois não há razão física para se preocuparem com isso, e fazem aquilo que lhes dá vontade. Obviamente enxergam o nosso mundo, fazem parte dele, mas não posso imaginar como o veem.

"Também não sei por que as bruxas os atraem. Mas esse é o xis da questão; eles veem uma bruxa, vão até ela, dão-se a conhecer e ficam imensamente lisonjeados quando são percebidos; e cumprem as ordens delas para terem mais atenção. Em alguns casos, para serem amados. E à medida que esse relacionamento progride, eles são obrigados, por amor à bruxa, a se concentrarem em várias tarefas. Isso os deixa exaustos, mas também deliciados ao verem os seres humanos tão impressionados.

"Mas agora imaginem como eles acham engraçado ouvir orações e tentar respondê-las, ficar perto dos altares e criar trovões depois que os sacrifícios são oferecidos. Quando um clarividente chama o espírito de um ancestral morto para falar com seus descendentes, eles adoram tagarelar fingindo que são esse ancestral, embora não sejam, e por telepatia extraem informações do cérebro dos descendentes para enganá-los com mais facilidade.

"Certamente todos vocês conhecem o padrão de comportamento deles. Agora não é diferente da nossa época. Mas o que é diferente é a atitude dos seres humanos quanto ao que os espíritos fazem, e essa diferença é crucial. Quando um espírito, hoje em dia, assombra uma casa e faz previsões através das cordas vocais de uma criança de cinco anos, ninguém acredita, exceto quem vê e ouve. Isso não se torna a base de uma grande religião.

"É como se a espécie humana tivesse se tornado imune a essas coisas; talvez ela tenha evoluído para um estágio superior, onde as travessuras dos espíritos não mais a confundem. E embora as religiões continuem, antigas religiões que se entrincheiraram em épocas mais sombrias, elas estão perdendo rapidamente sua influência sobre os mais cultos. Porém, falarei disso depois. Agora vou continuar a definir as propriedades de uma bruxa, pois são coisas que se relacionam a mim e à minha irmã, e ao que nos aconteceu.

"Era uma coisa hereditária em nossa família. Pode ser uma coisa física, pois parecia correr em nossa linhagem familiar através das mulheres, invariavelmente ligada aos atributos físicos de cabelos vermelhos e olhos verdes. Como todos vocês sabem, como aprenderam de um modo ou de outro desde que entraram nesta casa, Jesse, minha filha, era uma bruxa. E na Talamasca ela usava seus poderes para ajudar aqueles que eram atormentados por espíritos e fantasmas.

"Naturalmente os fantasmas também são espíritos. Mas são sem dúvida espíritos daqueles que foram humanos na Terra, ao passo que os espíritos de que falei até agora não são. No entanto, ninguém tem certeza absoluta quanto a isso. Um fantasma muito idoso poderia esquecer que já foi vivo, e possivelmente os espíritos muito malignos são fantasmas, e por isso anseiam tanto pelos prazeres da carne; e quando se apoderam de um coitado de um ser humano, arrotam obscenidades. Para eles a carne é imunda, e eles gostariam que homens e mulheres acreditassem que os prazeres eróticos e a maldade são igualmente perigosos e nocivos.

"Mas o caso é que, pelo modo como os espíritos mentem quando não querem revelar alguma coisa, não há como saber por que agem como agem. Talvez sua obsessão com o erotismo seja simplesmente algo abstraído da mente de homens e mulheres que sempre se sentiram culpados em relação a essas coisas.

"Voltando ao assunto: na nossa família geralmente as bruxas eram mulheres. Em outras famílias, acontece com homens e mulheres. Ou pode aparecer sem mais nem menos num ser humano, por motivos que não conseguimos entender. Mas, seja como for, a nossa era uma família de bruxas muito, muito antiga. Podíamos contar bruxas em cinquenta gerações anteriores, até o que era chamado de Tempo Antes da Lua. Isto é, afirmávamos ter vivido no primeiro período da história da Terra, antes que a Lua tivesse entrado no céu noturno.

"As lendas de nossa família falavam na chegada da Lua, nas enchentes, nos terremotos e nas tempestades que a acompanharam. Não sei se isso realmente aconteceu. Acreditávamos também que nossas estrelas sagradas eram as Plêiades, ou as Sete Irmãs, e que todas as bênçãos vinham dessa constelação. Mas o porquê eu nunca soube, ou não consigo me lembrar. Falo agora de antigos mitos, crenças que eram velhas antes de eu nascer. E aqueles que convivem com os espíritos tornam-se, por motivos óbvios, bastante céticos.

"No entanto, até hoje a ciência não consegue negar ou verificar as histórias do Tempo Antes da Lua. A chegada da Lua e sua subsequente atração gravitacional tem sido usada teoricamente para explicar o deslocamento das calotas polares e as últimas idades do gelo. Talvez haja verdades nessas velhas histórias, verdades que algum dia serão esclarecidas. Seja qual for o caso, a nossa era uma linhagem antiga. Nossa mãe tinha sido uma bruxa poderosa, a quem os espíritos contaram muitos segredos, lendo a mente dos homens como eles fazem. E ela exercia grande efeito nos espíritos turbulentos dos mortos.

"Em Mekare e em mim, parecia que os poderes dela foram duplicados, como costuma acontecer com gêmeas. Isto é, cada uma de nós era duas vezes mais poderosa que nossa mãe. Quanto ao poder que tínhamos juntas, era incalculável. Conversávamos com os espíritos ainda no berço. Quando brincávamos, estávamos cercadas deles. Como gêmeas, inventamos uma linguagem secreta, que nem mesmo nossa mãe conseguia compreender. Mas os espíritos conseguiam. Os espíritos entendiam qualquer coisa que disséssemos; conseguiam até responder-nos em nossa linguagem secreta.

"Compreendam, não lhes conto isso por orgulho, seria absurdo. Conto-lhes para que possam saber o que nós éramos uma para a outra e para o nosso povo antes que os soldados de Akasha e Enkil entrassem em nossa terra. Quero que entendam por que esse mal, a criação dos bebedores de sangue, acabou por acontecer!

"Éramos uma grande família. Sempre vivemos nas cavernas do monte Carmelo. E nosso povo sempre construiu seus acampamentos no vale ao pé da montanha. Viviam de criar cabras e carneiros. E de vez em quando caçavam; tinham pequenas lavouras, para fazer as drogas alucinógenas que bebíamos para entrar em transe, que era parte da nossa religião, e também para fazer cerveja. Colhiam o trigo silvestre, que na época crescia em profusão.

"Nossa aldeia consistia em pequenas casas de tijolos de barro com tetos de palha, mas havia outras aldeias que tinham crescido e virado pequenas cidades, e outras onde se entrava nas casas pelo telhado. Nosso povo fazia uma cerâmica bem típica, que levava para vender nos mercados de Jericó. De lá traziam lápis-lazúli, marfim, incenso e espelhos de obsidiana, e outras coisas igualmente belas. Naturalmente sabíamos da existência de muitas outras cidades, grandes e bonitas como Jericó, cidades agora inteiramente soterradas e que provavelmente jamais serão descobertas.

"De um modo geral, éramos um povo simples. Conhecíamos o que era a escrita, isto é, o conceito da escrita. Mas não nos ocorria usá-la, pois as palavras tinham grande poder, e não ousaríamos escrever nosso nome, ou as maldições e as verdades que conhecíamos. Se uma pessoa sabia o nome de alguém, poderia chamar os espíritos para amaldiçoá-lo; podia sair do corpo em transe e viajar até onde ele estava. Quem poderia saber o poder que o inimigo teria nas mãos se pudesse escrever o nome de alguém na pedra ou num papiro? Até mesmo aqueles que não tinham esse temor achavam o assunto desagradável.

"Nas grandes cidades, a escrita era usada principalmente para os registros financeiros, que nós podíamos guardar na cabeça. Na realidade, todo o conhecimento de nosso povo era guardado na memória; os sacerdotes que faziam sacrifícios para o deus-touro do nosso povo (em quem, aliás, nós duas não acreditávamos) confiavam suas crenças e tradições à memória, e as ensinavam aos sacerdotes mais jovens através de prosa e verso. E as histórias das famílias também eram contadas de cabeça.

"Mas usávamos a pintura, ela cobria as paredes dos santuários do touro em nossa aldeia. E minha família, morando nas cavernas do monte Carmelo, cobria nossas grutas secretas com pinturas que ninguém via além de nós. Ali mantínhamos uma espécie de arquivo. Mas isso era feito com cuidado. Nunca pintei ou desenhei minha própria imagem, por exemplo, até depois que veio a catástrofe e eu e minha irmã nos tornamos a coisa que nós todos somos.

"Voltando ao nosso povo: éramos pacíficos; pastores, às vezes artesãos, outras vezes comerciantes, não mais, não menos. Quando os exércitos de Jericó iam para a guerra, de vez em quando nossos rapazes juntavam-se a eles, mas era o que desejavam fazer. Queriam aventuras, queriam ser soldados e conhecer esse tipo de glória. Outros iam para as cidades, para conhecer os grandes mercados, a majestade das cortes, o esplendor dos templos. E alguns iam para os portos do Mediterrâneo para ver os grandes navios mercantes. Mas, em geral, a vida na aldeia foi a mesma durante muitos séculos, sem mudança. E Jericó nos protegia, quase com indiferença, porque era o ímã que atraía para si a força dos inimigos.

"Nunca, nunca caçamos homens para comer-lhes a carne! Esse não era o nosso costume! E não posso dizer-lhes que abominação esse canibalismo teria sido para nós, comer a carne do inimigo. Porque éramos canibais, e comer carne tinha uma importância muito especial: comíamos a carne de nossos mortos."

Maharet fez uma pausa, como se quisesse que a importância daquelas palavras ficasse bem clara para todos. Marius viu novamente a imagem das duas ruivas ajoelhadas diante do banquete fúnebre. Sentiu a cálida imobilidade do meio-dia e a solenidade do momento. Tentou limpar a mente e ver apenas o rosto de Maharet.

– Compreendam – continuou ela –, acreditávamos que o espírito deixava o corpo na hora da morte, mas acreditávamos também que o resíduo de todas as coisas vivas contém uma quantidade ínfima de poder, depois que a vida se vai. Por exemplo, os pertences pessoais de um homem retêm parte da sua vitalidade; e o corpo, os ossos, certamente. E naturalmente quando consumíamos a carne de nossos mortos esse resíduo, por assim dizer, também seria consumido.

"Mas a verdadeira razão para comermos os mortos era o respeito. Era, em nossa opinião, a maneira apropriada de tratar os restos daqueles que amávamos. Levávamos para dentro de nós o corpo daqueles que nos tinham dado vida, os corpos de onde nossos corpos vieram. E assim se completava o ciclo. E os restos sagrados daqueles que amávamos eram poupados do hediondo horror da putrefação dentro da terra, ou de serem devorados por animais selvagens, ou queimados como se fossem lixo.

"Há nisso uma grande lógica, se pensarem bem. Mas o importante é entender que isso era parte de nós, como povo. O dever sagrado de todo filho era consumir os restos dos pais; o dever sagrado da tribo era consumir os mortos. Nem um único homem, mulher ou criança morria em nossas aldeias sem ser consumido por amigos ou parentes. Nem um único homem, mulher ou criança de nossa aldeia deixou de consumir a carne de um morto."

Novamente Maharet fez uma pausa, os olhos percorrendo lentamente os outros, antes de continuar:

– Bem, não era tempo de grandes guerras – disse. – Jericó estava em paz desde que nos lembrávamos. E Nínive também estava em paz. Mas bem longe, a sudoeste, no vale do Nilo, o povo selvagem daquela terra guerreava, como sempre fizera, contra os povos da floresta ao sul, para conseguirem cativos para seus espetos e seus caldeirões. Pois não apenas devoravam seus mortos com todo o respeito devido, como nós fazíamos, mas comiam também os corpos dos inimigos. Acreditavam que a força do inimigo entrava em seus corpos quando lhe consumiam a carne. Além disso, gostavam do sabor da carne.

"Nós éramos contra o que eles faziam, pelas razões que já expliquei. Como alguém podia querer a carne de um inimigo? Mas talvez a diferença crucial entre nós e os guerreiros habitantes do vale do Nilo não fosse o fato de eles comerem os inimigos, mas de serem belicosos e nós, pacíficos. Não tínhamos inimigos.

"Bem, na época em que eu e minha irmã fizemos 16 anos, uma grande mudança ocorreu no Vale do Nilo. Pelo menos foi o que nos disseram. A idosa Rainha de lá morreu sem uma filha para perpetuar o sangue real. E entre muitos povos antigos o sangue real passava apenas pela linhagem feminina. Como nenhum homem pode ter plena certeza da paternidade do filho de sua esposa, era a Rainha ou a Princesa que levava consigo o direito divino ao trono. Por isso os faraós egípcios das épocas posteriores frequentemente se casavam com as irmãs. Era para assegurar seu direito real.

"E assim teria sido com aquele jovem Rei Enkil se tivesse uma irmã, mas ele não tinha. Nem uma prima ou uma tia de sangue real com quem se casar. Mas era jovem, forte e decidido a governar sua terra. Finalmente escolheu uma noiva, não entre seu próprio povo, mas na cidade de Uruk, no vale entre o Tigre e o Eufrates. Era Akasha, uma bela mulher da família real e devota da grande deusa Inanna; ela poderia trazer para o reino de Enkil a sabedoria de sua terra. Pelo menos era o que diziam os mexericos nos mercados de Jericó e Nínive e nas caravanas que vinham comprar nossas mercadorias.

"Ora, o povo do Nilo já cultivava a terra, mas costumava negligenciá-la para caçar carne humana. E isso horrorizou a linda Akasha, que decidiu imediatamente afastá-lo desse hábito bárbaro, como certamente qualquer pessoa mais evoluída faria. Provavelmente trouxe consigo a escrita, pois o povo de Uruk a usava, eram grandes arquivistas. Porém, como nós desprezávamos a escrita, não tenho certeza disso. Talvez os egípcios já tivessem começado a escrever por si próprios.

"Não podem imaginar a lentidão com que tais coisas afetam uma cultura. Registros de impostos são mantidos durante gerações antes que alguém escreva um poema num tablete de argila. Uma tribo cultiva pimenta ou ervas durante duzentos anos antes que alguém pense em cultivar trigo ou milho. Como sabem, os índios da América do Sul tinham brinquedos com roda quando os europeus invadiram suas terras; e joias, feitas de metal. Mas não usavam a roda em qualquer outra forma, e não usavam metal em suas armas. Portanto, foram derrotados pelos europeus quase que instantaneamente.

"Seja qual for o caso, não conheço toda a história do conhecimento que Akasha trouxe consigo de Uruk. O que sei é que nosso povo ouviu muitos boatos sobre a proibição de qualquer forma de canibalismo no vale do Nilo, e os que desobedeciam eram cruelmente mortos. As tribos que durante muitas gerações caçaram carne humana ficaram furiosas por não mais poderem praticar esse esporte, mas ainda maior foi a fúria de todas as pessoas por não poderem comer seus mortos. Não caçar, isso era outra coisa, mas entregar um ancestral à terra era tão horrível para eles quanto teria sido para nós.

"Assim, para que a ordem de Akasha fosse obedecida, o Rei decretou que todos os cadáveres deveriam ser tratados com unguentos e embrulhados. Não apenas não se podia comer a carne sagrada da mãe ou do pai, mas essa carne tinha que ser enrolada em panos de linho muito dispendiosos, e os corpos intactos tinham que ser expostos para todos verem, e depois colocados em tumbas com oferendas e preces de um sacerdote. Quanto mais cedo se fazia isso, melhor, porque ninguém poderia comer a carne.

"E para motivar o povo a cumprir essas novas ordens, Akasha e Enkil convenceram a todos que os espíritos dos mortos estariam melhor no reino para onde tinham ido se seus corpos fossem preservados naquele embrulho na terra. Em outras palavras, diziam ao povo: 'Seus amados ancestrais não estão negligenciados; pelo contrário, estão bem guardados.'

"Achamos aquilo muito engraçado quando soubemos: embrulhar os mortos e colocá-los em quartos mobiliados acima ou abaixo da areia do deserto! Achamos engraçado que os espíritos dos mortos pudessem ser ajudados pela manutenção de seus corpos na terra. Pois qualquer um que tenha se comunicado com os mortos sabe que é melhor que esqueçam seus corpos; só quando renunciam à sua imagem terrena é que podem ascender para um plano superior. E então, no Egito, nas sepulturas dos muito ricos e muito religiosos, havia aquelas coisas, aquelas múmias em que a carne apodrecia.

"Se alguém nos tivesse afirmado que esse costume de mumificação criaria raízes naquela cultura, que durante quatro mil anos os egípcios iriam praticá-lo, que ele se tornaria um grande e duradouro mistério para o mundo inteiro, que criancinhas do século XX iriam a museus para ver múmias, nós não teríamos acreditado. No entanto, para nós realmente não fazia diferença. Estávamos muito distantes do vale do Nilo. Nem mesmo conseguíamos imaginar como era aquela gente. Sabíamos que a religião deles viera da África, que eles adoravam o deus Osíris e o deus solar Rá, e também deuses animais. Mas na realidade não os compreendíamos. Não compreendíamos sua terra de inundação e deserto. Quando segurávamos nas mãos objetos finos feitos por eles, percebíamos um vago resquício de suas personalidades, mas era uma coisa desconhecida. Tínhamos pena deles por não poderem comer seus mortos.

"Quando perguntávamos aos espíritos, eles pareciam achar muita graça nos egípcios. Diziam que os egípcios tinham 'belas vozes' e 'belas palavras' e que era agradável visitar seus templos e altares; gostavam da língua egípcia. Depois perdiam o interesse nessas perguntas e frequentemente se afastavam.

"O que eles diziam nos fascinava, mas não nos surpreendia. Sabíamos como os espíritos gostavam de nossas palavras, nossos cânticos e nossa música. De modo que os espíritos estavam brincando de deuses com os egípcios. Faziam esse tipo de coisa o tempo todo.

"Os anos foram passando e soubemos que Enkil, para poder unir seu reino e acabar com a revolta e a resistência dos canibais, reunira um grande exército e se dedicara a conquistar o norte e o sul. Enviava seus navios para o grande mar. Era um velho truque: coloque-os juntos lutando contra um inimigo e eles vão parar de brigar em casa.

"Mas o que isso tudo tinha a ver conosco? Nossa terra era um lugar de beleza e serenidade, de árvores repletas de frutas e campos de trigo silvestre para quem quisesse colher. A nossa terra era um lugar de grama verde e brisa fresca. Mas não havia lá coisa alguma que alguém quisesse tomar de nós. Pelo menos era o que imaginávamos.

"Minha irmã e eu continuávamos a viver em perfeita paz nas suaves encostas do monte Carmelo, muitas vezes conversando em silêncio com nossa mãe e uma com a outra, ou usando poucas palavras só nossas, que compreendíamos perfeitamente; e aprendendo com nossa mãe tudo o que ela sabia sobre o coração dos espíritos e o dos homens. Bebíamos as poções que nossa mãe fazia com as plantas que cultivávamos na montanha, e em nossos transes viajávamos ao passado e falávamos com nossas ancestrais, bruxas poderosas cujos nomes conhecíamos. Em suma, atraíamos os espíritos dessas ancestrais de volta à Terra para nos ensinarem algumas coisas. Também viajávamos fora do corpo, voando bem alto.

"Eu poderia passar horas contando o que víamos nesses transes; certa vez Mekare e eu caminhávamos de mãos dadas pelas ruas de Nínive, admirando maravilhas que jamais imagináramos, mas essas coisas não são importantes agora. Quero apenas dizer o que a companhia dos espíritos significava para nós, a suave harmonia na qual vivíamos com todas as coisas vivas à nossa volta e com os espíritos. Em certos momentos, o amor dos espíritos tornava-se palpável, como os místicos cristãos descreveram o amor de Deus ou de seus santos. Vivíamos felizes juntas: minha irmã, eu e nossa mãe. As cavernas de nossas ancestrais eram quentes e secas, e tínhamos tudo o que necessitávamos: roupas finas, joias, lindos pentes de marfim e sandálias de couro nos eram ofertados, pois ninguém jamais nos pagou pelo que fazíamos.

"E todos os dias o povo de nossa aldeia vinha nos consultar, e nós passávamos as perguntas para os espíritos. Tentávamos ver o futuro, coisa que naturalmente os espíritos conseguem fazer até certo ponto, isto é, partindo do princípio de que as coisas tendem a seguir um curso inevitável. Perscrutávamos as mentes com nosso poder telepático e dávamos os melhores conselhos que podíamos. De vez em quando traziam-nos pessoas possuídas. E nós expulsávamos o demônio, ou o mau espírito, pois era apenas disso que se tratava. E quando uma casa era mal-assombrada, íamos até lá e ordenávamos que o espírito mau se afastasse.

"Dávamos a poção dos sonhos àqueles que pediam. E eles entravam em transe, ou dormiam e sonhavam em imagens vívidas, que nós então tentávamos interpretar ou explicar. Para isso não precisávamos realmente dos espíritos, embora às vezes procurássemos sua ajuda. Usávamos nossos poderes de compreensão e de visão profunda, e muitas vezes também a informação que nos era revelada quanto ao significado das várias imagens.

"Mas nosso maior milagre, que necessitava de toda a nossa força e que nunca podíamos garantir, era fazer chuva. Ora, fazíamos esse milagre de dois modos básicos: a 'chuva pequena', que era principalmente simbólica, uma demonstração de poder e um grande remédio para a alma do nosso povo; ou a 'chuva grande', que era necessária à lavoura e muito difícil de fazer, quando chegávamos a conseguir.

"Ambas requeriam muita lisonja aos espíritos, muitos chamados e muitos pedidos para que se reunissem, se concentrassem e usassem sua força para nos obedecer. A 'chuva pequena' costumava ser feita pelos nossos espíritos mais familiares, aqueles que amavam particularmente a mim e a Mekare, e tinham amado nossa mãe e a mãe dela e todas as nossas antepassadas antes de nós, e com os quais sempre podíamos contar para fazer os trabalhos mais difíceis apenas por amor.

"Mas a 'chuva grande' requeria a ajuda de muitos espíritos, e como alguns deles pareciam não gostar de outros e odiar trabalhar em conjunto, era preciso adulá-los muito. Tínhamos que entoar cânticos e dançar muito, durante horas, até que os espíritos gradualmente se interessavam, reuniam-se, apaixonavam-se pela ideia e finalmente punham-se a trabalhar. Mekare e eu conseguimos fazer a 'chuva grande' apenas três vezes. Mas que coisa maravilhosa ver as nuvens juntarem-se sobre o vale, ver os espessos lençóis de chuva a cair! Todo o nosso povo corria para a chuva; a própria terra parecia inchar, abrir-se, agradecer.

"Fazíamos sempre a 'chuva pequena'; para os outros, por prazer. Mas foi a 'chuva grande' que realmente espalhou nossa fama. Sempre fomos conhecidas como as bruxas da montanha, mas depois as pessoas começaram a vir das cidades do extremo norte, de terras cujos nomes não conhecíamos. Os homens esperavam na aldeia a sua vez de ir à montanha e beber a poção para que lhes estudássemos os sonhos. Esperavam sua vez de procurar nossos conselhos, ou, de vez em quando, apenas para nos ver. E naturalmente nossa aldeia lhes servia carne e bebida e aceitava um presente em troca, e todos se beneficiavam, era o que parecia. E nesse ponto não fazíamos algo tão diferente do que fazem os psicólogos deste século: estudávamos imagens e as interpretávamos, procurávamos alguma verdade no subconsciente, e os milagres da 'chuva pequena' e da 'chuva grande' apenas avivavam a fé que os outros tinham em nossa capacidade.

"Um dia, acho que seis meses antes da morte da nossa mãe, chegou-nos uma carta. Um mensageiro a trouxera do Rei e da Rainha de Kemet, que era a terra do Egito como os próprios egípcios a chamavam. Era uma carta escrita num tablete de argila, como se fazia em Jericó e em Nínive, e havia na argila pequenas figurinhas, o início do que os homens mais tarde chamariam de escrita cuneiforme. Claro que não a lemos; na verdade, ficamos assustadas com a carta e achamos que ela podia ser uma maldição. Não queríamos tocar nela, mas tínhamos que fazer isso se quiséssemos captar alguma coisa que precisássemos saber sobre ela.

"O mensageiro disse que seus soberanos, Akasha e Enkil, tinham ouvido falar de nosso grande poder e ficariam honrados se fôssemos visitar sua corte; tinham mandado uma grande escolta para nos acompanhar a Kemet e nos enviariam de volta para casa com muitos presentes. Nós três ficamos desconfiadas desse mensageiro. Ele estava falando a verdade conforme seu próprio conhecimento, mas havia mais do que isso.

"Então nossa mãe tomou o tablete de argila nas mãos. Imediatamente sentiu alguma coisa nele, algo que passou através de seus dedos e lhe causou grande perturbação. A princípio não quis nos contar o que tinha visto; depois, chamando-nos de lado, disse que o Rei e a Rainha de Kemet eram maus, grandes derramadores de sangue, e desrespeitadores das crenças alheias. E que um mal terrível cairia sobre nós, vindo daquele casal, não importava o que a carta dizia.

"Então Mekare e eu tocamos na carta e também sentimos o mau pressentimento. Mas havia um mistério ali, um nó escuro, e misturado ao mal havia um elemento de coragem e algo que parecia bom. Em resumo, aquilo não era uma simples conspiração para nos roubar e ao nosso poder; havia uma curiosidade e um respeito genuínos. Finalmente perguntamos aos espíritos – àqueles que Mekare e eu mais amávamos. Eles se aproximaram de nós e leram a carta, o que lhes era muito fácil fazer. Disseram que o mensageiro falara a verdade. Mas que um perigo terrível nos adviria se fôssemos visitar o Rei e a Rainha de Kemet.

"'Por quê?', perguntamos aos espíritos. E eles nos responderam: 'Porque o Rei e a Rainha vão lhes fazer perguntas, e se responderem a verdade, coisa que farão, o Rei e a Rainha ficarão muito zangados, e vocês serão destruídas.' É claro que nós nunca teríamos ido ao Egito, de qualquer forma. Não queríamos deixar nossa montanha. Mas agora sabíamos com certeza que não devíamos ir. mensageiro, com todo o respeito, que não podíamos deixar o lugar onde tínhamos nascido, que nenhuma bruxa de nossa família jamais saíra de lá, e lhe pedimos que dissesse isso ao Rei e à Rainha. O mensageiro partiu e a vida voltou à rotina normal.

"Porém aconteceu que várias noites mais tarde veio até nós um espírito mau, a quem chamávamos Amel: enorme, poderoso e cheio de ódio. Aquela coisa ficou dançando na clareira diante da nossa caverna, tentando fazer com que Mekare e eu lhe déssemos atenção e declarando que logo poderíamos precisar de sua ajuda. Estávamos acostumadas com o assédio dos espíritos maus; eles ficavam furiosos porque não falávamos com eles, como as outras bruxas e os feiticeiros faziam. Mas sabíamos que essas entidades não eram de confiança, eram incontroláveis; nunca fôramos tentadas a usá-las, e achávamos que nunca o faríamos.

"Esse Amel em particular ficava furioso porque o 'desprezávamos', como ele dizia. E declarava muitas vezes ser 'Amel, o poderoso' e 'Amel, o invencível', e que devíamos mostrar-lhe respeito, pois poderíamos precisar dele um dia. Poderíamos precisar dele mais do que imaginávamos, pois havia problemas em nosso caminho.

"Nesse momento nossa mãe saiu da caverna e perguntou ao espírito qual era o problema que ele via. Aquilo nos chocou, porque ela sempre nos proibira de falar com os espíritos maus; e quando falava com eles, era sempre para amaldiçoá-los, expulsá-los ou confundi-los com enigmas e truques para que ficassem zangados, sentindo-se estúpidos, e desistissem. Amel, o terrível, o perverso, o poderoso – como quer que se chamasse em sua eterna gabolice –, declarou apenas que sérios problemas se aproximavam e que devíamos demonstrar-lhe respeito, se fôssemos espertas. Então gabou-se de todo o mal que fizera sob as ordens dos feiticeiros de Nínive: podia atormentar as pessoas, endemoniá-las e até mesmo picá-las como se ele fosse um enxame de mosquitos! Podia tirar sangue dos humanos, declarou, e gostava do sabor; e tiraria sangue de nós.

"Minha mãe riu dele. 'Como poderia fazer isso?', quis ela saber. 'Você é um espírito, não tem corpo, não consegue sentir sabor!' É o tipo de coisa que sempre deixou os espíritos furiosos, pois invejavam nossa carne, como já lhes contei. Bem, esse espírito, para demonstrar seu poder, caiu sobre nossa mãe como um furacão. Imediatamente os bons espíritos o combateram, e houve uma comoção terrível na clareira, mas quando tudo terminou e Amel tinha sido afastado por nossos espíritos guardiães, vimos que havia minúsculas picadas na mão de nossa mãe. Amel, o maligno, tirara sangue dela, exatamente como dissera que fazia: como se um enxame de mosquitos a tivesse atormentado com suas picadas.

"Mamãe olhou para aquelas pequenas feridas; os bons espíritos ficaram furiosos por ela ter sido tratada com tanto desrespeito, mas ela mandou que ficassem quietos. Meditou silenciosamente sobre aquilo, como tinha sido possível e como o espírito poderia sentir o sabor do sangue que tirara. Foi então que Mekare explicou que, segundo suas visões, aqueles espíritos possuíam um núcleo infinitesimal de matéria, bem no centro de seus enormes corpos invisíveis, e era possivelmente através desse núcleo que o espírito sentia o gosto do sangue. Imaginem, explicou ela, o pavio de uma lamparina, apenas uma coisinha minúscula dentro da labareda. O pavio poderia absorver o sangue. E assim era com os espíritos, que pareciam ser apenas chamas, mas que tinham dentro de si aquele pavio minúsculo.

"Nossa mãe zombou, mas não gostou daquilo. Disse ironicamente que o mundo estava suficientemente cheio de mistérios sem espíritos maus que gostavam de sangue. 'Vá embora, Amel', ordenou, e amaldiçoou-o, disse que ele era trivial, pouco importante, não contava, não seria reconhecido e era melhor que fosse para longe. Em outras palavras, as coisas que sempre dizia para livrar-se de espíritos importunos. As coisas que até hoje os padres dizem, de forma um pouco diferente, quando tentam exorcizar crianças possuídas.

"Mas o que preocupava nossa mãe, mais do que o assédio de Amel, era o aviso que ele dera a respeito do mal que se aproximava de nós. Aquilo intensificava a tristeza que ela sentira ao segurar o tablete egípcio. No entanto, não pediu consolo ou conselho aos bons espíritos. Talvez fosse sábia demais para isso. Não sei. Fosse qual fosse o caso, nossa mãe sabia que algo ia acontecer, e obviamente sentia-se impotente para evitá-lo. Talvez compreendesse que às vezes, quando tentamos impedir um desastre, fazemos exatamente o contrário. De qualquer maneira, ela ficou doente nos dias que se seguiram, e depois fraca, e depois incapaz de falar.

"Durante meses ficou paralisada, semiadormecida. Passávamos noites e dias ao seu lado, cantando para ela. Levávamos-lhe flores e tentávamos ler seus pensamentos. Os espíritos estavam terrivelmente perturbados, pois a amavam. E fizeram o vento soprar na montanha, arrancando as folhas das árvores. Toda a aldeia estava triste. Então, certa manhã, os pensamentos de nossa mãe tomaram forma novamente, mas eram fragmentos. Vimos campos ensolarados, flores, imagens de coisas que ela conhecera na infância; depois, apenas cores brilhantes.

"Sabíamos que nossa mãe estava morrendo, e os espíritos também sabiam. Fizemos o possível para acalmá-los, mas alguns deles estavam furiosos: quando ela morresse, seu corpo atravessaria o reino dos espíritos e eles a perderiam para sempre, e por algum tempo enlouqueceriam de dor. Mas finalmente aconteceu, como era natural e inevitável, e saímos da caverna para contar aos aldeões que nossa mãe ascendera para as regiões superiores. Todas as árvores da montanha foram atingidas pelo vento criado pelos espíritos; o ar estava cheio de folhas verdes. Minha irmã e eu chorávamos, e pela primeira vez na minha vida achei que estava ouvindo os espíritos, achei que ouvia seus gritos e seus gemidos no vento.

"Imediatamente os aldeões foram fazer o que tinha que ser feito. Primeiro nossa mãe foi colocada numa laje de pedra, como era o costume, para que todos pudessem vir apresentar seu respeito. Estava vestida com a túnica branca que tanto amara em vida, de linho egípcio, e todas as belas joias de Nínive e os anéis e colares de osso que continham pedacinhos de nossas ancestrais, e que logo passariam para nós.

"Passadas dez horas, depois que centenas de pessoas foram vê-la, tanto de nossa aldeia quanto das aldeias vizinhas, preparamos o corpo para o banquete fúnebre. Para qualquer outro morto da aldeia os sacerdotes fariam essas honras, mas éramos bruxas e nossa mãe era uma bruxa, só nós poderíamos tocar nela. Então, em particular, à luz dos lampiões a óleo, minha irmã e eu removemos a túnica de nossa mãe e cobrimos todo o seu corpo com flores e folhas frescas. Serramos seu crânio e erguemos o tampo com cuidado, de modo que a testa ficasse intacta; removemos o cérebro e o colocamos num prato, juntamente com os olhos dela. Então, com uma incisão igualmente cuidadosa, removemos o coração e o colocamos em outro prato. Então cobrimos os pratos com pesadas redomas de argila, para protegê-los.

"Os aldeões vieram e construíram um forno de tijolos em volta do corpo de nossa mãe na laje de pedra, com os pratos ao lado dela, e acenderam o fogo dentro do forno, sob a laje, entre as pedras sobre as quais a laje descansava, e assim nossa mãe começou a cozinhar. Isso durou a noite inteira.

Os espíritos estavam calmos, pois o espírito de nossa mãe havia partido. Acho que o corpo não lhes importava e o que fizéssemos em seguida também não tinha importância para eles, mas certamente tinha para nós.

"Por sermos bruxas e por nossa mãe ter sido bruxa, só nós podíamos consumir sua carne. Era toda nossa, por costume e por direito. Os aldeões não poderiam participar do banquete, como poderiam em qualquer outro caso em que houvesse apenas dois filhos para partilhar essa obrigação. Não importava quanto tempo levasse, nós consumiríamos a carne de nossa mãe. E os aldeões vigiariam conosco. Durante a noite, porém, enquanto os restos de nossa mãe eram preparados no forno, minha irmã e eu deliberávamos sobre o coração e o cérebro. Dividiríamos esses órgãos, naturalmente, e o que nos preocupava era quem deveria ficar com qual órgão, pois tínhamos ideias arraigadas sobre esses órgãos e o que havia em cada um.

"Para muitos, naquela época, o importante era o coração. Para os egípcios, por exemplo, o coração era o trono da consciência. Isso acontecia até com o povo de nossa aldeia, mas nós, como bruxas, acreditávamos que o cérebro era a morada do espírito humano, isto é, da parte espiritual de cada homem ou mulher que era como os espíritos do ar. E nossa crença de que o cérebro era importante vinha do fato de que os olhos eram ligados ao cérebro, e os olhos eram os órgãos da visão. E ver era o que nós, bruxas, fazíamos; víamos dentro dos corações, víamos o futuro; víamos o passado. Vidente era a palavra para o que éramos; era o que 'bruxa' significava em nossa língua.

"Por outro lado, porém, estávamos discutindo apenas um ritual, pois sabíamos que o espírito de nossa mãe tinha partido. Por respeito a ela consumiríamos aqueles órgãos, para que não apodrecessem. De modo que foi fácil chegar a um acordo; Mekare ficaria com o cérebro e os olhos, eu ficaria com o coração. Mekare era mais poderosa como bruxa, era a primogênita e a que sempre tomava a liderança, aquela que sempre falava primeiro, que agia como uma irmã mais velha, como sempre acontece com um entre gêmeos. Parecia correto que ela ficasse com o cérebro e os olhos; e eu, que sempre tivera temperamento mais sossegado e mais lento, ficaria com o órgão que era associado aos sentimentos profundos, ao amor: o coração.

"Ficamos satisfeitas com a divisão, e quando o céu começou a clarear dormimos algumas horas, nossos corpos fracos de fome por causa do jejum que nos preparara para o banquete. Pouco antes do amanhecer os espíritos nos despertaram. Estavam fazendo o vento vir novamente. Saí da caverna; o fogo brilhava no forno. Os aldeões que vigiavam estavam adormecidos.

Com raiva, mandei que os espíritos ficassem quietos. Mas um deles, aquele que eu mais amava, disse que havia desconhecidos reunidos na montanha, muitos, muitos homens, que estavam impressionadíssimos com o nosso poder e perigosamente curiosos quanto ao banquete. 'Essas pessoas querem alguma coisa de você e Mekare', disse-me o espírito. 'Esses homens não vieram para o bem.'

"Respondi que sempre vinham desconhecidos nos visitar; isso não significava coisa alguma e ele precisava ficar quieto e deixar que fizéssemos o que tinha que ser feito. Mas fui até um dos homens do nosso povo e pedi que a aldeia ficasse preparada para o caso de algum problema, que os homens trouxessem armas quando se reunissem para o início do banquete. Não era um pedido tão estranho; a maioria dos homens carregava armas consigo aonde quer que fossem. Os poucos que tinham sido soldados profissionais ou que podiam pagar uma espada costumavam usar uma; os que levavam faca guardavam-na no cinto. Mas eu não estava muito preocupada com essas coisas; afinal, sempre vieram desconhecidos à nossa aldeia, e era natural que viessem para aquele acontecimento especial: a morte de uma bruxa.

"Mas vocês sabem o que iria acontecer. Viram em seus sonhos. Viram os aldeões reunidos em volta da clareira quando o sol se ergueu em direção ao meio-dia. Talvez tenham visto os tijolos sendo retirados lentamente do forno que esfriava, ou apenas o corpo de nossa mãe, enegrecido, encolhido, mas pacífico em seu sono, revelado na cálida laje de pedra. Viram as flores murchas que a cobriam, e viram o coração, o cérebro e os olhos em seus pratos.

"Viram-nos ajoelhadas de cada lado do corpo de nossa mãe. E ouviram os músicos começarem a tocar. O que não podiam ver, mas agora sabem, é que durante milhares de anos nosso povo reunira-se em banquetes assim. Durante milhares de anos vivêramos naquele vale e nas encostas da montanha onde crescia a relva alta e onde as frutas caíam das árvores. Aquela era a nossa terra, o nosso costume, o nosso momento. O nosso momento sagrado. E, ajoelhadas uma diante da outra, vestidas com nossos trajes mais finos e usando agora as joias de nossa mãe além dos nossos próprios adornos, Mekare e eu víamos diante de nós não os avisos dos espíritos ou a tristeza de nossa mãe quando ela tocou no tablete do Rei e da Rainha de Kemet; víamos nossas próprias vidas – cheias de esperanças, longas e felizes – vividas ali entre os nossos.

"Não sei por quanto tempo ficamos ali ajoelhadas, preparando nossas almas. Lembro-me que finalmente, em consonância, erguemos os pratos que continham os órgãos de nossa mãe, e os músicos começaram a tocar. A música da flauta e do tambor encheu o ar em volta de nós, podíamos ouvir a respiração leve dos aldeões e o canto dos pássaros. E então o mal caiu sobre nós, veio tão repentinamente com o troar de passos e os gritos de guerra dos soldados egípcios, que mal sabíamos o que estava acontecendo. Nos jogamos sobre o corpo de nossa mãe, procurando proteger o banquete sagrado, mas eles nos afastaram, e vimos os pratos caírem na sujeira e a laje tombada! Ouvi Mekare gritando como nunca antes eu ouvira um grito humano. Mas eu também gritava ao ver o corpo de minha mãe jogado nas cinzas.

"Mas ameaças enchiam meus ouvidos, homens acusando-nos de canibais, de selvagens que deviam ser executadas. Só que ninguém nos fez mal. Gritando e lutando, fomos amarradas enquanto todo o nosso povo era chacinado diante de nossos olhos. Soldados pisaram no corpo de nossa mãe, pisaram em seu coração, seu cérebro, seus olhos. Pisaram e tornaram a pisar nas cinzas, enquanto seus companheiros matavam homens, mulheres e crianças de nossa aldeia. E então, em meio ao coro de gritos, em meio ao horrível lamento das centenas de pessoas morrendo na encosta da montanha, ouvi Mekare clamar aos nossos espíritos por vingança, pedir-lhes castigo para os soldados pelo que tinham feito.

"Mas o que era o vento ou a chuva para homens como aqueles? As árvores estremeciam, parecia que a própria terra tremia; as folhas enchiam o ar, como acontecera na noite anterior. Rochas rolavam da montanha e a poeira erguia-se em nuvens. Mas não houve mais do que um instante de hesitação, pois o próprio Rei, Enkil, avançou e disse a seus homens que o que eles viam era apenas um truque e que nós e nossos demônios nada mais poderíamos fazer. Era verdadeiro o que ele dizia, e o massacre continuou. Minha irmã e eu estávamos prontas para morrer. Mas não nos mataram. Não tinham a intenção de nos matar, e quando nos arrastaram consigo, vimos nossa aldeia em chamas, vimos os campos de trigo silvestre em chamas, vimos todos os homens e mulheres de nossa tribo mortos, e sabíamos que seus corpos seriam deixados ali para que os animais e a terra os consumissem em total desrespeito e abandono."

Maharet parou de falar. Tinha feito uma pequena torre com as mãos, e agora levou as pontas dos dedos à testa, para descansar, parecia, antes de continuar. Quando prosseguiu, sua voz estava levemente mais rouca e mais baixa, mas tão firme quanto antes:

– O que é um pequeno conjunto de aldeias? O que é um povo, ou até mesmo uma vida? Sob a terra milhares de pessoas estão enterradas. E assim o nosso povo, enterrado até hoje. Tudo o que sabíamos, tudo o que tínhamos sido foi destruído no espaço de uma hora. Um exército treinado massacrara nossos simples pastores, nossas mulheres, nossas crianças indefesas. Nossas aldeias estavam em ruínas, os casebres demolidos; tudo que podia queimar estava em chamas. Acima da montanha, acima da aldeia que ficava no sopé, senti a presença dos espíritos dos mortos, uma grande nuvem de espíritos, alguns tão agitados e confusos pela violência que se agarravam à terra, cheios de dor e medo, outros erguiam-se acima da carne para não sofrer mais.

"E os espíritos, o que podiam fazer? Eles seguiram nosso cortejo, atormentavam os homens que nos carregavam numa liteira em seus ombros, duas mulheres chorando, abraçadas, cheias de medo e de dor. Todas as noites, quando o exército acampava, os espíritos enviavam o vento para rasgar suas tendas e espalhá-las. Mas o Rei dizia para os soldados não terem medo. O Rei dizia que os deuses do Egito eram mais poderosos que os demônios das bruxas. E os espíritos estavam mesmo fazendo tudo o que eram capazes de fazer; como as coisas não pioravam, os soldados obedeciam.

"Todas as noites o Rei mandava nos buscar. Falava nossa língua, que na época era bem comum, falada em todo o vale do Tigre e do Eufrates e ao longo dos flancos do monte Carmelo. 'Vocês são grandes bruxas', dizia ele, a voz suave e sincera. 'Poupei suas vidas por causa disso, embora sejam comedoras de carne como era o seu povo, e foram pegas em flagrante por mim e meus homens. Poupei-as porque quero os benefícios de sua sabedoria. Quero aprender com vocês, e minha Rainha também. Digam-me o que posso lhes dar para aliviar seu sofrimento, e o farei. Agora estão sob a minha proteção; eu sou o seu Rei.'

"Chorando e recusando-nos a olhar para ele, sem dizer coisa alguma, ficávamos diante dele até ele se cansar e nos mandar de volta para a liteira apertada, um exíguo retângulo de madeira com pequenas janelas. Sozinhas novamente, minha irmã e eu conversávamos em silêncio, ou em nossa linguagem, a linguagem dos gêmeos, feita de gestos e palavras abreviadas que só nós duas compreendíamos. Recordávamos o que os espíritos disseram à nossa mãe; ela tinha ficado doente depois da carta do Rei de Kemet e nunca se recuperara. Porém, não tínhamos medo. Estávamos sofrendo demais para ter medo. Era como se já estivéssemos mortas. Tínhamos visto nosso povo massacrado, o corpo de nossa mãe profanado. Não sabíamos o que poderia ser pior do que isso. Estávamos juntas; talvez a separação fosse pior.

"Mas durante aquela longa viagem para o Egito nós tínhamos um pequeno consolo, que mais tarde não esqueceríamos. Khayman, o escudeiro do Rei, olhava-nos com compaixão e fazia tudo o que podia, em segredo, para aliviar nossa dor."

Maharet tornou a interromper-se e encarou Khayman, que estava sentado com as mãos cruzadas diante de si na mesa, e tinha os olhos baixos. Parecia estar profundamente mergulhado na lembrança das coisas que Maharet descrevera. Aceitou o tributo, mas não pareceu consolar-se com ele. Então finalmente olhou para Maharet. Parecia confuso e cheio de perguntas. Mas não as formulou. Passeou o olhar pelos outros, aceitando também os deles, o olhar firme de Armand e o de Gabrielle, mas permaneceu calado.

Então Maharet continuou:

– Khayman afrouxava nossas cordas sempre que podia; deixava-nos caminhar um pouco à noite; trazia-nos carne e bebida. E demonstrava grande bondade ao fazer essas coisas sem falar conosco, sem exigir a nossa gratidão. Fazia isso com o coração puro. Simplesmente não gostava de ver as pessoas sofrendo.

"Viajamos uns dez dias para chegar à terra de Kemet. Talvez tenha sido mais, talvez menos. A certo momento da viagem os espíritos cansaram-se de seus truques e nós, fracas e desanimadas, não os chamamos. Finalmente mergulhamos no silêncio, apenas olhando nos olhos uma da outra de vez em quando. Afinal chegamos a um reino como nunca tínhamos visto igual. Fomos levadas pelo deserto escaldante até a terra rica e negra que bordejava o rio Nilo, a terra negra de onde se deriva a palavra Kemet, e então atravessamos o poderoso rio de barca, com todo o exército, e entramos numa grande cidade de prédios de tijolos com telhados de palha, grandes templos e palácios feitos dos mesmos materiais rústicos, mas tudo muito belo.

"Isso foi muito antes da época da arquitetura em pedra pela qual os egípcios ganharam fama, os templos dos faraós que até hoje estão de pé. Mas já existia um grande amor pelo enfeite e pela decoração, uma tendência ao monumental. Tijolos resistentes, juncos do rio, palha, todos esses materiais simples tinham sido usados para a construção das paredes altas, que depois eram caiadas e pintadas com lindos desenhos. Na frente do palácio para onde fomos levadas como prisioneiras reais havia grandes colunas feitas de enormes cipós da floresta, que tinham sido secos, presos uns aos outros e cobertos de lama do rio, e dentro de um pátio fechado havia sido feito um lago, cheio de botões de lótus e rodeado de árvores em flor.

"Nunca tínhamos visto um povo tão rico quanto aqueles egípcios, gente com tantas joias, cabelos tão lindamente penteados, olhos pintados. E seus olhos pintados costumavam nos perturbar, pois a pintura lhes endurecia o olhar, dando uma ilusão de profundidade onde talvez não houvesse profundidade. Instintivamente éramos avessas àquele artifício.

"Mas tudo que víamos simplesmente aumentava o nosso sofrimento. Como odiávamos tudo aquilo! E podíamos sentir naquelas pessoas, embora não compreendêssemos sua estranha língua, que elas nos odiavam e também nos temiam. Parecia que nossos cabelos ruivos lhes causavam grande assombro, e o fato de sermos gêmeas também provocava medo. Pois entre eles tinha sido costume matar de vez em quando crianças gêmeas, e as ruivas eram invariavelmente sacrificadas aos deuses. Pensava-se que isso trazia sorte. Tudo isso nos era esclarecido em rompantes de compreensão ao acaso; prisioneiras, esperávamos tristemente para ver qual seria o nosso destino.

"Como antes, Khayman foi o nosso único consolo naquelas primeiras horas. Khayman, o escudeiro-mor do Rei, cuidou para que tivéssemos mordomias em nossa prisão. Trouxe-nos lençóis limpos, frutas para comermos e cerveja para bebermos. Trouxe até pentes para nossos cabelos e roupas limpas; e pela primeira vez falou conosco. Disse que a Rainha era bondosa e gentil, que não devíamos ter medo. Sabíamos que ele estava falando a verdade, disso não duvidávamos. Mas alguma coisa estava errada, como meses antes com as palavras do mensageiro do Rei. Nossos sofrimentos tinham apenas começado.

"Temíamos também que os espíritos nos tivessem abandonado, que talvez não quisessem ir àquela terra por nossa causa. Mas não os chamamos, porque chamar e não obter resposta... bem, isso seria mais do que poderíamos suportar.

"Então veio a noite e a Rainha mandou nos chamar; fomos levadas até diante da corte. Aquele espetáculo nos impressionou, mesmo desprezando-o. Akasha e Enkil sentavam-se em seus tronos. A Rainha era então, como é hoje, uma mulher de ombros retos, membros firmes e um rosto quase belo demais para manifestar inteligência, um ser de beleza enfeitiçadora, com uma voz suave e frágil. Quanto ao Rei, agora o víamos não como soldado, mas como soberano. Tinha os cabelos trançados e usava trajes e joias de gala. Os olhos negros eram cheios de interesse, como sempre foram, mas ficou claro, instantes depois, que era Akasha quem governava aquele reino e sempre governara. Akasha tinha a linguagem, a habilidade verbal.

"Ela nos disse de imediato que nosso povo tinha sido merecidamente castigado por suas abominações, que tínhamos sido tratados com piedade, pois todos os comedores de carne eram selvagens e deviam sofrer morte lenta. E disse que nós duas tínhamos sido poupadas porque éramos grandes bruxas, e os egípcios queriam aprender conosco tudo o que tivéssemos a ensinar sobre a sabedoria dos reinos invisíveis. E imediatamente, como se essas palavras fossem nada, ela começou com suas perguntas. Quem eram os nossos demônios? Por que alguns eram bons, se eram demônios? Não eram deuses? Como podíamos fazer chuva?

"Estávamos por demais horrorizadas com sua insensibilidade e não conseguimos responder. Ficamos perturbadas pela rudeza espiritual de seus modos, e começamos a chorar de novo. Demos-lhes as costas e caímos nos braços uma da outra.

"Mas outra coisa estava também se tornando nítida. Algo bem evidenciado pela maneira como aquela pessoa falava. A rapidez das palavras, a exuberância, a ênfase que ela colocava nesta ou naquela sílaba, tudo isso nos fazia ver que ela mentia sem saber que mentia. E olhando para as profundezas daquela mentira, de olhos fechados, vimos a verdade que certamente ela própria negaria.

"Tinha massacrado nosso povo para nos levar até lá! Mandara seu Rei e seus soldados para aquela 'guerra santa' simplesmente porque tínhamos recusado seu convite, e ela nos queria à sua mercê. Estava curiosa a nosso respeito.

"Era isso que nossa mãe tinha visto ao segurar nas mãos o tablete do Rei e da Rainha. Talvez os espíritos também o tivessem previsto, a seu modo. Só agora compreendíamos toda a monstruosidade: nosso povo morrera porque tínhamos atraído o interesse da Rainha, assim como atraímos o interesse dos espíritos; tínhamos trazido essa desgraça para todos. Por que os soldados não tinham simplesmente nos tirado da aldeia? Por que tinham destruído tudo o que o nosso povo era?

"Mas ali estava todo o horror: sobre as intenções da Rainha tinha sido jogada uma capa mortal que ela, como qualquer outra pessoa, não conseguia ver. Convencera-se de que nosso povo devia morrer, sim, que nossa selvageria merecia isso, apesar de não sermos egípcios e de nossa terra estar tão distante da dela. Além disso, era muito conveniente que fôssemos poupadas e levadas para lá para satisfazermos finalmente a sua curiosidade. E naturalmente devíamos estar gratas e dispostas a responder suas perguntas.

"Mergulhando ainda mais fundo em sua encenação, vimos a mente que tornava possíveis tais contradições. Essa Rainha não tinha uma moralidade verdadeira, um sistema ético governando as coisas que fazia. Essa Rainha era um dos muitos humanos que percebem que talvez não haja nada nem razão alguma para qualquer coisa que possa ser conhecida. No entanto, não conseguia suportar essa ideia. Portanto criava diariamente seus sistemas éticos, tentando desesperadamente crer neles, e todos eles eram capas para as coisas que ela fazia por motivos meramente pragmáticos. Sua guerra contra os canibais, por exemplo, nascera mais de seu desagrado por esse costume do que por qualquer outra coisa. Seu povo em Uruk não comia carne humana, portanto ela não aceitaria aquela coisa indecente acontecendo perto de si. Não era muita coisa além disso. Pois nela sempre houvera um lugar escuro e cheio de desespero. E uma grande força que a impulsionava a criar sempre um sentido qualquer, porque não havia sentido algum.

"Entendam, não era frivolidade o que percebíamos naquela mulher. Era uma crença infantil de que poderia fazer a luz brilhar, se quisesse, poderia mudar o mundo para seu próprio bem, e era também uma falta de interesse no sofrimento alheio. Sabia que as outras pessoas sofriam, mas não conseguia pensar realmente nisso.

"Finalmente, incapazes de suportar a extensão daquela óbvia duplicidade, nos viramos e a estudamos, pois deveríamos enfrentá-la. Não tinha 25 anos aquela Rainha, e seu poder era absoluto naquela terra que ela encantara com seus costumes de Uruk. E era quase bonita demais para ser realmente bela, pois sua beleza superava qualquer ar de majestade ou de mistério, e a voz continha ainda um eco infantil, que evocava uma ternura instintiva nas outras pessoas e dava um tom levemente musical às palavras mais simples. Um eco que achávamos muito desagradável.

"Ela não parava de perguntar. Como fazíamos nossos milagres. Como enxergávamos no coração dos homens. De onde vinha nossa magia, e por que afirmávamos conversar com seres invisíveis. Poderíamos conversar do mesmo modo com os seus deuses? Poderíamos aumentar seus conhecimentos ou dar-lhe melhor compreensão do que era divino? Estava disposta a perdoar nossa selvageria, se fôssemos agradecidas; se nos ajoelhássemos diante dos seus altares e entregássemos nosso conhecimento a seus deuses e a ela própria. Enfim, expôs seus diversos assuntos com uma veemência que teria feito rir um sábio.

"Mas aquilo despertou um ódio profundo em Mekare. Ela, que sempre tomara a liderança em tudo, agora disse o que pensava: 'Pare com suas perguntas. Você só fala bobagens. Vocês não têm deuses neste reino, porque os deuses não existem. Os únicos habitantes invisíveis do mundo são os espíritos, e eles brincam com todo mundo. Rá, Osíris, esses são simples nomes inventados com os quais vocês agradam e lisonjeiam os espíritos, e quando lhes é conveniente, eles lhes dão um pequeno sinal para que vocês saiam correndo a lisonjeá-los ainda mais.'

"O Rei e a Rainha encararam Mekare com horror. Mas ela continuou: 'Os espíritos são reais, mas são infantis e caprichosos. E também perigosos. Ficam maravilhados conosco e nos invejam por sermos ao mesmo tempo espírito e carne, coisa que os atrai e os deixa ansiosos por obedecer-nos. As bruxas como nós sempre souberam como utilizá-los, mas para fazer isso é necessário muita habilidade e grande poder, e isso nós temos e vocês, não. Vocês são idiotas, e o que fizeram para nos aprisionar é mau, é desonesto. Vocês vivem na mentira! Mas nós não mentiremos para vocês.'

"E então, meio chorando, meio engasgada de raiva, Mekare acusou a Rainha, diante de toda a corte, de duplicidade, de massacrar nosso povo pacífico simplesmente para nos levar até lá. Nosso povo não caçava carne humana havia mais de mil anos, ela informou à corte, e era um banquete fúnebre que tinha sido profanado na nossa captura, e todo aquele mal só para que a Rainha de Kemet pudesse ter bruxas com quem conversar, a quem fazer perguntas, bruxas de sua propriedade cujo poder ela tentaria usar para si mesma.

"A corte estava em tumulto, nunca alguém ouvira tamanho desrespeito, tanta blasfêmia, e assim por diante. Mas os velhos senhores do Egito, aqueles que ainda não aceitavam inteiramente a proibição ao canibalismo sacro, ficaram horrorizados com essa menção à profanação do banquete fúnebre. E outros, que também temiam o castigo dos céus por não terem devorado os restos de seus pais, emudeceram de medo. Mas, em geral, instaurou-se a confusão. Com exceção do Rei e da Rainha, que estavam estranhamente silenciosos e estranhamente intrigados.

"Akasha não nos deu qualquer resposta, e estava claro que alguma coisa em nossa explicação soara verdadeira nas regiões mais profundas de sua mente. Lá brilhava no momento uma curiosidade mortal. Espíritos que fingem ser deuses? Espíritos que invejam a carne? Quanto à acusação de ter sacrificado nosso povo desnecessariamente, ela nem chegou a pensar. Não lhe interessava. Era a questão espiritual que a fascinava, e em sua fascinação o espírito era separado da carne.

"Permitam-me chamar-lhes a atenção para o que acabei de dizer. Era a questão espiritual que a fascinava; pode-se dizer a ideia abstrata; e em sua fascinação a ideia abstrata era tudo. Acho que ela não acreditou que os espíritos podiam ser infantis e caprichosos. Mas, fosse como fosse, ela pretendia aprender, e aprender através de nós. Quanto à destruição do nosso povo, ela não dava a menor importância! Enquanto isso, o sumo sacerdote do templo de Rá estava exigindo a nossa execução. O mesmo fazia o sumo sacerdote do templo de Osíris. Éramos más, éramos bruxas e todas as pessoas de cabelos vermelhos deviam ser queimadas, como sempre fora feito na terra de Kemet. E imediatamente a multidão apoiou essa exigência. Em poucos minutos o palácio estava em tumulto.

"Mas o Rei ordenou que todos se calassem. Fomos levadas de volta à nossa cela e colocadas sob estrita vigilância. Mekare, furiosa, andava de um lado para o outro, e eu lhe implorava que não dissesse mais coisa alguma. Lembrei-lhe o que os espíritos nos disseram: se fôssemos ao Egito, o Rei e a Rainha iriam nos fazer perguntas e, se respondêssemos a verdade, coisa que realmente faríamos, o Rei e a Rainha ficariam zangados e nós seríamos destruídas. Mas era como falar sozinha, Mekare não queria ouvir. Andava de um lado para o outro, de vez em quando esmurrando o peito com a mão. Eu sentia a angústia que ela sentia. 'Malditos!', exclamava. 'Malignos!' Depois ficava andando em silêncio, e logo voltava a dizer essas duas palavras.

"Eu sabia que ela estava recordando o aviso de Amel, o espírito mau. E sabia também que Amel estava por perto; podia ouvi-lo, senti-lo. Sabia que Mekare estava sendo tentada a chamá-lo, e sentia que ela não devia fazer isso. Que significariam para os egípcios os tolos tormentos de Amel? Quantos mortais ele poderia afligir com suas picadas de mosquito? Não mais que as tempestades de vento que nós sabíamos produzir. Mas Amel ouviu esses pensamentos e começou a ficar inquieto. 'Cale a boca, demônio!', disse Mekare. 'Espere até precisarmos de você!' Essas foram as primeiras palavras que a ouvi falar com um espírito mau, e elas me causaram um arrepio de horror. Não me lembro quando adormecemos. Apenas que em algum momento depois da meia-noite fui despertada por Khayman.

"A princípio pensei que era Amel com seus truques, e acordei em pânico. Mas Khayman fez um gesto para que eu ficasse quieta. Estava muito nervoso. Usava uma simples túnica de dormir e estava descalço, os cabelos despenteados. Parecia ter chorado, tinha os olhos vermelhos. Sentou-se ao meu lado. 'Diga-me: é verdade o que você falou sobre os espíritos?' Não me preocupei em explicar que foi Mekare quem falara. As pessoas sempre nos confundiam ou pensavam sermos uma só. Simplesmente respondi que era verdade, sim. Expliquei que sempre houve essas entidades invisíveis, elas próprias nos tinham dito que não existiam deuses ou deusas que elas conhecessem. Costumavam gabar-se das brincadeiras que faziam na Suméria, ou em Jericó, ou em Nínive, nos grandes templos. De vez em quando chegavam dizendo que eram um ou outro deus. Mas conhecíamos suas personalidades e, quando os chamávamos por seus velhos nomes, eles imediatamente desistiam da brincadeira. O que não falei foi que gostaria que Mekare jamais tivesse revelado essas coisas. De que adiantariam agora?

"Ele ficou escutando, derrotado, como se lhe tivessem mentido a vida inteira e agora lhe falassem a verdade. Pois tinha ficado profundamente perturbado quando vira os espíritos trazerem o vento em nossa montanha e as folhas choverem sobre os soldados; aquilo o deixara gelado. E é sempre isso que desperta a fé: essa mistura de verdade com uma manifestação física.

"Então percebi que havia um peso ainda maior em sua consciência, ou em sua razão, pode-se dizer. 'E o massacre do seu povo foi numa guerra santa, não uma coisa egoísta, como você declarou.' 'Ah, não. Foi uma coisa simples e egoísta, e não posso dizer que não foi.' Contei-lhe sobre o tablete enviado a nós, o que os espíritos tinham dito, o medo de minha mãe e a doença dela, e do meu próprio poder de ouvir a verdade nas palavras da Rainha, a verdade que ela própria talvez não fosse capaz de aceitar. Porém, muito antes que eu terminasse, ele estava vencido. Sentia, por suas próprias observações, que o que eu dizia era verdadeiro. Tinha lutado ao lado do Rei em muitas batalhas contra povos estrangeiros. Não lhe importava que um exército lutasse por lucro. Tinha visto massacres e cidades em chamas, tinha visto pessoas transformadas em escravos, tinha visto soldados voltando carregados de despojos. E embora ele próprio não fosse um soldado, compreendia essas coisas.

"Mas não houvera em nossa aldeia qualquer coisa que valesse a pena saquear, não havia territórios que aumentassem o domínio do Rei. Sim, tinha sido uma batalha para a nossa captura, ele sabia. E também sentia repulsa pela mentira de uma guerra santa contra os comedores de carne. E sentia uma tristeza ainda maior que sua derrota. Pertencia a uma família antiga, comera a carne de seus ancestrais, e agora via-se castigando tais tradições entre aqueles que conhecera e amara. Sentia repugnância pela mumificação dos mortos, mas sua repugnância era ainda maior pela cerimônia que a acompanhava, pela profundidade da superstição na qual sua terra estava mergulhada. Tanta riqueza entregue aos mortos, tanta atenção dada àqueles corpos putrefatos, simplesmente para que homens e mulheres não se sentissem culpados pelo abandono dos velhos costumes.

"Tais pensamentos o exauriam, não lhe eram naturais. Sua obsessão era com as mortes que vira: execuções, massacres. Assim como a Rainha não conseguia perceber essas coisas, ele não conseguia esquecê-las, e estava perdendo a coragem; era um homem levado para um pântano onde corria o risco de se afogar.

"Finalmente, despediu-se de mim. Mas antes de sair prometeu que faria o possível para que fôssemos libertadas. Não sabia como faria isso, mas ia tentar. E me implorou que não tivesse medo. Naquele momento senti por ele um amor muito grande. Ele tinha o mesmo rosto lindo que tem agora, só que de pele escura e mais magro, e os cabelos tinham sido alisados a ferro e trançados e caíam até os ombros; tinha um ar fidalgo, de quem comanda, de quem goza de afeição de seu príncipe.

"Na manhã seguinte a Rainha mandou nos chamar novamente. E desta vez fomos levadas aos seus aposentos particulares, onde apenas o Rei estava com ela, e Khayman. Era um lugar ainda mais luxuoso que o grande salão do palácio, estava atulhado de coisas belas, com um sofá feito de leopardos entalhados, um leito com dossel de seda pura e com espelhos polidos de uma perfeição aparentemente mágica. E a própria Rainha, como a tentadora que era, enfeitada de joias e perfumes, e fabricada pela natureza como uma coisa tão linda quanto qualquer tesouro. Mais uma vez ela fez suas perguntas.

"Paradas lado a lado, de mãos dadas, tivemos que escutar as mesmas bobagens. E mais uma vez Mekare falou à Rainha sobre os espíritos; explicou que os espíritos sempre existiram, contou como eles se gabavam de enganar os sacerdotes de outras terras. Disse que os espíritos declaravam que as orações e os cânticos dos egípcios lhes agradavam. Para eles era tudo uma brincadeira e nada mais. 'Mas esses espíritos! Então eles são os deuses, é isso que você está dizendo!' Akasha disse isso com grande fervor. 'E vocês falam com eles? Quero ver! Faça isso agora para mim.'

"Mas eles não são deuses', respondi. 'É isso que estamos tentando lhe dizer. E não odeiam os comedores de carne, como você diz que seus deuses odeiam. Não se importam com essas coisas. Nunca se importaram.' Tentei com muito esforço explicar a diferença. Aqueles espíritos não tinham um código, eram moralmente inferiores a nós. No entanto, eu sabia que aquela mulher não conseguiria entender o que eu lhe dizia. Percebi a guerra dentro dela, entre a devota da deusa Inanna que queria acreditar-se abençoada e a alma sombria e preocupada que não acreditava em coisa alguma. Sua alma era um lugar gelado; seu fervor religioso era apenas uma labareda que ela alimentava constantemente, tentando aquecer aquele lugar gelado.

"'Tudo que vocês dizem é mentira!', declarou ela finalmente. 'Vocês são mulheres perversas!' Ordenou a nossa execução: deveríamos ser queimadas vivas no dia seguinte, juntas, para que pudéssemos ver uma à outra sofrendo e morrendo. Por que tinha se incomodado tanto conosco? O Rei interrompeu-a imediatamente. Disse a ela que tinha visto o poder dos espíritos; Khayman também vira. Que poderiam eles fazer se fôssemos maltratadas? Não seria melhor nos deixar partir?

"Mas havia algo brutal no olhar da Rainha. As palavras do Rei nada significavam; nossas vidas estavam sendo tiradas de nós. Que podíamos fazer? E parecia que ela estava com raiva de nós por não termos conseguido ensinar nossas verdades de um modo que ela pudesse usar ou desfrutar. Ah, era uma agonia lidar com ela. No entanto, sua mente era comum; há inúmeros seres humanos que pensam e sentem como ela o fazia e continua fazendo, provavelmente.

"Finalmente, Mekare pôs-se em ação. Fez aquilo que eu não ousaria fazer. Chamou os espíritos. Todos pelo nome, mas tão depressa que aquela Rainha não conseguiria lembrar-se das palavras. Gritou para que viessem e lhe obedecessem, e pediu-lhes que mostrassem seu desagrado pelo que estava acontecendo com aquelas mortais, Maharet e Mekare, a quem eles afirmavam amar. Era uma jogada. Se nada acontecesse, se eles tivessem nos abandonado como eu temia, bem, então ela poderia chamar Amel, pois ele estava ali esperando. E era a nossa única chance.

"Num instante o vento começou. Uivava pelos pátios e assustava pelos corredores do palácio. Rasgava cortinas, batia portas, derrubava jarros frágeis. A Rainha ficou aterrorizada ao sentir o vento cercá-la. Então pequenos objetos começaram a voar pelos ares. Os espíritos pegavam os enfeites da penteadeira e arremessavam-nos contra ela; o Rei postara-se a seu lado, tentando protegê-la, e Khayman estava rígido de medo.

"Ora, aquele era o limite do poder dos espíritos, e eles não poderiam fazer isso durante muito tempo. Mas Khayman implorou ao Rei e à Rainha que revogassem a sentença de morte. Eles fizeram isso no mesmo instante.

E imediatamente Mekare, sentindo que os espíritos estavam mesmo exaustos, ordenou-lhes com grande pompa que parassem. Fez-se silêncio. E os escravos, apavorados, corriam de um lado para o outro, juntando tudo o que fora jogado longe.

"A Rainha estava vencida. O Rei tentou dizer-lhe que tinha visto aquele espetáculo antes e não saíra ferido, mas alguma coisa profunda tinha sido violada dentro do coração da Rainha. Ela nunca testemunhara a menor prova do sobrenatural, e agora encontrava-se muda e imóvel. Naquele lugar escuro e sem fé dentro dela tinha havido uma faísca de luz, da verdadeira luz. E tão velho e forte era seu ceticismo secreto que aquele pequeno milagre tinha sido para ela uma revelação de grande magnitude, era como se tivesse visto os rostos de seus deuses. Ordenou que o Rei e Khayman se afastassem, queria falar conosco a sós. E então implorou-nos que falássemos com os espíritos para que ela pudesse ouvir. Havia lágrimas em seus olhos.

"Foi um momento extraordinário, pois eu sentia agora o que sentira meses antes ao tocar no tablete de argila, uma mistura do bem com o mal que parecia mais perigosa que o próprio mal. Naturalmente não poderíamos fazer com que os espíritos falassem conosco de modo que ela pudesse compreender, explicamos. Mas talvez ela quisesse fazer algumas perguntas que os espíritos poderiam responder. Ela aceitou. As perguntas eram aquelas que as pessoas vêm fazendo a feiticeiros, bruxas e santos desde então. 'Onde está o colar que perdi em criança? O que minha mãe queria me dizer na noite em que morreu, quando já não conseguia falar? Por que minha irmã detesta minha companhia? Meu filho vai crescer com saúde? Vai ser forte e corajoso?'

"Tentando salvar nossas vidas, fizemos pacientemente as perguntas aos espíritos, adulando-os para que prestassem atenção. E obtivemos respostas que deixaram Akasha atônita. Os espíritos sabiam o nome de sua irmã, sabiam o nome de seu filho. Ela parecia à beira da loucura, ao se defrontar com aqueles truques simples. Então apareceu Amel, o perverso, obviamente ciumento de toda aquela atenção, e de repente jogou na frente de Akasha o colar perdido sobre o qual ela perguntara. Um colar perdido em Uruk. E aquele foi o golpe final. Akasha ficou muito perturbada. Começou a chorar, segurando o colar. E então nos implorou que fizéssemos aos espíritos as perguntas realmente importantes, cujas respostas ela tinha que conhecer.

"Sim, os deuses tinham sido inventados pelo povo dela, os espíritos declararam. Não, os nomes nas orações não tinham importância. Os espíritos simplesmente gostavam da música e do ritmo da língua, a forma das palavras, por assim dizer. Sim, havia espíritos maus que gostavam de ferir as pessoas, e por que não? E havia também espíritos bons, que as amavam. E eles falariam com Akasha se nós fôssemos embora do reino? Nunca. Estavam falando agora e ela não conseguia ouvi-los, queria que eles fizessem o quê? Mas, sim, havia bruxas no reino que podiam ouvi-los, e eles diriam a essas bruxas que viessem imediatamente para a corte, se era isso que ela desejava.

"Porém, durante esse diálogo, Akasha sofreu uma terrível modificação. Passou do júbilo à suspeita e depois ao sofrimento. Porque aqueles espíritos diziam-lhe as mesmas coisas desagradáveis que nós já lhe tínhamos dito. 'Que é que sabem da vida depois da morte?', perguntou. E quando os espíritos disseram apenas que as almas dos mortos ficavam vagando pela Terra em confusão ou sofrimento, ou então elevavam-se e desapareciam completamente das proximidades da Terra, ficou brutalmente decepcionada. Seus olhos ficaram opacos e ela começou a perder a curiosidade. Quando perguntou o que acontecia com aqueles que tinham vivido no mal, em oposição aos que tinham vivido no bem, os espíritos não conseguiram responder. Não entendiam o que ela queria dizer.

"No entanto, o interrogatório continuou. E nós sentíamos que os espíritos estavam ficando cansados e começavam a brincar com ela; as respostas ficariam cada vez mais idiotas. 'Qual é a vontade dos deuses?', perguntou ela. 'Que vocês cantem o tempo todo. Nós gostamos', responderam os espíritos. Então, sem mais nem menos, Amel, o perverso, tão orgulhoso do truque com o colar, jogou outra joia em cima de Akasha. Mas dessa vez ela recuou, aterrorizada. Era o colar que tinha sido de sua mãe e jazia com ela em sua sepultura perto de Uruk, e naturalmente Amel, sendo apenas um espírito, não podia adivinhar como era grotesco e repugnante trazer aquela coisa. Ele não conseguia entender. Afinal, tinha visto aquele colar na mente de Akasha quando ela falara do outro. Por que não o queria também? Não gostava de colares?

"Mekare disse a Amel que aquilo não tinha sido agradável. Era o milagre errado. Que ele, por favor, esperasse as ordens dela, pois ela compreendia aquela Rainha e ele, não. Mas era tarde demais. Acontecera com a Rainha algo irreparável. Ela tinha visto duas provas do poder dos espíritos, e tinha ouvido verdades e bobagens, e nada daquilo se comparava à beleza da mitologia de seus deuses, na qual ela sempre se forçara a acreditar. Porém, os espíritos estavam destruindo sua frágil fé. Como poderia fugir do sombrio ceticismo de sua alma se aquelas demonstrações continuassem?

"Inclinou-se e pegou o colar da mãe. 'Como isto foi conseguido?', quis ela saber. Mas no fundo não fazia questão da resposta. Sabia que esta seria a mesma que vinha escutando desde a nossa chegada. Estava assustada. Mesmo assim expliquei, e ela ouviu cada palavra:

"Os espíritos conseguem ler nossas mentes, e são enormes e poderosos. Para nós é difícil imaginar seu tamanho verdadeiro. E conseguem movimentar-se com a rapidez do pensamento; quando Akasha pensou naquele segundo colar, o espírito o viu e foi procurá-lo. Afinal, um colar a tinha alegrado, então por que não outro? E o encontrara na sepultura da mãe dela, e o trouxera por meio, talvez, de uma pequena abertura. Pois certamente o colar não poderia atravessar a pedra. Era ridículo.

"Mas quando falei isso, entendi a verdade: aquele colar provavelmente tinha sido roubado do corpo da mãe de Akasha, e muito possivelmente pelo pai de Akasha. Nunca estivera sepultado. Por isso Amel conseguiu encontrá-lo. Talvez até um sacerdote o tivesse roubado. Pelo menos era o que parecia a Akasha, que segurava o colar na mão. Odiava o espírito que lhe fizera saber uma coisa tão horrível.

"Em resumo: todas as ilusões daquela mulher estavam agora em ruínas, e lhe sobrava apenas a verdade estéril que ela sempre conhecera. Tinha feito suas perguntas ao sobrenatural, uma coisa imprudente, e o sobrenatural dera-lhe respostas que ela não conseguia aceitar; no entanto, tampouco conseguia refutá-las. 'Onde estão as almas dos mortos?', sussurrou, olhos fixos no colar. Respondi, com a maior suavidade possível: 'Os espíritos não sabem.' Horror. Medo. E então seu cérebro pôs-se a funcionar, para fazer o que sempre fizera: encontrar um sistema grandioso que explicasse o que causava sofrimento, um modo grandioso de explicar o que via à sua frente. O lugar escuro e secreto dentro dela estava ficando maior, ameaçando consumi-la por dentro. Ela não podia deixar que isso acontecesse, tinha que continuar. Era a Rainha de Kemet.

"Por outro lado, estava furiosa, e o ódio que sentia era contra seus pais e seus mestres, e contra os sacerdotes e as sacerdotisas de sua infância, e contra os deuses que adorara, e contra qualquer pessoa que alguma vez a tivesse isolado ou dito que a vida era boa. Fez-se silêncio. Alguma coisa estava acontecendo em seu semblante. O medo e o espanto tinham sumido, e havia algo frio, desencantado e, finalmente, algo mau em seu olhar. E então, com o colar da mãe na mão, ela ergueu-se e declarou que tudo o que disséramos era mentira. Tínhamos conversado com demônios que tentavam enganá-la e derrubar seus deuses, esses deuses que sempre foram bondosos para com o seu povo. Quanto mais falava, mais ela se convencia do que estava dizendo, mais a elegância de suas crenças a dominava, mais ela se rendia à sua lógica. Até que finalmente chorava e nos acusava, e a escuridão dentro de si foi negada. Ela evocou as imagens de seus deuses, evocou sua linguagem sagrada.

"Mas então olhou novamente para o colar, e o espírito mau, Amel, com ódio porque ela não apreciara seu presentinho e estava novamente zangada conosco, disse-nos para avisar-lhe que, se ela nos fizesse algum mal, ele lhe lançaria em cima qualquer objeto, joia, taça de vinho, espelho, pente ou qualquer outra coisa que ela pedisse, ou imaginasse, ou recordasse, ou desejasse, ou procurasse. Eu teria rido, se não estivéssemos em tamanho perigo. Era uma solução maravilhosa aos olhos do espírito, e inteiramente ridícula aos olhos humanos. Certamente não era algo que alguém pudesse desejar. E Mekare disse a Akasha exatamente o que Amel declarara. 'Aquele que pode trazer este colar pode afogá-la em tais lembranças de sofrimento', afirmou ela. 'E não conheço uma bruxa nesta terra que possa impedi-lo, se ele começar.'

"'Onde está ele?', gritou Akasha. 'Deixe-me ver essa coisa demoníaca com quem vocês conversam!' Diante disso, Amel, enraivecido, concentrou todo o seu poder e mergulhou em cima de Akasha, dizendo: 'Eu sou Amel, o perverso, aquele que tira sangue!', e criou um grande tufão em volta dela, como tinha feito com nossa mãe, só que dez vezes pior. Eu nunca vira tanta fúria. O próprio aposento parecia estremecer quando aquele espírito imenso comprimiu-se naquele lugar apertado. Eu ouvia as paredes estalando. E no lindo rosto e nos braços da Rainha apareceram as pequenas picadas, pontinhos de sangue.

"Ela gritava, em pânico. Amel estava em êxtase, conseguia fazer coisas portentosas! Mekare e eu estávamos apavoradas. Mekare ordenou que ele parasse. E começou a cobri-lo de lisonjas e agradecimentos, dizendo-lhe que ele era simplesmente o mais poderoso de todos os espíritos, mas que devia obedecer-lhe agora, para demonstrar sua grande sabedoria, assim como demonstrara seu grande poder; e ela lhe permitiria atacar novamente na hora certa.

"Enquanto isso, o Rei acorrera em socorro de Akasha. Khayman correu para ela, todos os guardas correram para ela. Quando os guardas, porém, ergueram as espadas para nos golpear, ela ordenou que nos deixassem em paz. Mekare e eu estávamos a encará-la, ameaçando-a silenciosamente com o poder do espírito, pois era tudo o que nos restava. E Amel, o perverso, pairava acima de nós, enchendo o ar com o mais sinistro dos sons, a grande gargalhada de um espírito, que parecia ocupar o mundo inteiro.

"Novamente sozinhas em nossa cela, não conseguíamos pensar no que fazer ou como usar a pequena ajuda que tínhamos de Amel. Quanto ao próprio Amel, ele não queria nos deixar. Fez uma grande confusão na pequena cela, sacudindo as esteiras de palha, balançando nossas roupas, ventando em nossos cabelos. Foi bastante importuno. Mas o que me assustava era ouvir as coisas de que ele se gabava. Que gostava de tirar sangue, que aquilo o enchia por dentro e o deixava lento, mas tinha um gosto bom, e quando as pessoas faziam sacrifícios de sangue em seus altares ele gostava de descer e beber aquele sangue. Afinal, estava lá para ele, não estava? Mais risadas.

"Os outros espíritos afastaram-se. Mekare e eu sentíamos isso. A não ser aqueles que tinham certos ciúmes e exigiam saber qual era o gosto do sangue, e por que ele gostava tanto daquilo. E então vieram à tona o ódio e a inveja da carne que existe em tantos espíritos maus, aquele sentimento de que nós, humanos, somos abomináveis porque temos corpo e alma, coisa que não deveria existir na Terra. Amel falava nos tempos em que na Terra só havia montanhas, oceanos e florestas, e nenhuma coisa viva assim como nós. Disse-nos que ter um espírito dentro de um corpo mortal era uma maldição.

"Ora, eu já tinha ouvido antes essas queixas dos espíritos maus, mas nunca pensara muito nelas. Pela primeira vez acreditei nelas, só um pouquinho, ali deitada e vendo no pensamento meu povo sendo morto. Pensei, como muitos homens e mulheres pensaram antes e depois, que talvez fosse uma maldição ter o conceito da imortalidade sem o corpo para acompanhá-lo. Ou, como você disse esta noite mesmo, Marius, a vida não parecia valer a pena, parecia uma brincadeira. Naquele instante meu mundo era feito de escuridão e sofrimento. Tudo o que eu era não importava mais, nada do que eu via conseguia me fazer querer estar viva.

"Mas Mekare recomeçou o diálogo com Amel, informando que preferia muito mais ser aquilo que era do que ser o que ele era, vagando para sempre, sem nada de importante para fazer. Isso deixou Amel furioso outra vez. Ia nos mostrar o que podia fazer! 'Quando eu lhe ordenar, Amel!', respondeu ela. 'Conte comigo para escolher o momento. Então todos os homens saberão o que você pode fazer.' E aquele espírito infantil e vaidoso ficou satisfeito e espalhou-se novamente no céu escuro. Durante três dias e três noites ficamos prisioneiras. Os guardas não se aproximavam, nem olhavam para nós. Tampouco os escravos. Na verdade, teríamos morrido de fome se não fosse Khayman, o escudeiro real, que nos trazia comida com as próprias mãos.

"Então ele nos contou o que os espíritos já nos tinham contado. Havia uma furiosa controvérsia, os sacerdotes queriam nos executar. Mas a Rainha tinha medo de nos matar; se soltássemos os espíritos em cima dela, não haveria meio de afastá-los. O Rei ficou intrigado com o que acontecera, achava que poderia aprender mais coisas conosco, estava curioso a respeito do poder dos espíritos e como isso poderia ser utilizado. Mas a Rainha tinha medo, ela já vira o suficiente. Finalmente, fomos levadas diante de toda a corte, para o grande pátio aberto do palácio.

"Era meio-dia no reino, e o Rei e a Rainha fizeram suas oferendas ao deus Rá, como era o costume, e nós fomos obrigadas a assistir. Para nós aquela solenidade não significava coisa alguma; temíamos estar vivendo nossas últimas horas. Então sonhei com nossas montanhas, nossas cavernas, sonhei com os filhos que poderíamos ter, lindos meninos e meninas, e algumas delas teriam herdado nosso poder. Sonhei com a vida que nos fora arrebatada, com a destruição de nosso povo, que logo estaria completa. Agradeci aos poderes por estar vendo o céu azul e por Mekare e eu ainda estarmos juntas.

"Finalmente o Rei falou. Havia nele uma terrível tristeza. Jovem como era, naquele momento ele tinha algo da alma de um ancião. O nosso dom era maravilhoso, disse, mas nós o tínhamos usado de maneira errada e não poderíamos ser úteis a ninguém. Acusou-nos de mentir, adorar os demônios, praticar magia sombria. Para agradar seu povo, teria nos mandado para a fogueira, mas ele e sua Rainha tinham pena de nós. A Rainha, em particular, queria que ele tivesse piedade. Era uma grande mentira, mas o rosto dela nos dizia que ela própria estava convencida de que era verdade. E naturalmente o Rei acreditava. Mas que importância tinha isso? Nós nos perguntávamos qual seria a piedade, tentando olhar mais fundo em suas almas.

"E então a Rainha nos declarou, com palavras carinhosas, que nossa magia trouxera-lhe os dois colares que ela mais desejava no mundo, e só por causa disso ela nos deixaria vivas. Em resumo, a mentira que ela tecia ficou maior e mais intrincada, e mais distante da verdade. Então o Rei disse que ia nos libertar, mas primeiramente iria demonstrar a toda a corte que nós não tínhamos poder, para que os sacerdotes ficassem satisfeitos. E se em qualquer momento um demônio se manifestasse e tentasse maltratar os justos devotos de Rá ou Osíris, então nosso perdão seria revogado e nós seríamos mortas de imediato. Pois certamente o poder de nossos demônios morreria conosco. E nós perderíamos as graças da Rainha, que de qualquer maneira mal merecíamos.

"Naturalmente percebemos o que estava para acontecer; víamos isso no coração do Rei e no da Rainha. Estavam nos oferecendo uma troca. Quando o Rei removeu sua corrente de ouro com o medalhão e colocou-a no pescoço de Khayman, sabíamos que seríamos violentadas diante de toda a corte, estupradas como prisioneiras comuns ou escravas. E se chamássemos os espíritos, morreríamos. Aquela era a nossa posição.

"'Se não fosse por amor à minha Rainha, eu mesmo teria meu prazer com essas duas mulheres, que é o meu direito', disse Enkil. 'Faria isso diante de todos vocês, para mostrar que elas não têm poder e não são grandes bruxas, mas apenas mulheres; meu escudeiro-mor, Khayman, meu amado Khayman, terá o privilégio de fazer isso em meu lugar.' Toda a corte aguardava em silêncio enquanto Khayman olhava para nós e se preparava para obedecer à ordem do Rei. Nós o encarávamos, pedindo-lhe que não fizesse isso, não colocasse as mãos em nós, não nos violasse diante daqueles olhos desdenhosos.

"Sentíamos o sofrimento e o conflito dentro dele. Sentíamos o perigo que o cercava, pois se desobedecesse certamente morreria. No entanto, era a nossa honra que ele pretendia tirar, pretendia nos profanar, nos desonrar, e nós, que sempre vivêramos no sol e na paz da nossa montanha, na verdade nada sabíamos sobre o ato que ele estava prestes a realizar. Acho que acreditávamos, ao vê-lo aproximar-se, que ele não conseguiria fazer aquilo, que um homem não podia sentir o sofrimento que ele estava sentindo e mesmo assim aguçar sua paixão para aquela terrível tarefa. Mas eu pouco conhecia então sobre os homens, e sobre o modo como os prazeres da carne podem combinar-se neles com o ódio, sobre o modo como eles conseguem ferir ao executar o ato que as mulheres executam geralmente por amor.

"Os nossos espíritos clamavam contra o que estava por acontecer, mas para salvar nossas vidas nós os mandamos calar. Silenciosamente apertei a mão de Mekare, dei-lhe a conhecer que quando tudo acabasse nós viveríamos, seríamos livres, aquilo, afinal, não era a morte, e nós deixaríamos aquele miserável povo do deserto com suas mentiras e ilusões, seus costumes idiotas. Iríamos para casa.

"Então Khayman iniciou o que tinha que fazer. Desamarrou nossas cordas. Primeiro tomou Mekare, forçando-a a deitar-se de costas no chão atapetado e erguendo-lhe a túnica, enquanto eu ficava paralisada, incapaz de impedi-lo, e depois fui submetida ao mesmo destino. Mas em sua mente nós não éramos as mulheres a quem Khayman violentava. Enquanto sua alma tremia, enquanto seu corpo tremia, ele avivava o fogo de sua paixão com fantasias de mulheres belíssimas e momentos meio recordados, para que o corpo e a alma pudessem ser uma coisa só. E nós, de olhos baixos, fechamos nossas almas a ele e àqueles vis egípcios que nos tinham feito aquelas coisas horríveis; nossas almas estavam sozinhas e intocadas dentro de nossos corpos, e à nossa volta eu ouvia sem dúvida o pranto dos espíritos, o pranto triste e terrível, e a distância o trovão de Amel: 'Vocês são tolas em suportar isto, bruxas!'

"A noite caía quando fomos deixadas na margem do deserto. Os soldados nos deram comida e bebida. A noite caía quando iniciamos nossa longa viagem para o norte. Nosso ódio era tão grande quanto jamais fora. E Amel veio, furioso conosco; por que não queríamos que ele se vingasse? 'Eles virão atrás de nós e nos matarão!', explicou Mekare. 'Agora afaste-se de nós!' Mas isso não adiantou. Finalmente, ela tentou ocupar Amel com alguma coisa importante. 'Amel, queremos chegar vivas à nossa casa. Faça ventos frescos para nós e mostre-nos onde podemos arranjar água.'

"Mas são coisas que os espíritos maus nunca fazem. Amel perdeu o interesse e afastou-se, e nós caminhamos pelo vento frio do deserto, de braços dados, tentando não pensar nos quilômetros que tínhamos pela frente. Muitas coisas nos aconteceram durante a viagem, numerosas demais para serem contadas aqui. Mas os bons espíritos não nos tinham abandonado, fizeram ventos refrescantes e nos guiaram a fontes onde podíamos encontrar água e algumas tâmaras para comer, e fizeram 'chuva pequena' para nós enquanto puderam, mas, finalmente, estávamos bem no meio do deserto e isso não era mais possível. Íamos morrer, e eu sabia que tinha um filho de Khayman no ventre e queria que meu filho vivesse. Foi então que os espíritos nos guiaram até os beduínos, que cuidaram de nós.

"Eu estava doente, e durante dias fiquei deitada, cantando para a criança dentro do meu corpo e afastando a doença e os momentos de piores lembranças com minhas canções. Mekare deitava-se ao meu lado, abraçando-me. Passaram-se meses antes que eu estivesse suficientemente forte para deixar o acampamento dos beduínos; queria que meu filho nascesse em nossas terras e implorei a Mekare para continuarmos a viagem.

"Finalmente, com a comida e a bebida que os beduínos nos deram, e com os espíritos a nos guiarem, chegamos aos campos verdes da Palestina e encontramos o sopé da montanha e os povos pastores, tão parecidos com nossa própria tribo, que tinham vindo tomar posse de nossas antigas pastagens. Eles nos conheciam, tinham conhecido nossa mãe e toda a nossa família; chamaram-nos pelos nossos nomes e nos aceitaram imediatamente.

"Estávamos novamente felizes, entre a relva, as árvores, as flores que conhecíamos, e minha criança crescia dentro de mim. Ela viveria, o deserto não a matara. Assim, em minha própria terra dei à luz minha filha e chamei-a Miriam, como minha mãe se chamava. Ela tinha os cabelos negros de Khayman, mas os olhos verdes de sua mãe. E o amor que eu sentia por ela e a alegria que ela me dava foram o maior e melhor remédio que minha alma poderia desejar. Éramos três novamente. Mekare, que conheceu as dores do parto comigo e que segurou a criança que saía do meu corpo, passava horas com ela no colo, cantando para ela, exatamente como eu. Aquela filha era dela tanto quanto minha. E nós tentávamos esquecer os horrores que tínhamos visto no Egito.

"Miriam crescia. E finalmente Mekare e eu decidimos subir a montanha e voltar para as cavernas onde nascêramos. Ainda não sabíamos como viveríamos ou o que faríamos, tão distantes de nosso novo povo. Mas com Miriam nós voltaríamos para o lugar onde tínhamos sido tão felizes, e chamaríamos os espíritos, e faríamos o milagre da chuva para abençoar minha criança recém-nascida.

"Mas nada disso iria acontecer. Pois antes que pudéssemos deixar o povo dos pastores, os soldados voltaram, sob o comando do escudeiro-mor do Rei, Khayman; pelo caminho tinham distribuído ouro a qualquer tribo que tivesse visto ou tido notícias das gêmeas ruivas e soubesse onde elas poderiam estar.

"Mais uma vez ao meio-dia, com o sol banhando os campos relvados, vimos os soldados egípcios com suas espadas erguidas. Em todas as direções o povo se espalhou, mas Mekare correu e caiu de joelhos diante de Khayman, dizendo: 'Não mate nosso povo outra vez!' Então Khayman veio com Mekare ao lugar onde eu me escondia com minha filha, e eu lhe mostrei a criança, que era dele, e implorei por piedade, por justiça, que ele nos deixasse em paz.

"Mas precisei apenas olhar para ele para compreender que seria morto se não nos levasse de volta. Seu rosto estava magro, abatido e cheio de sofrimento, não a lisa e branca face imortal que vocês veem aqui esta noite. O inimigo tempo lavou as marcas naturais de seu sofrimento, que naquela tarde distante era bastante visível. Em voz baixa e controlada ele falou conosco: 'Um mal terrível caiu sobre o Rei e a Rainha de Kemet. E seus espíritos fizeram isso, eles que me atormentaram noite e dia pelo que fiz a vocês, até que o Rei tentou expulsá-los da minha casa!'

"Estendeu os braços para mim e vi as pequenas cicatrizes que os cobriam, onde esse espírito tinha tirado sangue. O rosto e a garganta estavam cobertos de cicatrizes. 'Ah, vocês não imaginam o sofrimento em que tenho vivido', disse, 'pois nada podia me proteger desses espíritos; não sabem quantas vezes as amaldiçoei e amaldiçoei o Rei pelo que ele me fez fazer a vocês, amaldiçoei minha mãe por eu ter nascido!'

"'Ah, mas nós não fizemos isso!', respondeu Mekare. 'Mantivemos nossa palavra. Em troca de nossas vidas nós os deixamos em paz. Mas é Amel, o perverso, quem faz isso! Ah, aquele espírito maligno! E pensar que ele atormentou você em lugar do Rei e da Rainha que o fizeram fazer o que fez! Não podemos impedi-lo! Eu lhe imploro, Khayman, deixe-nos em paz! O que quer que Amel faça, ele vai se cansar, Khayman. Se o Rei e a Rainha forem fortes, ele vai acabar indo embora. Você está olhando para a mãe da sua filha, Khayman. Deixe-nos em paz. Pela criança, diga ao Rei e à Rainha que não conseguiu nos encontrar. Deixe-nos, se é que teme a justiça!'

"Mas ele apenas olhava a criança como se não soubesse o que era aquilo. Ele era egípcio; aquela criança era egípcia? Olhou para nós. 'Está certo, vocês não mandaram o espírito. Acredito. Pois obviamente não compreendem o que esse espírito fez. Ele não me atormenta mais. Entrou no Rei e na Rainha de Kemet! Está nos corpos deles! Modificou a própria substância da carne deles!'

"Ficamos olhando para ele durante longo tempo, pensando em suas palavras, e compreendemos que ele não estava querendo dizer que o Rei e a Rainha estavam possuídos. E compreendemos também que ele próprio tinha visto tantas coisas que não pôde deixar de vir pessoalmente para tentar nos levar de volta. Mas não acreditei no que dizia. Como um espírito poderia se tornar carne?

"'Vocês não entendem o que aconteceu em nosso reino', sussurrou ele. 'Precisam vir e ver com seus próprios olhos.' Então parou de falar, porque havia muito mais que queria nos contar e tinha medo. Disse com amargura: 'Vocês têm que desfazer o que foi feito, mesmo que não tenha sido feito por vocês!'

"Ah, mas nós não poderíamos desfazê-lo. Aquele era o horror. E mesmo então sabíamos, sentíamos. Lembramos de nossa mãe de pé diante da caverna, olhos fixos nas pequenas picadas em sua mão. Mekare então jogou a cabeça para trás e chamou Amel, o perverso; que ele viesse até ela, obedecesse às suas ordens. Em nossa linguagem, a linguagem dos gêmeos, ela gritou: 'Saia do Rei e da Rainha de Kemet e venha até mim, Amel. Curve-se à minha vontade. Você não fez isso por minha ordem.' Parecia que todos os espíritos do mundo ouviam em silêncio. Era o grito de uma bruxa poderosa. Mas não houve resposta. E então nós o sentimos: um grande recuo de muitos espíritos, como se alguma coisa além de seu conhecimento e além de sua aceitação tivesse sido revelada de repente. Parecia que os espíritos se afastavam de nós e depois voltavam, tristes e indecisos, procurando nosso amor, mas desejando ficar longe de nós.

"'Mas o que é isto?!', exclamou Mekare. 'O que é isto?' Chamou os espíritos que pairavam por perto, os escolhidos. E então, na imobilidade, enquanto os pastores esperavam temerosos e os soldados, curiosos, e Khayman nos encarava com o olhar cansado e opaco, ouvimos a resposta. Veio cheia de espanto e incerteza: 'Amel tem agora o que sempre quis; Amel tem a carne. Mas Amel não existe mais.'

"O que poderia significar aquilo? Nós não conseguíamos imaginar. Novamente Mekare pediu uma resposta aos espíritos, mas parecia que a incerteza deles estava se transformando em medo. 'Digam-me o que aconteceu!', gritou Mekare. 'Façam-me saber o que vocês sabem!' Era uma velha ordem usada por inúmeras bruxas. 'Deem-me o conhecimento que é seu!'

"Novamente os espíritos responderam cheios de incerteza: 'Amel está na carne. E Amel não é Amel. Ele não pode mais responder agora.' E Khayman insistiu: 'Vocês têm que vir comigo. Precisam vir. O Rei e a Rainha desejam que venham!'

"Em silêncio, e aparentemente insensível, ele observou-me beijar minha filhinha e entregá-la às mulheres dos pastores, que cuidariam dela com amor. E então Mekare e eu nos colocamos em suas mãos, mas dessa vez não choramos. Era como se todas as nossas lágrimas já tivessem sido derramadas. Nosso breve ano de felicidade com o nascimento de Miriam tinha passado, e o horror que viera do Egito estendia as mãos para mais uma vez nos agarrar."

*

Maharet fechou os olhos por um instante; tocou as pálpebras com os dedos e depois olhou para os outros, que esperavam, cada um imerso em seus próprios pensamentos, cada um relutante em ver a narrativa interrompida, embora todos soubessem ser necessário.

Os mais jovens estavam cansados e deprimidos; o ar absorto de Daniel não mudara muito. Louis estava abatido, e a necessidade de sangue lhe causava sofrimento, embora ele não lhe desse atenção.

– Não posso lhes contar mais agora – disse Maharet. – É quase de manhã e os jovens precisam abrigar-se. Tenho que preparar um lugar para eles. Amanhã à noite nos reuniremos e continuaremos. Isto é, se nossa Rainha permitir. Ela agora não está por perto; não consigo ouvir o menor murmúrio de sua presença, não consigo surpreender o menor vislumbre do seu semblante nos olhos de outros. Se ela sabe o que fazemos, o permite. Ou então está distante e indiferente, e precisamos esperar para conhecermos sua vontade. Amanhã, então, vou contar-lhes o que vimos quando chegamos a Kemet. Até lá, descansem em segurança dentro da montanha. Todos vocês. Ela manteve meus segredos protegidos dos olhos curiosos dos mortais por inúmeros anos. Lembrem-se de que nem mesmo a Rainha pode nos atingir até o cair da noite.

Marius ergueu-se quando Maharet o fez. Dirigiu-se para a janela mais distante, enquanto os outros saíam lentamente do aposento. Era como se a voz de Maharet ainda estivesse falando com eles. E o que o afetava profundamente era a evocação de Akasha, e o ódio que Maharet sentia por ela. Pois Marius também sentia ódio, e sentia-o mais forte do que nunca por não ter dado um fim àquele pesadelo quando ainda tinha poderes para isso.

Mas a ruiva não poderia ter desejado que isso acontecesse. Nenhum deles queria morrer. E Maharet ansiava pela vida, talvez mais ardentemente do que qualquer outro imortal que ele conhecera.

No entanto, a história dela parecia confirmar a desesperança de tudo. O que era que tinha se erguido quando a Rainha levantara do trono? O que era aquele ser que tinha Lestat nas mãos? Ele não conseguia imaginar.

Nós mudamos, mas não mudamos, pensou. Ficamos mais sábios, mas somos coisas falíveis! Sermos só humanos pelo tempo que durarmos, esse era o milagre e a maldição de tudo.

Viu novamente o rosto sorridente que vira quando o gelo começara a desabar. É possível que ele ainda amasse com a mesma força com que odiava? Que em sua grande humilhação a clareza lhe escapasse inteiramente? Honestamente eu não sabia.

E de repente sentiu-se exausto, ansiando pelo sono, pelo conforto, ansiando pelo suave prazer sensual de deitar-se num leito limpo. De estender-se e enterrar a cabeça no travesseiro, de deixar os membros se colocarem na posição mais natural e confortável.

Do outro lado da parede de vidro uma luz azul suave e radiante enchia o céu ao oriente; no entanto, as estrelas mantinham seu brilho, embora parecessem minúsculas e distantes. Os troncos escuros das sequoias tinham se tornado visíveis e um delicioso cheiro agreste entrava na casa, vindo da floresta, como sempre acontece perto da aurora.

Bem abaixo, onde a encosta terminava e uma clareira cheia de trevos estendia-se até o bosque, Marius viu Khayman caminhando sozinho. Suas mãos pareciam brilhar na escuridão rala e azulada, e quando ele se virou e olhou para trás – para Marius – o rosto era uma máscara sem olhos, inteiramente branca.

Marius viu-se erguendo a mão num leve aceno de amizade em direção a Khayman. Khayman retribuiu o gesto e entrou no bosque.

Então Marius virou-se e viu o que já sabia: que apenas Louis permanecia com ele na sala. Louis estava imóvel, olhando para ele como tinha olhado antes, como se estivesse vendo um mito tornado realidade.

Então fez a pergunta que o obsedava, a pergunta que não conseguia esquecer, por maior que fosse o encanto de Maharet:

– Você sabe se Lestat está vivo ou morto, não sabe?

A pergunta tinha um tom simples e humano, um tom pungente, mas a voz era totalmente reservada. Marius assentiu:

– Está vivo. Mas não sei realmente, do modo como você pensa que sei. Não é perguntando e recebendo a resposta. Não é usando todos esses poderes maravilhosos que nos empesteiam. É simplesmente porque sei.

Sorriu para Louis. Alguma coisa no jeito daquele ali fazia Marius feliz, embora ele não soubesse por quê. Acenou para que Louis se aproximasse; os dois se encontraram perto da mesa e saíram juntos da sala. Marius rodeou os ombros de Louis com o braço e eles desceram a escadaria de ferro, através da terra úmida. Marius caminhava devagar e pesadamente, como um ser humano.

– E tem certeza? – perguntou Louis respeitosamente.

Marius parou.

– Ah, tenho, sim.

Entreolharam-se por um instante, e novamente Marius sorriu. Aquele ali era tão dotado, e ao mesmo tempo não era dotado; Marius perguntou-se se a luz humana desapareceria dos olhos de Louis se ele ganhasse mais poder – se ele tivesse, por exemplo, um pouco do sangue de Marius em suas veias.

E, além disso, aquele jovenzinho estava com fome; estava sofrendo, e parecia gostar disso, da fome e da dor.

– Vou lhe dizer uma coisa – começou Marius, em tom simpático. – Desde que vi Lestat pela primeira vez, entendi que nada poderia matá-lo. É assim que acontece com alguns de nós: não podemos morrer.

Mas por que estava dizendo essas coisas? Acreditava nelas novamente, como acreditava antes que esses sofrimentos começassem? Recordou a noite em San Francisco em que descera as calçadas largas e limpas da rua do Mercado com as mãos nos bolsos, sem ser notado pelos homens mortais.

– Perdoe-me – disse Louis –, mas você me lembra as coisas que diziam sobre ele no Filha de Drácula, a conversa entre os que ontem à noite queriam juntar-se a ele.

– Eu sei – respondeu Marius. – Mas são uns tolos, e eu estou certo.

Riu baixinho. Sim, acreditava mesmo. Então tornou a abraçar Louis carinhosamente. Só um pouquinho de sangue, e Louis poderia ficar mais forte, realmente, mas poderia também perder a ternura humana, a sabedoria humana que ninguém podia dar a outrem, o dom de conhecer os sofrimentos dos outros, com o qual Louis provavelmente nascera.

Mas a noite agora estava terminada para aquele ali. Louis pegou a mão de Marius e depois voltou-se e desceu o corredor forrado de metal até onde Eric esperava para mostrar-lhe o caminho.

Então Marius subiu para dentro da casa.

Tinha talvez uma hora inteira antes que o sol o forçasse a dormir, e, cansado como estava, não a desperdiçaria. O maravilhoso cheiro fresco do bosque era irresistível. E ele agora ouvia os pássaros e o canto cristalino de um regato profundo.

Entrou no grande salão da casa de tijolos, onde o fogo morrera na chaminé central. E parou diante de uma gigantesca tapeçaria de retalhos que cobria quase a metade da parede. Aos poucos entendeu o que via diante de si: a montanha, o vale e as minúsculas figuras das gêmeas juntas na clareira verde sob o sol ardente. O ritmo lento da fala de Maharet voltou-lhe com o vago vislumbre de todas as imagens que as palavras dela descreveram. Tão próxima era aquela clareira inundada de sol, e como agora ela parecia diferente dos sonhos! Esses nunca o fizeram sentir-se perto daquelas mulheres! E agora ele as conhecia, conhecia essa casa.

Era um mistério tão grande, aquela mistura de sentimentos, em que a tristeza tocava em algo que era inegavelmente bom e positivo! A alma de Maharet o atraía; ele amava sua particular complexidade e gostaria de poder de alguma forma dizer-lhe isso.

Então foi como se ele se pegasse em flagrante: por um instante esquecera-se de ser amargo, de sentir dor. Talvez sua alma estivesse se curando mais depressa do que ele imaginara ser possível.

Ou talvez fosse apenas porque estivera pensando sobre outras pessoas: Maharet, e antes dela Louis e o que Louis tinha necessidade de crer. Ora, droga, Lestat provavelmente era mesmo imortal. Aliás, ocorreu-lhe o amargo fato de que Lestat sobreviveria a todos, mesmo se ele, Marius, não o fizesse.

Mas aquela era uma mera suposição sem a qual ele poderia passar muito bem. Onde estava Armand? Já teria descido para o fundo da terra? Se ao menos pudesse ver Armand agora mesmo...

Tomou novamente a direção da porta do porão, mas algo o distraiu. Através de uma porta aberta ele viu duas figuras, muito parecidas com as figuras das gêmeas na tapeçaria. Mas eram Maharet e Jesse, de braços dados diante de uma janela voltada para o oriente, contemplando imóveis a luz ficar mais forte nos bosques escuros.

Um estremecimento violento o sacudiu. Teve que agarrar-se à moldura da porta para equilibrar-se, quando uma série de imagens invadiu sua mente. Não a selva, agora; havia uma rodovia a distância, serpeando em direção ao norte, parecia, através da terra nua e calcinada. E a criatura estacara, assustada, mas por quê? Uma imagem das duas mulheres ruivas? Ele ouviu os pés recomeçarem seus passos incansáveis, viu os pés sujos de terra como se fossem os seus, as mãos sujas de terra como se fossem as suas. E então viu o céu pegando fogo, e gemeu alto.

Quando tornou a erguer os olhos, Armand o segurava. E com seus melancólicos olhos humanos Maharet estava implorando que ele lhe contasse o que acabara de ver. Lentamente o aposento ganhou vida à sua volta, os móveis agradáveis, e então as figuras imortais perto dele. Fechou os olhos e tornou a abri-los.

– Ela chegou à nossa longitude – falou. – Mas está muitos quilômetros a leste. O sol acabou de nascer lá com força total.

Ele o sentira, aquele calor letal! Mas ela entrara para dentro da terra, isso ele sentira também.

– Mas é muito longe, ao sul daqui – falou Jesse. Parecia muito frágil na escuridão translúcida, os dedos finos e longos segurando as costas dos braços esguios.

– Nem tanto – retorquiu Armand. – E ela está se movendo muito depressa.

– Mas que rumo ela toma? – perguntou Maharet. – Está vindo em nossa direção?

Não esperou a resposta. E parecia que eles não podiam fornecê-la. Ergueu a mão para cobrir os olhos, como se a dor fosse agora insuportável; e então, puxando Jesse para si e beijando-a de repente, desejou boa noite aos outros.

Marius fechou os olhos; tentava ver novamente a figura que vira antes. A roupa, o que era? Uma coisa rústica jogada sobre o corpo como o poncho de um camponês, com um rasgão para a cabeça. Amarrada na cintura, sim, ele sentira isso. Tentou ver mais, porém não conseguiu. O que sentira tinha sido o poder, um poder ilimitado e um impulso indestrutível, e quase nada mais do que isso.

Quando tornou a abrir os olhos, a manhã brilhava no aposento. Armand estava com ele, abraçando-o ainda; no entanto, parecia sozinho e tranquilo; seus olhos moviam-se muito pouco enquanto ele olhava para a floresta, que agora parecia avançar para a casa, para cada janela, como se as árvores tivessem se esgueirado até a beira da varanda.

Marius beijou a testa de Armand. E então fez exatamente o que Armand estava fazendo.

Contemplou o aposento ficar mais claro, contemplou a luz encher as vidraças, contemplou as lindas cores destacando-se na enorme tela da tapeçaria de retalhos.

5

Lestat: este é o meu corpo, este é o meu sangue

Estava tudo quieto quando acordei, e o ar era limpo e quente, com cheiro de mar.

Eu estava agora inteiramente confuso quanto ao tempo. Sabia, pelo meu atordoamento, que não dormira um dia inteiro. E tampouco estava em lugar protegido.

Tínhamos seguido a noite em volta da terra, talvez, ou melhor, movendo-nos ao acaso dentro dela, pois Akasha talvez não tivesse necessidade de dormir.

Eu tinha, era óbvio. Mas estava curioso demais para querer dormir. E, francamente, infeliz demais. Além disso, tinha sonhado com sangue humano.

Encontrava-me num quarto espaçoso, com terraços para o oeste e para o norte. Podia sentir o cheiro do mar e ouvi-lo, mas o ar era perfumado e bastante parado. Aos poucos estudei o aposento.

Luxuosa mobília antiga, provavelmente italiana – delicada e enfeitada –, misturava-se a luxos modernos em toda parte. A cama onde eu estava deitado era dourada e tinha um dossel de onde pendiam cortinas de gaze; almofadas de plumas e lençóis de seda. Um espesso tapete branco escondia o assoalho antigo.

Havia uma penteadeira atulhada de objetos de prata e cristal, e um curioso telefone branco de modelo antiquado. Cadeiras de veludo, um monstruoso televisor e estantes com equipamento de som estereofônico, e por toda parte mesinhas envernizadas, cobertas de jornais, cinzeiros, garrafas de vinho.

Pessoas haviam morado ali até uma hora antes, mas agora essa gente estava morta. Na verdade, havia muitos mortos naquela ilha. E enquanto eu ficava mais um instante deitado ali, desfrutando da beleza que me cercava, vi, em pensamento, a aldeia onde estivéramos antes. Vi a imundície, os telhados de lata, a lama. E agora eu estava deitado naquela mansão.

E havia morte ali também. Nós a trouxéramos.

Levantei-me da cama, saí para o terraço e olhei por cima do parapeito de pedra para a praia branca. Não se via terra no horizonte, apenas o mar ondulado. A espuma rendada das ondas brilhava ao luar. E eu estava num velho palazzo gasto pelo tempo, provavelmente construído quatro séculos antes, enfeitado de urnas e querubins e coberto de estuque manchado – um belo lugar. A luz elétrica brilhava através das venezianas verdes de outros aposentos. Aninhada num terraço abaixo de onde eu estava havia uma pequena piscina.

E, à frente, onde a praia curvava-se para a esquerda, vi outra habitação antiga e bela aconchegada dentro dos rochedos. Tinha morrido gente ali também. Aquela era uma ilha grega, eu tinha certeza, e aquele era o Mediterrâneo.

Quando prestei atenção, ouvi gritos vindos da terra atrás de mim, do outro lado do monte. Homens sendo assassinados. Apoiei-me à moldura da porta. Tentei impedir que meu coração disparasse.

Assaltou-me uma lembrança súbita do massacre no templo de Azim – um vislumbre de mim mesmo atravessando o rebanho humano, usando a lâmina invisível para penetrar na carne sólida. Sede. Ou era apenas luxúria? Vi novamente aqueles corpos retorcidos no combate final, rostos sujos de sangue.

Não fui eu, eu não poderia... Mas tinha sido eu.

E agora sentia o cheiro de fogo, como aquelas fogueiras no pátio de Azim onde os corpos eram incinerados. Aquele cheiro me dava náuseas. Voltei-me novamente em direção ao mar e respirei fundo. Se eu deixasse, as vozes viriam, vozes de toda a ilha, e de outras ilhas, e do continente próximo também. Eu podia sentir o som pairando por ali, esperando; tinha que fazê-lo recuar.

Então ouvi ruídos mais próximos. Mulheres nessa velha mansão. Estavam se aproximando do quarto. Voltei-me bem a tempo de ver as portas duplas se abrirem e as mulheres entrarem, usando modestas saias e blusas, com lenço nos cabelos.

Era um grupo variado, de todas as idades, inclusive belas jovens e matronas mais idosas, e até mesmo algumas criaturas frágeis, de pele muito enrugada e cabelos brancos como neve. Traziam consigo jarros de flores e os colocavam por toda parte. E então uma das mulheres, uma delicada coisinha jovem com um lindo e longo pescoço, adiantou-se com encantadora graça natural e pôs-se a acender as muitas lâmpadas.

O cheiro do sangue delas! Como podia ser tão forte e tentador, se eu não sentia sede?

De repente todas se reuniram no centro do quarto e me encararam; era como se tivessem entrado em transe. Eu estava parado no terraço, simplesmente olhando para elas; então percebi o que elas viam. Minha fantasia rasgada – os farrapos de vampiro: paletó preto, camisa branca e a capa – e toda manchada de sangue.

E minha pele, ela tinha mudado perceptivelmente. Eu estava mais branco, mais assustador de se ver, sem dúvida. E meus olhos deviam estar mais brilhantes, ou então estava sendo enganado pela reação primitiva delas. Quando tinham visto um de nós antes?

De qualquer maneira... tudo aquilo parecia uma espécie de sonho, aquelas mulheres imóveis com seus olhos negros e seus semblantes carregados – até mesmo as gordinhas tinham rostos emaciados – reunidas ali a me encarar e caindo de joelhos, uma a uma. Ah, de joelhos! Suspirei. Tinham aquela expressão alucinada de pessoas que foram arrebatadas da vida comum; estavam contemplando uma visão, e a ironia era que para mim elas é que pareciam uma visão.

Li seus pensamentos com relutância.

Tinham visto Nossa Senhora. Era isso que ela era ali: a Madona, a Virgem. Viera às aldeias e ordenara que matassem seus filhos e seus maridos; até os bebês tinham sido chacinados. E elas obedeceram, ou testemunharam essas coisas sendo feitas, e agora estavam dominadas por uma onda de fé e alegria. Eram testemunhas de milagres, tinham falado com Nossa Senhora em pessoa. E ela era a Mãe arcana, a Mãe que sempre habitara as grutas dessa ilha, antes até de Cristo; a Mãe cujas pequenas imagens nuas de vez em quando eram encontradas na terra.

Em nome dela tinham derrubado as colunas dos templos em ruínas que os turistas vinham ver, tinham incendiado a única igreja da ilha, despedaçando suas janelas com paus e pedras. Murais antigos tinham se queimado na igreja. As colunas de mármore, partidas em pedaços, tinham caído no mar.

Quanto a mim, o que era para elas? Não apenas um deus. Não apenas o escolhido da Mãe Abençoada. Não, alguma coisa mais. Aquilo me deixava perplexo, parado ali, encurralado pelos olhos delas, sentindo repulsa por suas convicções, mas fascinado e temeroso.

Não por elas, é claro, mas por tudo que estava acontecendo. Aquela deliciosa sensação de mortais olhando para mim, como quando eu estava no palco. Mortais olhando para mim e sentindo meu poder depois de tantos anos escondido, mortais vindo venerar-me. Mortais como todas aquelas pobres criaturas caídas na trilha das montanhas. Mas eram devotos de Azim, não eram? Tinham ido lá para morrer.

Pesadelo. Era preciso reverter aquilo, impedir, parar de aceitar qualquer aspecto daquilo!

Quero dizer, eu poderia começar a acreditar que era realmente... Mas sei o que sou, não sei? E essas mulheres são pobres ignorantes, para quem televisores e telefones são milagres, essas mulheres para quem a mudança em si é uma forma de milagre... E amanhã despertarão e verão o que fizeram!

Mas agora a sensação de paz nos dominou – às mulheres e a mim. O aroma familiar das flores, o feitiço. Em silêncio, através do pensamento, as mulheres estavam recebendo suas instruções.

Houve algum movimento; duas delas puseram-se de pé e entraram num banheiro contíguo, um daqueles negócios feitos de mármore maciço que italianos e gregos parecem adorar. A água quente jorrou e o vapor entrou no quarto pelas portas abertas.

Outras mulheres dirigiram-se aos armários, em busca de roupas limpas. Rico, fosse quem fosse, o pobre filho da puta que tinha sido dono daquele pequeno palácio, o pobre filho da puta que deixara aquele cigarro no cinzeiro e as marcas de gordura de seus dedos no telefone branco.

Outro par de mulheres veio em minha direção: queriam levar-me para o banheiro. Não fiz coisa alguma. Senti-as tocando em mim – quentes dedos humanos tocando em mim e todo o choque e a excitação delas quando sentiram a textura peculiar da minha carne. Aqueles toques me causavam um arrepio forte e delicioso. Os olhos escuros eram lindos, e estavam olhando para mim. Elas me puxavam com suas mãos quentes, queriam que eu fosse com elas.

Está bem. Deixei que me levassem. Mármore branco, metais de ouro trabalhado; o velho esplendor romano, com brilhantes frascos de sabonetes e perfumes nas prateleiras de mármore. E a torrente de água quente na banheira, com os jorros produzindo milhares de bolhas, tudo muito convidativo, ou teria sido em qualquer outra ocasião.

Despiram minhas roupas. Uma sensação absolutamente fascinante. Só tinham feito isso comigo, desde que eu era vivo, quando era muito pequeno. Fiquei parado na nuvem de vapor da banheira, observando todas aquelas mãozinhas negras e sentindo meus pelos arrepiarem-se por todo o corpo, sentindo a adoração nos olhos das mulheres.

Através do vapor olhei-me no espelho – na verdade, uma parede de espelhos – e vi-me pela primeira vez desde que se iniciara aquela sinistra odisseia. Por um instante não consegui suportar o choque. *Este não pode ser eu.*

Estava muito mais pálido do que imaginara. Empurrei delicadamente as mulheres e fui até a parede de espelhos. Minha pele tinha um brilho fosforescente e meus olhos estavam ainda mais brilhantes, reunindo todas as cores do espectro e misturando-as com uma luz gelada. Mas não me parecia com Marius. Não me parecia com Akasha. As rugas do meu rosto ainda estavam lá!

Em outras palavras: eu fora modificado pelo sangue de Akasha, mas ainda não me tornara liso. Mantinha minha expressão humana. E o mais estranho era que o contraste tornava essas rugas ainda mais visíveis. Até mesmo as minúsculas ruguinhas em meus dedos estavam mais nítidas que antes.

Mas que consolo era esse, se eu estava mais do que nunca diferente, espantoso, distante da aparência de um ser humano? De certa maneira, isso era pior que aquele primeiro momento duzentos anos antes, quando mais ou menos uma hora depois da minha morte eu me olhara num espelho e tentara encontrar minha humanidade naquilo que via. E agora sentia o mesmo medo.

Estudei meu reflexo. Meu tórax era como um torso de mármore num museu, igualmente branco. E o órgão, o órgão do qual não necessitamos, como se estivesse pronto para aquilo que ele nunca mais saberia como ou teria vontade de fazer – mármore. Príapo no portão.

Tonto, vi as mulheres se aproximarem. Lindas gargantas, seios, membros úmidos e escuros. Observei-as tocando em mim de novo. Para elas eu era mesmo lindo.

O cheiro do sangue delas era mais forte ali, em meio ao vapor. No entanto, eu não estava realmente sedento. Akasha me fartara, mas o sangue estava me atormentando um pouco. Não. Muito.

Eu *queria* o sangue delas – e não tinha coisa alguma a ver com sede. Queria como um homem pode querer um vinho bom, embora tenha bebido água. Isso multiplicado por vinte, trinta, cem. Na verdade, era um desejo tão poderoso que eu podia imaginar-me tomando todas elas, rasgando suas gargantas macias uma após outra e deixando os corpos caídos no chão.

Não, isso não vai acontecer, raciocinei. E a qualidade aguçada e perigosa daquele desejo me dava vontade de chorar. *O que fizeram comigo?* Mas eu sabia, não sabia? Sabia que agora era tão forte que vinte homens não conseguiriam dominar-me. E o que eu podia fazer com eles... Podia sair pelo teto, se quisesse, e sumir dali. Podia fazer coisas com que nunca sonhara. Provavelmente tinha agora o dom do fogo, podia queimar coisas como ela fazia, como Marius disse que podia fazer. Era só uma questão de força, só isso. E estonteantes graus de consciência, de aceitação...

As mulheres me beijavam. Beijavam meus ombros. Uma sensaçãozinha gostosa, a suave pressão dos lábios em minha pele. Não consegui reprimir um sorriso, e suavemente abracei-as e beijei-as, acariciando seus pescocinhos quentes e sentindo seus seios em meu peito. Estava inteiramente cercado por aquelas criaturas maleáveis, rodeado por suculenta carne humana.

Entrei na banheira funda e deixei que me lavassem. A água quente me molhava deliciosamente, limpando facilmente toda a sujeira que na realidade nunca se agarra a nós, nunca penetra em nós. Olhei para o teto e deixei que passassem água quente em meus cabelos.

Sim, extraordinariamente prazeroso tudo aquilo. No entanto, nunca me sentira tão solitário! Estava mergulhado naquelas sensações hipnóticas porque não havia outra coisa que pudesse fazer.

Quando terminaram, escolhi os perfumes que queria e mandei que se livrassem dos outros. Falei em francês, mas elas pareceram compreender. Então vestiram-me com as roupas que escolhi entre as que me apresentaram. O dono da casa gostava de camisas de linho feitas à mão, que eram apenas um pouquinho grandes para mim. E gostava também de sapatos feitos à mão, que me serviam razoavelmente.

Escolhi um terno de seda cinzenta, de trama muito fina e corte moderno. E joias de prata. O relógio de prata do homem, e suas abotoaduras, que tinham pequenos diamantes incrustados. E até mesmo um minúsculo alfinete de diamante para a lapela estreita do paletó. Mas eu me sentia estranho com aquelas roupas, era como se pudesse sentir a superfície de minha própria pele e ao mesmo tempo não a sentir. E então veio o déjà-vu. Duzentos anos antes. As velhas perguntas mortais. Por que diabos isto está acontecendo? Como posso controlá-lo?

Durante um momento perguntei-me: seria possível não me importar com o que acontecesse? Recuar e observá-los a todos como criaturas alienígenas, coisas com as quais eu me alimentava? Eu fora cruelmente arrancado do mundo deles! Onde estava a antiga amargura, a antiga desculpa para a crueldade sem fim? Por que essa crueldade sempre escolhera coisas tão pequeninas? Não que uma vida seja pequenina. Ah, não, nunca, vida nenhuma! Na verdade, aquele era todo o problema. Por que eu, que podia matar com tanto abandono, recuava ante a perspectiva de ver suas preciosas tradições destruídas?

Por que meu coração subia-me à garganta agora? Por que eu estava chorando por dentro, como se eu próprio fosse alguma coisa moribunda?

Talvez um outro qualquer tivesse adorado aquilo; um imortal doente e sem consciência teria rido das visões dela, e, no entanto, vestiria as roupagens de um deus tão facilmente quanto eu entrara naquele banho perfumado.

Mas nada me daria essa liberdade, nada. As permissões dela nada significavam, seu poder era apenas outro grau daquilo que nós todos possuíamos. E o que nós todos possuíamos nunca tornara essa luta simples, tornara-a uma agonia, não importava quantas vezes tivéssemos ganho ou perdido.

Não poderia acontecer, aquela dominação de um século por uma vontade; aquele plano tinha que ser frustrado de alguma forma, e se eu mantivesse a calma, encontraria os meios.

No entanto, os mortais infligiram muitos horrores uns aos outros; hordas de bárbaros tinham marcado continentes inteiros, destruindo tudo em seu caminho. Seria ela meramente humana em seus delírios de conquista e domínio? Não importava; tinha meios inumanos de ver seus sonhos tornados realidade!

Eu começaria a chorar novamente se não parasse de procurar uma solução, e aquelas pobres e ternas criaturas à minha volta ficariam ainda mais magoadas e confusas que antes.

Quando levei as mãos ao rosto, elas não se afastaram. Estavam a escovar-me os cabelos. Arrepios desciam por minhas costas. E de repente o ruído suave do sangue em suas veias ficou ensurdecedor.

Disse-lhes que queria ficar sozinho. Não conseguiria aguentar por mais tempo a tentação. E poderia ter jurado que elas sabiam o que eu desejava. Sabiam, e cediam. Pele escura e salgada bem perto de mim. Tentação demais. Fosse como fosse, elas obedeceram instantaneamente, um pouco temerosas. Saíram em silêncio, recuando como se não fosse apropriado dar-me as costas.

Olhei para o mostrador do relógio. Achei muito engraçado aquilo: eu usando um relógio que marcava o tempo. Aquilo subitamente me encheu de raiva. E então o relógio estourou! O vidro partiu-se e tudo voou para fora do estojo de prata. A correia quebrou e a coisa caiu do meu pulso. As pequenas peças brilhantes perderam-se no tapete.

– Meu Deus! – exclamei.

No entanto, por que não, se eu conseguia romper uma artéria e explodir um coração? Mas a questão era controlar aquela coisa, dirigi-la, não deixar que escapasse assim.

Ergui os olhos e escolhi um pequeno espelho ao acaso, que ficava numa moldura prateada sobre a penteadeira. Pensei: *Quebrar*, e ele explodiu em cacos brilhantes. Na imobilidade eu ouvia os fragmentos batendo nas paredes e no tampo da penteadeira.

Bem, aquilo era útil, muito mais útil que a capacidade de matar. Fixei os olhos no telefone sobre a escrivaninha. Concentrei-me, deixei que o poder se juntasse, depois conscientemente o enfraqueci e dirigi para empurrar o telefone devagar por cima do vidro que cobria o mármore. Sim. Certo. Os frascos tombavam quando o telefone batia neles. Fiz com que parassem, mas não consegui endireitá-los. Ah, mas espere um pouco! Imaginei uma mão endireitando-os. E certamente o poder não estava literalmente obedecendo àquela imagem, mas eu a usava para organizar o poder. Endireitei todos os frascos, recuperei o que tinha caído no chão e coloquei-o de volta no lugar.

Estava tremendo um pouco. Sentei-me na cama para pensar, mas estava curioso demais para isso. O importante era entender que se tratava de uma coisa física, uma energia. E não mais que uma extensão dos poderes que eu possuía antes. Por exemplo: mesmo no início, nas primeiras semanas depois que Magnus me fez, eu conseguira certa vez derrubar alguém – meu amado Nicolas, com quem estava discutindo – como se o tivesse atingido com um punho invisível. Estava furioso, na ocasião, mais tarde não consegui repetir aquele truque. Mas era o mesmo poder, o mesmo dom verificável e mensurável.

– Você não é deus – afirmei. Mas esse aumento de poder, essa nova dimensão, como dizer tão acuradamente neste século... Hummmmm...

Olhando para o teto, decidi que queria erguer-me lentamente e tocá-lo, passar as mãos pelo friso de gesso que corria em volta do fio do lustre. Senti náuseas, e então percebi que estava flutuando logo abaixo do teto. E minha mão, ora, parecia que minha mão atravessara o gesso! Baixei um pouco e olhei para o quarto abaixo de mim.

Meu Deus, eu tinha feito aquilo sem levar o corpo comigo! Ainda estava sentado ali na beirada da cama. Estava olhando para mim mesmo por cima da minha própria cabeça! Eu – pelo menos o meu corpo – estava ali sentado, imóvel, sonhador, olhando. Voltar. E lá estava eu novamente, graças a Deus, e meu corpo estava bem. Olhei para o teto, tentando entender aquela coisa toda.

Bem, sabia o que era aquela coisa toda. A própria Akasha me contara que seu espírito podia viajar fora do corpo. E os mortais sempre fizeram essas coisas, ou diziam fazer. Os mortais escreviam sobre essas viagens invisíveis desde os tempos mais antigos.

Eu quase fizera isso quando tentara ver dentro do templo de Azim, *ido lá para ver*, e ela me impedira porque quando deixei o corpo ele começou a cair. E muito antes disso, houve algumas vezes... Mas, em geral, eu nunca acreditara em todas as histórias dos mortais.

Agora sabia que podia fazer isso também. Mas certamente não queria fazê-lo acidentalmente. Tomei a decisão de subir até o teto de novo, mas dessa vez com meu corpo, e isso aconteceu instantaneamente! Estávamos lá juntos, pressionando o gesso, e dessa vez minha mão não o atravessou. Muito bem.

Voltei para baixo e decidi tentar a outra forma de novo. *Agora só em espírito*. Veio a náusea, olhei para o meu corpo lá embaixo, e de repente saí voando pelo telhado do palazzo. Estava viajando sobre o mar. No entanto, as coisas pareciam diferentes e eu não tinha certeza se se tratava do céu de verdade, do mar de verdade. Era mais como uma vaga concepção de ambos, e eu não gostei nem um pouquinho disso. Não, obrigado! Vou voltar para casa! Ou devia trazer meu corpo para mim? Tentei, mas nada aconteceu, e na verdade isso não chegou a me surpreender. Era uma espécie de alucinação, eu não tinha realmente deixado o corpo, e precisava aceitar esse fato.

E Baby Jenks, e as coisas lindas que Baby Jenks viu quando subiu? Tinha sido alucinação? Eu nunca saberia, não era mesmo?

Voltar!

Sentado. Beirada da cama. Confortável. O quarto. Levantei-me e andei por ali durante alguns minutos, apenas olhando as flores, a maneira estranha como as pétalas brancas capturavam a luz da lâmpada e como as vermelhas pareciam escuras, e como a luz dourada refletia-se na superfície dos espelhos, e todas as outras coisas lindas.

De repente era esmagadora a presença dos puros detalhes que me cercavam, a extraordinária complexidade de um simples quarto.

Então praticamente caí na cadeira ao lado da cama. Recostei-me no veludo e fiquei ouvindo meu coração batendo com força. Ficar invisível, deixar o corpo, eu tinha odiado! Não faria de novo!

Então ouvi uma risada suave, baixa. Percebi que Akasha estava ali, em algum lugar atrás de mim, talvez junto à penteadeira.

Senti uma onda de alegria ao ouvir sua voz, sentir sua presença. Na realidade, fiquei surpreso com a força dessas sensações. Tinha vontade de vê-la, mas não me movi imediatamente.

– Viajar fora do corpo é um poder que você compartilha com os mortais – disse ela. – Eles fazem esse truquezinho de viajar sem o corpo o tempo todo.

– Sei disso – respondi melancolicamente. – Podem continuar fazendo. Se eu puder viajar com meu corpo, é o que pretendo fazer.

Ela tornou a rir; um riso suave, acariciante, que eu ouvira em meus sonhos.

– Nos tempos antigos os homens iam aos templos para isso. Bebiam as poções que os sacerdotes lhes davam; era viajando nos céus que os homens encontravam os grandes mistérios da vida e da morte.

– Sei – falei de novo. – Sempre pensei que estavam bêbados ou doidões, como se diz hoje em dia.

– Você é uma aula de brutalidade – sussurrou ela. – Suas reações são tão rápidas...

– Isto é ser brutal? – perguntei.

Tornei a sentir uma lufada dos incêndios que grassavam na ilha. Nauseabundo. *Meu Deus!* E nós aqui conversando como se isso não estivesse acontecendo, como se não tivéssemos invadido o mundo deles com estes horrores...

– E voar com o corpo não o assusta? – quis ela saber.

– Assusta, sim, você sabe disso – respondi. – Quando é que vou descobrir meus limites? Posso me sentar aqui e mandar a morte para mortais a qualquer distância?

– Não. Você vai descobrir seus limites mais cedo do que pensa. É como qualquer outro mistério: na verdade, não há mistério.

Ri. Por uma fração de segundo ouvi novamente as vozes, a onda crescendo, e depois caindo até tornar-se um som realmente audível – gritos no vento, gritos vindos das aldeias da ilha. Tinham queimado o pequeno museu com as antigas estátuas gregas, os ícones e as pinturas bizantinas.

Toda aquela arte virando fumaça. A vida virando fumaça!

De repente precisei vê-la. Não consegui encontrá-la nos espelhos, pela posição deles. Levantei-me.

Ela estava parada junto à penteadeira, e também mudara suas vestes, e o penteado. Ainda mais puramente linda, e, no entanto, intemporal como antes. Segurava um pequeno espelho de mão e contemplava-se nele, mas parecia não estar olhando para coisa alguma – estava ouvindo as vozes, e eu também podia ouvi-las novamente.

Um arrepio me percorreu; ela se parecia como antigamente, congelada, sentada no santuário.

Então pareceu despertar, olhar para o espelho novamente, e depois para mim, ao deixá-lo de lado.

Os cabelos estavam soltos, as tranças tinham desaparecido. E agora as ondas negras desciam livres pelos ombros, pesadas, brilhantes e convidando ao beijo. O vestido era parecido com o antigo, como se as mulheres o tivessem feito com a seda magenta escura que ela encontrara ali. Dava-lhe um leve rosado às faces, e aos seios, apenas semiencobertos pelas pregas soltas que iam até os ombros, presas ali por pequenos broches de ouro.

Os colares que usava eram todos joias modernas, mas a profusão fazia parecerem arcaicos – pérolas, correntes de ouro, opalas e até mesmo rubis.

Contra o brilho de sua pele, todos aqueles enfeites pareciam irreais. Mesclavam-se ao brilho geral da sua figura; eram como a luz em seus olhos, o brilho em seus lábios.

Era algo próprio para o mais luxuoso palácio da imaginação, algo ao mesmo tempo sensual e divino. Senti desejo do seu sangue outra vez, o sangue sem perfume e sem morte. Tive vontade de ir até ela, erguer a mão e tocar aquela pele que parecia absolutamente impenetrável, mas que se rompia de repente como a mais frágil casca.

– Todos os homens da ilha estão mortos, não estão? – perguntei, chocando a mim mesmo.

– Todos, menos dez. Havia setecentos nesta ilha. Sete serão poupados.

– E os outros três?

– São para você.

Encarei-a: para mim? O desejo de sangue modificou-se um pouco, reajustou-se, passou a incluir, além do dela, sangue humano – o tipo quente, perfumado, o tipo que... Mas não havia uma necessidade física real. Eu ainda podia chamar aquilo de sede, tecnicamente, mas na realidade era algo muito pior.

– Você não os quer? – perguntou ela, zombeteira, sorrindo para mim. – Meu deus relutante, que foge ao dever! Sabe, todos esses anos em que eu o escutava, muito antes de você fazer canções para mim, eu adorava ver você pegar apenas os durões, os machos. Adorava que você caçasse ladrões e assassinos, e que gostasse de engolir inteiro o mal que havia neles. Onde está sua coragem agora? Sua impulsividade? Sua disposição para mergulhar de cabeça?

– São perniciosas essas vítimas que me esperam?

Ela apertou os olhos por um instante.

– Finalmente a covardia? – perguntou. – A grandeza do plano o assusta? Pois com certeza matar não significa muito...

– Ah, mas você está errada – respondi. – Matar sempre significa alguma coisa. Mas, sim, a grandeza do plano me aterroriza. O caos, a total perda de todo equilíbrio moral, significa tudo. Mas isso não é covardia, ou é?

Eu parecia muito calmo, seguro de mim. Não era verdade, e ela sabia.

– Então vou liberá-lo de qualquer obrigação de resistir – respondeu. – Você não pode me impedir. Eu o amo, como lhe disse. Adoro olhar para você. Fico cheia de felicidade. Mas você não pode me influenciar, tal ideia é ridícula.

Ficamos a nos encarar em silêncio. Eu tentava encontrar palavras para dizer a mim mesmo como ela era linda, como parecia com as antigas pinturas egípcias de princesas de tranças brilhantes cujos nomes estão perdidos para sempre. Estava tentando entender por que meu coração doía só de olhar para ela; no entanto, não me importava com a sua beleza, mas sim com o que dizíamos um para o outro.

– Por que escolheu este caminho? – perguntei.

– Você sabe por quê – respondeu ela com um sorriso paciente. – É o melhor caminho. É o único caminho! É a visão clara, depois de séculos buscando uma solução.

– Mas esta não pode ser a verdade, não consigo acreditar.

– Claro que pode. Acha que isso é só um impulso meu? Não tomo minhas decisões como você faz, meu príncipe. Sua exuberância juvenil é algo que admiro, mas possibilidades tão pequenas há muito desapareceram para mim. Você pensa em termos de vidas, em termos de pequenas conquistas e prazeres humanos. Eu passei milhares de anos pensando em planos para o mundo que agora é meu. E não faltam evidências de que devo continuar. Não posso transformar esta terra num jardim, não posso criar o Éden da imaginação humana... a não ser que elimine os machos quase por completo.

– Você quer dizer matar quarenta por cento da população da Terra? Noventa por cento de todos os homens?

– Você nega que isto porá fim à guerra, ao estupro, à violência?

– Mas acontece que...

– Não. Responda à minha pergunta. Nega que isso porá fim à guerra, ao estupro, à violência?

– Matar todo mundo poria fim a essas coisas!

– Não faça joguinhos comigo. Responda.

– Isso não é um jogo? O preço é inaceitável. É loucura, é genocídio, é contra a natureza.

– Acalme-se. Nada do que diz é verdadeiro. Natural é aquilo que simplesmente tem que ser feito. E acha que os povos desta terra não limitaram suas filhas mulheres no passado? Acha que não as mataram aos milhões, porque queriam apenas filhos homens que pudessem ir para a guerra? Ah, você não pode imaginar como essas coisas foram feitas. Então agora a mulher será escolhida, em vez do homem, e não haverá mais guerra. E os outros crimes cometidos por homens contra mulheres? Se qualquer nação do mundo perpetrasse esses crimes contra outra nação, não seria marcada para o extermínio? No entanto, noite e dia, em toda a Terra, esses crimes são cometidos sem cessar.

– Certo, é verdade. Sem dúvida é verdade. Mas a sua solução é melhor? É inominável o massacre de todos os machos! Certamente, se você quer governar...

Mas até isso era impensável. Pensei nas antigas palavras de Marius, ditas a mim há muito tempo, ainda na época das perucas empoadas e dos chinelos de cetim: que a velha religião, o cristianismo, estava morrendo, e talvez não surgisse uma nova.

"Talvez uma coisa mais maravilhosa aconteça", dissera Marius. "O mundo realmente avançará, deixará para trás todos os deuses e deusas, os demônios e os anjos..."

Não era aquele realmente o destino deste mundo? O destino para o qual ele caminhava sem nossa intervenção?

– Ah, você é um sonhador, minha coisa linda – disse ela bruscamente. – Como escolhe suas ilusões! Olhe para os países orientais, onde as tribos do deserto, agora ricas com o petróleo que puxaram da areia, matam-se aos milhares em nome de Alá, seu deus! A religião não está morta nesta terra, nunca estará. Você e Marius, que grandes jogadores de xadrez! Suas ideias nada mais são que peças de xadrez. E vocês não conseguem enxergar além do tabuleiro onde as colocam neste ou naquele padrão que combine com suas alminhas éticas.

– Está errada – respondi com raiva. – Talvez não a respeito de nós. Nós não temos importância. Está errada nisto tudo que começou. Está errada!

– Não estou, não – retrucou ela. – E não há quem possa me impedir, homem ou mulher. E vamos ver, pela primeira vez desde que o homem ergueu um porrete para golpear seu irmão, o mundo que as mulheres fariam e o que as mulheres têm a ensinar aos homens. E só quando puderem ser ensinados é que os homens terão permissão para andar livres entre as mulheres.

– Deve haver outro meio! Pelos deuses, eu sou uma coisa defeituosa, uma coisa fraca, uma coisa que não é melhor que a maioria dos homens que já viveram. Não posso argumentar em favor da vida deles agora. Não conseguiria defender a minha espécie. Mas, Akasha, pelo amor a todas as coisas vivas, eu lhe imploro que deixe isto, este assassinato em massa...

– Você me fala de assassinato? Diga-me o valor de uma vida humana, Lestat. Não é infinito? E quantos você mandou para a sepultura? Temos sangue nas mãos, todos nós, exatamente como em nossas veias.

– Exatamente. E não somos sábios e onipotentes. Eu lhe imploro que pare, pense... Akasha, Marius certamente...

– Marius! – Ela riu baixinho. – O que foi que Marius lhe ensinou? O que foi que ele lhe deu? Deu realmente?

Não respondi. Não podia. E a beleza dela estava me confundindo! Confundia-me olhar para as curvas de seus braços, a minúscula covinha na bochecha.

– Meu querido – disse ela, o rosto terno de repente, tão suave quanto a voz. – Pense em sua visão do Jardim Selvagem, no qual os princípios estéticos são os únicos princípios duráveis, as leis que governam a evolução de todas as coisas grandes e pequenas, das cores e padrões em gloriosa profusão, e a beleza! A beleza em qualquer lugar que se olhe! Esta é a natureza. E a morte está nela em toda parte. E o que vou fazer é o Éden, o Éden pelo qual todos anseiam, e ele será melhor que a natureza! Vou levar as coisas um passo à frente, e a violência abusiva e amoral da natureza será redimida. Não entende que os homens jamais farão mais do que sonhar com a paz? Mas as mulheres podem realizar esse sonho! Minha visão está amplificada no coração de toda mulher. Mas não consegue sobreviver ao calor da violência masculina! E esse calor é tão terrível que a própria Terra pode não sobreviver!

– E se houver alguma coisa que você não compreende? – perguntei, fazendo um esforço para encontrar as palavras. – Suponha que a dualidade masculino/feminino seja indispensável ao animal humano. Suponha que as mulheres queiram os homens; suponha que elas fiquem contra você e tentem proteger os homens. O mundo não é essa ilhazinha primitiva! Nem todas as mulheres são camponesas cegas por visões!

– Acha que os homens são aquilo que as mulheres querem? – retrucou ela. Aproximou-se de mim, o rosto modificando-se imperceptivelmente no jogo de luz. – É o que está dizendo? Se é assim, então vamos poupar mais alguns homens, e mantê-los onde possam ser olhados como as mulheres olhavam para você, e tocados como elas tocaram em você. Vamos mantê-los onde as mulheres possam tê-los quando quiserem, e eu lhe asseguro que não serão usados como as mulheres têm sido usadas por eles.

Suspirei. Era inútil discutir. Ela estava absolutamente certa e absolutamente errada.

– Você está cometendo uma injustiça consigo mesmo – continuou ela. – Conheço seus argumentos. Estudei-os durante séculos, como estudei muitas outras questões. Acha que faço o que faço com limitações humanas? Não é assim. Para me compreender, você tem que pensar em termos de capacidades ainda inimaginadas. Seria mais fácil você entender o mistério da fissão do átomo ou dos buracos negros no espaço.

– Tem que haver um jeito sem morte. Tem que haver um jeito que triunfe sobre a morte!

– Ora, isso aí, meu querido, é verdadeiramente contra a natureza. Nem mesmo eu posso acabar com a morte. – Ela fez uma pausa; de repente parecia abstraída, ou melhor, profundamente entristecida pelas palavras que acabara de dizer. – Acabar com a morte... – sussurrou. Parecia que um sofrimento pessoal imiscuíra-se em seus pensamentos. – Acabar com a morte – repetiu.

Mas estava se afastando de mim. Vi-a fechar os olhos e levar os dedos às têmporas. Estava ouvindo as vozes de novo, deixando-as vir. Ou talvez até fosse incapaz de impedi-las. Disse algumas palavras numa linguagem antiga, que não compreendi. Fiquei perturbado com sua súbita vulnerabilidade, o modo como as vozes pareciam estar separando-a de mim, o modo como seus olhos pareciam examinar o quarto; depois fixaram-se em mim e encheram-se de brilho.

Fiquei sem fala, dominado pela tristeza. Como minhas visões de poder eram pequenas! Vencer um mero punhado de inimigos, ser visto e amado pelos mortais como uma imagem, encontrar um lugar qualquer no grande drama das coisas, que era infinitamente maior que eu, um drama cujo estudo ocuparia a mente de um ser durante mil anos. E subitamente estávamos fora do tempo, além da justiça, capazes de derrubar sistemas inteiros de pensamento. Ou era apenas uma ilusão? Quantos outros tinham tentado alcançar tal poder, de uma forma ou de outra?

– Não eram imortais, meu amado. – Era quase uma súplica.

– Mas nós somos imortais por acidente – retorqui. – Somos coisas que nunca deveriam ter existido.

– Não diga isto!

– Não posso fazer nada.

– Agora não tem importância. Você não consegue entender a pouca importância de qualquer coisa. Não lhe dou uma razão sublime para o que estou fazendo porque minhas razões são simples e práticas; como nós nascemos é irrelevante. O que importa é que sobrevivemos. Não entende? Aí está a beleza de tudo isso, a beleza de onde todas as outras belezas nascerão: que nós tenhamos sobrevivido.

Sacudi a cabeça. Estava em pânico. Vi novamente o museu que os camponeses da ilha acabavam de incendiar. Vi as estátuas enegrecidas, tombadas no chão. Uma horrível sensação de perda me dominou.

– A História não tem importância – continuou ela. A Arte não tem importância. Essas coisas representam continuidades que na realidade não existem. Elas suprem nossa necessidade de um padrão, nossa fome de um sentido para as coisas. Mas no fim somos enganados. Temos que criar esse sentido.

Dei-lhe as costas. Não queria ser influenciado por sua firmeza ou sua formosura, pelo brilho da luz em seus olhos negros. Senti suas mãos em meus ombros, seus lábios em meu pescoço.

Passados anos, quando meu jardim tiver desabrochado em muitos verões e adormecido durante muitos invernos, quando os velhos costumes de estupro e guerra forem apenas lembranças, e as mulheres assistirem a filmes antigos cheias de pasmo por tais coisas terem sido feitas, quando o jeito feminino estiver inculcado em cada membro da população, de um modo natural, como a agressividade é inculcada agora, então talvez os machos possam voltar. Seu número pode aumentar aos poucos. As crianças crescerão num ambiente onde o estupro é impensável, onde a guerra é inimaginável. E então... então pode haver homens. Quando o mundo estiver pronto para eles.

– Não vai dar certo. Não pode dar certo!

– Por que diz isso? Vamos estudar a natureza, como você queria fazer agora mesmo. Saia para o jardim que cerca esta casa, estude as abelhas nas colmeias e as formigas trabalhando como sempre fizeram. São fêmeas, meu príncipe, aos milhões. O macho é apenas uma aberração, uma necessidade funcional. Esses animais aprenderam, muito antes de mim, o sábio truque de limitar os machos. E agora podemos viver numa época em que os machos são inteiramente desnecessários. Diga-me, meu príncipe: qual é a principal utilidade dos homens hoje em dia, senão proteger as mulheres dos outros homens?

– O que faz você me querer aqui? – perguntei desesperadamente, virando-me para encará-la. – Por que me escolheu para consorte? Pelo amor de Deus, por que não me mata junto dos outros homens? Escolha outro imortal qualquer, algum ser antigo que anseia por tal poder! Deve haver um. Não quero governar o mundo! Não quero governar coisa alguma! Nunca quis!

O rosto dela mudou só um pouquinho. Parecia haver uma tristeza vaga, evanescente, por um instante, que tornou seus olhos ainda mais profundos em sua escuridão. Os lábios estremeceram como se ela quisesse dizer alguma coisa, mas não conseguisse. Finalmente respondeu:

– Lestat, ainda que todo mundo fosse destruído, eu não destruiria você. Suas limitações são tão deslumbrantes quanto as suas virtudes, por motivos que eu própria não compreendo. Mas talvez seja mais verdadeiro dizer que o amo porque você é tão inteiramente aquilo que está errado com tudo que é masculino: agressivo, cheio de ódio e inquietação e de eternas desculpas eloquentes para a violência. Você é a essência da masculinidade, e há nesta sua pureza uma qualidade esplêndida. Mas ela precisará ser controlada.

– Por você.

– Sim, meu amor. Foi para isso que nasci. Por isso estou aqui. E não importa se ninguém apoia meu propósito; farei com que seja assim. Agora mesmo o mundo está ardendo com fogo masculino. É uma guerra. Mas quando isso for corrigido, seu fogo arderá ainda mais forte, como uma tocha.

– Akasha, você acaba de me dar razão! Não acha que as almas femininas anseiam exatamente por esse fogo? Meu Deus, você mexeria até nas estrelas?

– Sim, a alma anseia. Mas por vê-lo numa tocha, como mencionei, ou na chama de uma vela. Mas não devorando as florestas, as montanhas, os vales. Não há uma única mulher que já tenha desejado ser queimada por ele! Elas querem a luz, meu querido, a luz! E o calor! Mas não a destruição. Como poderiam querer? São apenas mulheres. Não são loucas.

– Está bem. Digamos que você consiga o que quer. Que comece essa revolução e ela domine o mundo. Compreenda que não acredito que isso vá acontecer. Mas se acontecer, não há nada que possa vir a exigir explicação pela morte de tantos milhões? Se não existem deuses ou deusas, não há algum modo pelo qual os próprios humanos, juntamente com você e eu, sejam obrigados a pagar?

– É o portal para a inocência, e assim será lembrado. E nunca mais a população masculina terá possibilidade de crescer tanto, pois quem desejaria tais horrores outra vez?

– Force os homens a obedecer-lhe. Enlouqueça-os como enlouqueceu as mulheres, como me enlouqueceu.

– Mas, Lestat, o caso é justamente este: eles nunca obedeceriam. Você vai obedecer? Prefeririam morrer, como você preferiria morrer. Seria mais uma razão para a revolta, como se elas não sobrassem. Eles se juntariam em magnífica resistência. Imagine, combater uma deusa! Do jeito que está sendo, já teremos bastante disso. Eles não conseguem deixar de ser homens. E eu só poderia governar pela tirania, pelo terror. E haveria o caos. Assim, haverá um rompimento na grande corrente de violência. Será uma era de paz completa e total.

Fiquei em silêncio. Podia pensar em mil propostas, mas todas seriam refutadas. Ela estava demasiado segura de seus propósitos. E, na verdade, estava certa em muitas coisas.

Ah, mas era uma fantasia, o mundo sem homens. O que, exatamente, seria conseguido? Ah, não. Não aceito essa ideia nem por um instante. Nem mesmo... No entanto, a visão retornou, a mesma que eu vislumbrara naquela aldeia miserável na selva, de um mundo sem medo.

Imagine tentar explicar a elas como os homens tinham sido. Imagine tentar explicar que houve um tempo em que uma pessoa podia ser assassinada nas ruas das cidades; imagine tentar explicar o que o estupro significava para o macho da espécie... imagine! E eu via os olhos delas em mim, olhando sem compreensão, tentando entender, tentando dar esse salto de entendimento. Senti suas mãos macias me tocarem.

– Mas é loucura! – sussurrei.

– Ah, como você me combate, meu príncipe – sussurrou ela também. Havia um travo de raiva, mágoa. Ela se aproximou. Se me beijasse de novo, eu começaria a chorar. Pensava que sabia o que era a beleza nas mulheres, mas ela ultrapassava todas as palavras que eu tinha para isso. – Meu príncipe – repetiu, num murmúrio suave. – A lógica disso é perfeita. Um mundo onde apenas um punhado de homens é mantido para reprodução será um mundo feminino. E esse mundo será o que nunca conhecemos em nossa história infeliz e sangrenta, em que homens hoje cultivam germes em frascos para matar continentes inteiros na guerra química, e constroem bombas que podem desviar a Terra de seu caminho em volta do Sol.

– E se as mulheres se dividirem em princípios feminino e masculino, como os homens costumam fazer quando não há mulheres?

– Sabe que é uma pergunta tola. Essas distinções são apenas superficiais. Mulheres são mulheres! Pode imaginar uma guerra feita por mulheres? Responda honestamente. Pode? Pode conceber bandos de mulheres dedicadas à destruição? Ou ao estupro? Essas coisas são ridículas. Para as poucas aberrações, a justiça será imediata. Mas, no geral, vai acontecer uma coisa inteiramente imprevista. Não vê? A possibilidade de paz na Terra sempre existiu, e sempre houve pessoas que gostariam de realizá-la, preservá-la, e essas pessoas são mulheres. Se retirarmos os homens.

Sentei-me na cama, consternado, como um mortal. Apoiei os cotovelos nos joelhos. Meu Deus, meu Deus! Por que aquelas duas palavras me voltavam sempre? Não havia Deus! Eu estava no quarto com Deus...

Ela riu triunfalmente.

– Sim, tesouro – falou. Pegou minha mão, virou-me e puxou-me para si. – Mas, diga-me, isso não o excita nem um pouquinho?

Encarei-a.

– O que quer dizer?

– Você, o impulsivo! Você, que transformou aquela criança, Claudia, numa bebedora de sangue, só para ver o que acontecia! – Havia zombaria em seu tom, mas também afeição. – Vamos, não quer ver o que vai acontecer se todos os homens morrerem? Não está nem um pouco curioso? Procure a verdade dentro da sua alma. É uma ideia interessante, não é?

Não respondi. Sacudi a cabeça.

– Não – falei finalmente.

– Covarde – sussurrou ela.

Ninguém jamais me chamara disso, ninguém!

– Covarde – repetiu ela. – Um ser pequenininho com sonhos pequenininhos!

– Talvez não houvesse guerra, estupro ou violência – falei – se todos os seres fossem pequeninos e tivessem sonhos pequeninos, como você diz.

Ela riu carinhosamente. Com perdão.

– Poderíamos ficar discutindo isso para sempre – murmurou. – Mas logo saberemos. O mundo será como eu desejo que seja, e veremos o que acontece.

Sentou-se ao meu lado e por um instante parecia que eu estava enlouquecendo. Deslizou os suaves braços nus em volta do meu pescoço. Parecia que nunca houvera um corpo feminino mais macio, maleável e sensual que o dela. No entanto, era rija e forte.

As luzes no quarto diminuíram. E o céu lá fora parecia ainda mais vívido e escuro em seu azul.

– Akasha... – murmurei.

Olhei para as estrelas acima do terraço aberto. Queria dizer alguma coisa importante que pudesse varrer todos os argumentos, mas não conseguia raciocinar. Estava tonto; certamente por obra dela. Era um feitiço que ela me lançara, mas saber disso não me libertava. Senti seus lábios nos meus outra vez, e em minha garganta. Senti o cetim frio de sua pele.

– Sim, descanse agora, meu tesouro. Quando acordar, as vítimas estarão esperando.

– As vítimas... – Eu estava quase sonhando, segurando-a nos braços.

– Mas agora precisa dormir. Ainda é jovem e frágil. Meu sangue está agindo em você, modificando-o, aperfeiçoando-o.

Sim, destruindo-me. Destruindo meu coração e minha vontade. Eu estava vagamente cônscio de estar me mexendo, deitando-me na cama. Caí nos travesseiros de seda, e depois senti a seda dos cabelos dela perto de mim, o toque de seus dedos, e novamente seus lábios em minha boca. Sangue em seu beijo, sangue troando sob ele.

– Escute o mar – sussurrou ela. – Escute as flores desabrochando. Agora consegue ouvi-las, sabe? Consegue ouvir as minúsculas criaturas do mar, se prestar atenção. Pode ouvir os golfinhos cantando, pois eles cantam.

Vagando. A salvo nos braços dela, ela, a poderosa, ela, aquela que todos temiam.

Esqueça o cheiro acre dos corpos queimando; sim, escute o mar estourando como tiros na praia lá embaixo; escute o som de uma pétala de rosa soltando-se e caindo no mármore. O mundo está virando um inferno, e não posso fazer nada, e estou nos braços dela, e vou dormir.

– Isso já não aconteceu milhões de vezes, meu amor? – murmurou ela. – Num mundo cheio de sofrimento e morte, você deu as costas como milhões de mortais fazem todas as noites!

Escuridão. Esplêndidas visões. Um palácio ainda mais lindo que este. Vítimas. Servos. A existência mítica dos paxás, dos imperadores.

– Sim, meu querido, qualquer coisa que você desejar. O mundo inteiro aos seus pés. Vou construir muitos palácios para você. Elas farão isso; elas, que o veneram. Isso não é coisa alguma. Apenas a parte mais simples. E pense na caçada, meu príncipe. Até acontecer a morte, pense na perseguição. Pois eles certamente fugiriam, iriam esconder-se de você, mas você os encontraria.

À luz que decrescia – pouco antes da chegada dos sonhos – eu conseguia ver tudo isso. Via a mim mesmo viajando pelos ares, como os heróis de antigamente, acima dos campos onde tremeluziam as fogueiras dos acampamentos deles.

Eles viajariam em alcateias, como lobos, através de cidades e florestas, ousando mostrar-se apenas durante o dia – pois só então estariam a salvo de nós. Quando a noite caísse, nós viríamos e os seguiríamos pelos pensamentos e pelo sangue deles, e pelas confissões sussurradas das mulheres que os tinham visto e talvez até mesmo ajudado. Para o ar livre eles poderiam correr, disparando suas armas inúteis. E nós desceríamos e destruiríamos um por um, nossos alvos, exceto aqueles que queríamos vivos, aqueles cujo sangue beberíamos sem pressa, sem piedade.

E dessa guerra sairá a paz? Desse jogo horrível nascerá um jardim?

Tentei abrir os olhos. Senti o beijo dela em minhas pálpebras.

Sonhando.

Um planalto nu, o solo crestado. Alguma coisa surgindo, empurrando torrões de terra para fora de seu caminho. Essa coisa sou eu. Essa coisa caminhando pelo planalto árido enquanto o sol se põe. O céu ainda está cheio de luz. Olho para o pano manchado que me cobre, mas esse não sou eu. Sou apenas Lestat. E estou com medo. Gostaria que Gabrielle estivesse aqui. E Louis. Talvez Louis pudesse fazê-la compreender. Ah, Louis, de todos nós o que sempre soube...

E novamente o sonho costumeiro, as ruivas ajoelhadas junto ao altar com o corpo – o cadáver de sua mãe –, prontas para consumi-lo. Sim, é o dever delas, seu direito sagrado, devorar o cérebro e o coração. Porém, não farão isso, porque alguma coisa horrível vai acontecer. Chegam soldados... Eu gostaria de saber o que isso significa.

Sangue. Despertei assustado, horas depois. O quarto esfriara um pouco. O céu estava assombrosamente claro através das janelas abertas. E a luz que vinha delas enchia o aposento.

– As mulheres estão esperando, e as vítimas. Elas estão com medo.

As vítimas! Minha cabeça girava. As vítimas estariam cheias de sangue suculento. Homens que, de qualquer maneira, morreriam. Jovens rapazes, todos para mim.

– Sim. Mas venha, acabe com o sofrimento deles.

Levantei-me cambaleante. Ela colocou uma capa comprida em meus ombros, algo mais simples que seus próprios trajes, porém quente e macio. Com as duas mãos acariciou meus cabelos.

– Masculino e feminino. Será que a questão sempre foi só essa? – sussurrei.

Meu corpo queria dormir mais um pouco. Mas o sangue...

Ela estendeu a mão e tocou minha face. Lágrimas de novo?

Saímos juntos do quarto para um comprido patamar com corrimão de mármore, de onde descia uma escadaria que se curvava até um salão imenso. Candelabros por toda parte. Lâmpadas elétricas de baixa potência criavam uma agradável penumbra.

Exatamente no centro do salão reuniam-se as mulheres, talvez umas duzentas ou mais, imóveis, olhando para nós, mãos postas como em oração.

Mesmo em seu silêncio elas pareciam bárbaras em meio à mobília europeia, os painéis italianos com suas bordas douradas, a lareira antiga com seus enfeites de mármore. Subitamente pensei nas palavras dela: "A História não tem importância, a Arte não tem importância." Sentia-me atordoado. Nas paredes havia aquelas alegres pinturas do século XVIII cheias de nuvens reluzentes e anjos de bochechas gordas, e céus de um azul luminescente.

As mulheres não olhavam para aquela riqueza que nunca as tocara e, na realidade, nada significava para elas; olhavam, sim, para a visão no patamar, que agora desmanchava-se e materializava-se subitamente ao pé da escadaria num clarão de luz colorida e num forte ruído sibilante.

As mulheres suspiraram e ergueram as mãos às cabeças inclinadas, como se para protegê-las de um clarão de luz importuno. Então todos os olhos fixaram-se na Rainha dos Céus e seu consorte, parados no tapete vermelho, poucos metros acima do grupo, o consorte um tanto perturbado, mordendo os lábios e tentando ver com clareza aquela coisa horrenda que estava acontecendo, aquela horrível mistura de culto e sacrifício sangrento, enquanto as vítimas eram trazidas.

Tão belos espécimes! Homens do Mediterrâneo, de pele morena e cabelos escuros. Tão belos quanto as mocinhas. Homens com aqueles corpos rijos, de bela musculatura, que durante milhares de anos inspiraram os artistas. Olhos negros e rostos sombreados pela barba feita, e muita astúcia, e uma raiva profunda daquelas criaturas sobrenaturais e hostis que decretaram a morte de todos os seus irmãos.

Estavam amarrados com tiras de couro – provavelmente seus próprios cintos e os cintos de dezenas de outros, mas as mulheres tinham trabalhado bem. Até os tornozelos estavam atados, de modo que eles conseguiam caminhar, mas não correr ou chutar. Despidos até a cintura, e apenas um deles tremia, mais de raiva que de medo. Subitamente ele começou a debater-se. Os outros dois voltaram-se, olharam para ele e começaram também a debater-se.

Mas a massa feminina cercou-os, obrigando-os a se ajoelharem. Senti o desejo crescer dentro de mim ao ver isso, ao ver as tiras de couro cortando a pele negra e nua dos braços dos homens. Por que isso era tão sedutor? E as mãos das mulheres segurando-os, essas mãos duras e ameaçadoras que sabiam ser tão suaves! Eles não poderiam enfrentar tantas mulheres. Suspirando, eles desistiram, mas o que tinha começado a rebelião olhou acusadoramente para mim.

Demônios, diabos, coisas do inferno, era o que sua mente lhe dizia: pois quem mais faria tais coisas? Ah, é o início da escuridão, de uma terrível escuridão!

Mas o desejo era forte demais. *Você vai morrer, e eu vou fazer isso!* E ele pareceu ouvir, e compreender. E cresceu nele um ódio selvagem pelas mulheres, repleto de imagens de estupro e vingança que me fizeram sorrir. No entanto, eu compreendia. Até bem demais. Tão fácil desprezá-las, ofender-se por elas se tornarem o inimigo nessa batalha imemorial, elas, as mulheres! E essa vingança imaginada era a escuridão inominável.

Senti os dedos de Akasha em meu braço. A sensação de felicidade voltou, o delírio. Tentei resistir, mas a senti como antes. No entanto, o desejo não foi embora. O desejo agora estava em minha boca. Eu sentia o gosto dele.

Sim, entrar no momento, entrar na função pura, deixar que começasse o sacrifício sangrento...

As mulheres se ajoelharam em massa, e os homens, já ajoelhados, pareceram acalmar-se, os olhos vidrados quando olharam para nós, os lábios frouxos e trêmulos.

Olhei para os ombros musculosos do primeiro, aquele que se revoltara. Imaginei, como sempre faço nesses momentos, a sensação daquela garganta áspera e mal barbeada quando meus lábios a tocassem, e meus dentes perfurassem a pele – não a pele gelada da deusa, mas uma pele quente, salgada, humana.

Sim, amado. Tome-o. Ele é o sacrifício que você merece. Você agora é um deus. Tome-o. Sabe quantos o esperam?

Parecia que as mulheres sabiam o que fazer. Elas o ergueram quando avancei um passo; ele tornou a lutar, mas foi pouco mais que um espasmo muscular quando o peguei nos braços. Minha mão fechou-se com demasiada força em sua cabeça, eu não conhecia minha nova força, e ouvi os ossos estalando exatamente quando enfiava os dentes. Mas a morte foi quase instantânea, tão grande foi o meu primeiro gole de sangue. Estava ardendo de fome, e a porção inteira não tinha sido suficiente. Nem perto disso!

Peguei imediatamente a vítima seguinte, tentando ir devagar, para poder despencar-me na escuridão, como fizera tantas vezes antes, com apenas a alma falando comigo. Sim, contando-me seus segredos enquanto o sangue jorrava para dentro de minha boca, enquanto eu enchia a boca antes de engolir. *Sim, meu irmão. Lamento, meu irmão.* E então, cambaleando para a frente, pisei no cadáver diante de mim, esmagando-o com os pés.

– Agora o último.

Nenhuma resistência. Ele me encarava em completa imobilidade, como se uma luz qualquer lhe tivesse ocorrido, como se ele tivesse encontrado, numa teoria ou numa crença, um socorro perfeito. Puxei-o para mim – devagar, Lestat – e aquela foi a verdadeira fonte que eu desejava, aquela foi a morte lenta e poderosa pela qual eu ansiava, o coração batendo como se jamais fosse parar, um suspiro escapando-lhe dos lábios, meus olhos ainda nublados, mesmo quando o soltei, com as imagens desvanecidas de sua vida breve e sem registro, subitamente comprimidas num único e raro segundo de sentido.

Deixei-o cair. Agora não havia sentido algum.

Havia apenas a luz diante de mim, e o êxtase das mulheres que finalmente tinham sido redimidas através de milagres.

O aposento estava em silêncio; nada se movia; o ruído do mar chegava como um som distante e monótono.

Então a voz de Akasha:

Os pecados dos homens agora foram redimidos, e agora aqueles que foram poupados serão bem cuidados, e amados. Mas nunca deem liberdade àqueles que ficaram, àqueles que as oprimiram.

E então, em silêncio, sem palavras distintas, veio a lição.

O desejo voraz que elas tinham acabado de testemunhar, as mortes que tinham visto em minhas mãos, tudo aquilo deveria ser o eterno lembrete da ferocidade que vivia em todas as coisas masculinas e que nunca mais poderia ter permissão para ser livre. Os homens tinham sido sacrificados à personificação de sua própria violência.

Em resumo: aquelas mulheres tinham assistido a um ritual novo e transcendente, um novo santo sacrifício da missa. E iriam ver isso de novo, e tinham que lembrar-se sempre.

Aquele paradoxo fazia minha cabeça girar. E meus ínfimos planos não muito anteriores estavam ali para me atormentar: desejara que o mundo dos mortais me conhecesse, desejara ser a imagem do mal no teatro do mundo, e assim fazer o bem...

E agora eu era mesmo essa imagem, sua personificação literal, transformando-me num mito na mente daquelas almas simples, como ela havia prometido. E havia uma vozinha sussurrando em meu ouvido, martelando-me com o velho ditado: tome cuidado com aquilo que desejar, pois seu desejo pode se tornar realidade.

Sim, aquele era o cerne da questão: tudo que eu sempre desejara estava se tornando realidade. No santuário eu a beijara e ansiara por despertá-la, e sonhara com seu poder, e agora estávamos juntos, ela e eu, e os hinos cresciam à nossa volta. Hosanas. Cânticos de alegria.

As portas do palazzo foram escancaradas.

E nós partimos; subimos no ar em magia e esplendor, saímos pelas portas, passamos acima dos telhados da antiga mansão e depois acima das águas cintilantes do oceano, até alcançarmos a amplidão silenciosa das estrelas.

Não sentia mais medo de cair, não mais temia algo tão trivial. Porque minha alma – insignificante como era e sempre fora – conhecia agora terrores que eu jamais antes imaginara.

6

A história das gêmeas

PARTE II

Ela estava sonhando com morte. Era uma cidade grande e escura, como Londres ou Roma, e ela a atravessava às pressas, em missão de morte, para derrubar a primeira deliciosa vítima humana que seria sua. E pouco antes de abrir os olhos já tinha dado o salto: das coisas em que acreditara toda a sua vida para aquele ato simples e amoral – matar. Tinha feito o que o réptil faz quando prende em sua boca mesquinha e áspera o minúsculo e indefeso ratinho que ele esmagará lentamente, sem jamais ouvir a canção suave e triste.

Acordada na noite; e a casa viva acima de si; os antigos dizendo "Venha". Uma televisão tagarelando em algum lugar: a Santa Virgem Maria tinha aparecido numa ilha do Mediterrâneo.

Nenhuma fome. O sangue de Maharet era demasiado forte. A ideia crescia, chamando-a como uma velha num beco escuro. Matar.

Erguendo-se da caixa estreita onde estava deitada, atravessou pé ante pé a escuridão até que suas mãos tocaram a porta de metal. Passou para o saguão e ergueu os olhos para a escadaria infindável que se dobrava sobre si mesma como se fosse um esqueleto, e viu o céu através do vidro como fumaça. Mael estava na metade da escadaria, diante da porta da casa propriamente dita, olhando para ela.

Ela cambaleou diante daquele olhar – *Sou como vocês e estamos juntos* – e da sensação do corrimão de ferro sob sua mão, e algum sofrimento súbito, apenas uma coisa passageira, por tudo aquilo que ela fora antes que aquela beleza feroz a tivesse agarrado pelos cabelos.

Mael desceu como se para resgatá-la, porque aquilo a estava levando.

Eles entendiam, sem dúvida, o modo como a terra agora respirava para ela, e a floresta cantava, e as raízes rondavam na escuridão, atravessando aquelas paredes de terra.

Encarou Mael. Um leve odor de couro, poeira. Como pôde ter pensado algum dia que tais seres eram humanos? Olhos brilhando assim! No entanto, chegaria a ocasião em que ela estaria novamente entre seres humanos, e veria os olhos deles demorarem-se nela e depois afastarem-se de repente. Estaria andando apressada em alguma cidade escura como Londres ou Roma. Olhando nos olhos de Mael ela tornou a ver a velha no beco escuro, mas não tinha sido uma imagem literal. Não: ela via o beco, via o assassinato, puramente. E no silêncio ambos desviaram os olhos no mesmo instante, mas não às pressas, um tanto respeitosamente. Ele tomou a mão dela e olhou para a pulseira que lhe dera. Subitamente beijou-a na face. E então levou-a escada acima, na direção do aposento no topo da montanha.

A voz eletrônica da televisão ficava cada vez mais alta, falando de histeria coletiva no Sri Lanka. Mulheres matando os homens. Até bebês masculinos assassinados. Na ilha de Lynkonos tinha havido alucinações em massa e uma epidemia de mortes inexplicadas.

As coisas que ela ouvia penetraram gradualmente em seu cérebro. Então não era a Santa Virgem Maria; ao ouvir pela primeira vez, achara maravilhoso que as mulheres pudessem acreditar numa coisa como aquela. Voltou-se para Mael, mas ele tinha os olhos fixos à frente. Conhecia essas coisas. A televisão estava mostrando aquilo havia horas.

Quando entrou no aposento, ela viu o soturno brilho azulado. E o estranho espetáculo desses seus novos irmãos na Ordem Secreta dos Não Mortos, dispersos pela sala, como estátuas, brilhando à luz azul, olhos fixos na grande tela.

"... já aconteceram antes, devido a substâncias tóxicas nos alimentos ou na água. Porém não há explicação para a semelhança das notícias de lugares muito diversos, que agora incluem várias aldeias isoladas nas montanhas do Nepal. As pessoas presas até agora dizem ter visto uma bela mulher, chamada de Santa Virgem ou Rainha dos Céus, ou simplesmente A Deusa, que lhes ordenava massacrar os homens da aldeia, à exceção de uns poucos escolhidos para serem poupados. Algumas notícias descrevem também uma aparição masculina, uma divindade de cabelos louros que não fala e que até agora não recebeu um nome ou um título, oficial ou não oficial..."

Jesse olhou para Maharet, que assistia sem qualquer expressão no semblante, uma das mãos descansando no braço da cadeira.

A mesa estava coberta de jornais – em francês e industano, além de inglês.

"... de Lynkonos para várias outras ilhas, antes que a milícia fosse chamada. Cálculos preliminares indicam que uns dois mil homens podem ter sido mortos naquele pequeno arquipélago perto da ponta da Grécia."

Maharet tocou no controle preto sob sua mão e a tela desapareceu. Todo o aparelho aparentemente desapareceu, desvanecendo-se na madeira escura, enquanto as janelas ficavam transparentes e os topos das árvores surgiam em camadas infinitas e embaçadas de encontro ao céu violento. Jesse viu a distância as luzes tremeluzentes de Santa Rosa aninhadas nos montes escuros. Sentia o cheiro do sol que estivera naquele aposento; podia sentir o calor que aos poucos se elevava através do teto de vidro.

Olhou para os outros, sentados em perplexo silêncio. Marius olhava com raiva para a tela da televisão, para os jornais espalhados à sua frente.

– Não temos tempo a perder – disse Khayman a Maharet. – Você precisa continuar a história. Não sabemos quando ela virá para cá.

Fez um pequeno gesto, e os jornais espalhados juntaram-se, comprimiram-se e atiraram-se ao fogo, que os devorou com um entusiasmo que enviou um chuveiro de faíscas pela chaminé acima.

Jesse sentiu-se atordoada. Tudo rápido demais. Olhou para Khayman; algum dia se acostumaria com seus rostos de porcelana, suas expressões subitamente violentas, suas vozes humanas, seus movimentos quase invisíveis?

E o que fazia a Mãe? Homens assassinados, a tessitura da vida daquelas pessoas ignorantes totalmente destruída. Uma fria sensação de perigo tocou-a e ela procurou no rosto de Maharet um vislumbre de compreensão.

Mas o semblante de Maharet estava totalmente rígido. Ela não dera resposta a Khayman, voltara-se lentamente em direção à mesa e juntava as mãos sob o queixo. Tinha os olhos opacos, distantes, como se não enxergasse nada à sua frente.

– O fato é que ela tem que ser destruída – declarou Marius, como se não pudesse mais controlar-se. Seu rosto enrubesceu, espantando Jesse, porque todas as linhas normais do rosto de um homem por um instante estiveram presentes. Logo desapareceram, e ele tremia visivelmente de raiva. – Libertamos um monstro, e cabe a nós capturá-lo.

– E como se pode fazer isso? – perguntou Santino. – Você fala como se fosse uma simples questão de decisão. É impossível matá-la!

– Nós entregamos nossas vidas. É assim que se pode fazer isso – respondeu Marius. – Agimos em conjunto, e acabamos com essa coisa de uma vez por todas, como devia ter sido feito há muito tempo. – Olhou para cada um deles, demorando-se em Jesse. Depois para Maharet. – O corpo dela não é indestrutível. Não é feito de mármore. Pode ser perfurado, cortado. Eu mesmo o perfurei com meus dentes. Já bebi aquele sangue!

Maharet fez um pequeno gesto, como se dissesse: sei disso tudo e você sabe que eu sei.

– E quando o destruirmos, destruiremos o nosso também? – perguntou Eric. – Proponho sairmos daqui. Proponho nos escondermos dela. Que é que ganhamos ficando aqui?

– Não! – exclamou Maharet.

– Se fizerem isso, ela vai matar um por um – disse Khayman. – Vocês estão vivos porque servem aos planos dela.

– Quer continuar a história? – pediu Gabrielle, diretamente a Maharet. Passara todo esse tempo quieta, mal prestando atenção aos outros. – Quero saber o resto – declarou. Quero ouvir tudo. – Inclinou-se para a frente, braços cruzados sobre a mesa.

– Acha que vai descobrir nessas histórias antigas um meio de derrotá-la? – quis saber Eric. – Se acha, então está louca.

– Continue a narrativa, por favor – interveio Louis. – Quero... – Hesitou. – Também quero saber realmente o que aconteceu.

Maharet encarou-o por um longo momento.

– Continue, Maharet – pediu Khayman. – Com toda probabilidade a Mãe será destruída, e nós dois sabemos como e por que, e toda essa conversa é sem sentido.

– Qual pode ser a importância de uma profecia agora, Khayman? – perguntou Maharet, a voz baixa, desvitalizada. – Cairemos no mesmo erro que iludiu a Mãe? O passado pode nos ensinar, mas não vai nos salvar.

– Sua irmã vem, Maharet. Ela vem, como disse que viria.

– Khayman... – disse Maharet, com um sorriso amargo.

– Conte-nos o que aconteceu – falou Gabrielle.

Maharet ficou imóvel, como se procurasse um meio de começar. Enquanto isso o céu escureceu do outro lado das janelas. Porém, bem longe, para o oeste, apareceu uma leve mancha vermelha, que ficou cada vez mais brilhante de encontro às nuvens cinzentas. Finalmente desapareceu, e eles foram envolvidos pela escuridão absoluta, sem contar com a luz do fogo e o brilho baço das paredes de vidro agora transformadas em espelhos.

– Khayman levou-as para o Egito – disse Gabrielle. – O que foi que viram lá?

– Sim, ele nos levou para o Egito – repetiu Maharet. Suspirou ao recostar-se, olhos fixos na mesa à sua frente. – Não havia como fugir; Khayman nos teria levado à força. E, para falar a verdade, nós aceitamos ir. Ao longo de vinte gerações tínhamos sido intermediárias entre o homem e os espíritos; se Amel tinha cometido um grande mal, tentaríamos desfazê-lo. Ou, pelo menos... como disse a vocês, quando nos sentamos a essa mesa pela primeira vez... tentaríamos compreender.

"Entreguei minha filha aos cuidados das mulheres em quem mais confiava. Beijei-a. Contei-lhe segredos. E depois deixei-a, e partimos, levadas na liteira real como se fôssemos convidadas do Rei e da Rainha de Kemet, e não prisioneiras, como antes.

"Khayman mostrou-se gentil conosco durante a longa marcha, porém melancólico e silencioso, recusando-se a nos encarar. O que não nos importava, pois não tínhamos esquecido nossos sofrimentos. Então, na última noite de viagem, quando acampamos na margem do grande rio, que atravessaríamos de manhã para chegarmos ao palácio real, Khayman chamou-nos à sua tenda e nos contou tudo que sabia.

"Seu comportamento foi cortês, respeitoso. E, enquanto ouvíamos, tentamos esquecer o ressentimento que tínhamos por ele. Ele nos falou do que o demônio – como ele o chamava – tinha feito.

"Apenas umas poucas horas depois que tínhamos sido expulsas do Egito, ele percebera que alguma coisa o observava, alguma força escura e maligna. Sentia aquela presença em toda parte, embora com menos intensidade à luz do dia. Então coisas dentro de sua casa começaram a acontecer – coisas pequenas, que outras pessoas não notavam. A princípio pensou que estava enlouquecendo. Seus objetos de escrita desapareciam; depois o selo que usava. Então, sem mais nem menos, esses objetos vinham voando em cima dele, batendo-lhe no rosto ou caindo a seus pés. Alguns surgiam em lugares ridículos. Ele encontrava o selo, por exemplo, na cerveja ou na sopa.

"E não ousava contar ao Rei e à Rainha. Sabia que eram os nossos espíritos que faziam isso, e nos denunciar seria nos condenar à morte. Assim, guardou seu terrível segredo, e as coisas pioravam. Enfeites que ele amava desde criança eram destroçados e choviam em cima dele. Amuletos sagrados eram jogados na privada; as paredes eram esfregadas com excremento.

"Ele não conseguia suportar a própria casa, no entanto, ordenava que os escravos não falassem daquilo a pessoa alguma; quando eles fugiram apavorados, ele próprio passou a cuidar de suas necessidades, e varria o chão como um humilde serviçal.

"Mas vivia agora em estado de terror. Alguma coisa estava com ele ali em sua casa. Ouvia a respiração em seu rosto. E de vez em quando podia jurar que sentia os dentes aguçados como agulhas.

"Finalmente, desesperado, começou a conversar com o espírito, a pedir-lhe que fosse embora. Mas isso parecia apenas aumentar a força do outro. Com as conversas o espírito duplicava seu poder. Esvaziou a bolsa dele sobre as pedras do chão e fez as moedas tilintarem a noite inteira. Derrubou a cama, de modo que ele caiu de cara no chão. Colocou areia em sua comida sem que ele percebesse.

"Finalmente passaram-se seis meses. Ele estava ficando frenético. Talvez já estivéssemos fora de perigo. Mas ele não podia ter certeza, e não sabia onde pedir ajuda, pois o espírito realmente o assustava.

"Então, certa madrugada, deitado na cama a imaginar o que a criatura pretendia fazer, pois andava muito sossegada, ele ouviu de repente alguém batendo com força na porta. Ficou aterrorizado. Sabia que não devia atender, que as batidas não vinham de mão humana. Mas finalmente não conseguiu suportar mais. Fez suas orações e abriu a porta. E o que viu foi o horror dos horrores: a múmia decomposta de seu pai, os panos imundos em frangalhos, apoiada no muro do jardim.

"Evidentemente ele sabia que não havia vida no rosto encolhido ou nos olhos mortos que o encaravam. Alguém ou alguma coisa tinha retirado o corpo de sua mastaba no deserto e trazido para lá. E era o corpo de seu pai: pútrido, fedorento. O corpo de seu pai, que, por tudo que era sagrado, deveria ter sido consumido num banquete fúnebre por Khayman e seus irmãos e irmãs.

"Khayman caiu de joelhos, chorando, gritando. E então, diante de seus olhos incrédulos, a coisa moveu-se! A coisa começou a dançar! As pernas sacudiam-se, os panos rompiam-se, até que Khayman correu para dentro de casa e fechou a porta. E então o corpo foi jogado contra a porta, parecia esmurrá-la, exigindo entrar.

"Khayman clamou aos deuses do Egito que o livrassem daquela monstruosidade. Chamou os guardas do palácio, chamou os soldados do Rei. Amaldiçoou a coisa demoníaca e ordenou-lhe que o deixasse em paz. E Khayman tornou-se então aquele que jogava objetos e chutava as moedas de ouro, em sua fúria.

"Todo o palácio atravessou correndo os jardins reais até a casa de Khayman. Mas o demônio agora parecia ter ficado ainda mais forte. As persianas estremeceram, depois foram arrancadas dos gonzos. Os poucos móveis de valor que Khayman possuía dançavam pela sala.

"E isso era apenas o começo. Ao amanhecer, quando os sacerdotes entraram na casa para exorcizar o demônio, um vento forte veio do deserto, trazendo consigo torrentes de areia. E o vento perseguia Khayman por toda parte; e finalmente ele olhou para os braços e viu-os cobertos de minúsculas picadas e gotinhas de sangue. Até as pálpebras tinham sido atacadas. Escondeu-se num armário para abrigar-se; a coisa despedaçou o armário. E todos fugiam dela. E Khayman ficou sozinho, chorando no chão.

"A tempestade durou muitos dias. Quanto mais os sacerdotes oravam e cantavam, mais o demônio se enfurecia. O Rei e a Rainha estavam fora de si de tristeza. Os sacerdotes amaldiçoavam o demônio. O povo culpava as feiticeiras ruivas. Gritavam que nunca deveríamos ter tido permissão de deixar a terra de Kemet. Devíamos ser encontradas a qualquer custo e trazidas de volta para sermos queimadas vivas. E então o demônio sossegaria.

"Mas as famílias antigas não concordavam com esse veredicto. Para elas, o julgamento era claro: os deuses tinham desenterrado o cadáver pútrido do pai de Khayman para mostrar que os comedores de carne faziam o que agradava aos céus. Não, os errados eram o Rei e a Rainha, os que deveriam morrer eram o Rei e a Rainha. O Rei e a Rainha tinham enchido o reino de superstições e múmias. O reino estava à beira de uma guerra civil.

"Finalmente o próprio Rei procurou Khayman, que chorava em sua casa, coberto por um pano, como uma mortalha. E o Rei falou com o demônio, enquanto as picadas atacavam Khayman e no pano que o cobria apareciam gotas de sangue. 'Lembre-se do que aquelas bruxas disseram', falou o Rei. 'Esses são apenas espíritos, não são demônios. E pode-se conversar com eles. Se ao menos pudesse fazê-los ouvir, como as bruxas faziam, e responder...'

"Mas isso pareceu apenas enraivecer o demônio. Ele quebrou o que restava da mobília, arrancou a porta das dobradiças, extraiu as árvores do jardim e jogou-as longe. Na verdade, parecia ter esquecido Khayman, enquanto disparava pelos jardins do palácio destruindo tudo que podia. E o Rei foi atrás dele, implorando-lhe que o reconhecesse e conversasse com ele, que lhe revelasse seus segredos. Postou-se bem no centro do redemoinho criado pelo demônio, destemido e enfeitiçado.

"Finalmente apareceu a Rainha. Em voz alta e penetrante ela também falou com o demônio. 'Você nos castiga pelo sofrimento das irmãs ruivas!', gritou. 'Mas por que não nos serve, em vez de servir a elas?' No mesmo instante o demônio rasgou-lhe as vestes e afligiu-a intensamente, como tinha feito com Khayman. Ela tentou cobrir os braços e o rosto, mas era impossível. Então o Rei abraçou-a e os dois juntos correram de volta à casa de Khayman.

"'Agora vá', disse o Rei a Khayman. 'Deixe-nos a sós com essa coisa e vou aprender com ela, vou entender o que ela quer.' E chamando a si os sacerdotes, contou-lhes de dentro do redemoinho o que nós tínhamos dito, que o espírito odiava a humanidade porque éramos ao mesmo tempo espírito e carne. Mas ele o prenderia, o modificaria, o controlaria. Pois era Enkil, Rei de Kemet, e podia fazer isso.

"O Rei e a Rainha entraram juntos na casa de Khayman, e o demônio entrou com eles, arrebentando tudo, mas eles ficaram. Khayman, que via-se agora livre da coisa, deixou-se ficar deitado no chão do palácio, exausto, temendo por seus soberanos, porém sem saber como agir.

"A corte estava em tumulto, homens lutavam entre si, mulheres choravam, e algumas até abandonaram o palácio, com medo do que estava por vir. Durante dois dias e duas noites o Rei ficou com o demônio, bem como a Rainha. E então as famílias antigas, os comedores de carne, juntaram-se do lado de fora da casa. O Rei e a Rainha estavam errados, era hora de tomarem a si o futuro de Kemet. Ao crepúsculo, entraram na casa de adagas empunhadas, em sua missão mortal. Matariam o Rei e a Rainha; e se o povo se revoltasse, diriam que o demônio fizera aquilo; quem poderia dizer que não? E o demônio sossegaria quando estivessem mortos o Rei e a Rainha, que tinham perseguido as feiticeiras ruivas.

"Foi a Rainha quem os viu chegando; ao correr para a frente, gritando, eles enfiaram as adagas em seu seio e ela caiu, à beira da morte. O Rei correu em sua ajuda e eles o golpearam também, sem piedade; e depois saíram correndo da casa, pois o demônio não cessara sua perseguição.

"Enquanto isso tudo acontecia, Khayman estava ajoelhado na beira do jardim abandonado pelos guardas, que se juntaram aos comedores de carne. Imaginava que seria morto, com outros serviçais da família real. Então ouviu gritos terríveis da Rainha. Sons como ele nunca ouvira antes. Quando os comedores de carne ouviram esses gritos, abandonaram rapidamente o palácio. Foi Khayman, leal escudeiro do Rei e da Rainha, quem agarrou uma tocha e foi em socorro de seus senhores. Ninguém tentou impedi-lo; todos fugiram, apavorados. Khayman entrou sozinho na casa.

"A escuridão agora era completa, a não ser pela tocha. E eis o que Khayman viu: a Rainha caída no chão, contorcendo-se em agonia, o sangue jorrando das feridas, e uma grande nuvem avermelhada envolvendo-a. Era como um redemoinho a rodeá-la, ou melhor, um vento erguendo inúmeras gotículas de sangue. E no meio desse círculo de vento, de chuva ou como quer que pudesse ser chamado, a Rainha contorcia-se e girava, olhos virados para cima. O Rei jazia de costas.

"O instinto mandava que Khayman fugisse para o mais longe possível. Naquele momento ele desejava apenas deixar para sempre sua terra natal. Mas aquela era sua Rainha, ali, ofegante, costas arqueadas, unhas arranhando o chão.

"Então a grande nuvem de sangue que a escondia, inchando e contraindo-se à sua volta, ficou mais densa e de repente desapareceu, como se sugada para dentro dos ferimentos dela. O corpo da Rainha ficou imóvel; lentamente ela se sentou, olhos fixos à frente, e um grande grito gutural saiu de dentro dela antes que ficasse quieta.

"Não havia som algum enquanto a Rainha encarava Khayman, a não ser o estralejar da tocha. E então a Rainha pôs-se a ofegar roufenhamente, olhos arregalados, parecia que ia morrer, mas não morreu. Protegeu os olhos da forte luminosidade da tocha como se aquilo a ferisse, virou-se e viu o marido deitado como morto a seu lado.

"Em sua agonia, gritou um protesto; aquilo não podia acontecer. E, no mesmo instante, Khayman viu que todos os ferimentos dela estavam cicatrizando, os cortes profundos não eram mais que arranhões na superfície da pele.

"'Alteza', exclamou. E foi em direção a ela, agachada a chorar e a olhar para os próprios braços, antes dilacerados, e para os próprios seios, agora ilesos novamente. Ela gemia enquanto contemplava as feridas se fechando. E de repente arranhou a própria pele com as longas unhas; o sangue jorrou, no entanto a ferida fechou-se!

"'Khayman, meu Khayman!', gritou, cobrindo os olhos para não ver a tocha brilhante. 'Que foi que me aconteceu?' E seus gritos ficaram cada vez mais altos; e ela caiu sobre o Rei, em pânico, gritando: 'Enkil, ajude-me! Enkil, não morra!' e todas essas loucuras que uma pessoa grita no meio de um desastre. E então, com os olhos fixos no Rei, uma mudança sinistra lhe sobreveio e ela mergulhou sobre o Rei como se fosse uma fera faminta, e com sua longa língua lambeu o sangue que cobria a garganta e o peito dele.

"Khayman nunca vira uma coisa assim. Era uma leoa no deserto, lambendo o sangue de uma tenra presa. Tinha as costas inclinadas e os joelhos erguidos; puxou o corpo inerme do Rei em sua direção e mordeu a artéria da garganta.

"Khayman deixou cair a tocha. Recuou para a porta aberta. Pretendia correr para salvar sua vida, mas ouviu a voz do Rei falando baixinho com ela. 'Akasha', disse. 'Minha Rainha.' E ela, endireitando-se, tremendo e chorando, olhou para o próprio corpo, e para o corpo dele, para a própria pele inteira e para a dele, ainda rasgada por tantas feridas. 'Khayman, a sua adaga!', gritou. 'Entregue-a a mim. Pois levaram as armas com eles. Sua adaga, preciso dela agora.'

"Khayman obedeceu imediatamente, embora pensasse que iria ver seu Rei morrer agora. Mas com a adaga a Rainha cortou os próprios pulsos e deixou seu sangue cair sobre os ferimentos do marido, enquanto contemplava as feridas dele fechando-se. Gritando de entusiasmo, ela esfregou o sangue no rosto dilacerado dele.

"As feridas do Rei cicatrizaram. Khayman viu os grandes cortes fechando-se. Viu o Rei mexer-se, sacudir os braços. Sua língua lambeu o sangue de Akasha que lhe descia pelo rosto. E então, erguendo-se na mesma postura animal que a Rainha tivera momentos antes, o Rei abraçou a esposa e abriu a boca em sua garganta.

"Khayman vira o suficiente. À luz bruxuleante da tocha, aquelas duas figuras pálidas pareciam fantasmas, demônios. Ele saiu da casa e recostou-se no muro do jardim. E parece que desmaiou ali, sentindo a relva no rosto quando caiu. Despertou num sofá dourado nos aposentos da Rainha. Todo o palácio estava em silêncio. Ele viu que suas roupas tinham sido trocadas, o rosto e as mãos banhados, e que havia ali uma luz fraquíssima e um incenso doce, e as portas estavam abertas para o jardim como se nada houvesse a temer.

"Então viu nas sombras o Rei e a Rainha olhando para ele; só que não era o seu Rei, não era a sua Rainha. Ia gritar, soltar gritos tão terríveis quanto os que ouvira de outros, mas a Rainha o acalmou:

"'Khayman, meu Khayman', disse ela, entregando-lhe a linda adaga de punho de ouro. 'Você nos serviu com lealdade.' Foi nesse ponto que Khayman interrompeu sua história: 'Amanhã à noite, quando o sol morrer, vocês mesmas verão o que aconteceu', disse ele. 'Pois então, e só então, depois que toda luz desaparecer do ocidente, eles aparecerão juntos nas dependências do palácio, e vocês verão o que eu vi.'

"'Por que só à noite?', perguntei. 'Qual a importância disso?' E então ele nos contou que nem uma hora depois de ter despertado, antes mesmo que o sol se erguesse, eles tinham começado a afastar-se das portas abertas, a gritar que a luz lhes feria os olhos. Já tinham fugido das tochas e das lamparinas, e agora parecia que a manhã os perseguia e não havia no palácio um lugar onde pudessem esconder-se.

"Deixaram o palácio às escondidas, cobertos com panos. Correram a uma velocidade que ser humano nenhum podia igualar. Correram em direção às mastabas, ou sepulturas das famílias antigas, aquelas famílias que tinham sido forçadas a transformar, com pompa e cerimônia, seus mortos em múmias. Eles correram para os lugares sagrados que ninguém poderia profanar, tão depressa que Khayman não conseguiu segui-los. Mas o Rei parou uma vez. Ao deus-sol, Rá, ele clamou por piedade. E então, chorando, escondendo os olhos do sol, gritando como se o sol os queimasse, mesmo mal tendo a sua luz invadido o céu, o Rei e a Rainha desapareceram das vistas de Khayman.

"'Desde então, nem uma vez apareceram antes do poente; descem do cemitério sagrado, embora ninguém saiba exatamente onde. Na verdade, o povo agora os aguarda em multidões, saudando-os como o deus e a deusa, a própria imagem de Osíris e Ísis, divindades da lua; jogam flores a seus pés e inclinam-se diante deles. Pois espalhou-se a notícia de que o Rei e a Rainha tinham derrotado a morte nas mãos de seus inimigos por meio de um poder celestial, que são deuses, imortais e invencíveis, e que pelo mesmo poder conseguem enxergar no coração dos homens. Não se pode guardar segredo deles, seus inimigos são castigados de imediato, eles conseguem ouvir palavras ditas apenas na mente de cada um. Todos os temem. No entanto, sei, como todos os servos fiéis sabem, que não podem suportar uma vela ou uma lamparina perto demais, que fogem da luz brilhante de uma tocha, e que quando executam seus inimigos em segredo, bebem-lhes o sangue! Como animais selvagens, alimentam-se de suas vítimas, e o aposento fica como a cova de um leão. E sou eu, Khayman, seu escudeiro de confiança, quem junta esses corpos e os joga no poço!'

"Khayman parou de falar e pôs-se a chorar. Mas sua narrativa terminara. Era quase de manhã e o sol erguia-se sobre as montanhas ao oriente. Preparamo-nos para atravessar o poderoso Nilo. O deserto aquecia-se; Khayman caminhou até a margem do rio quando a primeira barca de soldados atravessou. Ainda estava chorando quando viu o sol descer sobre o rio e a água pegar fogo.

"'Rá, o deus-sol, é o mais antigo e maior deus de toda Kemet', sussurrou. 'E esse deus voltou-se contra eles. Por quê? Em segredo eles choram seu destino; a sede os enlouquece; têm medo que ela se torne maior do que podem suportar. Vocês precisam salvá-los. Precisam fazer isso pelo nosso povo. Não mandaram buscá-las para culpá-las ou fazer-lhes mal. Precisam de vocês. Vocês são bruxas poderosas, façam esse espírito desfazer sua obra!'

"E então, olhando para nós, lembrando tudo que nos acontecera, ele entregou-se ao desespero. Mekare e eu não demos resposta. A barca estava agora pronta para nos levar ao palácio. E nós contemplamos, acima do brilho da água, a rica coleção de prédios pintados que era a cidade real, e nos perguntamos quais seriam as consequências finais daquele horror.

"Quando desci da barca, pensei em minha filha, e de repente entendi que eu morreria em Kemet. Tive vontade de fechar os olhos e perguntar baixinho aos espíritos se aquilo ia mesmo acontecer, mas não ousei. Não aguentaria que me tirassem as últimas esperanças."

✵

Maharet ficou tensa.

Jesse viu seus ombros se endireitarem, viu os dedos da mão direita se moverem sobre a superfície de madeira, se fechando e tornando a se abrir, as unhas douradas brilhando à luz do fogo.

– Não quero que sintam medo – falou, sem entonação na voz. – Mas precisam saber que a Mãe atravessou o grande mar oriental. Ela e Lestat agora estão mais próximos...

Jesse sentiu a corrente de medo passando por todos à mesa. Maharet permaneceu rígida, escutando, ou talvez enxergando; as pupilas moviam-se levemente.

– Lestat está chamando – disse. – Mas ainda está fraco demais para que eu ouça as palavras ou veja alguma coisa. Mas ele não está ferido, isso eu sei, e sei também que tenho agora pouco tempo para terminar a história...

7

Lestat: o Reino dos Céus

Caribe. Haiti. O Jardim de Deus.

Postei-me no topo do monte ao luar e tentei não ver aquele paraíso. Tentei visualizar aqueles que amava. Estariam ainda reunidos naquela floresta de contos de fadas, de árvores monstruosas, onde eu vira minha mãe caminhar? Se ao menos pudesse ver seus rostos, ouvir suas vozes... Marius, não seja o pai zangado; ajude-me! Ajude-nos a todos! Não desisto, mas estou perdendo. Estou perdendo a alma e a mente. Meu coração já se foi: pertence a ela.

Mas eles estavam fora do meu alcance; uma grande amplidão nos separava; eu não tinha forças para vencer aquela distância.

Em vez disso olhei para as colinas verdejantes, agora enfeitadas com minúsculas fazendinhas, um mundo de livro de figuras, com flores em profusão, poinsétias vermelhas altas como árvores. E as nuvens sempre em mudança, levadas como altos veleiros pelos ventos poderosos. O que os primeiros europeus pensaram quando contemplaram essa terra fecunda, cercada pelo mar brilhante? Que era o Jardim de Deus?

E pensar que eles tinham trazido tanta mortandade, os nativos destruídos em poucos anos pela escravidão, pelas doenças, pela crueldade sem fim! Nem um único descendente existe daqueles seres pacíficos que respiravam esse ar fragrante e colhiam das árvores as frutas que amadureciam durante todo o ano, e talvez pensassem que seus visitantes eram deuses que não deixariam de lhes retribuir a generosidade.

Agora, lá embaixo nas ruas de Port-au-Prince, conflitos e mortes, e não causados por nós. Simplesmente a imutável história desse lugar sanguinolento, onde a violência floresceu durante quatrocentos anos como as flores florescem; porém, a visão das colinas erguendo-se na névoa comovia o coração.

Mas tínhamos feito nossa obra direitinho – ela, por ter feito, e eu por nada ter feito para impedi-la – nas aldeias espalhadas ao longo da estrada serpeante que levava a esse bosque no topo do monte. Povoados de casinhas em tons pastel, e bananeiras silvestres, e o povo tão pobre, tão faminto! Mesmo agora as mulheres cantavam seus hinos e, à luz de velas e da igreja em chamas, enterravam os mortos.

Estávamos sozinhos, muito além do final da estrada estreita, onde a floresta crescera novamente, escondendo as ruínas desta velha casa que antigamente pairava acima do vale como uma fortaleza. Séculos se passaram desde que os plantadores saíram daqui, séculos desde que dançavam, cantavam e bebiam seu vinho dentro desses aposentos em ruínas enquanto os escravos choravam.

Por cima das paredes de tijolos trepavam as buganvílias, fluorescentes à luz da lua. E do chão de laje crescera uma imensa árvore cheia de botões alvos, empurrando com seus galhos engelhados os últimos remanescentes das velhas traves de madeira que sustentavam o telhado.

Ah, ficar aqui para sempre, e com ela! E esquecer todo o resto: nada de morte, nada de matar...

Ela suspirou. Disse:

– Este é o Reino dos Céus.

Na aldeiazinha lá embaixo, as mulheres tinham perseguido os homens com porretes nas mãos. E o sacerdote vodu havia gritado suas velhas maldições quando elas o agarraram no cemitério. Eu abandonara a cena da carnificina e subira a montanha sozinho. Fugindo, furioso, incapaz de continuar assistindo.

E ela viera atrás, encontrando-me nestas ruínas, agarrado a algo que conseguia entender – o velho portão de ferro, o sino enferrujado, as colunas de tijolos cobertas de trepadeiras, coisas feitas por mãos humanas, que duravam. Ah, como ela zombara de mim!

Aquele sino chamara os escravos, declarou; essa era a moradia daqueles que inundaram esta terra de sangue; por que eu ficava magoado, a ponto de fugir, por causa dos hinos das almas simples que tinham sido exaltadas? Tomara que todas as casas como essa virassem ruínas! Nós discutimos. Brigamos de verdade, como namorados.

– É isso que você quer? – perguntara ela. – Nunca mais provar sangue?

– Eu era um ser simples. Perigoso, sim, mas simples. Fazia o que fazia para ficar vivo.

– Ah, você me entristece. Tanta mentira... O que posso fazer para que entenda? Você é tão cego, tão egoísta!

Tornei a vislumbrar a dor em seu rosto, o súbito clarão de sofrimento que a humanizava tão completamente. Estendi os braços para ela.

E durante horas ficamos nos braços um do outro – pelo menos parecia.

E agora a paz, a imobilidade; afastei-me da borda do rochedo e abracei-a novamente. Ouvi-a dizer, olhando para as enormes nuvens através das quais a lua derramava sua pálida claridade:

– Este é o Reino dos Céus.

Essas coisas simples não tinham mais importância; deitado ao lado dela, ou sentados num banco de pedra, ou de pé, braços a rodeá-la, aquilo era pura felicidade. E eu bebera novamente o néctar, seu néctar, mesmo chorando e pensando: ora, bem, você está se dissolvendo como uma pérola no vinho. Você acabou, seu pequeno demônio. Você sabe, não é, que está se mesclando a ela. Você ficou vendo-os morrer, você ficou olhando.

– Não há vida sem morte – murmurou ela. – Agora sou o caminho para a única esperança de vida sem luta que pode existir algum dia.

Senti seus lábios em minha boca. Perguntei-me: ela alguma vez faria o que fizera no santuário? Nós nos enlaçaríamos daquela maneira, bebendo o sangue aquecido um do outro?

– Escute os cânticos nas aldeias, você consegue ouvi-los.

– Sim.

– E tente escutar os sons da cidade lá embaixo. Sabe até que ponto a morte reina na cidade esta noite? Quantos estão sendo assassinados? Sabe quantos mais morrerão nas mãos dos homens, se não modificarmos o destino deste lugar? Se não o erguermos para uma nova visão? Sabe há quanto tempo dura esta batalha?

Há muitos séculos, em minha época, esta tinha sido a mais rica colônia da coroa francesa. Rica em tabaco, anil, café. Fortunas eram feitas aqui numa única temporada. E agora as pessoas cavavam a terra, caminhavam descalças pelas ruas sujas de suas cidades, metralhadoras matraqueavam na cidade de Port-au-Prince; os mortos, em suas camisas de algodão coloridas, jaziam aos montes no chão calçado de pedras. As crianças recolhiam em latas a água das sarjetas. Os escravos se rebelaram; os escravos venceram; os escravos perderam tudo.

Mas é seu destino, seu mundo; eles são humanos.

Ela riu baixinho.

– E nós, somos o quê? Somos inúteis? Como justificamos o que somos? Como podemos ficar olhando aquilo que não estamos dispostos a modificar?

– E se der tudo errado, e se o mundo ficar pior, um grande horror final, impensável, irrealizável, e então? E todos esses homens sepultados, a Terra inteira um cemitério, uma pira fúnebre. E nada melhora. Está errado, errado!

– Quem disse que está errado?

Não respondi.

– Marius? – Ela riu zombeteiramente. – Não percebe que agora não existem pais? Zangados ou não?

– Existem irmãos. E existem irmãs – retruquei. – E uns nos outros encontramos nossos pais e nossas mães, não é assim?

Ela tornou a rir, dessa vez com suavidade.

– Irmãos e irmãs... – falou. – Gostaria de ver seus verdadeiros irmãos e irmãs?

Ergui a cabeça do ombro dela. Beijei-lhe a face.

– Sim, quero vê-los. – Meu coração disparara novamente. – Por favor – falei, beijando-lhe a garganta, as faces, os olhos fechados. – Por favor...

– Beba mais – sussurrou ela.

Senti seu seio crescer de encontro a mim. Apertei os dentes em sua garganta e o pequeno milagre aconteceu novamente, o rompimento súbito da crosta, e o néctar jorrou para dentro de minha boca.

Uma grande onda quente me consumiu. Nenhuma gravidade, nenhum tempo ou lugar específicos. *Akasha.*

Então vi as sequoias; a casa com as luzes ardendo dentro dela, e, no aposento no topo da alta montanha, a mesa e todos eles em volta, os rostos refletidos nas paredes de vidro escuro, e o fogo dançando na lareira. Marius, Gabrielle, Louis, Armand. Estão juntos e estão a salvo! Estarei sonhando? Estão ouvindo uma mulher de cabelos ruivos. E eu conheço esta mulher. Já vi esta mulher!

Ela estava no sonho das gêmeas ruivas.

Mas quero ver isso – esses imortais reunidos à mesa. A jovem ruiva, aquela ao lado da mulher: eu já a vi também. Mas quando ela estava viva. No show, no frenesi, eu a abraçara e encarara seus olhos enlouquecidos. Beijara-a e dissera seu nome, e foi como se um poço se abrisse a meus pés, e eu estava caindo dentro daqueles sonhos das gêmeas que nunca consegui realmente recordar. Paredes pintadas. Templos.

Tudo desapareceu de repente. *Gabrielle! Mamãe!* Tarde demais. Eu estendi a mão, mas estava rodopiando na escuridão.

Você agora tem todos os meus poderes. Só precisa de tempo para aperfeiçoá-los. Pode trazer a morte, pode mover a matéria, pode criar o fogo. Agora está pronto para ir até eles. Mas vamos deixar que terminem suas fantasias, seus planos estúpidos, suas discussões. Vamos mostrar-lhes um pouco mais de nosso poder...

Não, por favor, Akasha, por favor, vamos até eles.

Ela afastou-se de mim e me bateu.

Cambaleei com o choque. Tremendo, gelado, senti a dor espalhar-se pelos ossos do meu rosto, como se os dedos dela ainda me apertassem. Mordi os lábios de raiva, deixando a dor crescer e depois diminuir. Apertei os punhos de raiva e nada fiz.

Ela caminhou pelas pedras com passos bruscos, os cabelos balançando-se em suas costas. E então parou junto ao portão desmoronado, os ombros ligeiramente erguidos, as costas curvadas como se ela se dobrasse ao meio.

As vozes cresceram, chegaram ao máximo antes que eu conseguisse controlá-las. Então tornaram a diminuir, como a água recuando depois de uma grande cheia.

Vi novamente as montanhas à minha volta, vi a casa em ruínas. A dor no rosto desaparecera, mas eu estava tremendo.

Ela voltou-se e olhou para mim, tensa, rosto sombrio, olhos ligeiramente estreitados.

– Eles significam muito para você, não é? Que acha que vão fazer, ou dizer? Acha que Marius vai me desviar de meu caminho? Conheço Marius como você jamais poderia conhecê-lo. Conheço cada atalho de sua mente. Ele é ambicioso, como você é ambicioso. Que pensa que sou, tão facilmente influenciável? Nasci Rainha. Sempre governei; mesmo no santuário eu governava. – De repente seus olhos ficaram opacos. Ouvi as vozes, um murmúrio vago que crescia. – Governava, mesmo que apenas nas lendas, mesmo que apenas na mente daqueles que vinham prestar-me tributos. Príncipes que tocavam para mim, que me traziam oferendas e preces. O que quer de mim agora? Que por você eu renuncie ao meu trono, ao meu destino?

Que resposta eu poderia dar?

– Você consegue ler meu coração – falei. – Sabe o que quero: que você vá até eles, que lhes dê uma chance de falar dessas coisas, exatamente como deu a mim. Eles têm palavras que eu não tenho. Sabem coisas que eu não sei.

– Mas, Lestat, eu não os amo. Não os amo como amo você. Então o que me importa o que dizem? Não tenho paciência para eles!

– Mas precisa deles. Disse que precisava. Como pode começar sem eles? Quero dizer começar de verdade, não com essas aldeias perdidas. Estou falando das cidades, onde as pessoas vão lutar. Seus anjos, foi assim que você os chamou.

Ela sacudiu a cabeça tristemente.

– Não preciso de ninguém – disse. – A não ser... A não ser...

Ela hesitou, e então seu rosto ficou rígido de pura surpresa. Não consegui controlar uma exclamação, uma breve expressão de tristeza. Pensei ver seus olhos se apagarem, e parecia que as vozes cresciam de novo, não em meus ouvidos, mas nos dela, e que ela me encarava, mas não me via.

– Mas destruirei vocês todos, se precisar – disse, distraída, os olhos me procurando sem me encontrarem. – Acredite. Pois desta vez não serei derrotada, não desistirei. Verei meus sonhos realizados.

Afastei o olhar dela, olhei para o portão desabado, a borda irregular do rochedo, o vale lá embaixo. O que eu daria para livrar-me daquele pesadelo? Estaria disposto a morrer por minhas próprias mãos? Meus olhos encheram-se de lágrimas, contemplando os campos escuros. Era covardia pensar nisso; tudo aquilo era culpa minha e agora não havia escapatória para mim.

Ela estava imóvel, escutando, e então pestanejou. Os ombros curvaram-se como se ela carregasse um grande peso dentro de si.

– Por que não acredita em mim? – perguntou.

– Abandone isso! – respondi. – Dê as costas a essas visões! – Fui até ela e segurei-lhe os braços, e ela me encarou, atordoada. – Estamos num lugar imemorial – continuei. – E essas pobres aldeias que conquistamos são as mesmas há milhares de anos. Deixe-me mostrar-lhe o meu mundo, Akasha! Deixe-me mostrar-lhe uma ínfima parte dele! Venha comigo, como um espião nas cidades, não para destruir, mas para ver!

Os olhos dela brilhavam novamente; a lassidão evaporava. Ela me abraçou; de súbito senti vontade de beber mais sangue. Era tudo em que conseguia pensar, mesmo tentando resistir, mesmo chorando por causa da minha fraqueza de vontade. Eu queria o sangue. Desejava-a e não conseguia lutar contra isso; no entanto, minhas antigas fantasias me voltaram, aquelas visões distantes em que me imaginava despertando-a e levando-a comigo aos teatros, aos museus e às salas de concertos, pelas grandes capitais e seus repositórios de todas as coisas belas e imperecíveis que homens e mulheres tinham fabricado ao longo dos séculos, artefatos que transcendiam todo o mal, todos os erros, toda a falibilidade da alma individual.

– Mas o que eu tenho a ver com coisas tão insignificantes, meu amor? – murmurou ela. – E você queria me ensinar sobre o seu mundo? Ah, tanta vaidade! Sou além do tempo, como sempre fui.

Mas agora olhava para mim com uma expressão tristíssima. Sofrimento era o que eu via nela.

– Preciso de você – murmurou. E pela primeira vez seus olhos encheram-se de lágrimas.

Não consegui suportar. Senti os arrepios que sempre me vinham nos momentos de dor surpreendente. Mas ela levou os dedos aos meus lábios, para silenciar-me.

– Muito bem, meu amor – disse. – Iremos até seus irmãos e irmãs, se você quiser. Iremos até Marius. Mas primeiro deixe-me abraçá-lo mais uma vez, junto ao meu coração. Sabe, não posso ser outra coisa além do que sou. Foi isto que você despertou com suas canções, é isto o que sou!

Quis protestar, negar. Queria recomeçar a discussão que nos dividiria e a magoaria. Mas, olhando em seus olhos, não consegui encontrar as palavras. E de repente compreendi o que acontecera.

Eu encontrara o modo de impedi-la, encontrara a chave, que estivera todo o tempo à minha frente. Não era seu amor por mim, era sua necessidade de mim, a necessidade de um aliado em todo o imenso reino, uma alma irmã feita do mesmo material de que ela era feita. Ela acreditara que poderia fazer-me igual a ela, e agora via que não podia.

– Ah, mas você está enganado – protestou ela, as lágrimas brilhando. – Você é apenas jovem e amedrontado. – Sorriu. – Você me pertence. E se tiver que ser, meu príncipe, vou destruí-lo.

Não falei coisa alguma. Não conseguia. Sabia o que tinha visto, mesmo que ela não aceitasse. Nunca, em todos os longos séculos de imobilidade, ela estivera sozinha; nunca sofrera o isolamento definitivo. Ah, não era uma coisa simples como Enkil a seu lado, ou Marius depondo suas oferendas a seus pés; era algo mais profundo, infinitamente mais importante que isso; ela nunca tinha sustentado sozinha uma guerra de raciocínio com as pessoas à sua volta!

As lágrimas desciam-lhe pelo rosto. Duas violentas faixas vermelhas. A boca pendia frouxa, as sobrancelhas juntavam-se numa expressão sombria, embora o rosto nunca fosse outra coisa senão esplendoroso.

– Não, Lestat. Você está enganado – repetiu. – Mas agora temos que levar isso até o fim. Se eles tiverem que morrer, todos eles, para que você me seja fiel, assim será.

Abriu os braços. Tive vontade de me afastar, de discutir com ela novamente, de rebater suas ameaças. Mas não me mexi quando ela se aproximou.

Aqui; a cálida brisa caribenha, as mãos dela subindo pelas minhas costas, seus dedos acariciando meus cabelos. O néctar novamente jorrando para dentro de mim, inundando-me o coração. E seus lábios finalmente em minha garganta, a picada súbita de seus dentes atravessando minha pele. Sim! Como tinha sido no santuário, há tanto tempo, sim! Seu sangue e meu sangue. E o trovão ensurdecedor do seu coração, sim! Era o êxtase, e, no entanto, eu não podia ceder, não podia fazer isso. E ela sabia.

8

A história das gêmeas

CONCLUSÃO

— Encontramos o palácio exatamente como nos lembrávamos, ou talvez um pouco mais luxuoso, com mais despojos das terras conquistadas. Mais cortinados de ouro, e até mesmo mais pinturas vívidas; e o dobro de escravos, como se eles fossem apenas meros enfeites, os corpos esguios e nus cobertos de ouro e joias.

"Fomos levadas para uma câmara real, com móveis graciosos, um belo tapete e pratos de carne e peixe.

"Então, ao crepúsculo, ouvimos aplausos, quando o Rei e a Rainha apareceram no palácio. Toda a corte saiu para reverenciá-los, cantando hinos à beleza de suas peles pálidas e seus cabelos brilhantes, e aos corpos que tinham sarado milagrosamente depois do ataque dos conspiradores: por todo o palácio ecoavam esses hinos de glorificação.

"Quando esse pequeno espetáculo terminou, fomos levadas aos aposentos do casal real, e pela primeira vez, à luz baça de lamparinas afastadas, contemplamos a transformação com nossos próprios olhos.

"Vimos dois seres pálidos, porém magníficos, semelhantes em todos os detalhes ao que tinham sido quando vivos, mas havia uma sinistra luminescência a rodeá-los; sua pele não era mais pele. E suas mentes não eram mais inteiramente suas. No entanto, eram deslumbrantes. Como podem bem imaginar, todos vocês. Ah, sim, deslumbrantes, como se a lua tivesse descido dos céus e os fabricado com sua luz. Em meio à estupenda mobília dourada, vestidos em sedas, eles nos encaravam com olhos que brilhavam como obsidianas. E então, com voz inteiramente diferente, uma voz levemente sombreada por música, parecia, o Rei falou:

"'Khayman contou-lhes o que nos aconteceu', disse. 'Somos os beneficiários de um grande milagre, pois triunfamos sobre a morte certa. Estamos agora muito além das limitações e das necessidades dos seres humanos, e vemos e entendemos coisas que antes nos eram ocultas.' Mas a fachada da Rainha cedeu imediatamente. Num sussurro sibilante, ela ordenou: 'Vocês têm que nos explicar isso tudo! *O que o seu espírito fez conosco?*'

"Corríamos mais perigo do que nunca por parte daqueles monstros; tentei passar esse aviso para Mekare, mas imediatamente a Rainha pôs-se a rir. 'Acha que não sei o que está pensando?', perguntou. Mas o Rei pediu-lhe que ficasse quieta. 'Deixe que as bruxas usem seus poderes', disse. 'Sabem que sempre as respeitamos.' 'Sim', acrescentou a Rainha. 'E vocês nos mandaram esta maldição.'

"Protestei de imediato que não tínhamos feito aquilo, que tínhamos mantido nossa promessa quando partimos, que tínhamos voltado para nosso lar. E enquanto Mekare estudava o casal em silêncio, implorei-lhes que compreendessem que, se o espírito tinha feito aquilo, fora por seu próprio capricho.

"'Capricho!', exclamou a Rainha. 'O que quer dizer com essa palavra, capricho? O que foi que aconteceu conosco? O que é que nós somos?', tornou ela a perguntar. E então repuxou os lábios para que víssemos seus dentes, as presas minúsculas, porém afiadas como facas. E o Rei também nos demonstrou essa mudança.

"'É para melhor alcançar o sangue', sussurrou. 'Não imaginam o que essa sede é para nós! Não conseguimos satisfazê-la! Três, quatro homens morrem a cada noite para nos alimentar, e ainda assim vamos dormir torturados de sede.' A Rainha puxava os cabelos como se fosse começar a gritar. Mas o Rei colocou a mão no braço dela. 'Aconselhem-nos, Mekare e Maharet', pediu. 'Pois queremos entender esta transformação e como ela pode ser usada para o bem.'

"'Sim', concordou a Rainha, lutando para recuperar-se. 'Pois certamente uma coisa como esta não pode acontecer sem motivo...' Então, perdendo toda a sua convicção, ela silenciou. Parecia que sua visão pragmática das coisas, sempre mesquinha e procurando justificativas, tinha desmoronado por inteiro, ao passo que o Rei agarrava-se às suas ilusões, como os homens costumam fazer, até muito tarde na vida.

"Quando os dois silenciaram, Mekare aproximou-se e colocou as mãos sobre o Rei. Colocou as mãos nos ombros dele e fechou os olhos. Depois colocou as mãos sobre a Rainha do mesmo modo, embora a Rainha olhasse para ela com veneno no olhar. 'Explique-nos o que aconteceu no instante exato', pediu Mekare, olhando para a Rainha. 'Consegue lembrar-se? Que foi que viu?'

"A Rainha ficou em silêncio, o rosto crispado e cheio de suspeita. Sua beleza tinha sido, na verdade, realçada por aquela transformação; no entanto, havia algo repelente, como se ela agora não fosse a flor, e sim a réplica da flor feita de pura cera branca. E à medida que ficava pensativa, parecia mais sinistra e má, e instintivamente aproximei-me de Mekare para protegê-la do que poderia acontecer.

"Então a Rainha falou: 'Vieram nos matar, os traidores! Iam culpar os espíritos, esse era o plano. E tudo para comer novamente a carne de seus pais, e a carne que adoravam caçar. Entraram na casa e me atacaram com seus punhais, eu, sua soberana!' Ela fez uma pausa, como se visse essas coisas novamente. 'Caí quando me apunhalaram, enfiaram suas adagas em meu peito. Ninguém consegue sobreviver aos ferimentos que recebi; assim, quando caí no chão, sabia que estava morta! Estão entendendo? Sabia que nada poderia salvar-me. Meu sangue esparramava-se pelo chão.'

"Akasha continuou: 'Mas naquele mesmo instante, vendo meu sangue empoçar-se no chão, percebi que não estava dentro do corpo ferido, que já o tinha abandonado, que a morte me pegara e me puxava para cima, como se para um grande túnel que levava a um lugar onde eu não iria mais sofrer! Não fiquei assustada; não sentia coisa alguma. Olhei para baixo e vi meu corpo caído, pálido e coberto de sangue, naquela casinha. Porém, não dei importância. Estava livre dele. Mas de repente alguma coisa me segurou, segurou meu ser invisível! O túnel tinha desaparecido, eu estava presa numa grande teia, como uma rede de pescador. Empurrei-a com todas as minhas forças; ela cedia, mas não se rompia. Agarrava-me, mantinha-me presa e eu não conseguia atravessá-la para subir.'

"'Quando tentei gritar, estava de novo no meu corpo! Senti a dor dos ferimentos como se as adagas estivessem me lacerando outra vez. Mas aquela enorme rede ainda me prendia, e em vez de ser a coisa infinita que era antes, agora contraíra-se numa malha apertada, como um grande véu de seda. E em volta de mim essa coisa – visível, porém invisível – rodopiava como se fosse vento, erguendo-me, jogando-me no chão, girando-me. O sangue espirrava dos meus cortes e penetrava na trama desse véu, exatamente como num tecido qualquer.'

"'E aquilo que era transparente ficou encharcado de sangue. E vi uma coisa monstruosa, informe, enorme, com meu sangue espalhado através dela. E essa coisa tinha ainda uma outra característica, um centro, parecia, um minúsculo centro ardente que estava em mim, correndo dentro do meu corpo como se fosse um animal assustado. Disparava pelas minhas pernas, debatendo-se e escoiceando. Fazia círculos dentro do meu ventre, enquanto eu enfiava as unhas na pele. Queria abrir minhas entranhas para tirar aquela coisa de dentro de mim!'

"'E parecia que aquela enorme coisa invisível – a névoa de sangue que me rodeava – era controlada por aquele pequenino centro, girando para um lado e outro enquanto o pequeno núcleo corria dentro de mim, chegando às minhas mãos e de lá correndo para os meus pés. Subia e descia pela minha coluna. Eu ia morrer, pensava. Então houve um momento de cegueira e silêncio. Aquilo me matara, tive certeza. Devia tentar elevar-me de novo, sair novamente do corpo e subir, certo? No entanto, quando abri os olhos, estava sentada no chão, como se nunca tivesse sido ferida, e enxergava com tamanha clareza! Khayman, a tocha brilhante na mão, as árvores no jardim... era como se eu nunca tivesse visto antes essas coisas simples como elas realmente eram! A dor desaparecera completamente, de dentro de mim e também das feridas. Só a luz feria meus olhos; não consegui suportar seu brilho. No entanto, tinha sido salva da morte; meu corpo tinha sido glorificado e tornado perfeito. A não ser...' E aí ela parou de falar.

"Por um instante ficou olhando o vazio. Depois disse: 'Khayman lhes contou o resto.' Olhou para o Rei, que estava a seu lado a observá-la, tentando imaginar as coisas que ela dizia, assim como nós. 'O seu espírito tentou nos destruir', fez ela. 'Mas aconteceu outra coisa, um grande poder interveio para triunfar sobre sua diabólica malevolência!' Então novamente perdeu a convicção. As mentiras ficaram presas em sua língua. Seu rosto ficou subitamente frio de raiva. E ela falou docemente: 'Digam-nos, feiticeiras, sábias feiticeiras. Vocês conhecem todos os segredos; qual é o nome disso que somos?'

"Mekare suspirou. Olhou para mim. Eu sabia que ela não queria falar disso naquele momento. E o velho aviso dos espíritos nos veio à mente: o Rei e a Rainha do Egito fariam perguntas e não gostariam das nossas respostas. Seríamos destruídas...

"Então a Rainha virou-se de costas. Sentou-se e baixou a cabeça. E foi então, só então, que sua verdadeira tristeza veio à tona. O Rei sorriu melancolicamente. 'Estamos sofrendo, feiticeiras', disse. 'Poderíamos suportar essa transformação, se a entendêssemos melhor. Vocês, que lidam com as coisas invisíveis, digam-nos o que sabem de tal magia; ajudem-nos, se puderem, pois sabem que nunca tivemos intenção de causar-lhes mal – apenas de disseminar a verdade e a lei!'

"Não demos importância à estupidez daquela declaração: a virtude de disseminar a verdade através de massacres. Mas Mekare pediu que o Rei contasse o que conseguisse relembrar. Ele falou de coisas que vocês, todos vocês aqui sentados, certamente conhecem. Estava morrendo e provou o sangue da esposa, que lhe cobria o rosto; e seu corpo despertou e ele desejou aquele sangue, bebeu-o; e então ficou igual a ela. Mas para ele não houvera aquela misteriosa nuvem de sangue. Não houvera aquela coisa correndo solta dentro de si. 'Mas a sede... é insuportável', declarou. 'Insuportável.' E ele também baixou a cabeça.

"Ficamos em silêncio por um instante, nos entreolhando. E, como sempre, Mekare falou primeiro: 'Não conhecemos o nome disso que vocês são. Não conhecemos história de tal coisa ter acontecido antes neste mundo. Mas é bem óbvio o que aconteceu.' Fixou os olhos na Rainha. 'Quando você percebeu sua própria morte, sua alma tentou escapar do sofrimento, como as almas costumam fazer. Mas quando ela subiu, o espírito Amel agarrou-a, sendo ele invisível como a sua alma era invisível; e no curso normal das coisas você poderia ter vencido facilmente essa entidade presa à Terra e subido para as regiões que não conhecemos.'

"'Mas esse espírito tinha, muito antes, realizado uma mudança dentro de si', continuou Mekare. 'Uma mudança inteiramente nova. Esse espírito provara o sangue dos humanos a quem tinha picado e atormentado, como vocês mesmos o viram fazer. E seu corpo, ali caído e cheio de sangue, apesar dos ferimentos, ainda tinha vida. E assim o espírito, sedento, mergulhou dentro do seu corpo, a forma invisível ainda presa à sua alma. Mesmo assim você poderia ter triunfado, combatendo essa coisa malévola, como pessoas possuídas às vezes fazem. Mas agora o pequeno núcleo desse espírito, a parte material que é o centro de todos os espíritos e de onde vem sua infinita energia, viu-se de repente repleto de sangue, como nunca anteriormente.'

"'E assim a fusão do sangue com o tecido intemporal foi aumentada e acelerada um milhão de vezes; e o sangue fluiu pelo corpo dele, tanto o material quanto o energético, e essa era a nuvem de sangue que você viu. Mas o que é importantíssimo é a dor que você sentiu, essa dor que passeava pelo seu corpo. Pois certamente, quando a morte inevitável atingiu seu corpo, o minúsculo núcleo do espírito fundiu-se com a carne de seu corpo, como a energia dele já se fundira com a sua alma. Encontrou um lugar ou um órgão onde a matéria fundiu-se com a matéria, como o espírito já se fundira com o espírito, e formou-se uma coisa nova.'

"'O coração dele e o meu coração tornaram-se um', sussurrou a Rainha. Fechando os olhos, ela ergueu a mão e colocou-a sobre o peito. Nada dissemos, pois aquilo parecia uma simplificação, e não acreditávamos que o coração fosse o centro do intelecto ou da emoção. Para nós, era o cérebro quem controlava essas coisas. E naquele momento tanto Mekare quanto eu vimos uma lembrança terrível: o coração e o cérebro de nossa mãe jogados no chão e pisoteados em meio às cinzas e à terra. Mas combatemos essa lembrança. Seria intolerável que essa dor fosse vislumbrada por aqueles que tinham sido a sua causa.

"O Rei nos fez uma pergunta: 'Muito bem, vocês explicaram o que aconteceu a Akasha. Esse espírito está nela, núcleo talvez fundido a núcleo. Mas o que está em mim? Não senti essa dor, nem esse demônio correndo dentro de mim. Senti... Sentia apenas a sede, quando as mãos ensanguentadas dela tocaram meus lábios.' Ele olhou para a esposa. Era patente a vergonha, o horror que sentiam dessa sede.

"'Mas o mesmo espírito está em você também', Mekare respondeu. 'Só existe um Amel. O núcleo dele vive na Rainha, mas está em você também.' O Rei quis saber: 'Como isso é possível?'

"Mekare esclareceu: 'Esse ser tem uma grande parte invisível. Se o tivessem visto inteiro, antes dessa catástrofe, teriam visto uma coisa quase sem fim.'

"'Sim, era como se a rede cobrisse todo o céu', afirmou a Rainha. Mekare explicou: 'Só concentrando esse imenso tamanho é que esses espíritos conseguem alguma força física. Deixados sós, são como nuvens no horizonte, talvez ainda maiores; de vez em quando gabam-se de não terem limites, embora isso provavelmente não seja verdade.' O Rei encarou a esposa, e ela perguntou: 'Mas como ele pode ser libertado?'

"E o Rei acrescentou: 'Sim, e como ele pode ser obrigado a partir?' Nenhuma de nós queria responder. Achávamos que a resposta devia ser óbvia para ambos. 'Destrua o seu corpo, e ele também será destruído', disse Mekare finalmente à Rainha. O Rei encarou Mekare, incrédulo. 'Destruir o corpo dela?' Mas Akasha apenas sorriu melancolicamente. Aquelas palavras não a surpreendiam. Durante longo tempo ela nada disse. Apenas olhava para nós com ódio. Depois olhou para o Rei. Quando tornou a nos encarar, perguntou: 'Nós somos coisas mortas, não somos? Não poderemos viver se ele for embora. Não comemos e não bebemos, a não ser o sangue que ele quer;

nossos corpos não produzem mais excremento; não nos modificamos num único detalhe desde aquela noite horrível; não estamos mais vivos.'

"Mekare não respondeu. Eu sabia que ela os estava estudando, tentando ver-lhes a forma, não como um humano, mas como uma bruxa veria: deixar que a imobilidade os cercasse, para que ela pudesse observar os minúsculos aspectos imperceptíveis que fugiam ao olhar normal. Entrou em transe olhando para eles e tentando escutar. E quando falou, sua voz não tinha expressão:

"'Ele está agindo em seu corpo, está agindo sem parar, como o fogo age na madeira que consome, como os vermes agem na carcaça do animal. Está agindo sem parar, e sua obra é inevitável, é a continuação da fusão que houve; por isso o sol o fere, pois ele está usando toda a sua energia para fazer o que tem que fazer, e não consegue suportar o calor do sol.'

"'Nem mesmo a luz de uma tocha', suspirou o Rei. 'Às vezes nem mesmo a chama de uma vela', completou a Rainha. 'Sim. E vocês estão mortos', declarou Mekare, saindo do transe. 'No entanto, estão vivos! Se os ferimentos cicatrizaram como dizem que aconteceu, se você trouxe o Rei de volta como diz que trouxe, ora, pode ter derrotado a morte. Isto é, se não se expuser aos raios ardentes do sol.'

"'Não, isto não pode continuar!', exclamou o Rei. 'A sede, vocês não sabem como ela é terrível!' Mas a Rainha apenas tornou a sorrir com melancolia. 'Estes não são mais corpos vivos. São moradias para esse demônio.' Seus lábios tremiam quando ela olhou para nós. 'É isso, ou então somos verdadeiramente deuses!'

"'Respondam-nos, feiticeiras', falou o Rei: 'Pode ser que sejamos agora seres divinos, abençoados com dons que só os deuses possuem?' Ele sorria ao dizer isto, pois queria muito acreditar. 'Pode ser que, quando o seu demônio tentou nos destruir, nossos deuses tenham intervindo? Uma luz malévola brilhou nos olhos da Rainha. Ela adorava essa ideia, mas no fundo não acreditava nela.

"Mekare olhou para mim. Queria que eu me adiantasse e tocasse neles, como ela tinha feito. Queria que eu olhasse para eles como ela tinha feito. Havia mais alguma coisa que ela queria dizer, embora não tivesse certeza. E, na verdade, eu tinha poderes um pouco mais fortes de natureza instintiva, embora menos dotada que ela em relação às palavras. Aproximei-me deles; toquei sua pele branca, embora aquilo me desagradasse, como eles me desagradavam por tudo que tinham feito ao nosso povo e a nós. Toquei-os, depois afastei-me e olhei para eles; e vi a atividade de que Mekare tinha falado, podia até ouvi-la, a incansável agitação do espírito dentro deles. Imobilizei minha mente, e limpei-a inteiramente de qualquer preconceito ou medo, e então, quando a imobilidade do transe se aprofundou em mim, permiti-me falar: 'Ele quer mais humanos.' Olhei para Mekare. Era disso que ela suspeitava.

"'Nós oferecemos tudo que podemos!', retrucou a Rainha. E o rubor de vergonha retornou, extraordinário em sua intensidade, ao seu rosto pálido. E o rosto do Rei também ruborizou-se. E compreendi então, assim como Mekare, que quando bebiam o sangue, sentiam êxtase. Nunca tinham conhecido tal prazer, nem mesmo na cama, nem mesmo à mesa de banquetes, nem mesmo quando bêbados de vinho ou cerveja. Aquela era a fonte da vergonha. Não as mortes, mas sim aquela nutrição monstruosa. O prazer. Ah, que casal aqueles dois formavam!

"Mas eles não tinham compreendido. Expliquei: 'Ele quer mais seres como vocês. Quer entrar em outros e transformá-los em bebedores de sangue, como fez com o Rei. É imenso demais para ser contido dentro de dois corpos pequenos. A sede só lhes será suportável quando fizerem outros, pois esses outros dividirão seu fardo.' A Rainha protestou: 'De modo algum! Isto é impensável!'

"'Com certeza não pode ser tão simples', declarou o Rei. 'Ora, nós dois fomos feitos num mesmo instante terrível, quando nossos deuses lutaram com esse demônio. Certamente nossos deuses lutaram e venceram!'

"'Acho que não', retruquei. A Rainha perguntou: 'Está querendo dizer que se alimentarmos outros com nosso sangue eles também ficarão possuídos?' Mas ela recordava agora cada detalhe da tragédia: o marido morrendo, seu coração parado, e então o sangue caindo-lhe na boca. 'Ora, não tenho suficiente sangue no corpo para fazer isto!', protestou. 'Sou apenas o que sou!' Então pensou na sede e em todos os corpos que a tinham mitigado.

"E nós compreendemos o óbvio: que ela tinha sugado o sangue do marido antes de oferecer-lhe o seu, e foi assim que a coisa aconteceu; isso e mais o fato de estar o Rei às portas da morte e muito receptivo, seu próprio espírito quase solto e pronto para ser aprisionado pelos tentáculos invisíveis de Amel. Naturalmente ambos leram os nossos pensamentos.

"'Não acredito no que estão dizendo', disse o Rei. 'Os deuses não o permitiriam. Somos o Rei e a Rainha de Kemet. Provação ou bênção, esta magia é só nossa!' Houve um momento de silêncio, depois ele continuou, com muita sinceridade: 'Não entendem, feiticeiras? Foi o destino. Estava escrito que invadiríamos suas terras para trazermos vocês e este demônio para cá, para que isso pudesse nos acontecer. Sofremos, é verdade, mas agora somos deuses; este é um fogo sagrado. E devemos agradecer a vocês pelo que nos aconteceu.'

"Tentei impedir que Mekare dissesse alguma coisa. Apertei-lhe a mão com força. Mas eles já sabiam o que ela pretendia dizer. Apenas a convicção dela chocou-os: 'Ele podia ter entrado em qualquer um, em circunstâncias iguais, com a pessoa enfraquecida e moribunda permitindo que o espírito se agarre a ela.' Eles nos encararam em silêncio. O Rei sacudiu a cabeça. A Rainha, irritada, desviou o olhar. Mas então o Rei sussurrou: 'Se é assim, então outras pessoas podem tentar tirar isto de nós!'

"Mekare concordou: 'Ah, sim. Se isso as fizer imortais, certamente tentarão. Quem não quer viver para sempre?' Diante disso o rosto do Rei transformou-se. Ele pôs-se a andar de um lado para outro. Voltou-se para a esposa, que tinha o olhar fixo como alguém em vias de enlouquecer, e disse-lhe lentamente: 'Então sabemos o que temos que fazer. Não podemos criar uma raça de tais monstros! Sabemos!'

"Mas a Rainha tapou os ouvidos com as mãos e começou a gritar, depois a soluçar, e finalmente a rugir em sua agonia, os dedos como garras, o olhar fixo no teto. Mekare e eu nos afastamos para um canto do aposento, onde ficamos abraçadas. E então Mekare começou a tremer, e a chorar também, e senti lágrimas em meus olhos.

"'Vocês nos fizeram isto!', trovejou a Rainha; nunca tínhamos ouvido uma voz humana atingir tal volume. E à medida que ela enlouquecia, despedaçando tudo dentro do quarto, vimos nela a força de Amel, pois ela fez coisas que nenhum humano conseguiria fazer. Arremessou os espelhos de encontro ao teto, os móveis dourados ficaram em pedaços sob seus punhos. 'Que caiam para sempre no mundo inferior, em meio aos demônios e aos animais, pelo que nos fizeram!', amaldiçoou-nos. 'Abominações! Bruxas! Vocês e seu demônio! Dizem que não nos mandaram esta coisa. Mas em seus corações, mandaram, sim. Mandaram este demônio! E ele leu nos seus corações, assim como eu leio agora, que vocês nos desejavam mal!'

"Então o Rei tomou-a nos braços, acariciou-a, beijou-a, deixou que ela soluçasse em seu peito. Finalmente, ela o afastou. Encarou-nos, os olhos cheios de sangue. 'Estão mentindo!', falou. 'Estão mentindo como seus demônios mentiram antes. Acham que uma coisa dessas poderia acontecer se já não estivesse escrito?' Voltou-se para o Rei. 'Ah, não está vendo? Fomos tolos em ouvir meros mortais, que não possuem os poderes que nós possuímos!

Somos divindades jovens e precisamos nos esforçar para aprender os desígnios dos céus. E nosso destino é óbvio, está à mostra nos dons que possuímos.'

"Não respondemos. Parecia-me uma bênção que ela pudesse acreditar naquelas bobagens, pelo menos por alguns preciosos momentos. Pois eu só podia crer que Amel, o perverso, Amel, o espírito estúpido, ignorante, imbecil, tinha caído casualmente naquela fusão desastrosa, e talvez o mundo inteiro tivesse que pagar por isso. Ocorreu-me novamente o aviso de minha mãe. Voltou todo o nosso sofrimento. E então esses pensamentos – o desejo de destruir o Rei e a Rainha – me dominaram de tal modo que tive que cobrir a cabeça com as mãos e sacudir-me, tentar clarear a mente, para não ter que enfrentar a cólera dos dois.

"Mas a Rainha não prestava a menor atenção em nós, a não ser para gritar aos guardas que nos levassem prisioneiras imediatamente, e na noite seguinte ela nos julgaria diante de toda a corte. Fomos agarradas; ela deu suas ordens com dentes cerrados e olhar sinistro, e os soldados nos arrastaram brutalmente e nos jogaram, como criminosas comuns, numa cela sem luz.

"Mekare me abraçou e sussurrou que até o raiar do sol não devíamos pensar em coisa alguma que pudesse nos trazer algum mal; devíamos cantar as canções antigas que conhecíamos e andar pela cela para nem mesmo sonhar algum sonho que ofendesse o Rei e a Rainha, pois ela sentia um medo mortal. Ora, eu nunca tinha visto Mekare tão aterrorizada. Mekare era sempre aquela que enlouquecia de raiva; era eu quem ficava quieta, imaginando as coisas mais terríveis. Mas quando chegou a aurora, quando ela teve certeza de que o Rei e a Rainha tinham ido para o seu refúgio secreto, começou a chorar.

"'Fui eu, Maharet', declarou. 'Fui eu quem o mandou contra eles. Tentei não fazer isso, mas Amel leu no meu coração. Foi exatamente como a Rainha falou.' Sua autorrecriminação não tinha fim: fora ela quem falara com Amel, ela o fortalecera, o lisonjeara e o mantivera interessado, e então desejara que ele se voltasse contra os egípcios, e ele soubera. Tentei consolá-la. Disse-lhe que ninguém consegue controlar o que se passa em nossos corações, que Amel certa vez nos salvara a vida, que ninguém poderia imaginar aquelas horríveis opções, aquelas encruzilhadas no caminho, que agora devíamos esquecer todas as culpas e olhar apenas para o futuro. Como poderíamos sair daquele lugar? Como poderíamos fazer esses monstros nos libertarem? Nossos bons espíritos não os assustariam agora. Tínhamos que raciocinar, planejar, tínhamos que fazer alguma coisa.

"Finalmente a coisa pela qual eu secretamente esperava aconteceu: Khayman apareceu. Mas estava ainda mais magro e abatido. Disse-nos: 'Acho que vocês estão condenadas, minhas ruivas. O Rei e a Rainha ficaram muito perturbados com as coisas que vocês disseram a eles; antes do amanhecer foram orar no templo de Osíris. Será que vocês não poderiam dar-lhes uma esperança de que esse horror chegue ao fim?'

"'Khayman, há uma esperança', murmurou Mekare. 'Que os espíritos sejam minhas testemunhas de que não estou dizendo que você deve fazer isso. Apenas respondo à sua pergunta. Se quer acabar com isto, acabe com o Rei e a Rainha. Encontre o esconderijo deles e deixe que o sol os ilumine, o sol que seus novos corpos não suportam.' Mas ele deu-nos as costas, aterrorizado pela perspectiva de tal traição. Depois tornou a nos encarar, suspirou e disse: 'Ah, minhas queridas feiticeiras, vi tantas coisas... E, no entanto, não ouso fazer isso!'

"Passaram-se horas de sofrimento para nós, pois sabíamos que seríamos condenadas à morte. Mas em nós não havia mais qualquer arrependimento pelas coisas que tínhamos dito ou praticado. Deitadas abraçadas na escuridão, cantamos novamente as canções antigas da nossa infância, as canções de nossa mãe; pensei em minha filhinha e tentei ir até ela, erguer-me em espírito daquele lugar e ficar perto dela, mas não consegui fazê-lo sem a poção. Nunca aprendera tal habilidade.

"Finalmente a noite caiu. E logo ouvimos a multidão cantando hinos à chegada do Rei e da Rainha. Os soldados vieram nos buscar. Fomos levadas ao grande pátio aberto do palácio, como da primeira vez. Fora ali que Khayman pusera as mãos em nós e nos desonrara, e diante dos mesmos espectadores fomos levadas, nossas mãos novamente amarradas. Só que desta vez era noite e as lamparinas ardiam fracamente nas arcadas do pátio, e uma luz maligna brincava nos botões de lótus dourados que enfeitavam as colunas, nas silhuetas pintadas que cobriam as paredes. Finalmente o Rei e a Rainha subiram no palanque. E todos caíram de joelhos. Os soldados nos forçaram à mesma subserviência. E então a Rainha deu um passo à frente e começou a falar.

"Com uma voz trêmula, disse a seus súditos que éramos bruxas monstruosas e que tínhamos trazido para o reino o demônio que ultimamente atormentara Khayman e tentara seu enfeitiçamento maligno no Rei e na Rainha. Mas o grande deus Osíris, o mais antigo dos deuses, mais forte ainda que o deus Rá, derrubara esse poder diabólico e elevara à glória celestial o

Rei e a Rainha. Mas o grande deus não poderia gostar das bruxas que tanto tinham prejudicado seu povo amado, e exigia agora que não houvesse piedade.

"Disse a Rainha: 'Mekare, por suas mentiras malignas e suas conversas com os demônios, terá a língua arrancada da boca. E Maharet, pelo mal que imaginou e tentou nos fazer aceitar, terá os olhos arrancados também! E passarão a noite amarradas uma à outra, para que possam ouvir o pranto uma da outra, uma sem poder falar, a outra sem poder enxergar. E então, ao meio-dia de amanhã, na praça pública em frente ao palácio, serão queimadas vivas para que todo o povo veja. Pois nenhum mal prevalecerá contra os deuses do Egito e seu Rei e Rainha escolhidos. Pois os deuses nos mostraram benevolência e especial afeição, e somos como o Rei e a Rainha dos Céus, e nosso destino é para o bem comum!'

"Fiquei sem fala ao ouvir a condenação; meu medo, minha tristeza, estavam além do meu alcance. Mas Mekare imediatamente gritou em desafio. Surpreendeu os soldados, desvencilhando-se das mãos deles e dando um passo à frente. Seus olhos estavam fixos nas estrelas, enquanto ela declarava, acima dos sussurros chocados da corte: 'Que os espíritos testemunhem, pois deles é o conhecimento do futuro, tanto do que seria quanto do que eu desejo que seja! Você é a Rainha dos Condenados, é isso que é! Seu único destino é o mal, como sabe muito bem! Mas vou impedi-la, mesmo que para isso tenha que retornar dos mortos. Na hora do seu maior perigo, serei eu quem vai derrotá-la! Serei eu quem vai destruí-la! Olhe bem para o meu rosto, porque vai vê-lo de novo!'

"Assim que ela acabou de fazer esse juramento, essa profecia, os espíritos, reunindo-se, começaram seus redemoinhos; as portas do palácio escancararam-se e as areias do deserto encheram o ar. Os cortesãos, em pânico, começaram a berrar. Mas a Rainha gritou aos soldados: 'Cortem-lhe a língua, como lhes ordenei', e embora os cortesãos se agarrassem às paredes, aterrorizados, os soldados avançaram, agarraram Mekare e lhe cortaram a língua.

"Assisti a tudo paralisada de horror; ouvia-a gemer quando foi feito. E então, com uma fúria espantosa, ela empurrou-os para o lado com as mãos amarradas e, caindo de joelhos, agarrou a língua ensanguentada e engoliu-a antes que pudessem pisar nela ou jogá-la fora. Então os soldados me agarraram. As últimas coisas que vi foram Akasha, dedo em riste, olhos cintilando, e depois o rosto perturbado de Khayman, com lágrimas descendo-lhe pelas faces. Os soldados prenderam minha cabeça com as mãos, abriram minhas pálpebras e arrancaram-me a visão, enquanto eu chorava sem um só ruído.

"Então, de repente, senti uma mão cálida segurar-me, senti algo contra os meus lábios. Khayman pegara os meus olhos e os empurrava contra a minha boca. E imediatamente os engoli, para que não fossem profanados ou perdidos. O vento ficou mais feroz, a areia rodopiava à nossa volta, e eu ouvia os cortesãos agora correndo em todas as direções, alguns tossindo, outros sufocados, muitos em prantos, enquanto a Rainha implorava aos súditos que se acalmassem. Virei-me, tateando à procura de Mekare, e senti sua cabeça em meus ombros, seus cabelos em minha face.

"O Rei ordenou: 'Queimem-nas agora!', mas a Rainha contestou: 'Não, é cedo demais, vamos deixar que sofram!' E fomos levadas, amarradas juntas e finalmente deixadas a sós no chão de nossa pequena cela. Durante horas os espíritos esbravejaram pelo palácio, mas o Rei e a Rainha acalmavam seu povo, dizendo-lhes que não tivessem medo. No dia seguinte, ao meio-dia, todo o mal seria expurgado do reino; até lá, que os espíritos fizessem o que quisessem.

"Finalmente, tudo ficou quieto. Parecia que nada se movia no palácio, exceto o Rei e a Rainha. Até nossos guardas dormiam. Eu pensava: estas são as últimas horas da minha vida. E o sofrimento dela será maior do que o meu, pois ela me verá queimar, ao passo que não poderei vê-la, e ela não poderá sequer gritar... Abracei Mekare junto a mim; ela deitou a cabeça de encontro ao meu coração. E assim passaram-se os minutos.

"Por fim, umas três horas antes do amanhecer, ouvi ruídos fora da cela. Alguma coisa violenta; o guarda soltou um grito e caiu. Tinha sido assassinado. Mekare mexeu-se ao meu lado. Ouvi a fechadura abrir, os gonzos rangerem. Então julguei ter ouvido um som vindo de Mekare, algo como um gemido. Alguém entrara na cela, e eu sabia, pelo meu velho poder instintivo, que era Khayman. Quando ele cortou as cordas que nos prendiam, estendi o braço e peguei sua mão. E constatei imediatamente: este não é Khayman! E então entendi: 'Eles fizeram isso em você! Eles contaminaram você!'

"Quando ele respondeu, tinha a voz cheia de raiva e amargurada, e um novo som introduzira-se nela, um som inumano. 'Sim, fizeram! Para testar, para ver se vocês tinham falado a verdade! Colocaram este mal dentro de mim!' Parecia que estava soluçando; de seu peito vinha um som áspero e seco. E eu podia sentir a força imensa dos dedos dele, pois, embora não quisesse machucar minha mão, estava machucando. 'Ah, Khayman!', exclamei, chorando. 'Tamanha traição por parte daqueles a quem você tão bem serviu!'

"'Escutem, feiticeiras', começou ele, sua voz gutural e cheia de ódio. 'Vocês querem morrer amanhã na fogueira, diante do populacho ignorante, ou desejam combater essa coisa perversa? Gostariam de ser suas iguais e suas inimigas na Terra? Pois o que pode reprimir a força dos poderosos, a não ser a força de outros com o mesmo poder? Quem pode derrotar um espadachim, senão outro com a mesma habilidade? Feiticeiras: se eles puderam fazer isto a mim, não posso fazê-lo a vocês?

"Afastei-me dele, mas ele não me soltou. Eu não sabia se aquilo era possível, sabia apenas que não o queria. Ele continuou: 'Maharet, eles criarão uma raça de acólitos servis, se não forem derrotados, e quem poderá derrotá-los senão outros tão poderosos quanto eles?'

"'Não, prefiro morrer', respondi. Mas pensava na fogueira que nos esperava. Não, era imperdoável. No dia seguinte iria ao encontro de minha mãe; deixaria a Terra para sempre, e nada poderia me fazer ficar. 'E você, Mekare?', ouvi-o perguntar. 'Vai buscar agora o cumprimento de sua própria maldição? Ou vai morrer e deixar sua vingança para os espíritos, que desde o princípio lhes falharam?'

"O vento recomeçou, uivando pelo palácio; ouvi as portas exteriores estremecerem, ouvi a areia jogada contra os muros. Os serviçais corriam por galerias distantes; quem dormia levantou-se da cama. Eu ouvia os gemidos fracos, vazios e abstratos dos espíritos que eu mais amava. 'Sosseguem!', disse-lhes. 'Não farei isso. Não deixarei que este mal penetre em mim.'

"Mas ajoelhada ali, com a cabeça apoiada na parede, raciocinando que deveria morrer e de alguma forma encontrar coragem para isso, percebi que dentro do pequeno espaço daquela cela a magia inominável estava outra vez em ação. Enquanto os espíritos se revoltavam contra isso, Mekare tinha feito sua escolha. Estendi a mão e senti os dois corpos, o homem e a mulher, grudados como amantes: tentei separá-los à força, e Khayman me bateu, jogando-me desmaiada no chão.

"Certamente poucos segundos se passaram. Em algum lugar, na escuridão, os espíritos choravam. Os espíritos conheciam o desfecho final antes de mim. Os ventos morreram; um silêncio desceu sobre a escuridão, o palácio estava quieto.

"As mãos frias de minha irmã me tocaram. Ouvi um som estranho, como uma risada; quem não tem língua consegue rir? Na realidade, não tomei qualquer decisão, sabia apenas que durante todas as nossas vidas fôramos as mesmas, gêmeas e imagens especulares uma da outra, como se fôssemos dois corpos e uma só alma. E agora eu estava sentada na escuridão quente e íntima daquele lugar minúsculo, nos braços da minha irmã, e pela primeira vez ela estava mudada e nós não éramos o mesmo ser; no entanto, éramos. E então senti sua boca em minha garganta, senti que ela me machucava, e Khayman pegou sua faca e fez o trabalho por ela. E o atordoamento começou.

"Ah, que momentos divinos, quando vi novamente, dentro do cérebro, a maravilhosa luz do céu prateado, e minha irmã ali à minha frente sorrindo, braços erguidos para a chuva que caía. Estávamos dançando juntas na chuva, e todo o nosso povo estava ali conosco, e nossos pés nus afundavam-se na relva molhada, e quando o trovão rugiu e o relâmpago rasgou o céu, era como se nossas almas tivessem liberado todo o sofrimento. Encharcadas pela chuva, fomos juntas até as profundezas da caverna; acendemos uma pequena lamparina e contemplamos as velhas pinturas nas paredes – as pinturas feitas por todas as bruxas antes de nós; abraçadas, com o som da chuva distante, perdemo-nos naquelas pinturas de feiticeiras dançando, da lua surgindo pela primeira vez no céu noturno.

"Khayman deu-me a magia, depois foi minha irmã, depois Khayman novamente. Sabem o que me aconteceu, não sabem? Mas sabem o que isso significa para quem é cego? Pequenas faíscas brilhavam na escuridão; em seguida parecia que uma luz cintilante começava a definir as formas das coisas ao meu redor em fracas pulsações, como as imagens que continuamos a ver depois que fechamos os olhos. Sim, eu conseguia movimentar-me naquela escuridão. Estendi a mão para verificar o que via. A porta, a parede, então o corredor diante de mim; por um segundo vi um mapa vago do caminho à frente.

"No entanto, a noite nunca parecera tão silenciosa. Nada inumano respirava na escuridão. Os espíritos tinham sumido inteiramente. E nunca mais escutei ou vi os espíritos. Nunca mais responderam às minhas perguntas ou ao meu chamado. Os fantasmas dos mortos, sim, mas os espíritos partiram para sempre. Mas não percebi esse abandono naqueles primeiros momentos, ou horas, ou até mesmo nas primeiras noites. Muitas outras coisas me espantavam, muitas outras coisas enchiam-me de alegria ou dor.

"Bem antes do amanhecer estávamos escondidas, como o Rei e a Rainha estavam escondidos, nas profundezas de uma sepultura. Foi para o túmulo de seu próprio pai que Khayman nos levou, a sepultura à qual o pobre cadáver profanado havia sido restituído. Eu tinha então bebido meu primeiro gole de sangue mortal. Conhecera o êxtase que fizera o Rei e a Rainha se ruborizarem de vergonha. Mas não ousei roubar os olhos da minha vítima; não imaginava que tal coisa pudesse funcionar.

"Só cinco noites depois é que fiz essa descoberta, e passei a enxergar como um bebedor de sangue realmente enxerga, pela primeira vez. Então já tínhamos fugido da cidade real, viajando a noite inteira para o norte. E em cada lugar Khayman revelara a magia a várias pessoas, declarando que elas deviam erguer-se contra o Rei e a Rainha, pois o Rei e a Rainha queriam que acreditassem que só eles tinham o poder, e essa era a pior de todas as suas mentiras.

"Ah, quanto ódio Khayman sentia naquelas primeiras noites! Dava o poder a quem quer que o desejasse, mesmo quando estava tão enfraquecido que mal conseguia caminhar a nosso lado. Seu juramento era que o Rei e a Rainha teriam inimigos de valor. Quantos bebedores de sangue foram criados naquelas semanas loucas, bebedores de sangue que cresceriam e se multiplicariam e criariam os exércitos com que Khayman sonhava?

"Mas estávamos condenados desde o início, condenados na primeira revolta, condenados em nossa fuga. Logo seríamos separados para sempre, Khayman, Mekare e eu. Porque o Rei e a Rainha, horrorizados com a deserção de Khayman e suspeitando que ele nos dera a magia, mandaram os soldados atrás de nós, homens que poderiam nos procurar dia e noite. E, como caçávamos febrilmente para alimentar nossa sede recém-nascida, nossa trilha era fácil de ser seguida pelas pequenas aldeias das margens dos rios ou mesmo nos acampamentos nas montanhas.

"Finalmente, menos de 15 dias depois que fugíramos do palácio real, fomos agarrados pela multidão junto aos portões de Saqqara, a menos de dois dias de caminhada do mar. Se ao menos tivéssemos alcançado o mar... Se ao menos tivéssemos continuado juntos... Para nós o mundo renascera na escuridão; nos amávamos desesperadamente; desesperadamente trocáramos nossos segredos à luz da lua.

"Mas uma armadilha nos esperava em Saqqara. E embora Khayman tivesse conseguido fugir lutando, viu que não poderia nos salvar, e foi esconder-se nas montanhas para esperar seu momento, mas esse momento nunca chegou. Mekare e eu fomos cercadas, como vocês se lembram, como viram em seus sonhos. Meus olhos foram novamente arrancados, e agora temíamos a fogueira, pois certamente o fogo nos destruiria, e rezamos a todas as coisas invisíveis para que nos dessem a libertação final.

"Mas o Rei e a Rainha temiam destruir nossos corpos. Acreditavam na versão de Mekare sobre o grande espírito, Amel, que contaminava todos nós, e temiam que a dor que sentíssemos fosse também sentida por eles. Naturalmente não era assim, mas quem podia saber, naquela ocasião? De modo que fomos colocadas em caixões de pedra, como lhes contei. Um foi levado para leste, o outro para oeste. As jangadas já tinham sido feitas, para nos carregar ao léu pelos grandes oceanos. Mesmo em minha cegueira eu os vira; estávamos sendo levadas para longe dentro deles, e sabia, pela mente dos meus captores, o que pretendiam fazer. Sabia também que Khayman não poderia nos seguir, pois a marcha continuaria durante o dia como durante a noite.

"Quando despertei, estava vagando no seio do mar. Durante dez noites a jangada me carregou como lhes contei. Passei fome e terror, com medo de que o caixão descesse para o fundo das águas, medo de ser enterrada viva para sempre, uma coisa que não consegue morrer. Mas isso não aconteceu. E quando finalmente cheguei na praia, na costa oriental do sul da África, comecei a procurar Mekare, atravessando o continente para o oeste.

"Durante séculos procurei, de um extremo ao outro do continente. Subi para o norte e entrei na Europa. Subi e desci as praias pedregosas, e fui até mesmo às ilhas do norte, até chegar às mais longínquas extensões de neve e gelo. Mas sempre viajava de volta à minha aldeia, e essa parte da história vou contar-lhes num momento, pois é muito importante para mim que vocês a conheçam, como irão verificar. Mas durante aqueles primeiros séculos dei as costas ao Egito, dei as costas ao Rei e à Rainha. Só muito mais tarde fui saber que o Rei e a Rainha tinham feito uma grande religião de sua transformação, que tomaram para si a identidade de Osíris e Ísis, e obscureceram esses antigos mitos para que lhes fossem úteis.

"Osíris transformou-se em 'Deus do Mundo Subterrâneo', isto é, o Rei que só podia aparecer na escuridão. E a Rainha tornou-se Ísis, a Mãe, que pega o corpo castigado e desmembrado do marido, cura-o e o traz de volta à vida.

"Vocês leram nas páginas de Lestat, na história que Marius contou a Lestat como lhe foi contada, como os deuses de sangue criados pela Mãe e pelo Pai aceitavam o sacrifício sangrento dos malfeitores em santuários escondidos dentro das montanhas do Egito, e como essa religião perdurou até a época de Cristo. E leram também alguma coisa sobre o sucesso da rebelião de Khayman, quando os inimigos do Rei e da Rainha, que ele criara, finalmente ergueram-se contra a Mãe e o Pai, e como grandes batalhas tiveram lugar entre os bebedores de sangue no mundo. A própria Akasha revelou essas coisas a Marius, e Marius revelou-as a Lestat.

"Naqueles primeiros séculos nasceu a Lenda das Gêmeas; pois os soldados egípcios que tinham testemunhado os acontecimentos de nossa vida, desde o massacre de nosso povo até nossa captura final, passaram a história adiante. A Lenda das Gêmeas chegou a ser copilada pelos escribas do Egito, em épocas posteriores. Acreditava-se que um dia Mekare reapareceria para derrubar a Mãe, e todos os bebedores de sangue do mundo morreriam se a Mãe morresse. Mas tudo isso aconteceu sem meu conhecimento, minha vigilância, minha cumplicidade, pois há muito eu havia abandonado essas coisas.

"Só depois de três mil anos voltei ao Egito, um ser anônimo, vestida em trajes negros, para ver por mim mesma o que acontecera com a Mãe e o Pai; imóveis, estátuas de olhares fixos, trancados na pedra em seu templo subterrâneo, com apenas a cabeça e a garganta expostas. E os jovens vinham aos sacerdotes bebedores de sangue que os aguardavam, procurando beber da fonte primordial. Um jovem sacerdote perguntou-me se eu gostaria de beber. Nesse caso deveria procurar os mais velhos e declarar minha pureza e minha vocação ao antigo culto, declarar que não era um meliante com propósitos egoístas. Quase caí na gargalhada.

"Mas que horror, ver aquelas coisas de olhares fixos! Postar-me diante deles, sussurrar os nomes Akasha e Enkil e não vislumbrar sequer uma centelha em seus olhos, um mínimo espasmo das peles brancas! Estavam assim há muito tempo, ninguém sabia desde quando, contaram-me os sacerdotes; ninguém sequer sabia se os mitos a respeito do início eram verdadeiros. Nós, os primeiros, éramos chamados agora simplesmente A Primeira Geração, que tinha criado os rebeldes, mas a Lenda das Gêmeas estava esquecida e ninguém conhecia os nomes de Khayman, Mekare ou Maharet.

"Vi-os apenas mais uma vez, a Mãe e o Pai. Outros mil anos haviam passado. A onda de queimaduras acabara de acontecer, como Lestat contou, quando o Decano de Alexandria tentou destruir a Mãe e o Pai expondo-os ao sol. Eles simplesmente ficaram bronzeados pelo calor do dia, como Lestat narrou, tão fortes tinham se tornado; pois, embora nós todos tenhamos que dormir durante o dia, a luz em si torna-se menos mortal com o passar do tempo.

"Mas em todo o mundo bebedores de sangue tinham se incendiado durante as horas que durou aquele dia no Egito, ao passo que os muito antigos sentiram dores e ficaram mais bronzeados, porém nada mais. Meu amado Eric tinha então mil anos; nós vivíamos juntos na Índia, e ele ficou severamente queimado durante aquelas horas intermináveis. Foi preciso uma grande quantidade do meu sangue para que se recuperasse. Eu própria fiquei apenas bronzeada, e embora tenha sentido muita dor durante várias noites, houve um curioso efeito colateral; ficou mais fácil para mim passar por humana com aquela pele escura.

"Muitos séculos depois, cansada de minha aparência pálida, queimei-me ao sol deliberadamente. Provavelmente farei isso de novo. Mas a primeira vez que aconteceu foi um mistério para mim. Quis saber por que eu vira fogo e ouvira os gritos de tantos morrendo em meus sonhos, e por que outros que eu fizera, meus amados filhotes, tinham sofrido aquela morte inominável.

"Assim, viajei da Índia para o Egito, que para mim sempre foi um lugar odiado. Foi então que ouvi falar em Marius, um jovem bebedor de sangue romano, miraculosamente ileso, que viera, roubara a Mãe e o Pai e os levara para longe de Alexandria, para onde ninguém jamais poderia queimá-los, ou a nós, outra vez.

"Não foi difícil encontrar Marius. Como lhes disse, naqueles primeiros anos não conseguíamos ouvir uns aos outros. Mas à medida que o tempo passava conseguíamos ouvir os jovens, exatamente como se fossem humanos. Em Antioquia descobri a casa de Marius, um palácio onde ele vivera uma vida de esplendor romano, embora percorresse as ruas escuras caçando vítimas humanas nas últimas horas antes do amanhecer.

"Ele já fizera de Pandora uma imortal, e a amava acima de todas as coisas na Terra. E colocara a Mãe e o Pai num belíssimo santuário feito por suas próprias mãos de mármore de Carrara e assoalhos de mosaico, onde queimava incenso como se fosse um templo, como se fossem mesmo deuses. Esperei meu momento. Ele e Pandora saíram para caçar. E então entrei na casa, fazendo as fechaduras cederem pelo lado de dentro.

"Vi a Mãe e o Pai, escurecidos como eu tinha escurecido, mas belos e sem vida como mil anos antes. Ele os colocara num trono e assim ficaram durante dois mil anos, como vocês sabem. Fui até eles, toquei-os. Bati neles. Não se moveram. Então, com um punhal afiado, fiz meu teste. Perfurei a carne da Mãe, que se tornara uma cobertura elástica, como a minha se tornara. Perfurei o corpo imortal que se tornara ao mesmo tempo indestrutível e enganadoramente frágil, e minha lâmina penetrou até o coração. Fiz um corte da direita para a esquerda, e parei.

"O sangue jorrou por um instante, viscoso e espesso; por um instante o coração parou de bater, então o corte começou a fechar, o sangue derramado endureceu como âmbar diante dos meus olhos. Mas o importante foi que eu sentira aquele momento em que o coração não bombeou o sangue, eu sentira a tonteira, a vaga dissociação – o próprio sussurro da morte. Sem dúvida, em todo o mundo os bebedores de sangue sentiram o mesmo, talvez os mais jovens muito intensamente, um choque que os derrubara. O núcleo de Amel ainda estava dentro dela, a terrível queimadura e a adaga provaram que a vida dos bebedores de sangue residia dentro do corpo dela, como sempre aconteceria.

"Eu a teria destruído então, se não fosse isso. Teria cortado fora cada membro, pois nenhum espaço de tempo poderia jamais esfriar meu ódio por ela e pelo que ela tinha feito ao meu povo, por ter me separado de Mekare. Mekare, minha outra metade; Mekare, meu próprio eu. Que maravilhoso seria se os séculos me tivessem ensinado o perdão, se minha alma se abrisse à compreensão de todo o mal causado a mim e ao meu povo!

"Mas digo-lhes, é a alma da humanidade que se move em direção à perfeição ao longo dos séculos, é a raça humana que aprende, a cada ano que passa, como amar melhor e perdoar melhor. Estou presa ao passado por correntes que não posso romper.

"Antes de partir, limpei todos os vestígios do que havia feito. Por uma hora, talvez, fiquei olhando para as duas estátuas, os dois seres malignos que tanto tempo antes haviam destruído meu povo e causado tanto mal a mim e à minha irmã, e que, por sua vez, tanto tinham sofrido.

"'Mas no final você perdeu', falei a Akasha. 'Você e os seus soldados com suas espadas. Pois minha filha Miriam sobreviveu para carregar o sangue da minha família e do meu povo ao longo dos séculos; e isso, que pode não significar coisa alguma para você aí sentada em silêncio, significa tudo para mim.

"E o que eu dizia era verdadeiro. Mas logo chegarei à história da minha família. Agora vou falar da única vitória de Akasha: Mekare e eu nunca mais nos encontramos. Pois, como lhes contei, nunca, em minhas viagens, cheguei a encontrar homem, mulher ou bebedor de sangue que tivesse posto os olhos em Mekare ou ouvido seu nome. Percorri todas as terras do mundo, várias vezes, procurando Mekare. Mas ela desaparecera de mim como se o grande mar ocidental a tivesse engolido, e eu era apenas meio ser, sempre tentando atingir a única coisa que pode me fazer completa.

"Mas sabia, nos primeiros séculos, que Mekare estava viva; havia ocasiões em que a gêmea que eu era sentia o sofrimento da outra gêmea; em momentos obscuros, como sonhos, eu sentia uma dor inexplicável. Mas são coisas que gêmeos humanos sentem uns pelos outros. À medida que meu corpo ficou mais rijo, à medida que minha parte humana se desmanchava e este corpo imortal, mais poderoso e resistente, passava a ser dominante, perdi aquele simples laço humano com minha irmã. Porém sabia, sabia que ela estava viva!

"Falava com minha irmã enquanto caminhava pela costa deserta, olhando para o mar gelado. E nas grutas do monte Carmelo descrevi nossa história em grandes desenhos, tudo o que tínhamos sofrido, o painel que vocês viam em sonhos. Ao longo dos séculos muitos mortais encontraram aquela gruta e viram as pinturas; depois elas eram esquecidas, e novamente descobertas.

"Finalmente, neste século, um jovem arqueólogo, tendo notícia delas, subiu o monte Carmelo certa tarde, com uma lanterna na mão. E quando viu as pinturas que eu fizera tanto tempo antes seu coração deu um salto, pois ele vira essas mesmas imagens numa caverna do outro lado do mar, acima das florestas do Peru. Demorou anos até que eu ficasse sabendo de sua descoberta. Ele viajara muito, com algumas provas. Tinha fotos dos desenhos das cavernas, tanto no Velho Mundo quanto no Novo, e um vaso que encontrara no depósito de um museu, um antigo artefato daqueles séculos esquecidos em que a Lenda das Gêmeas ainda era conhecida.

"Não consigo descrever-lhes o sofrimento e a alegria que experimentei quando vi as fotografias das pinturas que ele descobrira numa caverna no Novo Mundo. Pois Mekare desenhara as mesmas coisas que eu: o cérebro, o coração e a mão tão parecidos com os meus tinham dado expressão às mesmas imagens de sofrimento e dor. Existiam apenas diferenças mínimas. Mas as provas eram irrefutáveis.

"A jangada de Mekare carregara-a pelo grande oceano ocidental até uma terra desconhecida em nossa época. Talvez séculos antes que o homem tivesse penetrado nas terras do sul do continente de florestas, Mekare chegou ali, talvez para conhecer a maior solidão que uma criatura pode conhecer. Durante quanto tempo vagara entre pássaros e feras, sem ver um rosto humano? Teria durado séculos, ou milênios, aquele isolamento inconcebível? Ou encontrara imediatamente mortais que a consolaram ou fugiram apavorados? Eu jamais saberia. Minha irmã pode ter perdido a razão muito antes de o caixão que a levava ter tocado a praia sul-americana. Tudo que sabia era que ela estivera lá, e milhares de anos antes fizera aqueles desenhos, exatamente como eu fizera os meus.

"Naturalmente enchi de dinheiro esse arqueólogo, dei-lhe todos os meios para que continuasse sua pesquisa sobre a Lenda das Gêmeas. E eu própria viajei para a América do Sul. Com Eric e Mael a meu lado, subi a montanha no Peru à luz da lua e vi eu mesma o trabalho de minha irmã. Tão antigos aqueles desenhos! Certamente tinham sido feitos na primeira centena de anos depois de nossa separação.

"Porém jamais encontraríamos outra evidência de que Mekare vivia nas selvas da América do Sul, ou em qualquer outro lugar deste mundo. Estaria enterrada no fundo da terra, além de onde o chamado de Mael ou de Eric pudesse alcançá-la? Dormiria nas profundezas de uma caverna qualquer, uma estátua branca, sem raciocínio, olhos fixos, a pele coberta por camada após camada de pó? Não consigo imaginar isso. Não consigo suportar isso.

"Sei apenas, como vocês sabem agora, que ela caminha. Despertou de seu longo sono. Foram as canções do vampiro Lestat que a despertaram? Essas melodias eletrônicas que alcançaram os confins do mundo? Foram os pensamentos de milhares de bebedores de sangue que as ouviram, as interpretaram e reagiram a elas? Foi o aviso de Marius de que a Mãe caminha?

"Talvez tenha sido uma vaga sensação, retirada de todos esses sinais, de que chegou o momento de cumprir-se a velha maldição. Não sei. Sei apenas que ela viaja para o norte, que seu curso é errático, e que todos os meus esforços para encontrá-la através de Eric e Mael fracassaram. Não é a mim que ela procura. Estou convencida disso. É à Mãe. E esses deslocamentos da Mãe confundem sua rota. Mas ela vai encontrá-la, se é esse o seu propósito. Vai encontrar a Mãe! Talvez descubra que pode voar pelos ares como a Mãe, e então percorrerá grandes distâncias num piscar de olhos.

"Mas vai encontrar a Mãe. Sei disso. E só poderá haver um desfecho. Ou Mekare será destruída, ou a Mãe será destruída, e com ela todos nós. A força de Mekare é igual à minha, se não maior. E igual à da Mãe; e ela pode tirar de sua loucura uma ferocidade que ninguém poderá medir.

"Não acredito em maldições; não acredito em profecias; os espíritos que me ensinaram a validade dessas coisas abandonaram-me há milhares de anos. Mas Mekare acreditava na maldição quando a pronunciou. A maldição veio das profundezas de seu ser, e ela colocou-a em movimento. E seus sonhos agora falam apenas do início, das fontes de seu ódio, que certamente alimentam o desejo de vingança.

"Mekare pode trazer essa consumação, e pode ser melhor para nós todos. E se ela não destruir Akasha, se nós não destruirmos Akasha, qual será o desfecho? Sabemos agora os malefícios que a Mãe já começou a causar. Como o mundo poderá parar essa coisa, se nada compreende dela? Ela é imensamente forte, porém certamente vulnerável; tem o poder de esmagar, porém é feita de pele e osso que podem ser perfurados ou cortados. Essa coisa pode voar, ler pensamentos e fazer fogo com sua vontade; porém, poderá ela própria arder?

"Como impedi-la e nos salvar, esta é a questão. Quero viver, como sempre quis. Não quero fechar os olhos a este mundo. Não quero que aqueles que amo sofram. Até mesmo os jovens, que precisam matar, esforço-me para pensar num meio de protegê-los. Estarei errada? Ou não somos uma espécie, com o mesmo desejo de sobrevivência que qualquer espécie possui?

"Pensem em tudo que lhes falei sobre a Mãe. Sobre sua alma, sobre a natureza do demônio que mora nela, seu núcleo ligado ao núcleo dela. Pensem na natureza dessa imensa coisa invisível que anima cada um de nós e cada bebedor de sangue que já viveu. Somos receptores para a energia desse ser, como os aparelhos de rádio são receptores para as ondas invisíveis que trazem o som. Nossos corpos não são nada além de cascas para essa energia. Somos, como Marius descreveu há tanto tempo, botões da mesma planta.

"Estudem esse mistério. Pois se o examinarmos com cuidado talvez encontremos ainda um meio de nos salvarmos. E eu gostaria que estudassem ainda outra coisa em relação a isso, talvez a coisa mais valiosa que já aprendi.

"Naqueles primeiros tempos, quando os espíritos falavam com minha irmã e comigo na encosta da montanha, que ser humano teria acreditado que os espíritos eram coisas sem importância? Mesmo nós éramos prisioneiras do poder deles, julgando ser nosso dever usar os dons que possuíamos para o bem do nosso povo, exatamente como Akasha mais tarde acreditaria.

"Por milhares de anos depois disso, a firme crença no sobrenatural tem sido parte da alma humana. Houve ocasiões em que eu teria dito que isso era natural, químico, um ingrediente indispensável ao tecido humano, algo sem o qual os humanos não poderiam prosperar, muito menos sobreviver. Por diversas vezes testemunhamos o nascimento de cultos e religiões, as lúgubres proclamações de aparições e milagres, e a subsequente promulgação de credos inspirados nesses 'acontecimentos'.

"Viajem pelas cidades da Ásia e da Europa, vejam os templos antigos ainda de pé, e as catedrais do deus cristão onde ainda se cantam hinos. Percorram os museus de todos os países; são as pinturas e as esculturas religiosas que fascinam e tornam a alma humilde. Como parece uma conquista imensa, a própria maquinaria da cultura dependente do combustível da crença religiosa!

"No entanto, qual tem sido o preço dessa fé que eletriza nações e envia exércitos contra exércitos, que divide o mapa dos países entre vitoriosos e vencidos, que destrói os devotos de deuses diferentes? Porém nos últimos séculos aconteceu um verdadeiro milagre, que nada tem a ver com espíritos ou aparições ou com aqueles que dizem vê-los, compreendê-los e interpretar suas verdades.

"Vimos a mente humana abandonar aos poucos as tradições da lei baseada em revelações e procurar as verdades éticas através do raciocínio, e um modo de vida baseado no respeito pelo físico e pelo espiritual como concebido por todos os seres humanos.

"E com essa perda do respeito pela intervenção sobrenatural, com essa incredulidade quanto às coisas separadas da carne, sobreveio a época mais esclarecida de todas, pois homens e mulheres procuram a mais alta inspiração não no reino do invisível, mas no reino do humano: aquilo que é ao mesmo tempo carne e espírito, visível e invisível, terreno e transcendente. O parapsicólogo, o clarividente, o feiticeiro, não têm mais utilidade, estou convencida disso. Os espíritos não podem nos dar mais coisa alguma. Em suma, ultrapassamos nossa suscetibilidade a essa loucura, e estamos nos dirigindo a uma perfeição que o mundo nunca conheceu.

"O verbo finalmente se fez carne, para citar a velha frase bíblica com todo o seu mistério, mas o verbo é o verbo da razão, e a carne é o reconhecimento das necessidades e dos desejos que todos os homens e mulheres possuem.

"E o que faria nossa Rainha por este mundo com a sua intervenção? O que poderia dar-lhe, ela, cuja própria existência é agora irrelevante, cuja mente passou séculos presa numa região de sonhos ignorantes? Ela tem que ser impedida, Marius tem razão. Quem poderia discordar? Temos que estar prontos para ajudarmos Mekare, e não a prejudicar, mesmo que isso signifique o fim de todos nós.

"Mas vou contar-lhes agora o capítulo final da minha história, a parte que contém a melhor descrição da ameaça que a Mãe representa para todos nós. Como já disse, Akasha não destruiu meu povo. Ele vive em minha filha Miriam e nas suas filhas, e nas filhas delas. Vinte anos depois voltei à aldeia onde deixara Miriam, e encontrei-a uma moça que crescera com as histórias que se tornariam a Lenda das Gêmeas.

"À luz da lua levei-a comigo ao alto da montanha e revelei-lhe as cavernas de seus ancestrais; dei-lhe os poucos colares e o ouro que ainda estava escondido nas grutas pintadas, em lugares onde as outras pessoas não tinham coragem de ir. E contei a Miriam todas as histórias de seus ancestrais que eu conhecia. Mas avisei-lhe: fique longe dos espíritos, fique longe de qualquer transação com coisas invisíveis, não importa como os outros as denominem, e especialmente se forem chamadas de deuses.

"Então fui para Jericó, pois lá, nas ruas apinhadas, era fácil caçar minhas vítimas, aqueles que queriam morrer e não perturbariam minha consciência; lá era fácil esconder-me de olhares curiosos. Mas visitei Miriam muitas vezes ao longo dos anos, e Miriam deu à luz dois filhos e quatro filhas, e estas por sua vez tiveram umas cinco crianças que viveram até a maturidade, e dessas cinco, duas eram mulheres, e dessas mulheres nasceram oito crianças. E as lendas da família eram contadas a essas crianças pelas mães; aprenderam também a Lenda das Gêmeas, a lenda das irmãs que falavam com os espíritos, faziam cair a chuva e foram perseguidas pelo Rei e Rainha perversos.

"Duzentos anos depois, escrevi pela primeira vez todos os nomes da minha família, pois agora constituíam uma aldeia inteira, e precisei de quatro tabletes de argila para registrar o que sabia. Depois enchi muitos tabletes com as histórias do início, das mulheres que remontavam ao Tempo Antes da Lua.

"E embora às vezes passasse um século longe da minha terra natal, procurando Mekare, percorrendo as costas selvagens do norte da Europa, sempre voltava para o meu povo e para meus esconderijos secretos nas montanhas, e para minha casa em Jericó, e tornava a escrever o progresso da família, as filhas que tinham nascido e o nome das filhas que elas tinham tido. Dos filhos, também, escrevi com detalhes: suas conquistas, suas personalidades, às vezes seu heroísmo. Como fiz com as mulheres. Mas não dos filhos deles; não era possível saber se os filhos dos homens tinham realmente o meu sangue, o sangue do meu povo. Assim, a linhagem tornou-se matrilinear, como tem sido desde então.

"Mas nunca, nunca, em todo esse tempo, revelei à minha família a magia maligna que me atingira. Estava decidida que esse mal jamais tocaria em minha família; assim, quando usava meus crescentes poderes sobrenaturais, fazia-o em segredo, ou de modo que eles pudessem ser explicados naturalmente. Para a terceira geração eu era apenas uma parenta que viera para casa depois de muitos anos em outras terras. E quando, e se eu intervinha, para trazer ouro ou conselhos às minhas filhas, era como um ser humano faria, e nada além disso.

"Milhares de anos se passaram enquanto eu observava a família anonimamente, apenas de vez em quando bancando a parenta distante que vinha a essa ou àquela aldeia ou reunião familiar e segurava as crianças no colo.

"Porém, nos primeiros séculos da era cristã outro conceito dominara-me a imaginação. Assim, criei a ficção de um ramo da família que mantinha os seus registros, pois agora havia tabletes e pergaminhos em abundância, e até mesmo livros. E em cada geração desse ramo fictício havia uma mulher fictícia a quem era legada a tarefa de manter os arquivos familiares. O nome Maharet acompanhava essa honra; e, quando era necessário, a velha Maharet morria, e a jovem Maharet herdava a tarefa.

"E assim eu mesma estava dentro da família, e a família me conhecia e eu conhecia o amor da família. Tornei-me a redatora de cartas, a benfeitora, a unificadora, a visitante misteriosa, porém de confiança, que aparecia para sanar rupturas e endireitar os erros. E embora mil paixões me consumissem, embora vivendo durante séculos em terras diferentes, aprendendo novas linguagens e novos costumes, e maravilhando-me com a infinita beleza do mundo e o poder da imaginação humana, sempre retornava à família que me conhecia e esperava coisas de mim.

"À medida que passavam séculos, milênios, nunca penetrei na terra como muitos de vocês fizeram. Nunca enfrentei a loucura ou a perda de memória como era costumeiro entre os antigos, que frequentemente tornavam-se, como a Mãe e o Pai, estátuas enterradas no solo. Nem uma noite se passou desde aqueles tempos em que eu não tenha aberto os olhos, sabido meu próprio nome, reconhecido o mundo à minha volta e retomado o fio de minha própria vida.

"Não que a loucura não me ameaçasse. Não que a exaustão às vezes não me dominasse. Não que a dor não me amargurasse, ou que os mistérios não me confundissem, ou que eu não sentisse sofrimento. O caso era que eu tinha que guardar os arquivos da minha família, tinha minha própria geração para cuidar e guiar neste mundo. E assim, mesmo nos momentos mais difíceis, quando toda existência humana me parecia monstruosa e insuportável, e as mudanças do mundo além da minha compreensão, voltei-me para a família como se ela fosse a própria fonte da vida.

"E a família me ensinou os ritmos e as paixões de cada nova era; a família me levou a terras estrangeiras, onde talvez jamais me aventurasse sozinha; a família levou-me a expressões de arte que poderiam ter-me intimidado; a família foi meu guia através do tempo e do espaço. Minha mestra, meu livro da vida. A família era todas as coisas."

Maharet fez uma pausa. Por um instante parecia que ela ia dizer mais alguma coisa. Então ergueu-se. Olhou para cada um dos outros, depois olhou para Jesse.

– Agora quero que venham comigo. Quero mostrar-lhes o que essa família se tornou.

Em silêncio, todos se ergueram e esperaram Maharet rodear a mesa, depois seguiram-na para fora da sala. Atravessaram atrás dela o patamar de metal e entraram em outro amplo aposento no topo da montanha, com teto de vidro e paredes sólidas.

Jesse foi a última a entrar, e antes de atravessar a porta ela sabia o que iria ver. Uma dor deliciosa, uma dor cheia de felicidade relembrada e saudade inesquecível. Era o aposento sem janelas onde ela estivera tanto tempo antes.

Lembrava-se claramente da lareira de pedra, dos móveis de couro escuro espalhados sobre o tapete e da sensação de excitação intensa e secreta, ultrapassando infinitamente a lembrança das coisas físicas, que para sempre a perseguiu depois, envolvendo-a em sonhos semirrecordados.

Sim, ali estava o grande mapa eletrônico do mundo, com seus continentes estilizados, cobertos de milhares e milhares de minúsculas luzes brilhantes.

E as outras três paredes, tão escuras, aparentemente cobertas por uma fina rede de arame preto, até que se percebia o que era: uma imensa árvore desenhada a tinta, ocupando cada centímetro entre o assoalho e o teto, crescendo de uma raiz única, a um canto, até chegar a milhões de pequenos ramos, cada um deles cercado por incontáveis nomes cuidadosamente escritos.

Marius soltou uma exclamação enquanto olhava em volta, do enorme mapa brilhante até a densa e delicadamente desenhada árvore genealógica. Armand também deu um sorriso leve e triste, enquanto Mael fazia uma careta, embora estivesse realmente impressionado.

Os outros olhavam em silêncio. Eric conhecia esses segredos; Louis, o mais humano deles todos, tinha lágrimas nos olhos. Daniel olhava com indisfarçado fascínio. Ao passo que Khayman, olhos baços como se de tristeza, tinha o olhar fixo no mapa como se não o enxergasse, como se ainda estivesse olhando para as profundezas do passado.

Gabrielle assentiu devagar; soltou uma leve exclamação de aprovação, de prazer.

– A Grande Família – disse, olhando para Maharet.

Maharet assentiu.

Apontou para o grande mapa do mundo atrás de si, que cobria a parede sul.

Jesse seguiu a imensa procissão de luzes minúsculas que a atravessava, saía da Palestina, espalhava-se pela Europa e descia para a África, entrava na Ásia e finalmente saltava para os dois continentes do Novo Mundo, incontáveis luzinhas piscando em várias cores; e quando ela deliberadamente desfocou a visão, viu a grande difusão como realmente era. Viu também os antigos nomes de continentes, países e mares, escritos em caligrafia dourada na folha de vidro que cobria a ilusão tridimensional de montanhas, planícies, vales.

– Essas são as minhas descendentes, as descendentes de Miriam, que era minha filha e filha de Khayman, e da minha gente, cujo sangue estava em mim e em Miriam, correndo, pela linhagem materna, como podem ver, por seis mil anos – disse Maharet.

– Inacreditável! – murmurou Pandora.

Ela também estava triste, quase à beira das lágrimas. Tinha uma beleza melancólica, grandiosa e distante, mas que lembrava o calor que outrora ali estivera naturalmente, intensamente. Aquilo parecia magoá-la, aquela revelação, lembrando-lhe tudo que ela perdera tanto tempo antes.

– É apenas uma única família humana – disse Maharet baixinho. – Porém não há nação na Terra que não contenha uma parte dela, e os descendentes dos homens, também sangue de nosso sangue e não computados, certamente existem em número igual àqueles agora conhecidos pelo nome. Muitos que foram para as regiões desérticas da Grande Rússia ou para a China e o Japão e outras regiões perdidas não entraram neste arquivo. Assim como muitos com quem perdi o contato por motivos variados, ao longo dos séculos. No entanto, seus descendentes estão aí! Não há povo, raça ou país que não contenha parte da Grande Família. A Grande Família é árabe, judaica, inglesa, africana; é indiana, é mongol; é japonesa e chinesa. Em suma, a Grande Família é a família humana.

– Sim – sussurrou Marius. Impressionante a emoção em seu rosto, o vago rubor de colorido humano outra vez, e o brilho sutil nos olhos sempre indescritíveis. – Uma família, e todas as famílias... – continuou. Foi até o grande mapa e ergueu as mãos irresistivelmente enquanto fixava os olhos nele, estudando o curso das luzes movimentando-se sobre o terreno cuidadosamente modelado.

Jesse sentiu a atmosfera daquela noite distante envolvê-la; e então, inexplicavelmente, essas lembranças – tão vivas por um instante – desvaneceram-se, como se não importassem mais. Ela estava ali com todos os segredos; estava novamente naquele aposento.

Aproximou-se do desenho escuro na parede. Contemplou os milhares de nomes minúsculos inscritos em tinta preta; recuou e seguiu o progresso de um ramo, um ramo fino e delicado, que subia lentamente até o teto através de centenas de encruzilhadas e curvas.

E em meio ao enlevo de todos os seus sonhos agora realizados ela pensou com amor em todas aquelas almas que tinham constituído a Grande Família que ela conhecera; pensou no mistério da hereditariedade e da intimidade. Aquele momento era atemporal e solitário para ela. Não via os rostos brancos de sua nova família, as esplêndidas figuras imortais presas em sua estranha imobilidade.

Algo do mundo real ainda estava vivo para ela agora, algo que evocava dor e sofrimento, e talvez o amor mais puro de que ela fora capaz; e por um momento pareceu-lhe que a possibilidade natural e a sobrenatural eram iguais em seu mistério. Eram iguais em seu poder. E todos os milagres dos imortais não poderiam brilhar mais do que aquela longa e simples crônica: *A Grande Família.*

Sua mão ergueu-se como se tivesse vida própria. E a luz bateu na pulseira de prata de Mael quando ela encostou os dedos silenciosamente na parede. Uma centena de nomes cobertos pela palma de sua mão.

– É isso que agora está ameaçado – disse Marius, a voz suavizada pela tristeza, os olhos ainda no mapa.

Causou espanto a ela que uma voz pudesse soar tão alta, e no entanto ser tão suave. Não, ela pensou, ninguém vai ferir a Grande Família. Ninguém vai ferir a Grande Família!

Voltou-se para Maharet; Maharet estava olhando para ela. E aqui estamos, Jesse pensou, nos extremos opostos desta árvore, Maharet e eu.

Uma dor terrível cresceu dentro de Jesse. Uma dor terrível. Ser arrebatada de todas as coisas reais, isso tinha sido irresistível, porém pensar que todas as coisas reais pudessem ser arrebatadas dela era insuportável.

Durante todos os seus longos anos com a Talamasca, quando vira espíritos e fantasmas aflitos, e poltergeists que aterrorizavam suas pobres vítimas, e clarividentes falando em línguas estrangeiras, ela sempre soubera que de algum modo o sobrenatural jamais poderia marcar o natural. Maharet estava tão certa! Irrelevante, sim, irrelevante e sem perigo – incapaz de intervir!

Mas agora isso seria mudado. O irreal tinha sido feito real. Era absurdo estar parada naquele salão estranho, em meio àquelas figuras severas e imponentes, e dizer: isto não pode acontecer. Aquela coisa, aquela coisa chamada a Mãe, podia atravessar o véu que durante tanto tempo a separara dos olhos mortais e tocar um milhão de almas humanas!

O que Khayman via quando olhou para ela agora, como se a compreendesse? Via a sua filha em Jesse?

– Sim – disse ele. – A minha filha. E não tenha medo. Mekare vai cumprir a maldição. E a Grande Família vai prosseguir.

Maharet concordou.

– Quando eu soube que a Mãe tinha se levantado, eu não adivinhei o que ela poderia fazer. Acabar com seus filhos, aniquilar o mal que sai dela, e de Khayman e de mim e de todos nós que compartilhamos deste poder, isto eu não poderia realmente contestar! Que direito temos de viver? Que direito temos de ser imortais? Somos acidentes, somos puro horror. E, no entanto, quero minha vida avidamente, eu a quero mais ferozmente do que nunca; não posso dizer que seja errado que ela tenha matado tantos...

– Ela matará mais – disse Eric, desesperadamente.

– Mas é a Grande Família que está agora sob sua sombra – disse Maharet. – E o mundo deles! E ela o fará à sua vontade. A não ser que...

– Mekare vai voltar – disse Khayman. O sorriso mais singelo animava seu rosto. – Mekare vai cumprir a maldição. Fiz de Mekare o que ela é para que ela o fizesse. Agora é a nossa maldição.

Maharet sorriu, mas sua expressão era inteiramente diferente. Era triste, indulgente e curiosamente fria.

– Ah, você acredita em tal simetria, Khayman?

– E nós morreremos, todos nós! – exclamou Eric.

– Tem que haver um modo de matá-la sem nos matar – falou Gabrielle em tom frio. – Temos que pensar nisso, estarmos prontos. Precisamos de algum tipo de plano.

– Não se pode mudar a profecia – sussurrou Khayman.

– Khayman, se aprendemos alguma coisa, foi que não existe destino – interveio Marius. – E se o destino não existe, então não existe profecia. Mekare vem fazer o que jurou fazer; talvez seja tudo o que ela sabe agora, ou tudo que pode fazer, mas isso não significa que Akasha não possa defender-se de Mekare. Acha que a Mãe não sabe que Mekare despertou? Acha que a Mãe não ouviu os sonhos de seus filhos?

– Ah, mas as profecias costumam cumprir-se – retrucou Khayman. – Esta é a magia. Todos nós compreendíamos isso nos tempos antigos. O poder dos amuletos é o poder da vontade; pode-se dizer que naqueles dias sombrios éramos todos grandes gênios da psicologia, que poderíamos ser mortos pela força dos desígnios de outrem. E os sonhos, Marius, os sonhos são apenas uma parte de um grande propósito.

– Não fale como se já tivesse acontecido – disse Maharet. – Temos outro instrumento. Podemos usar a razão. Essa criatura agora fala, não é? Ela compreende o que lhe dizem. Talvez possa ser desviada...

– Ah, você está louca, realmente louca! – exclamou Eric. – Vai conversar com esse monstro que vaga pelo mundo incinerando seus filhos! – Ele ficava mais assustado a cada minuto. – Que é que essa coisa entende de raciocínio, essa coisa que inflama mulheres ignorantes a erguerem-se contra seus homens? Essa coisa conhece a chacina, a morte e a violência, é isso que ela sempre conheceu, como sua história demonstrou. Nós não mudamos, Maharet. Quantas vezes você me disse isto? Nos aproximamos cada vez mais da perfeição daquilo que estamos destinados a ser.

– Nenhum de nós quer morrer, Eric – falou Maharet com paciência.

Porém, alguma coisa chamou sua atenção. No mesmo instante Khayman sentiu-a também. Jesse estudou os dois, tentando entender o que estava acontecendo. Então percebeu que Marius também passara por uma mudança sutil. Eric estava petrificado. Mael, para surpresa de Jesse, tinha os olhos fixos nela.

Estavam ouvindo algum tipo de som. O modo como moviam os olhos o revelava. As pessoas ouvem com os olhos; seus olhos dançam ao absorver o som e tentar localizar sua origem.

Eric declarou de repente:

– Os mais novos deviam ir para o porão imediatamente.

– Não vai adiantar – retorquiu Gabrielle. – Além disso, quero ficar aqui. – Ela não conseguia ouvir o som, mas estava tentando.

Eric voltou-se para Maharet.

– Vai deixar que ela nos destrua um por um?

Maharet não respondeu. Virou a cabeça bem devagar e olhou na direção do patamar da escada.

Então Jesse finalmente ouviu. Certamente os ouvidos humanos não podiam captá-lo, era como o equivalente auditivo de tensão sem vibração, atravessando-a como atravessava toda partícula de substância naquele aposento. Era avassalador e desorientador, e embora ela visse que Maharet estava falando com Khayman e que este respondia, não conseguia ouvir o que eles diziam. Tolamente levou as mãos aos ouvidos. Viu que Daniel fizera a mesma coisa, mas ambos sabiam que não adiantava.

De repente o som pareceu suspender o tempo, o movimento. Jesse perdeu o equilíbrio e recuou até encostar-se à parede; fixou os olhos no mapa à sua frente, como se quisesse que ele a sustentasse de alguma forma. Ficou olhando para o suave fluxo de luzes saindo da Ásia Menor para o norte e para o sul.

Uma comoção vaga e inaudível encheu o salão. O som desaparecera, mas no ar ressoava um silêncio ensurdecedor.

Como num sonho sem som, ela viu a figura do vampiro Lestat aparecer à porta; viu-o correr para os braços de Gabrielle; viu Louis aproximar-se e abraçá-lo. E então viu o vampiro Lestat olhar para ela – e captou o vislumbre do banquete fúnebre, as gêmeas, o corpo no altar. Ele não sabia o que aquilo significava, não sabia!

Aquela constatação chocou-a. Voltou-lhe aquele instante no palco; ele obviamente esforçara-se para reconhecer uma imagem fugidia, quando foram afastados um do outro.

Então, enquanto os outros agora o requisitavam com abraços e beijos – até Armand fora até ele de braços abertos –, ele endereçou-lhe um breve sorriso.

– Jesse – falou.

Olhou para os outros, para Marius, para os rostos frios e tensos. E como sua pele era branca, completamente branca! No entanto, o calor, a exuberância, a excitação quase infantil... Exatamente como antes.

QUARTA PARTE
A RAINHA DOS CONDENADOS

i

Asas agitam a poeira ensolarada
da catedral onde
o Passado está enterrado
até o queixo em mármore.

STAN RICE
"Poem on crawling into bed:
bitterness"
Body of Work (1983)

ii

No verdor vítreo de cerca viva
e hera,
e morangos não comestíveis,
os lírios são brancos. Longínquos. Superlativos.
Quem dera fossem eles nossos guardiães.
Eles são bárbaros.

STAN RICE
"Greek fragments"
Body of Work (1983)

Ela estava sentada à cabeceira da mesa, esperando por eles, imóvel, plácida. A cor magenta do vestido emprestava-lhe à pele um profundo tom carnal à luz do fogo.

As linhas de seu rosto estavam douradas pelo brilho das chamas, e o vidro escuro da janela prendia-a vividamente num espelho perfeito, como se o reflexo fosse a pessoa real, flutuando lá fora na noite transparente.

Assustado. Por eles e por mim. E, estranhamente, por ela. Era como um arrepio, o pressentimento. Por ela. Aquela que poderia destruir tudo que alguma vez amei.

À porta, voltei-me e tornei a beijar Gabrielle. Senti seu corpo desabar contra mim por um instante; depois sua atenção prendeu-se em Akasha. Senti o leve tremor de suas mãos tocando meu rosto. Olhei para Louis, o meu Louis aparentemente frágil, com sua pose aparentemente invencível, e para Armand, o travesso com rosto de anjo. Afinal, aqueles que a gente ama são simplesmente... aqueles que a gente ama.

Marius estava gelado de raiva ao entrar na sala; nada poderia disfarçar seu sentimento. Olhou para mim com ódio – eu, que matara aqueles pobres mortais e deixara-os caídos pela trilha da montanha. Ele sabia, não sabia? E nem toda a neve do mundo conseguiria escondê-los. *Preciso de você, Marius. Nós precisamos.*

Ele tinha a mente fechada; todos tinham a mente fechada. Conseguiriam ocultar dela os seus segredos?

Enquanto todos entravam, fui para seu lado direito, porque ela assim o desejava. E porque eu sabia que era ali que deveria estar. Fiz um gesto para que Gabrielle e Louis se sentassem em frente, próximos, onde eu poderia vê-los. E o olhar de Louis, tão resignado, porém cheio de tristeza, partiu-me o coração.

A mulher ruiva, a antiga chamada Maharet, sentou-se no extremo oposto, perto da porta. Marius e Armand estavam à sua direita. E à sua esquerda ficou a jovem ruiva, Jesse. Maharet parecia absolutamente passiva, controlada, como se nada conseguisse assustá-la. E era fácil saber a razão: Akasha não conseguiria atingir essa criatura – ou o outro muito antigo, Khayman, que agora sentava-se à minha direita.

O que se chamava Eric estava apavorado, era óbvio. Sentou-se à mesa com muita relutância. Mael também tinha medo, mas isso o deixava furioso; olhou com ódio para Akasha, sem a menor preocupação de esconder seus sentimentos.

E Pandora, a linda Pandora de olhos castanhos, parecia realmente alheia ao tomar seu lugar ao lado de Marius. Nem olhou para Akasha; olhava para as paredes de vidro, os olhos movendo-se devagar, amorosamente, pela floresta, as camadas e mais camadas de floresta enevoada, com suas manchas escuras dos troncos das sequoias e o seu verde pungente.

Outro que estava alheio era Daniel. Aquele eu tinha visto no show, também. Não tinha desconfiado que Armand estava com ele! E pensar que qualquer coisa que poderíamos ter dito um ao outro estava agora perdida para sempre! Mas isso não podia acontecer, certo? Teríamos nosso tempo juntos, Armand e eu; todos nós. Daniel sabia disso, o belo Daniel, o repórter com seu gravadorzinho que, com Louis, num quarto na rua Divisadero, tinha de alguma forma começado tudo isso! Por isso ele olhava tão serenamente para Akasha; por isso explorava cada instante da ocasião.

Olhei para Santino, com seus cabelos negros – um ser com ares de fidalgo, que me estudava cuidadosamente. Ele também não tinha medo. Mas importava-lhe desesperadamente o que ia acontecer ali. Quando olhou para Akasha, perturbou-se com a beleza dela, que atingia uma ferida profunda dentro de si. Por um instante avivou-se uma antiga fé, que para ele era mais importante que a sobrevivência e que tinha sido amargamente incinerada.

Não havia tempo para compreender todos eles, avaliar os laços que os ligavam, perguntar o significado daquela estranha imagem – as duas ruivas e o corpo da mãe – que tornei a vislumbrar quando olhei de relance para Jesse.

Tive vontade de saber se podiam ler minha mente e encontrar nela todas as coisas que eu lutava para esconder – as coisas que, sem me dar conta, eu escondera de mim mesmo.

O rosto de Gabrielle era agora inescrutável. Os olhos tornaram-se pequenos e cinzentos, como se despidos de luz ou cor; ela olhava de mim para Akasha e novamente para mim, como se tentasse entender alguma coisa.

E um terror repentino tomou conta de mim; talvez estivesse ali todo o tempo: eles também jamais cederiam. Alguma coisa arraigada neles o impediria, assim como acontecia comigo. E antes que deixássemos aquele aposento, alguma resolução fatal surgiria.

Por um instante fiquei paralisado. Então estendi o braço e peguei a mão de Akasha. Senti seus dedos fecharem-se delicadamente em volta dos meus.

– Sossegue, meu príncipe – disse ela, em tom discreto e carinhoso. – O que está sentindo nesta sala é a morte, mas a morte de crenças e censuras. Nada mais. – Olhou para Maharet. – A morte de sonhos, talvez, que já deviam ter morrido há muito tempo – completou.

Maharet parecia tão passiva e sem vida quanto um ser vivo pode parecer. Seus olhos violeta estavam cansados, injetados. E subitamente entendi a razão: eram olhos humanos e estavam morrendo. O sangue dela não cessava de infundir-lhes vida, mas não estava adiantando. Um número demasiado grande dos minúsculos nervos de seu corpo estavam mortos.

Vislumbrei novamente a visão: as gêmeas, o cadáver diante delas. Qual seria a ligação?

– Nenhuma – sussurrou Akasha. – Algo há muito esquecido. Pois agora não há respostas na história. Transcendemos a história. A história é feita de erros; nós começaremos com a verdade.

Marius falou imediatamente:

– Nada pode convencê-la a parar. – O tom era infinitamente mais calmo do que eu tinha esperado. Ele inclinou-se para a frente, as mãos juntas, em atitude de quem tenta ser razoável. – O que podemos dizer? Queremos que pare com essas aparições. Queremos que não se intrometa.

Os dedos de Akasha apertaram os meus. A mulher ruiva agora me encarava com seus olhos violeta.

– Akasha, eu lhe imploro, pare com essa mudança, não torne a aparecer para os mortais, não lhes dê mais ordens – falou Marius.

Akasha riu baixinho.

– Por que não, Marius? Porque isso perturba o seu precioso mundo, esse mundo que você vem contemplando há dois mil anos, como vocês romanos contemplavam a vida e a morte na arena, como se essas coisas fossem um espetáculo, como se o fato literal do sofrimento, da morte não importasse, contanto que vocês se divertissem?

– Entendo o que pretende fazer – continuou Marius. – Akasha, você não tem esse direito.

– Marius, o seu aluno aqui já me apresentou esses velhos argumentos – respondeu ela. Seu tom agora era mais calmo e cheio de paciência do que o dele. – E, mais importante, eu mesma já os apresentei a mim mesma milhares de vezes. Por quanto tempo acha que fiquei ouvindo as preces do mundo, pensando num meio de acabar com o interminável ciclo da violência humana? Agora é hora de vocês ouvirem o que tenho a dizer.

– Temos um papel a desempenhar? – perguntou Santino. – Ou seremos destruídos como os outros foram? – Seus modos eram mais impulsivos que propriamente arrogantes.

E pela primeira vez a mulher ruiva mostrou uma centelha de emoção, seus olhos exaustos fixando-se imediatamente nele, a boca tensa.

– Vocês serão os meus anjos – respondeu Akasha carinhosamente, olhando para ele. – Os meus deuses. Se decidirem não ficar comigo, eu os destruirei. Quanto aos antigos, esses a quem não conseguirei destruir tão facilmente – tornou a olhar de relance para Maharet e Khayman –, se eles se voltarem contra mim, serão os demônios que me combatem; serão caçados por toda a humanidade, e, com sua oposição, servirão muito bem aos meus planos. Mas o que vocês tinham antes, um mundo para perambularem às escondidas, não terão mais.

Eric parecia estar perdendo sua batalha silenciosa contra o medo. Mexeu-se como se pretendesse erguer-se e sair da sala.

– Paciência – disse Maharet olhando para ele. Depois tornou a olhar para Akasha.

Akasha sorriu.

– Como é possível romper um ciclo de violência com mais violência desenfreada? – perguntou Maharet. – Você está destruindo os machos da espécie humana. Qual pode ser o desfecho possível de um ato tão brutal?

– Você conhece o desfecho tão bem quanto eu – respondeu Akasha. – É simples e perfeito demais para não ser compreendido. Até agora é que as coisas foram inimagináveis. Durante todos esses séculos fiquei sentada em meu trono no santuário de Marius; sonhava com uma Terra que fosse um jardim, um mundo onde os seres vivessem sem o tormento que eu ouvia e sentia neles. Sonhava com as pessoas conseguindo essa paz sem tirania. E então ocorreu-me a simplicidade perfeita, como se uma luz se acendesse. As pessoas que podem realizar este sonho são as mulheres, mas apenas se todos os homens, ou quase todos, forem exterminados.

"Antigamente tal coisa não seria viável. Mas agora é fácil, já existe uma tecnologia para isso. Depois da purgação inicial, o sexo dos bebês poderá ser escolhido; os fetos masculinos poderão ser abortados, como são tantos agora, de ambos os sexos. Mas, na realidade, não é necessário discutir este aspecto. Vocês não são tolos, nenhum de vocês é, apesar de tão emotivos e impetuosos. Sabem tão bem quanto eu que haverá paz universal se a população masculina for limitada a um homem para cada cem mulheres. Todas as formas de violência gratuita simplesmente cessarão. O reino da paz será algo que o mundo nunca conheceu. Então a população masculina poderá aumentar gradualmente. Porém, para que a estrutura conceitual seja mudada, os homens terão que desaparecer. Quem é que pode negar isto? Talvez nem mesmo seja necessário poupar um para cada cem mulheres. Mas seria generoso. Portanto permitirei. Pelo menos no início."

Percebi que Gabrielle ia dizer alguma coisa. Tentei mandar-lhe um aviso silencioso para que ficasse calada, mas ela me ignorou.

– Certo, os efeitos são óbvios – disse. – Mas quando você fala em termos de extermínio total, então essa questão da paz torna-se ridícula. Você está destruindo metade da população do mundo. Se os homens e as mulheres nascessem sem pernas e braços, este mundo também poderia ser pacífico.

– Os homens merecem o que vai lhes acontecer. Como espécie, colherão o que plantaram. E lembre-se, estou falando de um expurgo temporário, uma trégua, por assim dizer. A beleza disso é a sua simplicidade. Coletivamente, a vida desses homens não se iguala à vida das mulheres que morreram nas mãos dos homens ao longo dos séculos. Vocês sabem disso tão bem quanto eu. Agora digam-me, quantos homens, ao longo dos séculos, morreram nas mãos das mulheres? Se trouxessem de volta à vida todo homem morto por uma mulher, acha que encheriam esta casa? Mas essas coisas não têm importância. Sabemos todos que o que estou dizendo é verdadeiro. O importante, o relevante, ainda mais perfeito que a própria proposta, é que agora temos os meios para realizá-la. Eu sou indestrutível. Vocês estão equipados para ser meus anjos. E não há pessoa alguma que possa se opor a nós com sucesso.

– Não é verdade – retrucou Maharet.

Uma centelha de raiva coloriu as faces de Akasha – um rubor intenso que desapareceu e deixou-a com aparência tão inumana quanto antes.

– Está querendo dizer que você pode me impedir? – perguntou ela. – Está sendo impulsiva ao sugerir isto. Vai suportar a morte de Eric, Mael e Jessica para provar sua razão?

Maharet não respondeu. Mael ficou visivelmente perturbado, mas de raiva, não de medo. Olhou de relance para Jesse, depois para Maharet e finalmente para mim. Eu podia sentir seu ódio.

Akasha continuava de olhos fixos em Maharet.

– Ora, conheço você, pode acreditar – continuou, a voz levemente mais suave. – Sei como sobreviveu todos esses anos imutável. Vi-a mil vezes nos olhos de outros; sei que agora sonha que sua irmã está viva. E talvez esteja, de alguma forma patética. Sei que seu ódio por mim apenas ficou mais intenso, e você volta ao passado, até o início mesmo de tudo, como se conseguisse encontrar lá um sentido ou uma razão para o que está acontecendo agora. Mas como você mesma me disse há muito tempo, quando conversamos num palácio de tijolos de barro na margem do Nilo, não há sentido ou razão. Não há coisa alguma! Há as coisas visíveis e invisíveis, e coisas horríveis podem acontecer ao mais inocente de todos nós. Não entende? Isto é tão crucial para o que faço agora quanto qualquer outra coisa.

Novamente Maharet não respondeu. Estava rígida, apenas os olhos soturnamente belos mostraram um vago clarão do que poderia ser sofrimento.

– Eu *criarei* o sentido e a razão – continuou Akasha, com um travo de raiva. – Vou *criar* o futuro; vou definir a bondade; vou definir a paz. E não vou usar deusas ou deuses míticos, nem espíritos, para justificar meus atos; menos ainda uma moralidade abstrata. Tampouco usarei a história! Não procuro na poeira o coração e o cérebro da minha mãe!

Um arrepio percorreu a todos. Um sorrisinho amargo brincou nos lábios de Santino. E, de um modo que parecia protetoral, Louis olhou em direção à figura muda de Maharet.

Marius estava ansioso para que aquilo não continuasse.

– Akasha... – começou, em tom de súplica. – Mesmo se pudesse ser assim, mesmo se a população mortal não se revoltasse contra você e os homens não descobrissem um modo de acabar com você muito antes que pudesse...

– Você é um tolo, Marius, ou acha que eu sou. Pensa que não sei do que este mundo é capaz? Pensa que não conheço a mistura de selvageria e astúcia tecnológica que forma a mente do homem moderno?

– Minha Rainha, acho que não sabe, não – respondeu Marius. – Realmente acho que não. Acho que não consegue imaginar o conceito total do que é o mundo. Nenhum de nós consegue. Ele é variado demais, imenso demais; tentamos abarcá-lo com nossa razão, mas não conseguimos. Você conhece um mundo, mas não o mundo; conhece o mundo que escolheu entre dezenas de outros mundos, por motivos próprios.

Ela sacudiu a cabeça, novamente irritada.

– Não abuse da minha paciência, Marius – disse. – Poupei-o por uma razão muito simples: Lestat queria que eu o poupasse. E porque você é forte e pode me ajudar. Mas é só isso, Marius. Pise com cuidado.

Fez-se silêncio. Ele certamente percebera que ela estava mentindo. Eu percebi. Ela o amava e isso a humilhava, portanto tentava magoá-lo. E conseguira. Em silêncio, ele engoliu sua raiva.

– Mesmo se isso pudesse ser feito, você pode dizer honestamente que os seres humanos agiram tão mal que merecem tal castigo? – insistiu ele.

Senti o alívio me dominar. Sabia que ele teria a coragem, sabia que ia encontrar um modo de ir mais fundo, sem se importar com as ameaças dela; diria tudo que eu me esforçara por dizer.

– Ah, agora você me dá engulhos! – respondeu ela.

– Akasha, durante dois mil anos eu observei – disse ele. – Pode me chamar de romano na arena, se quiser, e me contar histórias das eras anteriores. Quando me ajoelhei a seus pés, implorei seu conhecimento. Mas as coisas que vi neste curto espaço de tempo me encheram de espanto e respeito por todas as coisas mortais; vi revoluções no pensamento e na filosofia que julgava impossíveis. A raça humana não está caminhando exatamente para a era de paz que você descreve?

O rosto dela era um quadro de desdém.

– Marius, este pode ser considerado um dos séculos mais sangrentos da história da raça humana. De que revoluções você está falando, se milhões de pessoas foram exterminadas por uma pequena nação europeia por causa do capricho de um louco, e cidades inteiras foram destruídas por bombas? E os filhos dos países desérticos do Oriente combatem outros filhos em nome de um Deus antigo e déspota! Marius, as mulheres no mundo inteiro jogam os frutos de seu ventre no esgoto. Os gritos dos famintos são ensurdecedores, porém não são ouvidos pelos ricos, que se divertem em suas cidadelas tecnológicas; as doenças grassam entre os famintos de continentes inteiros, enquanto os doentes em hospitais milionários gastam a fortuna do mundo em refinamentos cosméticos e na promessa de vida eterna através de pílulas. – Riu baixinho. – Alguma vez os gritos dos moribundos soaram assim tão fortes aos ouvidos daqueles que podem ouvi-los? Alguma vez derramou-se mais sangue?

Eu podia sentir a frustração de Marius. Podia sentir a paixão que o fazia apertar os punhos e procurar no fundo da alma as palavras apropriadas.

– Existe uma coisa que você não consegue ver – disse finalmente. – Existe uma coisa que você não compreende.

– Não, meu caro. Não há nada de errado com a minha visão. Nunca houve. É você que não consegue ver. Nunca conseguiu.

– Olhe para a floresta lá fora – pediu ele, apontando para a parede de vidro. – Escolha uma árvore. Descreva-a, se quiser, em termos daquilo que ela destrói, daquilo que ela desafia, daquilo que ela não consegue fazer, e terá um monstro de raízes gulosas e ímpeto irresistível que devora a luz das outras plantas, seus nutrientes, seu ar. Mas esta não é a verdade da árvore. Esta não é a verdade inteira, quando ela é vista como uma parte da natureza; e quando falo em natureza não me refiro a algo sagrado, refiro-me apenas ao quadro completo, Akasha. A coisa maior, que abarca tudo isso.

– Então agora você vai escolher as causas para o seu otimismo, como sempre fez. Ora, Marius! Examine as cidades do Ocidente, onde até os pobres ganham diariamente pratos de carne e legumes, e diga-me que não existe mais fome. Bem, seu aluno aqui já me veio com essas bobagens na qual a complacência dos ricos sempre se baseou. O mundo está afundado em depravação e caos, e é como sempre foi, ou pior.

– Ah, não, essa não – contestou ele. – Os homens e as mulheres são animais que aprendem. Se não enxerga o que eles aprenderam, está cega. São criaturas em eterna mudança, eterno aperfeiçoamento, eterna expansão de sua visão e da capacidade de seu coração. Você não é justa quando diz que este século é o mais sangrento, não está vendo a luz que brilha cada vez mais forte por causa da escuridão, não está enxergando a evolução da alma humana.

Ele ergueu-se de seu lugar à mesa e foi em direção a ela pelo lado esquerdo. Tomou a cadeira vazia entre ela e Gabrielle. Depois estendeu o braço e ergueu a mão dela.

Fiquei assustado, temendo que ela não lhe permitisse tocá-la. Mas ela pareceu gostar; apenas sorriu.

– É verdade o que você diz sobre a guerra – continuou ele, suplicando-lhe e ao mesmo tempo lutando para manter sua dignidade. – Sim, e os gritos dos moribundos, eu também os ouço; nós todos ouvimos, ao longo dos anos. Agora mesmo o mundo está chocado pelas notícias diárias de conflitos armados. Mas é o grito contra esses horrores que constitui a luz que mencionei, são as atitudes que não eram possíveis no passado. É a intolerância dos pensadores no poder, que pela primeira vez na história da raça humana pretendem acabar com todas as formas de injustiça.

– Você está falando da atitude intelectual de uns poucos.

– Não – contestou ele. – Estou falando de uma mudança filosófica, do idealismo de onde nascerão as verdadeiras realidades. Akasha: sendo falíveis como são, eles precisam de tempo para aperfeiçoar seus próprios sonhos, não entende?

– Sim! – exclamou Louis.

Meu coração apertou-se. Tão vulnerável! Se ela voltasse seu ódio contra ele... Mas, em seu modo calmo e refinado, ele continuou:

– É o mundo deles, não nosso. Certamente renunciamos a ele quando perdemos nossa mortalidade. Agora não temos direito de interromper seus esforços. Se o fizermos, iremos roubar-lhes as vitórias que lhes custaram tanto! Mesmo nos últimos cem anos o progresso deles foi milagroso; consertaram erros que a humanidade pensava serem inevitáveis; pela primeira vez desenvolveram um conceito da verdadeira família do homem.

– Você me comove com a sua sinceridade – respondeu ela. – Poupei-o apenas porque Lestat o ama; agora conheço o motivo desse amor. Que coragem você precisa ter para falar assim comigo! No entanto, você mesmo é o mais predatório entre todos os imortais aqui presentes: mata sem se preocupar com a idade, o sexo ou a vontade de viver.

– Então mate-me! – respondeu ele. – Gostaria que você fizesse isso. Mas não mate os seres humanos! Não se meta com eles. Mesmo que eles se matem entre si! Dê-lhes tempo para que vejam realizada essa nova visão; dê às cidades do Ocidente, corruptas como são, tempo para que levem seus ideais a um mundo sofredor e doente!

– Tempo! – interveio Maharet. – Talvez seja isto que estejamos pedindo. Tempo. E é isso que você tem que dar.

Houve uma pausa.

Akasha não queria olhar novamente para aquela mulher. Não queria escutá-la. Eu podia sentir sua relutância. Retirou sua mão da de Marius, olhou para Louis por um longo instante, depois voltou-se para Maharet como se isso não pudesse ser evitado; seu rosto ficou tenso e quase cruel.

Mas Maharet continuou:

– Durante séculos você meditou em silêncio a respeito de suas soluções. Que diferença fará outra centena de anos? Certamente não vai negar que o último século foi além de qualquer previsão ou imaginação, e que os avanços tecnológicos deste século podem possivelmente trazer comida, abrigo e saúde para todos os povos da Terra.

– É mesmo? – retrucou Akasha. Um ódio profundo queimava-lhe o sorriso. – Eis o que os avanços tecnológicos deram ao mundo: gases venenosos, doenças criadas em laboratórios, bombas que podem destruir o próprio planeta. Deram ao mundo acidentes nucleares que contaminaram o alimento de continentes inteiros. E os exércitos fazem o que sempre fizeram, agora com moderna eficiência. A aristocracia de um país chacinada no espaço de uma hora num campo cheio de neve; a *intelligentsia* de uma nação, inclusive todos aqueles que usam óculos, sistematicamente assassinada. No Sudão, as mulheres ainda são mutiladas para se tornarem agradáveis aos maridos; no Irã, as crianças correm para o fogo dos fuzis!

– Não pode ser só isso o que você viu – retrucou Marius. – Não acredito. Akasha, olhe para mim. Olhe com simpatia para mim, e para o que estou tentando dizer.

– Não importa se você acredita ou não! – exclamou ela, com a primeira demonstração aberta de raiva. – Você não aceitou o que estou tentando lhe dizer. Não aceitou a belíssima imagem que lhe apresentei. Não percebe o presente que lhe ofereço? Eu o salvaria! E o que é você, se eu não fizer isso? Um bebedor de sangue, um assassino!

Nunca ouvira a voz dela tão vibrante. Quando Marius começou a responder, ela fez um gesto imperioso pedindo silêncio. Olhou para Santino e Armand.

– Você, Santino – começou. – Você, que governava os Filhos das Trevas romanos, quando eles acreditavam que cumpriam a vontade de Deus como acólitos do Demônio; lembra-se de como era bom ter um propósito? E você, Armand, líder da antiga comunidade parisiense; lembra-se de quando era um santo das trevas? Entre o céu e o inferno vocês tinham um lugar. Eu lhes ofereço isto novamente, e não é uma ilusão! Não conseguem reconhecer seus ideais perdidos?

Nenhum dos dois respondeu. Santino estava horrorizado; a ferida dentro dele estava sangrando. O rosto de Armand nada revelava.

Uma expressão sombria e fatalista se fez ver no rosto dela. Eram hostis; nenhum deles a acompanharia. Olhou para Marius.

– Sua preciosa humanidade não aprendeu coisa alguma em seis mil anos. Você me fala de ideais e propósitos! Havia homens na corte de meu pai em Uruk que sabiam que os famintos deviam ser alimentados. Sabe o que seu mundo moderno é? Televisões são tabernáculos de milagres, e helicópteros, esses são seus anjos da morte!

– Está certo, então. E o seu mundo, como seria? – perguntou Marius. Tinha as mãos trêmulas. – Não acredita que as mulheres vão lutar por seus homens?

Ela riu. Voltou-se para mim.

– Elas lutaram no Sri Lanka, Lestat? Lutaram no Haiti? Lutaram em Lynkonos?

Marius me encarou. Esperou que eu respondesse, que me colocasse do seu lado. Eu queria fabricar argumentos, pegar os fios que ele me dera e levá-los adiante. Mas minha mente estava vazia.

– Akasha, não continue com esse banho de sangue – pedi. – Por favor. Não minta mais para os humanos, não os confunda.

Ali estava – simples e brutal, a única verdade que eu podia dar.

– Sim, pois esta é a essência de tudo – continuou Marius, em tom novamente cuidadoso, temeroso, quase suplicante. – É mentira, Akasha; é outra mentira supersticiosa! Já não temos bastante delas? E agora, logo agora que o mundo está despertando de suas antigas ilusões, e está se descartando de seus antigos deuses!

– Mentira? – perguntou ela, encolhendo-se como se ele a tivesse ferido. – Qual é a mentira? Menti quando lhes disse que traria um reino de paz na Terra? Menti quando lhes disse que eu era aquela que estavam esperando? Não menti, não. O que posso fazer é dar-lhes a primeira verdade que alguma vez tiveram! E sou o que pensam que sou. Sou eterna, e todo-poderosa, e vou protegê-los...

– Protegê-los? – ecoou Marius. – Como poderá protegê-los de seus inimigos mais mortais?

– Que inimigos?

– A doença, minha Rainha. A morte. Você não é uma curadora. Não consegue dar vida, ou salvá-la. E eles vão esperar esses milagres. *Tudo que pode fazer é matar!*

Silêncio. Imobilidade. O rosto dela repentinamente tão sem vida quanto era no santuário. Olhos fixos à frente: pensando intensamente, ou apenas o vazio? Impossível distinguir.

Não havia som algum, exceto a lenha na lareira.

– Akasha... – sussurrei. – Tempo, o que Maharet pediu. Um século. Tão pouca coisa...

Ela olhou para mim, atordoada. Eu podia sentir a morte respirando em meu rosto, a morte tão próxima quanto estivera anos antes, quando os lobos me cercaram na floresta congelada e eu não consegui alcançar os galhos nus das árvores.

– Vocês todos são meus inimigos, não são? – murmurou ela. – Até você, meu príncipe. Você é meu inimigo. Meu amante e meu inimigo ao mesmo tempo.

– Amo você! – declarei. – Mas não posso mentir. Não consigo acreditar nisso! É errado! A própria simplicidade e perfeição do seu plano torna-o errado!

Os olhos dela percorreram rapidamente o rosto de todos. Eric estava novamente à beira do pânico. E eu podia sentir a raiva crescendo em Mael.

– Nenhum de vocês vai ficar do meu lado? – murmurou ela. – Nenhum de vocês vai tentar alcançar este sonho? Nenhum de vocês está pronto para renunciar ao seu mundo pequeno e egoísta? – Fixou os olhos em Pandora. – Ah, você, pobre sonhadora, chorando sua humanidade perdida; você não seria redimida?

Pandora encarou-a como se através de um vidro embaçado.

– Não tenho prazer em matar – respondeu, em tom ainda mais baixo. – Para mim é suficiente ver a morte nas folhas que caem. Não consigo acreditar que derramar sangue possa trazer alguma coisa boa. Pois este é o ponto principal, minha Rainha. Esses horrores ainda acontecem, mas as pessoas boas do mundo inteiro os deploram. Você iria acabar com elas e com qualquer diálogo. – Sorriu com tristeza. – Sou inútil para você. Nada tenho a lhe dar.

Akasha não respondeu. Então seus olhos se voltaram para os outros; ela estudou Mael, Eric. E Jesse.

– Akasha, a história é uma ladainha de injustiças – falei. – Ninguém está negando isto. Mas quando foi que uma solução simplista trouxe qualquer outra coisa além de malefício? Só na complexidade encontramos respostas. Através da complexidade os homens se esforçam em direção à justiça; é lento e complicado, mas é o único modo. A simplicidade exige um sacrifício grande demais. Sempre exigiu.

– Sim – apoiou Marius. – Exatamente. A simplicidade e a brutalidade são sinônimos na filosofia e nos atos. O que você propõe é brutal!

– Não há humildade em você? – perguntou ela de repente. Voltou-se para ele. – Nem disposição para compreender? Vocês são tão orgulhosos, todos vocês, tão arrogantes! Querem que o mundo permaneça o mesmo por causa de sua cobiça!

– Não – refutou Marius.

– Que foi que fiz a vocês, para que se ponham tanto contra mim? – perguntou ela. Olhou para mim, depois para Marius, e finalmente para Maharet. – De Lestat eu esperava arrogância – continuou. – Esperava lugares-comuns e retórica, e ideias ingênuas. Mas de muitos de vocês eu esperava mais. Ah, como me decepcionam! Como podem dar as costas ao destino que os espera? Poderiam ser os salvadores! Como podem negar o que viram?

– Mas os humanos quererão saber o que somos realmente – interpôs Santino. – E quando souberem, se erguerão contra nós. Vão querer o sangue imortal, como sempre querem.

– Até as mulheres querem viver para sempre – afirmou Maharet em tom gelado. – Até as mulheres matariam por isso.

– Akasha, é loucura – argumentou Marius. – Não pode ser. Para o mundo ocidental seria impensável não resistir.

– É uma visão selvagem e primitiva – acrescentou Maharet com desdém.

O rosto de Akasha nublou-se de raiva. Mas mesmo com raiva a beleza de sua expressão permaneceu.

– Você sempre foi contra mim! – disse a Maharet. – Eu a destruiria, se pudesse. Destruiria aqueles que você ama.

Houve um silêncio perplexo. Eu sentia o cheiro do medo dos outros, embora ninguém ousasse mover-se ou falar.

Maharet assentiu. Sorriu desdenhosamente.

– Você é que é arrogante – acusou. – Você é que nada aprendeu. Você é que não mudou em seis mil anos. É a sua alma que continua sem ser aperfeiçoada, enquanto os mortais alcançam níveis que você nunca vislumbrará. Em seu isolamento, você teve sonhos, como milhares de mortais, protegida de qualquer exame ou contestação; e emerge do seu silêncio pronta para tornar seus sonhos reais para o mundo! Traz seus sonhos para esta mesa, entre um punhado de criaturas como você, e eles se desmoronam. Não pode defendê-los. Como poderia alguém defendê-los? E nos diz que nós negamos as coisas que vemos!

Maharet ergueu-se lentamente. Inclinou-se de leve para a frente, apoiando o peso nas mãos sobre a mesa.

– Bem, vou dizer-lhe o que vejo – continuou. – Há seis mil anos, quando os homens acreditavam nos espíritos, ocorreu um acidente horrível e irreversível; foi tão terrível, a seu modo, quanto os monstros que de vez em quando nascem dos mortais e que a natureza não permite viver. Mas você, agarrando-se à vida, agarrando-se à sua vontade, agarrando-se às suas prerrogativas reais, recusou-se a levar aquele erro horrível para a sepultura com você. Seu propósito era santificá-lo. Criar uma grande e gloriosa religião; e este ainda é seu propósito agora. Mas foi apenas um acidente, uma distorção, nada mais.

Fez uma breve pausa, depois continuou:

– E agora olhe para o tempo que passou desde aquele momento sinistro e maligno; olhe para as outras religiões baseadas na magia, em alguma aparição, em vozes saídas de nuvens. Baseadas na intervenção do sobrenatural em várias formas: milagres, revelações, um homem mortal erguendo-se dos mortos! Veja o efeito dessas religiões, desses movimentos que atraíram milhares de pessoas com suas fantásticas pretensões. Veja o que fizeram à história humana. Veja as guerras religiosas, as perseguições, os massacres. Veja a escravização da razão, veja o preço do fanatismo. E você fala em crianças morrendo nos países orientais, em nome de Alá, sob bombas e fuzis! E a guerra da qual fala, quando uma pequena nação europeia tentou exterminar um povo... em nome de que grande propósito espiritual para um mundo novo? E de que o mundo se lembra? Dos campos de extermínio, dos fornos onde os corpos eram queimados aos milhares. As ideias desapareceram!

E Maharet prosseguiu:

– Creia, seria difícil determinar o que é mais maléfico, a religião ou a ideia pura. A intervenção do sobrenatural ou a solução simples e abstrata. Ambas banharam a Terra em sofrimento, ambas colocaram a raça humana, literal e figurativamente, de joelhos! Não entende? Não é o homem o inimigo da espécie humana. É o irracional, é o espiritual divorciado do material, divorciado da lição num coração que bate ou numa veia que sangra. Você nos acusa de cobiça; ah, mas nossa cobiça é a nossa salvação. Porque sabemos o que somos, conhecemos nossos limites e nossos pecados; você jamais conheceu os seus. Começaria tudo outra vez, não é verdade? Traria uma nova religião, uma nova revelação, uma nova onda de superstição, sacrifício e morte.

– Está mentindo – rebateu Akasha, a voz mal contendo a fúria. – Você atraiçoa a própria beleza com que sonho, a atraiçoa porque não tem visão, não tem sonhos.

– A beleza está lá fora! – exclamou Maharet. – E não merece a sua violência! Você é tão impiedosa que as vidas que destruiria não significam nada! Ah, sempre foi assim!

A tensão era insuportável. Meu corpo estava banhado de suor. Eu via o pânico à minha volta. Louis inclinara a cabeça e cobrira o rosto com as mãos. Apenas o jovem Daniel parecia irremediavelmente extasiado. E Armand simplesmente olhava para Akasha como se tudo aquilo estivesse fora de seu alcance.

Akasha enfrentava uma luta silenciosa. Depois pareceu recuperar sua convicção.

– Você mente, como sempre fez – disse desesperadamente. – Mas não faz diferença ficar ou não do meu lado. Farei o que pretendo fazer; vou recuar milênios e redimir aquele momento antigo, aquele mal antigo que você e a sua irmã trouxeram para a nossa Terra; vou pegar aquele momento e erguê-lo aos olhos do mundo, até que ele se torne a Belém da nova era, e finalmente haverá paz na Terra. Não se pode fazer um grande bem sem sacrifício e coragem. E se todos vocês ficarem contra mim, se todos resistirem a mim, então farei de melhor qualidade os anjos de que necessito.

– Não fará, não – disse Maharet.

– Akasha, por favor, dê-nos tempo – pediu Marius. – Aceite esperar, refletir. Concorde que nada deve acontecer agora.

– Sim – concordei. – Dê-nos tempo. Venha comigo. Vamos lá para fora, você, eu e Marius, sair de sonhos e visões e entrar no mundo real.

– Ah, como você me insulta e me subestima – sussurrou ela. Sua raiva voltava-se contra Marius, mas estava prestes a voltar-se contra mim.

– Há tantas coisas, tantos lugares que quero lhe mostrar! – disse ele. – Dê-me só uma chance. Akasha, durante dois mil anos cuidei de você, a protegi...

– Protegeu a si mesmo! Protegeu sua fonte de poder, sua fonte de maldade!

– Eu lhe imploro – continuou Marius. – Cairei de joelhos diante de você. Um mês apenas, venha comigo, vamos conversar, examinar os fatos...

– Tão mesquinhos, tão egoístas – sussurrou Akasha. – E vocês não se sentem em dívida para com o mundo que fez de vocês o que são, não se sentem obrigados a dar-lhe o benefício de seus poderes, a se transformarem de demônios em deuses!

Voltou-se de repente para mim, o choque dominando suas feições.

– E você, meu príncipe, que entrou na minha câmara como se eu fosse a Bela Adormecida, que me trouxe à vida com seu beijo apaixonado, não vai pensar melhor? Pelo meu amor! – Havia lágrimas em seus olhos. – Vai juntar-se a eles e também ficar contra mim? – Estendeu as mãos e colocou-as no meu rosto. – Como pode me atraiçoar? Como pode atraiçoar um sonho como este? Eles são seres indolentes, enganadores, perversos. Mas seu coração era puro. Você tinha uma coragem que transcendia ao pragmatismo. Você também tinha seus sonhos!

Não precisei responder. Ela sabia. Podia vê-lo talvez ainda melhor que eu mesmo. E tudo que eu via era o sofrimento em seus olhos negros. A dor, a incompreensão, e a tristeza que ela já estava sentindo por mim.

Parecia incapaz de mover-se ou falar. E nada havia que eu pudesse fazer agora, para salvá-los ou a mim. Eu a amava! Mas não podia apoiá-la! Silenciosamente implorei que ela compreendesse e perdoasse.

O rosto dela estava imóvel, como se as vozes a tivessem dominado; era como se eu estivesse parado diante de seu trono, exposto ao seu olhar imutável.

– Vou matá-lo primeiro, meu príncipe – disse ela, seus dedos acariciando-me com suavidade. – Quero você desaparecido. Não quero olhar para o seu rosto e ver esta traição outra vez.

– Faça mal a ele e esse será o nosso sinal – murmurou Maharet. – Vamos atacá-la todos juntos.

– E atacarão a si mesmos também! – rebateu ela, olhando de relance para Maharet. – Quando acabar com este que amo, vou matar aqueles que você ama, aqueles que já deviam estar mortos; vou destruir todos aqueles que posso destruir, mas quem me destruirá?

– Akasha... – sussurrou Marius.

Ele ergueu-se e foi em sua direção, mas ela reagiu num piscar de olhos e derrubou-o no chão. Ouvi-o gritar ao cair. Santino foi ajudá-lo.

Novamente ela olhou para mim, e suas mãos se fecharam em meus ombros, gentis e amorosas como antes. E através de minhas lágrimas a vi sorrir tristemente.

– Meu príncipe, meu lindo príncipe – murmurou.

Khayman ergueu-se. Eric ergueu-se. E Mael. E então os jovens ergueram-se, e por último Pandora, que foi postar-se ao lado de Marius.

Ela me soltou. E ergueu-se também. De repente a noite ficou tão silenciosa que a floresta parecia suspirar de encontro ao vidro.

E foi isso que provoquei, eu, o único que permanecia sentado, olhando, não para eles, mas para nada. Para minha vida pequena e brilhante, meus pequenos triunfos, minhas pequenas tragédias, meus sonhos de despertar a deusa, meus sonhos de bondade, e de fama.

Que estava ela fazendo? Avaliando a força deles? Olhava de um para outro, e depois para mim. Um desconhecido olhando para baixo, de uma altura imensa. E então chegou a hora do fogo, Lestat. Não ouse olhar para Gabrielle ou Louis, para que ela não se volte naquela direção. Morra primeiro, como um covarde, e então não precisará vê-los morrer.

E a parte horrível é que você não saberá quem vai triunfar – se ela vencerá ou se morreremos todos juntos. Exatamente como não sei o significado de tudo isso, ou a razão, ou que diabos significava o sonho das gêmeas, ou como todo este mundo foi criado. Nunca saberei.

Eu agora chorava, e ela chorava, era novamente aquele ser terno e frágil, o ser que eu abraçara em São Domingos, o ser que precisava de mim, mas afinal essa fraqueza não a destruía, embora certamente fosse me destruir.

– Lestat – sussurrou ela, como se não acreditasse.

– Não posso acompanhá-la – falei, com voz entrecortada, erguendo-me lentamente. – Não somos anjos, Akasha. Não somos deuses. Humanos é o que queremos ser. O humano é que se tornou um mito para nós.

Olhar para ela me dilacerava. Pensei em seu sangue fluindo para dentro de mim, nos poderes que ela me dera, em como tinha sido viajar com ela pelos céus. Pensei na euforia da aldeia haitiana, quando as mulheres chegaram com velas, cantando seus hinos.

– Mas é assim que vai ser, meu amado – sussurrou ela. – Encontre sua coragem! Ela existe. – Lágrimas desciam-lhe pelo rosto; tinha os lábios trêmulos e a pele lisa de sua testa estava marcada com as rugas do sofrimento.

Então endireitou-se. Desviou o olhar de mim; seu rosto ficou vazio e maravilhosamente liso outra vez. Olhava por cima de nós, e senti que estava procurando forças para começar; era melhor que os outros agissem depressa. Desejei isso, como se enfiasse um punhal nela; seria melhor que a derrubassem agora. Senti as lágrimas descendo-me pelo rosto.

Mas alguma coisa mais estava acontecendo. Havia um som forte e musical vindo de algum lugar: vidros se partindo, grande quantidade de vidro. Daniel mostrou uma excitação súbita e óbvia. Jesse também. Mas os antigos ficaram imóveis, escutando. Novamente vidro se partindo; alguém entrando por uma das muitas portas dessa casa.

Ela deu um passo para trás. Retesou-se, como se diante de uma visão, e um som alto e surdo encheu o poço da escada além da porta aberta. Alguém lá embaixo, no corredor.

Ela afastou-se da mesa em direção à lareira. Parecia sentir muito medo.

Era possível? Saberia quem estava chegando, e seria outro antigo? E seria aquilo o que ela temia – que mais deles conseguissem realizar o que aqueles poucos não conseguiam?

Afinal, não era algo tão calculado. Eu sabia; ela estava sendo derrotada por dentro. Sua coragem se esvaia. Era a necessidade, a solidão, afinal!

Começara com a minha resistência, e aqueles ali a tinham intensificado, e então eu lhe dera outro golpe. E agora parecia paralisada por esse ruído alto, ressonante e impessoal. No entanto, ela sabia quem era essa pessoa, eu podia senti-lo. E os outros também sabiam.

O ruído aumentava. O visitante subia os degraus. A claraboia e as velhas colunas de ferro reverberavam ao choque de cada passo pesado.

– Mas quem é? – perguntei de repente. Não conseguia mais suportar. Novamente aquela imagem, a imagem do corpo da mãe e das gêmeas.

– Akasha! – disse Marius. – Dê-nos o tempo que estamos pedindo. Adie o seu momento. Isto basta!

– Basta para quê? – gritou ela agudamente, quase selvagemente.

– Para as nossas vidas, Akasha – disse ele. – Para todas as nossas vidas!

Ouvi Khayman rir baixinho, ele, o único que nem uma vez falara.

Os passos tinham chegado ao patamar.

Maharet postara-se junto à porta aberta, Mael a seu lado. Eu nem ao menos os vira se mover!

Então vi de quem e de que se tratava. A mulher que eu vislumbrara caminhando na floresta, erguendo-se da terra, atravessando as longas planícies de solo árido. A outra gêmea dos sonhos que nunca cheguei a compreender! E agora ela estava emoldurada pela luz mortiça que vinha da escada, olhos fixos na figura distante de Akasha, que estava a uns dez metros dela, de costas para a parede de vidro e a lareira acesa.

Ah, mas que visão aquela! Todos soltaram suspiros de espanto; até mesmo os antigos, até mesmo Marius.

Uma fina camada de terra cobria-a inteira, inclusive os longos cabelos. Rachada, descascando-se, até mesmo manchada de chuva, a lama ainda se agarrava a ela, a seus braços nus e aos pés descalços, como se ela fosse feita de lama, feita da própria terra. Fazia de seu rosto uma máscara. E os olhos espiavam pela máscara, nus, bordejados de vermelho. Trapos cobriam-na, um pano imundo e rasgado, amarrado na cintura por uma corda de cânhamo.

Que impulso podia fazer tal ser cobrir-se? Que delicada modéstia humana fizera esse cadáver vivo parar e fabricar aquele traje? Que sofrimento era remanescente do coração humano?

Ao lado dela, encarando-a, Maharet pareceu fraquejar de repente, como se seu corpo esguio fosse cair.

– Mekare! – exclamou baixinho.

Mas a mulher não a escutou, nem a viu; olhava para Akasha, olhos lampejando com uma astúcia animal, enquanto Akasha tornava a aproximar-se da mesa, colocando a mesa entre ela e essa criatura; o rosto de Akasha endurecera, olhos cheios de ódio indisfarçado.

– Mekare! – gritou Maharet.

Estendeu as mãos e tentou pegar a mulher pelos ombros e virá-la para si. Mas a mulher empurrou Maharet para trás, jogando-a a muitos metros de distância. Maharet foi bater na parede.

A grande folha de vidro estremeceu, mas não se partiu. Maharet tocou-a com os dedos; então, com a graça fluida de um gato, saltou para os braços de Eric, que corria em sua ajuda.

Ele imediatamente a puxou de volta em direção à porta.

Pois a mulher agora alcançava a imensa mesa, empurrando-a para longe e depois tombando-a de lado.

Gabrielle e Louis correram para o canto oposto; Santino e Armand foram para o outro lado, em direção a Mael, Eric e Maharet.

Nós, do outro lado, apenas recuamos, à exceção de Jesse, que se aproximara da porta. Parou ao lado de Khayman, e quando olhei para ele vi, atônito, que ele ostentava um sorriso amargo.

– A maldição, minha Rainha – disse, a voz erguendo-se estridente, enchendo todo o aposento.

A mulher imobilizou-se ao ouvi-lo atrás de si. Mas não se voltou.

E Akasha, o rosto brilhando à luz da lareira, estremeceu visivelmente, e as lágrimas caíram novamente.

– Todos vocês contra mim! – exclamou. – Nenhum de vocês me ajudará!

Ela me encarou, enquanto a mulher se aproximava dela.

Os pés enlameados da mulher arranhavam o tapete; a boca pendia aberta e as mãos ligeiramente retesadas, braços ainda caídos. No entanto, era o próprio retrato da ameaça, avançando a passos lentos.

Mas Khayman falou novamente, fazendo com que ela parasse.

Ele gritou em outra língua, a voz ganhando volume até transformar-se num rugido. E apenas uma vaga tradução me chegava.

– Rainha dos Condenados... a hora de seu maior perigo... Vou erguer-me para destruí-la...

Entendi. Era a profecia e a maldição de Mekare – aquela mulher. E todos ali a conheciam, a compreendiam. Era ligada ao sonho estranho, inexplicável.

– Ah, não, meus filhos! – gritou Akasha de repente. – Não está terminado!

Eu podia senti-la reunindo suas forças, podia ver seu corpo retesando-se, os seios jogados para a frente, as mãos erguendo-se como se automaticamente, dedos dobrados.

A mulher foi atingida, jogada para trás, mas recuperou-se instantaneamente. E então ela também se endireitou, olhos arregalados, e lançou-se para a frente tão depressa que não consegui acompanhá-la, mãos estendidas na direção da Rainha.

Vi seus dedos cobertos de lama indo em direção a Akasha, vi o rosto de Akasha ao ser agarrada pelos longos cabelos negros. Ouvi seu grito. E então vi seu perfil, quando a cabeça bateu na janela e quebrou o vidro, que caiu em cacos pontiagudos.

Um choque violento me atingiu; não conseguia respirar nem me mover. Senti-me cair. Não conseguia controlar as pernas. O corpo sem cabeça de Akasha escorregava ao longo da parede partida, os cacos ainda caindo em volta dele. O sangue espirrava. E a mulher segurava a cabeça de Akasha pelos cabelos!

Os olhos negros de Akasha piscaram, arregalaram-se. A boca abriu-se como se ela fosse gritar novamente.

E então a luz desapareceu à minha volta, era como se o fogo da lareira tivesse apagado, só que não tinha, e enquanto eu rolava pelo tapete, chorando, as mãos tentando involuntariamente agarrá-lo, vi as labaredas distantes através de uma névoa vermelho-escura.

Tentei erguer-me; não consegui. Ouvia Marius me chamando, Marius chamando silenciosamente apenas o meu nome.

Então me ergui, só um pouquinho, apoiando todo o meu peso nas mãos e nos braços.

Os olhos de Akasha estavam fixos em mim. Sua cabeça estava caída quase ao meu alcance, e o corpo jazia de lado, o sangue jorrando do pescoço cortado. De repente o braço direito estremeceu, ergueu-se e tornou a cair no chão. Depois tornou a erguer-se, a mão pendente. Estava tentando alcançar a cabeça!

Eu poderia ajudar! Poderia usar os poderes que ela me dera para tentar movê-la, ajudá-la a alcançar a cabeça. E enquanto eu me esforçava para enxergar na penumbra, o corpo estremeceu, contraiu-se e desabou mais perto da cabeça.

Mas as gêmeas! Estavam ao lado do corpo e da cabeça. Mekare, olhos vazios fixos na cabeça; e Maharet, como se com suas últimas forças, agora ajoelhada ao lado da irmã, acima do corpo da Mãe, enquanto o aposento ficava mais frio e mais escuro, e o rosto de Akasha começava a ficar pálido, fantasmagoricamente branco, como se toda a luz dentro dele estivesse se apagando.

Eu devia ter medo, devia estar aterrorizado, o frio me dominava, e eu ouvia meus próprios soluços. Mas uma estranhíssima exaltação tomou conta de mim; percebi de repente o que estava contemplando:

– É o sonho! – exclamei. Ouvia minha voz muito distante. – As gêmeas e o corpo da Mãe, não estão vendo? A imagem do sonho!

O sangue fluía da cabeça de Akasha para dentro do tecido do tapete; Maharet estava caindo, as mãos estendidas, e Mekare também estava enfraquecida, inclinada sobre o corpo, mas ainda era a mesma imagem, e eu agora sabia por que a vira, sabia o que significava.

– O banquete fúnebre! – exclamou Marius. – O coração e o cérebro, uma de vocês. Coma-os. É a única chance!

Sim, era isso. E eles sabiam! Ninguém precisara contar-lhes. Sabiam!

Aquele era o significado! E todos o tinham visto, e todos eles sabiam. Enquanto meus olhos se fechavam eu entendi, e aquela sensação deliciosa intensificou-se, aquele sentimento de alguma coisa completa, finalmente terminada. De alguma coisa revelada!

Então eu estava flutuando novamente na escuridão gelada, como se estivesse nos braços de Akasha, e nós nos elevássemos até as estrelas.

Um ruído agudo me trouxe de volta. Ainda não estava morto, mas moribundo. E onde estão aqueles que eu amo?

Ainda lutando pela vida, tentei abrir os olhos; parecia impossível. Mas então as vi na escuridão que se intensificava – as duas, seus cabelos vermelhos brilhando à luz do fogo; uma segurava o cérebro ensanguentado nos dedos cobertos de lama, e a outra, o coração. Estavam quase mortas, os olhos vidrados, os membros movendo-se como se dentro d'água. E Akasha ainda tinha os olhos fixos, a boca aberta, o sangue jorrando do crânio arrebentado. Mekare levou o cérebro à boca; Maharet colocou o coração na outra mão dela; Mekare engoliu os dois.

Novamente a escuridão. Nenhuma luz do fogo, nenhum ponto de referência, nenhuma sensação, a não ser a dor, que percorria toda a coisa que eu era e que não tinha membros, nem olhos, nem boca para falar. A dor latejante, elétrica, e não havia modo de movimentar-me para diminuí-la, empurrá-la para algum lugar, ou retesar-me contra ela, ou mergulhar dentro dela. Apenas a dor.

No entanto, eu estava me movimentando. Estava me contorcendo no chão. Através da dor senti de repente o tapete, senti meus pés afundando nele como se eu tentasse subir um rochedo íngreme. E então ouvi o inconfundível ruído do fogo perto de mim, senti o vento entrando pela janela despedaçada e todos aqueles cheiros doces da floresta enchendo a sala. Um choque violento me percorreu, através de todos os músculos e de todos os poros, meus braços e minhas pernas agitando-se. Então fiquei imóvel.

A dor desaparecera.

Fiquei ali deitado, ofegante, olhos fixos no reflexo brilhante do fogo no teto de vidro, sentindo o ar encher-me os pulmões, e compreendi que estava chorando novamente, como uma criança.

As gêmeas estavam ajoelhadas de costas para nós, abraçadas, e tinham as cabeças juntas, os cabelos misturados, enquanto se acariciavam ternamente, suavemente, como se falassem através dos toques.

Não conseguia conter meus soluços. Virei-me de bruços, coloquei o braço sob o rosto e chorei.

Marius estava perto de mim. Também Gabrielle. Queria abraçar Gabrielle. Queria dizer todas as coisas que sabia que devia dizer: que estava tudo acabado e tínhamos sobrevivido. Mas não conseguia.

Então virei a cabeça devagar e tornei a olhar para o rosto de Akasha, seu rosto ainda intacto, embora a brancura densa e brilhante tivesse desaparecido, e ela estivesse clara e transparente como vidro! E os olhos, seus lindos olhos negros, estavam ficando transparentes, como se neles não houvesse pigmento, fosse tudo sangue.

Seus cabelos eram macios e sedosos, e o sangue coagulado era brilhante e vermelho como rubi.

Não conseguia parar de chorar. Tampouco queria. Comecei a dizer o nome dela, mas ele ficou preso na minha garganta. Era como se eu não devesse fazer isso. Nunca deveria ter feito. Nunca deveria ter subido aqueles degraus de mármore e beijado seu rosto no santuário.

Os outros estavam voltando à vida. Armand segurava Daniel e Louis, ambos tontos e ainda incapazes de sustentar-se de pé; Khayman se adiantara, com Jesse a seu lado, e os outros também estavam bem. Pandora, tremendo, a boca contorcida de pranto, estava distanciada, abraçando a si mesma como se sentisse frio.

E as gêmeas agora puseram-se de pé e olharam em volta, o braço de Maharet rodeando Mekare. E Mekare olhava para a frente, sem expressão, sem compreensão, uma estátua viva. Maharet disse:

– Vejam. A Rainha dos Condenados.

QUINTA PARTE
... SÉCULOS DOS SÉCULOS, AMÉM

Algumas coisas iluminam o cair da noite
e pintam de um sofrimento um Rembrandt.
Mas, em geral, a rapidez do tempo
é uma piada, à nossa custa. A mariposa
é incapaz de rir. Que sorte.
Os mitos estão mortos.

STAN RICE
"Poem on crawling into bed: bitterness"
Body of Work (1983)

Miami.

Uma cidade de vampiros – quente, apinhada e irresistivelmente bela. Caldeirão, mercado, parque de diversões. Onde os desesperados e os ambiciosos são ligados em comércio proibido, e o céu pertence a todos, e a praia é infinita, e as luzes brilham mais do que os céus, e o mar é quente como sangue.

Miami. O feliz campo de caça do demônio.

Por isso estamos aqui, na mansão de Armand, grande, branca e graciosa, na ilha da Noite, rodeados por todo conforto imaginável e pela generosa noite sulina.

Lá fora, do outro lado da água, Miami nos chama; as vítimas esperam; os gigolôs, os ladrões, os reis da droga, os assassinos. Os anônimos; tantos que são quase tão maus quanto eu, mas nem tanto.

Ao pôr do sol Armand saíra com Marius, e agora estavam de volta, Armand jogando xadrez com Santino na sala, Marius lendo, como fazia constantemente, na poltrona de couro junto à janela que dava para a praia.

Gabrielle ainda não aparecera; desde que Jesse partira, ela estava frequentemente sozinha.

Khayman estava no estúdio do andar térreo conversando com Daniel – Daniel, que gostava de deixar a fome aumentar, Daniel, que queria saber tudo sobre a antiga Mileto, e Atenas, e Troia. Ah, não esqueça Troia! Eu mesmo estava vagamente intrigado pela ideia de Troia.

Gostava de Daniel. Daniel, que poderia ir comigo mais tarde, se eu lhe pedisse; se eu pudesse me obrigar a deixar esta ilha, coisa que só fiz uma vez desde que cheguei. Daniel, que ainda achava graça na esteira que a lua fazia na água, nos borrifos mornos em seu rosto. Para Daniel, tudo aquilo – até mesmo a morte dela – tinha sido um espetáculo. Mas não se podia culpá-lo por isso.

Pandora quase não saía da frente da televisão. Marius trouxera-lhe as elegantes roupas modernas que ela usava: blusa de cetim, botas até os joelhos, saia de veludo. Colocara pulseiras nos braços dela, e anéis em seus dedos, e todas as noites escovava seus longos cabelos castanhos. Às vezes presenteava-lhe perfumes. Se não os abria para ela, ficavam intocados na mesa. Ela tinha os olhos fixos, como Armand, na infindável série de filmes, interrompendo-se de vez em quando para ir até o piano na sala de música e tocar baixinho por algum tempo.

Eu gostava de ouvi-la tocar; como a *Arte da fuga*, suas variações. Mas ela me preocupava. Os outros não. Os outros todos tinham se recuperado, mais depressa do que imaginei que pudessem. Mas ela tinha sido ferida de algum modo crucial, antes de tudo começar.

Mas ela gostava daqui, eu sabia disso. Como poderia não gostar? Mesmo se não ouvisse uma palavra do que Marius dizia.

Todos nós gostávamos. Até Gabrielle.

Cômodos brancos cheios de lindos tapetes persas e quadros instigantes – Matisse, Monet, Picasso, Giotto, Géricault. Podia-se passar cem anos simplesmente contemplando as pinturas; Armand estava sempre mudando-as de lugar, trazendo do sótão novos tesouros, acrescentando pequenos esboços aqui e ali.

Jesse também tinha adorado este lugar, embora tivesse ido juntar-se a Maharet em Rangoon.

Ela entrara aqui no escritório e contara-me seu lado diretamente, pedindo-me para mudar os nomes que ela usara e deixar a Talamasca inteiramente de fora, o que naturalmente eu não faria. Fiquei sentado em silêncio, examinando-lhe a mente enquanto ela falava, procurando os detalhes que ela não mencionava. Depois coloquei tudo no computador, enquanto ela observava, sentada, pensando, olhos fixos nas cortinas de veludo cinza-escuro e no relógio veneziano, e nas cores frias do Morandi na parede.

Acho que ela sabia que eu não faria o que me pedira. Sabia também que não tinha importância. As pessoas não acreditariam na Talamasca, assim como não acreditariam em nós. Isto é, a não ser que David Talbot ou Aaron Lightner fossem procurá-las, como Aaron tinha procurado Jesse.

Quanto à Grande Família, bem, não era provável que algum deles imaginasse ser isto mais do que ficção, com um ou outro toque de verdade; isto é, se por acaso lessem o livro.

Foi o que todos pensaram sobre *Entrevista com o vampiro* e sobre a minha autobiografia, e pensariam o mesmo sobre *A rainha dos condenados*.

E é assim que deve ser. Até eu concordo com isto agora. Maharet tinha razão. Não há lugar para nós; não há lugar para Deus ou o Demônio; o sobrenatural deveria ser uma metáfora, seja a Missa Solene na catedral de São Patrício ou Fausto vendendo sua alma na ópera, ou um astro de rock fingindo ser o vampiro Lestat.

*

Ninguém sabia aonde Maharet levara Mekare. Nem Eric provavelmente sabia, embora tivesse partido com elas, prometendo encontrar-se com Jesse em Rangoon.

Antes de deixar a casa de Sonoma, Maharet espantara-me com um cochicho:

– Escreva direitinho a Lenda das Gêmeas.

Isso era uma permissão, não era? Ou indiferença cósmica, não estou bem certo. Não tinha falado do livro a ninguém, apenas sonhara com ele naquelas longas horas de sofrimento em que não conseguia realmente pensar, a não ser em termos de capítulos. Um ordenamento, um mapa através do mistério, uma crônica de sedução e sofrimento.

Naquela última noite Maharet parecera superficial, porém misteriosa, vindo encontrar-me no bosque, vestida de negro e usando sua pintura da moda, como ela a chamava – a hábil máscara de maquilagem que a transformava numa atraente mulher mortal, que só conseguia movimentar-se com olhares de admiração através do mundo real. Que cintura fina ela tinha, e mãos tão longas, parecendo ainda mais graciosas por causa das luvas de pelica preta. Tão cuidadosamente andara em meio aos brotinhos frágeis, quando poderia ter arrancado as próprias árvores em seu caminho!

Ela estivera em San Francisco com Jessica e Gabrielle; tinham passado por casas alegremente iluminadas, andando em calçadas estreitas e limpas; onde viviam pessoas, ela dissera. Como sua fala era fluente, e contemporânea! Não parecia a mulher intemporal que eu conhecera no aposento no topo da montanha.

E por que eu estava novamente sozinho?, perguntara ela, sentando-se perto de mim junto ao pequeno regato que atravessava o bosque de sequoias. Por que não queria falar com os outros? Será que eu sabia como estavam preocupados e queriam me ajudar?

Ainda hoje me fazem essas perguntas.

Até mesmo Gabrielle, que geralmente nunca se dá ao trabalho de fazer perguntas, nunca diz muita coisa. Querem saber quando vou me recuperar, quando vou falar sobre o que aconteceu, quando vou parar de escrever a noite inteira.

Maharet dissera que logo a veríamos de novo. Na primavera, talvez, poderíamos ir para a casa dela na Birmânia. Ou talvez ela nos fizesse uma surpresa, qualquer noite. Mas o importante era nunca nos isolarmos uns dos outros; tínhamos meios de encontrarmos uns aos outros, não importava onde estivéssemos.

Sim, sobre este ponto importantíssimo, pelo menos, todos haviam concordado. Até Gabrielle, a solitária, a errante, havia concordado.

Ninguém queria perder-se no tempo novamente.

E Mekare? Eu a veria de novo? Ela alguma vez se sentaria conosco à mesa? Falaria conosco numa linguagem de gestos e sinais?

Eu a vira apenas uma vez depois daquela noite terrível. E tinha sido algo inteiramente inesperado, quando eu atravessava a floresta voltando para casa, à suave luz púrpura logo antes do amanhecer.

Havia uma neblina agarrada à terra, adelgaçando-se acima das samambaias e das poucas flores silvestres do inverno, e depois desmanchando-se inteiramente dentro da fosforescência, ao erguer-se acima das árvores gigantescas.

E as gêmeas vieram juntas através da névoa, entrando no leito do riacho e atravessando-o por cima das pedras, braços rodeando a cintura uma da outra, Mekare usando uma túnica longa de lã tão linda quanto a da irmã, os cabelos escovados e brilhantes, caindo pelos ombros e em cima dos seios.

Parecia que Maharet vinha falando baixinho no ouvido de Mekare. E foi Mekare quem parou para olhar para mim, seus olhos verdes muito abertos e o rosto por um instante indizivelmente assustador em sua inexpressividade, enquanto eu sentia minha dor como um vento abrasador dentro do meu coração.

Fiquei fascinado, olhando para ela, para ambas, minha dor a me sufocar, como se meus pulmões estivessem ressecados.

Não sei quais eram os meus pensamentos; só sei que a dor parecia insuportável. E que Maharet me dirigira um leve aceno de saudação, e que eu devia continuar o meu caminho. A manhã estava chegando. A floresta despertava à nossa volta. Nossos preciosos momentos estavam passando.

Minha dor finalmente foi liberada, como um gemido saindo de dentro de mim, e eu a deixei sair enquanto lhes dava as costas.

Olhei para trás uma vez e vi as duas figuras dirigindo-se para o oriente, descendo o leito prateado do regato, como se engolidas pela música da água que seguia seu caminho eterno em meio às rochas.

A velha imagem do sonho se desvaneceu um pouquinho. E quando penso nelas agora, não penso nos banquetes fúnebres, mas naquele momento, as duas sílfides na floresta, poucas noites antes de Maharet deixar a casa de Sonoma levando Mekare.

Fiquei feliz quando partiram, porque isso significava que nós também partiríamos. E não me importaria se nunca mais visse a casa de Sonoma. Minha estada ali fora uma tortura, embora as primeiras noites depois da tragédia tenham sido as piores.

Com que rapidez o silêncio chocado dos outros dera lugar a infindáveis análises, enquanto esforçavam-se para interpretar o que tinham visto e sentido! Como a coisa tinha sido transferida exatamente? Tinha abandonado os tecidos do cérebro à medida que eles se desintegravam, correndo pela corrente sanguínea de Mekare até encontrar o mesmo órgão nela? O coração tivera alguma importância?

Molecular; nucleônico; solitons; protoplasma – cintilante palavreado moderno! Ora, vamos, somos vampiros! Bebemos o sangue dos vivos, assassinamos, e adoramos isso. Precisando ou não.

Eu não suportava ouvi-los, não suportava sua curiosidade silenciosa, porém obsessiva: *Como era com ela? O que fizeram nessas poucas noites?* Tampouco conseguia afastar-me deles; certamente não tinha força de vontade suficiente para partir; tremia quando estava com eles, tremia quando estava sozinho.

A floresta não era suficientemente densa para mim; eu caminhava durante horas em meio às imensas sequoias, e depois dos carvalhais e dos campos abertos, e novamente nos bosques inexpugnáveis. Não havia como fugir das vozes deles: Louis confessando como perdera a consciência naqueles instantes terríveis, Daniel dizendo que ouvira nossas vozes, mas nada vira; Jesse, nos braços de Khayman, testemunhara tudo.

Quantas vezes tinham conversado sobre a ironia de Mekare ter derrubado sua inimiga com um gesto humano; de, sem nada saber dos poderes invisíveis, ela ter golpeado como qualquer humano faria, mas com velocidade e força inumanas.

Alguma parte *dela* teria sobrevivido em Mekare? Era o que eu ficava me perguntando. Esqueçam a "poesia da ciência", como Maharet dizia. Era só isso que eu queria saber. Ou sua alma tinha sido liberada finalmente, quando o cérebro foi arrancado?

Algumas vezes, no escuro, no porão com suas paredes de metal e seus inúmeros aposentos impessoais, eu acordava, certo de que ela estava ali ao meu lado, a não mais que alguns centímetros de meu rosto; sentia novamente seus cabelos, seus braços em volta de mim, o brilho sombrio de seus olhos. Tateava na escuridão e nada encontrava senão as únicas paredes de tijolos.

Então ficava deitado pensando na pobrezinha Baby Jenks, como *ela* me tinha mostrado, elevando-se em espiral; via as luzes coloridas que envolviam Baby Jenks quando ela olhou para a terra pela última vez. Como poderia Baby Jenks, a pobre motoqueira, ter inventado tal visão? Talvez a gente vá mesmo para casa, finalmente.

Como podemos saber?

E assim continuamos imortais; continuamos assustados; continuamos ancorados àquilo que podemos controlar. Tudo recomeça; a roda gira; nós somos os vampiros; porque não há outros. A nova comunidade está formada.

❋

Deixamos a casa de Sonoma como uma caravana de ciganos, um cortejo de brilhantes carros negros cortando a noite americana numa velocidade mortal pelas estradas imaculadas. Foi durante essa longa viagem que me contaram tudo – espontaneamente, e às vezes sem perceberem, ao conversarem uns com os outros. As peças juntaram-se como num mosaico – tudo que acontecera antes. Mesmo enquanto eu cochilava contra o veludo azul do banco do carro, escutava-os e via o que tinham visto.

Atravessamos os pântanos do sul da Flórida e chegamos à grande e decadente cidade de Miami, uma paródia tanto do céu quanto do inferno.

Imediatamente tranquei-me nesta pequena suíte de aposentos mobiliados com bom gosto – sofás, tapetes, as pinturas em pastel de Piero della Francesca, um computador na mesa, a música de Vivaldi saindo das pequenas caixas acústicas embutidas nas paredes forradas de papel. Uma escada particular para o porão, onde, na cripta forrada de aço, o caixão esperava: laca preta, maçanetas de bronze, um fósforo e um toco de vela, forro enfeitado com renda branca.

O desejo de sangue, como doía! Você não precisa dele, porém não consegue resistir, e vai ser assim para sempre; nunca ficará livre disso; você o deseja mais do que antes.

Quando não estava escrevendo, ficava deitado no sofá de brocado cinzento, contemplando as frondes das palmeiras movendo-se à brisa, escutando as vozes deles lá embaixo.

Louis pedindo educadamente a Jesse que descrevesse mais uma vez a aparição de Claudia. E a voz de Jesse, solícita, confidencial:

– Mas, Louis, não era real.

Gabrielle sentia saudades de Jesse, agora que ela partira; Jesse e Gabrielle passavam horas caminhando na praia. Parecia que não diziam uma palavra, mas quem pode ter certeza?

Gabrielle fazia cada vez mais coisas para me fazer feliz: usava os cabelos soltos porque sabia que eu adorava, subia ao meu quarto antes de desaparecer de manhã. De vez em quando me olhava com preocupação.

– Você quer ir embora, não quer? – perguntava eu temerosamente; ou qualquer coisa assim.

– Não – respondia ela. – Gosto daqui.

Quando ficava inquieta, ia até as ilhas, que não eram muito distantes. Gostava das ilhas. Mas não era sobre isso que ela queria conversar. Havia sempre outra coisa em sua mente. Certa vez quase falou:

– Mas diga-me...

E então se interrompera.

– Se eu a amava? – perguntei. – É isso que você quer saber? Sim, eu a amava.

E ainda não conseguia dizer o nome dela.

❋

Mael ia e vinha.

Uma semana fora; aqui novamente esta noite, lá embaixo, tentando puxar conversa com Khayman. Khayman, que fascinou todo mundo. Primeira geração. Todo aquele poder. E pensar que ele caminhou pelas ruas de Troia!

Vê-lo era invariavelmente surpreendente, se é que isto não é uma contradição.

Ele esforçava-se muito por parecer humano. Num lugar quente como este, onde as roupas pesadas chamam atenção, isto não é uma coisa fácil.

Às vezes cobria-se com um pigmento escuro – siena queimada, misturada com um pouco de óleo perfumado. Parecia um crime fazer isso, macular sua beleza, mas de que outra maneira ele poderia atravessar a multidão humana como uma faca untada?

De vez em quando ele batia à minha porta.

– Você não vai sair daí? – perguntava.

Olhava para a pilha de laudas junto ao computador, as letras negras: *A rainha dos condenados*. Ficava ali parado, deixando-me procurar em sua mente todos os pequenos fragmentos, os momentos mal recordados quase esquecidos; ele não se importava. Eu parecia confundi-lo, mas não consigo imaginar por quê. O que desejava de mim? Então sorria aquele sorriso chocante e santo.

De vez em quando ele pegava o barco, a lancha de corrida de Armand, e deixava-o à deriva no golfo, enquanto ele ficava deitado sob as estrelas. Gabrielle foi com ele uma vez, e fiquei tentado a escutá-los, de toda aquela distância – suas vozes tão privadas e íntimas! Mas não fiz isso. Não parecia direito.

De vez em quando ele dizia que temia a perda de memória, algo que aparecia de repente e que lhe impossibilitaria encontrar o caminho de volta. Por outro lado, isso acontecera no passado por causa do sofrimento, e agora ele estava feliz. Queria que nós soubéssemos: estava feliz por estar conosco.

Parecia que eles lá embaixo tinham chegado a uma espécie de acordo: não importava aonde fossem, sempre voltariam. Aquela seria a casa comunal, o abrigo; nunca mais as coisas seriam como antes.

Estavam estabelecendo muitas coisas novas. Ninguém faria mais alguém e ninguém escreveria mais livros, embora naturalmente soubessem que era exatamente isso que eu estava fazendo, retirando deles silenciosamente tudo que podia, e que não pretendia obedecer a quaisquer regras impostas a mim por qualquer pessoa, e que nunca o fizera.

Ficaram aliviados porque o vampiro Lestat morrera nas páginas dos jornais e o tumulto do show fora esquecido. Não houve mortes comprovadas, nenhum ferimento de verdade; todos foram indenizados generosamente; a banda, recebendo minha parte de tudo, estava em nova turnê com seu antigo nome.

E os massacres, a breve era de milagres – isto também tinha sido esquecido, embora jamais pudessem ser satisfatoriamente explicados.

Não, nada de revelações, rupturas, intervenções – foi esse seu juramento coletivo. E, por favor, escondam os cadáveres.

Não paravam de dizer ao delirante Daniel que mesmo numa grande selva urbana apodrecida como Miami era preciso tomar muito cuidado com os restos de uma refeição.

Ah, Miami. Eu podia ouvir novamente o rugido baixo de tantos humanos desesperados, o resfolegar de todas aquelas máquinas, grandes e pequenas. Antes eu deixava suas vozes me dominarem, deitado imóvel no sofá. Não me era impossível dirigir esse poder; escolher e focalizar, amplificar um coro inteiro de sons diferentes. No entanto, abstinha-me, incapaz ainda de usá-lo realmente com convicção, assim como não conseguia usar minha nova força.

Ah, mas adorava estar perto dessa cidade. Adorava sua fragilidade e seu encanto, os velhos hotéis caindo aos pedaços e suas torres iluminadas, seus ventos quentes, sua flagrante decadência. Agora eu escutava aquela eterna música urbana, um murmúrio baixo e latejante.

– Então por que não vai até lá?

Marius.

Ergui os olhos do computador – lentamente, só para irritá-lo um pouco, embora ele fosse o mais paciente dos imortais.

Estava parado contra a moldura da porta do terraço, braços cruzados, um tornozelo cruzado sobre o outro. As luzes lá fora atrás dele. No mundo antigo houvera algo assim? O espetáculo de uma cidade eletrificada, densa de torres brilhando como estreitas grelhas de um fogão a gás.

Ele cortara os cabelos e usava roupas do século XX, simples, porém elegantes: paletó e calças de seda cinzenta, e dessa vez o vermelho – pois sempre havia algo vermelho – estava na camisa escura de gola alta.

– Quero que largue este livro e venha se juntar a nós – falou. – Você está trancado aqui há mais de um mês.

– De vez em quando saio – respondi. Gostava de olhar para ele, para o azul-néon de seus olhos.

– Este livro... qual é o seu propósito? – perguntou. – Pode me dizer apenas isto?

Não respondi. Ele insistiu mais um pouco, o tom sempre delicado:

– As canções e a autobiografia não foram suficientes?

Tentei descobrir o que o fazia realmente parecer tão amável. Talvez fossem as minúsculas rugas que ainda apareciam em volta dos olhos, as pequenas pregas na carne que iam e vinham quando ele falava.

Os grandes olhos, parecidos com os de Khayman, tinham um efeito atordoante.

Olhei novamente para a tela do computador, a imagem eletrônica da linguagem. Quase pronto. E todos eles sabiam; sempre souberam. Por isso ofereceram tantas informações; batiam, entravam, conversavam, iam embora.

– Então por que falar sobre isto? – perguntei. – Quero fazer o registro do que aconteceu. Você sabia disso quando me contou como tinha sido.

– Sim, mas para quem este registro está sendo feito?

Pensei novamente nos fãs na plateia, na fama, e então naqueles instantes medonhos ao lado dela, nas aldeias, quando eu fora um deus sem nome. De repente senti frio, apesar do calor, da brisa que vinha do mar. Ela acertara ao nos chamar de egoístas e ambiciosos? Quando dissera que era por egoísmo que queríamos que o mundo permanecesse igual?

– Você sabe a resposta a esta pergunta – falou ele. Aproximou-se e colocou a mão nas costas da minha cadeira.

– Era um sonho tolo, não era? – perguntei. Doía dizer isso. – Nunca poderia ser realizado, nem mesmo se a proclamássemos deusa e obedecêssemos a todas as suas ordens.

– Era loucura – respondeu ele. – Ela seria destruída mais depressa do que poderia imaginar.

Silêncio.

– O mundo não a *quereria* – acrescentou. – Foi isto que ela jamais conseguiu compreender.

– Acho que no final ela soube. Não havia espaço para ela, não havia modo de ter algum valor e ser a coisa que era. Soube disso quando olhou dentro de nossos olhos e viu ali a muralha que ela nunca conseguiria derrubar. Tinha planejado cuidadosamente suas aparições, escolhendo lugares tão primitivos e imutáveis quanto ela própria.

Ele assentiu.

– Como eu disse, você sabe as respostas às suas perguntas. Então por que continua a perguntar? Por que se tranca aqui com a sua dor?

Não falei coisa alguma. Tornei a ver os olhos dela. *Por que você não pode acreditar em mim?*

– Já me perdoou por tudo? – perguntei de repente.

– Você não teve culpa – respondeu ele. – Ela estava esperando, escutando. Mais cedo ou mais tarde alguma coisa lhe teria despertado a vontade. O perigo sempre esteve lá. Foi tão acidental quanto o início, na realidade, que ela tenha despertado naquele momento. – Ele suspirou. Mostrava amargura novamente, como nas primeiras noites, quando ele também sofrera. – Sempre tive consciência do perigo – murmurou. – Talvez quisesse acreditar que ela era uma deusa... até ela despertar. Até ela falar comigo. Até sorrir.

Ele estava novamente distante, pensando naquele momento antes de o gelo desmoronar e o prender durante tanto tempo.

Afastou-se devagar, hesitante, e então saiu para o terraço e olhou para a praia. Movia-se de um modo muito casual. Os antigos também teriam descansado assim os cotovelos em balaustradas de pedra?

Levantei-me e fui atrás dele. Olhei para a grande extensão de água negra. Para o reflexo tremeluzente do horizonte. Olhei para ele.

– Sabe o que é não carregar esse fardo? – perguntou ele baixinho. – Saber agora pela primeira vez que estou livre?

Não respondi. Mas certamente eu podia senti-lo. No entanto, tinha medo por ele, medo talvez de que aquilo tivesse sido uma âncora, como a Grande Família era a âncora de Maharet.

– Não – disse ele depressa, sacudindo a cabeça. – É como se uma maldição tivesse acabado. Acordo, penso que tenho que descer ao santuário, queimar incenso, trazer flores, parar diante deles e falar com eles, tentar consolá-los se estão sofrendo por dentro. Então me lembro que eles não existem mais. Está acabado, terminado. Sou livre para ir aonde quiser e fazer o que quiser. – Silenciou, refletindo, olhando para as luzes. – E você? Por que não está livre também? Gostaria de compreendê-lo.

– Você me compreende. Sempre me compreendeu – falei. Dei de ombros.

– Você está ardendo de insatisfação. E não podemos ajudá-lo, podemos? É o amor deles que você quer. – Fez um gesto em direção à cidade.

– Vocês me ajudam – respondi. – Todos vocês. Não consigo pensar em deixá-los, pelo menos por muito tempo. Mas, sabe, quando eu estava naquele palco em San Francisco...

Não terminei. De que adiantava dizer aquilo, se ele não sabia? Fora tudo que eu sempre desejara, até que o grande redemoinho desceu e me carregou.

– Mesmo que nunca tenham acreditado em você? – quis ele saber. – Pensavam que você era apenas um bom cantor. Um autor de um bom enredo.

– Sabiam meu nome! – retruquei. – Era a minha voz que ouviam. Era a mim que viam lá no palco.

Ele assentiu.

– Daí o livro, *A rainha dos condenados* – falou.

Não respondi.

– Desça conosco. Deixe-nos tentar fazer-lhe companhia. Converse conosco sobre o que aconteceu.

– Vocês viram o que aconteceu.

Senti de repente uma certa confusão. Uma curiosidade que ele relutava em revelar. Ainda estava olhando para mim.

Pensei em Gabrielle, no modo como ela começava a me fazer perguntas e depois se interrompia. Então entendi. Ora, eu tinha sido tolo em não perceber antes. Eles queriam saber quais poderes ela me dera; queriam saber até que ponto o sangue dela me afetara; e todo esse tempo eu guardara segredo dessas coisas. Guardei segredo agora. Juntamente com a imagem daqueles cadáveres espalhados pelo templo de Azim; juntamente com a lembrança do êxtase que eu sentira quando matara todos os homens no meu caminho. E, junto com esses, outro momento horrendo e inesquecível: a morte dela, quando eu deixei de usar esses poderes para ajudá-la!

E agora começava de novo, aquela obsessão com o final. Ela teria me visto deitado ali tão perto de si? Teria percebido minha recusa em ajudá-la? Ou sua alma partira ao primeiro golpe?

Marius olhou para a água, para os barquinhos que corriam para o ancoradouro ao sul. Estava pensando em quantos séculos ele levara para adquirir os poderes que agora possuía. O sangue dela por si só não fizera isso. Só depois de mil anos ele conseguira elevar-se em direção às nuvens como se fosse uma delas, solto, sem medo. Agora estava pensando em como essas coisas variam de um imortal para outro; ninguém sabe os poderes que estão trancados dentro de outro; ninguém sabe, talvez, quais poderes estão trancados dentro de si mesmo.

Tudo muito delicado, mas eu não queria confiar nele nem em qualquer outra pessoa por enquanto.

– Escute, deixe-me chorar só mais um pouco – falei. – Deixe-me criar aqui minhas imagens sombrias e escrever as palavras para os amigos. Então mais tarde irei até vocês, irei juntar-me a vocês. Talvez até obedeça às regras. Algumas delas, pelo menos, quem sabe? Aliás, que é que vão fazer se eu não quiser obedecer? Já não lhe perguntei isto?

Ele ficou obviamente espantado.

– Você é uma criatura incrível! – exclamou. – Você me fez pensar na velha história sobre Alexandre, o Grande. Ele chorou quando não havia mais mundos a conquistar. Você vai chorar quando não houver mais regras a desobedecer?

– Ah, mas sempre há regras a desobedecer.

Ele riu.

– Queime o livro.

– Não.

Olhamos um para o outro durante um instante; então abracei-o, fortemente, com carinho, e sorri. Não sabia por que fizera aquilo, mas ele era tão paciente e tão zeloso, e acontecera nele uma mudança profunda, como acontecera em todos nós – mas com ele era tão triste e dolorosa quanto tinha sido comigo.

Tinha a ver com toda a luta entre o bem e o mal, que ele compreendia exatamente como eu, porque fora ele quem me ensinara, anos antes. Fora ele quem me explicara que devemos passar a vida lutando com essas questões, que a solução simples não era o que queríamos, mas o que devíamos temer sempre.

Abracei-o também porque o amava e queria estar perto dele, não queria que ele saísse agora, zangado ou decepcionado comigo.

– Você vai obedecer, não vai? – perguntou ele de repente. Uma mistura de ameaça e sarcasmo. Talvez um pouco de afeto também.

– Claro! – Tornei a dar de ombros. – Quais são as regras, afinal? Já me esqueci. Ah, não fazermos novos vampiros, não desaparecermos sem aviso, não deixarmos evidências de morte.

– Você é um travesso, sabia, Lestat? Um moleque.

– Deixe-me fazer-lhe uma pergunta. – Fechei a mão e toquei de leve seu braço. – Aquela sua pintura, *A tentação de Amadeo*, na cripta da Talamasca...

– Sim?

– Você não gostaria de tê-la de volta?

– Deuses, não! Na verdade, é uma coisa horrível. Meu período sombrio, pode-se dizer. Mas gostaria que a retirassem daquele maldito porão. Que a pendurassem na sala, entende? Em algum lugar decente.

Ri.

De repente ele ficou sério. Cheio de suspeitas.

– Lestat! – exclamou rispidamente.

– Sim, Marius?

– Deixe a Talamasca em paz!

– Naturalmente! – Tornei a dar de ombros. Tornei a sorrir. Por que não?

– Estou falando sério, Lestat. Muito sério. Não se meta com a Talamasca. Nós nos entendemos, você e eu, não é?

– Marius, você é notavelmente fácil de se entender. Ouviu isso? O relógio está batendo a meia-noite. Sempre dou um passeio pela ilha da Noite a esta hora. Quer vir?

Não esperei a resposta. Quando passei pela porta, ouvi-o soltar um daqueles deliciosos suspiros de paciência.

Meia-noite. A ilha da Noite cantava. Caminhei pela galeria apinhada: jaqueta de veludo, camiseta branca, rosto semiencoberto por gigantescos óculos escuros, mãos enfiadas nos bolsos dos jeans. Observei os compradores ávidos entrando pelas portas abertas, examinando pilhas de malas brilhantes, camisas de seda embrulhadas em plástico, um esguio manequim negro vestido de mink.

Junto ao chafariz, com suas plumas dançantes de miríades de gotinhas, uma senhora idosa, recurvada, sentada num banco, segurava na mão trêmula uma xícara de papel cheia de café fumegante. Era-lhe difícil levá-la aos lábios. Quando lhe sorri ao passar, ela disse em voz vacilante:

– Quando a gente é velha, não precisa mais dormir...

Uma música suave e adocicada vinha de um bar elegante. Os jovens valentões vagavam pela loja de vídeo – desejo de sangue! Os sons estridentes e as luzes da galeria de videogames morreram quando eu desviei o olhar. Pela porta do restaurante francês vislumbrei o gesto sedutor de uma mulher erguendo uma taça de champanhe; risos abafados. O teatro estava cheio de gigantes brancos e negros falando francês.

Uma jovem passou por mim; pele negra, quadris voluptuosos, lábios carnudos. O desejo de sangue cresceu. Continuei andando, forçando-o de volta à sua jaula. *Não preciso do sangue. Agora sou tão forte quanto os antigos.* Mas chegava a sentir o gosto. Olhei para ela, vi-a sentada no banco de pedra, os joelhos nus sobressaindo da saia curta e apertada, olhos fixos em mim.

Ah, Marius tinha razão sobre isso, tinha razão sobre tudo. Eu estava ardendo de insatisfação, ardendo de solidão. Tive vontade de arrancá-la daquele banco: *Sabe o que sou?* Não, não escolha o outro modo de ser, não a atraia para fora daqui, não faça isto; não a leve para a areia branca, longe das luzes da galeria, onde os rochedos são perigosos e as ondas estão quebrando violentamente na pequena gruta.

Pensei no que ela nos dissera, sobre nosso egoísmo, nossa cobiça! Sabor de sangue em minha língua. Alguém vai morrer se eu continuar aqui...

Final do corredor. Coloco minha chave na porta de aço entre a loja de tapetes chineses feitos por garotinhas e a tabacaria cujo dono dormia agora entre os cachimbos holandeses, uma revista sobre o rosto.

Um corredor silencioso nas entranhas da casa.

Um deles estava tocando piano. Fiquei longo tempo escutando. Pandora, e a música como sempre tinha um brilho escuro e doce, mas era mais que nunca como um início interminável – um tema sempre crescendo até um clímax que nunca chegava.

Subi a escada e entrei na sala. Ah, dá para ver que esta é uma casa de vampiros; quem mais viveria à luz das estrelas e do resplendor de algumas velas? Brilho de mármore e veludo. O choque de Miami lá fora, onde as luzes nunca se apagam.

Armand ainda está jogando xadrez com Khayman, e perdendo. Daniel deitado, fones nos ouvidos, escutando Bach, de vez em quando olhando de relance para o tabuleiro preto e branco para ver se alguma peça foi movida.

No terraço, contemplando o mar, polegares enganchados nos bolsos traseiros, estava Gabrielle. Fui até ela, beijei-lhe o rosto e olhei dentro de seus olhos; quando finalmente ganhei o sorrisinho de que necessitava, virei-me e voltei para dentro da casa.

Marius na poltrona de couro preto lendo o jornal, dobrando-o como um cavalheiro faria num clube.

– Louis foi embora – disse, sem erguer os olhos do jornal.

– Que quer dizer?

– Foi para Nova Orleans – disse Armand sem erguer os olhos do tabuleiro. – Para o apartamento que vocês tinham lá. Onde Jesse viu Claudia.

– O avião está esperando – informou Marius, olhos ainda no jornal.

– Meu empregado pode levá-lo à pista de pouso – completou Armand, olhos ainda no tabuleiro.

– Que negócio é este? Por que vocês dois estão sendo tão solícitos? Por que eu devia ir buscar Louis?

– Acho que você devia trazê-lo de volta – declarou Marius. – Não é bom que ele fique naquele velho apartamento de Nova Orleans.

– Acho que você devia sair e fazer alguma coisa – disse Armand. – Está entocado aqui há tempo demais.

– Ah, já estou vendo como esta comunidade vai ser: conselhos de todos os lados, e todo mundo observando todo mundo pelo canto dos olhos. E por que deixaram Louis ir para Nova Orleans? Não podiam tê-lo impedido?

⁂

Pousei em Nova Orleans às duas horas. Deixei a limusine na praça Jackson.

Tudo estava tão limpo! Com as novas pedras no pavimento, e as correntes nos portões, imaginem, para que os vagabundos não possam dormir no gramado da praça como faziam há duzentos anos. E os turistas enchendo o Café du Monde, onde antes havia as tavernas da beira do rio, aqueles maravilhosos lugares sinistros onde a caçada era irresistível e as mulheres tão duras quanto os homens.

Mas eu amava aquele lugar agora, como sempre o amaria. As cores eram as mesmas. E mesmo naquele frio intenso de janeiro havia o velho sabor tropical, algo que tinha a ver com as calçadas lisas, os prédios baixos, o céu sempre em movimento e os telhados pontudos que agora brilhavam com uma pancada de chuva gelada.

Caminhei lentamente, afastando-me do rio, deixando as lembranças subirem como se das calçadas, ouvindo a música estridente e metálica da rua Bourbon, e depois entrando na escuridão silenciosa e úmida da rua Royale.

Quantas vezes eu fizera este caminho nos velhos tempos, voltando da beira do rio ou da ópera, ou do teatro, e parando aqui mesmo, neste exato lugar, para inserir minha chave no portão das carruagens?

Ah, a casa onde vivi o tempo de uma vida humana, a casa onde quase morri duas vezes!

Alguém lá em cima, no velho apartamento. Alguém que caminha maciamente, mas faz as tábuas estalarem.

A lojinha do térreo estava arrumada e escura atrás de suas vitrines gradeadas; objetos de louça, bonecas, leques de renda. Olhei para a sacada do andar superior, com sua balaustrada de grade; podia imaginar Claudia ali, na ponta dos pés, olhando para mim aqui embaixo, os dedinhos agarrados à grade. Cabelos dourados caindo pelos ombros, listras compridas da fita roxa. Minha pequena e linda imortal de seis anos de idade! *Lestat, onde você andou?*

E era isso que ele estava fazendo, não era? Imaginando coisas assim.

O silêncio era total; isto é, se não fossem os televisores tagarelando atrás das persianas verdes e das velhas paredes cobertas de hera; e o ruído estridente da rua Bourbon; um homem e uma mulher brigando nas entranhas de uma casa no outro lado da rua.

Mas não havia pessoa alguma à vista, apenas as calçadas brilhantes e as lojas fechadas, e os carros grandes e desajeitados estacionados junto ao meio-fio, a chuva caindo sem ruído em seus tetos curvos.

Ninguém para me ver caminhar para longe e depois dar o salto felino, como antigamente, até a sacada, caindo silenciosamente nas tábuas do assoalho. Olhei para dentro através da vidraça suja das portas.

Vazio. Paredes marcadas, como Jesse as deixara. Uma tábua pregada, como se para impedir que alguém tentasse arrombar; cheiro de madeira queimada, depois de tantos anos!

Puxei silenciosamente a tábua, mas agora havia a fechadura do outro lado. Poderia usar meu novo poder? Poderia fazê-la abrir-se? Por que doía tanto fazer isso? Pensar nela, pensar que naquele último momento eu poderia tê-la ajudado, poderia ter ajudado a cabeça e o corpo a se reunirem novamente, mesmo que ela pretendesse destruir-me, mesmo que ela não tenha chamado o meu nome...

Olhei para a tranca. *Gire, abra-se.* E com lágrimas nos olhos ouvi o metal estalar e vi a tranca mover-se. Um pequeno espasmo no cérebro enquanto eu mantinha os olhos fixos nela; e então a porta saltou de sua moldura empenada, as dobradiças gemendo, como se um vento lá dentro a tivesse empurrado.

Ele estava no corredor, olhando pela porta do quarto de Claudia.

O casaco era talvez um pouco mais curto, um pouco menos rodado que aqueles antigos paletós de fraque, mas ele parecia-se tanto com ele mesmo no velho século que senti a dor em mim aumentar insuportavelmente. Por um momento não consegui mover-me. Ele podia ser um fantasma, os cabelos negros despenteados como sempre estavam nos velhos tempos, os olhos verdes cheios de melancolia e espanto, os braços caídos dos lados.

Certamente não planejara combinar tão bem com o antigo contexto. No entanto, era mesmo um fantasma nesse apartamento, onde Jesse ficara tão amedrontada, onde vislumbrara, em clarões aterradores, a velha atmosfera que eu jamais esqueceria.

Sessenta anos aqui, a família profana. Sessenta anos de Louis, Claudia, Lestat.

Eu poderia ouvir o som do cravo, se tentasse? Claudia tocando Haydn; e os pássaros cantando, porque esse som sempre os excitava; e a música vibrando nas bolhas de cristal que pendiam das cúpulas de vidro pintado das lamparinas a óleo, e até nos móbiles pendurados na porta dos fundos, diante dos degraus de ferro.

Claudia. Um rosto para um medalhão, ou um pequeno retrato oval feito em porcelana e guardado numa gaveta com um cacho de seus cabelos dourados. Mas como ela detestaria essa imagem, essa imagem perversa!

Claudia, que enfiou uma faca no meu coração e torceu-a, e ficou observando o sangue manchar minha camisa. *Morra, pai. Vou colocá-lo em seu caixão para sempre.*

Vou matá-lo primeiro, meu príncipe.

Vi a pequena criança mortal, deitada ali nos lençóis sujos; cheiro de doença. Vi a Rainha de olhos negros, imóvel em seu trono. E eu beijara ambas, as Belas Adormecidas! *Claudia, Claudia, reviva agora, Claudia... Isto mesmo, querida, você tem que bebê-lo para ficar boa.*

Akasha!

Alguém me sacudia.

– Lestat!

Confusão.

– Ah, Louis, perdoe-me. – O corredor escuro e maltratado. Estremeci. – Vim porque estava muito preocupado... com você.

– Não era preciso – disse ele. – É só uma pequena peregrinação que eu tinha que fazer.

Toquei-lhe o rosto com os dedos; ainda quente de ter matado.

– Ela não está aqui, Louis – falei. – Foi algo que Jesse imaginou.

– É, parece que sim – concordou ele.

– Nós vivemos para sempre, mas eles não voltam.

Ele me estudou por um longo momento, depois assentiu.

– Venha – falou.

Descemos juntos o corredor. Não, eu não estava gostando daquilo. Não queria estar ali. Era um lugar assombrado. Mas as verdadeiras assombrações nada têm a ver com fantasmas, afinal; têm a ver com a ameaça da memória. Aquele ali tinha sido o meu quarto. O meu quarto.

Ele estava lutando com a porta dos fundos, tentando ajeitar a velha moldura. Fiz-lhe um sinal para que saísse para a varanda e então dei o empurrão de que a porta necessitava. Ela ficou trancada.

– Posso consertar todas para você, se quiser – afirmei. – Sabe, deixar tudo como antes.

– Agora não tem importância – respondeu ele. – Quer vir comigo, dar um passeio?

Descemos juntos pela velha passagem de carruagens, a água correndo pelo pequeno bueiro. Olhei para trás uma vez. Vi-a parada ali, usando o velho vestido branco com a faixa azul. Só que não estava olhando para mim. Eu estava morto, ela achava, enrolado no lençol que Louis jogou dentro da carruagem; ela ia levar meus restos para enterrar; no entanto, estava parada ali, e nossos olhares se encontraram.

Senti-o me puxando.

– Não vale a pena ficar aqui.

Observei-o fechar o portão com cuidado, e então percorreu lentamente com o olhar as janelas, as sacadas e as altas janelas das águas-furtadas lá em cima. Estava finalmente dizendo adeus? Talvez não.

Subimos juntos a rua St. Anne, afastando-nos do rio, calados, apenas caminhando, como tínhamos feito tantas vezes naquela época. O frio o incomodava um pouco, cortante em suas mãos. Ele não gostava de colocar as mãos nos bolsos, como os homens fazem hoje. Não achava isso elegante.

A chuva diminuíra para uma garoa.

Finalmente ele falou:

– Você me assustou um pouco. Quando o vi no corredor, pensei que não fosse real. Não respondeu quando chamei seu nome.

– E aonde vamos agora? – perguntei.

Abotoei minha jaqueta de brim. Não porque ainda sentisse frio, apenas porque era gostoso ficar quentinho.

– Só mais um lugar, e depois faremos o que você quiser. Voltar para a casa comunal, acho. Não temos muito tempo. Ou talvez você possa me deixar com minhas perambulações e eu voltarei daqui a algumas noites.

– Não podemos perambular juntos?

– Sim – disse ele com veemência.

Pelo amor de Deus, que queria eu? Passeamos sob os velhos pórticos, passando diante das antigas e sólidas persianas verdes, muros com o reboco descascando e tijolos nus, e pela iluminação vistosa da rua Bourbon, e então vi à frente o cemitério St. Louis, com seus sólidos muros caiados de branco.

Que queria eu? Por que minha alma ainda doía, quando todos os outros tinham atingido um certo equilíbrio? Até mesmo Louis tinha atingido um equilíbrio, e nós tínhamos um ao outro, como Marius dissera.

Estava feliz por estar com ele, feliz por estar caminhando por aquelas velhas ruas, mas por que isso não bastava?

Outro portão agora a ser aberto; observei-o quebrar a fechadura com os dedos. E então entramos na pequena cidade de túmulos brancos com seus telhados pontudos e suas urnas e soleiras de mármore, e a relva alta esmagada sob nossas botas. A chuva deixara todas as superfícies luminosas; as luzes da cidade davam uma cintilação perolada às nuvens que viajavam silenciosas acima de nossas cabeças.

Tentei encontrar as estrelas. Não consegui. Quando tornei a baixar os olhos, vi Claudia: senti sua mão tocar a minha.

Então olhei novamente para Louis, vi seus olhos refletirem a luz mortiça e distante, e estremeci. Toquei novamente seu rosto, as maçãs, o arco sob a sobrancelha negra. Que coisa bem-feita ele era!

– Escuridão abençoada! – exclamei de repente. – A abençoada escuridão retornou.

– Sim – disse ele tristemente. – E nós a governamos, como sempre fizemos. Isso não era suficiente?

Ele pegou minha mão – como seria essa sensação agora? – e levou-me pelo corredor estreito entre as sepulturas mais antigas, mais veneráveis; sepulturas que remontavam à época mais antiga da colônia, quando ele e eu perambulávamos juntos pelos pântanos, aqueles pântanos que ameaçavam engolir tudo, e eu me alimentava com o sangue de vagabundos e assaltantes.

A sepultura dele. Tomei consciência de que estava olhando para o nome dele gravado no mármore numa caligrafia inclinada, grande e fora de moda:

Louis de Pointe du Lac
1766 – 1794

Ele recostou-se na sepultura atrás de si, outro daqueles pequenos templos, como o dele, com um telhado em peristilo.

– Só queria vê-la mais uma vez – disse. Estendeu a mão e encostou o dedo nas letras.

Tinha desbotado um pouquinho, por causa do desgaste do tempo na superfície do mármore. A poeira e a fuligem a tinham tornado mais nítida, escurecendo cada letra e número. Ele estaria pensando no que o mundo tinha sido naqueles anos?

Pensei nos sonhos dela, em seu jardim de paz na Terra, com flores nascendo do solo encharcado de sangue.

– Agora podemos ir para casa – declarou ele.

Para casa. Sorri. Estendi a mão e toquei nas sepulturas ao meu lado, tornei a erguer os olhos para o brilho suave das luzes da cidade de encontro às nuvens rechonchudas.

– Você não vai nos abandonar, vai? – perguntou ele de repente, a voz tensa de aflição.

– Não – respondi.

Gostaria de poder falar de todas as coisas que estavam no livro.

– Sabe, éramos amantes, ela e eu, tanto quanto qualquer homem e mulher mortais já foram.

– Claro, sei disso – disse ele.

Sorri. De repente o beijei, excitado pelo seu calor, pela sensação de maciez e flexibilidade de sua pele quase humana. Deus, como eu odiava a brancura de meus dedos tocando-o, dedos que agora poderiam esmagá-lo sem esforço! Perguntei-me se ele sequer imaginava isso.

Havia tanta coisa que eu queria contar-lhe, perguntar-lhe! No entanto, não conseguia encontrar as palavras, um meio de começar. Ele sempre tinha muitas perguntas, e agora tinha suas próprias respostas – mais respostas, talvez, do que algum dia poderia desejar; e o que isso fizera à sua alma? Encarei-o idiotamente. Como ele me parecia perfeito, parado ali, esperando com tanta delicadeza e tanta paciência! E então, como um tolo, soltei:

– Você ainda me ama?

Ele sorriu; ah, era torturante ver seu rosto suavizar-se e ao mesmo tempo iluminar-se quando ele sorria!

– Sim – falou.

– Quer partir numa pequena aventura? – De repente meu coração estava disparado. Seria tão maravilhoso se... – Quer quebrar as novas regras?

– Que é que está querendo dizer? – sussurrou ele.

Comecei a rir, de um modo roufenho, febril; era tão bom! Rir e observar as pequenas e sutis mudanças no rosto dele. Eu o deixara realmente preocupado. E na verdade eu não sabia se era capaz de fazer aquilo. Sem ela. E se afundasse como Ícaro?

– Ora, vamos, Louis! – insisti. – Só uma pequena aventura. Juro que desta vez não tenho planos para a civilização ocidental, ou para as atenções de dois milhões de fãs de rock. Estava pensando numa coisa pequena, na verdade. Alguma coisa, bem, um pouco travessa. E bastante elegante. Bem, nos últimos dois meses eu me comportei muito bem, não acha?

– Mas de que é que você está falando afinal?

– Você vem comigo ou não?

Ele tornou a sacudir a cabeça de leve. Mas não era um não. Estava pensando. Passou os dedos pelos cabelos. Lindos cabelos negros. A primeira coisa que reparei nele – bem, depois dos olhos verdes – foram seus cabelos negros. Não, é tudo mentira. Foi sua expressão, a paixão e a inocência e delicadeza de consciência. Adorei!

– Quando é que começa essa pequena aventura?

– Agora. Você tem quatro segundos para se decidir.

– Lestat, está quase amanhecendo.

– Está quase amanhecendo *aqui* – respondi.

– Que quer dizer?

– Louis, entregue-se em minhas mãos. Escute, se eu não conseguir, você não vai se machucar. Pelo menos, não muito. Topa? Decida. Quero ir logo.

Ele não disse coisa alguma. Olhava para mim com tanto carinho que eu mal podia aguentar.

– Sim ou não?

– Com certeza vou me arrepender, mas...

– Então está certo.

Estendi os braços, coloquei as mãos com firmeza nos braços dele e ergui-o alto no ar. Ele ficou pasmo, olhando para mim. Era como se não tivesse peso algum. Coloquei-o no chão.

– *Mon Dieu* – sussurrou ele.

Bem, que é que eu estava esperando? Se não tentasse, jamais descobriria. Houve novamente um instante de dor surda e vaga, pensando nela, nós dois subindo juntos. Deixei-a fluir lentamente para fora de mim.

Rodeei a cintura dele com o braço. *Para cima agora*. Ergui a mão direita, mas nem isso era necessário. Estávamos subindo no vento, com a mesma rapidez.

O cemitério girava lá embaixo, uma miniatura de si mesmo, com pequenos pedaços de cor branca espalhados sob as árvores escuras.

Ouvi a voz atônita dele em meu ouvido.

– Lestat!

– Ponha os braços em volta do meu pescoço – falei. – Segure-se bem. Vamos para o oeste, é claro, e depois para o norte, e vamos muito longe; pode ser que saiamos um pouco da rota. Aonde vamos, o sol ainda demora a morrer.

O vento era gélido. Eu devia ter pensado que ele ia sentir frio. Ele, porém, não deu mostras disso. Simplesmente olhava para cima, enquanto perfurávamos as grandes nuvens nevadas.

Quando viu as estrelas, senti-o retesar-se de encontro a mim. O rosto estava inteiramente calmo e sereno; e se estava gritando, o vento levava tudo.

O medo que pudesse ter sentido desaparecera agora, completamente; estava extasiado, olhando para cima, enquanto o domo do céu descia a rodear-nos, e a lua brilhava cheia na infinita planície branca abaixo de nós.

Não era necessário dizer-lhe o que observar, o que recordar. Ele sempre sabia essas coisas. Anos atrás, quando eu lhe fizera a magia sombria, não precisara dizer-lhe coisa alguma; ele saboreava os mais ínfimos aspectos de tudo, por conta própria. E depois disse que eu não o orientara. Não sabia como isso era desnecessário?

Mas agora eu estava vagando, mental e fisicamente, sentindo-o uma coisa aninhada, contra mim, porém sem peso – apenas a pura presença de Louis, Louis pertencendo a mim, e comigo. E nem um pouco pesado.

Eu estava mapeando a rota firmemente com uma minúscula parte do cérebro, como ela me ensinara a fazer; e estava também recordando muitas coisas. A primeira vez, por exemplo, que eu o vira, numa taverna em Nova Orleans. Ele estava bêbado e briguento; eu o seguira na via. E ele dissera, ao fechar os olhos, no último momento antes que eu o deixasse escorregar entre meus dedos:

– Mas quem é você?

Eu sabia que voltaria para procurá-lo ao escurecer, que o encontraria, mesmo que tivesse que revistar a cidade inteira, embora o tivesse deixado meio morto, estendido nos paralelepípedos da rua. Tinha que tê-lo, tinha. Exatamente como tinha que ter tudo que queria, ou tinha que fazer tudo que sempre quisera fazer.

Esse era o problema, e nada que ela me dera – o sofrimento, os poderes, o terror, afinal – conseguira modificá-lo um pouquinho que fosse.

*

Seis quilômetros até Londres.

Uma hora depois do pôr do sol. Estávamos deitados juntos na grama, na fria escuridão sob o carvalho. De uma imensa mansão situada no meio do parque vinha uma luzinha, não muito forte. As janelas pequenas, profundas e coloridas pareciam mantê-la toda lá dentro. Aconchegante, lá dentro, convidativo, com todas as paredes cobertas de livros e o bruxulear das labaredas em tantas lareiras; e a fumaça saindo das chaminés para a escuridão nevoenta.

De vez em quando surgia um carro na estrada serpeante que passava diante dos portões; os faróis varriam o rosto hierático da velha casa, revelando as gárgulas e os maciços arcos acima das janelas, e as aldravas reluzentes nas pesadas portas frontais.

Sempre amei essas velhas residências europeias, grandes como paisagens; não admira que elas convidem os espíritos dos mortos a retornar.

Louis sentou-se de repente, olhando em volta, e então espanou a grama do casaco. Dormira horas, inevitavelmente, no colo do vento, pode-se dizer, e nos locais onde eu descansara um pouco, esperando que o mundo girasse.

– Onde estamos? – sussurrou ele, com um vago toque de susto.

– Na Casa Matriz da Talamasca, nos arredores de Londres – respondi.

Eu estava deitado com as mãos aninhando a cabeça. Luzes no sótão. Luzes nos aposentos principais do primeiro andar. Pensava: que maneira seria mais divertida?

– Que foi que viemos fazer aqui?

– Uma aventura, já lhe disse.

– Mas espere aí; você não pretende entrar lá!

– Não? Eles têm o diário de Claudia lá dentro, e também o quadro de Marius. Sabe disso tudo, não sabe? Jesse lhe contou.

– Bem, e que pretende fazer? Arrombar e revistar o sótão até encontrar o que quer?

Achei graça.

– Ora, isso não seria divertido, seria? Ia ser muito trabalhoso. Além disso, não é realmente o diário que eu quero. Podem ficar com ele. Era de Claudia. Quero conversar com um deles, com David Talbot, o líder. São os únicos mortais do mundo que realmente acreditam em nós, sabia?

Uma pontada de dor lá dentro. Ignore-a. O divertimento vai começar.

Por um instante ele ficou chocado demais para responder. Aquilo estava sendo ainda mais delicioso do que eu sonhara.

– Mas não pode estar falando sério! – protestou. Estava ficando indignado. – Lestat, deixe esta gente em paz. Eles pensam que Jesse está morta. Receberam uma carta de alguém da família dela.

– Sim, naturalmente. Portanto, não vou despojá-los desta crença mórbida. Por que faria isso? Mas aquele que foi ao show, David Talbot, o mais velho, ele me fascina. Acho que quero saber... Mas para que dizer? É hora de entrar e descobrir.

– Lestat!

– Louis! – exclamei, imitando-lhe o tom.

Levantei-me e ajudei-o a levantar-se, não que ele precisasse, mas porque ele estava sentado ali olhando-me com raiva e resistindo, tentando imaginar um meio de me controlar, e tudo isso era pura perda de tempo.

– Lestat, Marius vai ficar furioso se você fizer isso! – disse com veemência, o rosto rígido, as maçãs do rosto salientes e os olhos verdes, escuros e penetrantes, lampejando lindamente. – A regra principal é...

– Louis, você está tornando isso irresistível!

Ele segurou meu braço.

– E Maharet? Esses aí são amigos de Jesse!

– E que é que ela vai fazer? Mandar Mekare esmagar minha cabeça como um ovo?

– Você realmente esgota qualquer paciência! – exclamou ele. – Não aprendeu coisa alguma!

– Vai entrar comigo ou não?

– Você não vai entrar nesta casa!

– Está vendo aquela janela ali? – Rodeei sua cintura com o braço. Agora ele não poderia fugir de mim. – David Talbot está lá. Esteve escrevendo em seu diário durante uma hora. Está profundamente preocupado. Não sabe o que aconteceu conosco. Sabe que alguma coisa aconteceu, mas nunca vai conseguir descobrir. Ora, vamos entrar no quarto ao lado por meio daquela janelinha à esquerda.

Ele fez um último protesto, mas eu estava concentrado na janela, tentando visualizar uma fechadura. Quantos metros eram? Senti o espasmo, e então vi, bem alto, o pequeno retângulo de vidraça de vitral abrir-se. Ele também viu, e enquanto estava parado ali, sem fala, segurei-o com firmeza e decolei.

Um segundo depois estávamos dentro do quarto. Um aposento pequeno, elisabetano, com painéis escuros e belos móveis de época, e uma pequena lareira acesa.

Louis estava furioso. Olhava-me com ódio enquanto ajeitava a roupa com gestos rápidos e irados. Gostei do quarto. Os livros de David Talbot, sua cama.

E David Talbot a nos encarar através da porta entreaberta do escritório contíguo, onde estava sentado à luz de um abajur de cúpula verde em cima da escrivaninha. Usava um belo robe de seda cinzenta amarrado na cintura. Tinha uma caneta na mão. Estava imóvel como uma criatura da floresta, sentindo um predador, antes da inevitável tentativa de fuga.

Ah, era delicioso!

Estudei-o por um instante: cabelos grisalhos, olhos negros brilhantes, rosto lindamente marcado, muito expressivo, simpático. E sua inteligência era óbvia. Muito parecido com o que Jesse e Khayman tinham descrito.

Entrei no escritório.

– Perdoe-me – falei. – Devia ter batido na porta. Mas queria que nosso encontro fosse particular. Sabe quem sou, naturalmente.

Nenhuma palavra.

Olhei para a escrivaninha. Nossas fichas, pastas de papelão com vários nomes familiares: "Théâtre des Vampires", "Armand" e "Benjamin, o Demônio". E "Jesse".

Jesse. Havia a carta da tia de Jesse, Maharet, ao lado da pasta. A carta que informava que Jesse estava morta.

Esperei, perguntando-me se devia forçá-lo a falar primeiro. Mas esse jamais fora meu jogo favorito. Ele estava me estudando intensamente, com uma intensidade infinitamente maior do que eu o estudava. Estava me memorizando, usando pequenos truques que aprendera para registrar detalhes de modo que pudesse lembrar-se deles mais tarde, por maior que fosse o choque da experiência enquanto ela ocorria.

Alto, não corpulento, também não esguio: um bom corpo. Mãos longas e bem formadas. Muito bem-tratado, também. Um verdadeiro gentleman britânico, amante de tweed, couro e madeira escura, e chá, e umidade, e o parque escuro lá fora, e o ambiente encantadoramente salutar daquela casa.

Idade, uns 65 anos. Uma ótima idade. Sabia coisas que os rapazes não podiam saber. Era o equivalente moderno da idade de Marius nos tempos antigos. Nem um pouco velho para o século XX.

Louis ainda estava no aposento contíguo, mas ele sabia que alguém estava lá. Voltara os olhos para a porta. E depois novamente para mim.

Então ergueu-se, surpreendendo-me profundamente. Estendeu a mão.

– Muito prazer – disse.

Ri. Peguei sua mão e apertei-a com firmeza, observando suas reações, seu pasmo ao sentir como minha pele era fria, como era morta em qualquer sentido convencional.

Estava mesmo assustado, mas estava também imensamente curioso, imensamente interessado.

Então perguntou, em tom simpático e educado:

– Jesse não está morta, está?

Impressionante o que os ingleses fazem com a linguagem; as nuanças de polidez. Com certeza os maiores diplomatas do mundo. Fiquei pensando como seriam seus bandidos. No entanto, havia tanto sofrimento por Jesse, e quem era eu para ignorar a dor de outro ser?

Encarei-o solenemente.

– Está, sim – respondi. – Não se engane. Jesse está morta.

Sustentei-lhe o olhar com firmeza. Não havia engano.

– Esqueça Jesse – completei.

Ele assentiu de leve, desviando os olhos por um instante, e tornou a olhar para mim, com tanta curiosidade quanto antes.

Fiz um pequeno círculo no centro do aposento. Vi Louis lá atrás, nas sombras, parado junto à lareira do quarto, o olhar cheio de escárnio e desaprovação. Mas não era hora para rir. Eu não tinha a menor vontade de rir. Estava pensando em algo que Khayman me contara.

– Agora sou eu quem tem uma pergunta – falei.

– Sim?

– Estou aqui. Sob seu teto. Suponha que quando o sol nascer eu desça para o seu porão. E perca a consciência lá. Você sabe. Que faria então? Me mataria enquanto eu dormisse?

Ele pensou nisso durante menos que dois segundos.

– Não.

– Mas sabe o que sou. Não tem a menor dúvida, tem? Então por que não?

– Por muitas razões – respondeu ele. – Quero aprender sobre você. Quero conversar com você. Não o mataria, não. Nada me obrigaria a isso.

Estudei-o; ele estava dizendo a verdade. Não entrou em detalhes, mas acharia terrivelmente grosseiro e desrespeitoso matar-me, matar uma coisa tão misteriosa e velha quanto eu.

– Sim, exatamente – disse ele, com um sorrisinho.

Telepata. Mas não muito forte. Só pensamentos superficiais.

– Não tenha tanta certeza – retrucou ele, novamente com notável gentileza.

– Uma segunda pergunta – falei.

– Fique à vontade. – Agora ele estava apenas intrigado. O medo desaparecera.

– Deseja o Dom das Trevas? Sabe, tornar-se um de nós. – Pelo canto dos olhos vi Louis sacudir a cabeça e virar-se de costas. – Não estou dizendo que vou dá-lo a você. Provavelmente não. Mas você o quer? Se eu estivesse disposto, você o aceitaria de mim?

– Não.

– Ora, vamos!

– Nem em um milhão de anos. Deus é testemunha.

– Não acredita em Deus, sabe que não acredita.

– É só uma expressão. Mas o sentimento é verdadeiro.

Sorri. Um rosto tão afável, tão alerta! E eu estava tão estimulado, o sangue corria em minhas veias com novo vigor. Perguntei-me se ele conseguia sentir isso; eu me parecia menos com um monstro? Haveria em mim todos aqueles pequenos sinais de humanidade que eu via em outros quando estavam excitados ou absortos?

– Acho que você não vai levar um milhão de anos para mudar de ideia – falei. – Na verdade, não tem muito tempo, não é?

– Nunca mudarei de ideia – declarou ele.

Sorriu com sinceridade. Segurava a caneta em ambas as mãos. Brincou com ela, inconscientemente e com ansiedade, durante um segundo, mas depois tornou a ficar imóvel.

– Não acredito – declarei.

Olhei em volta, vi a pequena pintura holandesa em sua moldura envernizada: uma casa em Amsterdã, junto a um canal. Olhei para o vitral da janela. Nada se via lá fora. De repente senti-me triste, só que nada tão ruim quanto antes. Era apenas um reconhecimento da amarga solidão que me trouxera ali, a necessidade de estar em seu escritório e sentir seus olhos em mim, de ouvi-lo dizer que sabia quem eu era.

A sensação intensificou-se. Não consegui falar.

– Sim – disse ele em tom tímido, atrás de mim. – Realmente sei quem você é.

Voltei-me e o encarei. Parecia que eu ia chorar de repente. Chorar por causa do calor dali, e do perfume de coisas humanas, a visão de um homem vivo parado diante de uma escrivaninha. Engoli em seco; não ia perder a serenidade, seria tolice.

– É realmente fascinante – comentei. – Você não me mataria, mas não se tornaria o que sou.

– Exatamente.

– Não. Não acredito em você – repeti.

O rosto dele se toldou, mas era uma expressão interessante. Ele estava com medo. Eu vira nele uma fraqueza qualquer da qual ele próprio não tinha consciência.

Estendi a mão para sua caneta.

– Permite? E uma folha de papel, por favor?

Ele obedeceu imediatamente. Sentei-me em sua cadeira à escrivaninha. Tudo imaculado – o mata-borrão, o pequeno cilindro de couro onde ele guardava as canetas, e até mesmo as pastas de papelão. Tudo imaculado como ele próprio, ali parado observando-me escrever.

– É um número de telefone – falei. Coloquei o papel em sua mão. – É um número em Paris, um advogado, que me conhece sob meu próprio nome, Lestat de Lioncourt, que, acredito, você tem em seu arquivo. Ele naturalmente não sabe as coisas que você sabe a meu respeito. Mas sabe onde me encontrar. Ou talvez seja mais correto dizer que estou sempre em contato com ele.

Ele não disse coisa alguma, mas olhou para o papel e decorou o número.

– Guarde-o – falei. – E quando mudar de ideia, quando quiser ser imortal e estiver disposto a confessar isso, ligue para lá. E eu voltarei.

Ele ia protestar, mas o silenciei com um gesto.

– Nunca se sabe o que pode acontecer – falei. Recostei-me na cadeira e cruzei as mãos no peito. – Pode descobrir que tem uma doença fatal; pode ficar aleijado por uma queda. Talvez comece a ter pesadelos com a morte, com ser nada e coisa nenhuma. Não faz diferença. Quando resolver que quer o que eu tenho para lhe dar, telefone. E lembre-se, por favor, não estou dizendo que vou lhe dar. Posso nunca fazer isso. Estou apenas dizendo que quando resolver que quer, então começaremos o diálogo.

– Mas já começamos!

– Não começamos, não.

– Acha que não vai voltar? – perguntou ele. – Pois acho que vai, mesmo que eu não telefone.

Outra pequena surpresa. Uma certa pontada de humilhação. Sorri para ele, sem querer. Era um homem muito interessante.

– Seu filho da mãe inglês de língua afiada, como ousa dizer isso a mim com tanta condescendência? Talvez eu deva matá-lo agora mesmo.

Foi a conta. Ele ficou atônito. Disfarçou muito bem, mas eu, mesmo assim, o percebia. E sabia como posso parecer assustador, especialmente sorrindo.

Ele recuperou-se com espantosa rapidez. Dobrou o papel com o número de telefone e enfiou-o no bolso.

– Por favor, aceite minhas desculpas – disse. – O que eu queria dizer era que espero que volte.

– Telefone – repeti.

Nós nos entreolhamos por um longo momento; depois lhe dei outro sorrisinho e levantei-me para partir. Então olhei para a escrivaninha.

– Por que não tenho minha própria pasta? – perguntei.

O rosto dele ficou inexpressivo por um instante; depois ele tornou a recobrar-se, miraculosamente.

– Ah, mas tem o livro! – E apontou para o *Entrevista com o vampiro*.

– Ah, sim, certo. Bem, obrigado por me lembrar. – Hesitei. – Mas, sabe, acho que devia ter minha própria pasta.

– Concordo – disse ele. – Vou fazer uma imediatamente. Sempre foi... só uma questão de tempo.

Ri baixinho, sem querer. Ele era tão educado! Fiz uma leve reverência de despedida, que ele retribuiu graciosamente.

E então passei por ele, o mais depressa que pude, o que era bem depressa; agarrei Louis e saí imediatamente pela janela, sobrevoando o terreno até descer num trecho deserto da estrada para Londres.

Ali estava mais escuro e mais frio, com os carvalhos escondendo a lua, e eu estava adorando. Adorava a escuridão pura! Fiquei ali parado, com as mãos enfiadas nos bolsos, olhando para a distante e vaga auréola de luz pairando sobre Londres e rindo sozinho com irreprimível alegria.

– Ah, foi maravilhoso, foi perfeito! – exclamei, esfregando as mãos; e então segurei as mãos de Louis, ainda mais frias que as minhas.

A expressão do rosto dele me levou ao delírio. Tive um verdadeiro ataque de riso.

– Você é um filho da puta e sabe disso! – exclamou ele. – Como pôde fazer isso com o coitado? Você é um bandido, Lestat. Devia ser emparedado numa masmorra!

– Ora, vamos, Louis – falei. Não conseguia parar de rir. – Que é que esperava de mim? Além disso, o sujeito é um estudante do sobrenatural. Não vai enlouquecer. Que é que todos esperam de mim? – Rodeei-lhe os ombros com o braço. – Ande, vamos para Londres. É uma longa caminhada, mas ainda é cedo. Nunca estive em Londres. Sabia disso? Quero ver o West End, Mayfair e a Torre, sim, vamos à Torre. E quero me alimentar em Londres! Vamos!

– Lestat, isto não é brincadeira. Marius vai ficar furioso. Todo mundo vai ficar furioso.

Meu ataque de riso estava piorando. Começamos a seguir a estrada num bom passo. Era tão divertido caminhar! Nada jamais tomaria o lugar do simples ato de caminhar sentindo a terra sob os pés e o cheiro doce das chaminés próximas, espalhadas lá fora na escuridão, o cheiro frio e úmido de inverno nesses bosques. Ah, era tudo maravilhoso. E íamos arranjar um casaco decente para Louis quando chegássemos em Londres, um lindo casaco comprido com gola de pele para que ele ficasse tão quentinho quanto eu estava agora.

– Está ouvindo o que estou dizendo? – insistiu Louis. – Você não aprendeu coisa alguma, aprendeu? Está mais incorrigível do que antes!

Comecei a rir de novo, incontrolavelmente.

Então, com mais sobriedade, pensei no rosto de David Talbot e naquele momento em que ele me desafiou. Bem, talvez tivesse razão: eu voltaria. Quem disse que não podia voltar para conversar com ele, se quisesse? Quem disse? Mas precisava dar-lhe um pouco de tempo para pensar naquele telefonema e aos poucos perder a resistência.

A amargura voltou, e uma grande tristeza letárgica que ameaçava varrer minha pequena vitória. Mas eu não permitiria. A noite era linda demais. E o sermão de Louis estava ficando cada vez mais veemente e hilariante.

– Você é um demônio perfeito, Lestat! – vociferava ele. – É o que você é! Você é o próprio diabo!

– É, sei disso – respondi, adorando olhar para ele, ver a raiva enchendo-o assim de vida. – E adoro ouvir você dizer isto, Louis. Preciso ouvir você dizer isto. Acho que ninguém jamais dirá isto como você. Vamos, diga de novo. Sou um demônio perfeito. Diga-me como sou mau. Isto me faz tão bem!

FIM

AS CRÔNICAS VAMPIRESCAS
VÃO CONTINUAR

Impressão e Acabamento:
GEOGRÁFICA E EDITORA LTDA.